MARTINA ANDRÉ

DAS GEHEIMNIS DES TEMPLERS

W0240729

atb aufbau taschenbuch

Martina André lebt in der Nähe von Koblenz und in Edinburgh.

Sie hat mit »Die Gegenpäpstin« sowie den Romanen »Das Rätsel der Templer« und »Die Rückkehr der Templer« drei Bestseller vorgelegt. Außerdem sind von ihr lieferbar: »Schamanenfeuer« und »Die Teufelshure«.

Mehr zur Autorin unter: www.martina-andre.com und www.facebook.com/Autorin.Martina.Andre

Nach dem Verlust der Stadt Akko kehrt Richard von Breydenbach von den Kreuzzügen auf seine Burg zurück. Dort erwartet seinen Sohn Gero eine große Überraschung im Gefolge des Vaters: Elisabeth, ein Mädchen, das von Richard nach einem Angriff der Mamelucken an Kindes statt angenommen wurde. Gero soll als zweitgeborener Sohn in den Orden der Tempelritter eintreten. Doch als er sich in Elisabeth verliebt, weiß er, dass er seinem Herzen folgen will. Um dem Zorn seines Vaters zu entgehen, flieht er mit Elisabeth zu seiner Tante, der Gräfin von Lichtenberg zu Waldenstein. Nach einem schweren Schicksalsschlag aber erneuert Gero das Gelöbnis, sein Leben in den Dienst des Templerordens zu stellen. Er begibt sich nach Troyes, um in den Orden aufgenommen zu werden. Dort erwartet ihn jedoch erst die Prüfung zum Soldaten Christi, in der sich die jungen Ritter für den Dienst als kämpfende Ordensbrüder würdig erweisen müssen. Zusammen mit seinen neuen Gefährten, dem Novizen Fabius aus Luxemburg und Struan, einem stoischen Hünen aus Schottland, stellt sich Gero der Prüfung.

Martina André

Das Geheimnis des Templers

Roman

atb aufbau taschenbuch

FSC
www.fsc.org
MIX
Papier aus verantwortungsvollen Quellen
FSC® C083411

ISBN 978-3-7466-2993-3

Aufbau Taschenbuch ist eine Marke der
Aufbau Verlag GmbH & Co. KG

1. Auflage 2013

Umschlaggestaltung und Illustration Mediabureau Di Stefano, Berlin
unter Verwendung von iStockphoto Motiven:
© Nathan Winter, © Reinhold Leitner
Druck und Binden CPI Clausen & Bosse, Leck
Satz LVD GmbH, Berlin
Printed in Germany

www.aufbau-verlag.de

Inhalt

Episode I

Episode II

Episode III

Episode IV

Episode V

Episode VI

Episode I

»Ein heiliger Schwur«

Kapitel I

Im Jahre des Herrn 1300 Breidenburg/Liesertal/Mosel

Der 19. März 1292, auch Gedenktag des heiligen Josef genannt, würde Gero unvergesslich bleiben, wie so vieles, was ihn später an Elisabeth erinnerte.

Damals waren die Vorbereitungen für seinen zwölften Geburtstag in vollem Gange, und seine Mutter, Jutta von Breydenbach, besprach mit einer Köchin die Menüfolge für ein Festmahl, zu dem sie einige Verwandte und Freunde des Hauses Breydenbach eingeladen hatte.

Auf einem Brotkanten kauend saß Gero neben den Frauen in der Küche und lauschte interessiert, welche Köstlichkeiten sie aus dem wenigen, was sich nach einem harten Winter in der Speisekammer befand, zaubern wollte, als plötzlich eine alte Waschmagd durch den Türbogen gerannt kam. Wild gestikulierend verkündete sie, dass der Burgherr von seinem Kreuzzug aus dem Heiligen Land zurückgekehrt sei. So wie es aussah, war er zwar verletzt, aber er lebte. Geros Mutter ließ die Liste fallen, die sie bis dahin in der Hand gehalten hatte, und fasste sich ans Herz, als ob sie der Schlag getroffen hätte. Dabei war sie mit einem Mal so bleich wie der Inhalt des Butterfasses. Gero befürchtete schon, sie würde umfallen, doch dann nahm sie ihn bei der Hand und zerrte ihn, gefolgt vom übrigen Gesinde, hinaus auf den Hof, wo sie fünf völlig durchnässten Gestalten auf erschöpft wirkenden Gäulen gegenübertraten. Reiter wie Pferde boten ein Bild des Jammers. Abgekämpft und entkräftet glitt ein Ritter nach dem anderen aus dem Sattel.

Der verschlossene Ausdruck ihrer bärtigen Gesichter war beängstigend düster und vermittelte Gero das Gefühl, als hätte sich der Anblick der Hölle darin eingebrannt.

»Richard«, stammelte Geros Mutter und fiel ausgerechnet dem Mann um den Hals, den er am allerwenigsten für seinen Vater gehalten hätte.

Nur das weißblonde, strähnige Haar, das die eisblauen Augen fast vollständig verdeckte, ließ Gero erahnen, dass es sich um den richtigen Mann handelte. Auch die anderen Ritter – wie sein Vater Gefolgsleute des Erzbischofs von Trier, wie man an ihren abgerissenen Wappenröcken erkennen konnte – glaubte er noch nie im Leben gesehen zu haben. Erst bei näherer Betrachtung erkannte er in ihnen langjährige Kameraden seines Vaters, obwohl auch sie nur noch wenig Ähnlichkeit mit den glattrasierten, frohgemuten Männern hatten, die vor gut zwei Jahren von der Breidenburg ins Heilige Land aufgebrochen waren. Damals waren sie von frenetischem Jubel begleitet worden und der Hoffnung, Jerusalem von den Heiden zurückzuerobern. Später hieß es, die Sache sei nicht so einfach wie gedacht, und man werde länger für die Befreiung des Heiligen Landes kämpfen müssen. Vor ein paar Wochen war ein Bote des Erzbischofs auf der Burg angekommen und hatte Geros Mutter berichtet, Akko sei am 18. Mai des Jahres 1291 endgültig verloren worden, und man wisse nicht, ob die Männer zurückkehren würden. Geglaubt hatte Gero ihm nicht. Er hatte voll und ganz der Waffenkunst seines Vaters und dessen Begleiter vertraut, die nach einem heroischem Aufruf ihres Lehnsherrn mit beinahe dreißig Rittern ins Heilige Land aufgebrochen waren, um zunächst Akko vor dem Einfall der Heiden zu bewahren und später die Heilige Stadt zurückzuerobern. Geros Mutter war nicht gerade begeistert gewesen, als ihr Mann sie mit zwei minderjährigen Söhnen auf dem Familienstammsitz der Breydenbacher zurückgelassen hatte.

Aber Geros Vater hatte damit argumentiert, dass er einen solchen Lehnsdienst nicht ablehnen könne und sie froh sein solle, dass er ihr wenigstens die Wachtruppen zurücklassen werde. Außerdem hatte er ihr mit dem Zisterziensermönch Wintrich von Achenbach einen vertrauensvollen Verwalter an die Seite gestellt, der die Verbindung zum Erzbischof hielt und sich um die dringlichsten Amtsgeschäfte wie die Eintreibung der Abgaben kümmerte. Geros Mutter hätte für solcherlei Dinge fortan sowieso keine Zeit mehr gehabt, weil sie beinahe Tag und Nacht in der Kapelle gesessen hatte, um für die gesunde Rückkehr des Vaters zu beten.

Allem Anschein waren ihre Gebete erhört worden. Richard von

Breydenbach machte zwar einen furchterregenden Eindruck, und zu allem Übel fehlte ihm die rechte Hand, aber immerhin lebte er noch.

Mitten unter diesen von Grausamkeiten und Elend gezeichneten Männern befand sich ein unerwarteter Lichtblick. Ein kleines, dunkelhaariges Mädchen, das offenbar hinter seinem Vater im Sattel gesessen hatte, war Gero erst später aufgefallen. In Lumpen gekleidet und dünn wie ein Stock, die großen, braunen Augen auf Gero gerichtet, als wäre er ein aufgehender Stern, stand die Kleine auf dem schmutzigen Pflaster des Burghofes, als habe sie sich verirrt. Und obwohl ihr lockiges Haar so verlaust war, dass selbst Essigwasser nichts helfen würde, war sie für Gero das schönste Wesen, das er je in seinem jungen Leben gesehen hatte.

Die niedliche Kleine war etwa drei Jahre jünger als Gero und allem Anschein nach Jüdin, wie der Vater wenig später bei einem deftigen Mahl zu berichten wusste. Er und seine Begleiter hatten sie beim Angriff der Mamelucken auf Akko vom Totenlager der Eltern gerettet, die kurz zuvor von den einfallenden Heiden erschlagen worden waren.

»In der Hitze des Gefechtes habe ich geschworen, sie vor Gott dem Herrn an Kindes statt anzunehmen, wenn er uns lebend aus der Stadt heraushilft«, erklärte er Geros Mutter, die das Ganze zunächst für einen schlechten Scherz hielt. Doch als Geros Vater sie daran erinnerte, dass sie selbst zwei Töchter verloren hatte, lenkte sie ein, und schon kurz darauf hatte sie das Mädchen fest in ihr Herz geschlossen.

Auch Gero und sein Bruder Eberhard hatten keine Mühe, die Kleine als Schwester anzuerkennen, wobei sie Geros vier Jahre älterem Bruder eher gleichgültig war. Was vielleicht daran lag, dass er sich lieber seiner Knappenausbildung widmete als einem zerbrechlichen Püppchen aus dem Outremer, wie er sie nannte.

Der ursprüngliche Name des Mädchens war Hannah gewesen, doch schon bald hatte der Vater sie auf den christlichen Namen Elisabeth taufen lassen und heuerte Gero an, sie zusätzlich zur gottgefälligen Unterweisung durch Bruder Rezzo in der Bibel zu unterrichten. Obwohl Elisabeth so scheu war wie ein Reh und zu Beginn kein einziges Wort in deutscher Sprache verstand, faszinierte sie Gero so sehr, dass sie ihn sogar dazu verleitete, Hebräisch zu lernen.

Der Umstand, dass seine Eltern Elisabeth – oder Lissy, wie er sie nannte – nur an Kindes statt angenommen hatten und sie somit nicht seine leibliche Schwester war, hatte ihn in jungen Jahren bedrückt. Erst als er älter wurde, erkannte er den Nutzen darin. Sie waren *nicht* blutsverwandt. Das hieß, er durfte sie auf eine weitaus innigere Art lieben, als es bei leiblichen Geschwistern üblich gewesen wäre. Was zudem bedeutete, dass die Gefühle, die er für sie hegte, keiner wie auch immer gearteten Beichte bedurften. Ein geradezu himmlischer Vorteil, wenn man eine gottesfürchtige Mutter und einen strenggläubigen Vater besaß, dessen Verlangen nach unbeugsamem Gehorsam im Sinne der Heiligen Schrift keinen Raum ließ für eine Liebe, der keine Zukunft erlaubt war.

Seinem Vater schien diese Zuneigung ohnehin zu entgehen. Er zog es vor, nach seiner Rückkehr aus dem Heiligen Land unentwegt von seinen Heldentaten zu berichten, und Gero wurde das Gefühl nicht los, dass er sich auf diese Weise für die Niederlage, die er und die übrigen Christen hatten hinnehmen müssen, rechtfertigen wollte. In den endlosen Debatten, die er in Anwesenheit seiner noch jugendlichen Söhne mit anderen einheimischen Rittern führte, hieß es fortan, Jerusalem sei zwar seit der Einnahme von Akko vorerst an die Heiden verloren, aber es gebe durchaus noch eine Chance, diesen ungläubigen Teufeln den heiligen Boden aufs Neue zu entreißen. Allerdings nur, wenn Gott der Herr ein Einsehen habe und die mutigsten aller Ritter noch einmal zusammenrufe, um ihnen in einem letzten, alles vernichtenden Schlag gegen den Feind – und damit meinte er vor allem die ägyptischen Mamelucken – endlich den lang ersehnten Sieg zu verschaffen.

Weil irgendein verteufelter Mamelucke ihm im Kampf die rechte Hand abgeschlagen hatte, konnte Geros Vater sich leider nicht mehr persönlich für die Rettung des Heiligen Landes einsetzen.

»Aber ich habe ja noch einen jüngeren Sohn, der diese Aufgabe später einmal mit Bravour übernehmen wird«, betonte er stets vor versammelter Mannschaft mit glänzenden Augen und lenkte seine Aufmerksamkeit auf Gero, dem er damit gewaltig schmeichelte. »Nicht wahr, mein Junge?«, fragte er, wie um sich selbst zu bestätigen, und klopfte seinem Jüngsten mit stolzem Blick auf die Schulter. »Ich habe beim Niedergang von Akko vor Gott dem Allmächtigen geschworen, dass ich dich im rechten Alter zum Templerorden gebe«, bekannte er zu Geros Überraschung, »damit du mit der Miliz Christi das zu Ende bringst, was uns versagt worden ist.« Anschließend schaute er Zustimmung heischend in die staunende Runde und nickte Gero, dem nicht eingefallen wäre zu widersprechen, bedeutungsvoll zu. »Und so soll es sein.«

Gero hatte zu jener Zeit nicht die leiseste Ahnung, welches Gewicht ein solcher Schwur für ihn haben sollte. Geschweige denn, ob er ihm gerecht werden konnte. Aber es hatte ihm gefallen, wie wohlwollend ihn die Männer nach einer solch gewichtigen Ankündigung gemustert hatten. Jedes Mal, wenn fortan die Rede darauf kam, ließen sie ihm anerkennende Blicke zukommen, ähnlich einem prachtvollen Hengst, den man gewinnbringend versteigern wollte.

»Gero ist jetzt schon ein stattlicher Bursche«, waren sich die Bewunderer seines Vaters einig. »Größer als andere und geschickt mit dem Schwert.«

»Die Templer werden viel Freude mit ihm haben, und die Heiden wird er das Fürchten lehren, sobald sie ihn sehen«, hatte ein anderer gemeint. Worte, die Gero gegenüber seinem älteren, linkischen Bruder als zukünftigen Helden dastehen ließen. Was ihm eine gewisse Genugtuung verlieh. Denn Eberhard, der um einiges kleiner und schmächtiger war als Gero, hielt ihm ständig unter die Nase, dass er als der Ältere das Lehen des Vaters erben würde und damit auch dessen Machtanspruch. Gero blieb als Zweitgeborenem höchstens der Weg in einen christlichen Orden, wie Eberhard mit hämischem Grinsen bemerkte. »Aus mir wird mal ein Burgherr, und aus Gero wird mal ein Mönch«, verkündete Eberhard gegenüber jedem, der es wissen wollte, mit hochnäsiger Miene. Wobei er absichtlich verschwieg, dass die weißgewandeten Tempelritter zwar Mönche, aber in erster Linie Krieger waren und damit unter der hiesigen Ritterschaft weit mehr Bewunderung auf sich vereinen konnten als gewöhnliche Ordensleute.

»Mönchskrieger«, verbesserte Gero ihn fortan und grinste zufrieden, obwohl er nicht wirklich einschätzen konnte, ob er sich mit einer solchen Aussicht wahrhaftig besser stand als sein Bruder.

Immerhin wurde über den Orden der Templer in den Reihen der

Klosterschüler, denen Gero bis zum vierzehnten Lebensjahr angehörte, gerne und viel spekuliert. Nicht selten hinter vorgehaltener Hand, was die Sache für Jungs seines Alters nur noch spannender machte. Es hieß, sie seien in Wahrheit streitende Engel im Auftrag des Herrn, die sich im Kampf gegen die Heiden im Handumdrehen in fürchterliche Dämonen verwandeln konnten. Dabei ließen sie nicht die geringste Gnade walten und schlugen jedem noch so gewitzten Feind den Kopf ab. Selbst wenn Gero still für sich diese Behauptung anzweifelte, weil er sich fragte, wie es denn dann überhaupt zum Verlust des Heiligen Landes gekommen war, schien die Geschichte für sein Ansehen unter den Mitschülern durchaus nützlich zu sein.

Jeder wusste inzwischen, dass er spätestens nach der Schwertleite mit einundzwanzig selbst dieser kämpfenden und betenden Truppe von Engeldämonen angehören sollte. Besonders die schmächtigen Kameraden, denen allenfalls ein Leben als Klosterschreiber beschieden war, beneideten ihn glühend um die Aussicht, zu jener legendären Truppe der Templer zu gehören.

Allein schon aus diesem Grund wäre Gero nicht einmal im Traum eingefallen, den Vorstellungen seines Vaters zu widersprechen.

Im Nachhinein gab es wohl noch andere Gründe, warum er seinem Vater gefallen wollte. Gründe, die ihm damals nicht ins Bewusstsein gerückt waren. Richard von Breydenbach war vor seiner Abreise ins Heilige Land immer ein großer, respekteinflößender Mann gewesen, dem ebenbürtige Adlige mit erheblicher Achtung und seine Leibeigenen mit ängstlicher Unterwürfigkeit begegnet waren. Doch am Tag seiner Rückkehr hatte Gero ihn erstmals als einen gebrochenen Krieger erlebt, was bei ihm zu einer tiefen Verunsicherung geführt hatte. Es war eine seltsame Mischung aus Mitleid und Furcht, die ihn durchströmte, wenn er daran dachte, wie verwundbar sein starker Vater ihm plötzlich erschienen war. So ganz anders als vor diesem Krieg. Wobei ihn vor allem der Gedanke ängstigte, dass Gott der Allmächtige den christlichen Rittern offenbar seine Gnade verweigert hatte, und das, obwohl etliche von ihnen ihr Leben geopfert hatten, um das Land, in dem Sein Sohn geboren und gekreuzigt worden war, von den heidnischen Besatzern zu befreien. Stattdessen hatte der Allmächtige nur untätig zugeschaut, während das sogenannte Heilige Land die überlebenden Christen ausgespuckt hatte wie eine unbekömmliche Mahlzeit.

Was hatten die Streiter Christi falsch gemacht?, fragte Gero sich unaufhörlich. Und würde es ihm eines Tages als Templer gelingen, seinem Vater die Schmach dieser furchtbaren Niederlage zu nehmen, indem er die Heiden besiegte? Richard von Breydenbach glaubte jedenfalls daran, und Gero liebte ihn zu diesem Zeitpunkt zu sehr, als dass er ihn enttäuschen wollte.

Kapitel II

Entgegen der Aussicht, die Burg eines Tages für die Templer verlassen zu müssen, galten Gero und seine angenommene Schwester schon bald als ein unzertrennliches Paar, obschon sich ihre Gemeinsamkeiten zunächst auf Spiel, Spaß und Lernen beschränkten. Hinzu kam bei Gero das Gefühl, sie vor anderen, stärkeren Kindern auf der Burg und in der Schule beschützen zu müssen. Das Bedürfnis, Elisabeth zu behüten, ließ selbst nicht nach, als sie beide den Kinderschuhen längst entwachsen waren.

Irgendwann kam der Tag, an dem Gero sich eingestehen musste, dass aus kindlicher Zuneigung längst eine tiefergehende Liebe geworden war, die sich mehr und mehr zu einem sehnsuchtsvollen Begehren entwickelte. Spätestens als er seinen sechzehnten Geburtstag beging, hatte ihn der Anblick ihres aufblühenden Leibes eisern im Griff. Schon bald verfolgte ihn ihre süße Gestalt bis in die kühnsten Träume, die, feucht und heiß, nur eine Vorstellung kannten: Elisabeth, wie sie nackt in seinen Armen lag und seine Küsse erwiderte. Unmerklich veränderte sich ihr Verhältnis zueinander. Hatten sie sich zuvor grob geneckt, so war es nun eher ein Gefühl von Zärtlichkeit, das sie füreinander empfanden. Es kam nun öfter vor, dass sie sich wie durch Zufall berührten. Elisabeth forderte ihn manchmal auf, ihr beim Schnüren des Kleides zu helfen, wenn sich die Bänder gelöst hatten, oder ihr die Füße zu trocknen und Blätter aus ihrem hüftlangen Haar zu entfernen, wenn sie gemeinsam durch die umliegenden Wälder gestreift waren.

»Aus dir ist ein gutaussehender junger Mann geworden«, bemerkte Elisabeth mit neckischem Augenaufschlag, wenn sie unter sich waren. Dann strich sie ihm über das dichte, schulterlange blonde Haar und kraulte ein wenig darin, als ob er Harko wäre, das kleine weiße Hündchen, das er ihr zu Weihnachten geschenkt hatte. Ab und an zupfte sie an seiner Kleidung herum und lobte seine breiten Schultern oder seinen hochherrschaftlichen Gang. Zudem bewunderte sie seine Reitkunst und seinen Umgang mit dem Schwert, was ihn dazu anstachelte, nicht nur sie, sondern auch seine Lehrer immer wieder in Erstaunen zu versetzen. Ihr zuliebe lernte er Laute spielen und beschäftigte sich, dem Spott seines Bruders zum Trotz, mit franzischem Minnegesang. Lissy spornte ihn in allem, was er tat, zu Höchstleistungen an. Ihr süßes Lächeln versetzte ihn in Verzückung, und ihre Stimme, glockenhell und klar, klang wie Musik in seinen Ohren. Schon bald kam der Tag, an dem der Gedanke, eines Tages ohne sie leben zu müssen, an Grausamkeit kaum zu überbieten war.

Der Tatsache, dass ihre Liebe zueinander wohl kaum eine Zukunft haben würde, musste er sich endgültig stellen, als im Frühsommer des Jahres 1300 das Ende seiner Knappenausbildung nahte.

Draußen vor der Burg blühten die Bäume, aber in Geros Herz war es kalt wie im tiefsten Winter.

Sein Vater schien im Gegensatz dazu bester Laune. »Spätestens zu seinem 21. Geburtstag nächstes Jahr an Maria Verkündigung wird Gero zum Ritter geschlagen werden«, verkündete er vor einigen Gästen, darunter Geros Patenonkel, Wilhelm von Eltz.

Was nichts Geringeres bedeutete, als dass sich der Schwur seines Vaters endlich erfüllte und es höchstens noch ein dreiviertel Jahr dauern konnte, bis man Gero zu den Templern nach Franzien schickte. Allerdings würde er sich zuvor kaum noch um Lissy kümmern können, sondern musste diese Zeit im Wesentlichen bei Roland von Briey verbringen, seinem bärbeißigen Ausbilder, dem es ein höllisches Vergnügen bereitete, seinem Lieblingsknappen das Fürchten zu lehren. Wobei Gero dafür sogar noch dankbar sein musste, weil Richard von Breydenbach seinen Sohn am liebsten gleich in eine Templerkommandantur geschickt hätte, um dort seine Ausbildung zum Ritter würdig beenden zu können und übergangslos dem Orden beizutreten. Aber Geros Mutter, die ihren Sohn am liebsten für immer zu Hause behalten hätte, hatte sich auch diesmal gegen den Alten durchsetzen können.

»Roland von Briey ist Gero über all die Jahre immer ein hervorragender Lehrmeister gewesen«, argumentierte Jutta von Breydenbach, deren verwitwete Schwester Margaretha als Gräfin auf Waldenstein herrschte.

»Er hat ihn mir immer wieder heil nach Hause gebracht.«

Sein Vater hatte schließlich dem Wunsch seiner Gemahlin nachgegeben. Obwohl Richard von Breydenbach seine Schwägerin nicht besonders leiden konnte, war ihr Mann ihm beinahe wie ein Bruder gewesen. Graf Gerhard von Lichtenberg zu Waldenstein hatte für Geros Vater in Akko sein Leben gegeben, was in Richard ein Gefühl tiefer Schuld hinterlassen hatte. Ein Umstand, der Geros Mutter offenbar zugutekam, als sie seinerzeit vorgeschlagen hatte, Gero für seine Ausbildung als Ritter auf Burg Waldenstein zu entsenden.

Margaretha und Gerhard hatten keine Kinder, daher verwaltete die Gräfin den ererbten Herrschaftssitz ihres verstorbenen Ehemanns als dessen Nachfolgerin. In erster Linie bediente sie sich dabei der Unterstützung ihres Burgvogts. Wobei Roland von Briey sich nicht nur in Fragen der Verwaltung und der Verteidigung gut auskannte, sondern noch andere Talente besaß. Inzwischen war es ein offenes Geheimnis, dass der stattliche, dunkeläugige Vogt und die zierliche, rotblonde Gräfin das Lager teilten. Dass sie sich wirklich liebten, glaubte Gero daran zu erkennen, wie sich in aller Öffentlichkeit küssten. Überhaupt ging es auf Waldenstein längst nicht so steif zu wie auf der Breidenburg. Ein paar Mal im Jahr lud Margaretha Spielleute ein und veranstaltete für ihre Untergebenen ein Tanzvergnügen. Gero mochte die ungezwungene, fröhliche Atmosphäre, die am Hof seiner Tante herrschte, und wünschte sich stets, dass er die Freude darüber mit Lissy teilen könnte. Doch daraus war bisher nichts geworden, und es würde wohl auch nicht mehr dazu kommen, falls ihm nicht bald etwas einfiel, das sie beide vor der gefürchteten Trennung retten konnte.

Zu dumm, dass der ansehnliche Besitz der Gräfin mit gut eineinhalb Tagesreisen südlich von der Breidenburg leider zu weit entfernt lag, um wenigstens heimliche Treffen zu ermöglichen.

Kapitel III

Bevor es an die Abreise ging, besuchte Gero zusammen mit seinen Eltern, Geschwistern und Verwandten die Heilige Messe in der Burgkapelle. Danach debattierten die Männer im Herrenzimmer über die politische Lage, und die Frauen zogen sich zu einem kleinen Spaziergang in den sonnigen Burggarten zurück, wo ihnen Gertrudis, die heilkundige Magd, frisch sprießende Kräuter erläuterte.

Später beim Mittagsmahl gab Lissy vom anderen Ende des Tisches Gero mehrmals Zeichen, die außer ihnen beiden glücklicherweise niemand verstand. Beinahe zärtlich strich sie sich selbst übers Haar und legte den Zeigefinger an die Lippen, was nichts anderes bedeutete, als dass sie auf ein heimliches Stelldichein mit ihm drängte. Möglichst noch bevor er am nächsten Morgen in Begleitung seines Bruders Eberhard und ein paar Söldnern zur Burg seiner Tante aufbrechen musste.

Lissy entschuldigte sich von der Tafel und flunkerte, dass ihr nach dem Essen nicht wohl sei und sie frische Luft schnappen wolle. Gero folgte eine Viertelstunde später mit dem Hinweis, dass er noch ein paar persönliche Dinge einpacken müsse. Ohne sich seine Vorfreude anmerken zu lassen, eilte er zum Treppenhaus und bog nach links ab, wo er zu den Latrinen hätte gehen können. Doch er schlüpfte durch einen Nebeneingang der Burg hinaus zu den Stallungen und lief im Schatten der Wehrmauer entlang ins untere Heulager. Während er das abgelegene Gebäude ansteuerte, stellte er sicher, dass ihn niemand beobachtete. Er wusste, dass sie dort ungestört sein würden. Zum einen, weil Lissy und er sich dort schon öfters getroffen hatten, und zum anderen, weil die Tiere längst auf der Weide standen und kein Heu vom Boden benötigten. Gero war überzeugt davon, dass zumindest seine Mutter ihr gemeinsames Verschwinden bemerkt haben musste. Aber sie hatte nichts gesagt, und somit verschwendete er keinen Gedanken daran, als er in freudiger Erwartung die Leiter emporkletterte.

Lissy empfing ihn mit einem unschuldigen Blick, inmitten eines kleinen Heuhaufens. In ihren schönen braunen Augen und ihrem makellosen Lächeln lag eine unübersehbare Verheißung. Die Gewissheit, dass sie dort oben vollkommen ungestört sein würden, nährte offenbar nicht nur Geros sündhafte Fantasien, sondern auch die des Mädchens. Nur dass sie bisher beide noch nicht gewagt hatten, ihre Träume in die Tat umzusetzen. Lissy neckte ihn gerne damit, wenn er behauptete, ihr hoffnungslos verfallen zu sein, und sie warnte, ihre Reize nicht allzu sehr auszuspielen, weil er sich sonst nicht mehr beherrschen könnte. Dass sie nunmehr bereit war, ihm alles zu geben, davon zeugte der rote Surcot, jenes ärmellose Überkleid, das eine adlige Frau über ihrem dünnen Untergewand trug und das nun ausgestreckt neben ihr lag, als ob es als Unterlage für ihr gemeinsames Lager dienen sollte. Nur noch mit ihrem eng anliegenden Untergewand bekleidet, spielte Lissy ihre unübersehbaren Vorzüge aus. Neben dem wohlgeformten Hintern und der schmalen Taille waren es vor allem die kleinen drallen Brüste und deren harte Knospen, die Gero unter dem dünnen rosafarbenen Seidenstoff erkennen konnte und die ihn sogleich in Erregung versetzten.

»Du siehst zum Anbeißen aus«, murmelte er heiser, während er sich ihr auf allen vieren näherte.

Lissy errötete unter seinen Blicken; ein seltsames Glitzern lag in ihren braunen Augen. Sein Herz schlug noch heftiger, als sie sich mit ihrer rosigen Zungenspitze die Lippen befeuchtete, was er als eindeutiges Zeichen ihrer Bereitschaft wertete, weiterzugehen als bisher. Bei ihren vorangegangenen heimlichen Treffen hatten sie sich allenfalls geküsst und zaghaft gestreichelt.

Im Nu war er bei ihr und umschlang sie mit seinen starken Armen, wobei er ein wenig zu ungestüm vorging. Sie stieß einen spitzen Schrei aus, als er sie an sich drückte, und legte sogleich lachend die Hand auf den Mund, bevor sie ihre Arme um seinen Nacken schlang. Ihre Brust drückte sich fest gegen sein Wams, und er spürte die weiche verführerische Wärme, die von ihr ausging. Lissy bäumte sich auf, und Gero verlor das Gleichgewicht, kippte nach hinten und wälzte sich seufzend mit ihr im weichen Heu.

Schwer atmend hielt er Lissy schließlich unter sich fest und küsste sie verlangend. Als sie die Lippen öffnete, drang seine Zunge in ihren warmen, nachgiebigen Mund. Keuchend erwiderte sie seinen kühnen Vorstoß.

Gero spürte, wie sein Schwanz hart wurde und sich unübersehbar gegen die Bruche drängte. Lissy entging nicht, wie sich seine weiche Lederhose darüber ausbeulte, und sie kicherte schon wieder, als sie zögernd ihre Hand darauf legte.

»Zieh dich aus!«, rief sie ihm aufgeregt zu. »Ich will sehen, was darunter ist.«

»Mein Gott, Lissy«, stöhnte Gero ihr ins Ohr, »was ist bloß in dich gefahren? Du bist ja wie von Sinnen.«

»Ich bin nicht von Sinnen, ich bin bei klarem Verstand«, erwiderte sie sanft. »Ich will nur nicht mehr warten, bis Vater mich ins Kloster geschickt hat, dann ist es zu spät.«

Sie schien es wirklich ernst zu meinen. Das hier war kein Kinderspiel mehr, sondern tiefe, aufrichtige Liebe.

»Sachte«, flüsterte er, als sie ihm helfen wollte, die Hose über die Hüften zu ziehen. Federnd sprang ihr sein hartes Glied entgegen, als er sich aufsetzte, um sein Wams über den Kopf auszuziehen.

»Du bist der schönste Mann, den ich je gesehen habe«, begeisterte sich Lissy und konnte ihre Finger nicht bei sich behalten, was Gero ein Lächeln entlockte. Schon hob sie ihre Röcke und setzte sich mit gespreizten Schenkeln über seinen nackten Schoß. Während sie mit den Händen zärtlich seine muskulösen Arme und Schultern streichelte, schob sich ihm kichernd ihr Becken entgegen, bis ihre Scham die pralle Spitze seines Glieds berührte. Gero zuckte regelrecht zurück, weil ihm die Gier, sie auf der Stelle zu nehmen, beinahe den Atem nahm.

»Lissy, Himmelherr«, entfuhr es ihm halb fluchend, halb flehend, »wenn du auch etwas davon haben möchtest, reiz mich nicht so, sonst bin ich verloren.«

Lachend umfasste sie seinen Schaft. »Wenn er dir nicht gehorsam ist, müssen wir ihn züchtigen«, bestimmte sie prustend und drückte fest zu.

»Au«, beschwerte sich Gero. »Nicht so grob, das ist kein Spielzeug!«

»Ist es doch«, hauchte sie und rieb ihn um einiges sanfter. »Und ein wunderschönes dazu.«

Ihre Entschlossenheit machte ihn schwindlig. Kaum zu glauben, dass sie erst sechzehn war und wie er selbst noch ihre Unschuld besaß. Dabei erschien sie ihm weitaus mutiger als er selbst. Aber vielleicht lag es daran, dass sie so ungezwungen mit ihm verfuhr, weil sie ihn nach all den Jahren der Freundschaft beinahe wie ihren Besitz betrachtete.

Plötzlich kamen ihm Zweifel.

»Vielleicht sollten wir doch damit warten, bis wir eines Tages verheiratet sind«, meinte er. Der Gedanke, sie zu verlassen, um zu den Templern zu gehen, erschien ihm mit einem Mal absurder denn je.

»Ich glaube nicht, dass Vater das je zulassen würde«, widersprach sie ihm heftig. »Er will mich ins Kloster stecken, nachdem er dich nach Franzien zu den Templern geschickt hat.«

»Mir wird schon was einfallen, damit wir zusammenbleiben können«, gab er zuversichtlich zurück. »Ich werde mich dem Wunsch meines Vaters verweigern, und dann werde ich dich heiraten, ganz gleich, ob der Alte was dagegen hat. Ich könnte mich im Söldnerheer meiner Tante verdingen, und du könntest ihr als Gesellschafterin dienen. Irgendwann haben wir dann genug Geld zusammen, um uns eine eigene Existenz aufzubauen.« Er zog sie zu sich herab und strich eine Locke ihres hüftlangen rotbraunen Haars zurück, obwohl er ihre Scham noch immer an seinem Glied spürte.

»Wenn du die Wahrheit wissen willst«, erwiderte sie mit einem spöttischen Lächeln. »Dein Versprechen ist nichts weiter als ein frommer Wunsch, den ich dir zwar gerne abkaufen würde, aber es dauert mir zu lange, bis ich das Geld dafür zusammengespart habe. Ich liebe und begehre dich viel zu sehr, um auch nur noch einen Tag länger warten zu können.«

Gero blieb vor Verblüffung der Mund offen stehen. Im nächsten Moment zog sie sich das Kleid hoch bis über den Kopf und streifte es ab. Darunter war sie vollkommen nackt. Gero glaubte, bei ihrem wundervollen Anblick auf der Stelle vor Sehnsucht zu sterben. Seine vom

Schwertkampf schwieligen Hände griffen wie von selbst zu ihren kleinen Brüsten hin und liebkosten sie zärtlich. Lissy hatte anscheinend nichts Eiligeres zu tun, als ihm bei der Erstürmung des letzten Walls behilflich zu sein. Als sie sich aufsetzte und sein Glied mit einem verzückten »Oh« in ihre feuchte Spalte dirigierte, wäre beinahe ein Unglück geschehen.

Gero biss die Zähne zusammen und hielt sich eisern zurück. »Elisabeth ... bitte«, stieß er mit zusammengekniffenen Lippen hervor. »Halt ein ... sonst verdirbst du noch alles.«

»Du weißt, wie man es macht?«, fragte sie atemlos und schob sich ihm so weit entgegen, bis er auf Widerstand stieß.

»Ja«, keuchte er, beeindruckt von der pulsierenden Enge, die ihn plötzlich umschloss. Wobei er sich fragte, woher Lissy so genau wusste, was zu tun war. Vielleicht hatte sie eine Magd zu Rate gezogen oder vielleicht sogar schon einmal heimlich bei jemandem zugeschaut, wie es vonstattenging.

Sie musste lachen, und er stimmte mit ein, obwohl er vor lauter Verlangen beinahe geplatzt wäre. »Und jetzt?«, fragte sie grinsend und sah ihn mit ihren großen braunen Augen an.

Natürlich wusste er, was zu geschehen hatte, wenn Männer und Frauen das Lager teilten. Bereits in jungen Jahren hatte er einen Knecht und eine Magd beim Liebesspiel beobachtet, als sie sich heimlich am Fischweiher vergnügten. Später hatte er herausgefunden, dass sie sich regelmäßig dort unten trafen, und zugesehen, wie sie verschiedene Freuden teilten. Der Anblick der beiden hatte ihn zunächst erregt, später jedoch gelangweilt.

Als Lissy sich noch einmal zu ihm hinunterbeugte, um ihn zu küssen, warf er sie sanft von sich ab, nur um sie erneut, nun unter ihm liegend, regelrecht zu bezwingen. »Schade«, wisperte sie, »dass ich nicht länger die Führung übernehmen durfte.«

»Wer eine Waffe einsetzt«, scherzte er grinsend und zog ihr die Handgelenke über den Kopf, »sollte wissen, wie man sich ihrer bedient.« Nun war sie ihm hilflos ausgeliefert, was sie sehr zu genießen schien und ihn nur noch wilder machte.

»Hast du den Spruch von Roland gelernt?«, fragte sie mit einem lasziven Augenaufschlag und reckte ihm demonstrativ ihren Busen entgegen. »Ich hoffe, er hat dir in Sachen Waffenkunde nicht noch mehr beigebracht. Ich traue dem alten Haudegen nämlich nicht. Jeder weiß, dass er mit Gräfin Margaretha in Sünde lebt.«

»Roland ist die treuste Seele, die du dir vorstellen kannst«, verteidigte Gero seinen Waffenmeister. »Im Übrigen benötige ich keine anderen Frauen, um auf abwegige Gedanken zu kommen. Du reichst mir vollkommen, um den Verstand zu verlieren.« Er erhöhte den Druck auf ihre Handgelenke, um ihr zu zeigen, dass es wenigstens etwas gab, bei dem er Macht über sie hatte. Umgekehrt hielt sie gerade sein Herz in Händen und würde es auf der Stelle zerquetschen können, falls sie ihm ihre Liebe entzog.

Als sie leise kichernd zu protestieren begann, neigte er sich zu ihr hinunter und verschloss ihre Lippen mit einem weiteren Kuss. Auf den Ellbogen abgestützt, ließ er sich langsam auf sie herab und neckte mit seiner harten Spitze die zarten Falten ihrer Scham. Wieder und wieder schob er sich nur ganz sacht in sie ein. Lissy seufzte; es schien ihr zu gefallen, dass er immer tiefer in sie eindrang.

Gero wagte es, sich mit einer Hand von ihr zu lösen und sie zunächst zaghaft, doch dann immer gezielter zwischen ihren Schenkeln zu liebkosen. Lissy lag mit geschlossenen Lidern da, und aus ihrem halb geöffneten Mund war nur noch ein erregtes, spitzes Keuchen zu hören. Als er glaubte, dass sie bereit war, ihn vollkommen in sich aufzunehmen, spreizte er ihre Schenkel noch ein wenig mehr und verstärkte den Druck.

»Keine Angst«, flüsterte er zitternd vor Erregung. »Ich werde vorsichtig sein. Wenn du nicht mehr willst, sag Bescheid, dann höre ich auf.« Ein wagemutiges Versprechen, von dem er längst nicht sicher war, ob er es auch einhalten konnte.

Elisabeth kniff die Lider zusammen, als ob sie eine größere Pein erwartete. »Tu es«, stieß sie hervor und legte ihre Arme um seinen Nacken.

»Was ist?«, fragte er halb ohnmächtig vor Lust. »Tu ich dir weh?«

»Nein«, hauchte sie beinahe empört. »Um des heiligen Christus willen mach weiter, es fühlt sich ganz wunderbar an.«

Als ihr kurz darauf ein entspanntes »Ah« entwich, fühlte Gero sich erleichtert und ermutigt zugleich. Wie von selbst nahm er einen sanften, stoßenden Rhythmus auf und ließ sich dabei von ihrem leisen Stöhnen leiten.

Als sich Lissy nach einer Weile heftig zuckend aufbäumte, konnte Gero nicht anders, als die Zügel fahren zu lassen und sich ebenso heftig in ihr zu ergießen. Mit pochendem Herzen blieb er für einen Moment auf ihr liegen, in dem ehrlichen Glauben, soeben ins Paradies eingefahren zu sein.

»Es war so unglaublich«, flüsterte sie mit bebender Stimme an sein Ohr und bereitete ihm damit eine Gänsehaut »Ich liebe dich so sehr. Ich würde mir wünschen, wir könnten das, was wir gerade getan haben, Tag und Nacht wieder tun.«

Was für ein unglaubliches Kompliment! Gero spürte, wie ihm, von Stolz erfüllt, das Herz aufging. »Ich liebe dich auch«, stammelte er hilflos, unfähig, sich von ihr zu lösen.

»Ich würde gerne deine Frau sein, Gero«, gab sie mit zärtlicher Stimme zurück. »Für immer und ewig.« Als ob sie dieses Bündnis besiegeln wollte, schloss sie ihre Schenkel um seine Hüften und bewegte sie so eindeutig, dass ihm gar nichts anderes übrigblieb, als noch einmal zu beginnen, doch diesmal weitaus wilder und besitzergreifender. Als sie vor Lust schrie, hielt er ihr geistesgegenwärtig den Mund zu, während er spürte, wie sie ein weiteres Mal unter ihm erbebte.

»Du wirst meine Frau sein«, versprach er ihr inbrünstig, als er sich von ihr rollte und nach seiner Bruche tastete, die er sich, nachdem er sie gefunden hatte, rasch über die Hüften zog. Dann half er Elisabeth hastig zurück in die Kleider. Schließlich hockten sie sprachlos da, Auge in Auge und mit geröteten Wangen, dabei reichlich verlegen, wie zwei soeben fürstlich beschenkte Kinder, die ihr Glück noch gar nicht fassen können.

»Ich schwöre dir, Lissy, bei meiner Ehre«, bekannte er feierlich und küsste sie zart. »Ich werde alles in meiner Macht Stehende tun, um mit dir auf immer und ewig zusammenbleiben zu können.«

Kapitel IV

Am nächsten Tag musste er bereits nach dem Frühessen nach Waldenstein aufbrechen, und das Schlimmste dabei war, Lissy zum Abschied nicht küssen zu dürfen. Doch sie hatte ihm zuvor in aller Heimlichkeit etwas zugesteckt. Einen kleinen, zusammengefalteten Brief, der – wie sich später herausstellte – mit einem wunderbaren handbemalten Liebesgedicht beschriftet war.

Für Gero, meine Sonne, meinen Mond, meinen Abendstern
Mein Herz hat Flügel,
siehst Du ein Vöglein am Himmel,
sollst Du wissen, es fliegt zu Dir,
meine Liebe ist ein Windhauch,
wenn ein Säuseln durch Dein Haar streicht,
sollst Du wissen, sie ist bei Dir,
meine Sehnsucht ist ein Regen,
wenn die Tropfen auf Dein Gesicht herniederfallen,
sollst Du wissen, es sind die Tränen meiner Sehnsucht nach Dir.
In ewiger Liebe Elisabeth.

Sie konnte es unmöglich erst gestern geschrieben haben, weil die Tinte bereits vollkommen getrocknet war und es eine Menge Arbeit gekostet haben musste, so etwas Kunstvolles anzufertigen. Was bedeutete, dass sie sich bereits lange vorher Gedanken gemacht hatte, wie sie ihre tiefen Gefühle für ihn zu Papier bringen konnte. Etwas, das ihn all seinen Kummer über die Abreise vergessen ließ.

Nachdem er sich mit einer höfischen Verbeugung und einem angedeuteten Kuss von seiner Mutter verabschiedet hatte, salutierte Gero vor seinem Vater. Dabei setzte er eine möglichst grimmige Miene auf, die seine Bereitschaft, von nun an mit scharfen Waffen kämpfen zu wollen, eindrucksvoll unterstrich. Doch als er vor Lissy stand, um sie ein letztes Mal brüderlich in den Arm zu nehmen, zwinkerte er ihr zu und bedachte sie mit einem warmen Lächeln. Er würde schon bald zu ihr zurückkehren und sie heiraten, wenn er erst den Ritterschlag erhalten hatte. Aber bis dahin galt es, durchzuhalten und sich nicht zu verraten.

Kapitel V

Die Nacht war bereits hereingebrochen, als Gero und sein Bruder zusammen mit dessen Mannen Waldenstein nach einem scharfen Ritt ohne größere Pausen endlich erreichten. Vor dem modrig riechenden Wassergraben, der die Festung zum Schutz gegen Angreifer umgab, mussten sie haltmachen. In der dunklen Brühe des Grabens spiegelte sich das lodernde Feuer der Fackeln, die Gero und seine Begleiter während der letzten Stunde entzündet hatten. Ein kühler Wind zerrte an ihren Kleidern und den bunten Schabracken der Pferde. Obwohl die Burgwachen von ihrem Ausguck herab im Schein des Feuers erkennen konnten, wer da um Einlass begehrte und man sie aller Wahrscheinlichkeit nach bereits erwartet hatte, ließen sie die Zugbrücke nur gegen ein Losungswort herunter. Die Blicke des diensthabenden Kommandeurs huschten währenddessen in stetiger Wachsamkeit über die Umgebung vor den Festungswällen. Um ihn herum stand eine schwerbewaffnete Truppe von wild aussehenden Burschen.

Geros Bruder rief dem Kommandanten den geforderten Satz zu, wobei er gegen den Wind ankämpfte und gegen das Geräusch der flatternden Banner auf den Brückenköpfen.

Danach dauerte es einen Moment, bis sich die spitzen Eisenzähne des schweren Gitters unter Einsatz eines von Eseln betriebenen Kettenrades in die Höhe kämpften. Sobald die Besucher samt ihrer Pferde wohlbehalten den weitläufigen Burghof erreicht hatten, wurde es mit einem lauten Rattern wieder zu Boden gelassen. Gero sah sich rasch um. Überall brannten Feuerkörbe, und die wild im Wind flackernden Flammen belegten Wälle, Türme und Mauern mit einem gespenstischen Licht.

Einen ganzen Tag und die anbrechende Nacht hatte der Ritt von der Breidenburg ins benachbarte Dreiländereck zwischen Lothringen, Luxemburg und dem Erzbistum Trier gedauert, und nun waren Tiere wie Menschen erschöpft.

Trotz allem kam bei Gero Freude auf, als Roland von Briey, den man pflichtgemäß über die Ankunft der Gäste in Kenntnis gesetzt hatte, ihnen mit offenen Armen entgegeneilte.

»Habt ihr unbehelligt zu uns durchdringen können?«, fragte der Burgvogt an Eberhard gerichtet, dem der Wind die hellblonden Haarsträhnen ins Gesicht blies.

»Ja, warum nicht?«, erwiderte der zukünftige Erbe der Breidenburg und sah sich bestätigend nach seiner finster dreinblickenden Wachmannschaft um.

»Seit ein paar Wochen gibt es in den Nachbarregionen Probleme mit einer Raubritterbrut«, erklärte ihm Roland und wies ein paar Stallburschen an, die Pferde der Besucher über den Burghof zu den Stallungen zu führen. Dann fuhr er fort: »Unter dem Zeichen eines schwarzen Eberkopfes auf blutrotem Grund überfallen sie Bauernhöfe. Sie stehlen das Vieh und töten die Bewohner. Manchmal verschleppen sie auch die Frauen, von denen keine bisher wieder aufgetaucht ist.«

Eberhard nickte wissend und stellte ein paar Vermutungen an, um wen es sich bei dem Angreifer handeln könnte. Doch Gero konnte nicht länger zuhören, weil im selben Moment Gräfin Margaretha auf dem Burghof erschien und ihm, in einen grünen Hausmantel gehüllt, freudig entgegenging. Gero wollte sich formvollendet verbeugen, doch sie umarmte und drückte ihn sogleich an ihre schlanke Gestalt.

Gero täuschte einen Hustenanfall vor, um ihr auf diese Weise Einhalt zu gebieten, weil ihm das hämische Grinsen seines Bruders nicht entgangen war.

»Mein lieber Junge!«, rief Margaretha angstvoll, »Was ist mit dir, hast du dich erkältet? Soll ich sogleich nach einer heilkundigen Magd rufen lassen. Du wirst doch nicht krank werden?«

Eberhard wurde von solcherlei Attacken verschont. Und Gero fragte sich, ob es ein gutes oder ein schlechtes Zeichen war, dass sie seinen Bruder um einiges kühler empfing und sich von ihm die Hand küssen ließ.

Später am Abend saß Gero mit den anderen Männern im Rittersaal bei warmem Bier. Nicht jedoch, ohne die Scherze seines Bruders und dessen Begleitern ertragen zu müssen, die sich über Margarethas offensichtliche Zuneigung für ihn lustig machten.

Und so war Gero froh, als Eberhard und seine Truppe am nächsten Tag endlich von dannen ritten und die letzte Etappe zu seiner Ausbildung zum Ritter begann.

Bereits in den Jahren zuvor war Roland ihm ein guter und beständiger Lehrmeister gewesen. Mit vierzehn hatte er bei dem erfahrenen Recken seine Kampfausbildung begonnen. Damals hatte der alte Haudegen Gero wochenlang in voller Rüstung hinter seinem Pferd herlaufen lassen, damit er an Ausdauer gewann. Erst danach durfte er mit einem stumpfen Schwert gegen ihn antreten. Ziemlich bald hatte Roland herausgefunden, dass Gero ein wahres Talent für den Einsatz von Waffen besaß. Er war schnell und geschickt und ließ sich den nächsten Zug, den er vorhatte, nicht ansehen, berechnete aber sehr wohl jede Bewegung seines Kontrahenten.

Nun gehörte der Schwertkampf zu den morgendlichen Standardübungen, mit denen sich Gero und seine Gegner warm machten. Doch meist war es Roland selbst, gegen den er im Kampf mit verschiedenen Schwertern antreten musste.

Er und sein bulliger Meister standen sich dabei gegenüber wie zwei angriffslustige Bären. Wie so häufig machte Roland den ersten Stoß, wobei er mit einem sogenannten Oberhieb auf Gero losstürmte. Doch dieser wich geschickt aus und parierte mit einem Unterhieb, der die Kraft des Schlages abfing. Woraufhin sich Roland zurückzog und mit einem Sturzhieb parierte, den Gero mit einem von unten geführten Wechselhieb vergalt. Roland sprang zurück und stieß von oben herab auf Gero ein, was dieser mit einem seitlichen Oberhieb vereitelte. Als Roland ihn mit einem langen Stoß nach vorn zu erwischen versuchte, bog Gero seinen Oberkörper blitzschnell nach hinten und verschränkte sein ungeschliffenes Schwert über dem Kopf. Dabei traf er Roland schmerzhaft in der Halsbeuge.

Der Burgvogt zuckte fluchend zurück und hielt sich die Schulter.

»Verdammter Mistkerl!«, rief er seinem Schützling entgegen. »Wenn die Schneide scharf gewesen wäre, hättest du mich jetzt auf dem Gewissen!«

Gero lachte nur. »Wenn die Scheide scharf gewesen wäre, fehlte dir jetzt der Kopf.« Angespornt von seinem Erfolg, sprang er Roland entgegen. Mit einem Mal fühlte er sich unendlich stark, zumal die umherstehenden Knechte und Mägde, die, neugierig geworden, bei ihrer Arbeit innegehalten hatten, vom Rand des Burghofs her frenetisch applaudierten.

Jedoch beim nächsten Schlag traf Rolands Schwert Geros eigene Waffe so unglücklich, dass ihm das Schwert entglitt und in hohem Bogen zu Boden sauste. Bevor er sich nun von Roland verprügeln ließ, duckte er sich und rannte wie ein wildgewordener Eber nach vorn, unterlief dabei Rolands Verteidigung und rammte seinen Kopf in dessen Magen.

Sein Lehrmeister ging trotz Kettenhemd keuchend zu Boden, wo er sich röchelnd erbrach. Für einen Moment war Gero zu schockiert, um reagieren zu können, zumal er den besorgten Blick seiner Tante auffing.

»Es tut mir leid«, rief er und ging auf Roland zu, um ihm aufzuhelfen. Mit zusammengekniffenen Augen starrte der Burgvogt ihn an und wischte sich dabei mit dem Unterarm grunzend den Mund ab. Dann grinste er schmerzerfüllt und ergriff Geros Hand.

Schneller als Gero gesehen hatte, landete er hart auf dem Rücken, Rolands Fuß auf der Kehle und die Spitze seines Schwertes drohend auf seinen Augapfel gerichtet.

»Traue niemals einem Feind«, raunte er düster, »schon gar nicht aus Mitleid!«

Die Wochen vergingen für Gero mit täglichen Übungseinheiten, ohne Aussicht auf einen Einsatz in einer echten Kampfsituation. Dabei behauptete Roland, dass er sich schon jetzt dem Stand eines Ritters als würdig erweisen würde. Gerne hätte er die gute Nachricht mit jemandem aus seiner näheren Familie geteilt. Am liebsten mit Lissy, doch seit seiner Abreise im Frühjahr hatte er nichts mehr von ihr gehört. Bei Nachfragen nach dem Wohlergehen seiner Familie hatte er zwar stets zu hören bekommen, dass alles bestens stehe, aber das war ein schwacher Trost angesichts der Tatsache, dass er seine Liebste so furchtbar vermisste.

Inzwischen war Gero so erfahren, dass er gegen Rolands Söldner antreten konnte. Immer häufiger forderten ihn die hartgesottenen Männer zu einem Zweikampf heraus, und immer öfter behielt er die Oberhand. Wobei ihm nicht ganz klar war, ob sie ihn aus Gefälligkeit gewinnen ließen, wie sein Lehrmeister behauptete, oder ihm tatsächlich unterlegen waren. Vielleicht wollte Roland aber auch nicht, dass er eingebildet und zu selbstsicher wurde.

»Das größte Übel ist«, sagte er stets, »wenn ein Kämpfer sich überschätzt und seinen Gegner nicht ausreichend respektiert. Das macht unvorsichtig, und ich habe schon gestandene Ritter durch die Hinterlist eines schmächtigen Hirtenjungen fallen sehen.«

Gero versicherte Roland mindestens einmal am Tag, dass ihm so etwas nicht passieren würde. Wobei er sich dachte, dass ein Ritter, der sich von einem Hirtenjungen besiegen ließ, nicht unbedingt zur gescheitesten Sorte gehören konnte.

Eines Tages rief ihn seine Tante nach einer Übungsstunde zu sich in ihre Kemenate. Sie habe ihm etwas Wichtiges mitzuteilen, verriet sie ihm auf dem Weg dorthin.

Gero schlug das Herz hart in der Brust, als sie gemeinsam ihr sonnenüberflutetes Frauengemach betraten. Was mochte sie ihm wohl sagen wollen? Gab es vielleicht Nachrichten von zu Hause? Schon wieder war er in Gedanken bei Lissy.

Eine der älteren Gesellschafterinnen seiner Tante, die mit irgendeiner Handarbeit am Fenster saß, schaute kurz auf und verließ auf Margarethas Wink das Zimmer.

Als seine Tante aufblickte und die Erwartung in seinen Augen sah, strahlte sie übers ganze Gesicht.

»Ich habe von Roland gehört, dass du deine Ausbildung so gut wie abgeschlossen hast. Ich konnte mich soeben selbst davon überzeugen, dass du dich immer mehr zu einem passablen Ritter entwickelst. Deshalb habe ich mir eine kleine Belohnung für dich ausgedacht.«

Als er schüchtern aufschaute, sah er, wie seine Tante zu einer prunkvoll beschlagenen Kiste ging und daraus etwas hervorholte, das in ein langes Stück roten Brokatstoff eingewickelt war.

Margaretha kehrte zu ihm zurück und befreite behutsam ein glänzendes Schwert von dem Stoff, das sie ihm lächelnd entgegenhielt. Es war gut zwei Ellen lang, hatte einen mit Leder umwickelten Griff und ein sorgfältig graviertes Blatt, dessen Blutrinne mit Schnörkeln versehen war.

»Ein Meisterschmied aus Nogent hat es vor ein paar Jahren geschmiedet. Es hat Onkel Gerhard gehört und sieht noch ziemlich neu aus. Ich habe mir sagen lassen, dass es eine beachtliche Stabilität besitzt.«

»Das ist meiner nicht würdig«, stammelte Gero überrascht und nahm das Schwert prüfend entgegen. So eine Waffe kostete leicht den Gegenwert eines guten Streitrosses. Und obwohl sich das Geschenk als äußerst kostbar erwies, war sein Ausspruch mehr der Höflichkeit geschuldet. Trotz der soliden Qualität war es leider kein Anderthalbhänder, wie er ihn sich sehnlichst gewünscht hätte. Als Sohn eines Edelfreien und zukünftiger Ritter war er schließlich davon überzeugt, nur das Beste zu verdienen, wenn er seine Sache gut machen sollte. Aber es versetzte ihn nun in die Lage, mit einem erstklassigen Schwert kämpfen zu können.

»Danke«, sagte er artig und schenkte seiner Tante nicht nur das strahlendste Lächeln, zu dem er fähig war, sondern auch einen Kuss auf die Wange. Margaretha klopfte ihm sichtlich begeistert auf die Schulter. »Freut mich, dass es dir gefällt.«

»Verzeiht, Tante«, hob er vorsichtig an, weil er die gute Gelegenheit beim Schopfe packen wollte. »Wo Ihr mir nun dieses wunderbare Schwert geschenkt habt. Wann ist es endlich soweit, dass ich an Rolands Seite bei der Verteidigung der Burg mitreiten darf?«

Mit schmalen Lidern sah sie ihn plötzlich geradezu abweisend an. »Du bist noch nicht so weit, als dass ich dein Leben aufs Spiel setzen möchte. Zumal du noch nicht mal den Ritterschlag erhalten hast. Deine Mutter würde mich umbringen, wenn ich dich bis dahin irgendeiner Gefahr aussetze, die niemand einschätzen kann.«

»Bei allem Respekt, den ich Euch entgegenbringe«, widersprach Gero und trat ungeduldig von einem Fuß auf den anderen. »Ich bin zwanzig Jahre alt. Mit dem Alter regieren andere Männer ganze Reiche. Und die übrigen Recken an Rolands Seite haben auch keinen Ritterschlag erhalten und kämpfen trotzdem. Außerdem werde ich spätestens im März, vielleicht auch schon früher zum Ritter geschlagen. Das hat mein Vater versprochen. Wie soll ich diese Würde annehmen, wenn ich keinen einzigen ernst zu nehmenden Kampf bestritten habe?« Gero hatte Mühe, gelassen zu bleiben. Als Rolands Knappe hätte er jedes Recht der Welt gehabt, seinen Herrn auch bei den gefährlichsten Feldzügen begleiten zu dürfen und ihm zur Seite zu stehen. Warum also nicht wenigstens bei harmlosen Vergeltungszügen und vorsorglichen Streifen durch das Gebiet der Waldensteiner?

»Weil ich es nicht will«, erwiderte Margaretha bestimmt. »Du bist kein dahergelaufener Söldner, über dessen Tod niemand trauert. Du bist der Sohn eines Edelfreien und der Neffe einer Gräfin. Wenn ein Söldner im Kampf gegen einen Schurken versagt, ist es ausgesprochenes Pech. Wenn ein Adliger wie du im Kampf gegen räuberisches Gesindel fällt, trifft es die Ehre eines ganzen Standes und ermutigt unsere Feinde, noch härter gegen uns vorzugehen. Abgesehen davon, dass ich es mir selbst nicht verzeihen würde, dich zu früh ins Feld geschickt zu haben.«

Gero trat einen Schritt zurück und verneigte sich demütig. Das Letzte, was er wollte, war, den Zorn seiner Tante auf sich zu ziehen.

»Verzeiht meine vorlauten Worte«, murmelte er halbherzig und bedachte sie mit einem reuevollen Blick. »Ich wollte Euch nicht erzürnen.«

»Mir tut es leid, dich enttäuschen zu müssen, mein Junge«, lenkte sie ein. »Aber ich habe mich gegenüber deiner Familie zu verantworten. Deine Mutter ist ohnehin halb krank vor Angst, seit sie weiß, dass Roland dich in Wahrheit nicht für unsere Schutzmannschaften, sondern für deine zukünftige Ausbildung bei den Templern schleift. Ich habe ihr versprechen müssen, dass ich auf dich achtgebe, als wärst du mein Augapfel.«

»Ich habe nicht vor, zu den Templern zu gehen«, erwiderte er leise und wich ihrem prüfenden Blick aus. »Ich möchte eine Frau ehelichen und eine Familie gründen. Ich wünsche mir eines Tages Kinder, die mein Haus mit Lachen erfüllen.«

Aus den Augenwinkeln sah er, wie Margarethas Blick weich wurde. Sie streckte ihre Hand nach ihm aus, während er noch immer mit dem Schwert in der Hand vor ihr stand, und streichelte seine bärtige Wange.

»Ich habe es schon länger geahnt«, sagte sie nicht weniger leise. »Du bist kein raubeiniger Wüstling, dem nicht Besseres einfällt, als saufend und plündernd durch die Lande zu ziehen. Ich finde deine Ansichten äußerst vernünftig und würde nichts lieber tun, als dich in deinem Vorhaben zu unterstützen. Du weißt, dass ich keinen Erben vorweisen kann. Und ich würde gern Frieden schließen mit den Herzögen von Lothringen. Wenn du meine Burg übernimmst und eine von den Grafentöchtern heiraten könntest, deren Vater im Auftrag des Herzogs die Feste Sierck verwaltet, würde man uns dort nicht länger als Feinde ansehen. Was meinst du?«

Gero schwieg. *Nein*, hätte er am liebsten gesagt. *Ich kann keine Grafentochter heiraten. Ich will Lissy, niemanden sonst.*

»Du vermittelst mir nicht unbedingt einen erfreuten Eindruck«, wandte die Gräfin stirnrunzelnd ein. »Dabei dachte ich, das ist genau das, wonach du verlangst?« Sie nahm ihn beiseite, um ihn auf einen Stuhl zu dirigieren.

Gero wollte sich eigentlich nicht hinsetzen, schon gar nicht in den Frauengemächern, an ein filigranes, mit violetten Herbstblumen geschmücktes Tischchen. Roland wartete draußen auf dem Hof auf ihn. Er würde Fragen stellen, wo er sich so lange aufgehalten hatte. Doch was blieb ihm anderes übrig, wenn er die Gunst der Stunde nutzen wollte?

»Was hast du denn?«, bohrte die Gräfin weiter, während sie sich neben ihn auf einen zweiten Stuhl setzte. »Mit einem entsprechend politischen Hintergrund wird sich dein Vater schon noch davon überzeugen lassen, dass es besser ist, dich hierzubehalten, anstatt dich in ein ungewisses Schicksal zu diesen verdammten Rotkreuzlern zu schicken.«

Als Zeichen dafür, dass sie durchaus bereit war, sich länger mit ihm zu unterhalten, griff sie nach einer blau glasierten Karaffe und goss weißen Wein in zwei ebenfalls blau glasierte Becher, die auf dem Tischchen standen. Sie reichte ihm einen Becher und prostete ihm aufmunternd zu.

»Man munkelt, dass der Großmeister der Templer, Jacques de Molay, unbedingt einen neuen Kreuzzug durchführen möchte«, sprach die Gräfin weiter und nahm einen Schluck. »Um die Rückeroberung des Heiligen Landes zu erreichen.« Sie stellte den Becher ab, schnaubte ungalant und sah ihn mit ihren klaren blauen Augen durchdringend an. »Ich frage mich ernsthaft, was sich dein Vater davon verspricht, dich diesem verrückten Haufen von Totschlägern in die Arme zu treiben. Jeder halbwegs vernünftige Mensch ahnt, dass ein solches Unterfangen wenig Aussicht auf Erfolg hat und es die Templer wie immer höchstens unzählige Opfer kosten wird. Aber was will man von einem Ritterorden verlangen, der stolz darauf ist, wenn das Blut seiner jungen Mönchskrieger den Boden der Heiden tränkt?«

Gero räusperte sich leise, während seine Tante sich weiter in Rage redete.

»Ich sagte doch«, bekannte er kaum hörbar. »Ich habe nicht vor, einen weißen Mantel tragen, und schon gar nicht will ich ein Keuschheitsgelübde ablegen.«

»Aber heiraten willst du augenscheinlich auch nicht?« Seine Tante schaute ihn überrascht an. »Was willst du dann? Dir eine Mätresse halten oder womöglich mehrere und mit ihnen einen heimlichen Harem gründen?«

»Ich sagte doch, dass ich gerne *eine* Frau heiraten und eine Familie mit ihr haben möchte«, erklärte Gero. »Nur würde ich mir die Frau, die es betrifft, gerne selbst aussuchen.«

»Oho!« Seine Tante sah ihn verständnislos an. »Seit wann darf man sich in unseren Kreisen aussuchen, wen man heiraten möchte?«

Ihrem Lächeln haftete eine Ironie an, für die sie trotz aller Güte berüchtigt war.

»Mutter behauptet immer, Ihr hättet Onkel Gerhard aus Liebe geheiratet«, widersprach Gero leidenschaftlicher, als er es eigentlich gewollt hatte.

»Sagt sie das?« Margaretha hob eine Braue. »Und am Ende hat Gott der Herr mich dafür gestraft, indem er mir meinen Auserwählten so grausam genommen hat.«

»Er hat ihn durch Roland ersetzt«, antwortete Gero kühn. »Und jeder kann sehen, wie sehr Ihr diesen Mann schätzt.«

»Wobei wir wieder beim Thema wären«, erwiderte Margaretha unbeeindruckt. »Ich kann Roland nicht heiraten und er mich nicht, weil er bedauerlicherweise nicht meinem Stand entspricht.«

»Aber die Frau, die ich liebe, entspricht meinem Stand«, stieß Gero reichlich unbedacht hervor.

»Ach so?«, fragte Margaretha spitz. »Und? Willst du mir auch ihren Namen verraten?«

Gero hätte sich verwünschen können, weil er so vorlaut gewesen war. Nun würde seine Tante nicht eher Ruhe geben, bis er ihr die Identität des Mädchens verriet. Doch das konnte er unmöglich tun. Wenn sich die Meinung der Tante gegen eine Verbindung mit seiner nicht leiblichen Schwester richtete – und davon war auszugehen –, würde er Lissy in Schwierigkeiten bringen. Gut möglich, dass sie auf diese Weise noch rascher im Kloster landete.

Er schüttelte seine blonde Mähne. »Ich kann es Euch nicht sagen«, flüsterte er schließlich. »Mir fehlt die Zustimmung des Mädchens, es zu verraten.«

»Wenn du mir nicht vertraust«, wandte seine Tante ein, »kann ich dir auch nicht helfen.«

Gero horchte unvermittelt auf. »Würdet Ihr mir denn helfen, wenn ich es Euch verrate?«

»Selbstverständlich würde ich das«, bestätigte seine Tante im Brustton der Überzeugung. »Nichts wäre mir wichtiger, als dich glücklich zu sehen.«

»Ganz gleich, wer sie ist?«

»Wenn zutrifft, was du sagst, und sie von Stand ist, sehe ich keinerlei Hindernis«, meinte Margaretha mit einem zuversichtlichen Nicken. »Wenn alles stimmt, dürfte es uns nicht schwerfallen, zunächst deine Mutter von unserem Vorhaben zu überzeugen. Wenn wir sie auf unserer Seite haben, wird sie deinen Vater von ganz alleine eines Besseren belehren.«

Geros Herz klopfte plötzlich wie wild. »Elisabeth!«, brach es aus ihm hervor. »Es ist Elisabeth.«

Margaretha verlor augenblicklich jegliche Farbe im Gesicht. »Du sprichst nicht etwa von deiner Schwester?«

Gero nickte. »Lissy ist durch die Taufe und die gesetzliche einwandfreie Annahme an Kindes statt unzweifelhaft eine Adlige.«

Obwohl Margaretha saß, suchte sie mit einer Hand Halt an dem kleinen Tisch. »Aber sie ist deine Schwester«, murmelte sie.

»Ist sie nicht!«, entfuhr es Gero leidenschaftlich. »Wir sind nicht blutsverwandt.«

»Trotzdem ist es ein Frevel«, schleuderte Margaretha ihm harsch entgegen. »Mein Gott, Junge, was denkst du dir eigentlich? Glaubst du, dein Vater bricht zweimal sein Gelübde und erspart ihr das Kloster?«

»Verdammt«, entfuhr es Gero ebenso ungalant. »Ich pfeife auf dieses blöde Gelübde. Überhaupt, was sollte es jetzt noch bringen? Akko ist verloren, und Onkel Gerhard ist tot. Denkt mein Vater etwa, dass seine rechte Hand wieder nachwächst, wenn er mich zu den Templern schickt und Lissy ins Kloster verbannt? Das ist doch vollkommener Irrsinn. Wir lieben uns, Tante Margaretha!«, bekannte er mit einer Inbrunst, die ihm den Atem nahm. »Wenn ich sie nicht haben kann, will ich nicht mehr leben! Dann können die Templer von mir aus freiwillig all mein Blut haben und es in irgendeinem heidnischen Land verteilen. So einfach ist das!«

Margaretha war aufgesprungen und legte ihm beide Hände auf die bebenden Schultern. »So beruhige dich doch, mein Junge.«

Gero wollte sich aber nicht beruhigen. Jedenfalls nicht, bevor er sicher sein konnte, Margarethas Unterstützung zu haben.

»So versteh doch, Gero«, redete sie unermüdlich auf ihn ein. »Alle Welt sieht sie als deine kleine Schwester. Und jedermann weiß inzwischen, dass sie in Kürze das siebzehnte Lebensjahr erreicht und in den Orden der Zisterzienserinnen eintreten soll. Dabei darfst du nicht vergessen, dass sie ihrem Ursprung nach eine Jüdin ist. Es hat deine Eltern eine Menge Überzeugungsarbeit bei Erzbischof Bohemond von Warnesberg gekostet, der zudem euer Lehnsherr ist, sie katholisch taufen zu lassen, damit dein Vater sie zur rechten Zeit in die Obhut der frommen Schwestern geben kann. Was sollen der Klerus und auch eure Untergebenen denken, wenn Elisabeth plötzlich allem entsagt, was dein Vater so lautstark verkündet hat, und das nur, weil sie deine Frau werden will?«

»Wieso ›nur‹?«, ereiferte sich Gero. »Und wieso entsagt sie dem christlichen Glauben, weil wir vor Gott ein Paar werden wollen?« Verständnislos starrte er seine Tante an.

»Ach, Junge«, warf Margaretha mit einem Seufzer ein, »niemand will, dass die alten Geschichten wieder hochkochen. Wenn Elisabeth keine Nonne mehr werden soll, wird alle Welt fragen, warum. Erst recht, wenn die Frage auftaucht, wie es sein kann, dass du deine eigene Schwester zur Frau nehmen willst. Ihre Herkunft wäre dann plötzlich wieder ein Thema, und die Leute, die eure Familiengeschichte nicht näher kennen, fangen an, Fragen zu stellen. Und deine Eltern kämen in Erklärungsnot. Wenn dann herauskommt, dass sie gar nicht deine leibliche Schwester ist, sondern eine geborene Jüdin, wird es nicht eben einfacher. Und das nicht nur, weil der Jude die christliche Taufe nicht anerkennt und eure Kinder nach deren Gesetz jüdischen Glaubens wären. Juden haben nun mal keinen guten Stand in unserer Gesellschaft.«

»Warum in aller Welt«, erwiderte Gero aufgebracht, »sollen wir auf unser Glück verzichten, nur weil irgendwelche dahergelaufenen Bauerntölpel zu dumm sind, die Zusammenhänge zu verstehen?«

»Es geht nicht allein um die Bauerntölpel. Es geht um die Ehre des Hauses Breydenbach! Denkst du wirklich, dass dein Vater die Schmach eines gebrochenen Gelübdes und dazu endlose Fragen und Diskussionen auf sich nehmen würde, nur weil ihr euch entschlossen habt, in den heiligen Stand der Ehe einzutreten?«

Margaretha schaute ihn aus großen Augen an. Ihre Miene verriet, für wie absurd sie diese Vorstellung hielt.

»Dein Vater wird für kein Geld der Welt seine Zustimmung zu dieser Verbindung geben! Eher wird Köln über Rom stehen! Im Gegenteil, wenn du stur bleibst und auf einer Heirat bestehst, bringst du Elisabeth in große Gefahr. Unbeherrscht, wie dein alter Herr sein kann, wird er am Ende noch denken, dass sie dich verführt hat, und es könnte gut sein, dass er keinen anderen Ausweg sieht, als sie offiziell zu verstoßen.«

»Damit wären dann ja alle Probleme gelöst«, erklärte Gero trotzig. »Falls er so etwas wagen sollte, gehe ich mit ihr fort. Ganz gleich, wohin! Wir werden schon einen Weg finden, zusammenbleiben zu können.

Und wenn wir fortan als Bettler leben müssten. Das ist allemal besser, als gegen seinen Willen einem Orden beitreten zu müssen und sich niemals wiederzusehen.«

»Das ist Kindergeschwätz!«, herrschte seine Tante ihn an. »Ohne Geld und ohne Protektion des jeweiligen Landesfürsten könnt ihr euch keine Meile weit fortbewegen, ohne Gefahr zu laufen, jederzeit wegen Nichtigkeiten eingekerkert zu werden. Jeder dahergelaufene Scharlatan würde euch im Handumdrehen festsetzen und zu Unfreien verurteilen können. Aber selbst wenn ich euch mit den nötigen Papieren und ausreichend Geld ausstatten würde, wäret ihr immer und überall in Gefahr. Und glaub mir, dein Vater ist ein rachsüchtiger, unnachgiebiger Mensch, wenn es um die Durchsetzung seiner Interessen geht. Du weißt selbst gut genug, dass er über unzählige Allianzen verfügt, mit denen er euch das Leben zur Hölle machen kann. Wenn du dich ihm entgegenstellst, wird er alles tun, um es dich bis ins Mark spüren zu lassen. Er wird keine Ruhe geben, bis er euch am Boden hat, und dann wird er dich und das Mädchen vernichten, ganz gleich, ob deine Mutter für euch um Gnade bettelt. Selbst mir wären dann die Hände gebunden.«

Gero war plötzlich zum Heulen zumute. Warum war er nur so dumm gewesen, Margaretha in seine Pläne einzuweihen? Er hätte abwarten sollen, bis sie ihm die Burg überschrieben hatte, und sobald er den Grafentitel besaß, hätte er Lissy aus diesem vermaledeiten Kloster geholt. Selbst auf die Gefahr hin, dass man sie beide exkommuniziert hätte und er gegen seinen eigenen Vater und damit gegen den Erzbischof von Trier in den Krieg hätte ziehen müssen.

»Gut«, sagte er fest. »Ihr habt mich überzeugt, Tante. Es war und ist eine dumme Idee, und ich werde sie Euch zuliebe verwerfen.«

»Nicht mir zuliebe, du Dummkopf«, gab sie erleichtert zurück. »Elisabeth zuliebe und um deiner selbst willen solltest du zur Vernunft kommen.«

»Ich werde zur Vernunft kommen und alles tun, was Ihr mir befehlt«, erwiderte Gero mit bebender Stimme. »Wenn Ihr mir das Versprechen gebt, dass ich Eure Nachfolge antreten darf, ohne jemanden heiraten zu müssen, den ich nicht will. Ich weiß schon jetzt, dass es nie eine andere für mich geben wird außer Elisabeth. Wenn ich auf sie verzichten muss, ziehe ich es vor, lieber für mich allein zu bleiben.«

»Und was ist mit einem späteren Erben?«, gab Margaretha zu bedenken.

»Macht Euch darüber keine Gedanken«, erklärte ihr Gero mit ruhiger Stimme. »Mein Bruder wird sicher irgendwann eine gute Frau ehelichen, die ihm mehrere Kinder schenkt. Dann könnte einer meiner Neffen Waldenstein beerben, wenn ich nicht mehr bin.«

»Auch wenn das alles noch ein wenig früh gedacht ist«, seufzte Margaretha und klopfte ihm auf die Schulter. »So soll es sein.«

Kapitel VI

Die nächsten Tage brachten für Gero keine Ruhe. Die ständige Grübelei, wie es nun mit Lissy weitergehen könnte, machte ihn ganz krank.

Natürlich würde er sich nicht dem Willen seiner Tante fügen, ebenso wenig wie er bei seinem Vater nachgeben würde. Doch es war entschieden zu früh, sich noch einmal in die Karten schauen zu lassen.

Hinzu kam, dass erneut Unholde in das Herrschaftsgebiet seiner Tante eingefallen waren. Der Anführer mit dem Eberkopf und seine Bande hatten drei weitere Bauernhöfe auf dem Gebiet der Waldensteiner angezündet und ausgeraubt. Die dort lebenden Frauen hatte man vergewaltigt und einen Knecht aufgespießt.

Auf dem Burghof berieten Rolands Söldner, was zu tun war, um den Mördern und Brandschatzern das Handwerk zu legen. Eine Aufregung, die Gero von seinen schweren Gedanken ablenkte. Doch gleichzeitig brachte die Tatsache, dass Roland offenbar noch immer nicht dafür gesorgt hatte, dass Margaretha es sich anders überlegte und ihn endlich zu den Verteidigungstruppen abkommandierte, sein Blut erneut in Wallung. Er wollte dabei sein, wenn man die schwarzen Reiter stellte und sie mit Schwert und Lanze zur Verantwortung zog. Schließlich hatte er nicht umsonst über Monate an allen gängigen Waffen geübt. Und wie sollte er eines Tages als Burgherr glänzen, wenn er noch nicht einmal den Mumm hatte, einem abgehalfterten Ritter gegenüberzutreten?

»Du weißt doch, wie deine Tante dazu steht«, mahnte ihn Roland, während Gero ihm half, in der Waffenkammer Helme und Kettenhemden vom Rost zu befreien. »Sie will nicht, dass du dich mit einem solchen Gesindel abgibst. Sie hat Sorge, dich könnte noch vor deiner Schwertleite ein unehrenhafter Tod ereilen.«

»Was, zur Hölle«, ereiferte sich Gero, »ist unehrenhaft daran, wenn man das Land seiner Untertanen verteidigt?«

»Seiner Untertanen?« Roland hob fragend eine Braue, doch Gero erwiderte nichts. Trotzdem stieß Roland einen wissenden Pfiff aus, der im Nachhinein ein wenig resigniert klang. Er hätte wohl selbst gern den Posten des Vogts gegen den eines Grafen und Burgherrn getauscht. Und obwohl für ihn nie eine wirkliche Chance auf diesen Wechsel bestanden hatte, musste ihm nun schmerzlich klar werden, dass mit Geros Ernennung zum Erben die Aussicht auf ein offizielles Leben an Margarethas Seite endgültig vertan war.

Der Waffenmeister musterte seinen Schüler und traf schließlich einen Entschluss. »Du hast recht«, sagte er. »Es wäre wohl gut, wenn du dir frühzeitig den Respekt der Truppe sicherst, für den Fall, dass du sie eines Tages als Heerführer übernehmen sollst. Und dafür braucht es jede Menge Erfahrung im Kampf. Du bist nun lange genug unter meinen Fittichen. Ich werde mit Margaretha reden. Früher oder später muss sie dir erlauben, mit uns zu reiten.«

Gero folgte Roland unbemerkt, als der zu Margaretha in die große Halle ging, um mit ihr über seinen ersten Einsatz als Söldner zu sprechen.

»Er hat längst das rechte Alter, um endlich den Geruch des Kampfes zu schnuppern«, argumentierte Roland von Briey gegenüber seiner Liebsten mit einiger Vehemenz.

»Ja, ich weiß«, erwiderte die Grafenwitwe, die zwar regelmäßig das Bett mit dem stattlichen Vogt teilte, aber deshalb noch lange nicht immer dessen Ansicht war. »Denkst du nicht, es hat noch Zeit, bis ihm der Gestank von Blut und Angstschweiß den Atem nimmt?«

»Wenn er sich bei der Verteidigung des Hauses Waldenstein als würdig erweisen soll, ist er gezwungen zu kämpfen. Wie sonst soll er sich den Respekt seiner Mannschaften erarbeiten, wenn er schon bald meine Position als Führer unserer Truppen übernehmen soll? Und wie sonst willst du Richard von Breydenbach davon überzeugen, dass sein Sohn auf Waldenstein dringender gebraucht wird als bei den Templern?«

Margaretha schien ins Grübeln zu geraten, was Gero immer daran festmachen konnte, dass sie ab und an flüchtig ihre schmale Nase rieb. Roland hypnotisierte sie regelrecht mit seinem intensiven Blick.

»Du weißt es?«, fragte sie leise, wobei es mehr eine Feststellung war, dass Roland auch ohne ein klärendes Gespräch von der unausgesprochenen Erbschaftsgeschichte wusste. »Und du bist nicht beleidigt, dass ich ihm an deiner Stelle die Burg anvertrauen will?«

»Warum, in Herrgotts Namen, sollte ich beleidigt sein?«, polterte Roland. »Ich bin kein leiblicher Verwandter von dir, und aufgrund unseres Standesunterschieds ist uns eine Heirat verwehrt. Gero hingegen kannst du als deinen Neffen an Sohnes statt annehmen, und Friedrich III. von Lothringen könnte ihm gleichzeitig die Grafenwürde verleihen. Glaub mir, nur das kann seinen herrschsüchtigen Vater dazu bringen, ihn ziehen zu lassen und auf die Erfüllung seines Gelübdes zu verzichten.«

»Na gut.« Die Gräfin nickte. »Du hast mich überzeugt. Tu alles, was in deiner Macht steht, um ihn möglichst bald zu einem gestandenen Ritter zu erheben. Sobald er die Schwertleite erhalten hat, werden wir Richard davon überzeugen, dass Gott seinem jüngsten Sohn einen anderen Schicksalweg bestimmt hat als der von ihm beschworene.«

Margaretha entließ Roland mit einer unwirschen Handbewegung. »Jedoch«, rief sie ihm beinahe drohend hinterher, »wenn meinem Jungen bei dieser Hatz auch nur ein Härchen gekrümmt wird, wirst du dich vor mir verantworten müssen!«

Gero glaubte vor Glück beinahe zu platzen, als er hinausrannte, um Roland auf dem Übungsplatz zu treffen. Er würde ein Graf werden, und wenn er erst den Titel hatte, würde er Lissy heiraten, ganz gleich, was sein Vater davon hielt.

Kapitel VII

In einer abendlichen Versammlung der Schutztruppe von Burg Waldenstein, an der Gero regelmäßig teilnehmen durfte, entschied man sich unter Rolands Vorsitz, der ständigen Bedrohung der Landbevölkerung durch die Bande mit dem Eberkopf ein Ende zu setzen.

Hinter den Überfällen stand allem Anschein nach Brunold von Esch, der Sohn eines Wildgrafen, der von seiner adligen Familie verstoßen worden war und nun auf unlautere Weise zu Geld und Einfluss kommen wollte.

In unschöner Regelmäßigkeit raubten er und seine gottlosen Teufel reisende Kaufleute und ganze Dörfer aus, brandschatzten das Land, und dort, wo sie langzogen, ließen sie nur noch Elend und Ödnis zurück. Im Laufe der letzten Monate hatten sie den Tod etlicher unschuldiger Menschen auf ihr Gewissen geladen.

»Es muss etwas geschehen«, hatte Margaretha mit harter Entschlossenheit bestimmt. »Ein Volk in Angst können wir uns auf Dauer nicht leisten. Schließlich dienen sie uns in dem guten Glauben, dass wir für ihre Sicherheit sorgen. Wenn man diese Schurken gewähren lässt, ist schon bald die ganze Ernte vernichtet und niemand mehr da, der sich auf die Felder getraut, um etwas auszusäen.«

Tage zuvor hatte Roland Späher ausgeschickt, die den Weg der Räuberbande verfolgt und unter Einsatz ihres Lebens eine Unterhaltung Brunolds mit seinen Recken am Lagerfeuer belauscht hatten. Daher wusste man, dass die schwarzen Reiter, wie sie allgemein genannt wurden, im Laufe des nächsten Tages eine enge Talsenke passieren würden, die nur eine Stunde Ritt entfernt von Waldenstein hinter einem Steinbruch lag. Ein kleines Dorf an der Grenze zu Kurtrier sollte ihr Ziel sein. Roland hatte seine Männer mit der Tatsache angefeuert, dass dort besonders viele Frauen, Kinder und Alte lebten, denen man unbedingt zur Hilfe eilen musste.

Früh in den Morgenstunden gab er seinen Männern das Zeichen zum Aufbruch. Aufgerüstet, als ob es in einen Kreuzzug ginge, ritten sie in einen herbstlichen, klaren Tag hinein, an dem sich kein Wölkchen am Himmel zeigte – fünfundzwanzig wehrhafte Soldaten, allesamt bewaffnet bis an die Zähne, mit Äxten, Lanzen, Schwertern und Schilden, und Gero mitten unter ihnen. Ihre bunten Wappenröcke wurden zur Tarnung durch grobe, graubraune Überwürfe verdeckt.

Gero war gewandet, wie es dem Neffen einer Gräfin würdig erschien. Er trug ein dunkelrotes langärmeliges Wams, eine feine, grün gefärbte Hirschlederhose und neue schwarze Stiefel aus weichem Ziegenleder. Darüber hinaus war er geschützt durch funkelnagelneue Kettenbeinlinge und ein besonders gut verarbeitetes Kettenhemd aus feinsten italienischen Stahlringen. Fingerhandschuhe aus dickem Rindsleder, deren Rücken mit winzigen eisernen Panzerblechen verstärkt worden waren, komplettierten die teure Ausrüstung. Einzig den Helm empfand er als störend. Trotz des fehlenden Kinnschutzes nahm er ihm die Rundumsicht. Eingekeilt von den unerschrockenen Vasallen seiner Tante, brauchte Gero an diesen Missstand jedoch keinen Gedanken zu verschwenden.

Dabei kamen ihm seine Begleiter seltsam ruhig vor. Keiner der hartgesottenen Recken erlaubte sich einen derben Spaß, wie es sonst allgemein üblich war. Niemand verlor ein überflüssiges Wort, nur das gelegentliche Schnauben der Pferde und die Warnrufe der Eichelhäher waren zu hören. Zwischen den sich langsam rot färbenden Buchen hielt sich hartnäckig der Frühnebel. Mit jedem Schritt, den die Pferde taten, stieg von den schweren Hufen der Geruch von Moder und Erde herauf.

Roland versammelte seine Truppe in einem verlassenen Steinbruch, in dem ehemals das Material für den Bau von Waldenstein abgetragen worden war. Hier würde man warten, bis der Feind in Sichtweite kam.

Endlich, im Zwielicht der Dämmerung, kroch die satanische Räuberbrut aus ihren nächtlichen Schlupflöchern hervor. Das Banner, ein schwarzer Eberkopf auf blutrotem Grund, prangte dreist auf ihren zerschlissenen Überwürfen. Mit arrogant erhobenen Häuptern passierten sie die Senke unterhalb jener Stelle, an der ihnen die Waldensteiner auflauerten.

»Halt dich zurück und setz deinen Helm wieder auf«, zischte Roland. Dabei bedachte er Gero mit einem warnenden Blick, als er bemerkte, dass sein Schützling unvermittelt und ohne Kopfschutz lospreschen wollte. »Besonnenheit ist die Stärke eines jeden Kriegers. Und wenn es dir zu bunt wird, ergreife im Zweifel lieber die Flucht, als unnötig den Helden zu spielen!«

»Ja, doch, Meister«, murmelte Gero und schüttelte unwillig seinen schulterlangen Schopf. Einsichtig folgte er dem Rat seines Lehrers, setzte die wattierte Haube samt Helm wieder auf und schnürte hastig den Kinnriemen fest.

»Ich kann nicht kämpfen und gleichzeitig auf dich aufpassen«, warnte Roland ihn nochmals, bevor er anritt und das Zeichen zum Angriff gab, in dem er einen Eichelhäher imitierte und die Hand zum Angriff hob. Auf sein Kommando brachen alle gemeinsam aus ihrer Deckung hervor.

Kehlige Schreie und martialisches Brüllen schallten über die hohen Bäume hinweg bis in das angrenzende Moseltal. Mit zwölf Reitern waren die Angegriffenen in der Unterzahl, und das Überraschungsmoment war unzweifelhaft auf der Seite der Waldensteiner. Nachdem Gero der Meute mit gezogenem Schwert hinterhergejagt war, stürzte er sich auf den erstbesten Gegner. Ein Kerl mit rußgeschwärztem Gesicht, kaum älter als er selbst und offenbar angriffslustig bis ins Mark. Er saß auf einem zottigen braunen Streitross, das den Kopf hochriss und die Zähne bleckte, als Geros Zelter ihm den Berg hinab zwischen mannsdicken Bäumen entgegenstürmte.

Gero musste sehen, dass er sein Tier nahe genug an den Feind heranlenkte, um ihn herausfordern zu können. Doch der andere setzte härtere Waffen ein. Die Brachialgewalt des Kampfhammers, der ungebremst auf Geros Schild niedersauste, beraubte ihn unverzüglich aller Heldenträume. Seine Arme waren stark, trotzdem vibrierten ihm während des Aufpralls die Knochen wie die gezupfte Saite einer Laute. Und obwohl Roland in seiner Unterweisung alles andere als zimperlich mit ihm umgegangen war, dämmerte Gero unvermittelt, dass es einen Unterschied machte, ob man eine Übung absolvierte oder dem Ernstfall ausgesetzt war.

Seinen Zelter dirigierte Gero nur noch mit den Schenkeln, während er weiterhin versuchte, unter Einsatz von Schwert und Schild, sein Gegenüber aus dem Takt zu bringen. Hastig riss er seinem Hengst den Kopf herum und duckte sich unter seinem Schild, um dem Eisenhammer auszuweichen, der ihm schon wieder entgegensauste. Dabei geriet sein Ross ins Straucheln und stolperte den Abhang hinunter. Auf den Blättern rutschte es unter Geros Gewicht samt Rüstung vornüber in die Knie und überschlug sich. Gero konnte seinem Schutzengel danken, dass er nicht unter dem schweren Tier begraben wurde, sondern noch im Fallen aus dem Sattel stürzte. Dabei schlug er mit dem Kopf hart gegen einen Buchenstamm.

Für einen Moment sah er Sterne und lag benommen am Boden. Erstaunlicherweise hielt er immer noch sein Schwert umklammert. Fünfzig Fuß über ihm tobte der Kampf in jener gnadenlosen Härte, von der die Soldaten immer behaupteten, sie verdränge jegliche Angst und ließe einen nur noch handeln. Pferde wieherten, die Erde bebte, und die Männer brüllten wie Vieh.

Wie ein Dämon, der aus der Unterwelt hervorschießt, tauchte sein Kontrahent vor ihm auf. Der Kerl hatte sich augenscheinlich seines Rosses entledigt. Mit erhobenem Schwert und siegessicherer Miene bahnte sich der Rußgeschwärzte einen Weg zwischen Wurzeln und Gestrüpp und stampfte geradewegs in Geros Richtung, dem es irgendwie gelang, wieder auf die Füße zu kommen.

»Mach dein Testament!«, raunte der Angreifer, wobei ihm im Halbschatten des nächststehenden Baumes offensichtlich entgangen war, dass Gero seine Waffe nicht verloren hatte, sondern sie nur hinter dem Rücken hielt. Und so machte er einen überraschten Schritt zurück, als Gero ihn mit einer geschickten Drehung seines Schwertes mit der ausgestreckten Klinge am rechten Oberarm erwischte. Ein flüchtiger Seitenblick ließ den Getroffenen erkennen, dass einige Ringe seines Kettenhemdes zersprungen waren und eine offene Fleischwunde das schmutzige Unterwams mit frischem Blut färbte. Keuchend und ohne Helm, den er wie Gero verloren hatte, ging der junge Räuber in zorniger Entschlossenheit erneut auf ihn los. Schweißnass klebte das blassblonde Haar des Gegners an dessen schwarz gefärbter Stirn, und die Lust zu töten funkelte in seinen hellgrünen Augen. Unerwartet schnell holte er zu einem mächtigen Streich aus und schlug zu.

Obwohl Gero zurücksprang, spürte er den dumpfen Schlag über seinem rechten Rippenbogen, gefolgt von einem scharfen, durchdringenden Schmerz, der aber sogleich wieder verging. Etwas Warmes sickerte über seinen Bauch und durchnässte das Wams und die Bruche. Instinktiv wusste er, dass er nicht dorthin schauen durfte, auch wenn er noch so gerne gewusst hätte, wie schlimm die Verletzung war. Nur ein einziger Augenblick der Unachtsamkeit konnte ihn das Leben kosten. Tapfer schritt er voran, dabei schwang er sein Schwert wie einen Dreschflegel und achtete kaum noch darauf, wohin er schlug. Helle Kreise tanzten vor seinen Augen, und die Gewissheit stellte sich ein, dass ihn der sichere Tod ereilen würde, wenn er das Bewusstsein verlor. Verzweifelt spürte er, wie ihn die Kräfte verließen, und er betete zum heiligen Christophorus, dass er Gnade walten ließ und ihm einen rechtzeitigen Vorteil verschaffte. Der heilige Mann schien ein Einsehen zu haben, denn der junge Räuber mit dem zerschlissenen schwarzroten Überwurf geriet beim nächsten Ausweichmanöver ins Stolpern und kippte hinterrücks in die Böschung. Dabei verlor er seine Waffe. Unbewaffnet lag er auf dem Rücken und hatte offenbar Mühe, sich zu orientieren. Gero erkannte seinen Vorteil und sprang mit gezogenem Schwert auf ihn zu. Er wollte ihn stellen, aber nicht töten.

»Auf den Bauch!«, befahl er ihm harsch und hielt dem jungen Mann die Klinge an den Hals, um seiner Aufforderung mehr Nachdruck zu verleihen. Die Augen des Gefangenen sprühten regelrecht Funken vor Hass. Während er sich langsam zu drehen begann, hatte Gero den Eindruck, als wolle er ihn mit seinen Blicken verhexen. Plötzlich machte sein Gegner eine rasche, heimtückische Bewegung mit den Beinen und schlug Gero die Füße weg. Unversehens landete er selbst auf dem Rücken und sah trotz seiner Überraschung noch, wie der andere sich blitzschnell aufrappelte und unter seinem Überwurf einen Hirschfänger zog. Entschlossen stürzte er auf Gero zu, dessen Hand zwischen Laub und Erde vergeblich nach dem Heft des eigenen Schwertes suchte.

Für Gero war es, als ob Stunden vergingen, bis der Angreifer mit einem gewagten Sprung auf ihm landete, seine Abwehr durchbrach und sein Messer erhob, um es ihm ins Herz zu rammen.

Auf einmal ging dann alles rasend schnell. Er spürte nur noch, wie es plötzlich nass und warm wurde auf seiner Brust, und er dachte, es müsste sein eigenes Blut sein, das aus seinem offenen Leib sprudelte. Merkwürdigerweise hatte er nichts gespürt. Doch aus eigener Erfahrung und den Erzählungen seines Vaters wusste er, dass besonders große Wunden im ersten Augenblick schmerzlos blieben. Er schloss die Augen und betete. Ob es lange dauern würde, bis man vor Gottes Angesicht trat? Völlig unerwartet entfernte sich der schwere Körper, als ob er gen Himmel schweben würde, und Gero hörte eine dunkle Stimme. Aber es war nicht der heilige Petrus, dessen Flüche ihm bekannt vorkamen. Verdutzt öffnete Gero die Lider.

»Verdammt, da hast du noch mal Schwein gehabt. Erzähl's bloß nicht deiner Tante!« Roland zog ihn ohne Mitleid auf die wackeligen Beine.

»W… Was?«, fragte Gero und starrte an sich herab. Überall sah er Blut. Der metallische Geruch frisch geschlachteten Viehs stieg ihm in die Nase. »Ich glaub mir …« Weiter kam er nicht. Roland konnte ihn gerade noch auffangen und ihm auf die Knie helfen, bevor er mit dem Oberkörper nach vorne sackte und sich in einem Schwall erbrach, während er seine Finger in den aufgeweichten Waldboden krallte.

Roland hockte sich neben Gero und hielt ihm den Kopf, während er sich die Galle aus dem Leib würgte. Immer wieder strich Roland ihm über den Nacken und murmelte beruhigende Worte, bis das Elend ein Ende hatte, dann half er ihm, sich aufzurichten.

»Scheiße«, fluchte er. »Zeig, Junge, was hast du da an deinen Rippen?« Sein Lehrmeister zerrte an Geros aufgeschlitztem Kettenhemd und inspizierte die klaffende Wunde darunter. Der wattierte Stoff des Unterwamses war ebenfalls aufgeschlitzt und hatte sich auf der rechten Seite von der Armbeuge bis zum Saum, der dicht über der Scham endete, mit Blut vollgesogen.

Gero stand am ganzem Leib zitternd vor seinem Retter. Eine warme Flüssigkeit lief entlang der Schenkel und durchtränkte seine Hirschlederhose. War es Blut oder Urin? Er wusste es nicht. Seltsam körperlos stand er dort, und alles, einfach alles war ihm egal. Selbst Lissy interessierte ihn plötzlich nicht mehr.

Roland seufzte erleichtert, nachdem er seine Handschuhe ausgezogen hatte und mit seinen Fingern über das rohe, offene Fleisch gefahren war. »Noch mal Glück gehabt, Junge. Ist nur oberflächlich. Das kann Mathilde nähen.«

Nur zögernd begriff Gero, was Roland damit meinte. Mathilde war die Hausschneiderin auf Burg Waldenstein, und normalerweise nähte sie Kleider und Hosen. Aber dann und wann wurde ihr Geschick auch anderweitig verlangt. Ihn schauderte. Nicht nur bei dem Gedanken, sich in Mathildes Obhut begeben zu müssen, sondern auch, weil langsam, aber sicher das Leben in seinen Körper zurückkehrte und die Wunde unangenehm zu pochen begann.

»Hier, drück das drauf«, sagte Roland und überreichte ihm sein zusammengefaltetes Halstuch.

Dann schob der Burgvogt Gero behutsam den Hang hinauf. Nun erst offenbarte sich ihnen das ganze Elend des Kampfes. Der Zelter hatte sich ein Bein gebrochen und musste noch an Ort und Stelle getötet werden. Roland von Briey hatte Geros Kontrahenten auf dem Gewissen. Im letzten Moment hatte der Lehrmeister beobachtet, wie sein Schützling in Bedrängnis geraten war. Ohne nachzudenken, hatte er den jungen Schurken, der Gero das Lebenslicht ausblasen wollte, von hinten so präzise mit einer Lanze durchbohrt, dass der Junge zwar tödlich getroffen, aber Gero davon unbehelligt geblieben war.

Von den Räubern waren bis auf drei alle zu Tode gekommen. Der klägliche Rest, darunter Brunold, hatte die Flucht ergriffen, und Roland hatte davon abgesehen, ihn und die verbliebenen Männer verfolgen zu lassen. Sollten sie getrost kundtun, dass es in dieser Gegend zu gefährlich war, einen Angriff zu wagen. Von Margarethas Söldnern hatte es Gott sei Dank niemanden tödlich erwischt. Allerdings gab es vier Gefolgsleute, die ebenfalls so schwer verletzt waren, dass sie nicht darum herumkommen würden, Mathildes Dienste in Anspruch zu nehmen.

Gero war hundeelend zumute, als er endlich vor Roland im Sattel saß und sie gemeinsam den Weg zurück nach Waldenstein antraten. Er wusste nicht, ob der große Blutverlust Schuld daran trug, dass ihm andauernd schwindlig wurde, oder das Starkbier, das Roland ihm während des Ritts unentwegt einflößte.

»Am meisten tut es mir um das Pferd leid«, murmelte er und hielt sich die Seite.

»Scheiß auf das Pferd«, brummte Roland und überprüfte beiläufig, ob die provisorische Kompresse aus Halstüchern und zerrissenen Umhängen, die Geros Wunde verschlossen halten sollte, noch an der richtigen Stelle saß. »Dir ist hoffentlich klar, dass es weitaus schlimmer hätte kommen können. Das Wichtige ist, dass du lebst und keinen Wundbrand bekommst.«

Gero gab keinen Laut von sich, als sie nach einer gefühlten Ewigkeit die Festung erreichten. Richtig schlimm wurde es jedoch, als er im Burghof unvermittelt den Wagen seiner Mutter entdeckte.

Was für ein unglücklicher Zufall, dass sie sich ausgerechnet jetzt aufgemacht hatte, ihre ältere Schwester zu besuchen! Wenigstens war sie so vernünftig gewesen, sich von einer Eskorte begleiten zu lassen, was Gero an den im Hof stehenden vier Pferden ausmachen konnte, die alle die Wappendecken der Breydenbacher trugen. Nicht auszudenken, wenn seine Mutter und ihre Kammerfrauen Brunold von Esch in die Hände gefallen wären.

Roland stieß beim Anblick des Wagens einen deftigen Fluch aus. »Verdammt. Das ist ja wie verhext«, knurrte er. »Als ob es nicht ausreichen würde, dass ich mir von Margaretha die Wacht ansagen lassen muss. Ausgerechnet jetzt taucht auch noch deine Mutter hier auf.«

Zu allem Überfluss tat eine Magd einen Schrei, als sie die völlig erschöpften Krieger auf den Burghof einziehen sah.

Im Nu war das ganze Gesinde in Aufregung. Knechte und Mägde strömten herbei und sorgten für heiße Getränke und Decken. Die Knappen nahmen den Männern die Pferde ab, und Gero wurde als Erster von Mathilde ins Haus geführt. Dutzende Mägde liefen herbei und schnatterten um ihn herum wie eine Horde Enten. Nur die Gräfin und ihr Besuch ließen gnädigerweise noch auf sich warten.

»Ich will nicht, dass meine Mutter mich so sieht«, stieß Gero hastig hervor, als Mathilde andeutete, dass man sie unverzüglich rufen werde. Nichts fürchtete er mehr als das öffentlich zur Schau gestellte Mitleid von Mutter und Tante.

»Das wird kaum möglich sein«, erwiderte die Schneiderin, die ihr schwindendes blondes Haar wie üblich unter einer blütenweißen Haube verbarg. »Aber wir können versuchen, dich rasch so weit herzurichten, dass es nicht mehr ganz so furchtbar aussieht. Außerdem bist du nicht der Einzige, den es trifft.« Ihr Blick fiel auf die Männer hinter ihm, die ebenfalls leise stöhnend auf eine schnelle Behandlung warteten.

Ihre roten Wangen leuchteten vor Aufregung, während sie ihn eilig in die Waschkammer zog, wo bereits Ines, die auf Waldenstein als Kräutermagd und Hebamme fungierte, die Verwundeten erwartete und sie auf verschiedene Kammern verteilte.

Heißes Wasser, sauberes Leinen, Alaun und Lebermoos waren die Mittel der Wahl. Dankbar legte sich Gero der Länge nach auf die ihm zugewiesene Pritsche. Mit Macht kehrten nun die Schmerzen zurück, und die Wunde pochte hart wie ein Schmiedehammer, als Ines ihm aus den Kleidern half und Rolands provisorischen Verband entfernte. Dabei ging sie rasch und sorgfältig vor und ohne sich vor dem klaffenden Schnitt zu ekeln. Sie wusch ihm das Blut mit einem kalten Lappen ab und legte saubere Leinenkompressen mit Alaun und Lebermoos darauf, um weitere Blutungen zu stillen. Anschließend bedeckte sie seinen nackten Leib mit einer Pelzdecke. Eine Magd brachte derweil frische Kleidung und Handtücher herbei und noch mehr Verbandstoff, damit Ines ihm nach dem Nähen die Wunde verbinden konnte.

Plötzlich klopfte es an der Tür, und wie befürchtet trat seine Tante ein, gefolgt von seiner Mutter, die einen Schrei ausstieß.

»Heilige Mutter Gottes«, stöhnte die Gräfin. »Wie konnte das denn geschehen?«

Gero antwortete nicht. Nicht weil er nicht konnte, sondern weil es ihm die Sprache verschlug, als er hinter seiner Mutter einen leibhaftigen Engel bemerkte. Lissy stand dort, in einem himmelblauen Kleid, und sah aus wie die Jungfrau Maria persönlich. Ihre großen braunen Augen wirkten besorgt, aber längst nicht so panisch wie die seiner Mutter. Langsam wie eine Katze schlich das Mädchen an sein Bett heran und setzte sich nieder. Sacht streichelte sie über seinen ausgestreckten Arm.

Fünf Monate hatten sie sich nicht mehr gesehen, und sie erschien ihm irgendwie verändert. Es sah aus, als wäre sie ein wenig fülliger geworden. Doch das stand ihr sehr gut. Überhaupt war sie in seinen Augen noch begehrenswerter geworden, und er fragte sich, ob es daran lag, dass sie sich so lange nicht gesehen hatten.

»Wir benötigen hier ein bisschen Platz, junge Dame«, herrschte Ines sie an. Als Hebamme und Wundpflegerin war sie bekannt dafür, kein Blatt vor den Mund zu nehmen. Lissy rutschte ein wenig zur Seite, damit Ines an Geros malträtierte Rippen herankam, aber verscheuchen ließ sie sich nicht.

»Wir können ihn doch jetzt nicht alleine lassen«, jammerte Jutta von Breydenbach, und Gero wusste nicht, was schlimmer war, die zu erwartenden Nadelstiche oder das Wehklagen seiner Mutter.

»Ines hat recht«, sagte die Gräfin und packte ihre Schwester am Ärmel. »Wir sollten sie und Mathilde in Ruhe arbeiten lassen. Lass uns gehen, ich hab ohnehin noch mit Roland ein Hühnchen zu rupfen.«

Roland kann nichts dafür, wollte Gero noch rufen, doch ihm versagte die Stimme.

Margaretha schob Geros Mutter aus der Kammer hinaus, während diese ihrer Tochter einen auffordernden Blick zuwarf. »Komm schon, Elisabeth«, rief sie ihr zu. »Die Frauen sollen ungestört ans Werk gehen können.«

»Ich bleibe hier«, vernahm Gero die weiche, melodische Stimme des Mädchens. »Ich werde meinem Bruder zur Seite stehen, bis er die Tortur überstanden hat.« Entschlossen ergriff sie seine Hand, und Gero war es, als ob ihr ein lebendiges Feuer entströmte, das heilsam durch seine Adern floss.

»Es sei dir gewährt«, antwortete seine Mutter mit einem erstaunten Blick, der nicht offenbarte, ob es ihr nun recht war, dass sie blieb oder nicht. »Aber ruf mich sofort, wenn sich sein Zustand verschlechtert.«

Wahrscheinlich war sie froh, dass überhaupt jemand aus der Familie bei ihm blieb.

Nachdem Mutter und Tante gegangen waren, wollte ihm Ines einen Löffel Mohnsaft verabreichen, doch Gero verweigerte die Medizin. Er wollte nicht schlafen, er wollte einzig in Lissys zartes Antlitz schauen und ihr zeigen, wie ein wahrer Held beschaffen war. Ihre braunen Augen hielten seinem konzentrierten Blick stand und wandten sich auch nicht ab, als Ines Mathilde ein Zeichen gab, dass sie nun mit dem Nähen beginnen konnte. Jeder verdammte Stich jagte Gero eine Kaskade von Qualen durch den geschwächten Leib, doch er biss eisern die Zähne zusammen, bis Mathilde endlich nach fünfzehn Stichen die beiden Enden des Fadens verknotete. Lissy streichelte unentwegt seine Hand, und ihm blieb nichts anderes, als sie verträumt anzulächeln, selbst noch als Ines die fertige Naht mit einem kalten Essigschwamm reinigte, bevor sie Lebermoos darauf verteilte. Dabei warf ihm die kräuterkundige Frau merkwürdige Blicke zu, weil er überhaupt keine Fragen stellte und sich auch sonst nicht regte.

Nachdem Ines die Kompresse fixiert und ihm zum guten Schluss einen langen breiten Leinenstreifen um den Leib gewickelt hatte, durfte er aufstehen und sich anziehen.

»Du hast dich geschlagen, wie man es von einem Ritter erwarten würde«, sagte sie anerkennend.

»Er ist ein Ritter«, bemerkte Lissy mit funkelnden Augen, und ehe sie Geros überraschten Freudentaumel zu sehen bekam, ging sie hinaus, damit er sich ungestört ankleiden konnte.

Gero spürte, wie ihm erneut schwindlig wurde, als er sich erhob. Leicht wankend hielt er sich am Türpfosten fest. Während Ines ihm half, das Nachthemd überzuziehen, glaubte er zu träumen. Wegen seiner Unachtsamkeit hatte er sein Leben aufs Spiel gesetzt und den Zelter verloren. Roland hatte allein wegen ihm einen weiteren Menschen getötet. Und noch stand nicht fest, ob die Wunde sauber verheilen würde. Aber er war ein echter Ritter, jedenfalls, wenn es nach Elisabeth ging. Allein dafür hatte sich all das Unglück gelohnt.

Als er nach draußen zu ihr ins Foyer trat, um anschließend seine Gemächer aufzusuchen, packte Gero sie hart an den Schultern und küsste sie auf die Stirn. »Danke«, sagte er mit rauer Stimme und kämpfte mit Mühe dagegen an, sie nicht auch noch auf den Mund zu küssen.

»Wofür?«, fragte Lissy und lächelte.

»Dafür, dass du bei mir geblieben bist«, stieß er heiser hervor. »Ohne dich hätte ich das nicht überstanden.«

»Red doch keinen Unfug«, erwiderte sie und streichelte sanft über seine glühende Wange. »Das hast du ganz allein geschafft. Weil du es so wolltest und an deine Tapferkeit geglaubt hast.«

»Du hast mich dazu gebracht, tapfer zu sein«, flüsterte er und entfernte mit seinem Zeigefinger eine dunkle Strähne aus ihrem Gesicht.

»Vielleicht hast du recht«, sagte sie und lächelte. »Nichts macht den Glauben so stark wie die Liebe.«

»Bringst du mich noch zu Bett?«, fragte er zaghaft. »Ines meinte, es bekäme der Wunde besser, wenn ich mich eine Weile ausruhe. Sicher hilft es auch, wenn ich nette Gesellschaft habe.«

»Natürlich«, sagte sie und schaute sich um. Doch in den weiten Fluren der Burg fand sie offenbar nicht, was sie suchte.

»Ich dachte, es wäre besser, wenn ich Mutter und Tante berichte, dass du alles gut überstanden hast.«

Gero starrte auf ihre blühenden Lippen und schüttelte den Kopf. »Mir würde es sicher besser bekommen, wenn du damit noch etwas warten könntest und mich derweil allein in mein Zimmer begleitest. Wir haben uns so lange nicht gesehen, und mein Mund verzehrt sich danach, deinen zu küssen.«

Lissy lächelte selig und fasste nach seiner Hand. »Dann soll es so sein«, wisperte sie und zog ihn zum Treppenhaus hin.

Auf dem Weg zum Aufgang in die oberen Stockwerke begegnete ihnen Roland mit einem weiteren Verletzten, die sich nun auch in die Obhut der beiden Frauen begeben musste.

»Ich sehe, du hast es schon überstanden«, sagte Roland und zwinkerte Gero zu. Dann verbeugte er sich vor Elisabeth. »Ich würde dich gern standesgemäß mit einem Handkuss begrüßen«, sagte er schmunzelnd und hob dabei seine schmutzigen Hände, an denen noch Blut klebte. »Aber ich fürchte, ich muss mich erst mal anständig waschen. Also verschieben wir das auf später, ja?«

»Gern«, entgegnete sie milde. »Kümmere dich um das Wohlergehen deiner Männer, das ist weitaus wichtiger.«

Als Gero mit Lissy im zweiten Stock der Burg angekommen war, dort, wo gewöhnlich die Männer schliefen und auch Roland sein Zimmer hatte, war es mit einem Mal still. Nur vom Burghof herauf waren noch hier und da die Rufe der Stallknechte und der übrigen Söldner zu hören, die ihre Waffen zur Überholung gleich zum Schmied brachten.

»Komm rein«, sagte Gero und zog seine Liebste zu sich ins Zimmer. Hinter ihr verriegelte er die Tür und zog sie aufs Bett.

Als er sie ein wenig zu heftig an sich zog, verspürte er einen unvermittelten Schmerz in der rechten Seite, woraufhin ihm ein unbeabsichtigter Zischlaut entfuhr.

Lissy reagierte sogleich mit einem besorgten Blick. »Du musst dich schonen«, erklärte sie und drängte ihn zu den aufgeschlagenen Laken und Daunendecken, damit er sich endlich niederlegte.

»Nicht ohne dich«, raunte er und zog sie mit sich, während er sich rücklings in die Kissen fallen ließ.

»Was ist, wenn Mutter plötzlich erscheint?« Ihr Blick war ein wenig besorgt.

»Die Tür ist verriegelt«, sagte er und zog sie zu sich herab. Als sie endlich neben ihm lag, begann er sie ungeachtet seiner Wundschmerzen zu küssen. Erst zärtlich, doch dann immer verlangender bediente er sich an ihren süßen Lippen.

Sie wich ihm nicht aus, sondern erwiderte seine Küsse. »Gero«, keuchte sie atemlos und stieß ihn mit gespielter Bestürzung zurück. »Wir dürfen das nicht tun.«

»Wer sagt das?«, fragte er und fuhr ihr mit einer Hand unter die Röcke.

Sie ließ es zu und stöhnte leise, als er ihren bloßen Schamhügel berührte.

Als er bemerkte, wie sie sich versteifte, begab er sich sogleich in harmlosere Gefilde und strich über ihren bloßen, leicht gewölbten Leib. »Kann es sein, dass du ein wenig runder geworden bist«, spöttelte er mit einem Grinsen und küsste ihre gerötete Wange.

»Gero«, erwiderte sie stockend und hielt seine Hand fest, dort wo sie war. »Ich weiß nicht, ob ich es dir sagen soll. Aber ich habe seit unserem Abschied meine unreinen Tage nicht mehr bekommen und spüre, wie mein Leib sich seitdem von Monat zu Monat mehr wölbt. Ich habe noch nicht mit Mutter darüber gesprochen«, bekannte sie zaghaft. »Aber kann es sein, dass du mit deinem Samen ein Kind in meinem Leib gepflanzt hast?«

Gero hielt schlagartig inne, sie zu streicheln, und starrte mit unvermittelter Sorge in ihre braunen Augen, dabei zog er die Hand unter dem gerafften Rock hervor, als ob er sich verbrannt hätte.

»Bist du sicher?«, fragte er.

»Natürlich bin ich mir sicher«, erwiderte sie beinahe beleidigt. »Ich weiß doch, wie es ist, wenn ich blute. Und das tue ich nun schon seit einer ganzen Weile nicht mehr. Aber ich habe keine Ahnung, wie man sich fühlt, wenn man ein Kind empfangen hat«, fuhr sie sichtlich beunruhigt fort. »Und ich wollte auch niemanden fragen, bevor ich es dir nicht gesagt habe.«

Auf einmal sah er Lissy mit ganz anderen Augen. Sie war nicht mehr das unbedarfte Mädchen, das er liebte. Sie war über Nacht zur Frau geworden.

»O Lissy«, stieß er fassungslos hervor. »Nichts würde ich mir mehr wünschen, als mit dir ein Kind zu zeugen.« Er kratzte sich vor Aufregung den Kopf. »Ich habe mit Tante Margaretha gesprochen, und sie meint ...«

»Du hast ihr gesagt, was zwischen uns ist?«, rief Lissy. Ihre Augen weiteten sich vor Panik. »Wie kommst du dazu, so etwas zu tun? Was ist, wenn sie mit Mutter spricht?«

Gero richtete sich auf. Und obwohl es sich anfühlte, als ob in seiner Wunde ein Feuer ausbrechen würde, packte er sie am Arm und sah ihr fest in die Augen.

»Tante Margaretha ist die Einzige, die uns eine gemeinsame Zukunft sichern kann«, beschwichtigte er sie. »Ich habe mit ihr geredet. Nach dem Ritterschlag will sie mich an Sohnes statt annehmen und mich als Erben von Burg Waldenstein einsetzen. Nur dann kann ich dich heiraten.«

»Das hat sie gesagt?« Lissy schaute ihn ungläubig an.

»Nein, das hat sie nicht gesagt«, korrigierte er sich. »Sie hat lediglich gesagt, dass ich die Burg bekomme und heiraten kann, wen ich will.«

»Aber nicht mich«, fügte sie zweifelnd hinzu.

»Wenn ich erst Burgherr und zum Grafen ernannt worden bin«, erklärte er mit düsterer Miene, »werde ich niemanden mehr fragen, wen ich zur Frau nehmen darf. Selbst wenn es die Tochter des Teufels wäre.«

»Danke für den Vergleich«, entgegnete Lissy. »Und, dass du dann exkommuniziert würdest, wäre dir egal?«

»Es wäre mir so gleichgültig wie die Ansichten meines Vaters.«

»Aber bis dahin wäre ich längst im Kloster«, gab sie zu bedenken. »Sobald man aus dir einen Ritter macht, soll ich den Schleier nehmen. Wenn ich erst das Gelübde abgelegt habe, kann ich nicht mehr zurück.«

»Wenn du wirklich guter Hoffnung bist, können wir beide nicht zurück«, erklärte Gero lakonisch.

»Was wirst du tun, wenn es so ist?«, fragte sie leise. »Wirst du mich verstoßen? Denn das wird unser Vater ganz sicher tun, wenn er erfährt, dass ich deine Leibesfrucht trage.«

»Bist du von Sinnen?« Derb zog er sie an sich und drückte sie ungeachtet seiner Schmerzen so fest, dass sie nach Atem rang.

»Wenn es so sein sollte, stehe ich zu dir und unserem Kind, ganz gleich, was unsere Eltern dazu sagen. Ich werde nicht zulassen, dass man dir allein die Schuld dafür gibt.«

»Aber du wirst es hassen«, erwiderte sie ängstlich.

»Was?«, fragte er verwirrt.

»Das Kind«, sagte sie leise. »Du wirst es hassen, weil es deine Pläne durchkreuzt und dich bei unseren Eltern in Missachtung bringt.«

Nun musste Gero doch herzlich lachen, was er jedoch schleunigst einstellte, weil es die Naht an seiner rechten Rippe zu zerreißen drohte.

»Was ist daran so lustig?«, fragte Lissy verständnislos.

»Ich lache, weil du eine Närrin bist«, erklärte er. »Mein einziger Plan ist, dich zur Frau zu nehmen und mit dir Dutzende Kinder zu haben, also warum in aller Welt sollte ich dieses erste Kind hassen?« Er küsste sie zärtlich auf den Mund.

Als er von ihr abließ, stieß sie einen Seufzer aus, und er sah, dass sich ihre schönen braunen Augen mit Tränen füllten.

»Du hast recht«, bekannte er heiser. »Es wäre ein bisschen zu früh, wenn du schon jetzt guter Hoffnung bist. Aber wir kriegen das hin. Ich würde dich nur bitten, deinen Zustand so lange wie möglich geheimzuhalten. Ich werde derweil versuchen, meine Schwertleite ein oder zwei Monate früher als geplant zu erhalten. Unser alter Herr darf keinesfalls von unserem Geheimnis erfahren, bevor er mir den Ritterschlag erteilt hat, ansonsten würde er ihn mir verweigern, da bin ich mir absolut sicher. Und das würde tatsächlich unsere Pläne durchkreuzen. Nur als Ritter von Ehre kann ich Tante Margarethas Burg übernehmen.«

Lissy schien Geros Optimismus nicht zu teilen. Doch als er sie noch einmal in den Arm nahm und leidenschaftlich küsste, waren ihre Tränen versiegt.

»Ich liebe dich so sehr«, versicherte sie ihm atemlos, und als sie sich an ihn schmiegte wie ein kleines, nach Schutz suchendes Kätzchen, quoll sein Herz geradezu über vor Sehnsucht und Zuneigung.

»Ich dich auch«, versprach er mit rauer Stimme. »Wie niemanden sonst auf der Welt.«

Kapitel VIII

Zwei weitere Monate vergingen, und Gero war es inzwischen tatsächlich gelungen, seinen Vater davon zu überzeugen, dass er den Ritterschlag auf Weihnachten vorverlegte. Drei Monate vor seinem einundzwanzigsten Geburtstag sollte er auf dem Familiensitz derer von Breydenbach endlich zum Ritter geschlagen werden.

»Aufgeregt?«, fragte Geros Bruder Eberhard und klopfte ihm herablassend auf die Schulter, als er ihm am Tag vor dem großen Ereignis vor dem Haupteingang zum Palas begegnete.

»Nein, wieso?«, knurrte Gero und ließ seinen Blick über den geschmückten Burghof schweifen. An sämtlichen Zinnen und von den gut fünfzig Fuß hohen Mauern flatterten bunt gefärbte Wimpel aus Leinen. Oberhalb der Zinnen wehte das Wappen der Breydenbacher stolz im eiskalten Wind: dunkelgraue Wolfsangeln über einem gewellten, dreistreifigen blauen Fluss, aus dessen Fluten zwei silberne Fische neugierig die Köpfe herausstreckten. In der unteren rechten Ecke der Fahne war das rot-weiß-goldene Wappen des Kurfürsten und Erzbischofs von Trier aufgestickt worden, der als Lehnsherr über den Breydenbachern stand.

Welche Bedeutung dieser Tag für seinen Vater hatte, erkannte Gero daran, dass Richard von Breydenbach zu diesem Anlass sogar die Zusage des Kurfürsten erhalten hatte. Erzbischof Bohemond von Warnesberg wollte nicht nur die Messe lesen, nein – er wollte höchstselbst Gero zur Schwertleite den Segen erteilen. Eine wunderbare Bestätigung seiner Ritterwürde, wenn da nicht ein mächtiger Haken an der Sache gewesen wäre. Bohemond war ein ziemlich einflussreicher Mann, der sogar die Wahl des Königs mitbestimmte, und er hatte einiges für die Zisterzienser übrig. Nicht nur für die Brüder in Himmerod, sondern auch für die frommen Frauen von Sankt Thomas, jenem Kloster der sogenannten Waldschwestern, das einen kaum versiegenden

Zustrom von adligen Töchtern verzeichnete und in das Elisabeth schon bald als Novizin eintreten sollte.

Kaum auszudenken, wie der Erzbischof es auffassen würde, wenn Lissy den bereits für sie reservierten Schleier von Sankt Thomas ablehnen würde. Außerdem war Bohemond ein glühender Verehrer der Templer, die den Zisterziensern so nahe standen wie kaum sonst ein Orden. Der einzige Grund, warum man Geros Ritterschlag vorgezogen hatte, war, dass sein Vater es kaum erwarten konnte, ihn bei den weißgewandeten Streitern Christi zu sehen, damit er das Haus Breydenbach vor den Augen des Erzbischofs so rasch wie möglich ehrte.

Gero wollte nicht daran denken, was geschehen würde, wenn er seinem Vater nach dem Ritterschlag gestand, dass er Elisabeth geschwängert hatte und deshalb beabsichtigte, sie zu heiraten, auch wenn er dafür bis an sein Lebensende von ihm verstoßen werden würde.

»Blamier uns bloß nicht«, riet ihm Eberhard, als ob er seine Gedanken erraten hätte.

»Und wenn schon«, giftete Gero zurück. »Was würde es dich stören? Du bist und bleibst doch der erstgeborene Günstling unseres Vaters. Daran wird auch mein Wohlverhalten nichts ändern. Und wenn ich den Eid vermasseln sollte, wird dein Ansehen nur noch höher steigen, weil du das alles schon mit Bravour hinter dich gebracht hast.«

Eberhard setzte ein überhebliches Lächeln auf. »Bruder, warum so garstig? Heißt das etwa, du bist doch aufgeregt, obwohl du dich kühn gibst?«

»Weißt du«, erwiderte Gero und blinzelte in die winterliche Abendsonne. »Mir ist vollkommen gleichgültig, was der Alte von mir denkt. Ich werde es ihm ohnehin nicht recht machen können. Aber ich sollte gehen und mein Bad nehmen, damit ich wenigstens mit reinem Leib meine Beichte ablegen kann, bevor ich mein sündiges Gewissen erleichtere.« Mit einem Nicken marschierte er zum Hauptportal.

Eberhard war so ganz anders als er. Von seiner Statur war er weitaus schmächtiger als Gero und glich damit eher der Mutter. Nur das weißblonde, dünne Haar hatte er vom Vater geerbt. Obwohl sein älterer

Bruder einmal die Burg übernehmen würde, hatte er sich noch keine Braut ausgeguckt. Lieber trieb er sich mit seinen Kameraden herum – meist die ältesten Sprösslinge der benachbarten Adelshäuser –, die wie er bereits den Ritterschlag erhalten hatten und sich auf ein Leben als Lehensnehmer vorbereiteten. Mit ihnen vertrieb er sich die Langeweile, indem er dem Jagdvergnügen nachging oder sich zu Saufgelagen traf, bei denen sie sich ihrer Tollkühnheit versicherten. Nicht selten schwärmten sie davon, wie wunderbar es wäre, zu einem neuen Kreuzzug aufzubrechen und gegen die Heiden zu kämpfen. Das waren Momente, in denen Gero es als himmelschreiende Ungerechtigkeit empfand, nicht selbst die Burg übernehmen zu dürfen, wo doch sein Bruder allem Anschein nach kein Interesse an der Gründung einer Familie hatte, sondern viel lieber einem Ritterorden beigetreten wäre.

Kapitel IX

»Hast du eine Ahnung, was in Elisabeth gefahren ist?«, fragte seine Mutter, als Gero zum Hauptportal kam. »Ich dachte, sie würde dich morgen zusammen mit Eberhard zur Beichte führen, doch offenbar fühlt sie sich nicht wohl.«

»Was soll schon sein?«, erwiderte Gero und schob sich an seiner Mutter vorbei in die wärmende Versammlungshalle, wo ein mächtiges Kaminfeuer für die bereits eingetroffenen Ehrengäste brannte.

»Sie ist ein Mädchen, so was kommt vor. Das müsstet Ihr doch besser wissen als ich.«

Gero sah über die Köpfe der Edelfreien und Wildgrafen hinweg und lenkte seinen Blick sehnsüchtig zum Treppenaufgang. Er vermutete Lissy in den oberen Gemächern.

Erst vor wenigen Tagen, als er zur Breidenburg zurückgekehrt war, hatte sie ihm gleich bei ihrer ersten unbeobachteten Begegnung gestanden, dass sie ganz sicher ein Kind von ihm erwartete. »Es bewegt sich schon«, gestand sie ihm mit einer Mischung aus Erstaunen und Panik in den Augen. »Willst du es fühlen?«

Dann hatte sie hastig seine Hand genommen und auf ihren Leib gelegt.

Die Bewegung darin war eindeutig und mit nichts zu vergleichen. Als er das Füßchen des Kindes gespürt hatte, wie es von innen gegen ihren abgemagerten Leib trat, waren ihm Tränen in die Augen geschossen.

Ihm war nichts anderes eingefallen, als Lissy überwältigt von zwiespältigen Gefühlen in den Arm zu nehmen und innig zu küssen.

Trotz der fortgeschrittenen Schwangerschaft war sie seit ihrer letzten Begegnung auf Waldenstein erschreckend dünn geworden.

»Du bist doch nicht etwa krank«, hatte er besorgt gefragt. »Ich meine, es sieht aus, als ob du nichts essen würdest. Das kann doch nicht gut sein.«

»Ich esse nicht, damit Mutter nichts von meinem Zustand bemerkt«, gab sie aufgebracht zurück. »Ich habe schon seit Wochen nicht mehr zusammen mit den Mägden gebadet. Ich wasche mich nur noch, wenn ich mich unbeobachtet fühle.«

Gero schluckte hart. »Herr im Himmel, was habe ich dir nur angetan?«, sagte er leise und küsste sie sacht auf die Stirn.

»Du hast nichts getan, was ich nicht selber wollte«, erwiderte sie fest. »Ich liebe dieses Kind, weil es dein Kind ist. Niemand kann es mir nehmen.«

Plötzlich wurde ihm klar, wie gefährlich ihre Lage war. Wenn ihr Geheimnis vorzeitig ans Licht kam, würde sein Vater vielleicht auf die Idee kommen, das Kind nach seiner Geburt als Bastard zu irgendwelchen Nonnen zu geben. Elisabeth käme dann trotzdem ins Kloster. Ihn selbst würde sein Vater, ohne mit der Wimper zu zucken, zum Ritter schlagen, nur um ihn anschließend unverzüglich nach Franzien zu entsenden, wo er wie geplant um seine Aufnahme als Templer ersuchen müsste.

All das wollte Gero auf keinen Fall riskieren. »Ich bitte dich inständig, Stillschweigen zu bewahren«, bat er seine Liebste leise, »wenigstens bis ich zum Ritter ernannt worden bin. Sobald die Gäste abgereist sind, werde ich mit meiner Mutter sprechen.« Er sah Lissy beschwörend in die Augen.

»Sie kommt schon seit Wochen kaum noch aus ihrer Kemenate heraus«, beschwerte sich seine Mutter wenig später ausgerechnet bei ihm. »Außerdem wird sie immer dünner, weil sie jegliche Nahrung verweigert. Sie hat schon einen richtigen Hungerbauch, wie ich sehen konnte.«

Hungerbauch! Wenn es nicht so schrecklich gewesen wäre, hätte Gero zu lachen begonnen. Seine Mutter war eine weise und kluge Frau. Dass sie sich so sehr von Lissys Zustand täuschen ließ, verwunderte ihn.

»Willst *du* nicht mal mit ihr sprechen?«, begann seine Mutter von neuem, als sie das Treppenhaus erreichten. Gero konnte ihr kaum in die Augen schauen, als er bejahte. Nichts würde er lieber tun, als Lissy noch einmal zu treffen, bevor er zu fasten begann und die ganze lange Nacht alleine in der Burgkapelle verbrachte, um Buße zu tun.

»Ich hätte so gerne gesehen, dass sie morgen bei der Messe dabei ist«, fuhr seine Mutter unbeirrt fort. »Wann erlebt man schon einmal, dass der eigene Bruder zum Ritter geschlagen wird? Außerdem soll auch sie den Segen des Erzbischofs empfangen, damit sie so bald wie möglich in den Orden eintreten kann.«

Was der Herrgott verhüten möge, schoss es Gero in den Sinn.

»Ich tue, was in meiner Macht steht«, sagte er zu seiner Mutter. »Aber wenn sie sich nicht wohlfühlt, solltest du sie nicht zwingen, an den Feierlichkeiten teilzunehmen.« Mit diesem Satz wollte er verhindern, dass man Elisabeth weiter behelligte.

»Denkst du«, bemerkte seine Mutter nachdenklich, »sie hat ihre Not damit, dass du uns so bald verlassen wirst? Ich meine, ihr beide seid zusammen aufgewachsen, seit dein Vater sie aus Akko mitgebracht hat. Ich weiß doch, wie sehr sie an dir hängt – vielleicht fürchtet sie sich davor, dich vielleicht nie wiederzusehen?«

»Unsinn!«, verkündete Gero bemüht, sich nichts anmerken zu lassen, wie sehr diese Annahme der Wahrheit entsprach. »Sie freut sich bestimmt darauf, eine Braut Christi zu werden. Immerhin ist es ein Traum vieler wohlhabender Mädchen, in Sankt Thomas aufgenommen zu werden und den Schleier zu nehmen.«

»So wie es ein Traum vieler junger Ritter ist, ein Templer zu werden?« Seine Mutter schaute ihn zweifelnd an. Verdammt, sie kannte ihn zu gut, als dass er ihr etwas vormachen konnte.

»Wir tun, was wir tun müssen«, erwiderte er diplomatisch. »Vater hat so viel für uns geopfert, da können wir ihn wohl schlecht enttäuschen.«

»Du bist so ein guter Junge«, sagte sie und zog seinen Kopf zu sich herab, dabei strich sie ihm das Haar zur Seite, um ihn auf die Stirn zu küssen.

Ihr Kuss löste bei Gero brennende Scham aus, nicht weil sie ihn küsste, sondern weil er es zuließ, dass sie ihm wie üblich vertraute. Mit seiner Unaufrichtigkeit hatte er ein Höllentor aufgestoßen, und wenn es so weiterginge, würde es ihn und Elisabeth mit Haut und Haaren verschlingen.

Als er ihre Kemenate betrat, war er beinahe erschrocken, wie bleich sie in ihrem Bett lag, die mageren Hände auf der Bettdecke gefaltet. Ihre schönen dunklen Augen waren von Schatten entstellt, und ihre Nase war ganz spitz, weil sie so viel Gewicht verloren hatte.

»Du musst etwas essen, sonst wirst nicht nur du, sondern auch unser Kind verhungern«, sagte er und stellte ihr einen Teller mit frischen Eierpfannkuchen auf die kleine Kommode direkt neben dem Bett. Er hatte die Pfannküchlein eigens aus der Küche mitgebracht. Dazu einen Krug Apfelmost mit Honig gesüßt.

»Ich kann nicht essen«, erwiderte sie schwach. »Nicht, solange ich nicht weiß, wie die Sache zwischen uns ausgehen wird.« Tränen traten in ihre Augen.

Gero setzte sich an ihr Bett und nahm sie fest in den Arm. Dabei fiel es ihm verdammt schwer, nicht selbst in Tränen auszubrechen.

»Nur noch heute Nacht und den morgigen Tag«, flüsterte er in ihr Ohr. »Das werden wir doch schaffen, oder?« Er sah sie fragend an, während er ihr eine dunkle Locke aus dem Gesicht strich.

Sie nickte kaum merklich und senkte den Blick. »Meine Furcht wird von Stunde zu Stunde größer.«

»Du musst tapfer bleiben«, entgegnete er weich. »Mutter ist sehr besorgt um dich und hat mich geschickt, damit ich dir Mut zuspreche, morgen bei der feierlichen Messe zugegen zu sein.«

»O Gott«, fiel sie ihm seufzend ins Wort, »das überstehe ich nicht. Wie willst du die Beichte ablegen und den Segen erhalten mit einem solchen Fluch auf der Seele?« Unvermittelt begann sie zu weinen.

»Sch… sch…«, hauchte er an ihre feuchte Wange. »Was redest du da, Lissy? Ein Kind ist niemals ein Fluch. Ich will nicht, dass du so etwas noch einmal sagst. Und ich werde keine Mühe haben, meinen Eid zu schwören. Ich werde Frauen, Kinder und alte Menschen schützen, wenn ich ein Ritter bin, treu meinem Herrn dienen und stets ein Leben in Ehre führen. Nichts davon verlangt, dass ich meine Frau und mein Kind im Stich lasse oder verleugne. Also beruhige dich. Alles wird gut. Vorausgesetzt, du isst jetzt was von dem Pfannkuchen und trinkst etwas von dem Most dazu.«

Obwohl es ihm nicht leicht war, versuchte er sich an einem Lächeln.

Lissy lächelte zaghaft zurück, und er nutzte die Gunst des Augenblicks. Wie ein kleines Kind fütterte er sie stückchenweise mit den Fingern und gab ihr Schluck für Schluck etwas zu trinken.

Plötzlich hielt sie inne, als ob sie auf etwas horchen würde. »Das Kind«, flüsterte sie beinahe andächtig und schaute ihm dann direkt in die Augen. »Es hat sich bewegt.«

»Na, siehst du«, antwortete Gero freudestrahlend. »Es hat sicher großen Appetit und freut sich über Pfannkuchen und Apfelmost.« Dann fuhr er umso emsiger fort, ihr einen Bissen nach dem anderen in der Mund zu schieben, was sie sich ohne Murren gefallen ließ.

»Ich kann nicht mehr«, protestierte sie schließlich und wehrte seine Bemühungen händeringend ab.

»Du musst aber«, drängte er sie.

»Und wenn ich erbreche, hat niemand etwas davon.«

»Schon gut«, gab er nach und stellte den Teller beiseite.

»Vielleicht willst du den Rest essen«, fragte sie und lächelte neckisch.

»Seit heute Morgen faste ich«, erwiderte er ernst. »Weißt du das nicht?«

»Oh«, erwiderte sie peinlich berührt. »Das hätte ich beinahe vergessen. Heute Nacht wirst du ganz allein in der Kapelle verbringen, nur mit einem Büßergewand bekleidet.«

»Lissy?« Er schaute sie durchdringend an.

»Ja?« Ihr Blick war furchtsam.

»Wenn Mutter fragt, ob du nicht an den Feierlichkeiten teilnehmen möchtest, sagst du einfach, dir wäre nicht wohl. Dafür möchte ich, dass du ab sofort wieder mit dem Essen beginnst. Es ist wichtig für dich und das Kind, dass du bei Kräften bleibst. Hast du mich verstanden? Ich befehle es dir.«

»Hast du jetzt schon als mein Mann gesprochen oder noch als mein Bruder?«

»Als Vater deines Kindes und als dein zukünftiger Gebieter. Denn wie du weißt, werde ich das sein, sobald ein Priester den Segen über uns gesprochen hat. Aber es kann nicht schaden, wenn ich mich rechtzeitig und gewissenhaft auf diese Rolle vorbereite.« Er grinste.

»Heißt das, du würdest mich schlagen, wenn ich dir nicht gehorche?«

Ihr Blick war plötzlich verwirrt.

»Worauf du dich verlassen kannst.« Seine Hand suchte sich einen Weg unter die Bettdecke, während er sie auf den Mund küsste, und zwickte sie in den Po.

»Autsch!«, protestierte sie und schlug nach ihm aus, verfehlte ihn jedoch, weil er den Kopf rechtzeitig wegzog.

»Tust du, was ich dir gesagt habe?«, fragte er streng.

»Ja«, sagte sie ein wenig atemlos.

»Dann gehe ich nun hinunter ins Waschhaus und nehme mein Bad. Danach werde ich mich in die Kapelle einschließen lassen. Und während du von einem Leben als zukünftige Gräfin träumst, werde ich bei Gott dem Herrn um eine möglichst gnädige Zukunft für uns bitten.« Er stand auf und küsste sie zum Abschied auf den Scheitel.

»Bis morgen Abend«, sagte er lächelnd, »Ich komme sofort zu dir, wenn alles vorbei ist. Dann steht kein Knappe mehr vor dir, sondern ein ernst zu nehmender Kämpfer.«

»Für mich bist du das schon jetzt.«

Endlich lächelte sie wieder und warf ihm einen angedeuteten Kuss zu, bevor er den Kopf aus der Tür zog und sie hinter sich schloss.

Kapitel X

Die Nacht in der Burgkapelle war eisig. Nur mit einem Büßerhemd bekleidet, das wie ein Getreidesack aus kratzigem Garn gefertigt war, lag Gero ausgestreckt auf dem Bauch auf den eiskalten Steinen. Vor ihm der halbhohe Altar, über dem ein beeindruckendes Holzkreuz prangte, das, mit einer filigran geschnitzten Jesusfigur bestückt, an einer Kette aufgehängt worden war, die von der Gewölbedecke herabhing.

»Hilf, mir lieber Gott«, betete Gero und fühlte sich dabei auf eigentümliche Weise mit dem Leiden Christi verbunden, als er seinen Kopf hob, um einen Blick auf den Gekreuzigten zu erhaschen. Doch statt des blutüberströmten Leibes konnte er nur einen länglichen Schatten erkennen.

Zwei dicke Bienenwachskerzen auf dem Opferstein verbreiteten ein spärliches Licht und sorgten dafür, dass die Umgebung gespenstische Formen annahm. Ein plötzlicher Windstoß, woher auch immer er kam, brachte die Kerzen zum Flackern, und mit einem Mal war sich Gero der Gegenwart von etwas Überirdischem bewusst. Ihn fröstelte, aber nicht wegen der Kälte, sondern wegen des eigenartigen Gefühls des Geborgenseins, das ihn wie ein magischer Zauber durchströmte.

Was immer auch geschieht, sagte eine Stimme in seinem Kopf. *Es hat seinen Sinn, selbst wenn er sich dir nicht sogleich erschließen sollte. Die Antworten liegen in der Zukunft, die nur der Allmächtige kennt, deshalb musst du annehmen, was Er dir befiehlt.*

»Hat es einen Sinn, dass Elisabeth und ich so leiden müssen?«, fragte er leise. »Warum kannst du meinem Vater kein Einsehen vermitteln, dass wir uns lieben und dass wir füreinander geschaffen sind?«

Er wartete einen Moment auf die Antwort und wollte schon aufgeben, als die Stimme in seinem Innern sich wieder erhob.

Folge dem Weg, der dir von Gott bestimmt ist, denn nur Er ist dein Vater.

»Wie kann ich denn wissen, welcher Weg mir bestimmt ist?«, fragte Gero nun laut.

Der Weg Gottes ebnet sich dir, ohne dafür eine Anstrengung unternehmen zu müssen, erklärte die Stimme. *Lass die Dinge geschehen, und du wirst erkennen, dass alles, was ist, seine Berechtigung hat.*

»Das bedeutet, dass selbst meine Liebe zu Elisabeth vor Gott ihre Berechtigung hat«, sagte er mehr zu sich selbst. »Wenn Er nicht gewollt hätte, dass wir uns lieben, hätte Er uns gar nicht erst miteinander in Verbindung gebracht. Geschweige denn, dass Er ihren Leib gesegnet hätte.«

Geros Herz schlug wild, als er auf eine Antwort lauschte, aber keine erhielt. Dabei war es ihm, als ob die Stimme in seinem Kopf immer noch flüsterte. *Geh deinen Weg*, hallte es ganz tief in ihm.

Je mehr er darüber nachdachte, umso mehr beruhigte es ihn.

Unvermittelt fiel er in einen leichten Schlaf und träumte von einer mächtigen Burg, die so groß war, dass er sich vollkommen darin verlor. Während er durch die vielen aufeinanderfolgenden Räume irrte, auf der Suche nach einem blonden Jungen, den er unbedingt finden musste, bevor es andere taten, dachte er an Elisabeth. Auf dem Weg durch die langen, labyrinthartigen Gänge rannte er immer schneller, doch weit und breit war keine Menschenseele zu sehen. Dann entdeckte er plötzlich am Ende eine Ganges eine schlanke Gestalt in Frauenkleidern. Nach einer Weile war er sicher, dass es sich nur um Lissy handeln konnte. Sie war immer noch wunderschön, aber irgendwie sah sie um einiges älter und reifer aus. Sie rief ihn zu sich, doch immer, wenn er glaubte, ihr endlich nahe zu sein, verschwand sie im nächsten Gang.

Als Gero zitternd erwachte, dauerte es eine Weile, bis er begriff, dass er immer noch vor dem Altar lag und erbärmlich fror. Raureif glitzerte an den Mauerwänden, und er beschloss, den Rest der Nacht lieber kniend in den Holzbänken zu verbringen, als sich auf den eisigen Steinen am Ende den Tod zu holen. Mit steifen Gliedern erhob er sich und begab sich in die Obhut des knarzenden Kirchengestühls, während er den Verlauf seiner dampfenden Atemwölkchen beobachtete.

Als er niederkniete, fiel sein Blick auf die Muttergottes, die als Schnitzwerk mit Kind rechts vom Altarkreuz auf einem kleineren

Podest stand und ihm im Kerzenschein huldvoll zulächelte. »Heilige Maria«, betete er leise, »bitte für uns bei Gott dem Allmächtigen, dass Elisabeth und ich zusammenbleiben können. Bitte für uns, dass unser Kind heil zur Welt kommt, und bitte darum, dass wir eine Familie sein dürfen.«

Er senkte ehrerbietig das Haupt und beschloss, den Rest der Nacht immerzu das Ave Maria zu beten. So oft hintereinander, bis der Morgen graute und sein Bruder kam, um ihn als Zeuge seiner Wacht ins Haus zu geleiten, wo er seine eigens für diesen Tag angefertigte Kleidung anlegen würde.

Kapitel XI

»Lebst du noch?«, fragte Eberhard spöttisch, als er am Morgen das Portal zur Kapelle öffnete und seinen jüngeren Bruder vor Kälte bibbernd auf einer der Kirchenbänke vorfand. »Ich dachte, du seist bei der Aufzählung all deiner Sünden erfroren.«

Gero antwortete nicht, sondern stand auf und ging wortlos an seinem Bruder vorbei auf den Burghof.

»Da bist du ja«, empfing ihn seine Mutter wenig später mit offenen Armen, als er immer noch frierend in der geheizten Halle erschien. Einen Moment hielt Gero sich händereibend am knisternden Kaminfeuer auf, bis ihn Eberhard mit sich zog in die Küche, wo ein gewärmtes Bier für ihn bereitstand.

Eigentlich hätte er damit warten müssen, bis er die heilige Kommunion aus den Händen des Erzbischofs empfangen hatte. Bohemond von Warnesberg war bereits seit gestern auf der Burg und weilte mit großem Gefolge in seinen Gemächern, die man prunkvoll für ihn und seine Leute hergerichtet hatte.

Während Gero sein warmes Bier schlürfte, grübelte er darüber, dass es sein Gewissen wesentlich weniger belastet hätte, wenn Rezzo von Hemmenrode, Lehrmeister, Mönch und Einsiedler, ihm die Beichte abgenommen hätte. Er war der Hausgeistliche der Breydenbacher und üblicherweise dafür zuständig, sich mit den Sünden der hiesigen Bewohner zu beschäftigen. Bei ihm hätte Gero keine Scheu gehabt, zu lügen oder etwas zu verschweigen. Rezzo war ein unsympathischer Asket, der in früheren Zeiten seinen Spaß daran gefunden hatte, die jungen Lateinschüler mit einer Weidenrute zu züchtigen, indem er ihnen in schöner Regelmäßigkeit den nackten Hintern versohlte – immer dann, wenn sie ihre Vokabeln falsch aufgesagt oder vergessen hatten, was oft genug vorkam. Vor ein paar Jahren war Gero ihm einmal an die Gurgel gesprungen, weil der Kerl versucht hatte, sogar Lissy den Rock zu heben, um sie vor aller Augen zu schlagen, weil sie angeblich nicht gut genug gelernt hatte.

Wie ein Berserker hatte Gero auf den ihm an Größe unterlegenen Mönch eingeprügelt. Rezzo war damals mit einem blauen Auge davongekommen und hatte Lissy seither nicht mehr angefasst.

Gero hatte wegen dieser Geschichte verständlicherweise den Zorn seines Vaters auf sich gezogen. Zur Strafe hatte er drei Tage im Kerker bei Wasser und Brot verbringen müssen und zehn Stockschläge auf die Fußsohlen erhalten. Doch das war Gero die Sache wert gewesen, angesichts der Tatsache, dass Rezzo ihm und Lissy nunmehr mit Respekt entgegentrat. Seitdem hatten Lissy und er beschlossen, bei der Beichte Rezzo gegenüber nur noch Belanglosigkeiten zu erwähnen und ihre wahren Sünden einzig Gott anzuvertrauen und vor ihm zu bereuen.

So hatte er es auch diesmal vorgehabt, aber nun musste er dem Erzbischof Rechenschaft ablegen, und Bohemond war ein freundlicher, zurückhaltender Mann, den er nur ungern belog.

Wenig später trat Gero, gewandet in die Farben der Breydenbacher, hinaus in die Halle und wurde von den bereits anwesenden Gästen mit einem anerkennenden Beifall begrüßt. Mindestens einhundert Würdenträger mit Begleitung hatten seine Eltern anlässlich seiner Ernennung zum Ritter geladen. Gero verneigte sich höflich und verschwand anschließend hastig die Treppe hinauf, wo er den Andachtsraum aufsuchen wollte, der, von der Hauptkapelle getrennt, direkt neben dem Schlafgemach seiner Eltern lag.

Dort sollte Bohemond ihm die Beichte abnehmen, bevor es anschließend zur Messe ging. Geros Nervosität steigerte sich noch, als er an der Eingangstür von der Gegenwart seines Vaters überrascht wurde. Richard von Breydenbach war mindestens so groß wie er selbst, breitschultrig und ähnlich gewandet. In seiner kostbaren dunklen Hirschlederhose, schwarzen Stiefeln mit hohem Schaft und einem bunten Wappenrock über dem schwarzen, gesteppten Wams wirkte er recht eindrucksvoll, obwohl ihm die rechte Hand fehlte. Über seiner Uniform trug er ein stattliches Schwertgehenk. Das Wappen der Breydenbacher war in die silberne Runde am Ende des Griffs eingraviert worden.

Er war viel zu nah vor Gero stehengeblieben und fixierte ihn mit seinen eisblauen Augen, wie ein Wolf, der auf Beute lauert. »Denk dran, dass mehr als hundert Augenpaare auf dir ruhen und unser Lehensgeber dort drinnen auf dich wartet«, knurrte er dumpf. »Dass du mir ja keine Schande bereitest.«

Gero senkte den Blick und verbeugte sich leicht, bevor seine Augen verrieten, was er tatsächlich dachte. »Worauf Ihr Euch verlassen könnt, Vater«, antwortete er unterwürfig und hoffte, dass der Alte ihn endlich in Ruhe lassen würde. Doch sein Vater packte ihn am Arm, als er an ihm vorbeieilen wollte.

»Ich habe gestern eine Depesche aus Troyes vom Oberkommando der Templer bekommen. Schon nächste Woche können wir nach Trier aufbrechen und dich beim Ordenskomtur als Bewerber einschreiben lassen. Bruder Godefridus ist zwar nur ein Bruder der Verwaltung und erst ganz frisch im Amt, aber ich habe ihn auch zur anschließenden Messe und unserer kleinen Feier eingeladen, damit ihr euch schon mal kennenlernt.« Sein Vater schlug ihm mit einem seltenen Lächeln auf die Schulter und dachte offenbar nicht daran, Geros Meinung zu dieser unvermittelten Entwicklung abzuwarten. »Von Trier aus kannst du mit dem nächsten Versorgungstrupp nach Franzien reiten, wo man dich dem Provinzmeister der Champagne vorstellen wird. Wenn alles nach Plan verläuft, wird er dich zusammen mit anderen Neuzugängen als Novize vereidigen. Es heißt, dass im Frühjahr ein Geleitzug nach Zypern aufbrechen wird, um Nachschub für Jacques de Molays Truppen im Outremer zu liefern, die zurzeit mit den Mongolen gegen die Türken kämpfen. Dort könntest du dein Noviziat zum Templer vollenden und deine endgültige Aufnahme als Ordensritter vollzogen werden.«

Gero spürte den Blick seines Vaters auf sich ruhen, als er nicht sogleich antwortete. »Nun, was hältst du davon? Ist das nicht eine wunderbare Fügung? Spätestens an deinem 21. Geburtstag wird deine Karriere als Streiter in der Miliz Christi beginnen.« Gero bemerkte die Euphorie in der Stimme seines Vaters. Er wäre wohl selbst zu gerne ein weißgewandeter Bruder des Templerordens gewesen. Gero tat es beinahe leid, ihn bitter enttäuschen zu müssen.

Umso mehr bemühte er sich, seine wahren Gedanken vor seinem Vater zu verbergen. Regungslos schaute er dem alten Fuchs in die Augen und überlegte gleichzeitig fieberhaft, was er ihm auf dieses wahrlich umwerfende Angebot antworten sollte. Plötzlich tauchte der Erzbischof hinter seinem Vater auf und lächelte huldvoll. »Wollen wir nicht langsam mit der Beichte beginnen?«, fragte er arglos.

Gero ergriff die Gunst des Augenblicks. »Ich danke Euch, Vater, für Eure Güte und Eure Weitsicht«, sagte er nur und verneigte sich nochmals, bevor er an ihm in Richtung Andachtsraum vorbeihuschte. Richard hielt ihn diesmal nicht auf, sondern schaute ihm mit einer gehobenen Braue hinterher, was Gero noch sah, während er Bohemond in die kleine Hauskapelle folgte.

Kapitel XII

»Im Namen des Vaters, des Sohnes und des Heiligen Geistes«, begann der dickliche Erzbischof und segnete Gero, bevor er ihm die Beichte abnahm. Bohemond saß vor dem kleinen, bunt bemalten Altar auf einem Hocker, während Gero mit gefalteten Händen vor ihm auf einem orientalischen Teppich kniete, den sein Vater als eines der wenigen Erinnerungsstücke aus dem Outremer mitgebracht hatte. Der Erzbischof hatte vorsorglich die Türen zur anderen Kammer geschlossen und schaute Gero nun erwartungsvoll an.

»Was hast du mir zu sagen, mein Sohn?«, forderte er mit sanfter Stimme.

Gero schwieg einen Moment lang, doch der heilige Mann war offensichtlich ein zu guter Menschenkenner, als dass ihm Geros düstere Stimmung entgangen wäre »Dich bedrückt doch etwas? Heraus mit der Sprache!«

»Wäre es eine Sünde, wenn ich mich meinem Vater widersetze und eine Aufnahme in den Orden der Templer ablehne?«, fragte Gero. Dabei wagte er es kaum, dem Erzbischof in die Augen zu sehen, tat es aber dann doch, weil ihm eine ehrliche Antwort wichtig war.

Bohemond schien überrascht. Sein Lächeln erlosch.

»Oh«, sagte er nur und schien für einen Moment ratlos, doch dann sammelte er sich. »Solange du ihm kein Versprechen gegeben hast, sehe ich keine Hindernisse, falls du einen anderen Weg einschlagen möchtest. Ich meine, die Aufnahme in einen Orden sollte immer freiwillig und aus Überzeugung geschehen. Das ist eine weitreichende Sache. Niemand darf zu einem solchem Schritt gezwungen werden. Denn man wird dich bei Aufnahme in die Bruderschaft fragen, ob du aus freien Stücken erscheinst, und es ist dir nicht gestattet zu lügen.«

»Dann ist es ja gut«, erwiderte Gero und atmete erleichtert auf.

»Ist das alles, was du mir zu sagen hast?«, fragte Bohemond ein wenig unsicher.

»Da ist noch etwas«, gestand Gero, und diesmal konnte er dem Bischof nicht ins Gesicht schauen. »Da gibt es ein Mädchen, in das ich mich verliebt habe. Ich möchte sie zur Frau nehmen, statt in den Orden einzutreten.«

»Ist sie von Stand und im christlichen Glauben?«

»Beides«, erklärte Gero wahrheitsgemäß.

»Eine standesgemäße Ehe ist keine Sünde«, antwortete Bohemond. »Vorausgesetzt, sie wurde vor Gott geschlossen und ist mit Kindern gesegnet.«

»Das wird sie sein«, gab Gero zuversichtlich zurück.

»Wissen deine Eltern davon?«

»Nein«, sagte Gero kopfschüttelnd. »Und es wäre auch gut, wenn sie vorerst nichts davon erfahren würden. Ich befürchte, sie würden sich nur unnötig aufregen.«

»Aber du hast nicht gelogen deshalb, oder?«

»Nein … nein.« Gero schüttelte wieder den Kopf.

»Hast du ein Auskommen, um eine Familie zu ernähren?« Bohemond sah ihn zweifelnd an. »Soweit ich weiß, soll dein Bruder später das Lehen übernehmen.«

»Ja«, sagte Gero und nickte. »Ich könnte – so Gott will – Anwesen und Titel meiner Tante beerben. Aber auch davon sollte mein Vater vorsorglich nichts wissen. Die Gräfin und er kommen nicht so gut miteinander aus, wenn Ihr versteht, was ich meine.«

»Du meinst Margaretha von Waldenstein?«, fragte Bohemond und sah ihn nachdenklich an.

Wieder nickte Gero. »Sie will mich an Sohnes statt annehmen und denkt darüber nach, mich als ihren Erben einzusetzen und beim Herzog von Lothringen dafür zu sprechen, dass ich als Nachfolger von Waldenstein die Grafenwürde verliehen bekomme.«

»Das wäre ein kolossaler Aufstieg für dich, mein Junge. Auch wenn die Grafschaft klein ist und keinen bedeutenden Einfluss ausübt.« Bohemond schaute ihn überrascht an. »Und dein Vater wird das nicht gutheißen?«

Gero kniff die Lippen zusammen und senkte den Blick. »Ich denke, nein«, stieß er leise hervor. »Er will ja, dass ich dem Orden beitrete.«

»Mich hat schon gewundert, warum deine Tante an einem Tag wie heute nicht zugegen ist«, bemerkte Bohemond zögernd. »Zumal es hieß, sie sei deine Patin. Aber gut, wenn du sagst, sie hat einen Zwist mit deinem Vater, kann ich es durchaus verstehen. Ich kenne sie beiläufig. Ihr Mann stammte aus dem Hause Lichtenberg, wenn ich mich recht entsinne, und war ein Cousin des Bischofs von Metz. Sie ist eine starke Frau, immerhin hat sie nach dem Tode ihres Mannes viel diplomatisches Geschick bewiesen und Waldenstein aus sämtlichen Konflikten zwischen dem Bischof und Friedrich III. von Lothringen heraushalten können. Sie und dein Vater sind beide aus dem gleichen Holz geschnitzt und nicht das, was man nachgiebig nennen würde.« Wieder lächelte der Erzbischof milde. »Fällt dir sonst noch was ein, was sich einer Beichte als würdig erweist. Ich meine, alles, was du mir bisher gesagt hast, gilt nicht als Sünde, obwohl durchaus eine daraus erwachsen könnte. Aber ich kann und will dir keinen Ablass erteilen für Dinge, die du noch gar nicht getan hast, obwohl eine solche Vorgehensweise bei meinen Amtsbrüdern immer häufiger in Mode kommt.«

»Ich habe meinen Bruder des Öfteren geärgert und aus der Vorratskammer genascht«, gestand Gero mit einem verschämten Grinsen.

»Das sind natürlich Sünden, die nach einem eindeutigen Ablass verlangen«, bestätigte sein Beichtvater beinahe vergnügt und legte ihm die Hände auf den gebeugten Kopf.

Dann begann er auf Latein zu murmeln und erlegte Gero zehn Ave Maria zur Buße auf, die er noch auf dem Weg zur Kapelle beten sollte.

Als die beiden wenig später den Burghof überquerten, hatte es zu schneien begonnen. Der Platz vor der Kapelle war mit einer dicken Traube von Menschen gefüllt, die ehrerbietig zur Seite gingen, als Gero zusammen mit dem Erzbischof und seinem Gefolge zum offenen Portal schritt. Übermorgen war der Heilige Abend, und ein wenig von dem Zauber der anstehenden Feierlichkeiten hatte sich bereits auf den Schmuck vor der Kapelle und auch auf deren geräumigen Innenraum übertragen, der mit wohlriechenden Tannenzweigen ausgelegt worden war. Zahlreiche Kerzen erhellten die winterliche Dämmerung, und der

Duft von verbranntem Bienenwachs lag in der Luft. Beiläufig erblickte Gero am Eingang einen beleibten Mann von mittlerem Wuchs.

Er hatte schwindendes, kurzgeschnittenes Haar und einen dunklen Bart, der bis auf die Brust ragte. Auf seinem braunen Ordenskleid prangte das blutrote Kreuz der Templer. Anscheinend handelte es sich um den von seinem Vater angekündigten neuen Ordensmeister aus Trier. Begleitet wurde er offenbar von einem jüngeren, blassblonden Templerbruder, der das weiße Ordenskleid eines Ritters trug. Beide blickten recht teilnahmslos drein und schienen an dem Spektakel, das Geros Vater seinem Sohn zu Ehren veranstaltete, nicht besonders interessiert zu sein.

Sei's drum, dachte Gero. Er würde den beiden ohnehin tunlichst aus dem Weg gehen. Falls sein Vater ihn zu einem Gespräch mit dem Templerkomtur nötigte, nahm er sich vor, auf Fragen nach seinem Ordensbeitritt möglichst ausweichend zu antworten.

Gero stellte sich abwartend in die Nähe des Altars und beobachtete das weitere Treiben, als ob er selbst nur Besucher wäre. Schon bald waren die Holzbänke im Innern bis auf den letzten Platz mit hochrangigen Gästen besetzt, so dass das Gesinde sich ausnahmslos mit einem Stehplatz draußen vor der Tür begnügen musste.

Als sein Blick zu den vorderen Reihen der Holzbänke zurückkehrte, stockte sein Atem, als er wider Erwarten Lissy dort sitzen sah. In der Aufregung hatte er sie gar nicht hereinkommen sehen. Sie trug einen hellblauen Kapuzenmantel und starrte Gero aus fiebrigen Augen an, als ob er eine Erscheinung wäre. Tapfer hielt sie die Hand ihrer Mutter gefasst, krampfhaft versucht, sich nicht anmerken zu lassen, wie schlecht es ihr ging.

Als ihre Blicke sich trafen, lächelte sie schwach, und er lächelte zurück. Dann trat Bohemond vor den Altar und hob seine Hände zum Gebet. Die Musikanten bliesen in ihre Fanfaren, während die Gesellschaft der anwesenden Gäste ein frommes Lied auf den Lippen trug.

Als der Gesang geendet hatte, verstummten auch die Instrumente, und der Erzbischof ergriff das Wort.

»Wir sind hier zusammengekommen, um Gerard von Breydenbach, den jüngsten Sohn des Richard von Breydenbach, in den Ritterstand zu erheben. Dafür möchte ich nun die beiden Zeugen zum Altar bitten, die für die ritterliche Geburt des Jünglings, den christlichen Glauben und den unbescholtenen Lebenswandel bürgen.«

Geros Vater und auch sein Bruder traten vor. Wobei Gero schmerzlich Roland von Briey vermisste, den er so viel lieber hier gesehen hätte. Gerne hätte er von ihm den Ritterschlag erhalten. Schließlich hatte der Mann ihm das Leben gerettet und es damit verdient, ihm diese Ehre zu erweisen. Aber er stand nicht hoch genug im Rang, und sein Vater hatte ihn deshalb sogar als Zeugen abgelehnt. Wobei Gero beinahe sicher war, dass er dies nur getan hatte, um die Gräfin zu ärgern, weil er sie als die einzige Schwester seiner Frau nicht offen angreifen durfte. Geros Mutter hatte die Entscheidung klaglos hingenommen. Zudem war sie immer noch wütend auf Roland, weil er ihren Sohn, wie sie meinte, in Gefahr gebracht hatte.

Somit erledigte Eberhard diesen Teil der Zeremonie.

»Warum willst du in den Ritterstand aufgenommen werden?«, fragte er mit dunkler Stimme nach einem festgelegten Ritual. »Wenn du es tust, nur weil du Reichtum und Ehre begehrst, bist du nicht würdig.«

»Ich gelobe, dass mir Reichtum und Ehre nicht wichtig sind«, bekannte Gero wahrheitsgemäß.

Eberhard trat herbei, half ihm in ein neues Kettenhemd und legte ihm einen neuen, aber schlicht gehaltenen Schwertgurt an, bereits in der Voraussicht, dass er damit schon bald den Templern beitreten sollte, die keine modischen Verzierungen erlaubten. Gero stellte sich die Frage, welche Waffe er von seinem Vater erhalten würde. Doch bevor es dazu kam, musste er seine rechte Hand auf die Bibel legen, die der Erzbischof ihm darreichte, und schwören, dass er jederzeit seine Ritterpflichten erfüllen würde.

»Ich gelobe, die Mutter Kirche mit Leib und Leben zu schützen, meinen christlichen Glauben gegen die Heiden zu verteidigen ebenso wie Frauen und Kinder, Alte und Kranke, selbst wenn sie zu meinen Feinden gehören. Außerdem gelobe ich, freimütig und großzügig zu sein allen gegenüber, die meine Hilfe benötigen.«

Gero hatte keine Mühe, diese Worte zu sprechen, entsprangen sie doch seiner tiefsten Überzeugung.

Plötzlich löste sich eine große Gestalt aus der Menge. Es war Hubertus, der Burgschmied. Mit einer feierlichen Miene übergab er Geros Vater ein riesiges Schwert.

Gero sah aus den Augenwinkeln, dass es ein kostbarer Anderthalbhänder war, dessen T-Heft am Griff mit rotem Leder bezogen war. Die nach unten gebogene Parierstange war mit Silber beschlagen. Die Waffe stammte nicht aus der hauseigenen Schmiede, sondern vermutlich aus Italien und war mit Sicherheit ein Vermögen wert.

Geros Vater ergriff das breite Heft mit der linken Hand und hob die mit sparsamen Ornamenten verzierte Klinge feierlich empor. Dann erteilte er Gero, der inzwischen der Tradition gemäß auf die Knie gegangen war, den beidseitigen Ritterschlag, indem er mit der flachen Seite der Klinge ganz leicht die Schultern berührte.

»Sei treu und beständig gegenüber deinen Herren, freigiebig und wohltätig zu den Armen, sei mutig vor Gott und richte weise und voll Güte gemäß seinem Gebot, umgebe dich mit Weisen und fliehe die Törichten.«

Mit der flachen Seite der Klinge deutete er nun zum Hals. Dazu sprach er: »Zu Gottes und Mariens Ehr', diesen Schlag und keinen mehr!«

Gero erhob sich feierlich, den Blick fest auf seinen Vater gerichtet, dem die Angelegenheit näherzugehen schien als ihm selbst.

Er spürte, wie er leicht zitterte, als er ihm das Schwert in die Scheide schob und seinen eigenen Knappen, die am Kirchenportal ausharrten, ein Zeichen gab.

Gero glaubte seinen Augen nicht zu trauen, als sie ein schwarzes, riesiges Pferd hereinführten. Es hatte eine lange wellige Mähne und einen mächtigen Schweif. Ein Raunen ging durch die Menge, als allen klar wurde, welch prachtvolles Schlachtross soeben die Kapelle betrat.

Ein muskulöser Kaltbluthengst von gewaltigem Ausmaß, der angesichts der vielen Menschen um ihn herum nervös schnaubte. Geros Vater hatte offenbar an nichts gespart. Der breite Sattel mit dem hohen Vorderzwiesel und das Geschirr waren ebenso edel wie das Tier selbst.

Gero erhaschte einen Blick auf seine Mutter, die breit lächelnd jeden Moment platzte vor Stolz, doch dann sah er, dass es Lissy allem Anschein nach überhaupt nicht gutging. Leichenbleich hockte sie neben seiner Mutter, kaum in der Lage aufzuschauen, und dabei die Hände so fest ineinander verknotet, dass die Knöchel weiß hervortraten.

Bohemond von Warnesberg trat unterdessen vor und forderte von Gero noch einmal die neue Waffe, um sie zusammen mit dem Pferd segnen zu können. Als Gero den kostbaren Anderthalbhänder auf den Altar legte, fiel ihm auf, dass in die Runde nicht nur das Wappen der Breydenbacher eingraviert war. Auf der abgewandten Seite hatte man bereits das Croix patée der Templer verewigt.

Verdammt, sein Vater wollte ihm tatsächlich keine Wahl lassen, überlegte er zornig.

Während sich Gero der Magen umdrehte, sprach Bohemond die heiligen Worte. Danach erklangen nochmals die Fanfaren, und ein weiteres Lied leitete das Abendmahl ein, mit dessen Abschluss die heilige Messe und damit die Zeremonie als beendet galt.

Als der Erzbischof damit begann, zuerst Gero und dann den Anverwandten die gesegneten Hostien darzureichen, erhob sich auch Elisabeth, um ihm die Ehre zu erweisen. Kaum, dass Bohemond vor ihr stand, brach sie ohne Vorzeichen zusammen. Gero reagierter schneller als jeder andere. Er schob den fülligen Erzbischof unsanft zur Seite und bemächtigte sich Lissys zierlicher Gestalt. Ohne nach rechts und links zu schauen, bahnte er sich mit ihr auf den Armen einen Weg durch den Mittelgang der Kapelle und trug sie durch die raunende Menge zur Burg. In der großen Halle angekommen, erklomm er im Laufschritt die Treppe zur Kemenate des Mädchens. Auf Geheiß seiner Mutter hatte die dürre Gertrudis seine Verfolgung aufgenommen, weil sie als medizinkundiges Weib für das Wohlergehen der Burgbewohner zuständig war. In ihrem schwarzgrauen Surcot wirkte sie auf Gero stets wie eine wandelnde Vogelscheuche. Das Gesicht verhärmt, die grauen Haare streng unter einer schwarzen Haube versteckt, gehörte sie nicht gerade zu seinen Lieblingsmägden. Gemeinsam erreichten sie das große Bett, in dem Gero seine Liebste vorsichtig ablegte.

Gertrudis drängte ihn unterdessen unwirsch zur Seite. »Lass mich das machen«, herrschte sie Gero an und befreite Elisabeth von ihrer überflüssigen Kleidung. Als sie sah, was darunter zum Vorschein kam, stieß sie einen spitzen Schrei aus.

»Heilige Jungfrau! Hab ich's doch geahnt«, zischte sie, und ihm war, als ob der Blick, mit dem sie ihn bedachte, bereits einem Urteil gleichkam. »Geh raus und hol deine Mutter!«, blaffte sie Gero an. Doch er blieb reglos stehen und warf ihr einen finsteren Blick zu.

»Was ist mit ihr?«, fragte er streng. »Kannst du ihr helfen?« Auf keinen Fall wollte er sich anmerken lassen, dass ihn die Angst um das Mädchen schier zu ersticken drohte. »Gib Antwort!«, fuhr er sie an, als die Magd nicht sofort reagierte.

»Sie ist schwanger, junger Herr«, bemerkte Gertrudis. »Wenn wir ihr nicht schnell genug einen passenden Kräutersud verabreichen, wird sie das Kind verlieren, und so der Allmächtige es zulässt, könnte sie selbst dabei sterben.«

»Dann tu schleunigst, was getan werden muss«, befahl Gero mit grimmiger Entschlossenheit. »Wenn du nicht willst, dass ich dich für ihren Tod verantwortlich mache.«

»Und wer bleibt bei ihr, während ich die Kräuter und das heiße Wasser beschaffe?« Gertrudis schaute ihn aufgebracht an.

»Na ich, wer sonst?«, brüllte Gero und kam sich dabei vor wie sein Vater, der das Gesinde schon wegen der kleinsten Verfehlungen hart ins Gericht nahm.

Während die Magd davonstob, beugte er sich aufs Höchste beunruhigt über Lissys abgemagerten Körper und legte ihr eine wärmende Decke über. Was wäre, wenn das Kind längst tot war? *Glaub an Gott und seine Güte*, redete er sich ein und setzte sich neben Elisabeth. Er nahm sie in die Arme wie ein Kind und küsste ihre eiskalte Stirn. »Schau mich an, Lissy«, flüsterte er mit brüchiger Stimme. »Du kannst mich doch jetzt nicht einfach allein lassen.« Immer wieder berührten seine Lippen ihr schmales Gesicht und strichen seine Finger ihr die dunklen Locken zur Seite. Er betete lautlos, verzweifelt, doch sie machte keine Anstalten, zu sich zu kommen.

Erleichtert nahm er die energischen Schritte vor der Tür zur Kenntnis und schaute erwartungsvoll auf, als Gertrudis mit ihren Kräutern und einer ganzen Schar von Helferinnen das Zimmer stürmte. Auch seine Mutter war dabei, die ihm besorgte Blicke zuwarf.

»Geht es ihr besser?«, fragte sie und beugte sich über ihre ohnmächtige Tochter.

»Ich fürchte, dass sie stirbt.« Gero hatte Mühe, die aufkommenden Tränen zu unterdrücken.

»Sie wird nicht sterben«, erklärte seine Mutter und sah ihm fest in die Augen. »Die Muttergottes wird nicht zulassen, dass wir noch eine Tochter verlieren. Außerdem ist sie so gut wie dem Herrn geweiht. Er wird doch nicht so grausam sein und sie zu sich nehmen, wenn sie schon bald eine Braut Christi werden soll.«

»Denkst du ernsthaft, der Allmächtige würde darauf Rücksicht nehmen?«, fragte Gero zornig. »Was wäre denn, wenn sie dem Ruf der heiligen Mutter Kirche nicht folgen will? Wäre sie dann als Sünderin von Gottes Gnade ausgeschlossen und müsste dafür mit dem Tode bezahlen?«

Die großen, grünblauen Augen seiner Mutter weiteten sich überrascht. Verwirrung war darin zu lesen. »Was redest du da?«

»Am besten wäre, Euer Sohn ginge und ließe uns unsere Arbeit machen«, bestimmte Gertrudis in der ihr eigenen Art. »Das ist nichts für einen Mann, selbst wenn es der Bruder ist«, fügte sie nun an Gero gerichtet hinzu. Ohne weiter auf ihn zu achten, begann sie damit, Elisabeth weiter zu entkleiden. »Ich will ihren Leib abwechselnd mit heißen und kalten Lappen abwaschen«, fügte sie erklärend hinzu, »damit ihr Blut wieder in Wallung kommt.«

»Ich bleibe«, erwiderte Gero entschlossen, und seine Mutter erkannte wohl an seinem Blick, woher er die Berechtigung dazu nahm. Dann blickte sie auf Lissys nackten Leib.

»Ist sie …?« Jutta von Breydenbach warf ihrer Kräuterfrau einen erschrockenen Blick zu.

Gertrudis nickte beiläufig. »Sie ist bereits im siebten Monat. Entweder war sie selbst unwissend und dachte, sie sei krank, oder sie hat uns alle an der Nase herumgeführt. Normalerweise entgeht mir nämlich nicht, wenn ein Mädchen auf unserer Burg guter Hoffnung ist.«

Während Geros Mutter vor Entsetzen aufstöhnte, fuhr Gertrudis unbeirrt fort, Elisabeth von Kopf bis Fuß zu waschen. »Fragt sich nur, wer das arme Ding so rücksichtslos mit seinem Samen beschmutzt hat«, plapperte sie weiter.

»Ich«, erklärte Gero kühl, »und wenn ihr es genau wissen wollt, habe ich sie nicht beschmutzt. Es ist aus Liebe geschehen, und das Einzige, was ich mir vorwerfen kann, ist, dass ich meine Verantwortung für ihren Zustand so lange verschwiegen habe.«

Sein Blick ruhte nicht auf Gertrudis, sondern auf seiner Mutter, die nun ebenso nach Luft schnappte wie ihre Kräuterfrau. Auch die Mädchen, die um sie herumstanden und Gertrudis die feuchten Lappen anreichten, starrten ihn an, als ob er direkt aus der Hölle aufgestiegen wäre.

Seine Mutter suchte Halt an einem Scherenstuhl. »Heilige Maria Muttergottes«, formten ihre Lippen, während sie sich taumelnd hinsetzte. »Wie konnte ich nur so blind sein!«

Im selben Moment schlug Lissy die Augen auf. Gero war sofort bei ihr und stieß Gertrudis grob zur Seite. Zärtlich ergriff er die Hand des Mädchens.

»Lissy, Liebste«, flüsterte er und küsste ihre Wange. »Was machst du denn für Sachen? Komm, du musst etwas trinken, damit du schnell wieder gesund wirst.« Er deckte sie erneut zu und schnippte mit den Fingern, damit eines der Mädchen ihm einen Kräutertrunk reichte.

Während er Elisabeth den Becher hielt, getraute sich offenbar niemand von den anwesenden Frauen zu widersprechen. Seine Mutter saß nun reglos in ihrem Sessel und beobachtete entgeistert, wie ihre Tochter gehorsam das Gebräu aus dem Becher schluckte, bis Gero ihn erneut zur Seite stellte. Erst danach ließ sie sich mit Geros Hilfe zurück in die Kissen gleiten und seufzte verhalten.

Gero rief mit einem weiteren Wink Gertrudis herbei. »Schau nach, ob es ihr nun besser geht.«

Mit sauertöpfischer Miene schlich Gertrudis heran und machte sich mit beiden Händen unter dem Laken zu schaffen, wo sie augenscheinlich Elisabeths Wölbung gründlich abtastete.

Lissy selbst schien zu geschwächt, um zu begreifen, was mit ihr geschah. Den Kopf zur Seite gedreht, ließ sie Gertrudis' unsanfte Untersuchung über sich ergehen.

»Und?«, fragte Gero beherzter, als ihm zumute war, nachdem Gertrudis ihre Untersuchung beendet hatte.

»Das Kind hat die Hungerkur und die Ohnmacht seiner Mutter allem Anschein nach gut überstanden«, berichtete sie kühl. »Aber wenn es gesund zur Welt kommen soll, muss die Mutter essen und vor allem viel trinken, damit sie Milch hat, wenn es denn das Licht der Welt erblickt. Außerdem sollte sie sich ausruhen und möglichst wenig aufregen.«

Lissy schien plötzlich zu verstehen, dass ihr großes Geheimnis nun kein Geheimnis mehr war.

»Es tut mir leid«, flüsterte sie und drehte den Kopf in die Richtung, wo Geros Mutter mit immer noch fassungsloser Miene auf dem Stuhl hockte. Jutta von Breydenbach erhob sich wie in Trance und wankte auf ihre Tochter zu.

»Kind«, sagte sie und schüttelte den Kopf. »Nicht dir muss es leidtun, sondern deinem vermaledeiten Bruder, der sich in Sünde an dir vergangen hat.«

»Nein, das ist nicht recht«, wehrte Elisabeth die Beschuldigung ab. »Er hat mir nichts Böses getan. Ich wollte, dass er meinen Leib erkennt. Ihn trifft keine Schuld.«

Ein Raunen ging durch die anwesenden Frauen.

Gero konnte sich nicht länger zurückhalten. Beschwichtigend beugte er sich über seine Liebste und drückte ihre Hand. »Lass das«, sagte er beinahe streng. »Du hast doch gehört, du sollst dich nicht aufregen, und vor allem solltest du nie wieder einen solchen Unsinn erzählen. Niemandem gegenüber.«

Dann streckte er sich und stellte sich dem anklagenden Blick seiner Mutter. »Ich bin derjenige, den Ihr verurteilen könnt. Ich liebe Elisabeth«, stellte er unverblümt klar. »Schon seit dem Tag, als Vater sie mit zu uns auf die Burg gebracht hat. Ich werde zu ihr und diesem Kind stehen, und ich werde sie heiraten. Ganz gleich, ob es Euch und Vater gefällt. Gott der Herr hat entschieden, unsere Liebe mit einem Kind zu segnen, und niemand außer ihm wird uns je wieder trennen.«

Jutta starrte ihn immer noch an, als wäre er der Leibhaftige persönlich.

»Du hast keine Ahnung, mein Junge, was du da angestellt hast«, krächzte sie. »Dein Vater wird außer sich sein. Er wird niemals zulassen, dass Elisabeth deine Frau wird. Er hat vor Gott ein Versprechen abgegeben, dass er nicht brechen darf. Es würde großes Unglück bedeuten, wenn er es nicht einlösen kann.«

»Ob wir ein Paar sein dürfen, liegt nicht in seiner, sondern in Gottes Hand.« Geros Stimme klang ungewöhnlich hart. »Er allein wird über unsere Zukunft entscheiden.«

»Ich kann mir nicht vorstellen, dass Richard eurer Heirat zustimmt«, murmelte Jutta sichtlich besorgt. »Trotzdem bitte ich dich und alle, die hier im Raum sind, mit jeglichem Geschwätz über das hier Offenbarte zu warten, bis die Gäste abgereist sind. Ich will nicht, dass es zu einem Eklat kommt, während der Erzbischof in unserem Hause weilt. So weit ich weiß, wird er morgen früh abreisen. Dann werde ich selbst mit Richard sprechen. Bis dahin machen alle gute Mienen zum bösen Spiel.« Ihr Blick fiel auf Gero. »Das ist ein Befehl, der auch für dich gilt«, erklärte sie hart.

»So sei es«, bestätigte Gero kühl. »Aber eins will ich klarstellen: Für Lissy und mich gibt es kein Zurück, und ich will es auch gar nicht.«

Episode II

»Im Namen Gottes«

Kapitel I

Jahreswechsel 1300/1301 Burg Waldenstein

»Der Teufel soll dich holen und dir bei lebendigem Leibe die Eier abreißen«, brüllte Richard von Breydenbach seinen jüngsten Sohn an. Anschließend schlug er mit seiner linken Faust auf den schweren Eichenholztisch, an dem er gewöhnlich seine Abgabeerklärungen als Lehensnehmer für den Kurfürsten und Erzbischof von Trier verfasste.

Gero stand vor der erkalteten Feuerstelle, aufrecht wie eine Basaltsäule, und rührte sich nicht. Sein Blick ging an seinem cholerischen Vater vorbei, hinaus zum halb geöffneten Fenster, wo es unentwegt schneite.

»Wie konntest du nur?«, zischte der Alte und bedachte seinen Sohn mit einem Blick, der noch kälter war als der Winter, der das Land seit Wochen mit Eis und Schnee überzog. Richard von Breydenbach war anzusehen, dass er seinen Sohn am liebsten auf der Stelle zermalmt hätte.

Zwei Tage war es nun her, dass Lissys Schwangerschaft – und Geros Anteil daran – ans Tageslicht gekommen war. Und nun stand er vor seinem vor Wut schnaubenden alten Herrn, den es keinen Deut interessierte, was er für das Mädchen empfand. Geros Haltung gegenüber dem tobenden Alten hatte indes nichts von einem reuigen Büßer. Er stand dem gleich großen Edelfreien Auge in Auge gegenüber, jederzeit bereit, einen Kampf zu führen, wenn auch nicht körperlich, so doch mit Worten. Schließlich wurde er in ein paar Monaten einundzwanzig, war also kein kleiner Junge mehr, der sich vor den cholerischen Ausbrüchen seines Vaters fürchtete.

»Wenn der Teufel mir die Eier abreißen würde, würde es Euch nun auch nichts mehr nützen«, erwiderte Gero und setzte ein fatalistisches Lächeln auf.

»Und was würde etwas nützen? Dass ich dich zu ihm in die Hölle schicke, dorthin, wo du hingehörst?«, erwiderte sein Vater barsch. Während er immer noch auf und ab wanderte, nahm seine dunkle Stimme, die Geros Stimme so verblüffend ähnlich war, einen gefährlich leisen Ausdruck an. »Ich habe Elisabeth an Kindes statt angenommen, damit sie eines Tages in einem Kloster ein gottgefälliges Leben führt und nicht, damit *du* sie zur Hure machst!«

Gero spürte Wut ihn sich aufwallen. Nicht, weil der Alte sich über seine Unverfrorenheit erboste, mit Lissy das Lager geteilt zu haben, sondern weil er sie als Hure beschimpfte.

»Sie ist keine Hure«, widersprach er mit Nachdruck in der Stimme. »Und ich habe mich ihr nicht in sündhafter Absicht genähert. Ich liebe sie, seit ich sie das erste Mal gesehen habe. Und ich will sie zur Frau, und das nicht nur, damit das Kind einen Vater hat!«

»Bis du vom Teufel besessen?«, schrie der Alte zurück, wobei sein Gesicht so rot anschwoll wie der Kamm eines Hahns, was ihn mit den weißblonden, schulterlangen Haaren und den eisblauen Augen geradezu dämonisch aussehen ließ. »Wie kannst du es wagen, an so etwas auch nur zu denken? Heißt das etwa, du hast mich über all die Jahre hin betrogen, indem du mir nur vorgemacht hast, dass du dem Templerorden beitreten willst, während du in Wahrheit deiner eigenen Schwester hinterhergestiegen bist?«

»Erstens ist sie nicht meine leibliche Schwester«, korrigierte er seinen Vater, »und zweitens war es nicht mein Wunsch, dem Orden beizutreten, sondern Eurer.« Gero war bemüht, ruhig zu bleiben. »Es war einzig und allein Euer Wille, und ich habe aus Achtung vor Euch nicht widersprochen.»

»Achtung nennst du das?« Obwohl Richard von Breydenbach sich gebärdete, als ob er ihn meucheln wollte, wich Gero keinen Schritt zurück, als der auf ihn losstürmte und ihm mit seiner verbliebenen linken Hand eine gewaltige Ohrfeige verpasste. Geros Kopf schleuderte so sehr zur Seite, dass ihm die schulterlangen blonden Haare ins Gesicht flogen, und als er sich wieder fing und in die zornigen Augen seines Gegenübers schaute, schmeckte er Blut. Was er nicht nur der Wucht des Schlages, sondern vor allem dem silbernen Siegelring zu verdanken hatte, den sein Vater wie alle männlichen Nachkommen der Breydenbacher seit dem achtzehnten Lebensjahr trug.

Unbeirrt hob er sein Haupt mit stolzem Blick und leckte sich das Blut von den Lippen. Groß, breitschultrig und breitbeinig stand er da, die Hände demonstrativ an die Seite gelegt, wie ein Soldat, der keinen noch so aussichtslosen Kampf scheut.

»Von mir aus soll sie das Kind gebären«, zischte der Alte und schnaubte verächtlich. »Aber danach wird sie wie vereinbart zu den frommen Schwestern nach Sankt Thomas ziehen. Wenn auch ein bisschen später als gedacht. Da der Balg ja, wie ihr beide bei eurer Ehre versichert habt, deinem Samen entsprungen ist und nicht dem eines dahergelaufenen Knechts, haben deine Mutter und ich beschlossen, das Kind zu behalten. Wir werden es hier auf der Burg großziehen, bis es das rechte Alter hat. Danach werden wir es nach Himmerod zu den Zisterziensern oder auch nach Sankt Thomas geben, falls es ein Mädchen wird. Und du, mein Lieber«, fügte sein Vater mit hasserfüllter Stimme hinzu, »wirst für deine ungezügelte Lust Buße tun, indem du wie geplant deinen Weg zu den Templern antrittst. Und das schon ein bisschen früher. Bereits morgen wirst du dein Bündel packen und zum Ordenshaus nach Trier aufbrechen. Dort erhältst du weitere Instruktionen.«

»Bei allem Respekt, Seigneur«, bemerkte Gero erstaunlich gelassen. »Das werde ich mit Gewissheit nicht tun. Ich will bei meiner Frau sein, wenn das Kind zur Welt kommt, und ich will ihm ein guter und lehrreicher Vater werden.«

»So?« Der Alte lachte spöttisch. »Was soll es denn von dir lernen? Wie man in teuflischer Absicht seine noch minderjährige Schwester verführt? Oder wie man auf Gott den Herrn spuckt und sich wider den heiligen Willen seines Vaters stellt?«

»Was an Eurem Willen heilig sein soll, habe ich noch nie begriffen«, erklärte Gero frei heraus. »Ich denke, dass es ebenso wenig recht ist, ein Gelübde auf dem Rücken seiner unmündigen Kinder abzulegen.«

Richard von Breydenbach schnellte herum und drohte endgültig die Beherrschung zu verlieren. »Was weißt du schon!«, schmetterte er

Gero entgegen. »Warst du in Akko dabei? Hast du mit eigenen Augen gesehen, was dort geschehen ist? Nein, einen Dreck hast du. Denn dann wüsstest du, welchem Mysterium wir es zu verdanken hatten, dass wir dort lebend herausgekommen sind.«

»Onkel Gerhard ist tot«, stellte Gero unverblümt fest. »Ihm scheint das von Euch so viel gelobte Mysterium ebenso wenig genützt zu haben wie Euch. Und Eure rechte Hand ist seitdem genauso verloren wie das Heilige Land. Wofür also solltet Ihr Gott noch danken? Dafür, dass Ihr Euch in die Irre habt führen lassen?« Gero war sich bewusst, dass er zu weit ging, aber sein störrischer Vater hatte es in seinen Augen einfach nicht besser verdient.

»Was bist du nur für ein unbelehrbarer Narr«, erwiderte sein Vater mit einem leisen sarkastischen Lachen. »Du weißt nichts von der Welt. Und du weißt nichts von den Templern. Denn wenn du wüsstest, was hinter deren Geheimnissen steckt, würdest du dich danach sehnen, ihnen als Ordensritter anzugehören. Mut, Ehre und ein unergründliches Geheimnis würden im Handumdrehen einen ganzen Kerl aus dir machen und nicht so ein verweichlichtes Waschweib, wie du es vorziehst zu sein.«

»Und warum seid Ihr dann nicht selbst zu den Templern gegangen«, entgegnete Gero kühn. »Wieso sitzt Ihr noch hier und tyrannisiert Eure Familie, die ohnehin längst keine mehr ist?«

»Weil ich immer noch die Verantwortung für meine Frau trage und für Hunderte Menschen rundherum in den Dörfern.«

»Aber das wird doch bald Eberhard übernehmen, da könnt Ihr Euch ohne Rücksicht auf Eure Leibeigenen bei den Templern einkaufen und Euch als Ehrenbruder den Traum eines keuschen Lebens erfüllen.«

»Denkst du ernsthaft, ich würde mich so mir nichts, dir nichts von deiner Mutter lossagen, nach allem, was sie in den vergangenen Jahren durchmachen musste?«

Gero überlegte, ob er den Satz ergänzen sollte: … *was Ihr nicht selten selbst verschuldet habt.* Doch dann besann er sich, weil er nicht noch mehr Öl ins Feuer gießen wollte. Sein Vater hatte wohl eher auf den frühen Fiebertod von Geros leiblichen Schwestern angespielt oder auf seine eigene leidvolle Rückkehr aus dem Outremer und die zahlreichen Fehlgeburten, die seine Mutter danach wie eine Heimsuchung gequält hatten.

»Na wunderbar«, erwiderte Gero nicht weniger sarkastisch. »Dann sind wir uns ja einig. Ich bin ebenso wenig bereit, wie Ihr es seid, meine Frau und mein Kind im Stich zu lassen, nur um ein unsinniges Keuschheitsgelübde abzulegen. Außerdem halte ich es inzwischen für aussichtslos, für etwas zu kämpfen, das so unerreichbar ist wie das Ende der Welt.«

»Redest du etwa von Jerusalem?«, fragte sein Vater scharf. »Willst du das Heilige Land tatsächlich auf immer und ewig den Heiden überlassen? Das kann nicht dein Ernst sein!«

»Ich habe lange über Euer früheres Ansinnen nachgedacht, Jerusalem zurückerobern zu wollen, Vater«, bekannte Gero und lächelte müde. »Es kann nicht Gottes Wille sein, uns in einen neuen Kreuzzug zu entsenden und in seinem Namen ein ganzes Volk auszurotten, und das nur, um den hehren Zielen christlicher Machthaber zu genügen. Denn auf andere Weise werden sich die Mamelucken und ihre Anhänger von uns nicht vertreiben lassen. Schon gar nicht werden wir sie bekehren und davon überzeugen können, die Heimat unseres Herrn freiwillig an uns abzutreten. Das ist uns früher nicht gelungen und wird uns auch in Zukunft nicht gelingen.« Er schüttelte den Kopf. »Solange die Heiden dort bleiben, wo sie sind, sehe ich keine Notwendigkeit, es mit ihnen aufzunehmen. Gott der Herr ist überall. Wozu brauchen wir Jerusalem, wenn Er, wie der Papst behauptet, in jeder christlichen Kirche wohnt?«

»Du bist wirklich ein Narr.« Richard von Breydenbach grinste abfällig. »Und es interessiert mich auch nicht, ob du meine Argumente verstehst. Ich befehle dir, gehorsam zu sein und unverzüglich bei den Templern um Aufnahme zu ersuchen. Wenn du erst einmal dort bist, werden sie dir den Sinn ihrer Mission schon beibringen. Sie verfügen über Geheimnisse, von denen du noch nicht einmal zu träumen wagst und über deren Existenz selbst ich nur vage Kenntnis besitze. Ich habe bei Gott dem Herrn geschworen, dass du einer der ihren wirst, und so soll es sein!«

»Und was wird geschehen, wenn ich Eurem Aufruf nicht folge? Abgesehen davon, dass Ihr zukünftig kein Wort mehr mit mir wechseln werdet, wie ich Euch kenne.«

»Abgesehen davon, dass ich dich als meinen Sohn verstoßen werde, wenn du dich mir widersetzt, wird der Allmächtige uns allen mit einem furchtbaren Fluch bestrafen«, orakelte Richard düster. »Außerdem«, bemerkte er herablassend, »wo wolltest du denn überhaupt hin, wenn ich dich von dieser Burg verbanne?«

»Daran solltet Ihr keine überflüssigen Gedanken verschwenden«, entgegnete Gero gelassen. »Ich habe vorgesorgt und weiß bereits, wo ich mit Elisabeth und dem Kind unterkomme.«

»Und wo, wenn ich fragen darf?« Richard bedachte seinen Sohn mit einem argwöhnischen Blick.

»Tante Margaretha hat uns eine Zuflucht geboten«, log Gero dreist. Sein Vater musste ja nicht wissen, dass sie ihm lediglich die Übernahme der Burg in Aussicht gestellt hatte, nicht aber die Aufnahme einer ganzen Familie, schon gar nicht, wenn der Segen seiner Eltern fehlte.

»Ich hätte es mir denken können«, rief Richard boshaft. »Diese alte Hexe hat überall ihre Finger im Spiel. Aber gut«, entschied er mit verächtlicher Miene, »ich gebe dir einen Tag Zeit, deine Sachen zu packen und von hier zu verschwinden. Wobei ich dir keinesfalls erlaube, Elisabeth mitzunehmen. Sie ist immer noch meine Tochter, und solange ihr nicht verheiratet seid, was niemals geschehen wird, hast du keine Verfügungsgewalt über sie, auch wenn sie deinen Balg in sich trägt.«

»Ist das Euer letztes Wort, Vater?«

Obwohl er die Antwort schon kannte, sah Gero es als seine Pflicht an, die Entscheidung des Vaters noch einmal zu hinterfragen. Allein schon seiner Mutter zuliebe und auch wegen Elisabeth, in deren tiefer Schuld er stand und der es wichtig war, dem Vater gehorsam zu sein. Aber auch sich selbst zuliebe. Es würde ihm leichter fallen, seine Loyalität als Sohn aufzukündigen, wenn sein Vater bei seinen grausamen Absichten blieb.

»Dazu bedarf es keiner weiteren Frage«, beschied Richard hart. »Und nun geh! Du bist hier nicht länger willkommen.« Damit wandte er sich von Gero ab und ging zum offenen Fenster, wo er demonstrativ die kalte Winterluft einsog, als ob er sich vom Gestank eines Widersachers befreien musste.

Als Gero auf den langen Flur hinaustrat, der an den weiß verputzten Wänden mit den Wappenschildern der Breydenbacher und all ihrer Vorfahren geschmückt war, überkam ihn für einen Moment eine unbestimmte Trauer, all das nun hinter sich lassen zu müssen. Jedoch für Ärger und Verdruss blieb wenig Zeit, wenn er seinen wagemutigen Plan in die Tat umsetzen wollte.

Als er zu Elisabeths Gemach zurückkehrte, war es bereits Mittag, und seine Mutter, die er über die Entscheidung seines Vaters in Kenntnis setzen wollte, war nirgends zu finden. Er blieb an einem der wenigen bunten Glasfenster stehen und schaute über den Burghof hinaus. Draußen schneite es immer noch dicke Flocken, und er machte sich Sorgen, wie er Lissy angesichts solcher Witterungsverhältnisse davon überzeugen konnte, noch heute Nacht einen Zweitagesritt anzutreten, zumal heimlich und mit ungewissem Ergebnis.

Als er die Tür zu ihrer Kammer aufstieß, saß sie im Bett und sah aus wie ein Engel. Sie aß einen Apfel und strahlte über das ganze Gesicht. Elisabeth sah schon erheblich besser aus als noch Tage zuvor. Was ein bisschen Fleischbrühe und Brot nicht alles bewirken konnten.

Neben ihr hockte Harko, ihr kleines weißes Hündchen, und bedachte Gero mit einem treuen Blick, während es sich von Lissy ausgiebig kraulen ließ.

»So gut möchte ich es auch einmal haben«, bemerkte Gero mit einem matten Lächeln.

»Und?«, fragte sie, und ihre Miene verfinsterte sich, als sie seine Niedergeschlagenheit bemerkte. »Konntest du Vater davon überzeugen, dass wir heiraten müssen?«

Gero brach in hartes Gelächter aus, was den Hund ängstlich aufschrecken ließ. So viel Naivität konnte nur Lissy an den Tag legen. Doch er durfte nicht ungerecht sein. Sie war noch jung und hatte weit weniger von der Welt gesehen als er selbst.

»Was ist so lustig daran?«, fragte sie mit gekräuselter Stirn.

»Nichts«, sagte er düster und schloss die Tür hinter sich. Danach überzeugte er sich mit einem Rundgang durch die geräumige Kammer, dass niemand sonst anwesend war.

»O mein Gott, was hast du da?«, fragte Lissy erschrocken, als er näher trat und sie seine aufgeplatzte Lippe bemerkte.

»Das ist ein gut gemeinter Gruß von meinem Vater, der die Botschaft beinhaltet, dass ich in seinen Augen nicht länger sein Sohn bin.«

»Er hat dich geschlagen?« Bestürzt und mitfühlend zugleich streckte sie ihre Hände aus, als er sich zu ihr ans Bett setzte, und fuhr mit einem Finger zärtlich über die malträtierte Wange.

»Wie konnte er so etwas tun?«, fragte sie ängstlich, während Harko sie anstupste, weil sie mit dem Kraulen aufgehört hatte. »Und was hat das für uns zu bedeuten?«

»Es bedeutet, dass wir beide heute Nacht von hier verschwinden werden«, erklärte Gero und küsste sie vorsichtig.

»Aber draußen ist tiefster Winter, und wo sollen wir hin?« Panik klang in ihrer Stimme. Gero wusste, dass sie dabei nicht nur an sich selbst dachte, sondern auch an ihr Kind. Dann blickte sie auf Harko, der sie erwartungsvoll anglotzte. »Und was ist mit dem Hund?«, wandte sie ein. »Ich kann ihn unmöglich hier zurücklassen.«

»Um den wird sich Mutter schon kümmern«, erwiderte Gero ruppig. »Bei dem Wetter kann er auf keinen Fall mitkommen, und außerdem würde sein lautes Gebell unser Vorhaben am Ende noch verraten.«

Furchtsam schaute sie auf. »Herr im Himmel, was hast du nur vor, wenn sogar der Hund hierbleiben muss?«

»Wir hatten doch darüber gesprochen«, erklärt er ungeduldig. »Wenn uns Vater die Zustimmung zur Hochzeit verweigert, fliehen wir nach Waldenstein.«

»Waldenstein? Bei diesem Unwetter? Gero, das sind fast zwei Tagesreisen. Hast du das auch gut überlegt?«

»Was gibt es da zu überlegen?«, fragte er schroff. »Wir haben gar keine andere Wahl. Wir werden mein neues Schlachtross nehmen«, versuchte er sie zu beruhigen. »Es wird uns zuverlässig nach Waldenstein tragen. Dich und das Kind packen wir warm ein, und ich werde genug Silber einstecken, damit wir unterwegs in einem Gasthaus etwas

Warmes essen und notfalls auch übernachten können. Tante Margaretha wird uns nicht abweisen, da bin ich mir sicher.«

»Und was ist mit Mutter?« Lissy wirkte verzweifelt. »Ich meine, wir können uns doch nicht einfach davonmachen, ohne uns von ihr zu verabschieden. Sie wird sich unendlich sorgen, wenn sie nicht weiß, wo wir sind.«

»Kein Wort zu ihr! Hörst du?«, mahnte Gero sie streng. »Wenn sie erfährt, was wir vorhaben, wird sie es Vater verraten, und dann ist unser Plan zunichte. Er hat mir ein Ultimatum gesetzt. Ich muss bis morgen Abend die Burg verlassen. Ohne dich, wohlgemerkt. Er will, dass du das Kind zur Welt bringst, um es hier auf der Burg zu behalten, während du trotz allem nach Sankt Thomas gehen und den Schleier nehmen sollst.«

»Er will uns das Kind nehmen und mich in ein Kloster schicken?«, flüsterte sie mit ungläubigem Blick. Ihre schönen Augen füllten sich mit Tränen, die sie nur mühsam zurückhalten konnte.

»Und er will dir den Mann nehmen, der dich unendlich liebt, vergiss das nicht«, erklärte Gero mit finsterer Miene. »Er hat sich nicht davon abbringen lassen, mich zu den Templern zu schicken, und als ihm klar wurde, dass ich mich seinem Befehl widersetze, hat er mich im wahrsten Sinne des Wortes eiskalt vor die Tür gesetzt.«

»Heilige Gottesmutter, hab Erbarmen!« Lissy schlug die Hände vors Gesicht und begann hemmungslos zu schluchzen. »Wie kann er nur so grausam sein?«

Gero nahm sie schützend in seine Arme und drückte sie sanft an sich. »So beruhige dich doch«, flüsterte er. »Was hast du anderes erwartet? Du weißt doch, wie er ist. Und wer sagt denn, dass wir uns seinem Willen beugen müssen? Warte hier auf mich, bis die Nacht hereinbricht. Bis zum Abend werde ich unsere Flucht sorgfältig vorbereiten, und wenn alles schläft, schleichen wir uns davon.«

»Aber was ist mit den Wachen?« Lissy schaute mit rotgeweinten Augen zu ihm auf. »Sie werden uns doch nicht des Nachts das Burgtor herunterlassen? Schon gar nicht, wenn Vater keinen Befehl dazu erteilt hat?«

»Wir gehen durch den Kerker und dann durch die Katakomben zum geheimen Ausgang der Festung. Dort werde ich das Pferd und unser Gepäck bereits vorher bei einem Unterschlupf deponieren.«

»Du willst mit mir an den Toten vorbei? Und das mitten in der Nacht?« Ihr war das pure Entsetzen anzusehen, bei dem Gedanken, dass sie mit Gero in vollkommener Finsternis an den Gebeinen seiner Vorfahren vorbeilaufen sollte, die in offenen steinernen Nischen in den sogenannten Katakomben vor sich hin rotteten.

»Was ist, wenn es dort spukt?«, fragte sie mit bebenden Lippen.

»Es sind doch nur alte Knochen«, erinnerte Gero sie. »Eberhard und ich haben uns früher einen Spaß daraus gemacht und dort Verstecken gespielt. Ich konnte mich selbst davon überzeugen, dass sie noch nicht mal als Abwehrzauber getaugt haben, geschweige denn lebendig geworden wären.«

Kapitel II

Am späten Nachmittag sprach Gero mit seiner gramgebeugten Mutter und wiegte sie in der Sicherheit, dass er am Ende den Befehlen seines Vaters gehorchen würde. Nur für den Moment wolle er sich nach Waldenstein zurückziehen, log er sie an. Er wolle unter dem Schutz seiner Tante ein paar Wochen Gras über die Sache wachsen zu lassen, bevor er sich direkt nach Franzien zum zuständigen Ordenskommando der Templer begebe, versprach er ihr.

»Schließlich ist es keine leichte Entscheidung für mich, Elisabeth in ihrem Zustand einfach zurückzulassen«, fügte er mit gesenkter Stimme hinzu. »Oder das Kind in Eure Obhut zu geben, mit dem Gedanken, es niemals leibhaftig in meinen Armen halten zu dürfen, obwohl ich weiß, dass es bei Euch gut aufgehoben sein wird, Mutter.«

»Es ist für alle das Beste, wenn Elisabeth nach der Geburt ins Kloster geht«, versicherte Jutta von Breydenbach mit versteinerter Miene. »Für dich, für das Kind und für Elisabeth selbst. Abgesehen davon, dass sie noch nicht die notwendige Reife besitzt, ein Kind aufzuziehen, wäre es nicht gut, wenn neuerliches Gerede aufkommen würde, dass sie in Wahrheit eine geborene Jüdin ist«, argumentierte sie ähnlich wie ihre Schwester. »Was unweigerlich der Fall wäre, wenn wir offiziell eine Ehe zwischen Bruder und Schwester zulassen würden.«

Gero nickte bedrückt und gab seiner Mutter in allen Punkten recht. Er zeigte nicht, wie sehr es ihn verletzte, dass sie bei seinem Vater keine Fürbitte für ihn und Lissy gehalten hatte. Geschweige denn, dass sie auch nur den Versuch unternahm, den alten Tyrannen umzustimmen.

Und obwohl der Groll gegen seine Mutter nicht von der Hand zu weisen war, kam sich Gero ihr gegenüber wie ein hinterlistiger Betrüger vor, erst recht, als er kurz darauf ganz offiziell seine alleinige

Abreise vorbereitete. Sein Vater sprach ohnehin kein Wort mehr mit ihm, und so hinterfragte eigenartigerweise niemand, während er seine Sachen in mehrere Satteltaschen packte, was er da tat und wohin er vorhatte zu gehen.

»Pscht!«, bedeutete Gero seiner Liebsten, als er sie zu nächtlicher Stunde an der Treppe zum Weinkeller abfing.

Soweit er es im spärlichen Licht einer Ölfunzel sehen konnte, hatte sie sich warm genug angezogen, um den bevorstehenden Ritt ohne Erfrierungen zu überstehen.

»Ich habe vier Unterkleider, ebenso viele Strümpfe, zwei wollene Überkleider angezogen, dazu einen Mantel mit einer Kapuze, einen Umhang und einen großen Dreiecksschal aus Wolle gesponnen«, wisperte Lissy, während sie den linken Arm schützend vor ihren Leib hielt. Darin trug sie ein größeres Bündel, in dem sich augenscheinlich weitere Decken befanden.

»Gut«, bestätigte Gero flüsternd. »Dann komm jetzt und lösch das Licht. Vertrau mir, ich weiß, wo es langgeht.«

Im Innern der Burg schien derweil alles still zu sein, nur das Schnarchen einiger Knechte und Mägde war zu hören und von irgendwoher ein Kichern, weil irgendwer mit den Wachen schäkerte. Was ihnen nur recht sein sollte, denn dann waren die Männer offenbar abgelenkt.

Trotz allem zitterte Lissy am ganzen Leib, als Gero sie wenig später mit schlafwandlerischer Sicherheit und in absoluter Finsternis die Treppe zum Kerker hinabführte.

In den vergitterten Verschlägen war im Moment sowieso niemand eingesperrt, was Gero Stunden zuvor schon ausgekundschaftet hatte, somit gab es dort weder grölende Gefangene noch deren Wächter. Vorsichtig ertastete er mit einer Hand das eiserne Gittertor, das offen stand und durch das man in einen modrig riechenden unterirdischen Gang gelangte. Von dort aus kam man direkt zur Folterkammer und zu einem Seitenabzweig, der durch die Katakomben zu einem geheimen Ausgang führte, der in Kriegszeiten als Fluchtweg genutzt werden konnte.

Ihre Schritte hallten von den kalten Mauern wider, und von irgendwoher war ein stetiges Tropfen zu hören.

»Wuff!« Gero schrak unvermittelt zusammen und fluchte leise, als er spürte, dass Lissy, die sich offenbar genauso erschrocken hatte wie er, eine hastige Bewegung vollzog.

Abrupt blieb er stehen. »Sag nicht, dass das Geräusch war, was ich denke, dass es war«, zischte er ärgerlich.

»Ich konnte Harko doch nicht einfach zurücklassen«, meinte Lissy kläglich. »Er ist mir wie ein Kind. Der Gedanke, ihn nie wiederzusehen, war mir unerträglich.«

»Heilige Scheiße«, fluchte Gero leise. »Halt ihm wenigstens das Maul zu, damit er nicht bellt!« Missmutig zog er sie weiter. »Das fängt ja gut an, wir sind noch nicht verheiratet, und du widersetzt dich bereits meinen Befehlen.«

»Wer sagt denn, dass ich es nicht tue, wenn wir es sind?«, murrte sie schnippisch. »Ich hab mich nicht in dich verliebt, weil du dich aufspielst wie Vater. Ich liebe dich, weil du der netteste, sanftmütigste und zärtlichste Mann bist, den ich kenne.«

»Und du bist ein heimtückisches Luder«, gab er grummelnd zurück, in dem Wissen, dass sie genau wusste, wie sie ihn rumkriegen konnte. »Gib's zu, Lissy, du weißt schon, dass ich dir so gut wie nichts abschlagen kann, wenn du mir in solcher Art schmeichelst!«

»Und du weißt, dass ich nichts von dir verlangen würde, was du nicht zu geben bereit wärst, stimmt's?«

»Ja, so wird es wohl sein«, sagte er leise und drückte ihre Hand auf dem Weg in den Totensaal, wie man die Begräbnisstätte der Breydenbacher nannte. Sein Vater besaß die Burg noch gar nicht so lange. Im Jahre des Herrn 1281, ein Jahr nach Geros Geburt, waren er und seine Familie aus dem Hessischen hierhergezogen, weil sein Vater kurz zuvor die Breidenburg und die damit verbundenen Ländereien als Lehen vom damaligen Trierer Kurfürsten Heinrich II. von Finstingen zugesprochen bekommen hatte und Geros Mutter Jutta von Breydenbach, eine geborene von Eltz, sich somit ihrer Heimat näher fühlte. Trotzdem hatten hier unten seitdem schon einige Begräbnisse stattgefunden. Die traurigsten waren die seiner älteren Schwestern gewesen, die im Kindesalter an einem Fieber gestorben waren. Danach kamen noch etliche Begräbnisse von älteren Leuten, die in den Diensten seiner Eltern gestanden hatten, und ein paar jüngeren Burschen, die bei Unfällen zu Tode gekommen waren.

»Sind wir bald draußen?«, fragte Lissy mit unbehaglich klingender Stimme. »Der Hund wird unruhig, wahrscheinlich kann er die verwesenden Knochen riechen.«

»Es dauert nicht mehr lange«, versicherte ihr Gero, der sich mit ihr an ein paar steinernen Sarkophagen entlangtastete.

Als sie die schwere Eichenholztür erreicht hatten und Gero den schmiedeeisernen Riegel zur Seite schob, war ihr Aufatmen deutlich zu hören.

Auch Gero verspürte Erleichterung, als ihnen kalte Schneeluft entgegenschlug und es plötzlich um einiges heller wurde, weil die verschneiten Felder rund um die Burg das fahle Mondlicht zurückwarfen, das sich just in diesem Moment durch die Wolken kämpfte.

»Warum müssen wir denn ausgerechnet bei Nacht davonlaufen?«, fragte Lissy leise, während der festgefrorene Schnee unter ihren Stiefeln knirschte.

»Weil du sicher sein kannst, dass Vater nicht zulassen würde, dass du mich bei Tag auch nur ein Stück weit begleitest.«

Gero machte sich daran, das Pferd aus einem Unterstand zu befreien, der eigentlich für Ziegen gedacht war, die um diese Jahreszeit in den Stallungen gehalten wurden.

Der schwarze Hengst schnaubte leise, als Gero das Gepäck an seinen Sattel band. Harko schälte seinen weißen, struppigen Kopf aus dem Schal, in den sein Frauchen ihn eingehüllt hatte, und begann leise zu knurren, was Lissy sofort damit bestrafte, dass sie ihn komplett unter einem Zipfel des Tuches verschwinden ließ.

»Bei Gott, ist der riesig«, bemerkte sie beim Anblick des Streitrosses mit ehrfürchtiger Stimme. »Hast du ihm schon einen Namen gegeben?«

»Nein«, erklärte Gero und machte Anstalten, ihr in den breiten Rittersattel zu helfen. »Eigentlich wollte ich ihn hier zurücklassen und ein anderes Tier nehmen, weil ich so wütend auf meinen Vater bin, dass mir seine Geschenke gestohlen bleiben können. Aber in Anbetracht unserer Lage habe ich beschlossen, meinen Stolz zu überwinden und sogar das neue Schwert, das Vater mir zum Ritterschlag geschenkt hat, mitgenommen.«

»Ja, du hast recht«, bestätigte Lissy mit Blick auf den kostbaren Anderthalbhänder, den er beiläufig in einem Einschub am Sattel verstaute. »Auf das Ross und das neue Schwert zu verzichten wäre wohl ziemlich töricht gewesen.«

Bevor sie mit Geros Hilfe in den Sattel stieg, versicherte sie sich noch einmal, dass der Hund samt Tuch fest in ihrer Armbeuge kauerte. Als sie endlich breitbeinig im Sattel saß, half Gero ihr, die Kleider zu ordnen. Dann schwang er sich behände hinter seine zukünftige Frau und nahm die Zügel auf. Der feurige Hengst reagierte prompt auf seinen Schenkeldruck und begab sich sicheren Schrittes einen Steilweg hinunter zur Lieser, deren Rauschen im gesamten Tal zu hören war. Gero vermied es, sein Streitross unnötig anzutreiben, weil er schnelle Bewegungen vermeiden wollte, bis er außer Sichtweite der Späher war, die um diese Zeit gewöhnlich auf den Burgmauern Wache hielten.

»Wie wäre es, wenn du ihn Goliath nennst, wie den Riesen aus dem Alten Testament?«, schlug Lissy wenig später vor, als sie in einen naheliegenden Wald hineintrabten.

»Damit ehrst du ihn aber nicht«, bemerkte Gero und grinste. »Ich hoffe doch sehr, dass er um einiges wendiger ist als Davids fußlahmer Gegner.« Geschickt lenkte er das massige Tier um einen Baumstumpf herum. »Vielleicht sollte wir ihn deshalb eher David nennen«, erklärte er nach einem weiteren Ausweichmanöver, das der Hengst bravourös absolviert hatte. »Seine Beinarbeit kommt einem flinken Hirtenjungen um einiges näher.«

Gero spürte, wie angespannt seine Liebste war, trotz der kleinen Scherze, mit denen er sie von der eigentlichen Misere abzulenken versuchte. Als von ferne ein Wolf heulte, war es um ihre Beherrschung geschehen. Erst recht, als sich Harko genötigt sah, auf das Heulen mit einem Knurren und einem langgezogenen Jaulen zu antworten.

»Ich habe Angst«, gestand Lissy ehrlich. »Was ist, wenn uns hier draußen wilde Tiere oder Räuber begegnen?«

»Dann werde ich sie in die Flucht schlagen«, erwiderte Gero selbstbewusst. »Oder denkst du etwa, dass dich ein Feigling begleitet?«

Energisch schüttelte sie den Kopf. »Nein«, versicherte sie kleinlaut. »Es ist nur, dass ich noch nie nachts unterwegs war. Bis auf die Zeit, in der ich mit Vater aus Akko hierhergekommen bin. Damals waren die Männer ständig damit beschäftigt, unseren spärlichen Proviant gegen Wölfe, Bären und Räuber zu verteidigen, wenn wir es nicht mehr zu einem Kloster oder einer Komturei geschafft hatten. Ich musste mich dann immer unter Sätteln und Taschen verstecken. Es war furchtbar.«

Gero legte seinen freien Arm noch enger um ihre Taille, wobei er auch Harko zu fassen bekam, der sich nun wieder ruhig verhielt. Er konnte sich vorstellen, wie schrecklich es für Lissy gewesen sein musste, als kleines Mädchen beide Eltern auf so grausame Weise zu verlieren, nur um danach mit fünf verwilderten Kreuzrittern von Akko über Zypern auf abenteuerlichste Weise in die deutschen Lande zu ziehen. Und das, ohne deren Sprache zu verstehen und zu wissen, was sie mit ihr zu tun gedachten.

»Die Gegend hier ist einigermaßen sicher«, beruhigte Gero sie. »Vaters Männer durchkämmen regelmäßig die Ländereien, um nach Gesindel Ausschau zu halten.«

Eine Weile später führte die Straße durch einen lichten Tannenwald. Die meisten Bäume entlang der alten Römerstraße nach Trier waren gefällt worden, weil man Räubern und Tagedieben keine Gelegenheit geben wollte, schutzlosen Händlern, die mit ihren Pferdekarren oder zu Fuß unterwegs waren, in einem Versteck aufzulauern. Aber manchmal gab es noch Ausnahmen, und dies war eine solche. Normalerweise hätte sich Gero keine Sorgen gemacht, doch Harko hatte im Schutz von Lissys Mantel unvermittelt zu knurren begonnen.

»Was hat er nur?«, fragte Lissy und schaute furchtsam in die finstere Umgebung. Auch der Hengst tänzelte unruhig.

»Das werden wir gleich sehen«, bemerkte Gero und zog sein Schwert. Mit grimmiger Entschlossenheit sah er sich um, während er dem frisch getauften David zu verstehen gab, dass er ruhig eine Gangart zulegen durfte.

Plötzlich knirschte es im Unterholz, und David machte einen gewagten Satz zur Seite, der seine beiden Reiter gefährlich aus dem Gleichgewicht brachte. Das Geräusch wurde lauter, und Gero war bereits versucht, um sich zu schlagen, als unmittelbar vor ihnen eine Rotte Wildschweine aus dem Wald hervorschoss und den Weg passierte. Harko streckte sein weißes Köpfchen aus dem Mantel und begann wie wild zu kläffen, was die Schweine zumindest dazu anstachelte, sich noch schneller davonzumachen.

Gero brachte David endgültig zum Stehen, während Lissy versuchte, den Hund zu beruhigen.

»Herr im Himmel!«, stieß Gero hervor, bemüht, seinen Herzschlag zu beruhigen, bevor er das Schwert wieder in der Halterung verschwinden ließ.

»Sag nur, du hattest Angst«, neckte Lissy ihn. »Das waren doch nur Wildschweine.«

»Kleine Klugscheißerin«, gab Gero spöttelnd zurück. »Du hast dich natürlich kein bisschen gefürchtet.«

»Das ist der Nachteil, wenn man seinen Ehemann aus Kindertagen kennt«, bemerkte sie mit tonloser Stimme. »Er tituliert einen, als ob man ein Spielkamerad wäre.«

»Bist du das nicht?«, fragte Gero scherzhaft und brachte David in Trab, wobei er Lissy umarmte und sie auf die Wange küsste. »Meine herzallerliebste Gespielin?«

»Eine Gespielin und ein Kamerad sind wohl etwas Grundverschiedenes«, gab sie zu bedenken.

»So?«, frotzelte Gero und lenkte das Pferd mit einiger Erleichterung aufs freie Feld hinaus. »Aber nicht bei uns. Du bist meine Gespielin, und ich bin dein Kamerad. Was hältst du davon?«

»Hauptsache, wir lieben uns«, gestand sie außer Puste, wobei sie an seinem Arm Halt suchte.

»Ich liebe dich mehr als alles auf der Welt«, gestand Gero und legte sein Kinn auf ihre Schulter, während David unbeeindruckt mit ihnen vorantrabte. »Und auch wenn es bei der Kälte auf dem Pferd nicht gerade gemütlich ist«, fügte er mit einem schwärmerischen Unterton hinzu, »möchte ich gerade nichts lieber tun, als mit dir durch die Nacht zu reiten.«

Kapitel III

In den frühen Morgenstunden erreichten sie endlich Trier, wo sie feststellen mussten, dass die Mosel gänzlich zugefroren war. Was nichts anderes bedeutete, als dass keine Schiffe ablegten und sie den gesamten Weg nach Burg Waldenstein zu Pferd zurücklegen mussten, anstatt sich auf einem Kahn gemütlich einzurichten und sich von einem Treidelgespann die Mosel hochziehen zu lassen. Lissy war inzwischen komplett durchgefroren, und Gero blieb nichts anderes übrig, als gegen Nachmittag in einem Gasthof nahe der lothringischen Grenze Rast zu machen.

Die Wirtin des Goldenen Hirschen, in dem sie untergekommen waren, verfolgte sie mit misstrauischen Blicken, als sie ihr Gepäck abluden und ihr prachtvolles Pferd im Stall abstellten. Auch das Schwert, das Gero nun am Gürtel trug, erregte einiges Aufsehen. Von den Blicken mehrerer Männer verfolgt, die in der Schankstube gewärmten Wein tranken, nahmen sie schließlich an einem blankgescheuerten Eichenholztisch Platz.

Lissy hielt Harko immer noch versteckt in ihren Kleidern, doch der Duft nach gebratenem Fleisch ließ den kleinen Hund erneut unruhig werden.

Als die Schankmagd den dampfenden Haseneintopf servierte, wollte sie natürlich genau wissen, woher ihre offensichtlich betuchten Gäste stammten. Doch Gero ließ sie im Unklaren und erklärte, sie kämen aus dem Hessischen und seien auf der Durchreise nach Franzien.

»Also ich fühle mich eher wie Maria und Josef auf der Flucht mit dem Jesuskind«, fügte Lissy grummelnd hinzu, als die Frau wieder gegangen war, um noch etwas frisches Brot zu holen.

»Soll Harko etwa das Jesuskind sein?«, scherzte Gero und steckte dem Hündchen unter der Tischplatte ein Stückchen Fleisch zu.

Lissy kniff ärgerlich die Lippen zusammen. »Die Frau und auch die anderen Gäste starren uns an, als wären wir Geächtete.«

»Sie starren nicht, weil sie denken, dass du etwas ausgefressen hast. Sie starren, weil du so außergewöhnlich schön bist«, beruhigte Gero sie und fütterte sie mit einem Löffel voll dampfendem Eintopf. Sein Blick ruhte auf ihren kastanienfarbenen hüftlangen Locken und den großen dunklen Augen und konzentrierte sich schließlich auf ihre kleine rosige Zungenspitze, die genüsslich einen Rest Suppe von den Lippen leckte.

»Wir haben schon lange nicht mehr das Lager geteilt«, raunte er und betrachtete voller Besitzerstolz ihr herzförmiges Gesicht mit den wunderschönen Augen, der kleinen Nase und dem üppigen Mund.

»Ich vermisse deine Wärme und das Gefühl, dir ganz und gar nahe zu sein.«

»Ich vermisse dich auch«, flüsterte sie und sah ihm tief in die Augen.

Als sie nach dem Essen ihre Kammer bezogen, in der nur ein einzelnes Bett stand, entzündete die Magd eine Kerze und ließ sie allein. Gero verriegelte die Tür und legte den Anderthalbhänder nebst Schwertgurt neben das Bett. Harko, der zum ersten Mal seit Verlassen der Breidenburg seine Freiheit genoss, sprang, wie er es von Lissy gewohnt war, sofort aufs Bett und machte es sich ungeniert am Fußende bequem. Gero beobachtete unterdessen fasziniert, wie sich seine zukünftige Frau im Schein der Kerze entkleidete. Ein Vergnügen, das er nicht allzu oft hatte genießen dürfen, hatten sie doch auf der Breidenburg verschiedene Etagen bewohnt. Als sie seine Blicke bemerkte, die sich wie magisch angezogen an ihren stark gewölbten Leib hefteten, hielt sie inne und schaute ihn unsicher an. »Du findest mich hässlich, nicht wahr?«, flüsterte sie mit niedergeschlagenen Lidern. »Ich sehe aus wie ein Fass auf Stelzen.«

»Du bist wunderschön«, widersprach er ihr mit verklärtem Blick und nahm sie sanft in die Arme. Während er sie voller Leidenschaft küsste, liebkosten seine Hände durch das dünne Unterkleid hindurch ihre angeschwollenen Brüste und den kleinen straffen Hintern, den er so liebte. Lissy stöhnte leise auf, als sich seine tastenden Finger in ihren Schritt wiederfanden.

»Zwei lange Monate ist es nun her, seit wir das letzte Mal beieinanderliegen konnten«, erklärte sie heiser und begann damit, ihm das

Wams über den Kopf zu ziehen. »Seitdem sind keine Nacht und kein Tag vergangen, an dem ich nicht von deinem harten Leib geträumt habe. Wäre es zu viel verlangt, wenn ich möchte, dass du mich erkennst, wie es zwischen Verheirateten üblich ist?«

»O Lissy!« Gero stöhnte leise auf und entledigte sich hastig seiner Stiefel und seiner Beinkleider. Vollkommen nackt umarmte er seine Liebste aufs Neue. »Wenn das Kind nichts dagegen hat, dass es Besuch von seinem Vater bekommt«, sagte er und drückte sich gegen ihren Bauch, »lasse ich mich nicht lange bitten.«

Taumelnd vor Lust ließ sich Elisabeth in die Kissen fallen und half ihm, ihr Unterkleid über den Kopf abzustreifen. Gero wollte sich zwischen ihre Schenkel legen, doch der monströse Bauch erwies sich als lästiges Hindernis.

»Komm«, sagte er und hatte eine Idee, »leg dich auf die Seite, und ich komme hinter dich.«

Voller Freude schlüpfte Lissy unter die weiche Decke und folgte gehorsam seinem Vorschlag. Gero schmiegte sich mehr als bereit an ihren mageren Rücken. Er streichelte sie zärtlich zwischen den Schenkeln und strich ihr Haar zur Seite, um ihren Nacken zu küssen, was sie mit einem leisen Erzittern des ganzen Leibes belohnte. Als er nach einigen Hin und Her sanft in sie eindrang, wimmerte sie vor Lust. Erst recht, als er sich hart und vorsichtig drängend in ihr bewegte, dabei hielt er mit einer Hand ihren Bauch.

Gero war überwältigt von der Zärtlichkeit, die er ihr und dem Ungeborenen gegenüber empfand.

»Ich liebe dich, Lissy«, flüsterte er, als er bemerkte, wie sie mit ihm zusammen den Gipfel erklomm. Lissys Atem ging nur noch stoßweise und wurde von mehreren hohen Seufzern begleitet, als sie sich beinahe wild vor ihm aufbäumte, bevor ihr Leib unter einem letzten Beben Erlösung fand. Niemals würde er das selige Glitzern in ihren Augen vergessen, als sie sich zu ihm umwandte, nachdem er aus ihr herausgeglitten war, und ihn küsste. Wobei sie ihren geschwollenen Leib gegen seinen eigenen presste, damit er Haut an Haut das Kind spüren konnte, wie es sich in ihr regte.

»Allein dafür lohnt es sich zu leben«, hauchte er atemlos und drückte sie so fest an sich, dass sie seine heftige Zuneigung mit einem protestierenden Stöhnen quittierte, worauf Harko vom Ende des Bettes ein unfreundliches Kläffen von sich gab. Im Nu war das weiße Hündchen bei ihnen und streckte ihnen seine aufgeregt hechelnde Zunge entgegen.

»Er ist eifersüchtig«, bemerkte Lissy und kicherte.

Gero holte den kleinen Hund zu ihnen unter die Decke, und Harko richtete sich sogleich behaglich zwischen ihnen ein.

»Es könnte alles so schön sein«, flüsterte Lissy und streichelte Harkos struppiges Köpfchen mit einem wehmütigen Lächeln.

»Es wird alles schön werden«, bekräftigte Gero mit einem Enthusiasmus, an den er selbst nicht unbedingt glaubte.

Als Lissy schließlich in seinen Armen einschlief, träumte er von einer besseren Welt, in der jeder Mensch das Recht hatte, sein eigenes Glück zu versuchen, unabhängig vom Stand seiner Geburt.

Kapitel IV

Als der Morgen anbrach, packten sie eilig ihre Sachen zusammen und verließen das Gasthaus. In der Nacht hatte es wieder geschneit, und der Himmel war wolkenverhangen. Als Gero zu den Stallungen ging, um David zu holen, sah er sich ausgiebig um.

Auf den Straßen entlang der Mosel waren einige Schlittenfuhrwerke zu sehen, die sich durch die Schneemassen kämpften, aber sonst war das Land so ruhig, als ob man es unter einer weißen Decke versteckt hätte.

Nicht anzunehmen, dass sein Vater ihnen bei diesem Wetter seine Schergen hinterherschickte. Trotzdem war Eile geboten, wenn sie am Abend die Burg seiner Tante erreichen wollten. Er kaufte der Wirtin noch einen Leib Brot ab und etwas Käse, dazu einen Schlauch Wein, der, wenn sie es richtig anstellten, nicht gefrieren würde. »Falls doch, könnt Ihr den Ziegenbeutel im rechten Abstand über einem Feuer wärmen«, riet ihm die Wirtin, nachdem Gero sie fürstlich entlohnt hatte.

Je mehr sie sich Waldenstein näherten, umso einsilbiger wurde Elisabeth. Nicht nur, weil sie fror und ihre Zähne so laut klapperten, dass er es hören konnte. Nein, sie machte sich offenbar Sorgen, dass Tante Margaretha sie abweisen und zur Breidenburg zurückschicken könnte.

»Was wird nur, wenn sie uns zürnt?«

»Das vermag ich mir beim besten Willen nicht vorzustellen«, beschwichtigte Gero sie und zog seinen Mantel noch enger um ihre bebenden Schultern. Es wurde allerhöchste Zeit, dass sie endlich die mächtige Festung erreichten, denn selbst das Hündchen hatte zu zittern begonnen. Nur David, das schwarze Streitross, marschierte stoisch voran und stieß dabei von Zeit zu Zeit üppige Dampfwölkchen aus wie ein Feuer spuckender Drache.

Als bei Einbruch der Dunkelheit endlich die Silhouette von Waldenstein hoch über den steilen Weinbergen in Sicht kam, war Lissy so erschöpft, dass sie Gero regelrecht aus den Armen glitt, als er sie Roland von Briey übergab. Der Burgvogt war von den Wachen herbeigerufen worden, noch bevor Gero das Burgtor passiert hatte.

»Bei allen guten Geistern, was macht ihr beide denn hier?«, fragte Roland besorgt, während er das Mädchen auf seinen Armen trug und zur herabgelassenen Zugbrücke blickte, um zu schauen, ob ihnen noch jemand folgte.

»Da kommt niemand mehr … hoffe ich«, kommentierte Gero den fragenden Blick des Burgvogts. »Wir sind allein.«

»Du bist den ganzen langen Weg alleine mit dem Mädchen geritten? Ist etwas Schlimmes geschehen?«, fragte Roland weiter. »Wurdet ihr überfallen? Was ist mit deinen Eltern und Eberhard?«

Gero sprang aus dem Sattel und übergab die Zügel seines Streitrosses einem Stallknecht. Dann schickte er sich an, Elisabeth, die immer noch von Roland gehalten wurde, an sich zu nehmen. Dabei warf er dem Burgvogt einen düsteren Blick zu. »Wir sind abgehauen«, gestand er schlicht.

»Abgehauen?« Roland sah ihn begriffsstutzig an, während Gero mit Lissy in Richtung Haupthalle schritt. Harko, von dem Roland bis jetzt noch keine Notiz genommen hatte, weil er im Schnee kaum auszumachen war, hopste kläffend hinter ihnen her.

»Wieso habt ihr den Hund mitgebracht?«, fragte Roland verwundert.

»Das ist eine längere Geschichte«, erklärte Gero müde. »Ist Tante Margaretha da? Ich werde euch alles beichten, sobald wir im Warmen sind.«

Kapitel V

»Vater im Himmel«, stöhnte Margaretha von Lichtenberg zu Waldenstein, als Gero seinen Bericht beendet hatte. Zusammen mit Roland saß die Gräfin, in einen glänzenden grünen Hausmantel gehüllt, die rotblonden Haare lässig aufgesteckt, auf einem gepolsterten Bett vor dem Kamin und rieb sich die Nase, was sie immer tat, wenn sie aufgeregt war. Ihre blauen Augen fixierten Elisabeth. Eine der Mägde hatte Lissy auf Margarethas Anweisung hin vorsorglich in weiche Decken gehüllt und gleich neben dem Kaminfeuer auf eine Ottomane gebettet.

Lissy nippte verlegen an ihrem heißen Gewürzwein, auf den die Gräfin bestanden hatte, war er doch angereichert mit stärkenden Substanzen, von denen Ines, die Kräuterfrau und Hebamme auf der Burg, behauptete, sie seien gut für Mutter und Kind.

Gero saß dicht bei ihr und trank in bedächtigen Schlucken sein gewärmtes Bier. Währenddessen verfolgte er Harko mit Blicken, der sich reichlich unbedarft auf die Jagd nach Margarethas gefleckter Katze machte, die dieses Vorgehen mit einem Buckel und einem warnenden Fauchen quittierte.

»Was fang ich bloß mit euch an?«, fragte Margaretha schließlich.

Ihr Blick war erschreckend ratlos.

Gero kniff die Lippen zusammen, bevor er zu einer Antwort ansetzte.

»Es tut mir leid, Tante, wenn wir Euch mit unserem Anliegen in Verlegenheit bringen. Ich kann verstehen, wenn Ihr uns nicht helfen könnt. Es wäre allerdings eine großzügige Geste von Euch, wenn Ihr uns für diese Nacht Schutz gewähren könntet. Schon morgen ziehen wir dann weiter. Wir werden schon eine Zuflucht finden. Ich habe etwas Geld gespart und könnte das Ross verkaufen.«

»Bist du von allen guten Geistern verlassen?«, fiel sie ihm mit äußerster Schärfe ins Wort. »Was bildest du dir eigentlich ein? Du tauchst einfach hier auf – mit Elisabeth, die hochschwanger ist.« Sie nickte dem Mädchen mit aufgebrachter Miene zu. »Und die sich in einem erbarmungswürdigen Zustand befindet, an dem du bei Gott nicht unschuldig bist.« Wieder schnaubte sie und erhob sich. Offenbar um sich zu sammeln, begann sie auf und ab zu wandern. »Und mir gibst du so nebenher zu verstehen, dass du mich für eine herzlose Hexe hältst, die ohne mit der Wimper zu zucken euer beider Leben aufs Spiel setzt.«

»Nein, Tante Margaretha«, beeilte er sich zu sagen. »So ist es nicht. Ich … wir«, er war ebenfalls aufgestanden und schaute auf Lissy hinab, die ob des plötzlichen Streits noch bleicher geworden war, »… wollten Euch keine unnötigen Schwierigkeiten bereiten.«

»Keine Schwierigkeiten?«, fuhr sie ihn an und warf ihm dabei einen Blick zu, als ob sie ihn mit Haut und Haaren verschlingen wollte.

Geros Blick fiel auf Roland. Hilfesuchend sah er ihn an. Doch von Roland war keine Unterstützung zu erwarten. Im Zweifel hielt der Burgvogt zu seiner Geliebten.

»Was Margaretha sagen will«, antwortete der Waffenmeister zu Geros Überraschung, »ist, dass sie euch herzlich willkommen heißt. Nur dass sie sich dafür lieber andere Umstände gewünscht hätte.« Er schaute zu Margaretha auf und grinste sie unsicher an.

»Das kann man wohl sagen«, fügte die Gräfin ungehalten hinzu.

»Natürlich bleibt ihr erst mal hier«, bestimmte sie. Dann ging sie quer durch den Raum und warf einen Blick durch das bunte Glasfenster, von wo aus man bei Tag die Aussicht auf die Mosel genießen konnte. Doch nun war es dunkel, und die brennenden Feuerkörbe auf den Wachtürmen warfen ein gespenstisches Licht.

Während die Anspannung im Raum stieg, weil niemand etwas erwiderte, schnellte sie herum und sah Gero herausfordernd an.

»Ich habe dir noch gar nicht zum Ritterschlag gratuliert«, bemerkte sie versöhnlich.

»Danke«, erwiderte Gero abwehrend. »Das ist auch nicht nötig. Seither habe ich mich nicht unbedingt mit Ruhm und Ehre bekleckert. Ich habe gelogen, ich habe betrogen und bin meinen Schwierigkeiten davongelaufen wie ein räudiger Hund.«

»Siehst du das tatsächlich so?« Sie schaute ihn verwundert an.

Gero senkte den Blick, er wollte es nicht noch schlimmer machen, indem er ihre Frage bejahte, zumal er sah, dass Lissy leise zu weinen begonnen hatte.

»Ich sehe das anders«, erwiderte die Gräfin beherrscht.

»Du bist tapfer, du bist mutig, und du stehst zu dem, was dein Herz dir befiehlt. Du hast meine volle Anerkennung für das, was du getan hast. Und doch hat sie Sache einen gewaltigen Haken.«

Gero hob eine Braue, es fiel ihm schwer, den Worten seiner Tante zu folgen. »Was wollt Ihr damit andeuten?«, fragte er verwirrt.

»Ich will damit andeuten, dass du deine Qualitäten als Ritter schon bald unter Beweis stellen musst. Ob es dir gefällt oder nicht …«

»Wie soll ich das verstehen?«, fragte er.

»… und zwar gegen deinen eigenen Vater«, vollendete sie den Satz.

Elisabeth stieß ein spitzes Keuchen aus, auf das Gero sofort reagierte, indem er sich zu ihr setzte und sie fest in den Arm nahm.

»Das ist nicht Euer Ernst«, versuchte er die Vermutung herunterzuspielen.

»Allerdings, mein Lieber«, widersprach ihm die Gräfin. »Ich kenne deinen alten Herrn zu gut, als dass ich mir nicht sicher wäre, dass er von mir die Herausgabe des Mädchens fordert. Und du glaubst doch nicht allen Ernstes, dass ich sie ihm geben würde?«

»Nein«, erwiderte Gero leise, »und dafür danke ich Euch von Herzen.«

»Das wird ihn aus tiefster Seele erzürnen, denn so gut er deinen Onkel leiden konnte, umso mehr hasste er mich. Weil ich deine Mutter damals eindringlich davor gewarnt habe, diesen alten Choleriker zum Ehemann zu nehmen. Stattdessen habe ich ihr geraten, sie solle lieber ins Kloster gehen, weil das im Gegensatz dazu der Himmel sei, während sie mit deinem Vater an ihrer Seite geradewegs in die Hölle einfahren würde.« Sie lächelte spöttisch. »Dummerweise hat er diese Predigt belauscht. Und seitdem sind wir nicht gerade die besten Freunde, obwohl er sich deiner Mutter zuliebe mit mir arrangiert hat und auch wegen Gerhard, der im Gegensatz zu deinem Vater ein geborener Diplomat war. Doch nun wird er meine Solidarität mit dir und deiner Braut zum Anlass nehmen, sich gegen mich und unser Haus zu stellen.«

Als Gero am nächsten Morgen neben Lissy erwachte, war es, als ob eine schwarze Katze in seinem Nacken säße, die ihn fauchend daran erinnerte, in was für einer verzwickten Lage sie sich befanden.

Lissy schlief noch, und auch Harko riskierte nur ein Auge, als Gero leise aufstand, um sich zu waschen. Doch spätestens als er die Kammer verließ, um seine Notdurft zu erledigen, sprang der kleine Hund schwanzwedelnd an seine Seite, weil es ihn offenbar auch nach draußen drängte. Im Gegensatz zu Gero, der den Abort zur Außenmauer hin im selben Stockwerk benutzte, musste Harko sich allerdings noch gedulden, bis man ihn auf den verschneiten Burghof entließ.

Gero reagierte beinahe erschrocken, als er die braune Stute eines Kundschafters der Breydenbacher gewahrte, die an einer Stange angebunden verharrte. Ein Pferdeknecht erbarmte sich des vor Schweiß dampfenden Tieres und führte es in die Stallungen. Nicht weit davon entfernt traf Gero, der ins Haus zurückgehen wollte, auf Louis, einen glatzköpfigen, stämmigen Söldner aus Metz, den Margaretha im letzten Jahr für ihre Truppen verpflichtet hatte.

»Salut, Gero«, begrüßte der Söldner ihn freundlich. »Was ist hier los? Erst erzählt man mir, du seist gestern Abend ganz allein im Schneetreiben zusammen mit deiner Schwester hier aufgetaucht. Eben hieß es, ein Bote deines Vaters hätte eine eilige Depesche überbracht. Befindet sich euer Haus vielleicht in Schwierigkeiten, und ihr benötigt unsere Hilfe?«

»Nicht unbedingt«, antwortete Gero ausweichend und sah, wie der Reiter in den Farben der Breydenbacher aus dem Hauptportal stürzte und offenbar sein Pferd suchte. Es war Rudolph, ein graubärtiger Offizier seines Vaters, den Gero bereits aus Kindertagen kannte. Er trug ein Kettenhemd und darüber den Wappenrock der Breydenbacher, zudem war er bis an die Zähne bewaffnet. Als ihre Blicke sich wie zufällig trafen, kam er zielstrebig auf Gero zu, der lediglich seine einfache Hauskleidung trug und schmerzlich sein Schwert vermisste. Dummerweise schien der Mann ziemlich wütend zu sein und sah aus, als würde er Gero möglicherweise angreifen wollen. Zum Glück war Louis unmittelbar hinter Gero stehen geblieben. Neugierig musterte er den für ihn fremden Krieger, dabei hatte er die Hand auf den Knauf seines Schwertes gelegt. Ein Umstand, der auch Rudolph nicht entgangen sein konnte. Mit finsterer Miene sah er Gero an. »Bestell deiner törichten Tante, wenn sie das Mädchen nicht herausrückt, gibt es hier mächtig Ärger – auch für dich. Lass dir das von deinem Vater gesagt sein!«

»Vermisst du dein Pferd?«, antwortete Gero. Mit einem lakonischen Lächeln deutete er auf die Stallungen. »Das Tier ist im Stall. Aber besser wäre, du lässt ihm etwas Zeit und wartest, bis es trocken ist, sonst hat es bald einen Husten.«

»Um nichts in der Welt bleibe ich noch einen Moment länger hier!«, keifte Rudolph zurück. »Der Dummheit dieses Weibsbildes und deiner Geilheit ist es zuzuschreiben, wenn demnächst unschuldige Männer sterben.«

»Bestell meinem Vater einen schönen Gruß«, erwiderte Gero ruhig, »sag ihm, dass er ein verantwortungsloser Querkopf ist und ich es als Schande empfinde, sein Sohn zu sein.«

Rudolph schnaubte. »Worauf du Gift nehmen kannst«, sagte er nur und machte sich mit klirrenden Waffen davon.

Louis, der den Wortwechsel mit einiger Verblüffung verfolgt hatte, reagierte mit einem verblüfften Blick. »Hab ich was verpasst?«

»Möglich.« Gero nickte bedächtig, blieb ihm jedoch eine vollständige Antwort schuldig. Und während Rudolph samt seiner Stute zum Burgtor hinausritt, begab sich Gero in die Küche, wo er auf seine Tante traf, die sich bei einer Magd eine warme Milch bestellt hatte.

»Und?«, fragte er beiläufig, als wenn nichts geschehen wäre. »Was wollte der alte Haudegen?«

»Es ist genauso, wie ich gesagt habe«, antwortete Margaretha betont gleichgültig. »Dein Vater hat uns soeben den Krieg erklärt.«

Kapitel VI

»Ein wunderbares neues Jahr«, flüsterte Gero und trotzte damit den schlechten Nachrichten, die ein paar Tage zuvor von Rudolph überbracht worden waren. Und als ob er ein weiteres Zeichen setzen wollte, küsste er Lissy direkt nach der Mitternachtsmesse vor allen Bewohnern von Waldenstein zart auf den Mund. In Gedanken schickte er beim Verlassen der Kapelle ein letztes Gebet an die Gottesmutter, bevor sie mit Margaretha und ihrem Gefolge nach draußen auf den Burghof traten. Dort wurde die Gräfin wie üblich zu Beginn eines neuen Jahres von ihren Untertanen mit Beifall und einem dreifachen Hurra geehrt. Vor der Kapelle herrschte noch immer tiefster Winter, und die Feuerkörbe loderten unruhig im eisigen Wind. Gero legte seinen Arm fest um Lissys Schulter. Er wollte so sehr, dass alles gut wurde und dass sie vergaß, was hinter ihnen lag und frohgemut in die Zukunft schaute.

»Auf dass Gott der Herr unsere Gebete erhöre«, gab sie mit einem zweifelnden Lächeln zurück. »Ich wäre schon froh, wenn es besser beginnt, als es aufgehört hat.«

»Mach dir keine Sorgen«, beschwichtigte Gero sie und setzte ein souveränes Lächeln auf, als er in die Gesichter der Burgbewohner schaute. Ohne Soldaten, die ihren Dienst zum größten Teil auf den Festungswällen versahen, waren es mehr als fünfzig Männer und Frauen, die sich auf Burg Waldenstein als Knechte, Mägde, Handwerker und Schreiber verdingten.

An ihren Blicken, neugierig und mitunter ausweichend, glaubte Gero zu erkennen, was in den Köpfen dieser meist einfachen Menschen vorging. Sie tuschelten über ihn und seine Braut, was ihm gar nicht gefiel. Mittlerweile hatte sich wohl überall herumgesprochen, warum der Neffe der Gräfin plötzlich wieder auf Burg Waldenstein lebte. Wenigstens wagte es keiner, seine Gedanken offen auszusprechen und über die Hintergründe der bevorstehenden Hochzeit zu spekulieren. Nicht auszudenken, wenn Lissy mit irgendwelchen Gehässigkeiten konfrontiert werden würde.

Vor wenigen Monaten noch war sie offiziell seine Schwester gewesen, und nun hieß es, sie sei seine Braut. Angesichts solch komplizierter Familienangelegenheiten konnte man es den Leuten wohl kaum verdenken, wenn sie sich zu Spekulationen hinreißen ließen. Dabei hatte die Gräfin vorsorglich ihre engsten Kammerfrauen und Diener in die Hintergründe eingeweiht, und auch die Schutztruppen waren im Bilde. Schließlich rechnete Margaretha durchaus mit dem Auftauchen der Breydenbacher, auch wenn sich bisher nur Richards erster Offizier hatte blicken lassen.

Gero glaubte nicht, dass die Bewohner von Waldenstein und der dazugehörigen Dörfer ausnahmslos auf seiner Seite standen. Unter ihnen gab es gewiss genug Argwohn, weil ein junger Mann, der seinem Vater keinen Gehorsam schuldete, kein Vorbild war für die eignen Söhne und Töchter. Erst recht, wenn er ein Adliger war. Also jemand, zu dem man gewöhnlich aufschauen musste. Betont selbstsicher führte Gero seine zukünftige Braut mit erhobenem Haupt aus der Burgkapelle heraus. Er wollte sich vor Lissy nicht anmerken lassen, wie sehr ihn ihre angespannte Lage verunsicherte.

Erst als sie unter dem Torbogen entlangschritten, stieß er einen Seufzer aus und warf einen Seitenblick auf Lissy, die von seinen Grübeleien nichts zu spüren schien. Eingehüllt in einen nachtblauen Mantel, der ihre kleine, grazile Gestalt umschmeichelte, sah sie mit ihrem gewölbten Leib erst recht bezaubernd aus. Wie üblich zog ihr anmutiges Äußeres die bewundernden Blicke der meisten männlichen Festungsbewohner auf sich. Lissy trug ihr hüftlanges, kastanienfarbenes Haar nur von einem Goldreif gehalten, wie es bei einer Jungfrau üblich war. Doch schon morgen würde sie das Gebende eines verheirateten Weibes anlegen.

Ein Zustand, dem sie regelrecht entgegenfieberte, weil sie endlich zur Gilde der Eheweiber gehören wollte. Gero hingegen hätte es besser gefallen, wenn sie das Mädchen geblieben wäre, das sie einst gewesen war. Einerseits hatte er sich nichts sehnlicher gewünscht, als sie zum Altar zu führen, um endlich eine Familie gründen zu können, andererseits erschien ihm mit einem Mal alles zu übereilt, und die Umstände hätten nicht misslicher sein können.

Lissy nahm von seiner Aufmerksamkeit ihr gegenüber keine Notiz. Offenbar war sie noch ganz gefangen von den Worten des Kaplans, der in der traditionellen Mitternachtsmesse zum 1. Januar von einem Neuanfang gesprochen hatte und damit nicht nur den Jahreswechsel gemeint hatte. Im Verlauf seiner Predigt, die auf Wunsch der Gräfin in deutscher Sprache gehalten worden war und nicht in Latein, wie es allgemein der Vorschrift entsprach, hatte er die morgige Hochzeit erwähnt, die Gero und Elisabeth auf ewig miteinander verbinden würde. Hingegen war kein einziges Wort über den möglichen Konflikt mit Geros Vater gefallen, obwohl sich die Wachen für jeden ersichtlich in Alarmbereitschaft befanden. Wahrscheinlich war auch dieser Umstand Margaretha zu verdanken gewesen, weil sie dem ehrwürdigen Kaplan gewissermaßen einen Maulkorb angelegt hatte. Augenscheinlich wollte sie Elisabeth nicht mit der Überlegung beunruhigen, dass die Verweigerung ihrer Herausgabe eine blutige Fehde zwischen den Waldensteinern und den Breydenbachern provozieren könnte.

Geros Blick fiel noch einmal auf die unübersehbare Wölbung, die sich unter Lissys Gewand abzeichnete. Sie verdeutlichte ihm, dass sie sich nicht nur wegen eines möglichen Angriffs durch seinen Vater mit ihrer Heirat beeilen mussten, sondern auch, damit das Kind in jedem Fall ehelich geboren wurde. Ein wichtiger Umstand, wenn es ein Junge wurde und er später einmal in den Ritterstand eintreten sollte. Doch was wäre, wenn sein Vater Elisabeth offiziell als Tochter verstoßen würde? Schließlich war sie nur an Kindes statt angenommen und wäre dann nicht mehr von Stand.

Seine Tante, die seinen sorgenvollen Blick bemerkt hatte, gab sich betont gelassen, als sie an seiner Seite erschien, und spielte mit ihrem durchscheinenden Seidenschleier, den sie über dem hellblauen Gebende trug.

»In meiner Jugend haben wir den Jahresbeginn immer erst zu Maria Verkündigung am 25. März eingeläutet«, wusste die Gräfin zu berichten, während sie umringt von einem Pulk schwatzender Festungsbewohner die Kapelle verließen. Draußen vor dem Portal angekommen, zwinkerte sie Gero wissend zu. »Ich erinnere mich noch genau, wie stolz deine Mutter war, dass du genau zum Jahresbeginn geboren wurdest«, erklärte sie leicht wehmütig. »Es dauert gar nicht mehr lange, dann ist es wieder so weit und der Tag deiner Geburt jährt sich. Dann bist du einundzwanzig, und ich hoffe, dass mir spätestens bis dahin die Urkunde des Herzogs vorliegt, mit der ich dich an Sohnes statt annehmen kann, und auch, dass deiner Grafenwürde dann nichts mehr im Wege steht.« Margarethas Blick glitt zu Elisabeth, die sich verliebt an Gero schmiegte.

»Ja, schau ihn dir nur gut genug an, mein Kind«, fügte Margaretha scherzend hinzu, als sie weiter auf den verschneiten Burghof hinaustraten. »Bereits morgen wird er dein Gemahl sein, und du wirst dich – so Gott will – bald als Gräfin bezeichnen dürfen. Ich hoffe, du bist dir dieser Ehre bewusst, und auch eure Kinder werden dann einer glanzvollen Zukunft entgegensehen.«

Lissy strich sich unwillkürlich über den Leib und schenkte Gero einen erwartungsfrohen Blick, der ihre ganze Bewunderung für ihn verriet. Er konnte es ja selbst kaum glauben, dass ihm ein solcher Aufstieg bevorstehen sollte. Wobei er von Lissy wusste, dass sie seinem Stand weit weniger Bedeutung beimaß als er selbst. Wenn es nach ihr ginge, hätte er getrost ein Bettler sein können. Angeblich liebte sie in erster Linie seinen zuverlässigen Charakter, und auch sein Äußeres schien sie zu beeindrucken, wie sie immerzu betonte. Aber was sagten ein hoher Wuchs, breite Schultern, eine blonde Mähne und himmelblaue Augen schon über einen Mann aus? Nichts, wenn man sich in der Welt bedeutender Heerführer bewegte. In jenen Hierarchien, in die er aufsteigen sollte, konnte man sich nur halten, wenn man Macht und Einfluss besaß. Anders war es gar nicht möglich, seinen Besitz und seine Familie zu schützen. Was auch eine gewisse Brutalität und Durchtriebenheit voraussetzte. *Mit Rücksichtnahme kommst du nicht weit, wenn du dich gegenüber deinen Untergebenen und Gleichgestellten durchsetzen willst.* Das hatte sein Vater ihm bereits mit fünf Jahren eingebläut, während er ihm das erste Übungsschwert in die Hand gedrückt hatte. *Unter Männern ist es wie in einem Wolfsrudel,* war seine Losung, *nur der*

Anführer hat das Sagen, und auch das nur, solange er keine Schwäche zeigt. Wie sehr sein alter Herr diese Weisheit für sich selbst verinnerlicht hatte, stellte er eindrucksvoll mit seinem kompromisslosen Verhalten unter Beweis.

Wobei Gero sich beim Anblick seiner Tante korrigieren musste – die nach außen hin graziös erscheinende Gräfin war ohne Zweifel ähnlich kompromisslos wie sein Vater. Das hatte sie nicht nur in den vielen zähen Verhandlungen mit den Herren von Lichtenberg und Herzog Friedrich III. von Lothringen bewiesen. Damals hatte sie sich in einem diplomatischen Balanceakt mit ihren Lehensnehmern auf die Seite des Herzogs gestellt und damit einen Krieg um ihren Besitz im letzten Moment verhindert. Und dabei schien es sie nicht zu interessieren, dass Friedrich III. kurz zuvor von Papst Clemens IV. exkommuniziert worden war, wegen einer Fehde gegen den Bischof von Metz. Einem Mann, der ebenfalls zum Haus Lichtenberg gehörte und damit ein angeheirateter Verwandter ihres verstorbenen Mannes war.

»Meine Schwester hatte schon immer ein untrügliches Gespür für mächtige Männer«, hatte Geros Mutter nach dieser Geschichte leicht spöttisch bemerkt. Wenn es ihr und ihren Schutzbefohlenen jedoch Vorteile brachte, war dagegen aus Geros Sicht überhaupt nichts einzuwenden. Und so wie es aussah, war sie durchaus bereit, ihre Qualitäten auch für ihren Neffen und seine junge Frau einzusetzen.

Vielleicht war Lissy mit ihren siebzehn Jahren noch zu jung, um die politische Dimension zu erkennen, die seine Ernennung zum Grafen bedeuten würde. Aber ganz gleich, ob sie verstand, mit welchem Glück sie gesegnet waren, wenn die Bemühungen der Gräfin Erfolg haben würden. Hauptsache, er war endlich frei, und das würde er sein, wenn der Herzog von Lothringen erst die Erlaubnis erteilt hatte, dass seine Tante ihn mit dem Lehen beerben durfte. Erst danach würden er und Elisabeth der Rache seines cholerischen Vaters entkommen.

»Und ich teile zukünftig mit einer Großmutter mein Bett«, scherzte Roland von Briey beiläufig und stieß ein Kichern aus. Wie ein großer wilder Bär tauchte der Burgvogt und Hauptmann der Schutztruppe von Waldenstein unvermittelt neben der Gräfin auf und nahm sie vor aller Augen lachend in die Arme. Sie zierte sich ein wenig, erst recht, als er sie herumwirbelte, bis sie mit ihren Fäusten auf seine riesige Brust trommelte und lautstark protestierte. Beschwichtigend stellte er sie wieder auf die Füße und grinste sie an. »So ist es doch, wenn Gero der Urkunde nach dein Sohn ist und bald selbst einen Nachkommen hat. Dann hast du ein Enkelkind. Ist dir das schon einmal in den Sinn gekommen?«

Roland liebte es, Margaretha zu necken, besonders, wenn sie ihn dafür mit gespielt finsteren Blicken strafte. Margaretha bewunderte ihn und konnte sich ein Leben ohne ihn gar nicht mehr vorstellen. Roland von Briey war ein gestandenes Mannsbild im fortgeschrittenen Alter, der nicht nur die geschäftlichen Abläufe, sondern auch die militärischen auf Waldenstein koordinierte, was ihn für die Gräfin unverzichtbar machte. Dass er trotz seiner wirren dunklen Haare und des dichten struppigen Bartes für ihr Verständnis blendend aussah und dazu über ein akzeptables Benehmen verfügte, machte das Verhältnis zwischen ihnen noch reizvoller. Doch am wichtigsten war, dass sie ihm absolut vertrauen konnte, wie sie Gero einmal gestanden hatte.

Gero hoffte, dass seine Liebe zu Lissy genauso von Vertrauen und tiefer Liebe geprägt sein würde wie die von Margaretha und Roland, wenn sie, so Gott wollte, gemeinsam deren Alter erreichen würden.

Seine zukünftige Braut musste etwas Ähnliches gedacht haben, denn als sie noch mal zu ihm aufschaute, lächelte sie ihn von unten herauf mit ihren großen braunen Augen so strahlend an, dass es ihm den Atem nahm.

Er seufzte verliebt und legte seinen Arm um ihre schmalen Schultern, als sie alle gemeinsam durch die eiskalte Nacht in Richtung Haupthalle stapften. Seit Lissy wieder aß und an seiner Seite schlief, erholte sie sich zusehends von den Strapazen der vorangegangenen Monate.

Die Tatsache, dass sie ihre Schwangerschaft vor niemandem mehr verheimlichen musste, ließ sie befreiter erscheinen. Endlich hatte sie auch ihr herzhaftes Lachen wiedergefunden. Was sie unter Beweis stellte, als Roland seinem Übermut Luft machte, indem er quer über den Burghof spurtete, sich dann bückte und hastig eine Schneekugel formte. Mit einem teuflischen Grinsen holte er aus und zielte mit einem langen Wurf auf einen seiner Soldaten, der soeben die Kapelle verließ, und traf ihn am Hals. Als der Mann erkannte, wer für den eiskalten Schreck verantwortlich war, ließ er sich nicht lange bitten und lieferte Roland die erwartete Revanche. Im Nu war eine rasante Schneeballschlacht im Gange, an der sich vorwiegend Söldner und Knechte beteiligten und die Margaretha mit einem Kopfschütteln kommentierte.

»Männer!«, entfuhr es ihr spöttisch. Doch dann musste auch sie lachen, als eines der eisigen Geschosse Gero mitten im Gesicht traf und er augenblicklich auf grimmige Rache sann, nachdem er Roland als Schützen ausgemacht hatte. Er löste sich von den Frauen und rannte auf einen Schneehaufen zu. Inzwischen hatten sich zwei Parteien gebildet. Gero entschied sich für die Gegenseite und begann, Roland und seine Helfershelfer mit einem Dauerbeschuss zu malträtieren.

»Komm, wir sollten uns in Sicherheit bringen«, gab Margaretha Elisabeth zu verstehen und fasste sie an der Hand, um sie schnellstens ins Haus zu bugsieren.

Roland warf indessen die Arme hoch und kapitulierte, nachdem Gero ihn mehrmals hart getroffen hatte, mit dem Schwenken seines weißen Halstuches. Er schüttelte lachend seine dunkle Mähne und strich sich die Eiskristalle aus dem Bart, als Gero ihm bedeutete, dass er ebenfalls aufgeben wollte und er sich ihm gefahrlos nähern durfte. Beide Männer schlugen sich vor den übrigen Mitstreitern versöhnlich auf die Schulter.

»Nicht schlecht, nicht schlecht«, konstatierte der Burgvogt Geros Treffsicherheit.

Doch Geros Blick lag auf den Zinnen, von wo aus einige schwer bewaffnete Recken grinsend zu ihnen herunterwinkten. Ein Wunder, dass die Kerle so gut gelaunt waren, wo sie doch auch seinetwegen dort oben in der Kälte Wache schieben mussten.

»Na, was denkst du?«, fragte ihn Roland, als er seinen Blicken über den mit Fackeln und Feuerkörben illuminierten Burghof folgte.

»Hat dein Vater den Arsch in der Hose, uns mit seinen Truppen im neuen Jahr anzugreifen, oder wird er den Schwanz einziehen?«

»Was ist, wenn er gar keinen hat«, spöttelte Gero und hob seine Brauen.

»Keinen Schwanz?«, dröhnte Roland vergnügt. »Und wie kommt es, dass du hier stehst? Ist deine Mutter die Jungfrau Maria?«

Gero musste nun auch grinsen, obwohl ihm nicht nach Lachen zumute war. Vielleicht wäre es gar nicht so schlecht, wenn es zu einem Angriff käme. Dann hätte er die Möglichkeit wahrgenommen, den Alten im Zweikampf zu töten. Ausgerechnet mit dem neuen Anderthalbhänder, den der ihm selbst zur Schwertleite übergeben hatte. Er hasste seinen Vater trotz dieser unglaublich kostbaren Gabe. Abgrundtief und von Tag zu Tag mehr.

Später in der Nacht, als Gero nach ein paar Humpen Bier zu viel in die Kammer schlich, wo er zusammen mit Lissy schlief, war sein Zorn auf den Vater noch weiter gewachsen. In Gedanken rüstete er bereits ein Heer, das den Alten von seiner Burg fegen würde. Selbst sein Bruder würde ihn nicht aufhalten können, Rache zu üben.

Während er sich seiner Bruche entledigte und im spärlichen Schein des glimmenden Kaminfeuers vollkommen nackt zu Lissy unter die Decke schlüpfte, versuchte Gero seinen Groll zu beschwichtigen, um zur Ruhe zu kommen. Schließlich wollte er seine Liebste nicht wecken.

Ihr Atem ging gleichmäßig. Seine Hand kroch vorsichtig zu ihrer Leibesrundung. Lissys seidenes Nachthemd war hochgerutscht, was seiner Absicht, voll Wonne über ihre bloße Wölbung zu streicheln, entgegenkam. Noch im Schlaf rückte sie sich ein wenig zurecht, und dann spürte er plötzlich eine mächtige Bewegung in ihrem Innern, die ihren gesamten Leib zum Erzittern brachte und ihn regelrecht zurückschrecken ließ. Der Kleine würde ein guter Kämpfer werden, dachte er stolz. Bereits im Mutterleib verfügte er über erstaunliche Kräfte.

»Wa … was ist?« Elisabeth, die von seiner Berührung oder der Erschütterung unvermittelt erwacht war, klang erschrocken.

»Nichts, meine Liebste. Ich habe nur ein bisschen zu lange mit Roland Schach gespielt und dabei ein wenig zu tief in den Becher geschaut, weil dieser Mistkerl dauernd gewonnen hat«, flüsterte Gero sanft und streckte seine Hände aus, um sie zu sich heranzuziehen. Als sie endlich in seinen Armen lag, küsste er sie zärtlich auf den Hals.

»Dein Atem riecht nach Bier!«, sagte sie vorwurfsvoll. »Und morgen früh soll unsere Hochzeit stattfinden. Was ist, wenn du nicht aus den Federn kommst oder einen Kater hast? Es wäre nicht das erste Mal.«

»Du klingst schon wie eine keifende Ehefrau«, witzelte Gero und schnappte mit den Lippen nach ihrem Ohrläppchen. »Und dabei sind wir noch gar nicht verheiratet.«

»Woher weißt du, wie keifende Ehefrauen klingen?«, fragte sie spitz und drehte sich in gespielter Entrüstung zu ihm um, dabei ließ sie ihre Hand zu seinem Schritt wandern, wo sie nicht gerade zärtlich zufasste.

Gero erstarrte für einen Moment. »Du machst mir Angst«, murmelte er mit erstickter Stimme, während sie spielerisch seinen Hoden in Händen hielt. »Ich bin dir vollkommen ausgeliefert. Wenn du zudrückst, werde ich vielleicht keine weiteren Kinder mehr zeugen können.«

Lissy kicherte und lockerte ihren Griff. Zum Dank beugte Gero sich zu ihr hinab und verwöhnte ihre nackten Brüste mit seinen Lippen. Als sie spürte, wie er sich in eindeutiger Absicht an ihren Körper drängte, zog sie sich augenblicklich zurück.

»Was ist?«, fragte er mit verwunderter Stimme. »Sag nur, du willst mich nicht?«

»Nein, nein«, beschwichtigte sie ihn. »Ich dachte nur …«

»Was dachtest du?«

»Dass wir damit warten sollten bis zur Hochzeitsnacht.«

»Warten? Wieso?«, fragte er überrascht. »Als ob es bei uns noch auf die Hochzeitsnacht ankäme?«

»Ich möchte trotzdem, dass sie für uns zu etwas Besonderem wird. Und vielleicht ist sie das, wenn wir uns vorher ein wenig enthalten haben?«

»Natürlich, mein Augenstern«, antwortete Gero verständnisvoll, wenn auch etwas widerstrebend. »Du hast vollkommen recht. Eine Hochzeit sollte in jeder Hinsicht etwas Besonderes sein.«

»Weißt du«, sagte sie und kuschelte sich näher an ihn, »ich hätte gern Mutter bei unserer Hochzeit dabeigehabt. Sie fehlt mir so sehr. Auch wenn sie bei Vater keine Fürsprache für uns gehalten hat. Ich meine, sie kann doch nichts dafür, dass er sich so schrecklich benimmt.«

Doch, kann sie, hätte Gero am liebsten geantwortet. Sie war lange genug mit diesem alten Giftknochen verheiratet, um zu wissen, was in ihm vorging, und hatte sehr wohl einen Einfluss auf ihn.

»›Schrecklich‹ ist ein ziemlich höfliches Wort, für das, was er uns gerade antut«, murmelte Gero verärgert. »Ich frage mich andauernd, warum er sich so unnachgiebig verhält und ihm dieses verdammte Gelübde wichtiger ist als das Glück seiner Kinder.«

»Abgesehen davon, dass die wenigsten Herrscher am Glück ihrer Kinder interessiert sind«, gab Lissy zu bedenken. »Vielleicht liegt es ja an dieser merkwürdigen Tasche, dass er so streng mit uns ist?« Ihr Blick war plötzlich bedeutungsvoll.

»Was denn für eine Tasche?« Gero reagierte mit leicht begriffsstutziger Miene. Es war das erste Mal, dass Lissy so etwas erwähnte.

»Na, die Tasche, die er und seine Leute aus Akko gerettet haben«, gab sie zurück. »Ich habe lange nicht darüber nachgedacht, doch vor ein paar Tagen ist es mir wieder eingefallen, als du im Angesicht unserer Flucht Vaters Gelübde noch einmal in Frage gestellt hast. Ich konnte mich plötzlich wieder daran erinnern, dass die Tasche der Grund war, warum die Kreuzritter überhaupt im jüdischen Viertel gelandet sind. Ein paar von den einfallenden Heiden hatten deinem Vater und seinen Mitstreitern, darunter auch mehrere Templer, allem Anschein nach eine dicke schwarze Ledermappe gestohlen und befanden sich auf der Flucht, als meine Eltern sie aufhalten wollten. Vater befand sich direkt neben der Gasse und hat einem der vorbeilaufenden Heiden ein Bein gestellt. Dabei hatte er offenbar übersehen, dass ihm ein Zweiter folgte, der ihn auf der Stelle mit dem Säbel erschlagen hat. Danach hat er meine Mutter mit einem langen Dolch erstochen, als sie meinem Vater mit einem Knüppel zur Hilfe eilen wollte. Dann ist er auf mich losgegangen. Und plötzlich standen Vater und seine Männer hinter ihm und gingen dazwischen, um mich zu retten, was ihnen ja auch gelang. Während sich die übrigen christlichen Ritter mit dem Mann und den neu hinzugekommenen Heiden beschäftigten, versuchte Vater dem fliehenden Mamelucken die Tasche zu entreißen. Plötzlich schlug von irgendwoher jemand mit einem schweren Säbel zu und erwischte Vaters Hand. Ich kann mich noch an den blutigen Stumpf erinnern und das verblüffte Gesicht, das Vater gemacht hat. Dabei wäre er beinahe zu Tode gekommen, weil der Mamelucke, der ihm die Hand abgeschlagen hatte, seine Wehrlosigkeit ausnutzen und ihn erschlagen wollte. Doch dann kam Onkel Gerhard dazwischen, Margarethas Mann. Als er ausholte, um deinen Vater vor dem tödlichen Streich des Heiden zu retten, wurde er von dessen Schwert durchbohrt. Vater war so sehr auf diese Tasche fixiert, dass er sich im ersten Moment gar nicht um Onkel Gerhard kümmerte, sondern den Kerl, der sie immer noch in Händen hielt, verfolgte und zu Boden rannte. Obwohl ihm das Blut in Strömen aus dem Armstumpf pulsierte, entriss er dem Mamelucken die Tasche mit seiner verbleibenden linken Hand. Den Heiden muss das so sehr beeindruckt haben, dass er die Flucht ergriff.

Als Vater zu uns zurückkehrte, hatten die Templer die restlichen Heiden zwar in die Flucht geschlagen, aber Onkel Gerhard war unterdessen von einem der Heiden geköpft worden. Die übrigen Kameraden haben schleunigst Vaters Armstumpf abgebunden, und während sie Vaters Hand und Gerhards Kopf in einen Beutel steckten und sich daranmachten, die Leiche zu schultern, fielen ihre Blicke auf mich. Ich weiß auch nicht«, bemerkte Lissy kopfschüttelnd, »warum ich mich nicht früher an all das erinnert habe. Auf einmal kann ich klar vor mir sehen, wie Vater rief: ›Das Mädchen kommt mit uns.‹ Einer der Templer sprach sich dagegen aus. Ein anderer, der Bruder Henri hieß, war jedoch dafür. Vater wurde trotz seiner Verletzung wild und fügte hinzu: ›Wenn Gott der Herr uns hilft, lebend aus dieser Stadt herauszukommen, werde ich sie als Tochter annehmen und im rechten Alter den frommen Schwestern von Sankt Thomas übergeben. Und meinen jüngsten Sohn werde ich den Templern verpflichten, sobald er den Ritterschlag erhalten hat.‹ Danach stimmten sie zu und nahmen mich kurzerhand mit zum Hafen, wo ein völlig überfülltes Schiff auf uns wartete und mit nach Zypern nahm.«

Für einen Moment herrschte angespannte Stille. »Dass du dich plötzlich wieder so genau daran erinnern kannst und dann nach so langer Zeit?«, fragte Gero verwundert. »Ich hoffe, ich habe jetzt keine schlafenden Hunde geweckt und du wirst nun nicht von Alpträumen verfolgt?«

»Nein«, beschwichtigte sie ihn. »All das ist so lange her. Und ohne diese Begebenheit hätte ich dich niemals kennengelernt. Das wäre noch furchtbarer als alles zuvor.« Sie küsste ihn zärtlich auf die Wange und zerzauste sein Haar.

Gero musste über Lissys Worte nachdenken. Instinktiv spürte er, dass hinter dem Verhalten seines Vaters ein düsteres Geheimnis steckte, das auch seine Mutter auf merkwürdige Weise gefangenhielt.

»Weißt du auch, was in der Tasche so Wichtiges drin war? Ich meine, es muss ja ziemlich wertvoll gewesen sein, wenn man sich dafür die Hand abschlagen lässt.«

»Es tut mir leid«, flüsterte Lissy. »Ich war damals zu klein, um zu begreifen, was dahinterstecken konnte. Soweit ich mich erinnern kann, hat einer der Templer die Tasche an sich genommen. Der Inhalt muss sehr wertvoll gewesen sein. Das konnte ich an der Art sehen, wie er sie an seine Brust gedrückt hat. Vaters Tat schien ihn sehr glücklich gemacht zu haben, denn er hat dafür gesorgt, dass wir nach unserer Reise über das Meer in sämtlichen Templerkomtureien übernachten durften und bewirtet wurden.«

»Ich vermute, das war Jacques de Molay«, raunte Gero nachdenklich. »Vater hat öfter von ihm erzählt. Er war damals irgendein hoher Würdenträger der Templer in Akko und wurde später zum Großmeister gewählt, was unzweifelhaft auch seinen damaligen Einfluss im Orden widerspiegelt.«

»Denkst du, er ist der Grund, warum Vater auf die Erfüllung seines Versprechens drängt?«, wisperte sie zaghaft.

»Ich weiß nicht«, erwiderte Gero. »Und wenn ich ehrlich bin, interessiert es mich auch nicht. Ich sehe nicht ein, warum ausgerechnet wir mit unserem Glück für Vaters Rettung bezahlen sollen.«

»Selbst wenn wir dafür Vater und Mutter verlieren?«, gab Lissy zweifelnd zu bedenken.

»Wir kommen auch ohne Mutter und Vater zurecht«, antwortete er mit kaum unterdrückter Verbitterung. »Irgendwann werden die beiden noch zu sich kommen. Spätestens, wenn wir verheiratet sind und das Kind geboren ist, wird es ihnen leidtun, dass sie nicht zu uns gestanden haben.«

»Ich fände es trotzdem schön, wenn Mutter bei der Geburt des Kindes dabei wäre«, bemerkte Lissy vorsichtig. »Ich meine, ich habe doch sonst niemanden – außer dir –, der mir je so nahegestanden hat.«

Gero spürte, wie sie sich über den Bauch streichelte und innehielt. Er legte seine viel größere Hand auf ihre kleine und drückte sie sanft.

»Du hast doch Margaretha und Ines«, murmelte er beinahe beschwörend. »Ines ist eine sehr erfahrene Hebamme, sie hilft hier auf der Burg oft Kindern ins Leben. Mutter würde das bestimmt nicht besser machen, und auf Gertrudis können wir ohnehin gut verzichten. Stell dir vor, unser Kind erblickt das Licht der Welt und das Erste, was es sieht, ist ihre mürrische Fratze?« Gero schnitt eine hässliche Grimasse und brachte Lissy damit zum Lachen. Er lachte ebenfalls. »Du darfst keine Angst haben«, fügte er aufmunternd hinzu. »Es wird alles gutgehen. Und ich werde bei dir sein, die ganze Zeit über, bis das Kind da ist«, fügte er tapfer hinzu, obwohl er sich schon jetzt in die Hosen machte, wenn er nur daran dachte, ihr bei der Geburt zur Seite stehen zu müssen.

»O Gero!«, Lissy rückte näher und klammerte sich an seinen Nacken wie eine Ertrinkende. »Das würdest du für mich tun?«

»Selbstverständlich«, hauchte er entschlossen und hielt sie so fest, wie er konnte. »Ich war dabei, als es entstanden ist, also will auch dabei sein, wenn es zur Welt kommt.«

Mit einem Mal kam ein kühler Windhauch auf, und die Kerze erlosch.

Er spürte den Schauer, der Lissy durchlief.

»Alles wird gut«, flüsterte er in die Dunkelheit und streichelte ihr über die Wange. »Schlaf jetzt ... alles wird gut ...«

Kapitel VII

Am nächsten Morgen strahlte die Sonne von einem klaren, blauen Himmel, als Gero sich für den Gang zum Altar vorbereitete.

Während Elisabeth schon früh von einer Dienerin in die Frauengemächer geführt worden war, weil man sie baden und ihr Haar aufstecken wollte, verharrte Gero in ihrer gemeinsamen Kammer und wartete auf den Barbier.

Zur Feier des Tages trug er die Uniform des Hauses Waldenstein. Auf dem bunten Wappenrock triumphierte das grüne Eichenlaub der Wälder vor ockerfarbenem Felsen, der die Steinbrüche symbolisierte, die der Gräfin jährlich ein hübsches Sümmchen einbrachten. Dazu kamen das Gelb der Weizenfelder und das Blau der Trauben, die ihre zahlreichen Weinberge symbolisierten.

Nachdem der Barbier bei Gero die hellblonden Bartstoppeln rasiert und das sandfarbene Haar auf Schulterlänge gekürzt hatte, führte er das Ergebnis seiner Bemühungen in einem kostbaren Silberspiegel vor.

»Ist alles zu Eurer Zufriedenheit, mein Herr?«, fragte der rundliche Mann voller Selbstgefälligkeit.

»Ja, doch«, brummte Gero und betrachtete sich beiläufig. Wobei ihn am meisten das Himmelblau seiner Iris störte, weil ihm bewusst wurde, wie sehr seine Augen denen des Vaters glichen. Überhaupt schien er dem Alten ähnlicher, als ihm lieb war. Doch obwohl die Gräfin ihm manchmal nachsagte, dass er ziemlich stur und aufbrausend sein könne, würde er nicht so weit gehen wie sein Vater.

Als er wenig später in die erwartungsfrohen Augen seiner zukünftigen Frau schaute, wäre er beinahe vor Liebe dahingeschmolzen. Nie würde er ihren atemberaubenden Anblick vergessen. Sie trug einen schweren Surcot aus tiefroter Seide mit weiten Ärmelausschnitten, den Margaretha eigens für sie hatte anfertigen lassen und dessen breiter Kragen über und über mit rosafarbenen Süßwasserperlen bestickt war. Darunter blitzte ein cremefarbenes Unterkleid, das dem Überwurf an Kostbarkeit in nichts nachstand. Ihre hüftlangen kastanienfarbenen Locken hatten die Mägde zu einem wahren Kunstwerk hochgesteckt und mit einem roséfarbenen Schleier bedeckt, der nach der Hochzeit durch eine gleichfarbige Haube ersetzt werden sollte. Eine Aufgabe, die normalerweise die Mutter übernahm, doch in diesem Falle würde Margaretha diese Ehre übernehmen.

Den Kopf hoch erhoben schritt die Gräfin, das rotblonde Haar von einer golddurchwirkten, mit Edelsteinen verzierten Haube bedeckt, in einem dunkelgrünen Seidenkleid an der Seite ihres Burgvogts in die Burgkapelle ein.

Die beiden schienen fest entschlossen, nicht nur die Rolle der Trauzeugen, sondern auch die der Brauteltern übernehmen zu wollen, wie Gero an ihren ernsten Mienen zu erkennen glaubte.

Lissy hatte sich dafür bei der Gräfin herzlich bedankt und kein Wort mehr über Jutta von Breydenbach verloren, die ihre angenommenen Mutterpflichten in Geros Augen so schmählich ihrer Schwester überließ. Wenigstens schien Lissy langsam darüber hinwegzukommen, dass ihnen die Eltern nicht länger zur Seite standen. Seit ihrer Ankunft auf Waldenstein hatten ihre Wangen endlich wieder eine rosige Farbe angenommen. Die bald bevorstehende Geburt war einer der Gründe, warum die Gräfin auf die Hochzeit gedrängt hatte. Der andere war, dass Margaretha damit offenbar ein Zeichen setzen wollte. Geros Vater sollte endlich begreifen, dass er seine angenommene Tochter nicht zurückerhalten würde, um sie entehrt in ein Kloster zu stecken.

Dass Lissy trotz dieser guten Aussichten Angst vor der Zukunft hatte, konnte Gero an ihren zaghaften Blicken ausmachen, die ihm nicht entgangen waren, obwohl sie ihm nun so strahlend zulächelte, wie es dem Anlass würdig erschien.

Hinter ihnen hatten sich fast alle Burgbewohner als Hochzeitsgäste versammelt. Allerdings waren keine Würdenträger von außerhalb angereist. Vornehmlich Soldaten und Gesinde hatte die Gräfin hinzugebeten, und der Kaplan, der die Messe las und das Brautpaar vermählen sollte, war keine kirchliche Autorität höheren Ranges, wie etwa der

Erzbischof Bohemond von Warnesberg, den Gero gerne am Altar gesehen hätte. Doch hätte dieser hohe Würdenträger sie vermählt, wäre der Affront gegen seinen Vater perfekt gewesen.

Gero war so nervös, dass er kaum ein Wort herausbrachte, als ihm Bruder Antonius, der als Kaplan dem Orden der Benediktiner angehörte, den Trauspruch abverlangte.

»Ich, Gerard, Edelfreier von Breydenbach«, verkündete er mit heiserer Stimme und ging vor seiner zukünftigen Frau auf die Knie, »nehme dich, Elisabeth, zu meinem von Gott angetrauten Eheweib ... Bei meinem Herzen und meiner Ehre werde ich dich lieben und schützen – über den Tod hinaus, bis Gott der Herr uns einst im Paradies vereint.«

Lissy erging es anscheinend nicht besser. Denn auch sie brachte nur ein gehauchtes Ehegelübde heraus und kämpfte mit den Tränen, als Gero ihr zum Zeichen seiner Treue einen kostbaren Goldring mit einem eingefassten Saphir an den rechten Ringfinger steckte. »Du bist von Sinnen«, flüsterte sie fassungslos über das kostbare Geschenk und küsste ihn mit bebenden Lippen.

Gero zwinkerte ihr zu, wobei ihm auf den Lippen lag, dass das Schmuckstück von Margaretha stammte, die es ihm als Brautgeschenk regelrecht aufgenötigt hatte. Allerdings hatte er darauf bestanden, es ihr vergelten zu dürfen, sobald er seinen Dienst als Heerführer bei ihr antreten würde.

Mehr oder weniger erleichtert führte Gero seine frisch angetraute Ehefrau in den bunt geschmückten Rittersaal, wo fahrende Musikanten, die Margaretha auf eine Empfehlung hin engagiert hatte, nach dem Essen zum Tanz aufspielten.

Während die verhalten debattierenden Gäste ihre vorgeschriebenen Plätze einnahmen, setzte sich Gero mit Lissy an den Kopf der in U-Form aufgestellten Tische und Bänke. Unmittelbar neben ihnen nahmen Roland und Margaretha Platz, zusammen mit dem Kaplan und ein paar anderen Honoratioren, die für die Verwaltung der Burg oder deren Geschäfte zuständig waren, nebst ihren Familien.

Margaretha stand auf und prostete dem Hochzeitpaar und auch den übrigen Gästen zu und hielt danach eine festliche Rede auf Ehre und

Treue, während die Diener und Mägde das Gastmahl auftrugen. Wildschweinbraten und Gänseleber, gebratene Hühnerbeine und gekochtes Neunauge. Dazu verschiedene Kohlgemüse und frisch gebackenes Brot. Und zum Nachtisch Käse aus Franzien, eine süße Mandelspeise mit gewürztem Apfelmus und einen Honigkuchen, ebenfalls gewürzt mit allerlei Kostbarkeiten aus dem Morgenland.

Nach dem wahrhaft fürstlichen Mahl war Gero nicht nach Tanzen zumute. Er saß lieber bei Lissy, die, satt und zufrieden, vor ihm auf einer Bank hockte und den Kopf an seine Schulter gelehnt hatte, und lauschte einem rothaarigen Troubadour, der mit wehmütiger Stimme Winterlieder in englischer und franzischer Sprache vortrug, bis Roland mit der Faust auf den Tisch schlug und nach etwas Lustigem verlangte. Sogleich wechselte der Rhythmus in einen flotten Reigen. Dann wurde Gero von ein paar weiblichen Gästen, die um seine Spielkünste wussten, genötigt, eine Laute anzustimmen. Zögernd gab er erst nach, als Lissy ihm die Gewissheit gab, dass sie nichts dagegen hatte. Sie liebte es, wenn er Laute spielte und dazu sang, was in letzter Zeit viel zu selten vorgekommen war. Sein Vater hatte seine Vorliebe für die Musik der Troubadoure immer für Teufelszeug gehalten. Aber Gero hatte sich nicht daran gestört und bei einem Spielmann, der sich in der Nähe der Breidenburg als Instrumentenbauer niedergelassen hatte, Unterricht genommen.

Die übrigen Musiker stimmten ein, und im Nu war die Halle überfüllt mit tanzenden Gästen. Lissy wippte immerhin mit dem Fuß zur Musik und klatschte begeistert, als das Stück geendet hatte. Danach erhoben alle ihre Weinhumpen und prosteten dem Brautpaar zu. Lissy umarmte Gero stürmisch, als er die Laute einem der Musikanten zurückgegeben hatte. »Du singst und spielst geradezu göttlich«, stieß sie atemlos hervor. »Selbst dem Kind hat es gefallen. Es hat wie wild gestrampelt.«

Gero nahm sie fest in den Arm und küsste sie auf den Mund.

»Na dann«, sagte er lachend. »Vielleicht erblickt im Hause Waldenstein-Breydenbach demnächst ein berühmter Troubadour das Licht der Welt.«

Lissy nickte übermütig und trank einen Schluck Apfelmost, doch plötzlich wandelte sich die Freude in ihrem Gesicht zu einer schmerzverzerrten Miene.

»Was ist mit dir?«, fragte Gero besorgt.

»Nichts«, japste sie atemlos. »Nur ein kurzes Stechen im Leib. Es ist schon wieder vergangen.«

»Ich hole Ines«, sagte er und sprang auf. Lissy wollte ihn noch festhalten, doch er war schon auf die andere Seite der Halle geeilt, wo die Hebamme mit den übrigen Mägden um einen Tisch saß.

Margaretha war ihm mit Blicken gefolgt und kam mit gekräuselter Stirn hinzu, als Ines durch die Kleider hindurch routiniert Elisabeths Leib abtastete.

»Ihr Bauch verhärtet sich von Zeit zu Zeit«, bemerkte sie mit einem ins Leere gerichteten Blick, während sie weiterhin über die Wölbung strich.

»Das ist eindeutig zu früh«, fügte sie ohne besondere Aufregung hinzu und suchte dabei Margarethas Blick, als ob sie ausgerechnet bei ihr, die nie ein Kind geboren hatte, eine Bestätigung suchte.

»Und was hat das zu bedeuten?«, fragte Gero nervös.

»Nichts«, erwiderte Ines schroff. »Nur dass sie sich die nächste Zeit ins Bett legen sollte und der Vater des Kindes ab sofort Enthaltsamkeit übt.«

Während Lissy sich frühzeitig von den Hochzeitsgästen verabschiedete, versprach Gero, dass er noch einmal zur Gesellschaft zurückkommen würde, sobald er seine Frau zu Bett gebracht hatte. Beim Abgang aus der Halle musste er sich von den anwesenden Söldnern noch ein paar zotige Bemerkungen gefallen lassen. Doch dann war es plötzlich still, als er Lissy auf die Arme nahm, um sie, gefolgt von Ines und einer Kammerfrau, in ihr gemeinsames Schlafgemach zu tragen.

»Es ist mir ernst«, wiederholte Ines, als Gero der Kammerfrau dabei zusah, wie sie Lissy aus den Kleidern half. »Bis zur Geburt des Kindes ist es Euch strengstens verboten, Eure Frau im Fleische zu erkennen. Und auch Ihr, meine Liebe«, ermahnte sie Lissy, »werdet Euren Gemahl nicht dazu verführen, das Lager mit Euch zu teilen, es sei denn ausschließlich, um zur Ruhe zu kommen.«

»Bedeutet das, wir werden keine Hochzeitsnacht im üblichen Sinn haben dürfen«, bemerkte Lissy sichtlich enttäuscht.

»Genau das«, bestätigte Ines. »Das würde Euch schaden, und es schadet dem Kind. Bis zur Geburt muss ich Euch strikte Enthaltsamkeit auferlegen.«

Gero nickte betroffen. Auf der einen Seite war es zwar schade, auf der anderen Seite hätte er sich zur Not zum Eunuchen machen lassen, wenn es für Lissy und das Kind notwendig gewesen wäre.

»Das Verbot des Beischlafs gilt in erster Linie für die Frau«, ergänzte Ines vieldeutig. »Es hat keinen Einfluss auf deren Wohlbefinden, wenn der Mann sich inzwischen anderweitig das Horn abstößt. Im Gegenteil, manchmal bewahrt ein solches Vorgehen die Eheleute davor, eine Dummheit zu begehen. Ich halte es für das Beste«, sagte sie zu Gero, »wenn Ihr in die Kammer nebenan zieht, damit Ihr erst gar nicht in Versuchung geratet, Eurer Frau zu nahe zu treten.«

Sie bedachte Gero mit einem strengen Blick und gab der Kammerfrau, die Lissy in ein frisches Nachthemd gesteckt hatte, einen Wink, die notwendigen Vorbereitungen zu treffen. »Ich gehe und bereite inzwischen einen stärkenden Kräutersud«, fügte sie an Elisabeth gerichtet hinzu. »Ihr begebt euch einstweilen in die Kissen und wartet auf mich.«

Als die Frauen gegangen waren, setzte sich Gero zu Lissy aufs Bett. Die Abendsonne fiel durch die bunt verglasten Fenster und warf farbige Muster auf das helle Bettzeug. Lissys zweifelnde Blicke bekümmerten ihn. Die unbedachten Bemerkungen der Hebamme machten ihr augenscheinlich zu schaffen.

»Es tut mir leid, dass ich dir bis zur Geburt keine richtige Frau mehr sein kann«, wisperte sie traurig und griff nach seiner Hand. Sie verschränkten ohne ein Wort die Finger ineinander.

»Dir muss nichts leidtun«, sagte er leise. »Und du brauchst auch keine Angst zu haben, dass ich mir inzwischen eine andere suche.« Er schluckte, als er sah, wie sich eine einzelne Träne aus ihren Augenwinkeln stahl. »Lissy«, sagte er ernst und fasste ihre Hand noch enger.

»Ja?«, flüsterte sie.

»Du musst mir versprechen, dass du niemals an meiner Liebe zweifelst. Was wäre ich für ein Teufel, wenn ich dir ein Kind zeuge und mir bei der ersten Schwierigkeit ein anderes Weib suche? Ich verspreche dir, dass du dir überhaupt keine Sorgen machen musst. Das, was Ines gesagt hat, ist dummes Geschwätz.«

»Und was ist, wenn du dich nicht beherrschen kannst?«, murmelte sie. »Es gibt so viele hübsche Mägde im Haus, die sich dir mit Freuden hingeben würden. Ich habe schließlich Augen im Kopf und kann sehen, wie schamlos sie dich mitunter anschmachten.«

Gero lachte kurz auf. »So weit solltest du mich aber kennen«, meinte er beinah beleidigt. »Ich wurde schließlich zum Ritter geschlagen. Ritter zu sein setzt eine gewisse Selbstbeherrschung und die Fähigkeit zur Enthaltsamkeit voraus, wenn es vonnöten ist.« Er schaute sie mit treuen Augen an. Nach einer kurzen Weile stieß sie einen Seufzer aus und fiel ihm erleichtert um den Hals.

»Ach, Gero«, hauchte sie und küsste ihn wild, bevor sie ihm mit treuem Blick in die Augen schaute. »Verzeih meine dummen Gedankenspiele. Es ist nur so, ich weiß nicht warum, ich habe einfach schreckliche Angst, dass ich dich irgendwann einmal verlieren könnte. An wen oder was auch immer.«

»Das wirst du nicht«, beruhigte er sie und strich ihr besänftigend über die glühende Wange. »Dafür werde ich schon sorgen. Und nun ruh dich aus, damit unser Kind gesund zur Welt kommen kann.« Er drückte sie sanft, aber bestimmt in die Kissen und deckte sie zu. Dann stand er auf und bückte sich noch einmal zu ihr hinunter, um sie zu küssen.

»Ich bin dir auf immer treu«, flüsterte er an ihre Lippen. »Mein wunderschönes, einzigartiges Eheweib.«

Plötzlich stand Ines hinter ihm mit einem dampfenden Krug. »Euer Weib benötigt nun ein wenig Ruhe«, bestimmte sie und zog Gero in ihrer unerbittlichen Art zur Seite.

Gero zwinkerte Lissy ein letztes Mal zu, dann ging er nach unten zurück zu den Gästen.

Nachdenklich kehrte er zu Roland zurück, der nach wie vor mit seinen Männern am Tisch saß, die inzwischen ein Trinklied angestimmt hatten. Gero musste grinsen, weil einige von ihnen bereits lallten. Es war lustig, ihnen zuzuschauen, und ein bisschen Aufmunterung konnte er nun durchaus vertragen.

Roland gab dem Diener einen Wink, auf dass er Gero einen frischen Humpen mit Bier bringen soll, den er anschließend gleich im Stehen und in einem Zug leerte.

»Danke«, sagte er und gab den Krug an den Diener zurück. Danach wischte er sich mit dem Handrücken den Schaum vom Mund. Roland zog ihn am Arm zu sich auf die Bank, und Gero ließ sich von der aufgeheizten Stimmung der Männer mitreißen. Sie grölten lautstark, als sich die Musik zu einem schnelleren Rhythmus veränderte und ein leicht bekleidetes Mädchen in die Mitte des Saales hüpfte, wo sie zu tanzen begann und im Takt ihrer Schritte ein Tamburin schlug. Die meisten Kerle glotzten sie mit glasigen Augen an, während sich ihr graziler, leicht bekleideter Leib zum Klang einer aufgeregt dudelnden Schalmei und einer arabischen Oud wiegte. Der Musikant, der das orientalische Zupfinstrument ähnlich einer Laute bediente, rief Gero herbei, er solle hinzukommen und mit einer maurischen Gitarre mit einstimmen, doch der winkte dankend ab. Im Moment war ihm nicht nach Fröhlichkeit. Zumal, wenn er bedachte, welchem Zweck dieses Spektakel diente. Es sollte die Lust des Bräutigams auf seine Braut steigern.

Während Roland noch einen Moment ganz gefangen von den nackten Beinen der Tänzerin zu sein schien, die bei jedem Schritt aufs Neue aus dem geschlitzten Surcot hervorblitzten, sah Gero nur das dunkle, herumwirbelnde lange Haar. Es führte seine Gedanken unvermittelt zu Lissy zurück. Wie viel lieber würde er nun bei ihr sein, um sie zu halten und zu trösten.

»Ist sie nicht rassig«, schwärmte Roland hinter vorgehaltener Hand über die Tänzerin, offenbar bemüht, Margarethas lauernden Blicken zu entkommen.

»Fürwahr«, bemerkte Gero träumerisch und hatte doch nur Lissy im Sinn.

»Die hat einen runden Arsch und zwei stramme Titten, da könnte man vor Vergnügen glatt reinbeißen«, begeisterte sich Roland weiter.

»W… was?«, fragte Gero verstört.

»Na, die Kleine da«, erklärte Roland mit gerunzelter Stirn. Mit einem Nicken deutete er zu dem tanzenden Mädchen hin, wobei sein Blick auf die viel zu weit ausgeschnittenen Höllenärmel ihres grünblauen Surcots fiel, unter dem sie kein Unterkleid trug. Auf diese Weise war es dem geneigten Betrachter durchaus möglich, ab und an einen direkten Blick auf die nackten Brüste des Mädchens zu erhaschen.

Margaretha hatte es wohl etwas zu gut gemeint, als sie ausgerechnet Roland mit der Bestellung der Hochzeitsmusik betraut hatte. Einer seiner Söldner hatte ihm daraufhin eine Familie empfohlen, die dem fahrenden Volk angehörte, das nicht weit entfernt von der Burg und mit Erlaubnis der Gräfin ein Winterlager errichtet hatte. Deren Töchter sorgten wegen ihrer ganz besonderen Anmut bei den Söldnern von Waldenstein immer wieder für einiges Gerede, das glücklicherweise noch nicht bis zur Gräfin vorgedrungen war.

»Na, wäre das nichts für uns?«, fragte Roland und bedachte Gero mit einem anzüglichen Lächeln. »Schau sie dir nur an, sie lechzt geradezu danach, von einem gestandenen Ritter genommen zu werden.«

»Kann es sein, dass du zu tief in den Krug geschaut hast?«, amüsierte sich Gero. »Oder glaubst du tatsächlich, ich bin scharf darauf, deine Einzelteile vom Boden aufsammeln, nachdem Margaretha dich vor Eifersucht in Stücke zerrissen hat?« Er grinste seinen Waffenmeister schadenfroh an. »Denn das würde sie unweigerlich tun, wenn sie dich mit dieser kleinen Hexe erwischt.«

Roland zwinkerte dem Mädchen, von Margaretha unbemerkt, zu. »Man wird doch noch ein bisschen schwärmen dürfen«, murmelte er und prostete Gero demonstrativ mit einem Krug Bier zu.

»Mir reicht mein frisch angetrautes Eheweib allemal, wenn ich von einem Mädchen träumen will«, entgegnete Gero beinahe trotzig.

Roland schüttelte den Kopf und sah ihn verständnislos an. »Mensch, Gero, von der Frau, die einem gehört, muss man nicht träumen, weil man sie ohnehin sein Eigen nennt.«

»Das denkst aber auch nur du«, erwiderte Gero mürrisch. »Die Hebamme hat soeben beschlossen, dass ich Lissy bis zur Geburt nicht mehr beiwohnen darf. Sie ist der Überzeugung, dass es Mutter und Kind schadet.«

»Ach, du armer Tropf«, entfuhr es Roland mitfühlend. Doch dann trat ein Leuchten in seine Augen, und er wandte sich wieder der glutäugigen Tänzerin zu, die Gero einladend zulächelte.

»Rettung naht«, sagte er mit einem süffisanten Unterton. »Für ein paar Silbergroschen wird sie dir sicher gerne und vor allem verschwiegen den Druck nehmen.«

»Kommt gar nicht in Frage«, wies Gero ihn barsch zurück. »Bevor ich so weit gehe, werde ich lieber zum Eunuchen. Oder denkst du, ich hätte heute Morgen umsonst ewige Treue geschworen!«

»Oje«, seufzte Roland und schenkte ihm einen mitleidigen Blick. »Wahre Liebe muss wehtun, du hast vollkommen recht. Koste den Schmerz aus, solange du jung bist!«

Im nächsten Moment tauchte Tante Margaretha an Rolands Seite auf und setzte sich neben ihn. Dabei schaute sie ihren Liebhaber halb strafend, halb amüsiert an.

»Was muss wehtun?«, fragte sie streng.

»Dass ich dir und deiner Schönheit so sehr verfallen bin«, beeilte sich Roland zu sagen und küsste sie demonstrativ auf den Mund. Dann packte er mit beiden Händen ihr Hinterteil und zog sie recht undamenhaft zu sich auf den Schoß.

Während sie sich möglichst elegant seinen starken Armen zu entwinden versuchte, begrapschte er mit seinen riesigen Händen ihre noch immer appetitlichen Rundungen und flüsterte ihr kleine Anzüglichkeiten ins Ohr.

»Du bist ja betrunken«, befand die Gräfin mit gespieltem Entsetzen und riss die Arme zu einer Geste der Kapitulation hoch. Roland ließ sich jedoch nicht davon abbringen, sie leidenschaftlich zu küssen. Vergeblich stemmte sie sich ihrem Liebhaber entgegen, wobei sie Gero einen hilfesuchenden Blich zuwarf, als sie einsehen musste, dass sie gegen Rolands Bärenkräfte nicht die geringste Chance hatte.

»Das ist Eure Sache«, erklärte Gero und hob seinerseits die Hände zum Zeichen seiner Neutralität. Margaretha blieb nur, das Gesicht zu verziehen, während Roland sie schmatzend auf den Hals küsste. Ungeachtet aller amüsierten Beobachter, sah es zudem ganz danach aus, als ob er gerne noch weiter gegangen wäre.

Unvermittelt tauchte der Kaplan neben ihnen auf und räusperte sich.

»Ich danke für die Einladung und möchte mich gerne zur Nacht verabschieden«, bemerkte er mit näselnder Stimme.

Sein tadelnder Blick führte bei Roland anscheinend zu einer vorübergehenden Schwäche, denn Margaretha gelang es augenblicklich, sich von ihm zu lösen.

»Gute Nacht und habt Dank«, sagte sie nur und hatte sich schon erhoben, um den Geistlichen gebührend zu verabschieden.

Roland, der einsehen musste, dass seine Liebste entwischt war, setzte ein betrübtes Gesicht auf und verlangte lautstark nach mehr Bier.

»Nichts da«, zischte die Gräfin, als der Kaplan endlich gegangen war. »Komm, Gero, hilf mir, ihn ins Bett zu bringen.« Gero war nicht sicher, ob Roland das gefallen würde, doch schon winkte sie noch einen der umherstehenden Knechte herbei, der ihr nüchtern genug erschien, den schwergewichtigen Burgvogt mit Hilfe ihres Neffen in seine Kammer zu geleiten.

Roland lehnte unterdessen jegliche Unterstützung vehement ab und lallte wenig überzeugend, er könne durchaus noch alleine laufen. Doch als er aufstand, wurde offenbar, wie betrunken er wirklich war. Er torkelte so sehr, dass er beinahe der Länge nach hingeschlagen wäre, wenn Gero ihn nicht rechtzeitig aufgefangen hätte.

Margaretha nahm einen weiteren Knecht in die Pflicht. Einen riesigen Kerl, der wie Gero mit Roland auf Augenhöhe stand und ihn mühelos stützen konnte.

Mit je einem Knecht an der Seite und Gero im Rücken trat Roland, wenn auch protestierend, den Aufstieg zu seinem Schlafgemach an. Inzwischen hatten fleißige Hände überall Fackeln entzündet, weil die Dunkelheit wie in dieser Jahreszeit üblich bereits am Nachmittag hereingebrochen war.

»Was war mit Elisabeth?«, wollte die Gräfin von Gero wissen, während sie die Treppe hinter Roland und seinen Helfern hinaufstiegen. »Geht es ihr gut?«

In kurzen Worten erklärte Gero, warum Lissy das Fest so plötzlich verlassen und was ihre Unpässlichkeit für sie beide zu bedeuten hatte.

»Wir dürfen nicht mehr beieinanderliegen«, bekannte er, »bis das Kind kommt. Ich weiß nicht, wie ich das aushalten soll. Ich liebe sie so sehr, dass ich sie ständig berühren möchte. Ich kann nicht anders, als …« Er schwieg lieber, bevor er sich vor seiner Tante noch lächerlich machte.

»Das tut mir aufrichtig leid für euch beide«, sagte sie ernst und schaute beflissen auf die leicht gebogenen Spitzen ihrer roten Schnabelschuhe, die bei jedem Schritt unter ihrem dunkelgrünen Surcot hervorlugten. »Aber ich hoffe, du weißt, dass Mann und Frau sich auch auf andere Weise Freuden bereiten können.« Sie lächelte ihn an, und Gero gewann beinahe den Eindruck, als ob sie errötete.

»Ich glaube, das ist nicht unser größtes Problem«, widersprach er ihr rasch, bevor sich die Gräfin genötigt sah, weiter ins Detail zu gehen.

»Was gibt's denn noch?«, fragte sie besorgt und blieb mit ihm auf dem nächsten Treppenabsatz stehen, während Roland mit seiner Eskorte den Gang zum gräflichen Schlafgemach erreichte und darin verschwand.

Gero wusste nicht, wie er beginnen sollte, und wich dem prüfenden Blick der Gräfin aus.

»Elisabeth sehnt sich nach unserer Mutter. Das hat sie mir jedenfalls gestern gesagt. Und auch wenn ich Eure und die Anwesenheit von Ines ins Feld geführt habe, reicht ihr das offenbar nicht aus, um ihr die nötige Sicherheit für die Geburt des Kindes zu geben. Sie hätte sie zu gern dabei, wenn es so weit ist. Obwohl ich meine Vorbehalte gegen die Anwesenheit meiner Mutter habe, würde ich Lissy diesen Wunsch gerne erfüllen.« Er schaute auf und sah seiner Tante direkt in die Augen, in der vagen Hoffnung, dass sie eine Lösung für dieses Problem finden würde. »Ich weiß nur beim besten Willen nicht, wie ich es anstellen soll«, gestand er ihr und senkte niedergeschlagen den Blick.

Die Gräfin hielt einen Moment inne und machte ein nachdenkliches Gesicht. Dann raffte sie ihre Röcke, um Roland und den Knechten zu folgen. Gero blieb an ihrer Seite, ohne sie zu einer Antwort zu drängen.

Auf dem Gang angekommen, räusperte sie sich und wandte sich

Gero zu. »Vielleicht machen wir es anders, und ich komme deinem Vater zuvor«, erklärte sie.

»Wie soll ich das verstehen?« Gero sah sie aus schmalen Lidern an.

»Das heißt, ich habe schon darüber nachgedacht, dass ich zusammen mit Roland eine kleinere Truppe zusammenstellen will und zur Breidenburg aufbreche, um deinen Vater persönlich zur Vernunft zu bringen. Eine Friedensmission sozusagen. Ich habe nicht vor, mich wegen des alten Scheusals von meiner einzigen Schwester entzweien zu lassen.«

»Was ist, wenn er Euch angreift oder festsetzt und mich damit erpresst?«

Gero war sich nicht sicher, ob er eine solche Idee gutheißen sollte.

»Das wird er nicht wagen«, erwiderte Margaretha entschlossen. »Er würde sich dadurch mit Friedrich III. anlegen, und der ist ein ziemlich mächtiger Mann.«

»Und was ist, wenn er sich mit ihm verbündet und Euch heimlich beseitigen lässt? Dann würde die Burg ohne Frage an den Herzog zurückfallen.«

Für einen Moment schien die Gräfin verunsichert, doch dann fing sie sich wieder. »Du traust deinem Vater ja wirklich einiges zu«, sagte sie und hob eine ihrer feingeschwungenen Brauen. Doch dann schüttelte sie entschlossen den Kopf. »Nein. Das würde er Gerhard nicht antun«, fuhr sie mit Bedacht fort. »Dafür waren die beiden zu gut befreundet.«

»Vielleicht solltet Ihr wissen, dass er Euch als Hexe bezeichnet hat. Und was Onkel Gerhard betrifft, der ist leider im Himmel und kann Vaters Freundschaft von dort aus nicht einfordern, wenn er sie ihm überraschend versagt.«

»Wir werden sehen«, erwiderte seine Tante und ging weiter voran. »Dein Vater ist ein frommer Mann, der – soweit ich weiß – darauf hofft, eines Tages ins Paradies zu gelangen. Falls er mir etwas antun sollte, darf er dort getrost Gerhards Rache fürchten. Und allein dieser Gedanke wird ihn davon abhalten. Da bin ich mir ausnahmsweise sicher.«

»Obwohl ich davon ausgehen muss«, fügte Gero nüchtern hinzu, »dass mein Vater mit seiner Sturheit ohnehin eher in der Hölle landet.«

»Sei's drum«, erwiderte Margaretha und nickte ihm aufmunternd zu. »Ich werde nichts unversucht lassen, um dir und Elisabeth zu helfen.«

»Danke«, murmelte Gero gerührt und war versucht, seiner Tante um den Hals zu fallen, doch das geziemte sich nicht. »Ihr ahnt nicht, wie viel mir Eure Unterstützung bedeutet«, flüsterte er beinahe andächtig. »Sollte mein Vater seine ritterliche Erziehung vergessen und Euch in den Kerker werfen, werde ich Euch eigenhändig dort herausholen und ihn in Grund und Boden stampfen.« Er warf ihr einen verschwörerischen Blick zu. »Ich kenne sämtliche Geheimgänge, die in die Breidenburg hinein-, aber auch wieder herausführen.«

»Oh, das beruhigt mich nun wirklich.« Margaretha fasste ihn bei der Schulter und setzte ein zuversichtliches Lächeln auf. »Hauptsache, Richard kann nichts mehr tun, was dich und Elisabeth auseinanderbringen könnte. Und dafür haben wir mit dem heutigen Tag gründlich gesorgt. Von nun an seid ihr vor Gott dem Allmächtigen zu Mann und Frau vereint, und nur der Tod kann euch scheiden. Selbst dein Vater hat nicht das Recht, ein solches Bündnis aufzukündigen. Und was deine Mutter betrifft, sie ist immer noch meine Schwester. Blut ist bekanntlich dicker als Wasser. Wenn ich Jutta bitte, trotz allen Grolls herzukommen, um Elisabeth beizustehen, wird sie mich bestimmt nicht zurückweisen, ganz gleich, wie sehr dein Vater tobt.«

»Sollte man meinen«, warf Gero zweifelnd ein. »Und warum gibt es dann so viele Fehden und Kriege in den Adelshäusern, gerade unter Geschwistern, die nicht selten einen tödlichen Ausgang nehmen?«

»Machtkämpfe gibt es auch in armen Familien, mit dem Unterschied, dass die nicht so viel besitzen, worum es sich zu kämpfen lohnt. Zwischen Jutta und mir geht es aber nicht um Macht. Es geht um die Liebe. Mutterliebe, um es genau zu sagen. Die ist mitunter stärker als die Sturheit eines Despoten.«

Kapitel VIII

Fast zwei Wochen dauerten die Vorbereitungen, bis Margaretha den Treck zur Breidenburg organisiert hatte. Zunächst galt es, die Männer auszusuchen, die sie und Roland begleiten würden. Eine Truppe von zehn bewaffneten Reitern musste reichen, weil der Rest zur Verteidigung von Waldenstein zurückbleiben sollte. Roland übergab Gero für den Zeitraum ihrer Abwesenheit das Kommando über die Burg und die verbleibenden Männer. Auch wenn er noch nicht zum Grafen ernannt war, besaß er inzwischen das Ansehen und das Einfühlungsvermögen, die Schutztruppe im Ernstfall anführen zu können.

In der Zwischenzeit hütete Lissy das Bett, und das musste sie auch weiterhin tun, wenn es nach Ines ging. Bis zu dem Tag, an dem sich die Geburt ankündigte. Mit den ersten Wehen würde sie wieder umherlaufen dürfen.

Bis dahin war Lissy ziemlich launisch und verständlicherweise unzufrieden. Da war es gut, dass sie Harko mitgenommen hatten, der ihr mit seinen lustigen Kapriolen, wenn er in ihrem Zimmer einem Lederbällchen oder einem alten Putzlumpen an einer Schnur hinterherjagte, ein wenig die Zeit vertrieb.

Außerdem konnte Lissy an ihm ihre wachsende Mutterliebe auslassen, indem sie ihn ab und an in ihren Armen schaukelte wie einen Säugling, was er sich ohne Murren gefallen ließ.

Gero hatte Lissy nicht offenbart, was Margaretha und Roland in Wahrheit vorhatten. Zum einen, weil er keine falschen Hoffnungen bei ihr schüren wollte, zum anderen, um sie nicht zu ängstigen, falls bei der Geschichte etwas schieflaufen würde. Erst als die beiden sich zur Abreise bereitmachten und die Vorbereitungen nicht mehr zu verheimlichen waren, stellte Lissy Fragen.

Margaretha erzählte ihr etwas von einer Pilgerfahrt, die sie nach Trier führen würde. Ohne mit der Wimper zu zucken, erklärte sie Lissy, im Dom Sankt Peter, in dem das Gewand Christi verborgen war, für eine problemlose Geburt und ein gesundes Kind beten zu wollen – was von Lissy mit großer Dankbarkeit aufgenommen wurde.

Die Gräfin zog es vor, zu Pferd zu reisen, weil die Straßen zum Teil noch immer verschneit oder so matschig waren, dass ein Wagen darin leicht steckenbleiben konnte.

Mit gemischten Gefühlen schaute Gero dem Tross hinterher, als er an einem trüben Mittwochmorgen das Burgtor passierte. Mit entschlossener Stimme gab er anschließend den Befehl, das eiserne Fallgitter zu schließen und Händler und Bauern ab sofort nur noch über den viel kleineren Nebeneingang in den Burghof einzulassen. Eine Schutzmaßnahme gegen ein mögliches Auftauchen seines Vaters oder seines Bruders.

Eigentlich hätte Gero stolz darauf sein können, dass Margaretha ihm für die Zeit ihrer Abwesenheit das Amt des Burgherrn übertragen hatte. Trotzdem fühlte er sich ein wenig verloren, als er seinen Blick über die gewaltige Festung schweifen ließ. Die Zinnen der vier Rundtürme als beeindruckendes Zeichen der Macht verschwanden langsam im aufkommenden Nebel. Ein paar schwarze Raben flogen krächzend auf. Gero löste sich aus seiner Erstarrung, um zurück in den Palas zu gehen. Auch beim Gesinde galt es, regelmäßig Präsenz zu zeigen. Wenn er die Verantwortung für die Burg und all ihre Bewohner eines Tages übernehmen wollte, durfte er die damit verbundene Verantwortung nicht scheuen, die sich nicht nur auf die Verteidigung bezog. Hocherhobenen Hauptes marschierte er an Knechten und Mägden vorbei, die ihn unterwürfig grüßten. Gero nickte nur kurz und schlug den direkten Weg zur Küche ein, die sich über dem Kühlkeller befand, wo die leicht verderblichen Vorräte lagerten.

Dort traf er auf Albrecht, einen äußerst rührigen Koch, der mit zwei Knechten und einer älteren Magd für die Zubereitung aller Mahlzeiten auf der Burg zuständig war. Der beleibte Mann schaute verdutzt, als Gero sein üppig ausgestattetes Reich betrat, und verbeugte sich. Mit einem hastigen Seitenblick versicherte er sich des tadellosen Zustandes seiner Küche. Anscheinend kam es nicht oft vor, dass sich die Herrschaft hierher verirrte. »Womit kann ich dienen?«, fragte er leicht verunsichert.

»Ich bin hier, um die Krankenspeise für mein Weib abzuholen«, erklärte Gero und inspizierte Töpfe und Schüsseln.

»Ist gerade fertig geworden«, warf die ältere Magd ein, von der Gero noch nicht einmal den Namen kannte, wie er sich eingestehen musste. Sie grinste freundlich und hielt ihm eine Schüssel mit gekochtem und püriertem Hühnchen entgegen, das sie noch rasch mit einer ordentlichen Portion Zucker bestreute. Ein Luxus, der auch in einem Adelshaushalt beileibe nicht alltäglich war. Schon gar nicht, seit die Handelskontakte für Rohrzucker unter dem endgültigen Verlust des Heiligen Landes zu leiden hatten. Wobei Gero wusste, dass Margaretha über einige gute Kontakte nach Italien verfügte, von wo aus sie nicht nur den Zucker, sondern auch alle gängigen Gewürze bezog, die in den hiesigen Speisen reichlich Verwendung fanden.

»Ich wollte gerade eine Magd nach oben schicken, um Eurem Weib das Frühessen zu bringen«, fügte der Koch entschuldigend hinzu.

»Danke, nicht nötig«, erwiderte Gero und nahm der Magd mit einem Nicken den hölzernen Napf aus der Hand. Fürsorglich, wie sie war, hatte sie auch noch einen silbernen Löffel zu dem Brei gegeben.

Mit einem knappen Gruß machte Gero sich auf, um über eine äußere Wendeltreppe, die eigentlich nur für die Dienstboten gedacht war, in die oberen Herrschaftsräume zu gelangen.

Es war ihm ein persönliches Bedürfnis, Lissy zu füttern, obwohl sie nicht sterbenskrank war, sondern lediglich ein Kind erwartete. Aber nur so glaubte er, sicherstellen zu können, dass sie aß und bei Kräften blieb. Er kannte sie lange genug, um zu wissen, dass sie bei Unpässlichkeiten gerne das Essen verweigerte.

»Schon wieder püriertes Hühnchen«, protestierte Lissy im Bett sitzend und verzog ihr Gesicht zu einer angeekelten Grimasse, als Gero mit der Schüssel zur Tür hereinkam. Wenigstens hatten die Mägde schon ordentlich eingeheizt, dachte er beim Anblick des prasselnden Kaminfeuers.

»Schau mich bloß nicht so erwartungsfroh an. Mir wird schon ganz schlecht, wenn ich den Brei nur sehe«, jammerte sie weiter, »geschweige denn rieche.«

Gero setzte sich unbeirrt auf einen Stuhl neben dem Bett und hob demonstrativ den Löffel. »Du musst etwas essen«, sagte er streng.

Harko schien da vollkommen anderer Meinung zu sein und sprang in freudiger Erregung von seinem Stammplatz auf, wo er zwischen zwei dicken Seidenkissen sein Vormittagsschläfchen gehalten hatte.

In der Gewissheit, dass er wieder der Nutznießer sein würde, wenn seine Herrin die angebotene Speise verschmähte, machte er einen langen Hals in Richtung Schüssel und ließ mit unverstellter Vorfreude sein buschiges Schwänzchen tanzen.

»Nichts da«, erklärte Gero düster. »Das ist für dein Frauchen, und auch wenn sie gerade keinen Appetit hat, bleibt es hier stehen, und wehe, du vergreifst dich daran!«

»Ich will nicht«, wiederholte Lissy mit Nachdruck, als Gero noch einmal sein Glück versuchte und den gut gefüllten Löffel vor ihrer Nase auf und ab gleiten ließ. »Ein Stück trockenes Brot würde mir vollkommen reichen.«

»Na schön«, brummte Gero und stellte die Schüssel zur Seite. Dann stand er auf, ging hinaus auf den Flur und marschierte die steinerne Wendeltreppe hinab in die Küche, um einen frisch gebackenen Weißmehlfladen zu holen. Als er zurückkehrte, war die Schüssel mit dem Hühnerbrei wie leergefegt.

»Ach, Lissy!«, schimpfte er. »Während du und das Kind immer dünner werden, stirbt dein Hund an Verfettung.« Er warf Harko einen missbilligenden Blick zu, der ihn mit treuen Augen ansah und sich dabei genüsslich über das Maul schleckte.

»Danke«, sagte Elisabeth und nahm mit spitzen Fingern den Fladen entgegen, von dem sie ein fingerdickes Stück abzupfte, um es in ihrem Mund verschwinden zu lassen. »Bis du nun zufrieden?«, fragte sie demonstrativ kauend.

»Ja, doch«, knurrte Gero und reichte ihr einen Becher mit Apfelmost.

»Ich will nur, dass es dir und dem Kind gutgeht«, fügte er hinzu.

»Dann bete dafür, dass es möglichst bald zur Welt kommt«, gab sie immer noch kauend zurück. »Damit wir uns endlich wieder den Freuden der Liebe hingeben können.«

Gero seufzte verhalten, weil er ihre Nähe genauso vermisste. Gleichzeitig machte er sich zunehmend Sorgen, ob und wie Lissy die Geburt des Kindes überstehen würde. Um sich nichts davon anmerken zu lassen, griff er nach dem Spielbrett, das neben ihr auf dem Tischchen stand. »Sollen wir eine Partie Schach spielen?«, fragte er harmlos, um sie und auch sich selbst auf andere Gedanken zu bringen.

»Aber nur, wenn du nicht so unverschämt grinst, falls du wieder gewinnst«, entgegnete sie in ihrer merkwürdigen Laune.

»Ich verspreche dir«, verkündete er feierlich, »dass du diesmal gewinnst.«

»Du Schuft«, schimpfte sie. »Das heißt nichts anderes, als dass du mich gewinnen lassen willst. Ich hätte nicht gedacht, dass du so arrogant sein könntest.«

Aufgebracht verschränkte sie die Arme über ihrem gewölbten Leib und warf ihm einen giftigen Blick zu.

»Aber, Lissy«, versuchte er sie zu beschwichtigen und beugte sich zu ihr hin. »So war es doch gar nicht gemeint!« Als er sie küssen wollte, stieß sie ihn ärgerlich weg und drehte sich von ihm fort. Als ihre Schultern verräterisch zu zucken begannen, hielt es ihn nicht länger auf dem Stuhl, und er setzte sich aufs Bett, um sie in den Arm zu nehmen und zu sehen, was mit ihr los war.

Sie weinte, und als er sie zwang, ihm ins Gesicht zu schauen, wurde ein herzzerreißendes Schluchzen daraus.

»Hey«, sagte Gero und strich ihr die Tränen aus dem Gesicht. »Geht's dir nicht gut? Hast du Schmerzen?«

»Nein«, flüsterte sie und senkte den Kopf. »Ich halte es nur nicht mehr länger aus, so fett und hässlich zu sein und hier zu sitzen wie eine Kröte im Loch. Hinzukommt, dass ich jede Nacht davon träume, von dir geliebt zu werden, und wenn ich aus diesem Traum erwache, liegst du nicht neben mir, sondern ein Zimmer weiter in einem eigenen Bett. Ich habe einfach Angst, dass du dir eine andere suchen könntest, wenn das noch lange so geht. Schließlich habe ich Augen im Kopf, und es gibt genug junge Mägde auf dieser Burg, die dir jederzeit mit Wonne ihre Dienste anbieten würden.« Nun weinte sie noch bitterlicher, und Gero krampfte sich das Herz zusammen.

»Ab heute werde ich wieder mit dir in einem Bett schlafen«, versprach er und küsste sie sanft. »Auch wenn ich mich dabei verdammt beherrschen muss, denn für mich bist du die schönste und begehrenswerteste Frau unter dem gesamten Firmament. Und glaub mir, selbst wenn es nicht so wäre, ich wollte nur dich.« Gero legte die rechte Hand auf sein Herz. »Ich schwöre es dir, bei allem, was mir heilig ist.«

»Oh, bei Gott, hast du das schön gesagt«, hauchte Lissy und fiel ihm um den Hals. Unvermittelt brach sie schon wieder in Tränen aus, doch diesmal schienen es Freudentränen zu sein.

Kapitel IX

Fünf Tage gingen ins Land und ebenso viele Nächte, in denen Gero wieder bei Lissy lag und es genoss, sie wenigstens in den Armen halten zu dürfen. Trotz dieser Freude war an Schlaf kaum zu denken. Nicht nur weil er sich jeder Faser ihres Leibes bewusst war, sondern auch weil er noch nichts von seiner Tante gehört hatte. Beinahe stündlich ließ er nach der Ankunft eines Boten fragen. Gleichzeitig beließ er die Burgwachen in Alarmbereitschaft, für den Fall, dass sein Vater sich ebenfalls auf den Weg gemacht hatte und plötzlich mit einer bis an die Zähne bewaffneten Reiterschar vor Waldenstein stand.

In der sechsten Nacht wurde Gero von einem erstickten Geräusch geweckt. Harko, den er ans Fußende verbannt hatte, weil der Hund schnarchte, sprang erschrocken auf und bellte aufgeregt.

Bevor Gero richtig zu sich gekommen war, hörte er neben sich ein leises Stöhnen, das ihn sofort hellwach werden ließ.

»Lissy, mein Gott, was ist mit dir?«, fragte er und fasste sie bei der Schulter. Jetzt erst spürte er, dass das Bettzeug unter ihnen vollkommen nass war.

In Panik sprang er auf und entfachte am noch glimmenden Kaminfeuer einen zweiarmigen Kerzenleuchter, den er sogleich zum Lager trug. Lissy wand sich unter Schmerzen in ihren Kissen, hielt sich den Leib und starrte ihn im Kerzenschein mit glasigen Augen an.

»Ich glaube, es ist so weit«, keuchte sie heiser und presste ihre Hände auf den harten Bauch.

»Wa… was?« Geros Gedanken ratterten wie ein Mühlwerk. »Meinst du, das Kind kommt?« Zögernd schlug er die Decken zurück, doch außer den durchnässten Laken war nichts zu sehen.

Lissy nickte mit geschlossenen Lidern und versuchte sich aufzurichten, fiel dann aber entkräftet zurück in die Kissen.

»Warte«, rief Gero atemlos und stellte die Kerze beiseite. Hastig stieg er in seine Hose, die er am Abend zuvor achtlos über ein Gestell geworfen hatte.

»Bin gleich wieder da«, versicherte er Elisabeth. Mit einer zweiten Kerze in der Hand ging er zur Tür. »Beweg dich nicht«, rief er ihr im Hinausgehen zu. »Ich hole Ines!«

Barfuß und mit rasendem Herzen rannte er die kalten steinernen Flure entlang, um über die Treppen nach unten in das Gesindehaus zu gelangen, wo Ines sich mit drei anderen Frauen eine Kammer teilte.

Eine der Frauen, eine ältere Magd mit grauem Haar, die eine weiße Nachthaube trug, tat einen unterdrückten Schrei, als der junge Herr nur mit Nachthemd und Hose bekleidet plötzlich vor ihr stand und ihr ins Gesicht leuchtete.

»Steht der Feind vor den Toren?«, rief sie in heller Aufregung und sprang von ihrer Strohmatratze auf.

Ines reagierte gelassener. »Ist es so weit?«, fragte sie nur und war schon halb in den Kleidern, als Gero ihr bestätigend zunickte.

»Wenn mich nicht alles täuscht, ist sie vier Wochen zu früh«, gab die Hebamme mit gerunzelter Stirn zu bedenken. »Blutet sie?«

Gero begriff nicht sofort, dass die Frage an ihn gerichtet war. »N ... nein«, stotterte er. »Aber sie hat viel Wasser verloren. Das ganze Bett ist nass.«

»Das ist Fruchtwasser.« Ines stieß einen kurzen Seufzer aus.

»Ist das schlimm?«, fragte Gero ungewohnt ängstlich.

»Das bedeutet lediglich, dass es kein Zurück mehr gibt und wir das Kind innerhalb der nächsten zwei Tage auf die Welt bringen müssen!«

»Zwei Tage?« Gero schaute sie verständnislos an. »Bedeutet das, sie wird schon jetzt niederkommen? Ich dachte, wir haben noch Zeit?«

»So Gott will, gebiert sie noch heute Nacht«, erwiderte Ines kurz angebunden und komplettierte ihre Gewandung mit einem schmucklosen graubraunen Surcot. »Entfacht ein paar Talglichter«, befahl sie ihren verschlafenen Mitstreiterrinnen. »Ich muss rasch noch ein paar Sachen zusammenpacken und benötige dazu mehr Licht.« Dann schaute sie auf. »Tücher, Kräuter und Salben, wenn ich alles vollständig habe, komme ich nach oben.« Während Gero noch immer abwartend dastand, warf sie ihre jüngere Gefährtin aus dem Bett und raunzte sie an. »Steh auf, Petronia, und zieh dich an. Du musst mir helfen. Hol heißes Wasser aus der Küche und bring es nach oben zur jungen Herrschaft. Und du, Helga, lässt den Kaplan rufen, aber er soll nicht schon wieder das Weihwasser und das heilige Öl vergessen, wie das letzte Mal, als der alte Jakob im Sterben lag.«

»Heiliges Öl? Sterben? Wovon redest du?«, fragte Gero beunruhigt, doch Ines ging nicht darauf ein und schob ihn stattdessen aus ihrer Kammer.

»Macht Euch keine Gedanken. Ihr könnt wieder nach oben gehen und Eurem Weib zur Seite stehen«, empfahl sie Gero. »Ich bin gleich bei Euch.«

Als Gero zu Lissy zurückkehrte, saß sie schweißnass und am ganzen Leib zitternd in der Dunkelheit, nicht fähig zu sprechen, so stark waren anscheinend die immer wiederkehrenden Schmerzen. Einen Moment lang wusste Gero nicht, was er zuerst tun sollte. Harko, auf den sich seine Hektik übertrug, bellte unentwegt. Gero warf ein Stück Holz nach dem Hund, das er aus dem Korb genommen hatte. Harko schien das nicht zu beeindrucken. Er knurrte kurz und bellte dann umso lauter, während Gero ihn ignorierte, um endlich den Kamin zu befeuern, damit es Lissy warm hatte und im Zimmer heller wurde.

»Halt's Maul, du Mistköter, oder ich schmeiß dich raus«, brüllte Gero den Hund an, als der gar nicht mehr mit dem Kläffen aufhören wollte. Erstaunlicherweise war Harko sofort still und verkroch sich winselnd in eine Ecke. Gero stand unterdessen auf und kehrte zum Bett zurück, wobei er seine gesamte Aufmerksamkeit nur noch auf Lissy richtete.

»Wie fühlst du dich?«, fragte er so gefasst wie möglich. Behutsam half er ihr aus dem feuchten Nachthemd und holte sogleich ein frisches aus der Truhe, dessen Stoff zudem ein bisschen dicker gewebt war. Elisabeth wirkte völlig apathisch, sie ließ ihn einfach gewähren, als er ihr die Arme anhob.

»Du musst mir schon ein bisschen helfen«, ermahnte er sie leise. »Ines ist gleich da und wird dafür sorgen, dass es dir wieder besser geht.«

Verdammt, wo bleibt nur diese verdammte Hebamme, fluchte er stumm. Diesmal würde er sich nicht hinausschicken lassen, ganz gleich, was sie tat und wie lange es dauerte.

»Es tut so weh«, jammerte Lissy matt und strich sich immer wieder über den Bauch.

Gero zeriss es das Herz, sie so leiden sehen zu müssen, und er verfluchte sich augenblicklich für den Moment, in dem er ihr das angetan hatte.

»Alles wird gut«, flüsterte er hilflos und legte seine Hand auf die Wölbung, die auf einmal so hart war wie ein Fels.

»Gottverflucht«, sagte er stumm zu sich selbst und starrte zur Tür. Er seufzte erleichtert, als es draußen auf dem Flur mit einem Mal heller wurde und Ines im Zimmer erschien, gefolgt von Petronia und Josef, einem älteren, müde aussehenden Hausknecht, der eine brennende Fackel trug. Die Hebamme legte auf einer Truhe einige Utensilien aus, die sie augenscheinlich benötigte, um ein Kind auf die Welt zu bringen. Dass sich darunter auch einige zangenartige Eisenwerkzeuge befanden, beruhigte Gero nicht gerade. Ohne weitere Befehle abzuwarten, entzündete Josef ein paar Fackeln und steckte sie in die dafür vorgesehenen Halterungen. Dann nickte er Gero diensteifrig zu und machte sich dankend davon, als der ihm mit einem Wink zu verstehen gab, dass er nicht mehr benötigt wurde.

»Stell die Eimer mit dem heißen Wasser auf die Truhe«, befahl Ines ihrer jugendlichen Helferin. Dann schob sie Gero zur Seite und machte sich daran, der Schwangeren mit kundig wirkenden Händen den Leib abzutasten. Beiläufig gab sie Petronia weitere Befehle. »Zieh das Bett ab und bring frische Laken und hol uns die größere Wachsdecke, damit wir sie unterlegen können. Außerdem benötige ich noch mehr Tücher. Und nimm den Hund mit nach draußen, er stört hier nur.«

Die junge Magd arbeitete schnell und zuverlässig. Als sie Harko auf den Arm nehmen wollte, um ihn vor die Tür zu tragen, schnappte er knurrend nach ihr. Gero packte den Hund mit nur einer Hand am Genick und beförderte ihn gnadenlos auf den Gang, wo er jaulend sitzen blieb. Nachdem Petronia verschwunden war, um die Anweisungen der Hebamme zu befolgen, schloss Gero die Tür, ohne sich von Harkos bettelndem Blick erweichen zu lassen. Von Zeit zu Zeit kratzte das Hündchen mit seiner Pfote winselnd am Holz.

Lissy lag derweil kraftlos in den Kissen. Schweißtropfen standen auf ihrer Stirn, die im Schein des Feuers wie kleine Edelsteine glitzerten.

Gero zuckte es in den Fingern, sie abzuwischen, doch Ines, die Lissy immer wieder abtastete, ließ ihn nicht nah genug an sie heran.

Als sie Lissys Nachthemd noch weiter hochschob und sich anschickte, ihre Schenkel zu spreizen, hielt es ihn nicht mehr auf seinem Platz, und er ging um die Hebamme herum, um besser sehen zu können, was dort geschah. Lissy wand sich indes mit schmerzverzerrtem Gesicht.

»Hast du nichts, was du ihr gegen die Schmerzen geben kannst?«, fragte Gero die Hebamme ungeduldig.

Ines schaute auf und warf ihm einen gereizten Blick zu. »Nicht jetzt! Für das, was nun folgt, muss sie hellwach sein. Ich sagte doch, das hier ist nichts für Männer«, erklärte sie scharf. »Schon gar nicht für den eigenen Ehemann. Ihr könntet zukünftig die Lust an Eurer Frau verlieren, wenn Ihr allzu genau hinschaut. Deshalb halte ich es für vernünftiger, wenn Ihr geht und mich meine Arbeit machen lasst.«

»Auf gar keinen Fall«, erwiderte Gero kalt und nahm dabei eine entschlossene Haltung ein. »Ich werde nicht von ihrer Seite weichen, bis das Kind da ist.«

»Das kann aber noch eine ganze Weile dauern«, bemerkte Ines, »und außerdem wird es, soweit ich es beurteilen kann, keine leichte Geburt.«

»Ich bleibe«, bekräftigte Gero seinen Entschluss und verschränkte demonstrativ die Arme vor seiner Brust. Dann ging er noch ein Stück näher heran und beobachtete, wie Ines zwei Finger der rechten Hand tief in Lissys Spalte steckte. Gleichzeitig tastete sie mit der anderen Hand weiter den Leib ab, als ob sie nach etwas Bestimmtem suchen würde. Lissy ließ die Prozedur mit halb geschlossenen Lidern über sich ergehen. Ihr Atem ging schnell, und es schien, als ob sie damit kämpfte, bei Bewusstsein zu bleiben.

»Was willst du damit sagen, dass es keine leichte Geburt ist?«, fragte

Gero mit leiser Stimme nach, weil er Lissy nicht beunruhigen wollte. »Es ist doch alles in Ordnung, oder?«

»Im Prinzip schon.« Ines warf ihm einen angespannten Blick zu. Dann zog sie ihre Finger aus Lissys Scheide hervor und wischte sich an einem der Tücher das Blut ab. Inzwischen war Petronia mit etlichen Decken zurückgekehrt. Ines erklärte ihr, wo sie die Decken ablegen sollte. Schließlich gab sie Gero einen Wink, dass er Elisabeth anheben solle, damit sie die Wachsdecke unterlegen konnten, um die Matratzen vor weiterer Nässe zu schützen und danach das Bett mit frischen Laken zu beziehen.

Als Gero Lissy in den Armen hielt, halb nackt und vollkommen erschöpft, bemerkte er erst jetzt, wie unglaublich leicht sie trotz des Kindes in letzter Zeit geworden war.

»Ich bin so froh, dass du da bist«, flüsterte sie matt und lächelte. Gero konnte nicht anders und küsste sie sanft, dabei spürte er, wie ihm Tränen in die Augen stiegen, die er jedoch eisern zurückhielt. Sie durfte keinesfalls bemerken, wie groß seine Angst um sie war.

Als er sie zurück in die frischen Kissen gelegt hatte, gab Ines ihr etwas zu trinken, das offenbar nicht besonders schmeckte. Lissy verzog das Gesicht, schluckte die Flüssigkeit aber trotzdem tapfer. Entgegen ihrer ansonsten ruppigen Art strich die Hebamme Lissy beinahe liebevoll über den Kopf. »Zwischen den Wehen müsst Ihr Euch ein bisschen ausruhen, Herrin, denn für das, was noch kommt, benötigt Ihr Eure ganze Kraft.«

Lissy nickte und schloss dankbar die Augen. Nur Momente später war sie weggedöst.

Als Ines aufschaute, konnte Gero in ihren Augen lesen, dass es nicht gut stand. Mit einem Nicken dirigierte sie ihn hinaus auf den Gang und folgte ihm. Als Harko ihn winselnd anspringen wollte, versetzte Gero ihm einen Tritt, was ihm sogleich leidtat, als der Hund zu winseln begann. Geros Herz klopfte heftiger, als er die Sorgenfalten auf Ines' Stirn bemerkte. Vergeblich versuchte er, seine Angst zu unterdrücken.

»Ich weiß nicht, wie ich beginnen soll«, begann die Hebamme zögernd. Ihr Blick war ungewohnt mitfühlend und verunsichert.

Er konnte nicht anders und packte sie hart an den Schultern. »Raus mit der Sprache, Ines. Was ist mit meinem Weib?«

Die Hebamme versuchte nicht einmal, sich ihm zu entwinden. »Das Kind liegt nicht richtig. Es ist eine Steißlage, das bedeutet, der Hintern versperrt den Geburtskanal. Normalerweise drehen die Kinder sich vor der Geburt noch einmal, deshalb hatte ich mir bisher auch noch keine Sorgen gemacht. Aber nun haben die Wehen zu früh eingesetzt, ich habe kaum noch eine Möglichkeit, das Kind zu drehen, weil der Leib des Kindes durch die Senkwehen bereits zu tief in den Schoß gepresst wurde. Hinzu kommt, dass Euer Weib ein unglaublich enges Becken hat, was an ihrer Herkunft liegen mag. Das Kind dagegen ist sehr groß, was an Euch liegen mag.«

»Was willst du mir damit andeuten?« Gero ließ sie mit einem Ruck los.

»Dass es einen Sinn hat, wenn man sagt, dass sich Menschen verschiedener Herkunft nicht paaren sollten. Vor allem, wenn ein solcher Größenunterschied besteht wie bei Euch und Eurem Weib.«

»Verdammt! Wir können doch nicht einfach aufgeben und Lissy ihrem Schicksal überlassen!« Gero spürte, wie ihm die Verzweiflung die Kehle zuschnürte.

»Ich kann versuchen, tief in die Gebärmutter einzugreifen und das Kind noch zu drehen. Wenn das nicht gelingt und sie es nicht von alleine herausbringt, bliebe uns nur, das Kind im Mutterleib zu töten und es stückweise aus ihr herauszuschneiden.«

Bei dieser Vorstellung wurde Gero speiübel. Er schluckte angestrengt und schüttelte energisch den Kopf. »Das würde Elisabeth niemals zulassen. Und ich kann es mir, ehrlich gesagt, auch kaum vorstellen.«

»Hauptsache, ich kann es mir vorstellen«, erwiderte Ines seltsam abwesend.

Ohne Geros Antwort abzuwarten, ging sie wieder in die Kammer. Gero folgte ihr, schloss die Tür hinter sich und sah, wie sie sich aufs Neue ans Werk machte. Elisabeth war durch eine neuerliche Wehe wieder zu sich gekommen und streckte sehnsüchtig die Arme nach Gero aus, als sie ihn und seine Begleiterin sah.

»Setzt Euch hinter Euer Weib und haltet sie fest«, befahl Ines, an Gero gerichtet.

Bevor er sie unterhalb der Brüste mit den Armen umschloss, streichelte er ihre Wange und küsste sie sanft. »Alles wird gut«, raunte er und wusste nicht, woher er die Kraft dazu nahm, Zuversicht zu zeigen. Lissy seufzte erschöpft, und trotz ihrer Schmerzen entspannte sie sich ein wenig und legte ihren Kopf an seine Schulter.

»Das Kind liegt falsch«, erklärte Ines ihr ohne Umschweife. »Ich werde nun versuchen, es zu drehen.«

»Was hat das zu bedeuten?«, fragte Lissy. Mit vor Angst geweiteten Augen suchte sie Geros Blick.

»Ines weiß, was sie tut«, bemühte er sich, sie zu beruhigen, obwohl er selbst nicht sicher war, ob er das, was die Hebamme vorhatte, zulassen sollte.

Immerhin machte sie einen kundigen Eindruck, als sie ihre knochigen Hände auf den Leib der Schwangeren legte und die harte Rundung mit Macht zu bearbeiten begann. Lissy wand sich in Geros Armen und stöhnte laut, während er sie eisern festhielt.

»Es ist einfach zu groß«, murrte Ines. Wie sehr sie sich anstrengte, konnte Gero daran erkennen, dass sie in Schwitzen geriet. Trotzdem setzte sie abermals an, als Lissy erneut von einer schmerzhaften Wehe heimgesucht wurde.

»Vielleicht kann ich es einmal versuchen?« Gero schaute sie hoffnungsvoll an. »Ich meine, ich bin um einiges stärker als du.«

»Mit Kraft alleine schafft man es nicht«, gab ihm Ines zu verstehen.

»Man muss wissen, wo man genau zupackt und wie man es dreht, sonst wickelt sich die Nabelschnur um den Hals des Kindes und es könnte ersticken.«

»Heilige Jungfrau«, flüsterte Gero.

Lissy zeigte kaum noch eine Regung. »Du musst hecheln, Kind«, befahl ihr Ines barsch, »und versuchen, die Wehe zurückzuhalten. Sonst kann es nicht gehen.«

Aber auch das Hecheln nützte nichts, wie Gero entsetzt feststellen musste.

»Wir müssen es auf herkömmliche Weise versuchen«, beschloss Ines resigniert. Noch einmal flößte sie Lissy einen Trunk ein, der, wie sie erklärte, aus einem Sud aus Beifuß und Wermut bestand.

Kurz darauf schienen die Wehen noch stärker zu werden. Lissys Leib hob und senkte sich, als sei sie vom Teufel besessen. Sie schrie vor Schmerz und schlug wie von Sinnen um sich. Gero hatte Mühe, sie zu bändigen.

»Halte ihr die Knie auseinander!«, fuhr Ines Petronia an, die ihr nach wie vor als Helferin beistand. Zu Geros Bestürzung schob die Hebamme nun ihre ganze Hand und den dürren Arm bis fast zum Ellbogen in den Leib der Gebärenden. Lissy brüllte wie am Spieß, bis sie kaum noch Kraft dazu hatte.

»Was tut ihr da, um Himmels willen!«, fuhr Gero die Hebamme an.

»Ich versuche, die Beine des Balgs zu erwischen, um ihn zu drehen, aber ich bekomme ihn nicht zu fassen, weil er zu glitschig ist.« Trotzdem fuhrwerkte sie weiter und feuerte Elisabeth abermals an, im rechten Moment zu pressen, so fest sie konnte, doch das Kind bewegte sich keinen Zoll.

Schließlich zog sich Ines seufzend zurück und wusch sich das Blut von Armen und Händen.

Lissy war zusehends schwächer geworden. Mit geschlossenen Lidern und nur noch leise röchelnd hing sie in Geros Armen.

»Gibt es denn nichts, was ihr helfen könnte?«, fragte er halb wahnsinnig vor Sorge.

»Es gibt da noch etwas«, antwortete Ines kaum hörbar und gab Gero mit einem Nicken zu verstehen, dass sie vor der Tür mit ihm sprechen wollte. Zögernd ließ er Elisabeth in die Kissen gleiten.

»Petronia, gib auf sie acht«, sagte Ines, die Geros Sorge, Lissy alleine zurückzulassen, sehr wohl bemerkt hatte.

Als er Ines noch einmal auf den Flur folgte, wähnte Gero sich vor einem höllischen Abgrund. Er hatte schon oft von schweren Geburten gehört, aber nie in seiner eigenen Familie. Seine Mutter hatte ein paar Fehlgeburten gehabt, aber immer ganz am Anfang der Schwangerschaft.

Draußen sprang Harko winselnd an seine Beine, aber Gero achtete nicht auf das Hündchen.

»Auch wenn es sich grausam anhört, wir könnten ihr den Leib aufschneiden und das Kind auf widernatürliche Weise ans Tageslicht bringen, damit es wenigstens lebt und getauft wird.«

»Heilige Muttergottes, steh uns bei«, entfuhr es Gero. Er spürte, wie sich mit einem Mal alles um ihn herum drehte. Fassungslos stützte er sich an der Wand ab. »Und was ist mit Lissy? So was überlebt doch niemand!«

»Als Hebamme weiß ich, dass sie es mit Gottes Hilfe schaffen könnte«, bekannte Ines leise. »Und damit sie von der Prozedur nichts bemerkt, werden wir ihr einen Schlafschwamm auf die Nase drücken. Eure Tante ist in solchen Dingen recht fortschrittlich. In besonders schweren Fällen habe ich ihre Erlaubnis, von der Opiumtinktur zu nehmen, die sie stets in einer verschlossenen Truhe vorrätig hält. Ich kann Eure Sorge verstehen. Normalerweise ist uns ein solcher Eingriff nur bei einer sterbenden Frau gestattet, und unser Herr Kaplan sollte am besten gar nichts davon erfahren. Tatsache ist aber, dass Euer Weib den sicheren Tod finden wird, wenn wir gar nichts tun. Ich könnte Mathilde hinzuholen. Sie kann besser schneiden und nähen als ich. Nachdem ich das Kind aus dem Leib geholt habe, kann sie die Wunde verschließen. Es wäre nicht das erste Mal, dass eine solche Operation gelingt.«

Gero schaute die Hebamme zweifelnd an. Die Vorstellung, so etwas zulassen zu müssen, war die Hölle schlechthin.

»Da ist nur noch ein Problem«, gab Ines zu bedenken. »Falls Bruder Antonius auftaucht, müssen wir ihn irgendwie ablenken. Er könnte in solch einer Vorgehensweise durchaus eine Todsünde erkennen und uns alle exkommunizieren lassen.«

»Also gut«, erwiderte Gero schweren Herzens. »Ich vertraue dir. Du hast freie Hand. Um den Kaplan kümmere ich mich.«

»Komme ich noch rechtzeitig?«, erscholl eine Stimme vom Ende des Flurs. Als die beiden verstört aufblickten, eilte ihnen Bruder Antonius entgegen.

»Wenn man vom Teufel spricht«, bemerkte Ines leise und bekreuzigte sich.

Beleibt, wie es für Mönche nicht unüblich war, atmete der Geistliche schwer ob der drei Etagen, die er soeben überwunden hatte.

»Wie geht es dem Kind?«, fragte er mit einer naiven Neugier. Seine Schweinchenaugen glänzten im Schein der Fackeln. »Ist es schon da?«

»Nein«, erklärte Gero düster. Der vorwitzige Pfaffe hatte ihm zu all seinem Unglück wahrhaftig noch gefehlt.

»Wir sollten alle gemeinsam zum heiligen Norbert beten«, schlug der Mann Gottes vor. »Wo ist denn die Gebärende?«

Schon wollte er die Tür zur Kammer aufstoßen, doch Gero hielt ihn eisern zurück. »Ich glaube nicht, dass Ihr das sehen möchtet. So eine Geburt ist eine äußerst blutige Angelegenheit«, erklärte er und hatte keine Mühe, dem frommen Bruder seine Abscheu zu zeigen.

Der Geistliche zog sich erschrocken zurück. »Wenn das so ist, warte ich lieber hier draußen, bis meine Anwesenheit erwünscht ist.«

Gero überlegte fieberhaft, in welcher Etage eine Kammer frei war, in der er den Geistlichen einsperren konnte. Doch dann hatte er eine Idee. Er bückte sich und griff sich Harko, der ihm nicht von der Seite wich. »Passt einstweilen auf den Hund Eurer zukünftigen Herrin auf«, rief er und drückte dem verblüfften Kaplan das weiße Wollknäuel in die Arme, das zu allem Überfluss prompt zu knurren begann.

Antonius warf einen ängstlichen Blick auf das zähnefletschende Tierchen. »Hat er den Teufel in sich?«

»Falls ja, ist er doch bei Euch in den besten Händen«, bemerkte Gero mit mühsam unterdrückter Ironie. Im nächsten Moment erschien Ines, die inzwischen Mathilde aus dem Bett geholt hatte. Gemeinsam drängten sie den Kaplan zur Seite und begaben sich in die Kammer. Gero ließ den verdatterten Mann Gottes mit dem knurrenden Hund stehen und folgte den Frauen. Danach verriegelte er die Tür von innen.

Lissy war nicht bei vollem Bewusstsein, was Gero einerseits ängstigte, andererseits beruhigte, weil sie auf diese Weise kaum Schmerzen spürte. Petronia hatte bereits damit begonnen, blutstillende Substanzen anzurühren.

»Ihr müsst mir mal behilflich sein«, sagte Ines an Gero gerichtet.

Mathilde hatte inzwischen ihre Utensilien auf dem Bettlaken drapiert: Kappmesser, Schere, ihre feinsten Nadeln und sauberes Seidengarn.

»Nehmt Eure Frau und legt sie möglichst nah an den Rand des

Bettes«, riet ihm Ines, »damit Mathilde den Schnitt sauber führen kann.«

Lissy lag gefährlich kalt in seinen Armen, als er sie in die gewünschte Position verlagerte. Ihr Atem ging flach. Sogar in der Ohnmacht bäumte sich ihr Leib auf und versuchte vergeblich, das Kind aus sich herauszudrücken.

Ines kniff die Lippen zusammen und schien zu überlegen, was als Nächstes zu geschehen hatte. »Die Presswehen hören nicht auf, obwohl sie kaum bei sich ist«, bekannte sie kopfschüttelnd. »Aber für den Schnitt benötigen wir sie in absoluter Ruhe.«

»Was ist, wenn sie plötzlich wach wird?« fragte Gero aufgebracht. »Kannst du garantieren, dass sie dann keine Schmerzen hat?«

Immer wieder strich er Lissy das feuchte Haar aus dem Gesicht. Eine naive Geste, die nichts bewirkte, außer dass sie seine Hilflosigkeit offenbarte.

»Das wird nicht geschehen«, versprach ihm Ines. »Ich sagte doch, dafür haben wir den Schlafschwamm.« Ines reichte ihm den mit der betäubenden Tinktur getränkten Schwamm. »Drückt ihr das auf die Nase«, sagte sie. »Das wird sie ins Reich der Träume schicken. Sollte sie zu sich kommen, drückt einfach noch ein wenig nach. Aber Ihr müsst achtgeben, dass sie weiter normal atmen kann. Es ist ein gefährlicher Zustand. Wenn wir ihr zu viel davon geben, kann es dazu führen, dass sie keine Kraft mehr besitzt, zu uns zurückzukehren, wenn die Sache vorüber ist.«

»Bei allen Heiligen, warum tun wir so etwas überhaupt, wenn es sie umbringen kann?« Seine Stimme war nur noch ein Krächzen.

Ines hielt verstört inne. »Es tut mir leid, Herr, aber ich muss Euch noch mal fragen, bevor es zu spät ist. Sollen wir das Kind direkt aus dem Bauch herausholen? Ich möchte die Entscheidung darüber unbedingt Euch überlassen.«

Gero starrte sie fassungslos an. »Holt das Kind lebendig aus ihrem Leib, wenn ihr euch das zutraut, und dann näht sie in Gottes Namen wieder zusammen«, bestimmte er. Er riskierte einen Seitenblick auf Mathilde, deren grüne Augen sich entsetzt weiteten.

»Stell dich nicht so an«, raunte Ines ihr zu. »Du hast schon ganz andere Verletzungen genäht. Weißt du noch, der alte Rudger, als ihm nach einem Zweikampf mit einem toll gewordenen Bären das ganze Gedärm aus der Seite heraushing. Ich habe es wieder hineingestopft, und du hast ihn zugenäht, und heute springt er wieder über Stock und Stein.«

»Ein Gedärm ist aber etwas anderes als ein Kind«, erwiderte die dunkelhaarige Schneiderin zaghaft.

»Gib mir das Messer«, forderte Ines. »Ich werde den Schnitt führen. Petronia, setze dich auf die andere Seite der Herrin und halte den zweiten Schlafschwamm bereit.«

Die junge Magd nickte gehorsam und bezog die ihr zugewiesene Position.

»Denkt Ihr, Ihr steht das durch? Oder wollt Ihr lieber nach draußen gehen?«, fragte Ines, an Gero gewandt.

»Ich bleibe«, erwiderte Gero tapfer. »Sie ist mein Weib, und sie zählt auf mich.«

Als Ines das Messer unterhalb des Bauchnabels ansetzte und das erste Blut hervorquoll, glaubte Gero, sich übergeben zu müssen. Vor lauter Aufregung hielt er die Luft an, bis schwarze Punkte vor seinen Augen tanzten. Wie durch einen düsteren Nebel erkannte er, wie Ines die Wunde spreizte, mit beiden Händen hineinfasste und unter einem Schwall von Blut ein schrumpeliges Etwas ans Licht zerrte, das Gero erst beim zweiten Hinsehen als ein menschliches Wesen erkannte.

»Offenbar ist alles dran«, befand Ines beinahe erleichtert und hob das Kind in die Luft, doch dann zögerte sie. »Es ist ein Mädchen, aber es atmet nicht. Petronia, komm her, und nimm dich des Kindes an«, befahl sie forsch. »Stell es auf den Kopf, schlag ihm auf den Hintern, und wenn das nicht hilft, leg es für einen Moment in kaltes Wasser. Allem Anschein nach hatte es die Nabelschnur um den Hals gewickelt, und die Säfte kommen nur zögernd in Gang.«

Hastig wandte sie sich Mathilde zu, die mit gerollten Tüchern und einem Laken versuchte, der Massen an Blut Herr zu werden. »Ihr übernehmt die Sache mit dem Schwamm«, befahl sie Gero noch einmal und deutete mit einem Nicken an, dass er Lissys Betäubung auffrischen sollte.

Als er Lissy berührte, erschrak Gero zu Tode. Sie war eiskalt, und ihre Lippen waren ganz weiß. Mathilde versuchte unterdessen, in höchster Eile die Wunde zu vernähen. Aber irgendwas stimmte nicht. »Es hört nicht auf zu bluten«, stieß sie verzweifelt hervor. »Ich kann das Fleisch nicht zusammenführen, es rutscht mir immer wieder aus den Händen.«

Gero konnte spüren, wie das Leben aus Lissy regelrecht herausrann.

»Bleib bei mir«, flüsterte er heiser an ihr Ohr und spürte kaum die heißen Tränen, die ihm über die Wangen strömten.

Petronia tat unterdessen alles, was man noch tun konnte, um dem Neugeborenen ein Quäntchen Leben einzuhauchen. »Es hilft nicht«, bemerkte sie hektisch. »Wir müssen es nottaufen.«

»Gleich«, sagte Ines und machte sich daran, die Umgebung des Schnitts hastig mit blutstillenden Kompressen zu versorgen. »Bevor du Bruder Antonius hereinlässt, müssen wir versuchen, die Mutter zu retten.«

»Ich fürchte, es blutet nach innen«, rief Mathilde panisch und machte Ines auf das Blut aufmerksam, das aus einer noch offenen Stelle quoll.

»Heilige Muttergottes, hilf«, stöhnte Ines.

Gero spürte, wie Lissy in seinen Armen erschlaffte. Ihre Lippen hatten im Kerzenschein einen bläulichen Schimmer.

»Sie stirbt!«, schrie Gero außer sich vor Angst. Als Ines nickte, verlor er seine mühsam angestaute Beherrschung. »Ihr müsst etwas tun, um ihr zu helfen!«, brüllte er voller Zorn.

Ines war selbst den Tränen nah, zuckte hilflos mit den Schultern. »Ich wüsste nicht, was?« In einer verzweifelten Geste hob sie die blutverschmierten Hände. Tränen rannen über Mathildes bleiches Gesicht.

Mit einem Mal klopfte es an der Tür. Bruder Antonius verlangte Einlass. Ines nickte Petronia zu. »Du musst ihn reinlassen, damit er Mutter und Kind wenigstens die Letzte Ölung erteilt.«

Gero packte Petronia hart am Arm, bevor sie die Tür öffnen konnte. »Zur Hölle, bedeutet das, es ist vorbei?«

»Eure Frau ist nicht zu retten«, bekräftigte Ines händeringend und trat auf ihn zu. »Gebt mir die Erlaubnis, Eurem Weib den Schwamm auf die Nase zu drücken, damit sie wenigstens ein gnädiges Ende findet.« Sie streckte die Hand aus. »Bruder Antonius würde uns ein solches Vorgehen verbieten. Wir müssen es tun, bevor er hinzukommt.«

Gero nickte mechanisch, ohne nachzudenken. Dabei fühlte er sich, als ob der Teufel höchstselbst in ihn gefahren wäre und ihm finstere Befehle erteilte.

»Die Wunde musst du später noch nähen«, befahl die Hebamme Mathilde und bedeckte Lissys leblosen Leib mit einer noch sauberen Decke. »Wenn es niemand bemerkt. Außer uns darf keiner wissen, dass wir sie aufgeschnitten haben.«

Wenig später betrat der Kaplan die Kammer. Als er die blutigen Laken erblickte, drehte er sich hastig um und übergab sich geräuschvoll im Gang.

Gero beobachtete wie in Trance, wie Ines dem frommen Bruder half, sich aufzurichten. Dann führte sie ihn an das Bett der Kranken, die Gero noch immer in seinen Armen hielt, in der aberwitzigen Hoffnung, dass er allein durch die Kraft seiner Liebe sie noch retten könnte.

Als Antonius sich mit gesenkten Lidern nach ihrem Zustand erkundigte, nahm Ines Gero das Wort ab und behauptete, Elisabeth sei von einer todbringenden Ohnmacht ergriffen ebenso wie der Säugling, den Petronia ihm sauber gewaschen entgegenhielt.

Wortlos legte sie das Kind in Lissys erschlaffte Arme, so dass Gero nichts anderes übrigblieb, als Mutter und Kind gemeinsam zu halten. Vollkommen gefangen im Schock, betrachtete er das leblose Köpfchen des Kindes. Sein Haar war schwarz und erstaunlich lang, die Augenlider waren halb geöffnet. Die Nase winzig, die Lippen zum Schmollmund geschürzt, sah es aus wie seine Mutter. Während der Kaplan seinen Dienst versah und der Mutter die Letzte Ölung erteilte, schaute er auf.

»Wie soll das Kind denn heißen?«, fragte er.

»Heißen?«, fragte Gero wie durch einen Nebel.

»Der Name des Kindes«, wiederholte der Kaplan. »Damit ich es taufen kann.«

»Hannah«, entfuhr es Gero leise. »So wie seine Mutter ursprünglich geheißen hat.«

»Johanna«, verbesserte ihn der Kaplan. »Hannah ist jüdisch.«

Gero ersparte sich eine Antwort und beobachtete stumm, wie der Bruder Antonius das tote Mädchen auf den Namen Johanna taufte.

Danach lag Geros Blick auf dem friedlichen Antlitz der beiden Toten. Beide sind so schön wie zwei Engel, dachte er voll Trauer, jedoch mit gebrochenen Flügeln.

Harko, der sich seinen Weg in das Zimmer zurückerobert hatte, sprang unvermittelt zu ihm aufs Bett, nachdem sich der Kaplan mit diversen Beileidsbekundigungen zurückgezogen hatte. Gero, gelähmt vor Entsetzen, war nicht fähig, dem Tier Einhalt zu gebieten. Es beschnupperte erst Lissy und dann das Kind, danach schaute es Gero mit seinen neugierigen schwarzen Augen fragend an. Als Gero nicht antwortete, schleckte das Hündchen winselnd über Lissys lebloses Antlitz. Doch sein Frauchen rührte sich nicht, und Harko schien zu begreifen, dass hier soeben etwas unfassbar Schreckliches geschehen war. Schließlich setzte er sich aufrecht vor die beiden Toten, hob die Schnauze gen Himmel und begann herzzerreißend zu jaulen.

Gero erwachte aus seiner Erstarrung. Er brach über Lissy, dem Kind und dem kleinen Hund zusammen. Und dann weinte er, wie er noch nie in seinem Leben geweint hatte.

Episode III

»Die Templer«

Kapitel I

1301 Franzien/Königreich Zypern

Vollkommen erstarrt stand Gero von Breydenbach in der Burgkapelle von Waldenstein, die Hände zum Gebet gekreuzt, den Blick stumm auf das wächserne Antlitz der Toten gerichtet. Die Mägde hatten Elisabeths Leichnam in aller Eile gewaschen und mit dem roséfarbenen Unterkleid und dem scharlachroten, perlenbestickten Surkot bekleidet, den sie zur Hochzeit getragen hatte.

Danach hatte man sie in einem offenen Eichenholzsarg aufgebahrt. Die langen dunklen Locken waren sorgfältig um das puppenhafte Gesicht, entlang ihrer mageren Gestalt bis hin zu den Hüften drapiert. Es sah aus, als würde sie schlafen und nicht kalt und tot in einem Sarg liegen. In ihren Armen lag das Kind, fest gewickelt in cremefarbene Seide wie ein lebendiger Säugling. Die Lider des kleinen Mädchens waren geschlossen, die Gesichtszüge genauso friedlich entspannt wie die seiner Mutter.

Obwohl gewiss war, dass Lissy ihre schönen braunen Augen nie wieder öffnen würde, sah Gero im Geiste, wie sie ihm zuzwinkerte und sogar lächelte. Gebannt schaute er auf ihren üppigen Mund, in der irrigen Hoffnung, dass sie unerwartet zu sprechen beginnen würde. Dabei widerstand er der Versuchung, sein schönes Weib noch ein allerletztes Mal zu küssen.

»Vergib mir«, flüsterte er stattdessen, in dem festen Glauben, dass sie ihn hören konnte. »Und wenn du es nicht tust, kann ich es gut verstehen. Aber sei gewiss, Gott der Herr wird mich für mein Verschulden zur Rechenschaft ziehen, und wenn er es nicht tut, werde ich selbst dafür sorgen, dass dein Blut mit dem meinen vergolten wird.« Gero unterdrückte die Tränen und konnte doch nicht verhindern, dass sich einige wenige aus seinen Augenwinkeln stahlen. »Ich schwöre, Lissy, bei all meiner Liebe, die ich tief in meinem Herzen für dich und das Kind empfinde, ich werde für meine Sünden bezahlen, damit wir eines Tages im Paradies vereint sein können.« Er schluckte und hob den Kopf, dabei schaute er ihr fest ins Gesicht, um ihr zu beweisen, wie ernst es ihm war. »Wenn du mich dann noch willst«, schob er heiser hinterher.

Er war so vertieft in sein Leid, dass er die Schritte hinter sich nicht hatte kommen hören, und auch als jemand eine Hand auf seine Schulter legte, sachte und zart, reagierte er nicht. Erst die bekannte weibliche Stimme holte ihn aus seiner Erstarrung.

»Es ist nicht deine Schuld«, sagte Margaretha leise. »Es war Gottes Wille. Er wollte die beiden bei sich haben. Du darfst sie nicht festhalten, du musst sie zu ihm gehen lassen.«

»Es war nicht Gottes Wille«, flüsterte Gero erstickt und sah der Gräfin fest in die blauen Augen. »Es war der Wille des Teufels, der mich dazu verführt hat, sie zu schwängern. Er hat mir ins Ohr geflüstert, dass ich sie zur Frau nehmen und mich damit gegen den Willen meines Vaters stellen soll, und ich bin ihm wie ein Opferlamm zur Schlachtbank gefolgt. Mit meinem Eigensinn habe ich unsägliches Leid über uns alle gebracht, und nicht nur ich werde bis an mein Lebensende dafür büßen müssen.«

»Lissy hätte nicht gewollt, dass du es so siehst«, sagte plötzlich eine andere sanfte Stimme aus dem Hintergrund.

Überrascht wandte Gero sich um. »Mutter?« Beim Anblick von Jutta von Breydenbach spürte er, wie seine Knie nachgaben. Gramgebeugt hatte sie sich in einer Bank hinter ihm niedergelassen, und es bestand kein Zweifel, wie sehr sie die Trauer erschöpfte. Sie trug einen dunklen Surkot und ein ebenso düsteres Unterkleid, dazu ein graues Gebende, das die dunkelblonden Haare vollkommen bedeckte und ihr blasses Gesicht noch bleicher erscheinen ließ. Ihre Augen waren rot geweint, und Gero war sich mit einem Schlag darüber klar, dass nicht nur sein Eheweib von ihm gegangen war. Seine Mutter hatte zugleich die heißgeliebte Tochter verloren. Ein unersetzbarer Verlust, auch wenn Elisabeth nicht ihr leibliches Kind gewesen war. Immerhin war Lissy von ihrem achten bis zu ihrem sechzehnten Lebensjahr in der

Obhut seiner Mutter herangewachsen. Und auch wenn sie wie sein Vater gegen ihre Ehe gewesen war, so bedeutete das nicht, dass sie Elisabeth nicht weiterhin innig geliebt hatte. Erst jetzt wurde Gero klar, dass seine Mutter Lissy mit einer Entsendung ins Kloster nur vor dem beschützen wollte, was ihr nun widerfahren war.

Schon allein deshalb hätte er eher mit dem Zorn seiner Mutter gerechnet und nicht mit deren Verständnis. Ihr Mitgefühl traf ihn tief im Innersten, härter, als wenn sie ihn angeschrien hätte. Obwohl keine Vergebung möglich war für das, was er verbrochen hatte, ging er zu ihr hin, fiel vor ihr auf die Knie und neigte sein Haupt. Zögernd ergriff er ihre Hände und drückte sie sacht.

»Ich kann verstehen, Mutter, wenn Ihr mir niemals verzeihen könnt und mich stattdessen zur Hölle schickt.«

»Gero«, unterbrach sie ihn und fuhr ihm mit den Fingern durch sein dickes, sandfarbenes Haar, das ihm bis auf die Schulter reichte und nun gnädigerweise sein Gesicht verdeckte. »Hör auf damit«, rief sie mit tränenerstickter Stimme. Während er seinen Kopf in ihren Schoß legte, beugte sie sich zu ihm hinunter und küsste ihn auf den Scheitel, dabei weinte sie unaufhörlich. »Selbst wenn der Teufel seine Hand im Spiel hatte, hast du einzig aus Liebe gehandelt«, schluchzte sie. »Ich selbst war Zeugin, wie sehr ihr beide euch schon als Kinder geliebt habt, vom Tag an, an dem Vater Lissy aus Akko mit zu uns auf die Burg gebracht hat. Wahrscheinlich ist es meine Schuld, dass ich das Ausmaß dieser Liebe verkannt habe und niemals eingeschritten bin, während ihr euch immer nähergekommen seid. Aber wie hätte ich euch je auseinanderbringen können? Die Ketten einer wahren Liebe kann niemand sprengen, selbst Tod und Teufel sind dazu nicht imstande, geschweige denn eine Mutter, die für beide Kinder das gleiche Maß an Liebe empfindet.«

Gero hob den Kopf und sah verblüfft zu seiner Mutter auf. Juttas zartes Antlitz strahlte eine nie gekannte Zuneigung aus. Sie glaubte an das, was sie sagte, und half Gero damit, es ebenso glauben zu können.

Abrupt stand er auf und wischte sich hastig mit dem Ärmel seiner Joppe die Tränen aus dem Gesicht. »Ich danke Euch, Mutter. Aus tiefstem Herzen. Eure Worte haben mich zu einem Entschluss gebracht«, verkündete er ernst, und bevor seine Mutter ihn fragen konnte, was damit gemeint war, gab er die Antwort. »Nach der Beisetzung breche ich unverzüglich zu den Templern nach Franzien auf, wie Vater es gewollt hat. Ich werde für meine Sünden als Streiter Christi Buße tun, und wenn es Gott gefällt, wird er mich eines Tages im Kampf zu sich nehmen, und ich werde mit Lissy, dem Kind und mit allen, die ich liebe, wieder vereint sein bis in alle Ewigkeit. Amen.« Gero bekreuzigte sich und blickte in die entsetzten Gesichter der beiden Frauen.

»Ich dachte, du wolltest mein Erbe antreten?«, führte die Gräfin mit schwacher Stimme ins Feld.

»Tut mir leid, Tante Margaretha«, bekannte Gero mit aufrichtigem Bedauern. »Das hätte nur einen Sinn gehabt mit der richtigen Frau an meiner Seite. Ohne Elisabeth haben alle irdischen Ämter ihren Reiz für mich verloren.«

»Bedeutet das, du gehst nur zu den Templern, um dich bei der erstbesten Gelegenheit töten zu lassen?«, fragte seine Mutter mit einer Stimme, die ihre Verzweiflung offenbarte.

»Nein, Mutter«, erwiderte er und legte ihr beruhigend die Hand auf die Schulter. »Das heißt, ich werde mir meinen Zutritt zum Paradies hart im Kampf verdienen, damit ich mich als würdig erweise, eines Tages dort Einzug zu halten. Wann das sein wird, lege ich in Gottes Hand.«

»O Junge!« Jutta schlug entsetzt die Hände vors Gesicht und begann von neuem zu weinen. Margaretha setzte sich neben ihre Schwester und umarmte sie tröstend.

»Er muss wohl tun, was er meint, tun zu müssen. Wir sollten ihn nicht schon wieder vom Weg abbringen. Du nicht und ich auch nicht.«

Kapitel II

Die Beerdigung von Lissy und ihrer kleinen Tochter in den Katakomben der Breidenburg war für Gero an Grausamkeit kaum zu überbieten. Nachdem er den Sarg mit Mutter und Kind höchstpersönlich zum Stammsitz seiner Eltern überführt hatte, war Lissys Leichnam noch einen Tag in der Kapelle aufgebahrt worden, damit sich die Burgbewohner von der Tochter des Hausherrn verabschieden konnten. Um Gerede zu vermeiden, hatte man den Leichnam des Kindes ans Fußende des geöffneten Sargs gelegt und unter einer seidenen Decke versteckt. Offiziell sollte den Bewohnern der Breidenburg verschwiegen werden, dass Elisabeth schwanger gewesen und daran gestorben war. Da sie schon vor der Hochzeit mit Gero eine von Breydenbach gewesen war, blieb der Name ohnehin gleich.

Danach wurde der Sarg geschlossen und von sechs starken Männern hinunter in die Katakomben getragen, wo schon die sterblichen Überreste einiger anderer Burgbewohner ihre letzte Ruhe gefunden hatten. Auf dem Weg dorthin hatten Knechte mehrere Fackeln entzündet und in die dafür vorgesehenen Halterungen gesteckt. Die lodernden Flammen verstärkten in Gero indes nur noch das Gefühl, einer Hölle entgegenzugehen.

Jeder Stein in diesem Hades erinnerte ihn daran, wie sehr Lissy diesen Ort gefürchtet hatte.

Zu allem Übel las der ungeliebte Bruder Rezzo die Totenmesse und sprach in seiner Predigt auffällig oft von Schuld und Sühne und dass es immer einen Grund gebe, wenn Gott der Allmächtige ein so junges Leben zu sich nehmen würde. Während der ganzen Zeit stand Geros Vater auf der anderen Seite der Gruft und durchbohrte ihn regelrecht mit seinen eisblauen Augen.

Gero erwiderte den Blick des Alten beinahe gleichgültig. Sein Vater konnte ihm nichts mehr anhaben, das ihn noch tiefer verletzen würde.

Er hatte genug gelitten und so viel geweint, dass er für den Rest seines Lebens keine Tränen mehr haben würde. Sein Innerstes glich einer verdorrten Landschaft, die weder durch Wasser noch durch Feuer je wieder zum Erblühen gebracht werden konnte. Stumm beobachtete er, wie der Sarg in die Gruft hinabgelassen wurde, und ebenso stumm vernahm er das Wehklagen der Frauen, das diesen Vorgang begleitete. Gero blieb noch einen Moment lang mutterseelenallein vor der verschlossenen Grabplatte stehen, nachdem auch der Letzte die Katakomben verlassen hatte, als er mit einem Mal Schritte hinter sich hörte. Diesmal drehte er sich um und sah Roland, der etwas in der Hand hielt, das ihm Trost spenden sollte.

»Hier, mein Junge«, sagte sein alter Waffenmeister und bester Freund leise und drückte Gero eine sorgfältig getrocknete rote Rose in die Hand. »Margaretha wollte sie dir nicht in Anwesenheit deines Vaters geben. Sie meinte, Elisabeth würde sich vielleicht freuen, wenn du sie ihr aufs Grab legst. Denn wo immer sie auch nun sein mag, kannst du sicher sein, dass sie dich von oben beobachtet und stolz auf dich ist, egal, was du tust.«

Schweigend nahm Gero die Rose entgegen, und dann brach seine innere Barriere mit einem Mal zusammen, und er musste einsehen, dass seine Tränen doch nicht auf immer versiegt waren. Schluchzend fiel er dem Recken um den Hals und ließ seiner Trauer freien Lauf. Roland hielt ihn fest in seinen Armen und klopfte ihm verständnisvoll auf den Rücken. »Lass es raus, mein Junge«, raunte er. »Es wird dir helfen, den Schmerz besser zu ertragen.« Gero nahm die Einladung gerne an und lud all sein Leid auf Rolands breiten Schultern ab. Es tat so unendlich gut, wenigstens einen Freund zu haben, dem man vollkommen vertrauen konnte. Vor dem man sich nicht schämen und nichts zurückhalten musste. Dass es ausgerechnet der Mann war, der sein Leben gerettet hatte, machte es für ihn umso wertvoller.

»Vergib mir, dass ich mich so gehenlasse«, krächzte Gero, als er sich von dem bärbeißigen Burgvogt löste, in dessen dunklen Augen ebenso Tränen schimmerten. »Und danke für alles.«

»Da gibt es nichts zu danken, Junge«, brummte Roland dunkel. »Ich möchte dir nur noch mal sagen, wie sehr deine Tante und ich mit dir leiden und dass du uns immer willkommen bist. Falls du es dir überlegen solltest, zu den Templern zu gehen.«

»Da ist nichts zu überlegen, Roland. Elisabeths Tod hat den Orden zu meiner Bestimmung erhoben. Ich spüre es tief in mir.«

»Und du gehst nicht, weil dein Vater es wollte und du dich nun in seiner Schuld fühlst?« Roland sah ihn aus schmalen Lidern an.

»Nein«, entgegnete Gero im Brustton der Überzeugung. »Ich tue es für mein Seelenheil und die Chance, Lissy im Jenseits wiedersehen zu dürfen. Ob mein Vater mir verzeiht oder mir wohlgesinnt ist, interessiert mich nicht.«

Als Gero später am Tag das Arbeitszimmer seines Vaters aufsuchte, saß dieser an seinem Schreibpult und diktierte einem jungen Klosterschreiber aus Hemmenrode einige Briefe, die er allem Anschein nach an den Erzbischof übersenden wollte.

»Gott sei mit Euch, Vater«, sagte Gero anstandshalber, wobei er sich nicht wunderte, als der Alte noch nicht einmal aufschaute. Richard von Breydenbach sprach ohnehin kein Wort mehr mit ihm, seit er vor Monaten die Burg fluchtartig mit Lissy verlassen hatte. Im Grunde war es also kein Wunder, dass sein Vater ihn nach seiner erzwungenen Rückkehr kaum mit Blicken bedachte, zumal er ihm bereits vor seinem Verschwinden unerbittliche Rache geschworen hatte. Dass nun das Schicksal diesen Part übernommen hatte, konnte seinem Vater nur recht sein. Jedoch gebot es der Respekt, dass Gero sich wenigstens von ihm verabschiedete, selbst wenn der Alte ihm den obligatorischen Segen verweigerte.

Da machte es wohl auch nichts aus, dass Gero über der schwarzen Lederhose, dem wattierten Unterwams und dem Kettenhemd den Wappenrock der Breydenbacher trug. Den ganzen Morgen hatte er überlegt, ob er Margaretha zuliebe eher den Wappenrock der Waldensteiner anlegen sollte, wenn er zur Beisetzung ging, und auch, wenn er sich bald darauf bei den Templern in Troyes vorstellte. Schließlich hatte seine Tante ihn noch vor wenigen Tagen zu ihrem gräflichen Erben ernennen wollen und ihm immer vorbehaltlos zur Seite gestanden, während sein Vater ihn wegen der Heirat mit Lissy am liebsten ins Jenseits befördert hätte.

Doch dann hatte er sein Wappenbuch in Händen gehalten, und ihm war bewusst geworden, mit wie viel Stolz er seit jeher seine Familie vertreten hatte. Schließlich waren seine Ahnen nicht schuld daran, dass sein Vater ihn im Herzen verstoßen hatte.

Während Gero noch über den Grund seiner tief empfundenen Loyalität grübelte, hatte sein Vater überraschend den Schreiber hinausgeschickt.

»Und nun zu dir«, sagte er düster und lehnte sich in seinem Scherenstuhl zurück, die stechenden Augen wie ein Falke auf seine Beute gerichtet. Gero nahm mehr aus Gewohnheit Haltung an, worüber er sich augenblicklich ärgerte. Der Alte hatte also selbst nach allem, was an Unfassbarem geschehen war, immer noch eine unterschwellige Macht über ihn.

»Ich wollte mich nur verabschieden, weil ich morgen in aller Frühe nach Franzien aufbreche«, sagte Gero tonlos und hoffte dabei im Stillen, dass sein Vater ihn ohne Kommentar ziehen ließ. Doch das war ein frommer Wunsch.

»Falls du denkst, dass du mit deinem Beitritt zu den Templern alles vergessen machen könntest«, zischte sein Vater mit unübersehbarem Zorn, »so lass dir gesagt sein, dass dies nicht möglich ist. Du hattest die Chance und hast sie vertan. Gott der Herr gibt einem in den seltensten Fällen eine zweite Gelegenheit, und ich tue es auch nicht. Deshalb lass dir gesagt sein: Die einzige Möglichkeit, deine Verfehlungen wiedergutzumachen, liegt darin, dass du eines nicht fernen Tages ins Heilige Land ziehen wirst und dein Leben gibst, um Jerusalem für die Christenheit zurückzuerobern. Denk nicht einmal daran, dass du jemals hierher zurückkommen wirst. Selbst dann nicht, wenn dein Beitritt zum Orden von besagtem Erfolg gekrönt sein sollte. Ich will dich hier nicht mehr sehen.«

»Nichts anderes hatte ich vor«, bemerkte Gero mit einer gewissen Resignation in der Stimme. »War das alles, was Ihr mir zu sagen habt, Vater?« Plötzlich war er ganz ruhig, ja sogar erleichtert, dass sein alter Herr genau das ausgesprochen hatte, was er sich selbst fest vorgenommen hatte.

Richard von Breydenbach kniff die Lippen zusammen und nickte stumm, dann wandte er den Blick ab, als könne er den Anblick seines jüngsten Sohnes nicht länger ertragen.

Beiläufig sortierte er eine Fülle von Papieren und überreichte sie Gero mit einer knappen Erklärung.

»Das sind die notwendigen Geleitbriefe und Empfehlungen, die dir auf deiner Reise nach Franzien und Zypern helfen werden. Ich will, dass du mir unter keinen Umständen Schande bereitest. Haben wir uns verstanden?«

»Euer Wunsch sei mir Befehl, Seigneur«, erwiderte Gero und lächelte beinahe, als er die Papiere, wenn auch ein wenig überrascht, entgegennahm. Der Plan, ihn ins Hauptquartier der Templer nach Zypern zu schicken, bestand ja schon seit geraumer Zeit, und so, wie es aussah, hatte der Alte bereits vor Geros Flucht alles bestens vorbereitet, um ihn zumindest unbehelligt ins Ordenshaus von Troyes gelangen zu lassen. Von dort aus würde sich der Orden um eine ungehinderte Reise übers mittelländische Meer kümmern.

»Lebt wohl, Vater«, fügte er leise hinzu und wandte sich zum Gehen.

»Gott sei mit dir«, brummte der Alte hinter ihm her. »Und vergiss nicht, dich von seiner Mutter zu verabschieden.«

Gero unterdrückte sein Staunen und eine damit verbundene Bemerkung. Unbeirrt setzte er seinen Weg nach draußen auf den langen Flur fort und schloss dann leise hinter sich die Tür.

Sein Vater schien durch die Ereignisse ebenso verwirrt zu sein wie er selbst, tröstete er sich und begab sich zur Kemenate seiner Mutter.

Jutta von Breydenbach befand sich noch immer in Gesellschaft ihrer Schwester. Hand in Hand saßen die beiden auf einer Fensterbank und wärmten sich an den spärlichen Strahlen der Wintersonne den Rücken. Gero erschien es, als ob die beiden durch die vorangegangenen Geschehnisse noch enger miteinander verbunden wären. Beide Frauen trugen schwarze Surkots mit grauseidenen Unterkleidern, was sie beinahe wie Zwillinge aussehen ließ. Mit dem Unterschied, dass Margaretha ihr rotblondes Haar offen trug und Jutta die etwas dunklere Variante unter einer weißen Haube versteckte, so wie es sich für eine Ehefrau gehörte.

»Was hat er gesagt?«, fragte Margaretha stellvertretend für ihre

Schwester, die offenbar nicht den Mut aufbrachte, das Unausweichliche zu akzeptieren.

»Dass er mich auf dieser Burg nicht mehr sehen will«, erklärte Gero.

Seine Mutter brach augenblicklich in Tränen aus, was ihn davon abhielt, die ganze Wahrheit zu offenbaren. Ihr zu sagen, dass sein Vater ihn in den Tod geschickt hatte und er diesem Ansinnen freudig Folge leisten wollte, würde ihr das Herz brechen.

»Mutter«, sagte er milde und war schon bei ihr, um sie zu trösten. »Hör auf, um mich zu weinen. Wenn jemand weinen sollte, dann ich, weil ich so töricht war, nicht zu tun, was von mir erwartet wurde. Eure Tränen machen es mir nur noch schwerer, endlich meine wahre Bestimmung zu finden. Habt Erbarmen und lasst mich ziehen, ohne Euer Leid auf den Schultern tragen zu müssen. Ich trage schon hart genug an meinem eigenen Schicksal und dem meiner Familie.«

Geros Mutter schaute auf und zückte aus dem Ärmel ihres Unterkleides ein Tüchlein, mit dem sie ihre Nase schnäuzte.

»Ganz gleich, was dieser Tyrann dir eingeredet hat«, schniefte sie laut. »Ich weiß, dass du eines Tages heil und gesund zu mir zurückkehren wirst. Frag mich nicht, warum, ich weiß es einfach. Und nun geh mit Gott, bevor ich vor Selbstmitleid zerfließe.« Mit einem Mal sprang sie auf und fiel Gero mit solch erstaunlicher Kraft um den Hals, dass es ihn beinahe aus den Stiefeln gehoben hätte. Sie drückte und küsste ihn innig und voller Liebe, als wenn es kein Morgen geben würde. Schließlich ließ sie von ihm ab, und er revanchierte sich bei seiner viel kleineren Mutter mit einem Kuss auf die Stirn. Danach nickte sie Margaretha zu, um ihr die Freigabe zu geben, ähnlich mit ihm verfahren zu dürfen. Doch stattdessen rief die Gräfin nach einer Magd, die ein geflochtenes Körbchen hereinbrachte, das einer tragbaren Kinderwiege glich. Heraus sprang ein kleines, weißes Wollknäuel, das laut zu bellen begann, als es ihn sah, und wie besessen an seinen kniehohen Reitstiefeln emporsprang.

»Harko?«, entfuhr es Gero gerührt, und er ging sofort auf die Knie, um den kleinen Wirbelwind ausgiebig zu kraulen. Ihm war in all dem Elend gar nicht aufgefallen, dass seine Tante den Hund von Waldenstein mitgebracht hatte.

Als er ihr fragend in die blauen Augen blickte, lächelte sie sanft. »Deine Erlaubnis voraussetzend, habe ich den Hund für deine Mutter mitgebracht. Sie benötigt nun mehr Trost als wir alle zusammen. Er wird ihr ein aufmunternder Begleiter sein.«

Gero bedachte beide Frauen mit einem zustimmenden Lächeln. »Eine wunderbare Idee! Und ich dachte schon, du wolltest, dass ich ihn mit nach Jerusalem nehme und ihn auf die Heiden hetze.«

»Du willst nach Jerusalem?« Der Blick seiner Mutter war ängstlich.

»Vater sagt, irgendjemand muss das Heilige Land zurückerobern, also warum nicht ich? Ich habe ohnehin nichts mehr zu verlieren außer meinem Leben.« Gero grinste.

Schon wieder quollen Juttas Augen vor Tränen über.

»So hört doch auf zu weinen, Mutter.« Gero war versucht, leicht ungeduldig zu werden, was er sich jedoch nicht anmerken ließ. »Schließlich habt Ihr vor meiner Flucht auch keine Einwände gegen Vaters Entscheidung, mich zu den Templern zu schicken, vorgebracht. Warum hat sich das nun geändert?«

»Weil du inzwischen eine für meinen Geschmack ungesunde Todessehnsucht entwickelt hast, die mir großen Kummer bereitet.«

»Versprecht mir, Mutter, dass Ihr Euch keine unsinnigen Sorgen um mich macht. Vertraut auf Gott den Allmächtigen, genauso, wie Ihr es mir all die Jahre gepredigt habt.«

Gero war nicht sicher, ob seine Worte sie trösteten, aber was konnte er anderes tun? Er ging zu ihr und küsste ihr zum Abschied die Wange und der Gräfin die Hand.

»Lebt wohl und bleibt gesund«, sagte er fest und drückte beide Frauen noch einmal zum Abschied. Als er sah, dass nicht nur seine Mutter, sondern auch seine Tante mehr als gerührt war, drehte er sich rasch um und wandte sich zur Tür, bevor die beiden gemeinsam in Tränen ausbrachen. Danach ging er zu Roland, der vor der Kemenate auf ihn gewartet hatte und nicht weniger gefühlvoll reagierte, aber sich besser im Griff zu haben schien als die Frauen.

»Pass auf dich auf, Junge«, sagte er nur und gab Gero zum Abschied einen Kuss auf den Mund.

»Worauf du dich verlassen kannst«, erwiderte Gero. »Ich verspreche dir, ich sterbe nicht eher, bis das Heilige Land wieder der Christenheit gehört«, versicherte er und wandte sich den Stallungen zu, wo bereits David, sein neues Schlachtross, auf ihn wartete, bepackt mit Waffen und einer Tasche mit persönlicher Kleidung, die er tragen wollte, bevor er den schwarzbraunen Habit eines Templernovizen erhielt.

Als Gero wenig später durch das Burgtor ritt, schien ihm die Sonne warm ins Gesicht, und die ersten Frühlingsboten brachen durch den Schnee. Es war Anfang Februar, und wenn er seinen Zeitplan einhielt, würde er in einer guten Woche Troyes in der Champagne erreichen. Er grüßte den Wachmann mit erhobener Hand, der vor ihm salutierte. Auf dem Weg hinunter ins Tal, wo die Lieser rauschte, wagte er einen Blick zurück zur Burg und schaute auf den felsigen Festungssockel, hinter dem die Katakomben verborgen lagen. Dort hatten Lissy und das Kind nun die ewige Ruhe gefunden.

»Wartet auf mich«, flüsterte er. »Wir sehen uns bald wieder, das verspreche ich euch.«

Kapitel III

Am Abend erreichte Gero die Templerkomturei von Trier, die unmittelbar an der Moselbrücke Maria ad Ponte lag, mitten in einem versumpften Schweineweiler. Gero war schon öfter mit seinem Vater dort gewesen, um Geld einzuzahlen oder welches abzuheben, wenn sie dem Erzbischof ihren vereinbarten Beitrag zum Lehen zollten.

Das graue Steinhaus mit dem Spitzgiebel war nicht besonders prunkvoll, und die Anzahl der Brüder, die den hiesigen Tresor bewachten, wirkte nicht gerade angsteinflößend. Wie sich herausstellte, war der Komtur selbst gar nicht anwesend, sondern nur sein Stellvertreter. Bruder Martin, ein hagerer Bursche mit schütterem Haar, begrüßte Gero am Tor.

»Wir hatten dich eigentlich schon eher erwartet«, sagte er freundlich und wies ihm, nachdem die Formalitäten erledigt waren, einen Platz im Dormitorium zu. Gero wunderte sich nicht über diese Aussage, weil sein Vater anscheinend ihre Auseinandersetzung bei den Templern verschwiegen hatte. »Eure eigentliche Aufnahme zum Novizen erfolgt in Troyes durch den Präzeptor der Champagne«, erklärte Bruder Martin beiläufig. »Auch wird dich niemand von uns begleiten können. Unser Bote nach Franzien ist bereits vor zwei Tagen abgereist, weil er eine eilige Depesche zu überbringen hat. Aber du brauchst trotzdem nicht allein zu reiten. Oben wartet noch ein weiterer Novize, der morgen mit dir nach Franzien aufbrechen will. Sein Name ist Fabius von Schorenfels, und er will wie du ein Ordensritter werden.«

Es war schon spät, und draußen war es längst dunkel, als Gero seinen Hengst im Stall versorgt und Bruder Martin ihm anschließend ein wenig Brot, Käse und Wein gereicht hatte, obwohl die Vesper längst vorbei war. Mit einem Öllicht in der Hand geleitete ihn der Stellvertreter des Komturs hinauf in den ersten Stock, wo das Dormitorium, der Schlafsaal der Templerbrüder, zu finden war.

Vor der Tür blieb der Bruder stehen und gab Gero letzte Anweisungen.

»Im Winter verzichten wir hier auf die Matutin«, erklärte ihm Bruder Martin leise. »Das bedeutet, wir treffen uns erst zum Morgengebet bei Tagesanbruch. Aber keine Sorge! Bruder Albert, der die Nachtwache hält, wird euch rechtzeitig wecken.«

Als er die Tür öffnete, wagte Gero erst einen Blick in das angekündigte Dormitorium, bevor er das ihm zugewiesene Bett suchen konnte.

An der Wand brannte ein spärliches Öllicht, das in dem länglichen Raum lediglich eine kaum zu durchdringende Dämmerung erzeugte.

Als Geros Augen sich an die Dunkelheit gewöhnt hatten, sah er, dass von einem Saal wohl kaum die Rede sein konnte. Es handelte sich vielmehr um ein kleines eiskaltes Zimmer ohne Kamin, in dem sich zwölf Betten eng aneinanderreihten.

Fünf davon standen leer. In den Übrigen lagen, fest eingehüllt in graue Wolldecken, vor sich hin schnarchende Gestalten, die sich vom Erscheinen des neuen Gastes nicht stören ließen.

Gero entledigte sich rasch seiner Waffen, seiner Stiefel und seines Kettenhemdes. Die übrige Kleidung behielt er wegen der Kälte an und belegte die ihm zugewiesene Schlafstatt. Nachdem er sich in die Decke gehüllt hatte, befahl er sich in Gedanken Gott und berichtete Lissy im Geiste über die vorangegangenen Geschehnisse. Danach hoffte er, so schnell wie möglich einzuschlafen, weil Matratzen und Bettzeug einen merkwürdigen Geruch von sich gaben und zudem einen lästigen Juckreiz auslösten.

»Schläfst du schon?«, flüsterte plötzlich eine vergleichsweise hohe Stimme hinter ihm.

»Nein«, knurrte Gero und unterdrückte den Impuls, sich umzudrehen, weil er dem Kerl keine zusätzliche Aufmerksamkeit schenken wollte. »Aber bald, wenn du schweigst, wie es hier vorgesehen ist.«

Einen Moment lang war es still, doch dann erhob der unruhige Geist von nebenan erneut seine Stimme.

»Mein Name ist Fabius«, erklärte er Gero leise. »Ich hab mitbekommen, dass du auch zu den Templern willst und wir morgen zusammen nach Franzien reiten. Ich kann vor Aufregung kaum schlafen, musst du wissen. Ich wollte schon immer zu den Templern gehen, aber mein Vater hatte etwas dagegen. Er meinte, ich solle unser Gehöft übernehmen, doch das habe ich lieber meinem jüngeren Bruder überlassen. Weißt du, über Land zu reiten und die Abgaben der Bauern einzutreiben, dazu Hunderte von Leibeigenen zu hüten, ist nicht meine Sache. Hinzu kommt, dass man die meiste Zeit des Tages in einer Schreibstube verbringt. So was finde ich grauenhaft. Und überhaupt, mir eine Frau suchen zu müssen, nach deren Pfeife ich tanzen soll, und dazu noch einen Haufen Kinder zu zeugen, die sich später um mein Erbe streiten, ist eine Vorstellung, die mir höchst zuwider ist. Da ziehe ich es vor, gegen handfeste Gegner zu kämpfen, wie Mamelucken und Sarazenen, denen man wenigstens ordentlich den Arsch versohlen kann, wenn sie nicht spuren. Was denkst du, werden sie uns in den Orden aufnehmen, oder müssen wir erst eine Prüfung bestehen?«

»Dir werden sie erst mal den Mund zustopfen müssen«, bemerkte Gero düster. »Ansonsten wirst du Mühe haben, das Schweigegebot einzuhalten. Gute Nacht.«

Gero zog sich demonstrativ die Decke über den Kopf, in der vagen Hoffnung, dass nun endlich Ruhe einkehren würde. Doch sein neuer Kamerad war nicht zu bremsen.

»Dann sollten wir reden, solange wir es noch dürfen«, erklärte er flüsternd. »Immer, wenn etwas Neues auf mich zukommt, meine ich vor Neugier platzen zu müssen. Wo kommst du eigentlich her? Hier aus der Nähe? Ich stamme aus einem Rittergeschlecht unweit von Luxemburg. Schorenfels, schon mal davon gehört? Unsere Familie ist recht angesehen. Mein Vater dient dem Grafen von Luxemburg als Mundschenk. Ich sollte mich erst in Roth an der Our melden, doch der dortige Hauskomtur meinte, ich solle nach Trier weiterreiten, weil es noch eine Neuanmeldung für Franzien gebe. Und ich könnte mit demjenigen zusammen nach Troyes reiten, und das bist ja wahrscheinlich du, hab ich recht?«

»Wenn du nicht gleich die Klappe hältst«, zischte Gero, »wirst du deine Aufnahme in Franzien nicht mehr erleben, weil ich dich ins Jenseits befördert habe.«

»Ruhe da«, schimpfte ein weiterer Bruder, der von dem Geplapper geweckt worden war. »Sonst könnt ihr morgen als Erstes den Schweinestall säubern.«

»Schon gut, schon gut«, beschwichtigte Fabius.

Gero fragte sich, wie der Kerl wohl aussehen mochte. Das Rittergeschlecht, von dem er gesprochen hatte, war ihm vollkommen unbekannt. Die Aussicht darauf, dass ihn diese Schwatznase bis nach Franzien begleiten sollte, empfand er als erste schwere Prüfung, die ihm Gott in dieser Sache auferlegte.

Kurz vor sechs ertönte eine hölzerne Rassel, die Gero aus einem traumlosen Schlaf riss. Draußen war es noch dunkel, aber der Bruder, der sie geweckt hatte, stand mit einem dreiarmigen Kerzenleuchter im Zimmer. Während Gero sich streckte, tauchte ein sommersprossiges, rundes Gesicht über ihm auf, das nicht im mindesten die Attribute eines wackeren Recken erfüllte. Eher erinnerte es mit der kurzen dicklichen Nase und dem spärlichen Bartwuchs an einen unreifen Jüngling als an einen erwachsenen Mann.

Aber irgendwer musste den Kerl ja zum Ritter geschlagen haben, was ein gewisses Können und ein Alter von mindestens achtzehn Jahren voraussetzte. Geros Zweifel nahmen noch zu, als er sich aufrichtete und die Gestalt des Kameraden betrachtete. Aufrecht stehend ging der junge Mann ihm allenfalls bis zur Brust und wirkte dabei nicht besonders kräftig. Entsprechend staunend war der Blick seines Gegenübers, als Gero sich zu voller Größe erhob und seine Kleidung anlegte.

»Mein Gott, bist du groß«, staunte Fabius. »Und dann diese Muskeln«, feixte er anerkennend und umfasste Geros beeindruckenden Oberarm. »Da muss ich mich wohl vor niemandem fürchten, solange du an meiner Seite bist.«

Gero stierte ein wenig verblüfft in die braunen Mausaugen, nicht wissend, was er auf dieses unvermittelte Kompliment erwidern sollte.

Doch schon fiel der Blick seines neuen Kameraden auf seinen Schwertgurt, und die kleinen Augen weiteten sich voll ehrlicher Begeisterung. »Großer Gott, sag nur, das ist ein echter Anderthalbhänder. Der muss ja ein Vermögen gekostet haben!«

Schneller als Gero reagieren konnte, war der zukünftige Bruder um das Bett gehuscht und nahm die Runde am Ende des mit Hirschleder umwickelten Griffs in Augenschein. »Heilige Maria«, rief Fabius entzückt. »Sogar das Croix Pattée des Ordens wurde schon eingraviert. Da hat es aber jemand besonders eilig, ein echter Templer zu werden!« Er schaute auf und grinste breit. Gero fielen die tiefen Grübchen in den Wangen auf und die kleine Lücke zwischen seinen Schneidezähnen.

Nun waren auch die anderen Brüder auf sie aufmerksam geworden und wollten wissen, welche Kostbarkeit Gero besaß, die es wert war, so ein Geschrei zu veranstalten.

»Es war nicht meine Idee«, verteidigte sich Gero prompt. »Mein Vater hat es mir zur Schwertleite geschenkt.«

»Es hat silberne Beschläge«, bemerkte Fabius mit Blick auf die Parierstange. »Soweit ich gehört habe, ist so etwas im Orden nicht erlaubt.«

»Klugscheißer«, erwiderte Gero tonlos und beschloss, dass der Kerl seine kurz zuvor entfachte Sympathie nicht weiter verdiente. »Wenn es dem Orden nicht passt, soll er mir eben ein anderes geben.«

Im nächsten Moment läutete die Glocke zur Laudes, und Gero war froh, dass damit jegliche Diskussionen beendet waren. Während Bruder Raimundus die heilige Messe las, herrschte Ruhe, obwohl Fabius, der sich seinen Platz direkt neben Gero gesichert hatte, auch hier von einem Bein auf das andere tänzelte und dauernd zu ihm aufschaute.

Was entweder daran lag, dass er noch nicht auf dem Abort gewesen war, oder daran, dass es seiner Natur entsprach, was Gero nicht hoffen wollte, weil er ansonsten irgendwann die Geduld verlieren und zuschlagen würde.

»Du hast mir noch immer nicht deinen Namen verraten«, quengelte Fabius auf dem Weg zum Refektorium, wo sie das Frühessen einnehmen sollten. Draußen begann es langsam zu dämmern, und Gero wagte einen Blick in den Himmel, um zu sehen, unter welchen Bedingungen sie ihre Reise fortsetzen würden. Wobei er sich fragte, was besser sein würde: wenn die Sonne schien und sie zügig vorankamen oder wenn es regnete oder schneite und seinen Begleiter, völlig durchnässt, vielleicht ein böses Fieber erwischte, das ihn vorzeitig hinwegraffen würde.

»Dämonen sollte man nie seinen Namen verraten, sagte meine Großmutter immer«, spöttelte Gero, »weil sie ansonsten zu viel Macht über einen gewinnen.«

»Jetzt bin ich aber beleidigt«, erwiderte Fabius. Mit gekränkter Miene nahm er sich einen Napf, der ihnen beim Eingang zum Refektorium gereicht wurde, und ging geradewegs zum Küchenbruder, der ihn mit einer gut gefüllten Kelle Haferbrei versorgte. Anschließend goss er sich Sahne und Honig aus zwei bereitstehenden Tontöpfen dazu. Mit gesenktem Haupt ging er zu Tisch, ohne darauf zu achten, ob Gero ihm folgte. Als sich niemand zu Fabius an den Tisch setzte, bereute Gero seine Grobheiten und sah es als Buße an, dass er sich als Einziger zu ihm gesellte. Fabius schien überrascht, doch anscheinend hatte er tatsächlich beschlossen, fortan zu schweigen. Stattdessen senkte er den Blick und beschäftigte sich ausgiebig mit seinem Brei. Auf den Tischen befanden sich Krüge mit dampfendem Rotwein, der mit Wasser verdünnt war, und die passenden Becher dazu. Gero nutzte die Gelegenheit und schenkte nicht nur sich, sondern auch Fabius ein, was dieser mit einem stummen Nicken honorierte. Während er löffelte, betrachtete Gero sein Gegenüber eingehend.

Die Kleidung des Luxemburgers war solide verarbeitet und zeugte durchaus von einem gewissen Wohlstand. Sein braunes, glattes Haar war frei von Läusen und sorgfältig geschnitten, es reichte ihm bis auf die Schultern, ein Umstand, der sich wohl bei ihnen beiden ändern würde, sobald sie ihr Noviziat in der Ordensburg von Troyes angetreten hatten. Templer trugen kurzgeschorene Haare und einen moderat geschnittenen Bart, der nicht mehr als zwei Fingerbreit über das Kinn hinausreichen durfte, wie man an den anwesenden Brüdern in Trier leicht erkennen konnte.

»Gerard von Breydenbach«, sagte Gero schließlich und reichte Fabius die Hand, nachdem das Frühessen durch den stellvertretenden Komtur offiziell beendet und das Schweigegebot damit aufgehoben worden war.

»Freunde und Familie nennen mich Gero.«

»Schön, dich kennenzulernen, Gerard«, entgegnete Fabius und grinste. Anscheinend wollte er sich an Gero rächen, indem er nicht auf sein offensichtliches Freundschaftsangebot einging, doch Gero beschloss, dies zu ignorieren.

»Deine Familie muss ziemlich viel Geld haben«, bemerkte Fabius in seiner distanzlosen Art, als er Gero wenig später in die Stallungen begleitete, wo David schon ungeduldig mit den Hufen scharrte.

»Wie kommst du darauf?«, fragte Gero scheinheilig.

»Wenn ich dein Schwert sehe und dann diesen Gaul! Der muss ein Vermögen gekostet haben. So was können sich eigentlich nur Fürsten leisten.«

Fabius trug ein normales Kurzschwert, dessen Qualität Gero nicht einzuschätzen vermochte. Aber sein Pferd war auch nicht zu verachten. Es erinnerte Gero an das Tier, das er beim Kampf gegen die Raubritter verloren hatte. »Dein Hengst ist aber auch nicht von schlechten Eltern«, bemerkte er beiläufig, während er beobachtete, wie Fabius seinen eleganten Zelter sattelte.

»Ein Geschenk meines Vaters«, erwiderte Fabius.

Kurz darauf verabschiedeten sie sich im Hof der Komturei von den Trierer Brüdern, die ihnen Gottes Segen mit auf den Weg gaben und den Schutz der heiligen Mutter bei allem, was ihnen in Zukunft widerfahren sollte. Bis Franzien würden sie erst einmal mit dem schlechten Wetter zu kämpfen haben.

Von Westen schoben sich neue Wolken herbei, die von Schneeregen kündeten. Gero versuchte sich vorzustellen, wie es im Heiligen Land sein würde, wo es nach Erzählungen seines Vaters, wenn überhaupt, nur in den Bergen schneite.

Fabius schien mit ähnlichen Gedanken beschäftigt. »Denkst du, sie schicken uns nach Zypern?«, fragte er, kaum dass sie Lothringen hinter sich gelassen hatten. »Ich habe gehört, dass Jacques de Molay eine Truppe gegen die Mamelucken aufgestellt hat und sie in Raubzügen zusammen mit Aimery von Lusignan vor der ägyptischen und syrischen Küste bekämpfen will.«

Gero schaute erstaunt auf, während er mit seinem Hengst einem Fuhrwerk auswich. »Du scheinst wesentlich besser über solche Dinge informiert zu sein als ich. Woher weißt du das alles?«

»Mein Vater ist als Mundschenk bei sämtlichen Empfängen des

Grafen von Luxemburg dabei, und aus den Gesprächen mit franzischen Gesandten, die regelmäßig daran teilnehmen, erfährt er stets die neuesten Entwicklungen am franzischen Königshof. Kurz bevor ich abgereist bin, habe ich gehört, dass der Orden zurzeit kaum Bewerber ablehnt, selbst wenn sie noch so ungeeignet erscheinen. Sie benötigen dringend neue Soldaten, die bereit sind, selbst unter den widrigsten Umständen im Outremer gegen die Heiden zu kämpfen.«

Gero verkniff sich die Bemerkung, dass das mit Sicherheit der Grund war, warum sich Fabius überhaupt Hoffnungen machen durfte, bei den Templern Aufnahme als Krieger zu finden.

Nachdem sie die Nacht in einem kleinen Ordenshaus unweit von Metz verbracht und die zugefrorene Meuse zu Pferd überquert hatten, kehrten sie nicht weit von Saint Mihiel in eine Gaststätte ein. Dort wollten sie sich ein wenig aufwärmen und etwas zu Mittag zu essen. Nachdem sie die Pferde an den dafür vorgesehenen Unterstand vor dem mehrstöckigen Fachwerkhaus angebunden hatten, wunderten sie sich über die offenstehende Gasthaustür. Fabius blieb unvermittelt stehen und hob seine Hand, die in einem ledernen Plattenhandschuh steckte. Sein lauernder Blick verriet höchste Wachsamkeit.

»Was ist?«, flüsterte Gero, der ebenfalls geistesgegenwärtig das T-Heft seines Schwertes umfasst hielt.

Fabius legte einen Finger auf die Lippen und ging dann so vorsichtig durch den pappigen Schnee voran, dass es noch nicht einmal knirschte. »Da stimmt was nicht«, erklärte er leise, wobei er die Tür nicht aus dem Auge verlor.

Jetzt hörte Gero es auch: ein leises Stöhnen und das kaum vernehmbare Schluchzen einer Frau. Dann war ein Scheppern zu hören und das Schlagen diverser Holztüren oder Deckel.

Im Abstand von fünf Fuß schlichen sie in den menschenleeren Flur. Dabei zeigte Fabius nicht die geringste Angst, ja, er zog es sogar vor, das Gebäude als Erster zu betreten. Als sich niemand zeigte, rief er laut: »Wer da?«

Im gleichen Moment stürmten vier bis an die Zähne bewaffnete Männer aus einem angrenzenden Raum heraus und versuchten, sie zu überrennen.

Fabius stellte dem Ersten ein Bein und hielt damit auch die anderen auf Abstand. An den ungepflegten Gesichtern ihrer Gegner konnte Gero leicht ablesen, dass es sich um Gesindel handelte. Die Art, wie sie kämpften, linkisch und ohne Regeln, erinnerte Gero an seine Auseinandersetzung mit den Raubrittern in der Nähe von Waldenstein. Doch das spornte ihn nur an, den Männern mit aller Härte entgegenzutreten. Fabius erwies sich überraschenderweise als ausnehmend guter Kampfgefährte, weil er keinerlei Hemmungen besaß, ebenso hinterlistig zurückzuschlagen. Es dauerte nicht lange, bis der erste Räuber mit einer blutenden Stichwunde zu Boden ging. Gero verletzte einen Zweiten am Arm und stach einem Dritten in den Oberschenkel, wobei sich die Länge und auch die doppelt geschliffene Spitze seines neuen Schwertes zum ersten Mal bewährten. Als die Räuber erkannten, dass sie es mit geübten Schwertkämpfern zu tun hatten, zogen sie es vor, ohne ihren toten Kameraden die Flucht zu ergreifen. Dabei stürmten sie durch den offenen Hinterausgang aufs freie Feld und rannten mit erhobenen Schwertern davon.

»Soll ich die Verfolgung aufnehmen und sie ihrer gerechten Strafe zuführen?«, fragte ihn Fabius, wobei der Eifer in seinen Augen keinen Zweifel darüber ließ, dass er es ernst meinte.

»Nein, lass sie laufen«, sagte Gero, »wir sollten lieber schauen, ob sich nicht noch mehr von denen im Haus befinden.« Auf einen Wink machte er sich zusammen mit Fabius auf, die einzelnen Zimmer der Herberge zu inspizieren, um sicherzustellen, dass sich nicht noch weitere Halunken in den übrigen Zimmern verschanzten.

Nebenbei entdeckten sie im Hinterhof einen toten Knecht, der offenbar versucht hatte, die Schurken mit einer Holzkeule zu vertreiben. Allem Anschein nach war er dabei einem der Räuber direkt ins Messer gelaufen. Die kaum erblühte Tochter des Hauses hatte sich in den Viehstall retten können. Gero entdeckte sie unter einem Misthaufen. Naserümpfend brachten er und Fabius das völlig verstörte Mädchen zurück ins Haus, wo es erst mal ein Bad nehmen musste.

In der Schankstube fanden sie den Hausherrn, der mit einer Beule am Kopf soeben aus seiner Ohnmacht erwachte.

Auf der Ofenbank hockten zwei augenscheinlich entehrte Schankmägde mit zerrissenen Gewändern, die nun lauthals den Verlust ihrer Jungfernschaft beklagten.

»Euch hat der Himmel geschickt, edle Herren«, rief der Wirt und streckte preisend die Hände zur Decke. »Ich stehe ewig in Eurer Schuld. Sagt mir, womit ich Euch belohnen kann, und ich werde es vollbringen.«

»Ein warmes Mittagessen wäre nicht schlecht«, antwortete Gero höflich. »Falls die Diebe noch etwas übriggelassen haben«, schob Fabius hinterher.

Dass sie genug hinterlassen hatten, um eine anständige Suppe zuzubereiten, bewies der Eintopf, der nur eine Stunde später auf dem Tisch stand. In der Zwischenzeit hatten Gero und Fabius den getöteten Räuber vom Haus aufs freie Feld geschafft, wo ihn entweder seine geflüchteten Komplizen oder die Wölfe entsorgen konnten, die zu dieser Jahreszeit gerne bis an die Häuser der Menschen kamen. Den gemeuchelten Knecht hatten sie in der Scheune aufgebahrt, auf dass er bis zu seinem christlichen Begräbnis gekühlt blieb.

Bei einer Schüssel heißer Suppe entspannten sie sich anschließend in der Gaststube. Die Mägde hatten sich unterdessen umgezogen und sich anscheinend halbwegs beruhigt. Als der Tisch abgeräumt war und der Wirt einen zweiten Krug Wein aus dem Keller holte, sah Gero die Gelegenheit gekommen, seinem Begleiter ein paar Fragen zu stellen.

»Um ehrlich zu sein, du hast mich überrascht«, begann er und schaute Fabius direkt in die braunen Augen. »Mit dem Schwert bist du mindestens so flink wie mit deinem Mundwerk, mein Freund«, lobte er seinen geschwätzigen Begleiter. »Ein solches Geschick hätte ich dir gar nicht zugetraut. Wo hast du so zu kämpfen gelernt?«

»Ich hatte einen guten Lehrer«, erwiderte Fabius und senkte bescheiden den Blick. »Also denkst du auch, dass der Orden mich als Krieger aufnehmen wird, selbst wenn ich äußerlich nicht unbedingt deren Vorstellungen entspreche?«

»Wenn sie dich kämpfen sehen, bestimmt«, erwiderte Gero und klopfte ihm freundschaftlich auf die Schulter.

Nachdem sie noch einen Becher heißen Wein getrunken hatten, verabschiedeten sie sich vom Wirt und seinem Gesinde, um ihre Reise nach Troyes fortzusetzen. Weil der Tag sich neigte und ihnen auf den Höhen der Grafschaft von Bar ein eisiger Wind entgegenschlug, fielen Gero vor Müdigkeit langsam die Augen zu. Einzig Fabius war es zu verdanken, dass er beim Reiten nicht einschlief.

»Du hast mir noch gar nicht erzählt, warum es dich zu den Templern zieht«, wollte sein zukünftiger Ordensbruder mit sichtlicher Neugier wissen. »Tust du es aus Überzeugung für unsern Herrn Jesus oder weil du ein unerreichbares Liebchen vergessen willst?«

Bei dem Wort »Liebchen« verspürte Gero einen Stich im Herzen und war sofort hellwach.

»Das geht dich nichts an«, knurrte er unwirsch.

»Oh, dann ist es also ein Liebchen? Ich sag dir, Bruder, du hast wohl getan, dass du sie hinter dir gelassen hast. Vergiss die Frauen, und sei froh, dass es in Zukunft nur eine Braut gibt, die du umgarnen kannst. Die Heilige Gottesmutter wird dich keinesfalls enttäuschen. Sie ist eine Heilige und keine willfährige Hure, wie all die Weibsbilder, die sonst herumlaufen.«

»Halt unverzüglich deine blöde Schnauze«, knurrte Gero und warf Fabius einen Blick zu, der an Düsternis kaum zu überbieten war. »Das rate ich dir, wenn du Troyes heil und gesund erreichen willst.«

»Verzeih, um Himmels willen«, erwiderte Fabius erschrocken. »Wenn du mich so anschaust, mit deinen blauen Eisaugen, krieg ich es direkt mit der Angst zu tun. Willst du mir nicht verraten, was dich so aufgeregt hat?«

»Nein«, zischte Gero. »Befrage mich nie wieder über meine Familie, und wage es nicht noch einmal, in meiner Gegenwart abfällig über Frauen zu sprechen. Haben wir uns verstanden?«

»Ja … doch«, stotterte Fabius und war die nächsten zwei Meilen auffällig still. Bis sie die Templerniederlassung von Thors erreichten, wo sie – wie schon zuvor – ihre Empfehlungen von Trier präsentierten und anschließend ein einfaches Mahl und zwei bescheidene Gästebetten zugewiesen bekamen.

Fabius betrachtete die Templerbrüder in ihren weißen, schwarzen und braunen Gewändern mit ehrlichem Interesse, als sie bei knisterndem Kaminfeuer mit ihnen im Refektorium ihren Gemüseeintopf löffelten.

Wahrscheinlich ging ihm immer noch durch den Kopf, ob er die Prüfung zum Soldaten Christi bestehen würde. Erst bei der Aufnahme ins Noviziat am übernächsten Tag würde entschieden werden, wer die körperliche Leistungsfähigkeit eines Kriegers besaß, so dass er irgendwann einen weißen Mantel tragen durfte, und wer sich als Bruder der Verwaltung mit einem braunen Mantel begnügen musste. Die Kameraden in den schwarzen Mänteln waren Sergeanten, die das Amt des Ritterbruders nur auf Zeit bekleideten, weil sie noch verheiratet waren oder keinerlei adlige Herkunft vorweisen konnten.

Als sie sich zur Nachtruhe begaben, musste Gero sich eingestehen, dass er sich über die Möglichkeit, nicht als Krieger aufgenommen zu werden, noch gar keine Gedanken gemacht hatte. In der Stimmung, in der er sich gerade befand, wäre es ihm beinahe egal gewesen, wenn man ihn nur als Bruder der Verwaltung aufgenommen hätte. Immerhin war er nicht nur des Lesens, Schreibens und Rechnens mächtig, sondern beherrschte vier Sprachen in Wort und Schrift. Deutsch, Französisch, Latein und Hebräisch, was sicher ein Vorteil war, wenn man im Orden aufsteigen wollte. Lissy hatte ihm die ersten Worte in Hebräisch beigebracht, und später hatte er ihr zuliebe im Skriptorium der Zisterzienserabtei von Hemmenrode weiterstudiert, wann immer sich die Gelegenheit dazu ergab. Auch sonst hatte er einiges an brauchbaren Talenten zu bieten. Er beherrschte mehrere Instrumente und hatte sämtliche Klassiker gelesen. Dazu besaß er ein geschultes Benehmen, was den Umgang mit höhergestellten Persönlichkeiten betraf. Wenn er seinem Vater etwas Gutes hätte nachsagen wollen, so war es dessen Bestehen auf einer umfassenden höfischen Ausbildung, die sich selbst dem Hochadel als würdig erwies.

»Gero?«, flüsterte Fabius, als sie sich zusammen mit ein paar Handelsreisenden, die ebenfalls im Ordenshaus Schutz gesucht hatten, zur Ruhe begaben.

»Hm«, brummte Gero unwillig und zog sich die Decke bis ans Kinn.

»Es tut mir aufrichtig leid, wenn ich dir heute Nachmittag wie auch immer zu nahe getreten bin. Ich verspreche dir, ich werde in Zukunft vorsichtiger sein.«

»Schon gut«, murmelte Gero und drehte sich in eine passende Schlafposition. »Gute Nacht.«

»Gute Nacht«, erwiderte Fabius und schien versucht zu sein, noch etwas hinzuzufügen, doch Gero imitierte ein leises Schnarchgeräusch, und so ließ er davon ab.

Nach Troyes ist es nun nicht mehr weit, dachte Gero im Halbschlaf. Wenn sie am nächsten Morgen aufbrachen, würden sie am frühen Nachmittag in der Hauptstadt der Grafschaft Champagne eintreffen und dann würde sich herausstellen, wie das Schicksal weiter mit ihnen verfuhr.

Am nächsten Morgen schien die Sonne warm auf den dahinschmelzenden Schnee. Die Vögel zwitscherten als zuverlässige Vorboten des Frühlings, und die Welt hätte so schön sein können, wenn für Gero nicht wie jeden Morgen ein düsterer Schatten darauf gefallen wäre. Im ersten Moment dachte er meist, dass Lissy ihn gleich umarmen würde und Harko zu ihnen aufs Bett gesprungen käme, doch spätestens wenn er die Lider öffnete, empfing ihn nur noch eisige Kälte.

Fabius war so klug, seinen traurigen Gesichtsausdruck und das Ächzen, mit dem er sich aus dem Bett hievte, als habe er einen zentnerschweren Mühlstein auf den Schultern, nicht zu hinterfragen.

Wortlos nahmen sie nach der heiligen Messe das Frühessen ein und machten sich danach auf zum vorerst letzten Abschnitt ihrer Reise.

Vorbei an Weinbergen und brachliegenden Weizenfeldern ritten Fabius und er im Gleichschritt nebeneinanderher. Zielstrebig lenkte Gero seinen schwarzen Hengst über die kalkhellen Straßen Richtung Troyes, das als Wallfahrtsort in einer Talsenke versteckt auf seine gläubigen Besucher wartete. »Es dauert nicht mehr lange, und wir sind da«, brach Gero das ungewohnte Schweigen, das nicht erst seit dem Aufbruch in Thors zwischen ihm und Fabius herrschte.

»Woher kennst du dich hier in der Gegend so gut aus?«, fragte Fabius, während Gero auf die trutzige Ordensburg mit den vier mächtigen Rundtürmen und einer angrenzenden Kapelle deutete.

»Ich war in meiner Jugend einmal mit meinem Vater in der Templerburg. Kurz nachdem er aus Akko zurückgekehrt ist. Er hat damals ehemalige Kriegskameraden im Ordenshaus besucht und hätte mich wohl am liebsten gleich dort gelassen. Aber das war Gott sei Dank nicht möglich, weil sie damals keine Knaben aufgenommen haben.«

»Dein Vater war in Akko?« Da war sie wieder, Fabius' lästige Neugier und der dazugehörige Glanz in seinen Augen. »Sag bloß, er hat den Angriff der Mamelucken überlebt? Hat er irgendwas erzählt? Es heißt, dass die Templer ein wichtiges Geheimnis aus der Stadt gerettet haben.

Hast du vielleicht eine Ahnung, was es war? Ich vermute ja, es handelte sich um den Heiligen Gral. Jeder weiß, dass die Templer ihn besitzen und vor den Augen der Welt an einem geheimen Ort verstecken.«

»Das ist nichts weiter als Wirtshausgeschwätz«, brummte Gero, der weiß Gott keine Lust hatte, sich auf eine solch hanebüchene Diskussion einzulassen. »Jeder weiß doch, dass Chrétien de Troyes den Gral vor knapp einhundertfünfzig Jahren nur erfunden hat, um Gräfin Marie de Champagne mit seinen literarischen Werken zu imponieren.«

Gero grinste, in der Hoffnung, dass sein Gefährte nun endlich Ruhe geben würde. Doch Fabius ließ nicht locker.

»Könnte es nicht sein, dass an der Geschichte von Chrétien doch was Wahres dran ist? Immerhin heißt es auch, der Templermeister Bertrand de Blanchefort habe im Jahre des Herrn 1156 ein Geheimnis aus dem Heiligen Land mitgebracht. Vielleicht hat dein Vater da irgendwas erzählt. Schließlich war die ›Faucon‹ das letzte Templerschiff, das den Hafen von Akko nach dem Angriff der Mamelucken noch rechtzeitig verlassen konnte.«

»Nein, er hat nichts dergleichen erwähnt«, sagte Gero so ruhig wie möglich. Schmerzlich erinnerte er sich an eine Unterhaltung mit Lissy, die ihm von dieser merkwürdigen Tasche erzählt hatte, die offenbar so wertvoll gewesen war, dass deren Rettung mehrere Menschen das Leben gekostet hatte und seinen Vater die rechte Hand. Sämtliche Überlebenden des blutigen Schauspiels waren anschließend an Bord dieses Schiffes gegangen. Aber das würde er gegenüber Fabius nicht zum Besten geben. »Mein Vater hatte andere Sorgen, als er aus Akko zurückkehrte. Und selbst wenn er etwas dergleichen erzählt hätte«, fuhr Gero schlechtgelaunt fort, »würde ich einen Teufel tun und es einem Plappermaul wie dir verraten.«

Fabius schnitt eine beleidigte Grimasse, aber seine Enttäuschung hielt nicht lange an. »Ich werde es schon noch herausfinden, wenn ich erst selbst ein Templer bin«, meinte er selbstbewusst. »Was denkst du?«, fragte er ungeniert weiter, als die ersten Fachwerkhäuser und die wiedererbaute Kathedrale Saint-Pierre-et-Saint-Paul mit ihren einzigartigen Glasfenstern in Sicht kamen. »Müssen wir bei der Aufnahme in den Orden den Arsch des Meisters küssen?«

»Wer hat dir das denn erzählt?« Gero hob eine Braue und unterdrückte ein ungläubiges Kopfschütteln.

»Ein Kerl, den ich noch aus der Klosterschule kenne und der zu den Hospitalitern gegangen ist, meinte vor meiner Abreise, bei den Templern wäre so etwas durchaus üblich.«

»Und wozu sollte das gut sein?«, wollte Gero wissen.

»Keine Ahnung«, sinnierte Fabius, »aber solange der Arsch nicht stinkt, soll es mir egal sein. Für eine Aufnahme in den Orden würde ich alles tun.«

Kapitel IV

Troyes war neben seinen Kirchen und der Kathedrale auch für den Handel mit wertvollen Stoffen, Wein und Gewürzen bekannt. Somit schien es nicht verwunderlich, dass die Hauptstadt der Champagne selbst im Winter längst nicht so ausgestorben wirkte wie andere Städte. Doch die Menschenmengen, die sich bei dieser feuchtkalten Witterung mit dicken Mänteln bekleidet durch die Straßen schoben, forderten ihren Tribut. Gero und Fabius kämpften sich mit ihren Rössern regelrecht durch die morastigen Gassen. Diese waren mit einer unappetitlichen Mischung aus Unrat, Tierkot und menschlichen Ausscheidungen bedeckt, die, obwohl es verboten war, einfach in die Gassen gekippt wurden.

Zur besseren Begehbarkeit hatte man das Pflaster mit Sand und Stroh ausgestreut, was aber die Sache nicht besser machte, sondern eher noch verschlimmerte.

Am Ordenshaus angekommen staunten die beiden über den dort herrschenden Wohlstand, der sich an den soliden Gebäuden, der komfortablen Ausstattung und der guten Versorgung festmachen ließ. In Trier und in den anderen Häusern, die sie auf dem Weg hierher kennengelernt hatten, war es um einiges bescheidener zugegangen. Im Gegensatz zur Stadt war der Innenhof der Burg sauber gefegt, und kein einziger Pferdeapfel provozierte eine Schlitterpartie. Von der »*armen* Ritterschaft Christi vom Salomonischen Tempel«, wie sich der Orden auch gerne nannte, war im Hauptquartier der Champagne nichts zu spüren. Die gute Organisation schlug sich indes auch in den lästigen Formalien nieder, die man ihnen abverlangte, bevor sie sich als weiße Ritter bewerben durften. Zügig wurden Gero und Fabius von einem Bruder der Verwaltung zum nächsten weitergereicht, während man sie in zahlreiche Listen eintrug. Als Erstes wurden sie als neu angekommene Bewerber für ein einjähriges Noviziat eingeschrieben, welches bei guter Führung im Bedarfsfall auf ein halbes Jahr verkürzt werden konnte. In Ermangelung von persönlich anwesenden Zeugen wurden sie aufgefordert, ihre gesiegelten Papiere vorzuzeigen, die für ihre adlige Herkunft und ihren zweifellosen Leumund garantierten. Andere Bewerber waren mit ihren Vätern, Müttern oder erwachsenen Brüdern erschienen, die für sie bürgten.

Nachdem Gero und Fabius ihre Pferde im eigens eingerichteten Stall für Gäste abgegeben hatten, brachte man sie ins Refektorium, wo sie etwas zu essen und zu trinken bekamen und ihnen anschließend eine Schlafstatt für die Nacht zugewiesen wurde.

Das Dormitorium für Reisende bot mit sechzig Betten genug Platz für sämtliche Neuankömmlinge. Das Dormitorium der Templerbrüder würde ihnen erst zugänglich sein, wenn sie in den Orden aufgenommen waren. Doch die meisten in Troyes stationierten Brüder befanden sich ohnehin im Königreich Zypern, wie ihnen ein Ordensbruder, den man ihnen als Begleitung zugeteilt hatte, nach dem Mittagessen berichtete. Fabius triumphierte leise, als er erfuhr, dass die Templer seit gut einem Jahr an der Seite von Aimery von Tyros in Armenien und an Syriens Küsten gegen die Heiden kämpften. Wobei Aimery niemand Geringes war als der Bruder und Heerführer des amtierenden Königs von Zypern und Jerusalem, Heinrich II. von Lusignan.

In Windeseile hatte sich unter den wartenden Templer-Anwärtern herumgesprochen, dass man im Heiligen Land eine Armee von Mongolen erwartete, die aus dem Osten kommend den Türken in die Flanke fallen sollte. Deren kriegerische Nachfahren, die ägyptischen Mamelucken, sollten währenddessen im Westen von den Christen vernichtet werden. »Erst vor kurzem ist ein Brief aus Zypern eingetroffen, in dem dringend Nachschub verlangt wird«, erklärte einer der anwesenden Templeroffiziere den wartenden Bewerbern, »hinsichtlich Waffen, Pferden und entbehrungswilligen Novizen, die möglichst rasch als zukünftige Soldaten Christi für die Arme Ritterschaft Christi und des Salomonischen Tempels zu Jerusalem angeworben und ausgebildet werden sollen. Also eure Chancen, das Gelübde als Ritter ablegen zu dürfen, sind so groß wie nie zuvor«, lockte er die Hoffnungen aller Anwesenden.

Diesmal war es nicht nur Fabius, der sich neugierig umschaute. Auch Gero inspizierte seine vermeintlichen Mitbrüder. An die fünfzig junge Männer von nah und fern machten sich schließlich für die Nachtruhe bereit. Und die meisten bewegte nur eine Frage: Werde ich als Ritter in den Orden aufgenommen oder als Bruder der Verwaltung? Was trotz aller Versprechungen entscheidend von der Leistungsfähigkeit des Einzelnen abhängen würde.

Somit schien es normal, dass die meisten mehr mit den offensichtlichen Qualitäten des Nachbarn beschäftigt waren als mit sich selbst.

Manche der zukünftigen Ordensbrüder machten für Gero nicht unbedingt den Eindruck, als ob sie für den Kriegsdienst geeignet wären.

Nicht wenige waren blond, blass und schmalschulterig wie Mädchen. Dem Alter nach waren die meisten kaum achtzehn.

Gero fragte sich, ob sie sich und dem Orden einen Gefallen taten, falls sie wirklich schon bald gegen die Heiden eingesetzt würden.

Direkt neben Gero bezog ein schwarzhaariger Riese sein Lager, dessen Größe und breite Schultern bei Fabius ein noch größeres Erstaunen hervorriefen als Geros Anblick. Die Augen des Mannes waren so schwarz wie Stiefelwachs, aber als Erstes war Gero dessen große, leicht nach unten gebogene Nase aufgefallen, die ihn an den Ramskopf eines Pferdes erinnerte.

Bei längerer Beobachtung schien der Riese das genaue Gegenteil von Fabius zu sein. Er sagte kein Wort und wirkte so, als ob er seine Umgebung kaum wahrnehmen würde. Hinzu kam, dass er keine Hosen trug, sondern einen karierten Überwurf. Eine eigentümliche Mischung aus gegürtetem Rock und Mantel. Gero hatte eine solche Tracht schon einmal gesehen. In Köln, bei einem Reichstag. Demnach war der Mann ein Schotte.

»Er stammt aus Schottland«, erklärte er Fabius, als der Mann für einen Moment verschwunden war, vielleicht, um sich vor der Nachtruhe zu erleichtern.

»Ein Schotte?« Fabius sah ihn begriffsstutzig an. »Also wenn ich es nicht besser wüsste, würde ich sagen, die vereidigen hier sogar Sarazenen«, flüsterte er, während er direkt neben Gero seine Matratze mit einem Laken bezog, das ihnen der Bruder im Hauskontor zusammen mit anderem Bettzeug gegen eine Unterschrift überlassen hatte.

Gero drehte sich halb zu dem Schotten um, als dieser zum Lager zurückkehrte, und fragte sich, wie dieser schwarzbärtige Wilde mit den schulterlangen Locken überhaupt in eines der Betten passen sollte.

Als der Schotte aufschaute, weil er sich zu Recht beobachtet fühlte, sah Gero, dass der Mann kaum älter sein konnte als er selbst. Seine kampfbereite Haltung und seine überlegten Bewegungen vermittelten jedoch eine Ernsthaftigkeit, die in diesem Alter nur jemand besaß, der schon schlimme Dinge erfahren hatte.

Gero fühlte sich dem jungen Recken mit einem Mal auf eigentümliche Weise verbunden und streckte ihm die Hand entgegen. »Mein Name ist Gero von Breydenbach«, erklärte er höflich auf Franzisch, weil das die Hauptsprache der Templer war, die jeder, der als Ritter in den Orden aufgenommen werden wollte, wenigstens halbwegs beherrschen musste.

Dann nickte er zu Fabius hin. »Und das ist mein Landsmann Fabius von Schorenfels. Wir kommen aus den deutschen Landen.«

»Struan MacDhoughail nan t-eilan Ileach«, murmelte sein Nachbar mit einer unvergleichlich rauen Stimme. Unbeeindruckt rückte er sein Kopfkissen zurecht.

»Oh«, erwiderte Gero aufgrund der Fremdartigkeit dieses Namens. »Genügt es dir, wenn wir dich Struan nennen?«

Der Kerl nickte kaum merklich und beäugte Gero und seinen neugierigen Kameraden mit einem scheuen bis abweisenden Seitenblick. Dabei fiel Gero auf, dass man bei den Augen des Mannes tatsächlich keinen farblichen Unterschied zwischen Iris und Pupille erkennen konnte. Fabius stieß Gero mit dem Fuß an und deutete unmerklich auf die riesige Waffe, die neben dem Bett des Schotten lag und sogar noch beeindruckender war als Geros Anderthalbhänder.

»Wo genau kommst du her, und was ist das für eine furchterregende Waffe?«, versuchte Gero das Gespräch in Gang zu halten, während Struan sich schnaubend auf dem Bett niederließ, um anschließend resigniert dessen Länge abzuschätzen.

Fabius war dicht hinter Gero stehen geblieben, als ob er gegen den vermeintlich Wilden einen Schutzschild benötigte, falls der neue Nachbar ausfallend werden würde, und so starrten vier Augen in ein einziges schwarzes Augenpaar.

»Alba«, antwortete der Mann, was sich in etwa so anhörte wie Allepa.

»Kenne ich nicht«, erwiderte Fabius ehrlich. »Bist du des Französischen mächtig?«

»Tant bien que mal – so gut es geht«, erwiderte der andere mit einem starken Akzent. »Oder sprecht ihr Englisch?« Aber selbst sein Englisch war kaum zu verstehen.

»Ein wenig«, entgegnete Gero und grinste. »Das heißt, du stammst doch aus England?«

»Schottland«, raunte er, was sich eher anhörte wie ein Knurren, und bestätigte damit Geros Vermutung über die Herkunft des Mannes.

»In Schottland schmiedet man allem Anschein nach vortreffliche Schwerter«, bemerkte Fabius und bückte sich nach dem stählernen Monstrum, das beinahe so lang war wie er selbst.

Der Schotte war jedoch schneller und trat auf den Griff, bevor Fabius es aufheben konnte. »Das ist ein Claidheamh mòr, ein schottisches Langschwert, und nur was für Könner«, erklärte er dem verblüfften Luxemburger mit kaum verständlicher Stimme. Dabei richtete er sich zu voller Größe auf und schaute auf Fabius hinunter, als wäre dieser ein Kind. Was vom Größenverhältnis her durchaus hätte hinkommen können, da Struan sogar noch größer war als Gero. Von der Breite seiner Schultern ganz zu schweigen.

Fabius zog sich verlegen zurück und hob entwaffnend die Hände. »Tut mir leid, ich wollte dich nicht verärgern.«

Der Schotte antwortete nicht, sondern bannte ihn regelrecht mit seinen finsteren Blicken, bis Fabius es vorzog, sich auf sein Lager zurückzuziehen. Offenbar hatte der Schotte nicht die geringste Lust auf eine weitere Konversation und beschäftigte sich lieber damit, eine geeignete Position in dem viel zu kurzen Bett zu finden, um halbwegs gut schlafen zu können.

Gero begab sich ebenfalls zur Ruhe, und inzwischen reichte ein strenger Blick zu Fabius aus, damit der sich an das nächtliche Schweigegebot hielt.

In der Nacht träumte Gero von Lissy, wie er sie liebte und wie er sie festhalten wollte und sie ihm schließlich entglitt. Am Morgen hatte er einen Kloß im Hals, als ob er geweint hätte. Was, so hoffte er beim Anblick seiner Mitstreiter, die auf den Weckruf des Templerbruders überwiegend mit einem verhaltenen Murren reagierten, niemand gehört hatte.

Hastig schnappte er sich eins von den Leinentüchern, die sie neben der Bettwäsche empfangen hatten, und begab sich zusammen mit einem Schwarm von Gleichgesinnten in die eiskalten Waschräume, wo er mit Wasser und Seife seiner morgendlichen Übellaunigkeit zu Leibe rücken wollte.

Kapitel V

»Männer! Gott sei mit euch!«, empfing sie der amtierende Templer-Kommandeur der Champagne, Bruder Raoul de Gisy, nach der Messe und dem Frühessen im weitläufigen Innenhof der Ordensburg. Seine befehlsgewohnte Stimme und sein Äußeres ließen nicht eben auf einen nachgiebigen Charakter schließen. Er hatte kurzgeschorenes graubraunes Haar und einen ebensolchen Bart. Trotz seiner breiten Schultern war er recht hager. Mit sichtbarem Stolz trug er jenen legendären weißen Mantel, der wie ein schwerer Umhang gearbeitet war und zusammen mit dem blutroten Croix Pattée auf der linken Seite des Herzens aus einem gewöhnlichen Ordensbruder erst einen Tempelritter auf Lebenszeit machte. Seine braunen, eng zusammenstehenden Augen inspizierten kritisch die Gruppe von Neuankömmlingen aus aller Herren Länder, die an diesem Tag offiziell um Aufnahme als Novizen in den Orden baten. Erst wenn sie die Probezeit bestanden hatten, würde man ihnen das Ordenskleid auf Lebenszeit verleihen. Auf Anordnung des Hauskomturs von Troyes, Bruder Peter Teal, seines Zeichens Sergeant und noch nicht lange gewählt, hatte die gesamte Meute in Reihen zu je zehn Männern Aufstellung genommen.

Von einer Empore aus beobachtete der schwarz gewandete Bruder zusammen mit anderen Würdenträgern, wie Bruder Raoul die Reihen abmarschierte.

Gero wurde das Gefühl nicht los, dass der Kommandeur bei jedem einzelnen Bewerber eine Einschätzung der körperlichen und seelischen Verfassung vornahm, bevor er ihn vor seinem geistigen Auge in einen weißen Mantel steckte und sich der Überlegung hingab, ob der, mit Schild und Lanze versehen auf einem Pferd sitzend, für einen Kampf gegen die Heiden taugte. Wer an dieser Vorstellung scheiterte, würde sich fortan auf ein Leben als Schreiber oder Wasserträger einstellen dürfen. Wie jener schmächtige Bruder in graubrauner Kutte, der de

Gisy wie ein Schatten verfolgte und alles, was er vor sich hin brummte, eifrig auf einer Schiefertafel notierte.

Fabius, der neben Gero stand, trat mal wieder vor Aufregung von einem Bein auf das andere, als de Gisy plötzlich vor ihm haltmachte und ihn vom Scheitel seines dunklen Haares bis zu den Stiefelspitzen musterte.

»Musst du pissen? Oder was ist mit dir los?«, herrschte der Kommandeur Fabius an.

»Nei… nein … Seigneur«, stotterte der Luxemburger irritiert und bekam sogleich einen hochroten Kopf.

»Und warum tänzelst du dann hier herum wie ein eitler Galan?«

Unterdrücktes Glucksen brandete unter den restlichen Anwärtern auf, was Fabius noch nervöser machte.

»Ich bin ein wenig aufgeregt, Seigneur«, flüchtete sich Fabius in die Wahrheit.

Wieder gluckste es um sie herum, diesmal noch lauter.

Der Kommandeur hob eine seiner exakt geschnittenen Brauen und kratzte sich demonstrativ den grauen Bart.

»Und was wirst du tun, wenn dir die Heiden den Arsch aufreißen wollen und du dich bei glühender Sonne in einem Wüstenloch ohne Wasser befindest, wo sie dich tagelang umzingeln, in der Absicht, dich einen Kopf kürzer zu machen? Führst du dann zur Belustigung aller einen kompletten Tanz auf, um deine Brüder und die verfluchten Mamelucken zu erheitern?«

Diesmal verwandelte sich das Glucksen in Prusten und schließlich in schallendes Gelächter.

Gero lachte nicht, weil Fabius ihm leidtat. De Gisy lachte auch nicht, weil er sich offenbar ärgerte. Unvermittelt hob er den Kopf und ließ seinen Blick über die sichtlich amüsierten Novizen schweifen, die sich aufgrund seiner finsteren Miene abrupt still verhielten.

»Euch wird das Lachen noch vergehen!«, brüllte er – so laut, dass die Männer allesamt zusammenzuckten. Lediglich Gero zuckte nicht, weil er ein solches Gebrüll von seinem Vater gewohnt war. Den Schotten, der dicht neben ihm stand, beeindruckte das Gebaren des Kommandeurs ebenfalls nicht. Seine gleichgültige Miene wirkte wie eingefroren.

De Gisy hingegen drehte sich mit Schwung auf seinem Stiefelabsatz herum und rauschte mit seinem wehenden weißen Umhang davon wie ein Zerberus, während sein Schreiber versuchte, diensteifrig zu folgen.

Wenig später baute der Kommandeur sich auf einem Treppenabsatz, der zum Refektorium führte, vor den eingeschüchterten Neulingen auf und ließ eine Armada von offensichtlich kriegsversehrten Pensionären aufmarschieren, deren Behinderungen kaum zu überbieten waren. Einige von ihnen waren so schwer getroffen, dass sie sich nur noch in einer kleinen Karre, von einem anderen Bruder gezogen, fortbewegen konnten. Von fehlenden Armen und Beinen über verbrannte Gesichter und Gliedmaßen bis hin zu vielfältigen Narben, die von furchtbaren Folterungen zeugten und ihnen von wem auch immer beigebracht worden waren, schien alles dabei zu sein.

»Ich glaube, mir wird schlecht«, flüsterte Fabius, und Gero gab ihm einen verhaltenen Seitenhieb, bevor er auf die Idee kam, sich in aller Öffentlichkeit zu übergeben und damit seine Karriere als Templer endgültig zu verspielen.

»Ich will, dass ihr euch das hier genau anseht, bevor ihr euch entschließt, ein Streiter Christi sein zu wollen. Denn wenn ihr glaubt, dass Gott immer mit euch ist, wenn ihr gegen die Heiden zieht, so werdet ihr bitter enttäuscht sein, sobald euch der Teufel begegnet. Spätestens dann ist es an euch, mitzuentscheiden, wer die Oberhand behält. Jeder, der schon einmal gegen die Heiden gekämpft hat, weiß, dass früher oder später jeder Einzelne von euch das Zünglein an der Waage sein kann, den Sieg zu erringen oder die gesamte Truppe ins Verderben zu führen. Wenn nur einer von euch nicht fest genug im Glauben steht, werdet ihr im besten Fall das Leben verlieren, im schlechten Fall als Sklaven im Scheißhaus eines Emirs enden oder so entstellt aus der Schlacht zurückkehren wie diese Brüder hier.«

Gleich danach ging er zur Tauglichkeitsprüfung über.

»Die zu prüfenden Novizen haben ihre mitgebrachten Rüstungen und Waffen anzulegen«, verkündete ein Sergeant mit nasaler Stimme.

»Danach treffen wir uns wieder hier auf dem Hof, um die Prüflinge auf ihr Können hin zu untersuchen. Im Nu machte sich Aufregung breit, und kaum noch einer hielt sich an das verordnete Schweigegebot, als sie ins Dormitorium zurückgeschickt wurden, um ihr Rüstzeug anzulegen.

Gero, der seine Lederhose und das wattierte Wams seit seiner Ankunft kaum abgelegt hatte, schlüpfte, an seinem Bett angekommen, in sein schweres Kettenhemd und gürtete sein Schwert. Danach nahm er seinen Schild, der das Wappen der Breydenbacher trug, und schlenderte lässig in Richtung Ausgang zum Hof. Auf halbem Weg wurde er von einem silberhaarigen, älteren Riesen aufgehalten, der ihn seltsam vertraut am Arm festhielt. Er trug den weißen Habit eines Tempelritters und war sogar noch größer als der Schotte. Dabei war er hager, hatte eine Hakennase und lauter Wirbel in seinem kurzgeschorenen Haar, was ihm ein unordentliches Aussehen verlieh. Gero erinnerte sich dunkel, dass der Mann ein Freund seines Vaters sein musste und dass er ihm vor Jahren auf einer Reise in die Champagne vorgestellt worden war. Bereits damals bekleidete er eine angesehene Position bei den Templern und hatte seinem Vater versichert, dass man Gero in den Orden aufnehmen würde, sobald er die Schwertleite erhalten hatte.

»Täusche ich mich, oder ist das tatsächlich das Wappen derer von Breydenbach?«, fragte der ältere Mann mit einem freundlichen Grinsen.

»Ja, das ist das Wappen meiner Familie«, antwortete Gero höflich.

»Wir haben uns doch schon mal gesehen! Ihr seid Gerard, der jüngste Sohn des Richard von Breydenbach. Habe ich recht?«

Gero nickte, gleichzeitig freute er sich darüber, dass der Mann ihn nicht einfach duzte wie de Gisy, sondern ihm einen gewissen Respekt entgegenbrachte. Es war ihm allerdings peinlich, dass er im Gegenzug den Rang und den Namen des Mannes vergessen hatte.

»Ich kenne Euren Vater recht gut. Wir waren zusammen in Akko. Und wir beide haben uns, wenn ich mich recht erinnere, das letzte Mal vor sechs Jahren gesehen, als Ihr mit Eurem Vater in der Champagne wart.«

»Ja … ja, doch … jetzt erinnere ich mich«, stotterte Gero, nicht wissend, ob der Ordensritter von ihm irgendwelche Neuigkeiten über seinen Vater erwartete.

Der Templer streckte ihm die Hand entgegen. »Henri d'Our, Komtur der Komturei von Bar-sur-Aube. Euer Vater hat mir vor einer ganzen Weile eine Depesche zukommen lassen, in der er mir ankündigte, dass Ihr schon bald zur Aufnahme in den Orden erscheinen würdet. Somit hatte ich Euch eigentlich schon früher erwartet.«

»Ja, es gab da ein paar Verzögerungen«, erwiderte Gero leicht verlegen, wobei er sich nicht nur über seinen Vater ärgerte, weil dieser ihm gar nichts von der Depesche erzählt hatte. Gleichzeitig war er sich mit einem Mal darüber im Klaren, dass dieser Mann eben jener Bruder Henri gewesen sein musste, von dem Lissy noch vor ihrem Tod gesprochen hatte. Also war er dabei gewesen sein, als ihre Eltern von den Mamelucken erschlagen worden waren und sein Vater sie zu sich genommen hatte. Das hieß, er wusste auch, was es mit dieser geheimnisvollen Tasche auf sich gehabt hatte. Doch Gero beschloss, dass nun nicht der rechte Moment war, ihn danach zu fragen oder irgendetwas zu erklären, das d'Our auf Lissy gebracht hätte und alles, was danach geschehen war.

»Na dann, Bruder Gerard, hoffe ich doch, dass es Euch bei uns gefällt und Ihr schon bald Euer Noviziat antreten könnt.«

Gero kniff die Lippen zusammen und wich dem Blick des Mannes aus. »Nun«, meinte er zögernd. »Erst muss ich die Prüfung bestehen.«

Henri d'Our brach in schallendes Gelächter aus und klopfte ihm fest auf die Schultern. »Da mache ich mir überhaupt keine Sorgen«, dröhnte er. »Euer Vater ist ein exzellenter Schwertkämpfer. Dass er in Akko seine rechte Hand verloren hat, war ein harter Schicksalsschlag, für den der Templerorden auf immer in seiner Schuld steht. Schon allein deshalb werde ich dafür sorgen, dass man Euch hier und heute nicht ausmustern wird. Wobei ich mir beim besten Willen nicht vorzustellen vermag, dass ein Bursche wie Ihr nicht zu uns gehören sollte. Wenn nicht Ihr, wer dann?«

Er zog eine Braue hoch und grinste wieder, bevor sein Blick plötzlich ernst wurde. »Sobald das hier vorbei ist, werdet Ihr Gelegenheit bekommen, das Schicksal Eures Vaters zu rächen. Schon am nächsten Montag geht ein Geleitzug nach Marseille, der alle Novizen, die für den Kriegsdienst geeignet sind, nach Zypern führt. Dort werdet Ihr und Eure neuen Kameraden Gelegenheit haben, die Fehler, die wir in Akko begangen haben, wiedergutzumachen.«

Gero wusste nicht, was er darauf erwidern sollte, obwohl er dem Komtur von Bar-sur-Aube gerne ein paar Fragen gestellt hätte, vor allem, was die Bemerkung »Wofür der Templerorden auf immer in seiner Schuld steht« zu bedeuten hatte.

Doch bevor Gero den Mut dazu fasste, erklang vom Hof her ein Horn, das die Anwärter zum Antreten aufrief.

»Gott sei mit Euch«, sagte d'Our und klopfte ihm nochmals auf die Schulter. »Falls Ihr im Orden jemals in Schwierigkeiten geratet, sagt, dass ich jederzeit für Euch bürgen werde.«

»Danke«, erwiderte Gero überrascht, dann wurde er vom Strom der Anwärter mit nach draußen gerissen. Auch Fabius war dabei, der die letzten Worte des Komturs mitbekommen hatte.

»Du scheinst hier ja ziemlich gute Beziehungen zu haben. Warum hast du nichts davon erzählt?«

»Weil ich mir bis eben selbst noch nicht darüber im Klaren war«, erwiderte Gero gereizt, den die Neugier seines Gefährten schon wieder ärgerte.

Raoul de Gisy erwartete sie draußen auf dem Festungshof mit einer Miene, die nichts weiter aussagte, als dass er ihnen von nun an Beine machen würde. Hinter ihm standen aufgereiht an einer Mauer vier in Lumpen gekleidete, dunkelhäutige Gestalten. Klein und kompakt mit kahlrasierten Köpfen, hatte man sie angekettet wie römische Kampfhunde, die entgegen ihrer wilden Natur zu Boden schauten.

»Das ist der Feind«, tönte de Gisy vollmundig und deutete auf die vier Männer. Ihre Körper waren mit Narben übersät, die von Schwerthieben und Peitschenschlägen zeugten. Manche davon schienen frisch zu sein. »Mameluckische Kriegssklaven«, wie de Gisy mit ausdrucksloser Miene erläuterte, während die Genannten von unten herauf jede seiner Bewegungen mit lauernden Blicken verfolgten. Die Gesichter der Männer hatten etwas Verschlagenes, Gefährliches. Aber vielleicht bildete Gero sich das auch nur ein, weil er wusste, dass ebensolche Kerle Lissys Eltern und seinen Onkel auf dem Gewissen hatten.

»Wir werden sie losbinden, und ein jeder von euch muss nun unter Beweis stellen, ob er im Zweifel in der Lage ist, gegen einen solchen Gegner zu bestehen. Dabei erwarte ich, dass ihr keine Gnade walten lasst, denn sie werden es ebenfalls nicht tun. Damit es nicht zu drastisch wird, werden wir beide Parteien nicht mit scharfen Waffen, sondern mit Holzschwertern ausstatten und beobachten, wer hier wen verprügelt.« Bei diesen Worten huschte ein hässliches Grinsen über de Gisys Gesicht, und es verlosch auch nicht, als ein weiß gewandeter Bruder bei dem ersten Mamelucken die Ketten öffnete und ihm ein Übungsschwert und einen Schild aus Eichenholz in die Hand drückte. Das Gleiche geschah mit dem ersten Bewerber fürs Noviziat. Ein mittelgroßer Jüngling mit braunem Haar aus der Picardie, der, nicht zu dünn und nicht zu dick, eine ähnlich nichtssagende Miene aufsetzte wie der Bruder, der ihm das Holzschwert überreichte.

Mit festem Schritt marschierte er in die Mitte des Hofes, der umringt war von erwartungsfrohen Zuschauern, die leise Wetten abschlossen, wer wohl die Oberhand behalten würde.

»Und was denkst du?«, flüsterte Fabius Gero von der Seite zu. »Wird er dem Heiden den Arsch versohlen oder selbst Prügel einstecken?«

»Mein Gefühl sagt mir, dass er den Kürzeren zieht«, murmelte Gero und überlegte sich im Geiste bereits eine Strategie, wie er selbst in einer solchen Situation vorgehen würde.

Der Kommandeur gab derweil das Zeichen, und die beiden Kampfhähne setzten sich in Bewegung. Das hieß, eigentlich nur der Kerl aus der Picardie. Der Mamelucke blieb stur stehen und fixierte sein Gegenüber wie eine Schlange, die auf eine unvorsichtige Maus lauert. Dem angehenden Novizen wurde das schließlich zu viel, und auf verhaltene Zurufe aus der Menge griff er unvermittelt an, indem er sich mit lautem Geschrei auf den Heiden stürzte.

Der drehte sich geradezu elegant weg, als der Schwerthieb auf ihn zusauste, und mit einer weiteren geschickten Drehung hieb er dem Angreifer so heftig auf den Rücken, dass dieser mit einem unfreiwilligen Hechtsprung in voller Länge auf dem Pflaster aufprallte. Der Jüngling rappelte sich ächzend auf, doch bevor er sich vollständig erheben konnte, war der Mamelucke schon bei ihm und verpasste ihm einen derart harten Schlag gegen die Rippen, dass er abermals zusammensackte und sich lautstark übergab. Während alle Augen auf den halbverdauten, dampfenden Haferbrei starrten, hob der Mamelucke sein Holzschwert zu einem letzten, vernichtenden Schlag, der den Kopf des Opfers treffen sollte. Nicht nur Gero konnte dem Heiden an den Augen ansehen, dass er durchaus gewillt war, sein Opfer zu erschlagen. Auch Raoul de Gisy war nicht entgangen, dass der Kerl außer Kontrolle zu geraten schien.

»Aufhören!«, brüllte er quer über den Hof, und sofort rannten ein paar andere Ritterbrüder herbei und hielten den Mamelucken davon ab, einen tödlichen Streich auszuführen. Was durchaus auch mit einem Holzschwert möglich gewesen wäre.

Ein Aufstöhnen ging durch die Menge, als der Mann abgeführt wurde.

»Wieso bringt ihr ihn weg?«, riefen einige. »Wir würden ihn fertigmachen, wenn ihr uns nur lasst!«

De Gisy fühlte sich allem Anschein nach vom Mut der Grünschnäbel herausgefordert. Anders war es nicht zu erklären, dass er den Mann mit einem Wink zurückbringen und erneut mit einem Holzschwert in die Mitte des Hofes stellen ließ, als ob es sich um eine Arena handelte.

»Großmäuler vor!«, rief er lauthals. Und als sich die ersten Freiwilligen meldeten, wurden neue Paare zusammengestellt. Interessanterweise waren die meisten kaum in der Lage, vernünftig ein Schwert zu halten, und dementsprechend waren die Ergebnisse. Der Mamelucke schien sich inzwischen einen Spaß daraus zu machen, einen großspurigen Christen nach dem anderen fertigzumachen. Breitbeinig grinsend stand er über seinem letzten Opfer, einem schmalbrüstigen Jüngling aus Reims, und schaute überlegen in die Runde. Die Stimmung drohte inzwischen so sehr zu kippen, dass de Gisy das Leben der Mamelucken aufs Spiel setzen würde, wenn er weiterhin zuließ, dass die Vorführung auf Kosten der Christen ging.

»Gibt es denn niemanden, der den Heiden bezwingen kann?«, fragte er provokativ.

»Ich«, tönte es neben Gero, und der glaubte seinen Augen nicht zu trauen, als er sah, dass sich tatsächlich Fabius gemeldet hatte.

»Bist du lebensmüde?«, zischte er. »Ich dachte, du wolltest die Prüfungen bestehen?« Bisher waren alle, die gegen den Mamelucken verloren hatten, sofort im angrenzenden Hospital verschwunden und würden so bald auch nicht mehr dort herauskommen, geschweige denn, dass sie mit einer Aufnahme in den Orden als Anwärter auf den weißen Mantel rechnen durften.

Fabius hob selbstbewusst den Kopf und marschierte in die Mitte des Platzes, wo er sein Schwert abschnallte und es einem der Ritterbrüder übergab, der es auf einer hölzernen Bank ablegte. Im Gegenzug erhielt er ein Holzschwert und einen Schild.

Von der Größe unterschied er sich kaum von dem Heiden, nur dass dieser wesentlich kräftiger war.

Mit grimmiger Vorfreude nahm er Fabius ins Visier und wartete darauf, dass er die gleichen Fehler beging wie seine Vorgänger.

Doch Fabius zog es vor, seinen Gegner nervös zu machen, indem er ihn zunächst mit Worten traktierte. Dabei titulierte er den Mamelucken mit allerlei kruden Spitznamen, so dass die Menge schon bald zu lachen begann, was den Heiden sichtlich erboste.

Auch Gero musste grinsen, weil er sich darin bestätigt fühlte, dass Fabius' Mundwerk mit Abstand seine gefährlichste Waffe war.

Wie sehr der Luxemburger damit einen Menschen zermürben konnte, hatte er schon am eigenen Leib erfahren.

Irgendwann wurde es dem Mamelucken zu bunt, und er machte den gleichen Fehler, den zuvor seine Angreifer gemacht hatten. Er stürmte unbedacht vor, und Fabius reagierte mit einer solch unglaublichen Geschwindigkeit, dass selbst Raoul de Gisy einen bewundernden Pfiff ausstieß. Dadurch angefeuert, ließ Fabius sich auf einen kräftezehrenden Kampf ein, bei dem er den Mamelucken quer durch den Hof scheuchte, wobei die Zuschauer ausweichen musste.

Als sich im fortlaufenden Gefecht eine Lücke auftat und ein paar Brüder zur Seite rückten, achtete niemand mehr auf das abgelegte Schwert von Fabius, das auf der Bank einsam und verlassen auf seine Rückkehr wartete.

Niemand, bis auf den Mamelucken.

Im Nu hatte er einen Ausfallschritt gemacht und stand Fabius mit einer echten Waffe gegenüber. Mit wenigen Schlägen hatte er das Holzschwert in kamingerechte Stücke zerkleinert, die jedes Mal in hohem Bogen über die Menge hinwegflogen. Bis der verblüffte Fabius nur noch das T-Heft in der Hand hielt.

Die Ritter in seiner nächsten Nähe trugen gar keine Waffe und standen da, als hätte man sie zu Stein verhext, während der Heide auf den Schild von Fabius eindrosch und ihn mit drei gezielten Schlägen zersplitterte. Gero hatte seinen Anderthalbhänder längst gezogen und stürmte an einigen Templern vorbei, die noch damit beschäftigt waren, sich umgehend eine passende Waffe zu organisieren. Als er Fabius endlich erreichte, war dieser schon auf dem Rückzug, weil er einsehen musste, dass der Mamelucke offenbar fest gewillt war, ihn sowie auch jeden anderen, der ihm in die Quere kam, zu töten. Es war tatsächlich so, als hätte man einen tollwütigen Hund aus dem Käfig befreit. Gero nahm übergangslos den Kampf auf und musste einsehen, dass der Heide ohne Frage ein exzellenter Kämpfer war. Gott sei Dank hatte Gero von Roland genug gelernt, um seinen Gegner ebenfalls mit wenigen harten Schlägen seines Schildes zu berauben. Aber der Mamelucke dachte gar nicht daran aufzugeben.

Schlag auf Schlag folgte, bis die Funken sprühten. Hinter ihnen hatte sich ein Halbkreis von bereits anerkannten Ritterbrüdern gebildet, darunter Raoul de Gisy, die versuchten, mit gezogener Waffe ins Kampfgeschehen einzugreifen.

»Gib auf!«, rief Gero seinem Gegner zu, weil er sich denken konnte, dass der Mann dem Tode geweiht war, wenn er weiterkämpfte. Doch der Mamelucke dachte gar nicht daran, zurückzuweichen. Somit blieb Gero nichts anderes übrig, als ihn auf Abstand zu halten, bis die anderen ihn von allen Seiten attackierten und Raoul de Gisy ihn schließlich mit einem seitlich ausgeführten Streich in die Rippen zur Strecke brachte. Kaum dass der Mamelucke zu Boden gegangen war, verpasste ihm einer der anderen Brüder einen vernichtenden Hieb in die Brust, der ihm ein unrühmliches Ende bescherte.

Ein unfairer Kampf, wie Gero sich eingestehen musste. Doch im

Nachhinein war er nicht sicher, ob er gerne derjenige gewesen wäre, der den Mann mit einem tödlichen Streich gestoppt hätte.

Auf dem Hof herrschte absolute Stille, als man den blutüberströmten Leichnam des Mannes über den feuchten Untergrund zu den Stallungen schleifte.

Seinen drei Kameraden, die immer noch angekettet dastanden als stumme Zeugen dieser Katastrophe, war der Hass zweifelsfrei anzusehen, den sie für jene empfanden, die ihren Landsmann derart gedemütigt hatten. Zwei von ihnen spuckten vor den Ritterbrüdern aus und erhielten prompt eine kräftige Ohrfeige. De Gisy ließ sie ohne Kommentar abführen. Dann kam er auf Gero und Fabius zu.

»Ich danke dir«, sagte er an Gero gewandt mit undurchsichtiger Miene. »Ohne dich hätte das Ganze ein böses Ende nehmen können.«

Dann nickte er Fabius zu. »Für euch beide hat sich die Prüfung erledigt. Ihr seid in jedem Fall bei den Novizen dabei, die als zukünftige Ritterbrüder Aufnahme finden werden. Meldet euch beim Bruder der Verwaltung. Er wird euch für das Kontingent einteilen, das nächste Woche nach Zypern geht. Dort warten sie dringend auf Männer wie euch.«

Kapitel VI

»Ich, Gerard von Breydenbach, Ritter und Novize der Bruderschaft im Orden der Templer, gelobe Treue und Gehorsam Jesus Christus meinem Herrn und der Heiligen Mutter Kirche, dem Papst und seinen souveränen Nachfolgern. Ich schwöre, dass ich nicht nur mit dem Wort, sondern auch mit der Waffe und all meinen Kräften die Mysterien des Glaubens verteidigen werde ... das ich vor drei Feinden niemals fliehen und den Ungläubigen die Stirn bieten werde ...«

Nach dem Schwur auf den Orden, den alle Neuzugänge leisten mussten, war Fabius außer sich vor Freude, dass man ihn als zukünftigen Tempelritter aufgenommen hatte, als sie wenige Tage später, den Kopf beinah zur Glatze rasiert und mit der dunkelbraunen Gewandung der Novizen versorgt, auf ihren vollbepackten Pferden gen Süden aufbrachen.

Struan MacDhoughail gehörte auch zu den Glücklichen, die ohne Mühe die Aufnahmeprüfung bestanden hatten, was Gero aus irgendeinem unerfindlichen Grund freute. An der Seite eines solchen Mannes machte der Kampf gegen die Heiden sicher noch mal so viel Spaß. Sein Pferd, ein englisches Greathorse, war größer als Geros David, und damit stach das Tier aus der Masse hervor, genau wie sein Reiter. Mit seinem schwarzen Schopf und dem gestutzten Bart sah der Schotte längst nicht mehr so wild aus, aber immer noch imponierend genug. Fabius hatte recht, wenn er sagte, dass man leicht auf den Gedanken kommen konnte, Struan wäre ein zu groß geratener Sarazene.

Alles in allem waren von den ehemals fünfzig Bewerbern nur zweiundzwanzig übrig geblieben, die auf Zypern eine zusätzliche Ausbildung als Soldaten Christi erhalten sollten, bevor sie sich dem Aufnahmeritus als Tempelritter unterziehen mussten. Der Rest musste sich mit Verwaltungsposten zufriedengeben oder war gleich ganz ausgesondert worden, mit der Empfehlung, einem gewöhnlichen Mönchsorden beizutreten.

Am Ende bestand die Truppe, die nach Zypern aufbrach, aus achtundzwanzig Männern, wenn man die sechs gestandenen Ritterbrüder mitrechnete, die sie bis nach Marseille begleiteten.

Auf dem Weg dorthin übernachteten sie beinahe jeden Abend in einer anderen Komturei. Kein Wunder, wenn man bedachte, dass allein Franzien über mehr als tausend Templerhäuser verfügte. Gero war schlagartig klargeworden, wie perfekt die Organisation des Ordens funktionierte. Und Fabius hatte recht: Die Männer, die den vermeintlich »Armen Rittern Christi« vorstanden, mussten irgendein bedeutendes Geheimnis hüten, das ihren Ideenreichtum und den damit verbundenen Erfolg begründete.

»Gigantisch«, entfuhr es Fabius, als sie am Morgen vor Mariä Verkündigung, einen Tag vor Geros Geburtstag, endlich den Hafen von Marseille erreichten. Eine beeindruckende helle Stadt mit Festungen, Kaufmannspalästen und Kirchen. Am Hafen blies ein heftiger Wind, der meterhohe Wellen gegen die befestigte Hafenmole branden ließ, deren Gischt bis auf den von Menschen übervölkerten Vorplatz spritzte. Soldaten, Arbeiter und Reisende aus aller Herren Länder liefen zwischen den Anlagestellen durcheinander, vor denen die verschiedenen Schiffstypen auf der schäumenden See wie Nussschalen auf und ab tanzten.

Ein paar Frauen, offenbar wohlhabender Herkunft, die in Sänften über den Platz getragen wurden, kreuzten ihren Weg. Im Augenblick war es jedoch zu stürmisch, um auf heftig wiegenden Planken an Bord eines Schiffs gehen zu können, deshalb zogen es die edlen Damen vor, in einem Gasthaus abzuwarten, bis der Wind sich legte.

Es gab allerdings auch andere weibliche Gestalten, wie Gero beiläufig bemerkte, halb nackt und grell geschminkt wie Theaterpuppen, die sich trotz des stürmischen Wetters an die Männer heranmachten, anscheinend um ihnen auf unanständige Weise das Geld aus der Tasche zu ziehen.

Raoul de Gisy, der den Trupp der Templer als Anführer bis zu den Anlegestellen begleitet hatte, warf den leicht bekleideten Mädchen missbilligende Blicke zu, die sie sogleich auf Abstand hielten. Allerdings waren die meisten der jungen Templernovizen ohnehin viel zu sehr mit dem Anblick der vergleichsweise riesenhaft anmutenden Handelsschiffe beschäftigt, auf deren eingeholten weißen Segeln das rote Ordenskreuz schon von weitem zu erahnen war.

»Hast du schon einmal einen Ozean gesehen?«, fragte Fabius mit verträumt blinzelndem Blick auf das sich aufbäumende Meer.

»Nein«, gestand Gero ehrlich und sog gierig die milde, salzige Luft ein, die mit jedem neuen Windstoß über den Hafen wehte. Es roch nach Salz, Sonne und Fisch, aber auch nach flüssigem Pech, mit dem die Schiffsplanken versiegelt wurden. Das vor ihnen liegende Templerschiff »Die Rose von Aragon«, das sie nach Limassol bringen würde, wartete, was die modernsten Entwicklungen im Schiffsbau betraf, mit einer Besonderheit auf, wie ihnen Raoul de Gisy beiläufig erklärte. Im Bug verbarg sich ein Tor, das, sobald der Wind sich gelegt und die See sich beruhigt hatte, herabgelassen würde. Dann konnte man bequem Pferde und Proviant in den Bauch des Schiffes verladen, ohne einen Flaschenzug oder einen Laufkran in Anspruch nehmen zu müssen.

Anschließend, nachdem man das Tor wieder geschlossen hatte, wurden die Ritzen mit Hanf und Pech versiegelt, damit während der Überfahrt kein Wasser eindringen konnte.

Raoul de Gisy wechselte ein paar Worte mit dem Komtur des Gewölbes, der für die Templer als Hafenmeister fungierte und in allen organisatorischen sowie finanziellen Angelegenheiten seine Zustimmung geben musste. Mit einem gesiegelten Pergament bestätigte der ältere Mann, dass sie, sobald sich der Sturm gelegt hatte, mit dem Verladen der Pferde beginnen konnten. Bis dahin lud er sie ein, in der Komturei eine Mahlzeit einzunehmen und sich auszuruhen.

Geros Hengst David scheute zunächst, als er ihn am Nachmittag endlich über einen hölzernen Steg in das Innere des Schiffes führen sollte. Doch als er sah, wie selbstverständlich das Greathorse des Schotten die Planken hinauftrabte, besann er sich und ließ sich anstandslos über die kleine hölzerne Brücke in den Bauch des Schiffes führen.

Die Pferde wurden in eigens gebauten Boxen verstaut, die so eng waren, dass sie auch bei einem Sturm das Gleichgewicht halten konnten. Zweihundert Pferde konnte das Schiff auf diese Weise transportieren, aber diesmal waren es nicht so viele, und so füllte man die leeren Verschläge mit Nahrung für die Komtureien auf Zypern und die neu erbaute Festung auf Antarados oder Aruad, wie die Araber die Insel vor der Küste Tortosas nannten. Fünfhundert Säume Weizen, Hafer und Roggen, was an Gewicht etwa einhundert Schlachtrössern entsprach. Auch Käse, Nüsse und getrocknetes Obst wurden in Fässern und Säcken mit an Bord genommen sowie dreihundert Fässer mit Wein aus dem Burgund, wie Gero später erfuhr.

Am Abend, nachdem das Schiff abgelegt hatte, wurden sie von Kommandant Jerome Le Puy, der wie alle Ordensritter einen weißen Mantel mit einem roten Kreuz trug, unter Deck berufen. Unmittelbar über den Pferdeställen befand sich der größere von zwei Mannschaftsräumen, die nach Templern und angeheuerten Seeleuten getrennt waren.

Der Versammlungsraum der Ritterbrüder nahm gleichzeitig die Funktion des Refektoriums und der Kapelle ein, und nach dem abendlichen Vespergebet, das der Schiffskaplan sprach, wurde eine deftige Fischsuppe serviert.

Sechs Wochen sollte die Überfahrt dauern. Nicht wenige von Geros neuen Kameraden reagierten panisch auf diese Aussicht. Sie waren schon nach dem ersten heftigen Seegang ganz grün im Gesicht und baten nach den ersten Bissen mit vorgehaltener Hand, nach draußen gehen zu dürfen, nicht, um Fische zu fangen, sondern um die Fische zu füttern, wie einer der robusteren Brüder belustigt meinte.

Struan MacDhoughail, der neben Gero saß, scherte sich nicht um den Seegang und schaufelte stoisch Suppe und Brot in sich hinein.

»Macht dir das gar nichts aus?«, fragte Fabius nach dem Essen, dem das Stampfen und Rollen des Schiffes auch nicht besonders zu bekommen schien.

»Ich bin das gewohnt«, raunte der Schotte mit einem Seitenblick, der nichts anderes besagte als »Lass mich in Ruhe, du gehst mir auf den Geist«.

»Ich komme von einer schottischen Insel«, fügte er dann unerwartet hinzu. »Unsere Vorfahren waren Nordmänner. Wir sind ständig mit

Booten unterwegs. Wenn du mich fragst, bedarf es keiner Furcht, nur weil das Schiff hier und da ein wenig schlingert.«

»Ich hab keine Furcht«, stellte Fabius empört richtig. »Mir ist nur übel, sonst nichts.«

»Dann geh gefälligst nach draußen zum Kotzen, bevor du es hier tust«, riet ihm der Schotte, und damit schien die Sache für ihn erledigt.

Kapitel VII

Bei der Ankunft in Limassol Mitte Mai gab es einige, die diesem Rat wohl zu oft gefolgt waren. Anders war es nicht zu erklären, dass nicht wenige von ihnen sichtbar an Gewicht verloren hatten, als sie mit gebräunten Gesichtern in den Morgenstunden an Deck kletterten, um das Einlaufen in den Hafen nicht zu verpassen. Obwohl es noch früh am Tag war, brannte die Sonne schon heiß. Gero fiel unterdessen auf, dass das Hafenbecken kaum Platz bot, um anzulanden. Gut zwei Dutzend venezianische Handelsschiffe unter Templerflagge und zwei längliche Kriegsgaleeren drängten sich in der halbmondförmigen Hafenanlage. Kommandant Le Puy hatte Mühe, nicht mit ihnen zu kollidieren, während sich die »Rose von Aragon« Elle für Elle an den einzig freien Platz an der Kaimauer schob.

»Was hat das zu bedeuten?«, fragte Gero einen der Seeleute, der die Taue an der Reling fürs Anlanden vorbereitete.

»Keine Ahnung«, bekannte der wettergegerbte Lombarde kopfschüttelnd. »Als wir ausgefahren sind, hieß es noch, der gesamte Konvent bliebe auf Antarados stationiert. Eigentlich soll von dort aus die endgültige Rückeroberung des Heiligen Landes organisiert werden.«

»Heißt das, wir ziehen nun doch nicht in den Krieg?«, fragte Fabius aufgeregt, der die Unterhaltung mitbekommen hatte.

»Kann ich mir nicht vorstellen«, raunte der Seemann, »der Orden ist ganz wild darauf, endlich mit der Rückeroberung zu beginnen. Vielleicht wartet Aymo d'Oiselay zusammen mit Aimery von Lusignan auf irgendeinen Bündnispartner, bevor es erneut losgeht. Man sagte, dass ein Mongolenheer im Anmarsch ist, um uns gegen die Heiden zu unterstützen. Bisher hat aber noch keiner was von ihnen gesehen.«

»Im Notfall schaffen wir es auch allein«, tönte Fabius mal wieder großspurig und entlockte dem Mann damit ein mitleidiges Lächeln.

»Was, was?«, erzürnte sich Fabius, dem Geros belustigter Blick nicht entgangen war. »Ich habe dem Mamelucken in Troyes einen Tritt in den Arsch verpasst, was nichts anderes bedeutet, als dass es möglich ist, sie zu besiegen.«

»Was jedoch nicht heißt, dass es dir mit allen Mamelucken so ergeht«, erwiderte Gero süffisant. »Du scheinst zu vergessen, dass der Kerl monatelang, wenn nicht Jahre, bei Brot und Wasser in Ketten gelegen hat, also ziemlich entkräftet war. Wenn du in einen Krieg ziehst, triffst du auf putzmuntere, gut genährte Heiden, die nicht bereit sind, sich das Fleisch vom Brot nehmen zu lassen.«

»Du wirst schon sehen, ich werde sie das Fürchten lehren.« Während Fabius sich leicht verstimmt den übrigen Novizen zuwandte, lehnte sich Gero über die Reling und genoss für einen Moment die Aussicht auf das glitzernde blaue Meer und die felsige Insel. Outremer, wozu nicht nur das Heilige Land zählte, sondern auch Zypern, war für viele Menschen aus dem Abendland der Hort ihrer Träume. Vielleicht, weil hier die meiste Zeit des Jahres die Sonne schien und es niemals richtig kalt wurde. Und auch wenn es nicht Jerusalem war, so galt Zypern doch als heiliges Land, weil es den Christen aus Jerusalem und Umgebung ein würdiger Fluchtpunkt war, was man auch am letzten König von Jerusalem erkennen konnte, der dort mit seiner Familie Zuflucht gesucht hatte.

Im Hintergrund der Stadt erhoben sich zahlreiche Berge, über denen ein milchiger Dunst lag, und die heiße Luft über staubigen Straßen flirrte so sehr, dass sich Pflanzen, Menschen, Tiere, aber auch Gebäude darin spiegelten.

Von weitem sah man unzählige mehrstöckige Paläste, die sich an diverse Hänge schmiegten. Allem Anschein nach Niederlassungen reicher Handelshäuser oder betuchter Hofschranzen des Königs. Dazwischen lagen die Festungen diverser Ritterorden. Die Landschaft war karg und wurde lediglich von Dattelpalmen, Oliven- und Johannisbrotbäumen gesäumt, wie einer der Seeleute Gero erklärte. »Wenn Ihr demnächst Unterhaltung sucht, müsst Ihr in die Hafenspelunken gehen«, erklärte ihm Kommandant Le Puy im Vorbeigehen. »Da wimmelt es nur so von willigen Mädchen«, raunte er Gero mit einem Grinsen zu. »Stattlichen

Ordensrittern erweisen sie ihre Dienste mitunter sogar umsonst. Wobei ich noch nicht gehört habe, dass dieser Vorteil auch Novizen gewährt wird. Da sind die Damen schon standesbewusst.«

»Ich habe, was das betrifft, ohnehin keinen Bedarf«, erklärte Gero entschlossen und betrachtete zweifelnd die mehrstöckigen Gasthäuser, in denen Händler und Seeleute schon früh am Morgen ihren Wein tranken. Davor verkauften Händler frisch gefangenen Fisch und eine Vielzahl an buntem Obst und Gemüse.

Eine Idylle, die ihn beinah vergessen ließ, warum er und die anderen überhaupt hierhergekommen waren, und die grausamen Geschichten verdrängte, mit denen Kommandant Le Puy ihm und den übrigen Kameraden während der Überfahrt eingeheizt hatte. Vom Verlust des Heiligen Landes, bei dem er 1291 in Akko selbst dabei gewesen war, als der Überfall der Truppen des Sultans al-Ashraf die Stadt in einen Höllenschlund verwandelt hatte. »Überall waren zerhackte Leichen zu sehen«, verkündete er ernst. »Die Aasgeier konnten gar nicht so schnell fressen, wie sich ihnen das verfaulte Fleisch darbot. Nur wenige haben es geschafft, dort lebend herauszukommen. Die letzten Überlebenden haben sich damals auf der Flucht vor den Mamelucken auf jene Landzunge retten können, auf der sich die ehemalige Templerburg erhob. Als sie sich in Sicherheit glaubten, haben die Heiden eine List angewandt, um in die Burg einzudringen. Dumm nur, dass diese Schwachköpfe das Fundament vorher unterhöhlt hatten. Als es nach Nichteinhaltung des angekündigten freien Abzugs für die Christen zum Kampf kam, ist das ganze Gebäude mit Mann und Maus eingestürzt. Für diejenigen, die unter Mauern und Balken begraben wurden, muss es ein grausamer, qualvoller Tod gewesen sein, weil niemand mehr da war, der sie aus dem Schutt hätte rausholen können. Viele sind mit schweren Verletzungen verblutet oder in den Tagen danach verdurstet, weil sie eingeklemmt waren. Manchmal denke ich, ich höre ihre Schreie immer noch.«

Als Erster Offizier hatte Le Puy damals auf der »Faucon« unter Kommandant Roger de Flor gedient und mit dafür Sorge getragen, dass so viele Flüchtlinge wie möglich nach Zypern evakuiert worden waren. Darunter viele Schwerverletzte und vergewaltigte Frauen, die den Heiden nur um Haaresbreite entkommen waren. Gero hatte sich die Frage gestellt, ob Le Puy dabei auch Lissy und seinen Vater gesehen hatte. Aber er wollte den Kommandant nicht darauf ansprechen, weil er dann die ganze Geschichte hätte zum Besten geben müssen, die vermutlich für den Rest der Mannschaft noch interessanter gewesen wäre als die des Schiffsführers.

»Merkwürdig«, sinnierte Le Puy, der immer noch neben ihm stand und die abgeladenen Schiffe betrachtete. »Auf einem ist das Banner des Großmeisters gehisst. Das bedeutet, auch er müsste von Antarados zurückgekehrt sein. Oder zumindest sein Schiff.«

»Was hat das zu bedeuten?« Gero sah ihn fragend an.

»Das bedeutet im schlechtesten Fall, dass der Orden den angekündigten Einmarsch der Mongolen um ein weiteres Mal verpasst hat und nach neuen Alternativen gesucht werden muss, wie wir die Heiden am erfolgreichsten angreifen können.«

Nachdem das versiegelte Schiffsportal geöffnet worden war, musste Gero mit den anderen Kameraden die Pferde aus ihren engen Boxen befreien. Danach hieß es zunächst einmal, wieder festen Boden unter die Füße zu bekommen, was nach sechs Wochen Seereise nicht eben einfach erschien. Selbst die Pferde hatten ihre Schwierigkeiten und scheuten zunächst, als sie den weichen Schiffsboden gegen das harte Pflaster tauschen mussten.

Nur eines hatte sich auf der langen Überfahrt unwiederbringlich verändert und war auch nach dem Landgang nicht mehr zu übersehen. Nach drei Wochen Ritt durch Franzien und sechs Wochen Schiffsreise waren sich die jungen Novizen um einiges nähergekommen und alberten und schwatzten wie altbekannte Klosterschüler miteinander, während sie mit ihren Pferden wankend an Land stiefelten.

Gero hatte sich in der ganzen Zeit eher zurückgehalten, was neue Freundschaften betraf. Er hatte allerdings öfter mit dem Schotten geredet. Meist über Waffen und Kampftechniken, weil Struan, wie er selbst, offenbar nicht gerne über allzu Privates sprach. Natürlich hatte er auch die ganze Zeit über den unverbesserlichen Fabius am Rockzipfel gehabt, obwohl der sich wiederum recht gut mit den nicht weniger geschwätzigen Iren zu verstehen schien. Und dann waren da noch ein paar Außenseiter wie der feingliedrige, dunkelhaarige Nicolas de Cappellano, dessen sehnsüchtige Blicke verrieten, dass er sich an muskelbepackten Männerkörpern ergötzte. Was Gero gleichgültig war, solange er ihn nicht bedrängte. Oder der rüpelhafte Arnaud, ein sehniger Kerl mit angriffslustiger Zunge aus dem Languedoc, dem man nachsagte, er habe Sarazenen in der Familie – was nicht nur äußerlich zutreffend sein konnte, sondern auch in seiner Sprachbegabung begründet schien. Geradezu fließend beherrschte er das Arabische, was den Ordensführern sicher gefallen würde, weil sie sich einen weiteren Übersetzer sparten.

Hinzu kam ein Haufen junger Franzosen, die auf Namen hörten wie Jean, Pons oder Pierre und genau wie Gero und die anderen zweitgeborenen Söhne irgendwelcher unbedeutender Adelsgeschlechter eine Daseinsberechtigung suchten, die spannender war, als den Klostergarten einer friedliebenden Zisterzienserabtei zu hegen. Dass ein Leben als Templer auch seine Schattenseiten hatte, wurde ihnen von neuem bewusst, als sie den Friedhof des Templerhauses von Limassol passierten. Ein ungewöhnlich großes Feld mit Hunderten von Steinkreuzen, direkt hinter der Kapelle, neben dem Haupthaus.

Gero zählte dreiundzwanzig frisch aufgeschüttete Gräber, auf denen noch keine Kreuze standen.

Le Puy brachte sie persönlich in die Zitadelle. Eine kleine Festung mit zwei Türmen, die zum Haupthaus der Templer von Limassol gehörte, in dem Waffen und Proviant für alle Häuser der Insel gelagert wurden.

Dort residierte der stellvertretende Ordensmarschall Aymo d'Oiselay.

»Er vertritt Bartholomäus de Chinsi«, informierte Le Puy die Neuankömmlinge beiläufig. »De Chinsi ist, wie ich soeben von einem Bruder erfahren habe, als erster Heerführer der Templer auf Antarados zurückgeblieben, um die Ausgangsbasis für einen neuen Sturm auf die Mamelucken vorzubereiten.«

»Also werden wir wohl doch früher oder später zu unserem Einsatz gegen die Heiden kommen«, murmelte Arnaud de Mirepaux hinter Gero.

»Habt Ihr etwa daran gezweifelt?«, fragte Le Puy, dem der Einwand offenbar nicht entgangen war.

»Wartet hier auf mich«, wies er die angehenden Novizen an und verschwand, nachdem er angeklopft und durch einen Knappen Einlass erhalten hatte, im Dienstzimmer d'Oiselays, um sie dem stellvertretenden Marschall persönlich anzukündigen.

Nach einer Weile rief er Gero und seine neuen Kameraden herein und stellte sie dem Oberbefehlshaber der Templer im Outremer vor.

D'Oiselay war ein schlanker, hochgewachsener Mann mit braunen kurzgeschorenen Haaren. Mit hellwachen, ebenso braunen Knopfaugen inspizierte er die Neuankömmlinge ähnlich kritisch wie zuvor Raoul de Gisy.

»Gott der Herr hat euch geschickt«, versicherte er den überraschten Novizen. »Mit eurem guten Willen wird ER dafür sorgen, dass ihr so schnell wie möglich fähige Ordensritter werdet. Wir benötigen dringend Ersatz für unsere toten Kameraden, deren sterbliche Überreste erst gestern auf dem hiesigen Friedhof ihre letzte Ruhe gefunden haben. Sie sind allesamt in einem ehrenhaften Kampf gegen die Mamelucken gefallen.«

Gero bemerkte, wie Fabius ihm einen bedeutungsvollen Blick zuwarf, doch nun war nicht die Zeit, eine solch unerfreuliche Aussicht zu kommentieren.

»Wie Bruder Jerome mir erzählte«, fuhr d'Oiselay fort, »habt ihr in Troyes bereits die Bekanntschaft mit diesen heidnischen Teufeln gemacht. Also seid strebsam und bereitet euch gut genug vor, damit ihr nach eurer endgültigen Aufnahme in den Orden nicht endet wie die toten Brüder dort draußen in den Gräbern.«

»Der geplante Großangriff auf die Mamelucken hat nicht stattgefunden«, erklärte ihnen Le Puy, als er nach einem anschließenden Vieraugengespräch mit d'Oiselay zu seinen Schützlingen zurückkehrte. Gero und die anderen warteten bereits bei ihren Pferden, weil sie bis zum Abend ins Hauptquartier nach Nikosia geführt werden sollten.

»Die Mongolen sind wie vermutet nicht erschienen«, erklärte der Kommandant resigniert. »Auf solche Kerle kann man sich ohnehin nicht verlassen. Ihr Anführer Ma m d Ghazan hat schon mehrmals versprochen, uns von Persien aus mit einem Heer zu unterstützen, und bisher hat er uns immer versetzt. Die Mamelucken haben wohl Wind von der Sache bekommen und stattdessen ein nicht zu unterschätzendes Heer gerüstet, das nun von Ägypten aus nach Osten gezogen ist. Soweit man es beurteilen konnte, hätten wir mit unseren Leuten allein keine Chance gehabt, sie zu besiegen. Nachdem bei mehreren Scharmützeln an Land dreiundzwanzig unserer Brüder, acht Hospitaliter und auch einige von Aimerys Söldnern gefallen sind, hat Jacques de Molay beschlossen, einen Großteil unserer Truppen von der Insel abzuziehen und sich mit dem Bruder des Königs und dem Papst neu zu beraten, was als Nächstes geschehen soll. Wobei es nicht danach aussieht, als ob diese Niederlage unseren Ordensmeister entmutigt hat. Angeblich will der Papst noch dieses Jahr die gesamte Insel dem Templerorden überschreiben. Die zurückgekehrten Ritterbrüder haben sich inzwischen wieder auf ihre jeweiligen Niederlassungen verteilt und schärfen bereits die Waffen für die nächste Runde im Kampf um Jerusalem. Nur de Chinsi ist mit etwa hundert Angehörigen des Ordens auf Antarados zurückgeblieben. Er will mit den verbliebenen Männern die Festung instand setzen und sie für einen neuen Angriff gegen die Heiden vorbereiten. D'Oiselay deutete an, dass man dort eine ganz große Sache plant. Noch dieses Jahr soll die Festung mit Menschen und Material aufgestockt werden und spätestens im Frühjahr eintausend Ordensangehörigen Platz bieten, damit von dort aus wieder erfolgreiche Angriffe auf die Mamelucken unternommen werden können. Anscheinend ist man in der Ordensführung fest entschlossen, das Heilige Land komplett zurückzuerobern, sobald uns der Papst seine volle Unterstützung garantiert. Was das heißt, könnt ihr euch denken. Jeder Einzelne von euch wird früher oder später auf dieser vermaledeiten Insel landen. Ihr werdet also Teil von etwas ganz Großem sein.«

Le Puy war sichtlich ergriffen, als er sich von Gero und seinen Mitstreitern verabschiedete. Bruder Luc, ein Templer normannischer Abstammung, hatte auf Anweisung des Ordensmarschalls nun ihre Führung nach Nikosia übernommen.

Unter den Novizen bestand nach den Erläuterungen Le Puys und den hehren Worten des Marschalls ein gewisser Diskussionsbedarf.

Vor allem weil Bruder Luc etwas weiter voranritt und sich mit einem Novizen aus seinem Heimatort unterhielt, fühlten die anderen sich frei, zu reden, wie ihnen der Schnabel gewachsen war.

»Ich geb's zu«, gestand Gero gegenüber Fabius. »Die Ausführungen zu den Plänen auf dieser Insel erscheinen mir ein wenig abstrakt.«

»Ich kann mir auch nichts Konkretes darunter vorstellen«, meinte ein irischer Bruder. »Außer, dass wir im Zweifel wieder auf Zypern landen. Ganz gleich, ob tot oder lebendig.«

Der Gedanke an frisch aufgeworfene Gräber hatte sich offenbar in die Köpfe der Novizen eingebrannt, weil manche plötzlich meinten, dass sie im Falle des Falles lieber in heimischer Erde begraben wären.

»Bis du da ankommst, bist du doch längst verfault«, gab Fabius zu bedenken, während sie in der mittäglichen Hitze eine Anhöhe hinaufritten.

Womit sich die Frage erhob, wie man Leichen am besten einbalsamieren könnte, damit sie die lange Reise überstehen. »Bei Friedrich dem Staufer haben sie das Fleisch von den Knochen gekocht, um ihn halbwegs heil nach Hause zu bringen«, wusste einer zu berichten.

»Und was haben sie mit dem Rest gemacht?«, witzelte ein anderer. »Sag nur, sie haben das gekochte Fleisch den Hunden zum Fraß vorgeworfen?«

»Was fragst du mich?«, antwortete der Angesprochene.

»Bevor ihr an verfaultes Fleisch denkt, beschäftigt euch lieber mit dem lebendigen«, bemerkte Arnaud de Mirepaux mit einem anzüglichen Grinsen. »Mit der Entscheidung, den Orden komplett auf diese Insel zu verlegen, schlägt die Ordensleitung gleich zwei Fliegen mit einer Klappe. Da gibt es mit Sicherheit keine Kneipen und auch keine Mädchen, die einen vom rechten Weg abbringen könnten.«

»Wenn du jetzt schon an Mädchen denkst«, erwiderte Brian of Locton, ein irischer Novize mit hellem Haar und heller Haut, der unter der ständigen Sonne auf dem Schiff die Farbe eines gescheckten Schweins angenommen hatte, »wie willst du dann das Keuschheitsgelübde durchhalten?«

»Gar nicht. Du hast doch gehört, was Le Puy gesagt hat. Den Ordensrittern machen es die Huren auf dieser Insel umsonst.«

»Sei still, Arnaud«, bemerkte Pierre, einer der franzischen Novizen. »Oder willst du etwa, dass wir aus dem Orden rausfliegen, bevor wir überhaupt aufgenommen worden sind?«

»Schisser«, titulierte ihn Arnaud und gab seinem Araberhengst die Sporen, um zu Bruder Luc und seinem Begleiter aufzuschließen.

Mindestens acht Stunden Ritt lagen vor ihnen, das meiste in der prallen Sonne, und somit wurden die Gespräche unterwegs einsilbiger, bis sie schließlich ganz verstummten. Zweimal machten sie halt an verschiedenen Wirtshäusern, in denen Luc ihnen einen Becher verdünnten Wein spendierte und sie das Brot aßen, das ihnen der Proviantmeister in Limassol mit auf den Weg gegeben hatte. Gero wurde das Gefühl nicht los, dass manche der Zyprioten ihnen missbilligende Blicke zuwarfen, was Luc damit begründete, dass nicht alle Bewohner der Insel den Templern zugetan waren. Irgendwann in früherer Zeit hatte es mal einen bösen Aufstand vonseiten der Bevölkerung gegen den Orden gegeben. Auf die Gründe ging Luc nicht näher ein, und so gaben sie sich damit zufrieden.

Lange nach Einbruch der Dunkelheit erreichten sie das Hauptquartier in Nikosia, das sich zwischen verwinkelten Gassen und eng nebeneinanderstehenden Häusern aus Stein, direkt neben der Kathedrale Saint Marie, erhob. Die Ordensburg war ein trutziger Bau mit mehreren Stockwerken und Türmen, weiß getüncht und umgeben von Wirtschaftsgebäuden, die ein eigenes kleines Dorf hätten sein können. Nachdem sie ihre Pferde versorgt hatten, wurden sie von Bruder Baudoino de Ardan empfangen, einem älteren Bruder mit Glatze und der maskenhaften Miene eines humorlosen Lehrers, der sie im Refektorium der Novizen über ihre Rechte und Pflichten belehrte. Er war seit Jahren für die Ordensaufnahme in Zypern zuständig und quälte sie noch vor dem Schlafengehen mit den unvermeidlichen Regeln, die er ihnen auf mehreren Pergamentkopien geschrieben in die Hand drückte.

»Auswendig lernen müsst ihr sie, und wer sie in der nächsten Woche nicht weiß, wenn ich ihn abfrage, wird eine Woche lang die Ställe ausmisten.«

»Na, das ist ja mal ein prächtiger Empfang«, knurrte Brian und war sich damit mit Arnaud einig, der sich plötzlich fragte, warum er so erpicht darauf gewesen war, den Templern beizutreten.

Aber die meisten der Kameraden waren zu erschöpft und zu beeindruckt von all dem Neuen, um sich am späten Abend über lästige Formalien und ihre Folgen aufzuregen.

Dazu gehörte auch, dass sie am nächsten Morgen in den Räumen des Drapiers erscheinen mussten, also jenes Bruders, der nicht nur für die Kleidung und das ordnungsgemäße Aussehen eines Templers zuständig war, sondern auch für die Ausgabe von Decken, Handtüchern und jeglichen Reiseutensilien, wozu auch Becher, Besteck und Seife zählten. In dem angrenzenden Flachbau herrschte ein Kommen und Gehen. Überhaupt schien das ganze Hauptquartier in Aufruhr zu sein, weil die von Antarados zurückgekehrten Templer ihre Ausrüstung auf Vollständigkeit überprüfen lassen mussten.

»Denkst du, wir sehen den Großmeister?«, flüsterte Fabius ehrfürchtig, während er vergeblich versuchte, in der Masse der weiß gewandeten Männer einen Einzigen auszumachen, auf den diese Beschreibung zutreffen konnte.

»Weißt du denn, wie er aussieht?«, fragte Gero und hob eine Braue.

»Nein, es ist wie in einem Bienenstock, in dem man die Königin sucht«, murrte Fabius. »Ich weiß nur, dass er nicht mehr der Jüngste ist, und er hat bereits einen grauen Bart, hab ich mir sagen lassen.« Fabius sah sich weiterhin auffällig um.

Männer mit grauen Bärten liefen hier einige rum, und die meisten von ihnen hatten zudem einen ziemlich gebeugten Rücken, nicht gerade das, was man sich unter einem Großmeister vorstellte.

»Wahrscheinlich bekommst du ihn erst zu Gesicht, wenn du aufgenommen worden bist«, mutmaßte Gero. »Sozusagen als Belohnung für all deine Mühen.«

»Da könnte ich mir was anderes vorstellen«, sagte Fabius und grinste verhalten, während er einer drallen Magd hinterherstarrte. »Zu schade, dass wir nicht im Refektorium der Ritterbrüder zugelassen sind«, meinte er mit einem bedauernden Schulterzucken.

Als Novizen waren sie weder im Speiseraum der Ordensritter noch bei deren Messen zugelassen. Alles, was der Orden intern besprach, war und blieb streng geheim, wenn man von den allseits bekannten Zukunftsplänen einmal absah.

»Deren wahre Geheimnisse zu ergründen ist ein weiterer Anreiz, sämtliche Prüfungen zu bestehen«, bemerkte Fabius mit einem Augenzwinkern, während sie in der Schlange der Wartenden standen.

Der Gehilfe des Drapiers stellte zufrieden fest, dass die Brüder in Frankreich bereits ganze Arbeit geleistet hatten und die jungen Bewerber, wie vorgeschrieben, kurzgeschorenes Haar und kurze Bärte trugen. Dazu hatte man ihnen die braune Kutte eines Novizen samt Hosen und einfache Lederschuhe verpasst. Außerdem stand ihnen noch eine Reithose aus dickem, braunem Leder zu und ein Paar derbe Stiefel, die bis zu den Knien reichten und Befestigungsschlaufen für eventuelle Kettenbeinlinge besaßen, die sie zusammen mit Kettenhemd, Handschuhen und Helm jedoch erst erhalten würden, wenn die entsprechende Ausbildung begann. Und das auch nur leihweise, bis zur endgültige Aufnahme als Ordensritter. Beiläufig wurden sie aufgefordert, Dinge von Wert abzugeben, die man mit Namen versehen in einer eisernen Kassette verwahrte, welche im streng gesicherten Trakt der Ordenskasse aufbewahrt wurde. Gero fragte höflich, ob auch sein silberner Siegelring dazugehörte, was schließlich vom zuständigen Ordensbruder bejaht wurde.

»Den Schmuck erhaltet ihr wieder, falls eure Aufnahme als Ordensritter abgelehnt wird, oder wir schicken ihn zu euren Verwandten, falls ihr zu Tode kommen solltet«, erklärte er kühl. »Sollte es zur Aufnahme kommen, werden Ketten und Ringe ohnehin einbehalten und dem Vermögen des Ordens zugeführt. Bis auf die Siegelringe, die erhaltet ihr zurück, dürft sie aber nicht benutzen, da der Orden nur eigene Siegel erlaubt.«

Allgemeines Murren war die Folge, als die meisten von ihnen sich ihrer letzten Geld- und Tauschmittel beraubt sahen. Hatten sie doch in ihrer Einfältigkeit gehofft, sich neben dem angeblich kargen Ordensleben damit einen bescheidenen Luxus leisten zu können. Hinzu kam, dass ihre Wappenbücher einbehalten wurden, die ihre Herkunft und ihren Stand verrieten. Spätestens am Geburtsfest Johannes des Täufers, wenn sie die ersten Prüfungen bestanden hatten, würde darin ein Eintrag des Ordens vermerkt werden, dass sie als Anwärter auf das Amt eines Ordensritters bei den Templern Aufnahme gefunden hatten. Was ein gewisses Risiko barg. Falls sie sich in der Zeit ihres Noviziats nicht entsprechend bewährten und vorzeitig entlassen würden, wäre der unvollständige Eintrag eine nicht wiedergutzumachende Schmach.

Kapitel VIII

Die Stimmung war entsprechend niedergedrückt, als sie am Abend, nach einem endlos erscheinenden Lauf durch die Instanzen, mit einer Unmenge von Listen, Papieren und Unterschriften zum Dormitorium zurückkehrten. »Bei dem ganzen Schreibkram hätte ich ja gleich zum Studium nach Paris gehen können«, maulte Philippe de Pons, kurz Pepé genannt, ein rothaariger Bruder aus der Bretagne. Dass er des Schreibens nicht zweifelsfrei mächtig war, hatte Gero daran erkannt, wie unbeholfen er seinen Namen kritzelte.

»Hieß es nicht, du seist in der Klosterschule wegen Dummheit rausgeflogen?«, witzelte Roderic de Turiac, ein pausbäckiger Kerl aus Rennes, der ihn offenbar schon länger kannte. »Wie hättest du da in Paris studieren wollen?«

»Blödmann«, erwiderte Pepé und streckte seinem Nachbarn die Faust entgegen.

Allgemeines Gelächter brandete auf, obwohl auch dies die Stimmung nicht wirklich zu heben vermochte.

Erst recht, als der Bruder zu Nacht, der die Wache übernahm, bei einer Kontrolle im Haus der Novizen darauf bestand, dass sie die kratzige Leinenunterwäsche auch im Bett anbehalten mussten. Kommandant Le Puy war da weitaus großzügiger gewesen, zumal die Hitze an Bord von Meile zu Meile zugenommen hatte und bereits vor der Ankunft in Zypern ihren Gipfel erreichte.

»Wenn ich gewusst hätte, wie unkomfortabel das Leben als Templer ist«, stöhnte Nicolas in seiner weibisch anmutenden Art, »hätte ich es mir wahrscheinlich anders überlegt.«

»Du kannst deinen süßen Hintern jederzeit zurück zum Hafen bewegen und dort gegen gutes Geld an betuchte Sodomiten verkaufen«, feixte Arnaud de Mirepaux. »Solange du keinen Eid geleistet hast, zwingt dich niemand, auf immer und ewig das Ordenskleid anzuziehen.« Arnaud klimperte daraufhin auffällig mit den Wimpern, was bei einigen Kameraden einen Lachanfall provozierte.

»So amüsiert, meine Herren?«, rief eine scharfe Stimme.

»Kommandeur-Leutnant Odo de Saint-Jacques«, stellte sich ein fremder Hüne vor, wobei er mit lässig überkreuzten Armen im Türrahmen stehenblieb. »Ab morgen habe ich das Vergnügen, herauszufinden, was in euch steckt. Und ich will ehrlich hoffen, dass es etwas mehr ist als der Schwanz eures Nachbarn.« Sein abschätziger Blick streifte Nicolas, der daraufhin rot anlief. Doch diesmal lachte niemand. Alle standen da wie erstarrt und fixierten den schwarzbärtigen Ordensritter, dessen ansonsten markantes Gesicht von einer quer verlaufenden Narbe entstellt war.

»Schön, dass man euch offensichtlich noch beeindrucken kann«, bemerkte Saint-Jacques mit einer hochgezogenen Braue. »Also dann bis morgen direkt nach dem Frühessen. Wir treffen uns vollkommen aufgerüstet auf dem Hof. Das bedeutet, ich werde dem Drapier Anweisung geben, dass er euch in sämtliches Eisen stecken soll, das der Orden zu bieten hat.« Und dann war er wieder verschwunden.

»Was war denn das für ein Arsch?«, fragte Fabius leise. »Der Kerl ist mir jetzt schon unsympathisch.«

»Von ihm hängt augenscheinlich ab, ob man uns einen weißen Mantel gibt«, bemerkte Gero gelassen. Ihm war es beinahe gleichgültig, was man hier mit ihm anstellte, er hatte ohnehin nichts zu verlieren. Wenn er die Aufnahme als Templer nicht schaffte, würde er im nächsten Hafen bei den Venezianern oder Genuesen als Söldner anheuern. Die zahlten gut, wie er gehört hatte, und garantierten einen ehrenhaften Tod, falls auf ihren Raubzügen gegen die Heiden etwas schiefging.

»Ich habe läuten hören, dass die Templer ihre Neuankömmlinge besonders schlecht behandeln, um Weichlinge möglichst früh abzuschrecken«, wusste Arnaud zu berichten.

»Na ja«, fügte Fabius hinzu, »die Sache in Troyes ist schwer zu überbieten, findet ihr nicht?«

»Nur weil du dir wegen dieses vertrottelten Mamelucken beinah in die Hosen geschissen hast, heißt das noch lange nicht, dass es nicht schlimmer kommen könnte«, raunte Arnaud. »Von einem spanischen Templer weiß ich, dass sie Anfänger tagelang durch die Wüste scheuchen, ohne Wasser und Brot, und wenn sie Durst haben, müssen sie ihre eigene Pisse trinken oder die von den Pferden, wenn sie welche dabeihaben.«

»Du bist ein ziemliches Ferkel«, tadelte ihn Nicolas. »Ich kann mir nicht vorstellen, dass man in einem so gut organisierten Orden Derartiges von uns verlangt.«

»Ich fürchte, da täuschst du dich«, mischte sich der Ire ein. »Mein Großvater war als junger Knappe beim Kreuzzug von Damiette dabei. Dort haben die Templer sogar das Blut von den Pferden getrunken, um nicht zu verdursten.«

»Und er hat's auch überlebt«, fügte Arnaud lakonisch hinzu. »Wahrscheinlich wollen sie wissen, wie viel sie uns zumuten können, bis wir auf die Idee kommen, Fahnenflucht zu begehen.« Seine braunen Augen waren auf Nicolas gerichtet, der die Vorstellung, Blut trinken zu müssen, offenbar noch widerwärtiger fand als alles andere.

»Ich kenne Kerle wie dich«, beschimpfte Nicolas den sehnigen Franzosen. »Ihr habt euren Spaß daran, andere Menschen zu entsetzen, indem ihr ohne Rücksicht auf das Gemüt eures Gegenübers Schauergeschichten erzählt.«

Arnaud verdrehte seine braunen Augen und unterdrückte eine Revanche, obwohl nicht wenige darauf zu warten schienen.

Wie nah Arnaud mit seinen Vorstellungen an die Wahrheit herankam, sollte sich schon am nächsten Vormittag zeigen. Aufgerüstet wie Ritter, hatten die zweiundzwanzig Novizen pünktlich nach dem Frühessen im Hof zu erscheinen. Mit Schwert, Helm, Schild und Kettenpanzer machte die Ausrüstung gut vierzig Pfund aus. Hinzu kamen noch mal zwanzig Pfund an Wasser und Proviant, die jeder in den Satteltaschen seines Pferdes zu verstauen hatte. Zunächst führte Odo de Saint-Jacques, der voranritt, sie in die nicht weit entfernten Berge von Kyrenia. Beim Aufstieg über die engen Pässe, die zur Festung St. Hilarion führten, der Sommerresidenz des Königs von Zypern, durchstreiften sie unentwegt raues Gelände, in dem ihnen keine Menschenseele begegnete. Nach ungefähr sechs Stunden Ritt machten sie in einer steinigen Hochebene halt, in der weit und breit kein Baum stand, der

Schatten spendete, und auch kein Wasser zu finden war. Die meisten von ihnen waren vom Schweiß durchnässt und hatten einen Großteil ihrer Wasserrationen schon verbraucht, weil man ihnen gesagt hatte, dass es am Ziel eine Quelle geben würde, wo sie ihre Wasserschläuche auffüllen konnten. Doch niemand außer Odo de Saint-Jacques wusste genau, wann sie dieses Ziel erreichen würden. Als der Kommandeur absitzen ließ, waren alle froh, sich ausruhen zu dürfen, obwohl die Hitze immer noch mörderisch war. Schneller als erwartet ging die Sonne unter, und Saint-Jacques befahl, ein Lager aufzuschlagen, wobei er ihnen erlaubte, ihren Durst mit verdünntem Wein zu stillen, den er in gesonderten Ziegenschläuchen mit sich trug. Ihre Wasservorräte teilten die meisten von ihnen mit ihren Pferden, in der Zuversicht, spätestens am nächsten Morgen die besagte Quelle zu erreichen.

Rasch bauten sie die Zelte auf und schürten ein Lagerfeuer. Brot wurde geröstet, und Hartwurst machte die Runde. Dann teilte Saint-Jacques den versprochenen Wein in die Ahornbecher aus, die jeder in seinem Gepäck haben musste.

Gero bemerkte, wie der Wein ihm zu Kopf stieg und dass er müde wurde. Ohne auch nur einen Gedanken daran zu verschwenden, dass er zur Wache eingeteilt werden könnte, schlief er irgendwann ein.

Als er am Morgen, immer noch vor dem ausgebrannten Lagerfeuer liegend, erwachte, dröhnte wie üblich sein Schädel. Rotwein, besonders wenn er eine gewisse Süße hatte, war sein Untergang.

Als Gero langsam zu sich kam, erfüllte ihn blankes Entsetzen. Alles war weg! Die Zelte, die Pferde, der Proviant. Lediglich die Ausrüstung, die er am Leibe trug, war noch vorhanden. Rasch schaute er sich um, ob die Kameraden vielleicht ohne ihn abgezogen waren. Doch die meisten hatten sich bereits vor ihm erhoben und machten ein ziemlich dummes Gesicht, während sie sich fluchend umschauten.

»Merde!«, hörte er Arnaud rufen. Und selbst der Schotte, der sonst nie etwas sagte, stieß etwas Unverständliches aus, das aber zweifelsfrei als Schimpfwort einzuordnen war.

Fabius, der nach Gero die Augen aufgeschlagen hatte, rappelte sich panisch hoch. »Wo sind unsere Pferde?«, fragte er Gero, als ob dieser Schuld daran hätte, dass er den Überfall nicht bemerkt hatte.

In einiger Entfernung stand Odo de Saint-Jacques, wieder mit gekreuzten Armen und seltsam undurchsichtiger Miene. Wobei auch ihm das Pferd fehlte, aber im Gegensatz zu allen anderen hatte er seine Wasserreserven behalten.

Gero fiel auf, dass, wer auch immer sich in der Nacht ihrer Sachen bemächtigt hatte, offenbar nicht an Waffen, Kettenhemden und Schilden interessiert gewesen war.

Lediglich die Pferde fehlten und mit ihnen Zelte und Decken. Bei dem Gedanken, den schönen David nie wiederzusehen, überkam ihn eine plötzliche Traurigkeit. Nicht weil der Hengst so wertvoll war, obwohl das durchaus zutraf, sondern weil das Pferd das einzige Lebewesen in seiner Nähe war, das Lissy gekannt hatte. So verrückt es auch klang, manchmal hatte er des Abends, wenn er das Tier mit Heu und Hafer versorgt hatte, mit ihm, wenn auch leise, über Lissy gesprochen. Rasch verdrängte er diesen Gedanken, weil er ihn noch mehr in den Abgrund zog.

»Wer kann das gewesen sein?«, fragte Fabius voller Unverständnis den Kommandeur.

»Das tut nichts zur Sache«, erwiderte Odo de Saint-Jacques streng. »Stellt euch vor, wir wurden von Gesindel überfallen und müssen nun zu Fuß zum Hauptquartier zurücklaufen. Auf dem Weg dorthin lauern hinter jedem Felsen die Heiden. Das bedeutet, es ist nicht erlaubt, Waffen und Kettenpanzer zurückzulassen. Wer das nicht schafft, hat nicht nur seine Ehre als Templer verloren, sondern sein Leben verwirkt.«

Spätestens jetzt wussten alle, dass sie in eine Falle getappt waren und nicht irgendwelche Räuber an ihrer Situation schuld waren, sondern Saint-Jacques und der Orden höchstselbst. Man wollte wissen, wie sie mit einer solchen Situation zurechtkamen. Wahrscheinlich war der Wein sogar mit einem Schlafmittel versetzt gewesen, damit sie von dem Überfall nichts mitbekommen konnten.

Die erste Meile zu Fuß, was ungefähr eine Stunde Ritt zu Pferd bedeutete, war noch erträglich. Danach wurde es zunehmend unangenehm, zumal die Sonne immer heißer vom Himmel brannte und der Durst auch wegen des zuvor getrunkenen Weines stärker wurde. Gero klebte schon bald die Zunge am Gaumen, während Odo sich genüsslich aus seinem Ziegenbalg mit Wasser bediente. Den anderen erging es kaum anders, wobei einige offensichtliche Probleme hatten, Rüstung und Waffen zu schleppen, und immer träger in ihren Bewegungen wurden.

Schon bald erntete Saint-Jacques mörderische Blicke, zumal er mit einem raschen Schritt den Takt vorgab, doch niemand getraute sich, ihn zu fragen, ob er von dem Wasser etwas abgeben würde, geschweige denn, es ihm zu entreißen.

Gero schien es, als ob der Kommandeur-Leutnant regelrecht darauf lauerte, dass der Erste von ihnen die Fassung verlor oder zu Boden ging. Was er als gefährlich ansah, weil niemand von ihnen in der Lage gewesen wäre, den zusammengebrochenen Kameraden ohne einen Schluck Wasser zu retten.

Nach vier Stunden Marsch ohne nennenswerte Pause und etwas zu trinken war es Nicolas, den es als Erster erwischte. Ohne Vorwarnung fiel er auf den steinigen Pfad und rührte sich nicht mehr.

Gero eilte sofort zu ihm hin und sah, wie die Lider des jungen Mannes flatterten. Sein Mund war völlig ausgedörrt.

Gero litt selbst immer noch unter rasenden Kopfschmerzen, doch er hatte sich geschworen durchzuhalten, schon allein, um sich vor Saint-Jacques keine Blöße zu geben.

»Wir brauchen Wasser«, rief er in dessen Richtung, »sonst kommt er nicht hoch.«

»Wir haben kein Wasser«, entgegnete der Kommandeur ungerührt. »Entweder er kommt von allein wieder zu sich, oder wir müssen ihn zurücklassen. Stellt euch vor, die Heiden sind uns dicht auf den Fersen und ihr steht vor der Wahl: einer oder alle.«

»Ich könnte ihn tragen«, erklärte Gero tapfer, auch wenn er sich nicht sicher war, ob er es bis zur Ordensburg schaffen würde. Auch nach Stunden des Umherwanderns befanden sie sich immer noch in einer unübersichtlichen Bergregion, und niemand konnte sagen, welchen Weg Saint-Jacques als Nächstes vorgeben würde. Der Sonne nach zu urteilen drehten sie sich im Kreis. Vielleicht war das eine mörderische Spielart des Kommandeurs, der schließlich immer vorausging und dem sie folgten wie Lämmer, die zur Schlachtbank geführt wurden.

»Es gibt noch eine andere Möglichkeit«, forderte Saint-Jacques ihn heraus. »Du kannst ihn deine Pisse trinken lassen. Ein großzügiges Opfer, denn sie wird dir selbst fehlen, wenn du schlappmachst.«

»Hab ich es nicht gesagt?«, raunte Arnaud beinahe schadenfroh.

Saint-Jacques war die Bemerkung des Poulains, wie manche Arnaud aufgrund seiner arabischen Großmutter bezeichneten, nicht entgangen.

»Hey du, komm her!«, rief er ihm zu. »Stell dich hierhin«, fuhr er fort, als Arnaud sich in böser Ahnung näherte, »und hol deinen Schwanz aus der Hose. Dann kniest du dich vor ihn und öffnest ihm den Mund. Gut zielen, kann ich nur sagen, sonst hat er nichts davon.«

Alle starrten wie gebannt zu Arnaud. Niemand glaubte, dass er tun würde, was der Kommandeur ihm soeben befohlen hatte. Doch Arnaud wäre nicht Arnaud, dachte sich Gero, wenn er nicht mit der gleichen Kaltblütigkeit, mit der er seine Geschichten erzählte, diese auch in die Tat umsetzte.

Als ob es die selbstverständlichste Sache der Welt wäre, löste er seinen Hosengürtel und brachte sein bestes Stück zum Vorschein, dann spreizte er Nicolas die Lippen und zielte ihm direkt in den Schlund.

Hustend und prustend kam Nicolas zu sich, verschluckte sich fast, während einige der Umherstehenden würgende Geräusche von sich gaben.

Arnaud beeilte sich, entgegen seiner üblichen Gehässigkeit, seinen Schwanz wieder dorthin zu verstauen, wo er hingehörte.

Als Nicolas verstört fragte, was mit ihm geschehen sei, gab niemand eine Antwort, bis auf Saint-Jacques, der ihn gnadenlos darüber in Kenntnis setzte, dass der Urin seines Kameraden ihm vermutlich das Leben gerettet hatte. Woraufhin Nicolas sich in einem Schwall übergab und nun noch weniger Flüssigkeit in sich trug als zuvor.

Nach dieser Geschichte war er endgültig zu erschöpft, um aufstehen zu können.

»Dann müssen wir dich leider den Geiern überlassen«, beschloss Saint-Jacques mit einem Schulterzucken. Nicolas begann zu heulen, was einem Wunder gleichkam, da er doch ansonsten vollkommen ausgetrocknet zu sein schien.

»Ich sagte doch, ich trage ihn«, wiederholte Gero sein Angebot und hatte den Bruder, der trotz des Kettenhemds im Gegensatz zu ihm selbst ein Leichtgewicht war, bereits geschultert. Allerdings hatte er dies getan, ohne die Erlaubnis des Kommandeurs abzuwarten, was jedoch für ihn keine Rolle spielte. Er würde Nicolas nicht zurücklassen, selbst wenn Saint-Jacques ihm mit dem Rauswurf drohte, so viel stand fest.

Der Kommandeur schaute ihn aus schmalen Lidern an und sagte: »Wenn du es schaffst, ihn bis zum Hauptquartier zurückzutragen, seid ihr beide dabei, wenn nicht, verreckt ihr eben beide unterwegs. Mir soll es egal sein.«

»Ich könnte mich mit ihm abwechseln«, sprang Struan ihm bei.

»Nein«, bestimmte Saint-Jacques gnadenlos. »Entweder die beiden schaffen es, oder wir haben zwei Männer weniger. Ich kann und will keinen dritten Mann opfern.«

»Aber ich könnte wenigstens die Waffen tragen«, schlug Struan vor, wobei sein Blick etwas ungewohnt Flehentliches annahm, wovon sich Saint-Jacques eigenartigerweise beeindrucken ließ.

»Nun gut«, sagte er. »Bei deiner Statur macht es nicht viel, ob du noch ein Schild oder Schwert mehr trägst.« Dann gab er den Befehl zum Weitermarschieren.

Gero war sich nicht darüber im Klaren gewesen, welches Risiko er damit eingegangen war, den Kameraden zu tragen. Schon nach einer weiteren Stunde tanzten schwarze Punkte vor seinen Augen, und seine Zunge war auf das Doppelte ihrer eigentlichen Größe angeschwollen, so dass er glaubte, bei jedem Atemzug ersticken zu müssen. Struan ging die ganze Zeit dicht neben ihm, wobei Saint-Jacques ihn nicht aus den Augen ließ. »Halt durch, Bruder«, sagte der Schotte leise. »Notfalls bring ich den Kerl um«, raunte er. »Falls er euch beide zurücklassen will und euch nichts von seinem Wasser abgibt.«

Gero antwortete nicht, er konnte nicht sprechen, sondern schüttelte nur den Kopf. Die anderen trotteten hinter ihnen her, mit verunsicherten Mienen, in denen sich die Angst spiegelte, das gleiche Schicksal erleiden zu müssen.

Der Tag neigte sich bereits dem Abend zu, als Gero kurz davorstand, aufgeben zu wollen, zumal er das Gefühl nicht loswurde, dass Nicolas auf seiner Schulter noch vor ihm das Zeitliche segnete.

Aus den Augenwinkeln heraus sah er, wie sich an Struans Armen sämtliche Sehnen anspannten und es nicht mehr lange dauern würde, bis der Schotte alle Hemmungen verlieren und Saint-Jacques angreifen würde.

Plötzlich war ein Plätschern zu hören, und Gero glaubte, dass es die Halluzinationen waren, die ihn schon seit einer Weile heimsuchten und vor seinem geistigen Auge glatt spiegelnde Seen hervorzauberten.

Aber die anderen Männer hatten hoffnungsvoll die Köpfe gehoben und glaubten, ihren Augen nicht zu trauen, als sie nach der nächsten Felsbiegung auf eine sprudelnde Quelle stießen.

Alle waren versucht, einfach loszurennen, doch Saint-Jacques gebot ihnen lautstark Einhalt.

»Ihr verdammten Idioten!«, brüllte er ihnen hinterher. »Habt ihr die Umgebung gesichert, festgestellt, ob die Quelle nicht von Feinden umstellt ist, die euch nach dem Leben trachten, während ihr an nichts anderes denkt, als Wasser zu saufen?«

»Du, du und du!«, rief er Arnaud, Struan und Fabius zu. »Stellt euch rund um die Quelle auf, und achtet darauf, dass eure Kameraden nicht in Stücke zerhackt werden, während sie trinken. Danach wird gewechselt.«

Gero hielt als Erster den Kopf von Nicolas unter den sprudelnden Wasserfall.

Danach schöpfte er Nicolas immer wieder Wasser zwischen die Lippen, bis das Leben nach und nach in den jungen Franken zurückkehrte. Zusammen mit den übrigen Brüdern trank Gero schließlich das Wasser aus der hohlen Hand. Danach nutzte er noch einmal die Gelegenheit und hielt seinen eigenen Kopf unter das kühlende Nass, bis der Schmerz darin langsam nachließ. Nicolas lehnte leichenbleich mit dem Rücken an einem Felsen und starrte stur geradeaus. Seine Kameraden scharten sich unterdessen besorgt um ihn, weil sie überprüfen wollten, ob er tatsächlich noch atmete.

Saint-Jacques verfolgte die Situation beinahe amüsiert.

»Ihr habt euch gut gehalten«, sagte er schließlich anerkennend. »Besonders Bruder Gero, von dem ich gehört habe, dass er bereits in Franzien angenehm aufgefallen ist. Den Rest des Wegs wird Bruder Struan ihn unterstützen und Bruder Nicolas tragen, falls er sich dazu in der Lage sieht.«

Struan erklärte sich umgehend bereit, Nicolas bis zum Hauptquartier zu schleppen, obwohl niemand wusste, wie lange sie noch unterwegs sein würden.

»Am Ende hat der harte Knochen überraschend Herz gezeigt«, bemerkte Arnaud, als sie mitten in der Nacht zum Hauptquartier zurückkehrten.

»Ich hasse ihn trotzdem«, bekräftigte Fabius sein Urteil über Odo de Saint-Jacques. »Ihm wär's scheißegal gewesen, wenn wir alle verreckt wären.«

»Ja, du hast recht«, knurrte Gero, als sie endlich ins Dormitorium gelangten und zu Tode erschöpft auf ihre Betten fielen, nachdem sie sich zuvor hatten versichern dürfen, dass ihre Pferde lange vor ihnen heil im Stall angekommen waren. »Aber in einem muss ich dem unheiligen Saint-Jacques recht geben. Den Heiden ist es auch scheißegal, wenn wir draufgehen. Wenn uns jemand retten kann, dann nur wir selbst, indem wir zusammenhalten, und das hat er uns heute eindringlich vor Augen geführt.«

Kapitel IX

Die nächsten Wochen verliefen nicht weniger anstrengend. Immer wieder brachte Odo de Saint-Jacques sie bis an die Grenzen ihrer körperlichen und geistigen Kraft, indem er sie im Schwertkampf forderte, im Reiten mit der Lanze trainierte und ihnen theoretischen Unterricht über die Winkelzüge der Heiden erteilte. Der Rest des Tages bestand aus Beten und Putzen, Tätigkeiten, die das Leben eines Ordensritters gut zur Hälfte ausfüllten, es sei denn, sie kämpften wie ihre großen Vorbilder an der ägyptischen und syrischen Küste. Saint-Jacques machte Gero und seinen Kameraden beinahe täglich klar, dass sie für den Nachschub im Herbst zur Insel Antarados vorgesehen waren. Spätestens dann plante man neue Unternehmungen von der frisch aus der Taufe gehobenen Garnison aus, die als Brückenkopf für zukünftige Kreuzzüge noch weiter ausgebaut werden sollte. Eine Nachricht, die seine Kameraden trotz aller Widrigkeiten mit Freude aufnahmen, denn das würde bedeuten, dass ihre Zeit als Novizen vorzeitig endete und ihre Aufnahme als richtige Ordensritter in greifbare Nähe rückte.

Im August erhielten sie ihren ersten Ausgang, der von allen Brüdern mit Beifall beklatscht wurde. Gero blieb misstrauisch, warum ausgerechnet Odo de Saint-Jacques dafür plädierte, jedem Novizen zur Belohnung für die guten Ausbildungsergebnisse einen Weißbyzantiner auszuzahlen und ihnen wie den bereits verpflichteten Ordensrittern alle zwei Wochen einen freien Abend zu genehmigen. Zudem wurde ihnen erlaubt, ihre private Kleidung anzulegen, damit sie draußen in der Stadt nicht sofort als Angehörige des Tempels erkennbar waren – was bereits zu diversen Schlägereien geführt hatte, wenn gewöhnliche Bürger von Nikosia sich durch die Anwesenheit von Ordensleuten provoziert fühlten.

»Endlich raus aus diesen elenden Mauern«, frohlockte Fabius und zog mit den anderen in die Waschräume. Dort schrubbten sie sich von

Kopf bis Fuß mit Seife ab und verpassten sich gegenseitig eine kalte Dusche, als ob sie das Joch des Ordens abwaschen wollten, bevor sie in ihre gewohnten Kleider stiegen.

Auch Gero bildete da keine Ausnahme. Aber er war sich noch nicht sicher, warum er es tat und was er sich von einem freien Tag und einer freien Nacht versprechen sollte. Sogar von den Stundengebeten hatte man sie befreit, allerdings mit der Ermahnung, stets in Gottes Angesicht zu verbleiben. Seit mehr als einem halben Jahr hatte er nicht mehr gefeiert und sich erst recht nicht betrunken – das letzte Mal auf seiner Hochzeit, und da hatte all das Leid begonnen, das ihm schließlich zum Verhängnis geworden war.

Mit eher gemischten Gefühlen schloss er sich Fabius und einer Truppe von Franken an, während Struan zur Überraschung aller beschloss, im Quartier zu bleiben.

»Der Schotte ist ein merkwürdiger Kauz«, meinte Fabius, als sie hinaus auf den Hof traten. »Er trinkt nicht, er spielt nicht und interessiert sich nicht für Weiber, obwohl die Mägde im Waschhaus immer wieder ihr eindeutiges Interesse an ihm bekunden.«

»Was ihm schon einiges an Häme und sicher auch Neid eingebracht hat«, bemerkte Gero. »Außerdem weiß doch jeder, dass Frauen für einen zukünftigen Ordensmann tabu sind. Vielleicht will er einfach nicht in Versuchung geführt werden?«

Fabius antwortete nicht, weil sie beinahe mit Bruder Baudoino de Ardan zusammengestoßen wären, der sich ihnen mit sauertöpfischer Miene in den Weg stellte.

»Keine Schlägereien, keine unbezahlten Rechnungen, kurz gesagt keine Skandale«, gab er ihnen unmissverständlich mit auf den Weg. »Es ist ein Versuch, ob man euch auch ohne Aufpasser auf die Menschheit loslassen kann und ihr euch an die Regeln haltet. Als Ordensritter habt ihr alle zwei Wochen an einem Freitag freien Ausgang bis zum Wecken. Noch blüht euch bei einem Fehltritt lediglich ein Rausschmiss aus dem Noviziat. Wenn ihr erst den Eid abgelegt habt, wird es härtere Konsequenzen haben.«

»Jawohl, Seigneur«, erwiderten sie beinahe im Chor, und einige feixten schon wieder, kaum dass Bruder Baudoino sich außer Sichtweite befand.

»Wehe, wenn man sie von der Kette lässt«, witzelte Arnaud und war schon mit einer Gruppe von franzischen Novizen verschwunden.

Als Gero und Fabius gemeinsam zum Tor hinausgingen, wurden sie von zwei Ordensrittern überholt. Gero erkannte sie auch ohne weißen Mantel. Schließlich hatte er sie oft genug in den Stallungen oder über den Hof laufen sehen. Auch sie trugen zivile Kleidung und keine Waffen. Höchstens ihren Messergürtel, doch den konnte man unter den weißen Leinenhemden, die sie über ihren schwarzen Hosen trugen, nicht sehen.

Einer von ihnen, ein stattlicher Kerl mit einem dunkelblonden Bart und hellen Augen, lachte ihnen zu. »Hey, ihr beiden Grünschnäbel, wollt ihr mit uns kommen?«

Gero zuckte mit den Schultern und warf Fabius einen fragenden Blick zu. Der nickte begeistert, zumal die anderen Novizen nicht auf sie gewartet hatten.

»Danke«, sagte Gero schließlich, als sie sich zu den beiden Templern gesellten. Bei näherem Hinsehen wirkten die beiden ziemlich durchtrieben. Harte Gesellen, denen man ansah, dass sie schon einige Kriegserfahrungen hinter sich hatten.

»Wart Ihr auf Antarados?«, fragte Fabius den einen vorsichtig, während sie im Schatten mehrerer riesiger Johannisbrotbäume in Richtung Stadtkern marschierten.

»Wenn er dir das verrät, Kleiner«, krakeelte der zweite, schwarzhaarige Bruder, »muss er dich leider enthaupten. Das ist ein Geheimnis, das wir mit niemandem teilen dürfen, erst recht nicht mit einem neugierigen Novizen, der noch grün hinter den Ohren ist.«

»Red keinen Schwachsinn, Robert«, schalt ihn der Blonde. »Sein Kumpan ist größer und breiter als du, falls es dir nicht aufgefallen sein sollte. Und es kann höchstens noch ein paar Wochen dauern, dann wird er uns Konkurrenz machen, was das Amt eines Leutnants betrifft.«

Der andere lachte, während der blonde Ordensbruder Gero die Hand hinhielt, so dass er nach Art der Templer überkreuzt einschlagen musste. Ein Gruß, der nur unter bereits vereidigten Ordensrittern üblich war. Gero zögerte erst, doch als ihm der andere zuzwinkerte, traute er sich und schlug ein.

»Hugo d' Empures«, erklärte sein Gegenüber mit einem breiten Lächeln, »meine Mutter war eine Engländerin und mein Vater ein spanischer Edelmann.«

»Gerard von Breydenbach«, erwiderte Gero. »Meine Freunde nennen mich Gero.«

»Gero? Aha«, erwiderte der andere.

»Und wo kommst du her? Franzien?«

»Nein. Ich komme aus den deutschen Landen.«

»Du sprichst verdammt gut franzisch. Hast du Verwandtschaft dort?«

Gero schüttelte den Kopf. »Nein, aber meine Familie wohnt nicht weit von Franzien entfernt. Mein Vater war als Gesandter des Erzbischofs von Trier in Akko dabei, zusammen mit anderen Templern ist ihm die Flucht gelungen.« Gero wusste nicht, warum er das hinzugefügt hatte, aber irgendwie erfüllte ihn die Tatsache, dass sein Vater bei den Templern gekämpft hatte, plötzlich mit Stolz.

»Mein Onkel ist dort als Templer gefallen«, gab Hugo mit resignierter Miene zurück.

»Meiner auch«, erwiderte Gero und kniff die Lippen zusammen. »Obwohl er kein Templer war. Er gehörte zu den Truppen des Bischofs von Metz.«

»Was immer auch war oder ist, wir sind Kameraden, und zu allem Glück sprechen wir auch noch dieselbe Sprache. Ist es nicht wunderbar, dass wir so viel gemeinsam haben?«, sagte Hugo und lachte. »Darauf müssen wir einen trinken!«, rief er und zog Gero und Fabius weiter, wobei der andere Templer ein franzisches Trinklied anstimmte, das immer lauter und schiefer wurde, je weiter sie sich vom Hauptquartier entfernten. Während Fabius mit einem faszinierten Ausdruck in den Augen versuchte, mit Gero und den Männern Schritt zu halten, ernteten die lärmenden Brüder zumindest in der Nähe des Templer-Stützpunktes erboste Blicke von Passanten. Manche holten sogar ihre Kinder von der Straße, als sie durch die engen Gassen an diversen Wohnhäusern vorbeimarschierten.

Hugo schien zu wissen, wo er hinwollte. Und so kehrten sie recht bald in ein Wirtshaus ein, das von üppigen Weinranken umsäumt war.

»Die Taverne gehört einem syrischen Christen«, erzählte er beiläufig, »der früher in der Nähe von Tortosa eine Gastwirtschaft betrieben hat. Nach seiner Flucht beim Überfall der Mamelucken auf Sidon vor mehreren Jahren konnte er in Nikosia Fuß fassen und mit einem günstigen Kredit des Ordens dieses neue Gasthaus eröffnen. Zudem waren es Templer, die ihn und seine Familie in letzter Minute vor der Verschleppung durch die Heiden bewahrt haben. Seither gewährt er allen Ordensbrüdern kostenlos Wein und Bier.«

»Das kommt ihn sicher teuer zu stehen«, bemerkte Fabius, als er die vielen bärtigen Gesichter sah, die auf Stühlen und Bänken an den Tischen hockten, welche der Wirt unter freiem Himmel aufgestellt hatte. Jeder von ihnen hatte einen gewaltigen Krug Wein vor sich stehen. Keiner trug ein Ordensgewand, trotzdem konnte man sofort erkennen, wer von ihnen ein Ritterbruder war. Man sah es an ihrer straffen Haltung und diesem unerschütterlichen Selbstbewusstsein, das alle Templer ausstrahlten, sobald sie ihre Unterkünfte verließen. Eine eigentümliche Mischung aus Stolz und Trotz, die auf Normalsterbliche entweder abstoßend oder anziehend wirkte. Niemand begegnete solchen Männern mit Gleichgültigkeit.

»Sei mir gegrüßt, Marcos«, rief Hugo dem gebeugt gehenden Wirt bereits auf der Straße entgegen. »Ich habe dir zwei Novizen mitgebracht, Bruder Gero und Bruder …« Erst jetzt fiel ihm auf, dass er Fabius nicht nach dem Namen gefragt hatte.

»Fabius«, fügte Geros Kamerad rasch hinzu. »Ich stamme aus der Grafschaft Luxemburg und kenne leider niemanden persönlich, der in Akko war. Aber mein Vater hat gute Verbindungen zum franzischen Königshof.«

»Oho«, bemerkte Robert, Hugos schwarzbärtiger Kumpan, während er nach einem freien Tisch Ausschau hielt. »Ist er der Bäcker und beliefert den König mit Hörnchen?«

»Nein«, knurrte Fabius erbost. »Er ist Mundschenk des Grafen, der wiederum Vasall des franzischen Königs ist.«

»Also pass auf, was du sagst, Hugo«, amüsierte sich Robert und warf Fabius einen gespielt furchtsamen Blick zu. »Der König hört mit.«

Fabius schien immer noch leicht verärgert, als Marcos sie zu einem freien Platz unter einer ausladenden Tamarinde führte. Am Nachbartisch gab es einige Begrüßungsrufe. Die Männer dort spielten Karten und hoben grölend ihre Becher, als einer von ihnen unverhofft ein gutes Blatt auf den Tisch legen konnte.

»Ich dachte, Glücksspiel wäre den Brüdern verboten«, sinnierte Fabius halblaut.

»Nicht, solange du nicht um Geld oder Frauen spielst«, belehrte ihn Robert. »Beides ist den Templern verboten«, führte er weiter aus und zwinkerte ihm grinsend zu. »Aber niemand sagt, dass man nicht auch aus reinem Vergnügen spielen darf.«

Marcos war so lange neben ihrem Tisch stehen geblieben, bis alle ihren Platz gefunden hatten. »Was kann ich euch bringen?«, fragte er dienstbeflissen.

»Die haben auch Limonade«, raunte Robert Fabius zu, »nur für den Fall, dass du keinen Wein verträgst.«

»Ich sagte doch, mein Vater ist Mundschenk«, ereiferte sich Fabius aufs Neue. »Ich durfte schon als Knabe die edelsten Weine kosten, zu einer Zeit, als man euch sicherlich nur Ziegenmilch erlaubte.«

Hugo brach in schallendes Gelächter aus, zumal Robert ein betroffenes Gesicht machte.

»Du musst wissen«, sagte Hugo an Fabius gerichtet, »Roberts Familie züchtet weiße Edelziegen. Sie besitzen Hunderte davon.«

Fabius machte ein zufriedenes Gesicht, weil er glaubte, seinen Widersacher endlich zum Schweigen gebracht zu haben. Demonstrativ nahm er einen großen Schluck Wein, nachdem Marcos die bestellten Karaffen samt Bechern vor ihnen abgestellt hatte.

Gero beobachtete Robert, der ihm schräg gegenübersaß, und kam zu dem Schluss, dass dieser Fabius' Retourkutsche nicht so einfach auf sich sitzen lassen würde.

»Wir ziehen übrigens nachher noch weiter«, erklärte der Templer mit überlegener Miene. »Aber da könnt ihr nicht mitkommen. Dafür seid ihr noch zu grün hinter den Ohren. Es sei denn, ihr seid richtige Männer, dann könnten wir es uns überlegen.«

»Rob, halt den Mund«, rief Hugo düster. »Das geht die beiden nun wirklich nichts an. Oder willst du, dass sie sich am Ende verquatschen?«

»Heißt das, du willst die beiden nach Hause schicken, gerade dann, wenn's lustig wird?«, widersprach sein Templerkumpan mit einer theatralischen Geste.

»Und du willst für den Rest des Jahres vom Boden fressen, so, wie es aussieht?« Hugo hatte mit einem Mal seinen Humor verloren.

»Wieso sollten sie quatschen? Wenn sie mitgehen, hängen sie genauso in der Sache mit drin wie jeder andere auch. Schließlich sind sie gestandene Kerle und haben nach all den Qualen, die Bruder Saint-Jacques ihnen in den letzten Wochen zugefügt hat, eine kleine Abwechslung verdient.«

»Und was ist, wenn sie ihre Klappe nicht halten können?«

»Das werden sie nicht, schließlich wollen sie schon bald als Ritter in den Orden aufgenommen werden. Was nicht geschehen wird, wenn sie nicht schweigen können. Betrachte es als eine Art Initiationsritus.«

»Nicht wahr, ihr beiden?« Robert warf Gero und Fabius einen vielsagenden Blick zu. »Verschwiegenheit ist im Orden genauso wichtig wie der Kampf mit der Lanze.«

Gero hatte keine Ahnung, was er darauf erwidern sollte, zumal er noch nicht einmal wusste, worum es ging.

»Und was ist, wenn sie aus anderen Gründen vorzeitig rausfliegen?«, fragte Hugo aufgebracht.

»Nein«, erwiderte Robert und fasste sich nachdenklich ans Kinn, wobei er Gero von oben bis unten taxierte. »Das glaube ich nicht. Hast du nicht selbst gesagt, der Kerl sei größer und breiter als ich? Wir haben in den letzten Wochen allein in Tortosa fünfzehn Männer verloren und acht beim Angriff auf Margat. Macht dreiundzwanzig, die nun auf dem Friedhof in Limassol vor sich hin modern. Der Orden braucht dringend neues Futter für die Heiden. Sie werden sie alle nehmen, ganz gleich, wie dumm sie sich anstellen. Also, du solltest ihnen ein bisschen Spaß gönnen, bevor sie einen qualvollen Tod sterben oder lebenslänglich im Kerker eines blutrünstigen Emirs landen.«

Fabius, der den Schlagabtausch der beiden mit Spannung verfolgt hatte, platzte beinahe vor Neugier. Wahrscheinlich hatte er gerade wieder den Heiligen Gral vor Augen. Aber auch Geros Interesse war plötzlich geweckt. In der Aufregung hatten sie gar nicht bemerkt, dass auch die Stimmen am Nachbartisch verstummt waren und sie unvermittelt interessierte Zuschauer gewonnen hatten, was Hugo anscheinend zum Einlenken brachte.

»Von mir aus«, erwiderte er und gab sich mit entnervter Miene geschlagen.

»Trinkt noch einen, ihr werdet es gebrauchen können«, empfahl Robert gelassen und prostete Gero und Fabius lachend zu.

Während Fabius ihm neugierige Blicke zuwarf, weil sie immer noch nicht wussten, was die beiden mit ihnen vorhatten, gesellten sich noch ein paar Hospitaliter dazu, die ebenfalls in privater Kleidung unterwegs waren. Wie die Templer hatten sie sich der Hitze auf Zypern angepasst und trugen weite, zum Teil weiße, zum Teil blau gefärbte knielange Leinenhemden und schwarze Hosen aus einem dünnen Stoff, dazu die leichten Ledersandalen der Mönche.

Gero glaubte, bei einem von ihnen einen deutschen Akzent herauszuhören, während die Männer sich wie selbstverständlich in Franzisch unterhielten, und fand heraus, dass der gut genährte Bruder rechts von ihm auf den Namen Ullrich hörte und aus Mainz stammte. Sofort entwickelte sich ein interessantes Gespräch über die Zustände in der Heimat und was dort von einem Ordensritter erwartet wurde. Als Gero auf seinen Vater zu sprechen kam, der von ihm die Eroberung Jerusalems verlangte, begann der Hospitaliter zu lachen.

»Mir ist es ganz ähnlich ergangen«, spöttelte er. »Nur dass es bei mir meine Mutter war, die sich vorstellte, dass man die Heiden mir nichts, dir nichts mit einem Besen aus der Heiligen Stadt hinausfegen könne. Inzwischen habe ich andere Prioritäten gesetzt«, sagte er und grinste, als Hugo zum Aufbruch mahnte und Ullrich und sein Kamerad den beiden Templern ungefragt folgten. Die Dämmerung hatte bereits eingesetzt, und Hugo und Robert gingen zielstrebig voran. Die beiden Hospitaliter marschierten wie selbstverständlich hinterher. Die Männer unterhielten sich leise, während sie auf ihrem Weg einen menschenleeren Weinberg durchquerten. Bald schien es, als hätten sie die Anwesenheit der beiden Novizen vergessen.

»Wo gehen wir bloß hin?«, fragte Fabius irritiert.

»Wirst du schon sehen, Kleiner«, erwiderte Robert, der die Frage gehört hatte. Er war stehengeblieben, um auf Gero und seinen luxemburgischen Kameraden zu warten, und klopfte ihm zuversichtlich auf die Schulter. »Kommt einfach mit uns, dann werdet ihr schon sehen.«

Fabius hob die Brauen und grinste Gero beiläufig an. »Was soll schon geschehen?«, sagte er leise, als sie ihren Weg fortsetzten. Das Verhalten der Brüder irritierte Gero zwar, aber nun wollte auch er wissen, was hinter deren Andeutungen steckte.

Außerdem hatten sie sowieso nichts Besseres zu tun, und schließlich waren die Männer gestandene Ordensritter und damit würdige Vorbilder, die stets im Angesicht Gottes handelten.

Einen Moment lang befürchtete er jedoch, dass es sich tatsächlich um eine Art Initiationsritus handelte und sie zu einer Prüfung geführt würden, die den Männern zur Belustigung diente. Er hatte schon öfter von solchen Traditionen gehört, die in Armeen, aber auch in Klöstern üblich waren und den Opfern gewöhnlich irgendetwas Ekelerregendes abverlangten, damit sie von den alteingesessenen Brüdern als gleichwertig anerkannt wurden. Aber dafür war es eigentlich noch zu früh, weil sie die offizielle und endgültige Aufnahme in den Orden noch gar nicht hinter sich hatten.

Während Gero all das durch den Kopf ging, marschierten die vier Ordensritter wortlos, ja fast andächtig durch einen Olivenhain. Von ferne sah man die Lichter der Feuerkörbe und Fackeln, die die Straßen von Nikosia am Abend erleuchteten. Sie selbst konnten den steinigen Weg, der sie nun durch eine Zypressenallee zu einem unscheinbaren Anwesen führte, kaum noch sehen. Die Männer machten schließlich vor einem breiten Holztor halt, das in die hohe Mauer eingelassen war, die ein mehrstöckiges schlichtes Gebäude umgab. Robert betätigte den darauf befindlichen Messingklopfer, der die Form eines Löwenkopfes hatte. Auf Sichthöhe öffnete sich kurz darauf ein Fensterchen, und eine männliche Stimme verlangte nach einer Losung.

Offenbar kannte Robert das Zauberwort, denn kurz darauf öffnete sich eine Hälfte des Tores, und sie wurden eingelassen.

Während Fabius keinerlei Scheu zeigte, den Ritterbrüdern zu folgen, zögerte Gero noch. Irgendwie wurde er das Gefühl nicht los, dass es an diesem Ort nicht mit rechten Dingen zuging.

Vor einem orientalisch anmutenden Überbau waren einige Pferde angebunden, deren Besitzer nicht eben arm zu sein schienen, wie Gero am Geschirr und an den Sätteln der Tiere erkannte. Auch das Haus selbst machte bei näherer Betrachtung einen weit besseren Eindruck, als von außen zu sehen war. Auf einer sauber gemalten Tafel stand »Taverne des Anges« – Taverne der Engel. Gero fragte sich ernsthaft, was die Brüder hier zu suchen hatten. Aber so, wie es aussah, kamen sie nicht zum ersten Mal hierher. Am Eingang standen zwei martialisch gerüstete Wachen, die den Vieren und ihren jungen Begleitern freundlich zunickten und gleichzeitig die spärlich beleuchtete Umgebung im Auge behielten.

Als sie das Innere des Hauses betraten, gelangten sie in eine geräumige Schankstube, deren schlichter Mosaikboden mit persischen Teppichen ausgelegt war. An den Wänden aufgehängte, rot leuchtende Glasampeln verbreiteten ein schummriges Licht. Der mit Fackeln beleuchtete Flur führte zu einem ebenfalls beleuchteten Innenhof, in dem ein orientalischer Brunnen plätscherte.

Auf den glattpolierten Holztischen im Schankraum hatte man rote Batistdeckchen ausgelegt und weitere, flackernde Ampeln in verschiedenen Farben aufgestellt. Auf einer goldbemalten Kommode thronte eine beeindruckend große syrische Glaskaraffe voll Wein, mit den passenden Gläsern dazu, die man rundherum wie zur Selbstbedienung arrangiert hatte. Hinter dem Ausschank stand eine dralle Wirtin, die Robert mit einem großen Hallo begrüßte und die sich als Mafalda vorstellte. Sie trug eine kostbare Seidenrobe, türkis mit Gold durchwirkt, die ihre üppigen Rundungen schamlos zur Geltung brachte. In ihrem hochgesteckten schwarzen Haar schimmerten geschliffene Edelsteine, die das Licht der Ampeln einfingen und verführerisch glitzerten. In ihrer Begleitung befanden sich mehrere wunderhübsche junge, aber auch ältere Frauen mit offenen, langen Haaren und sündhaft durchscheinenden Gewändern, die absolut nichts von ihren Vorzügen verborgen hielten. Hugo und seine drei Kameraden wurden von den Frauen mit einem erfreuten Lächeln und unmissverständlichen Umarmungen begrüßt. Gero fühlte sich plötzlich unbehaglich, als Hugo zu ihm kam und meinte, er und Fabius sollten sich getrost eins von den Mädchen aussuchen und sich mit ihm amüsieren. Auch hier würde alles auf Kosten des Hauses gehen.

Die vier Ritter hielten sich nicht lange im Schankraum auf, sondern gingen mit ein paar jungen Frauen die Treppen hinauf ins nächste Stockwerk, wo sie fürs Erste verschwunden blieben.

Fabius bedachte Gero mit einem fragenden Blick. »Denkst du, was ich denke?«, fragte er unsicher.

»Ja«, murmelte Gero gereizt. »Anscheinend hatte Kommandant Le Puy recht, als er sagte, die Huren machen es den Ordensrittern auf der Insel umsonst. Mit dem Unterschied, dass das hier keine Hafenspelunke ist, sondern ein Freudenhaus, in dem nur Leute verkehren, die es sich leisten können. Ich hab kein gutes Gefühl bei der Sache. Wenn du mich fragst, sollten wir gehen, bevor uns jemand sieht und wir Ärger bekommen.«

Im nächsten Moment tauchte hinter Fabius eine rothaarige Schönheit auf und umgarnte ihn mit Komplimenten, die alles andere als der Wahrheit entsprachen. Doch Fabius schienen die haltlosen Schmeicheleien der Dirne zu gefallen. Gero war seine abweisende Haltung wahrscheinlich anzusehen. Und dies war sicher einer der Gründe, warum es keine der übrig gebliebenen Frauen bei ihm versuchte.

Fabius hingegen war sofort Feuer und Flamme und bereit, die junge Frau zu ihrer Kammer zu begleiten. »Soll ich?«, fragte er Gero mit einem Blick, als hätte ihn jemand verhext.

»Du musst selbst wissen, was du tust«, brummte Gero und ließ ihn ziehen.

Als er sich umschaute, stand er beinahe ganz allein da, nur die schon ältere Wirtin und eine jüngere Frau, die von ihm abgewandt am Ausschank stand, waren zurückgeblieben. Die beiden unterhielten sich leise. Gero fiel das unglaublich lange, schwarz glänzende Haar der jüngeren Frau auf, das ihr bis in die Kniekehlen reichte. Auch sie trug ein dünnes Seidengewand, das aus einem durchscheinenden Überwurf und einer weiten Hose bestand. Darunter war sie nackt, was er aufgrund des durchscheinenden Stoffes leicht erahnen konnte.

Was soll's, dachte er resigniert und setzte sich an einen der Tische, wo eine volle Karaffe Wein und zwei kostbare Gläser auf ihn warteten. Sämtliche männlichen Gäste waren irgendwohin verschwunden. Und wenn er ehrlich zu sich selbst war, hatte sein Unbehagen noch weiter zugenommen. Den beiden Frauen, die ihn nun zu beobachten schienen, kam er sich regelrecht ausgeliefert vor. Am liebsten wäre er einfach gegangen, aber er wollte Fabius nicht im Stich lassen und warten, bis der Luxemburger sein zweifelhaftes Liebesspiel beendet hatte, damit sie gemeinsam zum Hauptquartier zurückkehren konnten. Die beiden Huren würden ihm derweil schon nichts tun, und er wusste schließlich gut genug, was er nicht wollte.

Kapitel X

»Siehst du den Kerl da am Tisch?«, fragte Mafalda und gab Warda einen Wink. Warda wandte sich um und betrachtete den blonden Hünen, der auf einer Bank unter dem Fenster saß, mit unverhohlener Neugier.

»Sieht er nicht umwerfend gut aus?«, fügte Mafalda zu allem Überfluss hinzu. Warda nickte versonnen, wobei ihr im Kerzenschein besonders die unglaublich blauen Augen auffielen. Sein sandfarbenes Haar war kurzgeschoren wie das eines Templers oder eines jungen Mannes, der erst noch ein Templer werden wollte. Es stand in einem hübschen Kontrast zu seinem hellblonden, kürzeren Bart. Hugo hatte ihr im Vorbeigehen erzählt, dass der Kerl und sein Freund Novizen des Ordens seien, die nach einer anstrengenden Ausbildung sicher etwas Spaß vertragen konnten.

Interessiert musterte sie seine Kleidung. Er trug eine dunkle, weiche Hirschlederhose und kurze braune Stiefel, ebenfalls aus teurem Leder.

Ein Hinweis darauf, dass er ursprünglich aus einem wohlhabenden Hause stammte wie die meisten jungen Kerle, die bei den Templern Aufnahme als Ordensritter fanden. Sein breites Kreuz und die beeindruckenden Armmuskeln sprengten beinahe das schwarze Leinenhemd, dessen loser Saum ihm fast bis zu den Knien reichte. Am Hals war es mit Schnüren gebunden, die offen standen und einen Ausblick auf seine breite, leicht behaarte Brust erlaubten.

Er war um einiges jünger als sie, doch das hielt Warda nicht davon ab, beim Anblick dieses Mannes ein gewisses Interesse zu entwickeln – was in ihrem Gewerbe eine Grundvoraussetzung war, um Spaß an der Arbeit zu finden. Im Gegenteil, sie liebte es, einen jungen, ungestümen Mann zwischen den Schenkeln zu haben, dessen impulsive Kraft es zu bezähmen galt.

»Ein Kerl ganz nach meinem Geschmack«, flüsterte sie Mafalda zu und ordnete ihre Kleider, auf dass der Ausblick auf ihre vollen Brüste noch besser zur Geltung kam. »Ich liebe fränkische Ritter, besonders wenn sie blond und blauäugig sind.«

Doch zu ihrem Verdruss schenkte ihr der blonde Recke keinerlei Aufmerksamkeit. Er blickte fortwährend in seinen Weinbecher, als ob er daraus die Zukunft lesen wollte.

Nachdem er sich einen Wein eingeschenkt hatte und trank, spürte Gero plötzlich eine Bewegung neben sich. Als er aufschaute, blickte er in die zweitschönsten Augen, die er je gesehen hatte. Sie waren bernsteinfarben wie die von Elisabeth, nur ein wenig heller.

»Darf ich mich zu dir setzen?«, fragte die Frau mit sanfter Stimme. Er hatte sie bereits aus der Ferne betrachtet, aber aus der Nähe sah sie noch atemberaubender aus. Ihre leicht gebräunte Haut besaß wie das Haar einen seidigen Schimmer, und ihr ovales Gesicht mit der langen, geraden Nase, den schräg stehenden Augen und dem üppigen Mund erinnerte ihn an byzantinische Madonnen. Gero hatte Mühe, sie nicht von Kopf bis Fuß anzustarren, denn so, wie sie nun vor ihm stand, benötigte er nicht viel Fantasie, um unter dem türkisfarbenen Gewand ihre wohlgerundeten nackten Brüste zu erkennen. Und auch sonst hütete dieses Kleid kaum Geheimnisse, was die Figur seiner Trägerin betraf.

»Ja … w… warum nicht«, stotterte er und ärgerte sich sogleich, dass ihn diese Frau so aus der Fassung brachte. Mit einer fließenden Bewegung setzte sie sich ihm gegenüber und nahm das übrig gebliebene Glas, um sich auch etwas von dem schweren Rotwein einzugießen.

Sie war mindestens zehn Jahre älter als er, besaß aber immer noch die unnachahmliche Schönheit der arabischen Blumen, welche ihm in den letzten Wochen und Monaten schon bei einigen Sklavinnen in der Ordensburg aufgefallen war. Die Templer hatten sie auf ihren Raubzügen an der syrischen Küste den Mamelucken gestohlen, und nun mussten sie für die christlichen Feinde nähen, Wäsche waschen und die Stuben der Offiziere putzen.

Während sie an ihrem Wein nippte, fragte er sich, ob sie auch irgendwann einmal aus ihrem Heimatland entführt worden war. Und ob sie womöglich als Sklavin gezwungen wurde, Männern gegen Geld oder wie im Fall von Hugo und seinen Kumpanen umsonst ihre Liebesdienste anzubieten.

»Mein Name ist Warda«, stellte sie sich in fließendem Franzisch vor, »er ist typisch für die Levante und bedeutet Rose.« Als ihr schöner Mund lächelte, sah er, dass sie ähnlich makellos weiße Zähne besaß, wie Lissy sie gehabt hatte.

»Das klingt schön«, erwiderte er, um überhaupt irgendetwas zu sagen.

»Und wie heißt du?«, fragte Warda. Es gefiel ihr, dass er so zurückhaltend war. Mit Absicht berührte sie seine Hand und streichelte federleicht darüber. Im ersten Moment sah es aus, als ob er sie wegziehen wollte, doch dann ließ er es geschehen.

Warda musste schmunzeln. Dass der Junge Manieren hatte, war nicht zu übersehen. Sicher hatte er in Europa eine Ritterschule besucht. Sie fand es schade, dass die Männer durch den Krieg und all das Leid, das ihnen im Outremer zugefügt wurde, so verroht und verdorben wurden.

»Gerard«, erwiderte er mit belegter Stimme, nachdem er augenscheinlich seine Fassung wiedergefunden hatte. »Aber die meisten nennen mich Gero«, fügte er hinzu, wobei er ihrem prüfenden Blick auswich.

Er war richtiggehend süß, so, wie er dasaß, mit seinem kraftvollen Körperbau und seiner Schüchternheit, die überhaupt nicht dazu passte und ihn für eine Frau deshalb noch reizvoller erscheinen ließ, doch das würde sie ihm nicht verraten.

»Hat dir schon mal jemand gesagt, Gero, dass du sagenhaft blaue Augen besitzt?«, entgegnete sie stattdessen. »Ich habe selten einen Mann mit solch blauen Augen gesehen. Und hier gehen jeden Tag Männer deines Schlages ein und aus.«

»Äh, ja«, erwiderte er verlegen. »Du bist auch recht hübsch«, beeilte er sich zu sagen.

Er ist wirklich ein Schätzchen, dachte Warda und lächelte ihn verführerisch an.

»Warum bist du dann nicht zu mir gekommen, um mit mir nach oben zu gehen?«

Die Frage war ziemlich direkt, und Gero wusste beim besten Willen nicht, wie er antworten sollte, ohne sie zu beleidigen.

»Es ist nicht meine Art, mit fremden Frauen irgendwohin zu gehen«, sagte er schlicht.

Warda schien amüsiert. »Und warum bist du dann hier? Willst du denn keinen Spaß haben?

»Ich bin nicht hergekommen, um ein zweifelhaftes Vergnügen zu suchen«, erwiderte Gero gereizt und erinnerte sich plötzlich daran, warum er überhaupt auf dieser vermaledeiten Insel saß.

»Warum bist dann hier?«, fragte sie verblüfft.

»Weil meine Freunde mich mit hierhergebracht haben, um etwas zu trinken … dachte ich. Von Frauen war jedenfalls nicht die Rede«, erklärte er diplomatisch. Er wollte Hugo und Robert nicht als Templer bezeichnen. Jedenfalls so lange nicht, bis er wusste, inwieweit die Frauen in deren Herkunft eingeweiht waren.

»Das heißt, du bist auch ein Templer?«, fragte Warda und sah ihn herausfordernd an.

Im ersten Moment war Gero verblüfft, weil der Umstand, dass hier Ordensritter ein und aus gingen, ihr so selbstverständlich über die Lippen kam. Damit hatte sich das Problem der Diskretion wohl mit einem Schlag erledigt.

»Nein, ich bin noch Novize«, erklärte er leicht ungehalten. »Mein junger Kamerad und ich befinden uns in der Ausbildung, während die beiden anderen bereits fest zur Miliz Christi gehören.«

»Du meinst Hugo und Robert?« Sie lächelte, als Gero nicht sofort reagierte. »Keine Sorge, ich kenne sie alle. Auch die beiden Ritter vom Hospital, die mit euch gekommen sind. Aber sämtliche Mädchen hier sind mindestens so verschwiegen wie die Templer selbst.«

Gero fühlte sich zunehmend irritiert. Wie konnte es sein, dass eine offensichtliche Hure alle jene Männer kannte, die für die Novizen im Alltag des Ordens als nachahmenswerte Vorbilder fungierten? Dabei waren die Templerregeln so streng, dass man den Kontakt zu einer Frau nicht von selbst suchen durfte. Geschweige denn auf die Idee kam, sie zu küssen. Schon gar nicht war daran zu denken, dass man mit einer Frau das Lager teilte. Hugo und Robert gingen damit das Risiko ein, ihren Mantel zu verlieren, was eine ziemliche Schmach bedeutet hätte und sogar den endgültigen Rauswurf und eine Strafversetzung in einen jener Orden zur Folge haben konnte, die sich hauptsächlich mit der Pflege von Kranken oder dem Anbau von Gemüse in Klostergärten beschäftigten.

Aber so, wie es aussah, schienen sie sich ihrer Sache ziemlich sicher zu sein.

»Das heißt, du wusstest gar nicht, wo die beiden mit euch hingehen?«

»Nein«, gestand er leise und schenkte sich von dem Wein nach, um die unangenehme Situation zu überspielen. Während er trank, bedachte ihn Warda mit einem betörenden Lächeln.

»Ich frage mich immer, warum so hübsche Kerle wie du zu den Templern gehen. Oder überhaupt in einen Orden. Und warum die Männer dort ein so dummes Keuschheitsgelübde ablegen müssen, an das sie sich hinterher sowieso nicht halten. Oder denkst du ernsthaft, Hugo und Robert sind die einzigen Ordensritter, die es trotz des Verbotes ab und zu nach einer Frau verlangt?« Warda trank einen Schluck und schüttelte dann ihre dunkle Mähne, als ob sie das Verhalten ihrer Kundschaft im Grunde missbilligte. »Am schlimmsten ist es, wenn sie aus einem Krieg zurückkehren und plötzlich bemerken, dass niemand um sie trauert, falls sie irgendwo einen Kopf kürzer gemacht werden.«

»Siehst du«, bekannte Gero nüchtern. »Das ist genau der Grund, warum ich beabsichtige, ein Templer zu werden. Ich will niemanden hinterlassen, der trauert. Ich will sterben, und das war's. Keine Frauen, keine Kinder, keine Verpflichtungen. Das ist es doch, was den eigentlichen Sinn des Gelübdes ausmacht.« Gero trank inzwischen sein viertes Glas Wein in einem Zug leer, als ob er seine Aussage damit besiegeln wollte.

Warda empfand Bestürzung bei dem, was er sagte. Es erschütterte sie, wenn junge Ordensritter den Tod regelrecht suchten, wo es doch so viel Schönes auf dieser Welt zu entdecken gab. »Wie, um Himmels willen, gelangt man zu solch einer Einstellung?«, fragte sie aufgebracht. »Ein Mann von deinem Format sollte eine hübsche Frau und Kinder haben. Er sollte sie beschützen und dafür sorgen, dass die Christen sich mehren. Das wäre die beste Waffe gegen die Heiden.«

Sie schaute ihn durchdringend an, doch Gero senkte den Blick, was ihr merkwürdig erschien. Offenbar gab er ihr recht oder war von seiner Auffassung vom Heldentod doch nicht so überzeugt, wie er vorgab.

»Eigentlich solltest du wissen, dass es den wenigsten Menschen vergönnt ist, ihr Schicksal selbst in die Hand zu nehmen«, erwiderte er leise.

»Und doch ist es möglich, wenn man es will. Erzähl mir nicht, dass es da nie jemanden gab, mit dem du es dir wenigstens hättest vorstellen können, eine Familie zu gründen.«

Gero schluckte schwer und beschloss, sich ein fünftes Glas einzuschenken.

Was sollte er dazu sagen? Dass er als Zweitgeborener eines Edelfreien keine Chance gehabt hatte, sich dem Willen seines Vaters zu widersetzen? Dass er es trotzdem getan hatte, mit all den schrecklichen Konsequenzen? Der Wein machte seinen Kopf schwer und seine Zunge leicht, und er beschloss, warum auch immer, dieser Frau sein Herz auszuschütten.

»Doch, es gab eine Frau, die ich mehr als alles auf der Welt geliebt habe, und ein gemeinsames Kind«, erklärte er schlicht. »Aber durch meine Schuld sind sie beide gestorben.«

»Heilige Maria«, flüsterte Warda voller Anteilnahme. »Was ist geschehen?«

Sein Blick lag auf ihrem schönen Gesicht. Ihre beeindruckenden Augen vermittelten ihm ehrliches Interesse, was ihn weich werden ließ und alles Misstrauen hinwegfegte.

»O mein Gott«, flüsterte sie, als er seinen Bericht mit den Worten beendete: »Ich bin hier, um für meine Sünden zu büßen, und werde Elisabeth eines hoffentlich nicht allzu fernen Tages im Paradies wiederfinden.«

Plötzlich kullerten ihr ein paar Tränen über die Wangen. »Mir tut leid, was ich vorher zu dir gesagt habe. Du hast alles versucht, um glücklich zu werden. Aber der Allmächtige hatte offenbar andere Pläne.«

»Du musst wegen mir nicht weinen«, sagte er mit schwerer Zunge und ergriff ihre Hand. »Ich habe selbst schon genug geweint. Es bringt die Toten nicht wieder zurück.« Er reichte ihr das Tischdeckchen, damit sie sich die Nase und den schwarzen Khol, der ihre Lider umrandete und verlaufen war, von den Wangen putzen konnte. Schniefend lehnte sie ab und wischte sich mit dem Handrücken übers Gesicht.

»Möchtest du nicht doch für einen Moment mit nach oben kommen?«, fragte sie und entfernte mit den Fingerspitzen die letzten feuchten Stellen unter ihren Augen. »Ich muss ja schrecklich aussehen. Dort habe ich Wasser, um die verlaufene Schminke abzuwaschen, und ein Leinentuch, und außerdem ist es in meinem Zimmer gemütlicher.«

Gero stockte einen Moment und sah sie aus schmalen Lidern an.

»Nicht, was du denkst«, sagte sie, als könne sie Gedanken lesen, und lächelte. »Ich tue dir nichts, versprochen. Ich habe viel zu viel Respekt vor deiner verstorbenen Frau. Ich würde ihr niemals den Mann abspenstig machen wollen, zumal er sie immer noch so sehr liebt.«

Gero sah selbst ein, wie albern seine Befürchtungen waren. Außerdem war er Herr seiner selbst und sie nur eine Frau und damit nicht kräftig genug, um ihn zu etwas zu zwingen, was er nicht wollte.

Warda stand auf, nahm einen brennenden Leuchter vom Tisch und ging voran. Die Schankstube hatte sich vollends geleert, selbst Mafalda hatte sich offenbar mit einem Gast zurückgezogen. Gero erhob sich wankend und folgte seiner neuen Bekanntschaft mit unsicheren Schritten die Treppe hinauf.

Einen Moment lang flackerte ein hartnäckiger Zweifel in ihm auf, ob er das Richtige tat, aber es war ja nicht so, dass es verboten war, mit einer gefallenen Frau eine harmlose Unterhaltung zu führen. Selbst Jesus hatte mit Huren geredet.

»Du bist der erste Mann, der mich seit langem zum Weinen gebracht hat«, gestand Warda mit schlechtem Gewissen. Sie hatte keine Ruhe gegeben, und er hatte sich ihr mit unverhohlener Aufrichtigkeit offenbart.

Selbst als sie vor ihrer Kammer standen und sie einen großen Schlüssel im Türschloss herumdrehte, spürte sie noch die Trauer, die seine furchtbare Geschichte in ihr hinterlassen hatte.

»Soll ich das als Kompliment werten?«, fragte er mit verwaschener Stimme, wobei er sich leicht schwankend am Türrahmen abstützte und ihr dabei so nahe kam, dass sie seinen weingeschwängerten Atem auf ihrem Gesicht spüren konnte.

»Ja«, sagte sie und ließ ihm den Vortritt. »Es tut mir leid, dass ich so taktlos war.« So, wie er dastand, verstört und immer noch voller Trauer, hätte sie ihn am liebsten umarmt und sogleich in ihr Bett gezerrt. Doch sie hatte ihm versprochen, sittsam zu sein.

Kaum, dass sie ihre Kammer betreten hatten, zündete sie mit der Kerze in ihrer Hand zwei weitere Kerzen auf einem silbernen Leuchter an.

Danach verriegelte sie die Tür, damit sie ungestört blieben.

In seinen Augen flackerte Erstaunen auf, als er sich in ihrem Zimmer umschaute.

Mafalda legte in ihrem Etablissement größten Wert auf Luxus und einen gewissen Komfort, den die Ordensritter nach Monaten in Blut, Sand und Gestank schätzten und die Schranzen des Königs, die auch zu ihrer Kundschaft zählten, als selbstverständlich ansahen.

Warda ließ die Läden des einzigen Fensters auch in der Nacht meist offen, weil sowieso niemand hineinschauen konnte und der leichte Abendwind für etwas Abkühlung sorgte. In der Mitte des Raumes stand ein Himmelbett mit durchsichtigen Vorhängen, die Matratze darauf war mit dunkelblauem Samt bezogen. Hinter einem mannshohen Paravent aus schwarzem Stoff, der mit silbernen Vögeln bestickt war, befand sich ein eigener Leibstuhl mit herausnehmbarem Nachttopf, wie sie Gero freimütig erklärte, damit er nicht auf die Idee kam, aus dem Fenster zu pinkeln, was bei manchen Kunden durchaus schon vorgekommen war. Auf den Truhen ringsum standen Kerzen und Räucherpfannen, die Warda unbemerkt mit winzigen Opiumkugeln füllte und dann entzündete. Das würde ihrem Gast ein wenig die Hemmungen nehmen. Und ihr selbst auch, obwohl es bei einem so fantastisch aussehenden Mann keinerlei berauschender Unterstützung bedurfte.

In den bunt emaillierten Karaffen wartete weiterer Wein, daneben standen hauchdünne Gläser, die Mafalda aus Syrien bezog. Süßes Naschwerk auf kupfernen Tellern und Flaschen mit duftenden Ölen rundeten das Angebot ihrer nicht alltäglichen Dienste ab. Nicht zu vergessen eine große Kupferschale mit Wasser, die auf einem separaten

Tisch thronte, daneben lagen Seife und Tücher. Warda hasste ungewaschene Männer, wobei die Ordensritter noch zu den saubersten gehörten. Bei ihnen war es Pflicht, sich täglich zu waschen. Zumindest, wenn sie die Gelegenheit dazu hatten. Wahrscheinlich als Ausgleich dafür, dass sie manchmal Monate in schmutzigen Kriegen verbrachten, wo Wasser ein zu kostbares Gut war, um es für bloße Reinigungen zu verschwenden.

Gero stieß einen leisen Pfiff aus. »Nicht schlecht für ein Hurenhaus«, entfuhr es ihm. Obwohl er schon einiges getrunken hatte, entging ihm nicht, wie Wardas Gesicht zum zweiten Mal einen traurigen Ausdruck bekam.

»Oh, tut mir leid«, beeilte er sich zu sagen. »Das mit den Huren ist mir so rausgerutscht.«

»Mach dir keine Gedanken«, erwiderte sie und senkte den Blick. »Du sagst nichts weiter als die Wahrheit. Wir sind das, was wir sind. Jeder auf seine Weise. Da gibt es nichts zu verheimlichen.« Sie setzte sich aufs Bett und nahm einen Silberspiegel von einer Ablage und kontrollierte im Kerzenschein ihr verweintes Gesicht. Mit einem feuchten Lappen korrigierte sie das für Geros Geschmack ohnehin makellose Ergebnis.

Er hockte sich derweil auf einen Stuhl, der in unmittelbarer Nähe zu ihrem Bett stand, und beobachtete sie interessiert.

»Wie bist du in dieses Haus gekommen? Du siehst mir nicht aus wie eine, die das nötig gehabt hätte. Mit deiner Schönheit könntest du ebenso einen Mann finden, der dich heiratet.«

»Mein Vater war ein Templer und ist in Akko gefallen«, erklärte sie und legte Tuch und Spiegel zur Seite. »Meine Mutter war eine Sarazenenfrau und die Leibeigene eines Emirs, als sie sich kennenlernten. Mein Vater hat sie entführt und zum Christentum bekehrt und dafür gesorgt, dass der Orden sie als Wäscherin eingestellt hat. Heiraten konnten sie nicht, weil er als Ordensritter ein Gelübde abgelegt hatte. Aber das hat sie nicht davon abgehalten, gemeinsam mehrere Kinder zu zeugen.

Schon als kleines Mädchen habe ich meine Mutter zur Arbeit begleitet und ihr geholfen. Wir haben die Wäsche der Ordensbrüder gewaschen, in der Küche gearbeitet, geputzt. Was Frauen im Auftrag des Tempels eben so tun. Später hatte ich einen Liebhaber, auch er war ein Templer und ist vor ein paar Jahren im Krieg gegen die Türken in Armenien gefallen. Wir hatten ein Kind, es ist während seiner Abwesenheit am Fieber gestorben.«

Einen Moment hielt sie inne, und Gero sah die Trauer in ihren Augen, die er selbst nur zu gut kannte.

»Das tut mir leid«, murmelte er mitfühlend. »War das der Grund, warum du den Orden verlassen hast?«

Sie nickte leise. »Nachdem Raimond gestorben war, habe ich den Orden regelrecht gehasst. Er hat mir alles genommen, was mir je etwas bedeutet hat. Meinen Vater, meinen Mann, und als meine Mutter starb, sah ich keinen Grund, länger dort zu bleiben. Ich wollte weg, wollte vergessen. Dann traf ich Mafalda, und sie hat mir eine Stelle in ihrer Villa angeboten.«

Warda lächelte zurückhaltend. »Dass mir ausgerechnet hier so viele Ordensritter über den Weg laufen würden, hätte ich kaum vermutet. Inzwischen ist es beinahe wie in einer Familie.«

»Mit dem Unterschied, dass man mit seinen Brüdern nicht schläft«, antwortete Gero zweideutig.

Warda lachte erneut, glockenhell und sympathisch. »Nein, da hast du recht. Aber vielleicht bin ich ja ganz froh, dass Kerle von deinem Format keine leiblichen Brüder sind, sondern nur der Bezeichnung nach.«

»Warum müssen meine Kameraden hier nichts bezahlen?«, fragte er ziemlich direkt. »Ich meine, so naiv kann doch niemand sein, dass er glaubt, ein Mädchen gibt sich aus reiner Gefälligkeit hin.«

»Erwischt«, sagte Warda und lächelte verschwörerisch. »Die Villa steht auf Land, das dem Templerorden gehört, und der hat dem Gasthaus, warum auch immer, die Steuern erlassen. Da der Orden durch den Papst beim König steuerbefreit ist, entfällt zudem jegliche Steuer ans Königshaus. Mafalda ist der Meinung, dass wir eine solche Großzügigkeit mit gleicher Münze belohnen sollten. Deshalb müssen die Männer des Tempels nichts zahlen. Weder für den Wein noch für sonstige Gefälligkeiten, wenn du verstehst, was ich meine.«

»Heißt das, es gibt noch weit mehr Ordensritter, die regelmäßig hierherkommen?«, fragte Gero verblüfft.

»Wir bedienen eine Menge Männer, von denen du es nicht denken würdest. Aber darüber muss ich Stillschweigen bewahren«, erklärte sie und wurde plötzlich ernst. »Es ist ein ehernes Gesetz unseres Standes, keine Namen und Details auszuplaudern. Nur so viel: Ich erfahre genug, um zu wissen, dass die beiden wichtigsten Orden auf dieser Insel beileibe keine Orte der Glückseligkeit sind. Im Gegenteil, ich muss dich warnen. Wenn du unbedingt sterben willst, bleib. Wenn du leben willst, nimm deine Beine in die Hand und renn davon, so schnell du kannst.«

»Wie meinst du das?«, fragte er und sah sie aus schmalen Lidern an.

»Ich habe schon mehr gesagt, als ich sollte«, erwiderte sie hastig und senkte den Blick. »Vergiss es.«

Warda biss sich auf die Zunge, bevor sie Einzelheiten verriet, die nicht gut für sie waren. Mafalda warnte sie stets davor, etwas von dem auszuplaudern, was sie von ihren liebestrunkenen Freiern erfahren hatte. Obwohl sie selbst darauf bestand, dass die Mädchen ihr regelmäßig Bericht erstatteten.

Wahrscheinlich wusste sie mehr über die Absichten des Ordens und die seiner Feinde als die Templer selbst. In diesem Haus gingen eine Menge bedeutender Männer ein und aus, deren Zungen sich lockerten, sobald sie im Mund einer Hure gesteckt hatten. Wein und Räucherwerk taten ein Übriges.

Warda wusste schon lange, dass weder bei den Templern noch bei den Hospitalitern Entscheidungen getroffen wurden, die im Sinne junger Ritter sein konnten, wie Gero einer war. In Wahrheit spielten die Führer beider Orden mit deren Leben und schickten sie aus reinem Prestige in Kämpfe, die sie niemals gewinnen konnten. Warda hatte in der Zeit, die sie mit ihrer Mutter im Orden verbracht hatte, genug Erfahrung sammeln können, um zu wissen, dass dort nicht immer alles mit rechten Dingen zuging und manchmal Entscheidungen getroffen wurden, deren Hintergründe nicht einzusehen waren. Hinzu kam die Feindschaft zwischen dem König von Zypern und seinem Bruder, der sich als Heerführer den Templern angeblich verbunden fühlte. Von

Söldnern des Königs wusste sie, dass er in Wahrheit nur hinter der Macht des Ordens her war und einem angeblichen Geheimnis, das ihren Reichtum ausmachte und ihnen einen unerklärlichen Wissensvorsprung bescherte, von dem wohl so mancher gerne gewusst hätte, wie er zustande kam.

Die Wahrscheinlichkeit, dass Aimery dies alles nutzen wollte, um seinen Bruder zu stürzen, erschien ihr ziemlich groß. Doch das alles konnte sie Gero, falls überhaupt, erst sagen, wenn sie ihn näher kannte. Noch nicht einmal mit Hugo d'Empures hatte sie bisher über solche Dinge geredet.

Im Augenblick war ihrem attraktiven Gast anzusehen, dass er überlegte, was sie mit ihren Aussagen gemeint haben könnte.

»Willst du nicht doch etwas trinken?«, fragte sie ausweichend.

»Warum nicht?«, sagte er schließlich und ließ zu, dass sie ihm eines ihrer kostbaren Gläser füllte. Während sie tranken, lenkte Warda ihre Unterhaltung auf belanglose Dinge wie Vorlieben beim Essen oder die Kleider, die Frauen im Abendland trugen.

Gero verwarf den Gedanken, noch mal auf das Thema Orden zurückzukommen, und genoss nach all den Wochen in Gesellschaft raubeiniger Kerle die Gegenwart dieser fantastischen Frau.

Warda war nicht nur eine Schönheit, sie war auch eine freundliche Person mit mütterlich anmutenden Qualitäten, die ihm überraschend schnell das Gefühl von Heimat vermittelte und zumindest für den Moment seinen Schmerz milderte, was den schrecklichen Verlust von Lissy und dem Kind betraf. Zumal sie selbst etwas vergleichbar Schreckliches erlebt hatte. Er bemerkte gar nicht, wie die Zeit verging und sie ihm immer wieder neuen Wein einschenkte. Was dazu führte, dass sie schon bald miteinander alberten und er irgendwann ungeniert in ihren Nachttopf pinkelte. Anschließend wusch er sich die Hände in ihrer Waschschüssel, als ob es die selbstverständlichste Sache der Welt wäre und sie sich schon ewig kennen würden.

Als er zu seinem Stuhl zurückkehrte, zog sie ihn unvermittelt aufs Bett und sah ihn mit ihren großen Bernsteinaugen verlangend an.

»Deine Frau hätte bestimmt nichts dagegen, wenn ich ein bisschen nett zu dir bin«, sagte sie beinahe verlegen und streichelte über seinen kurzgeschorenen Schopf. »Du siehst so verboten gut aus. Ich vermute mal, dass es kaum eine Frau gibt, die nicht versucht ist, deinen schönen Mund zu küssen.« Sie beugte sich vor, ohne seine Erlaubnis abzuwarten, und drückte ihre weichen Lippen auf die seinen. Ihre Hände erkundeten derweil seinen Leib und wurden rasch fündig, indem sie sich einen unkomplizierten Weg unter seine Kleidung suchten und seinen Gürtel lösten.

Zu seinem eigenen Erstaunen hatte er selbst nichts dagegen, obwohl er für einen Moment an Lissy dachte und seinen Schwur, keine andere Frau jemals auch nur ansehen zu wollen. Aber das hier war etwas anderes. Es war keine Liebe, es war Vergessen. Als Warda schließlich begann, sein Gesicht mit Küssen zu bedecken, und ihm Hemd und Hose auszuziehen versuchte, ließ er es einfach geschehen. Sie streichelte in aufreizender Weise über seinen straffen Bauch, seinen Rücken und sogar sein Geschlecht. Es war unmöglich, einer solchen Annäherung zu widerstehen. Gero spürte, wie er in ihrer sanften Hand zu wachsen begann und die Gier nach dieser Frau seinen Verstand überrollte. Es hatte weder etwas mit Liebe zu tun noch mit Treue, als er ihr entgegenkam und in ihr weiches Haar fasste, um ihren Kopf näher zu sich heranzuziehen und sie zu küssen. Sie erwiderte seinen Kuss, intensiv und ohne Zurückhaltung. Seine Zunge drang zwischen ihre vollen Lippen, was sie willig geschehen ließ. Minutenlang küssten sie sich voller Leidenschaft. Es kam ihm vor wie ein Spiel, das ihn mehr als erregte. Was wahrscheinlich am Wein lag oder an dem wohlriechenden Rauch, der die Luft schwängerte. Anders war es nicht zu erklären, dass er ohne Widerspruch ihren Anweisungen gehorchte und sich auf dem Rücken liegend von ihr verwöhnen ließ, indem sie seinen Leib mit duftenden Ölen massierte und selbst die intimsten Stellen nicht ausließ. Schon bald war seine starke Erregung nicht mehr zu übersehen, was sie wohl als Aufforderung verstand. Entschlossen entledigte sie sich ihrer Gewänder und ließ sich nackt, wie Gott sie geschaffen hatte, auf ihm nieder. Er spürte die feuchte Hitze und die Enge, als er ungewollt tief in sie eindrang, und ihr pulsierendes Fleisch, das ihn vollständig umschloss. Wie eine Schlange wiegte sie ihre Hüften und ließ ihn vor Lust beinahe ohnmächtig werden. Ihre olivfarbene Haut schimmerte im

Kerzenlicht wie reine Seide. Mit seinen Händen wanderte er zärtlich über ihren makellosen Körper, hin zu ihren schweren Brüsten und knetete sie sanft, als ob er nie etwas anderes getan hätte.

Warda verlor sich in dem Rausch, diesen starken Mann so tief in sich zu spüren wie nur möglich. Er war wirklich gut gebaut, und sein spontanes Begehren, mit dem sie eigentlich gar nicht gerechnet hatte, schürte ihre Lust auf eine selten empfundene Weise. Das Gefühl, ihm etwas geben zu können, das er schon so lange vermisste, spornte sie an, ihm zu zeigen, dass das Leben noch etwas mehr für ihn bereithielt als Tod und Verlust. Sie stöhnte mit halb geschlossenen Lidern, während er sie ganz und gar ausfüllte, und ihre Bewegungen wurden heftiger, je fester er zupackte. Als sie gemeinsam den Höhepunkt erreichten, bäumte er sich auf, und ein Zittern durchlief seinen muskelgestählten Leib.

Warda beugte sich zu ihm hinab, um ihn zu küssen. Das tat sie nie bei gewöhnlichen Freiern, doch sein schöner Mund war zu verführerisch, um darauf verzichten zu wollen. Er reagierte mit der gleichen Zärtlichkeit und liebkoste ihre Schultern und ihren Hals mit seinen weichen Lippen.

»Verzeih«, flüsterte er heiser, als er wie aus einem Rausch plötzlich erwachte. »Ich habe mich vollkommen vergessen. Ich wollte nicht …« Er schwieg verlegen.

Sie konnte sich vorstellen, was er meinte. Nach allem, was er mit seiner Frau erlebt hatte, hatte er Sorge, sie zu schwängern. Seine Anteilnahme ließ Warda von neuem das Herz aufgehen. Er war ein außergewöhnlicher Kerl, stark und doch rücksichtsvoll, das hatte sie vom ersten Augenblick an gesehen. Dass er ein gutes Herz besaß, wusste sie ja bereits durch seine tragische Geschichte. »Mach dir keine Gedanken«, flüsterte sie und küsste ihn zart auf den Mund, wobei ihre schwarzen, langen Haare wie ein Vorhang auf ihn herabfielen. »Ich habe vorgesorgt. Es ist nichts zu befürchten.«

Gero war nicht sicher, ob ihn das beruhigte, ja ob es überhaupt den Kern seiner plötzlichen Bedenken traf. Er hatte mit einer Frau geschlafen, die ihm im Grunde unbekannt war. Wobei er gegen alle Regeln des Ordens verstieß, obwohl er noch gar nicht aufgenommen worden war.

Und das Schlimmste überhaupt: Er befand sich noch immer in Trauer. Lissy war noch kein halbes Jahr in der Gruft, und er vergnügte sich mit einer, wenn auch äußerst schönen und einfühlsamen, Hure.

Verdammt, was war nur in ihn gefahren? Er hatte doch genau gewusst, wo er hinwollte, und dabei bestimmt nicht an dieses Bett gedacht. Am liebsten wäre er aufgesprungen und davongelaufen. Und wieder schien Warda seine Gedanken zu erraten, da sie sich neben ihn halb sitzend in die Kissen gleiten ließ und seinen erhitzten Kopf wie eine Mutter an ihren vollen Busen drückte. Dabei hatte sie einen Arm um seine Schultern gelegt, und mit der anderen, ausgestreckten Hand streichelte sie seine Narbe, die er sich im Kampf gegen die Raubritter zugezogen hatte. Wobei sie so klug war, nicht zu fragen, wie er sich die Verletzung zugezogen hatte. Eine weitere Schreckensgeschichte wäre für sie beide zu viel gewesen. Stattdessen streichelte sie über sein Haar und summte ein leises Lied, als wäre er ein Wiegenkind. Ihre weiche Haut an seiner Wange, der intensive Duft ihrer warmen Brüste und der sanfte Ton ihrer Stimme lullten ihn regelrecht ein.

Kapitel XI

Als er wach wurde, war es beinahe Morgen, und irgendjemand hämmerte von draußen auf Holz. Gero hob alarmiert den Kopf und sah, dass Warda nackt aus dem Bett gestiegen war und sich ein Gewand übergezogen hatte, bevor sie die Tür einen Spaltbreit öffnete.

»Ist Gero bei dir?«, fragte eine gehetzt klingende Stimme. Es war Fabius.

Schneller, als es die Einsatzvorgabe vorsah, war Gero in seinen Kleidern. Noch im Gehen zog er sich die Stiefel über und war schon bei der Tür.

Als er an Warda vorbeieilte, hielt sie ihn fest. »Sehen wir uns wieder?«, fragte sie mit einem merkwürdig furchtsamen Blick. »Ich muss dir noch etwas sagen, was du unbedingt wissen solltest. Über den Orden und das, was man mit euch vorhat. Aber nicht jetzt und nicht hier.«

»Ich weiß nicht …«, bekannte er ehrlich und gab ihr einen flüchtigen Kuss auf die Wange. »Danke für alles! Ich muss jetzt gehen, sonst bekommen wir Ärger.«

Er sah sich noch einmal um, als er, mit Fabius im Schlepptau, die Treppe hinabstürmte, und wurde dabei von seinem schlechten Gewissen eingeholt, als er Wardas sehnsüchtigen Blick gewahrte. Plötzlich bereute er sein äußerst unkeusches Verhalten und die damit verbundene Verantwortung, der er beileibe nicht gerecht geworden war.

»Zu niemandem ein Sterbenswort!«, herrschte er seinen Kameraden an, als sie in der frühmorgendlichen Dämmerung durch die Weinberge liefen.

»Ich wollte ja schon früher nach Hause«, stammelte Fabius schuldbewusst. »Aber ich habe die anderen nicht mehr gefunden. Und als ich dich gesucht habe, erzählte mir die Wirtin, dass sie dich mit dieser Warda gesehen hätte.«

»Warum bist du denn nicht früher auf die Idee gekommen, mich zu suchen?«, herrschte Gero ihn an, obwohl er wusste, dass es ungerecht war, Fabius für sein eigenes Verschulden verantwortlich zu machen.

»Ich bin eingeschlafen, genau wie du«, schimpfte Fabius. »Der Teufel soll sie alle holen. Ich bin mir sicher, die Hure hat mir was in den Wein gekippt.«

»Den Eindruck hatte ich auch«, bestätigte Gero. »In solchen Häusern sollte man vorsichtig sein, mit dem, was man trinkt, und mit dem, was in den Räucherpfannen abgebrannt wird. Außerdem sollte man nichts von politischer Bedeutung erzählen.«

»Wie meinst du das?«, fragte Fabius außer Atem, weil Gero in einen Laufschritt übergegangen war.

»Ich habe erfahren, dass dort noch mehr Ordensmänner ein und aus gehen, und wenn die sich alle so einwickeln lassen wie wir, wissen die Huren bald mehr als Jacques de Molay und der König. Allein deshalb solltest du mit niemandem über unseren kleinen Ausflug sprechen.«

»Denkst du, der Teufel beherrscht dieses Haus und hat uns in Versuchung geführt?« Fabius war die Panik anzusehen, die er unvermittelt empfand.

Gero unterdrückte ein Grinsen. »Ich denke, wir sind noch mal davongekommen.«

»Meine Hure war großartig«, schwärmte Fabius mit versonnenem Blick. »Sie hat mir jeden Wunsch von den Augen abgelesen. Ich hätte nicht gedacht, dass so etwas möglich ist.«

»Der Teufel hat viele Gesichter«, gab Gero ihm mit einem Seufzer zu verstehen.

»Die Frauen sahen aber nicht so aus, wie man sich den Teufel allgemein vorstellt«, bemerkte Fabius mit einem treuen Blick.

»Der Teufel sieht nie aus wie der Teufel«, erwiderte Gero und lächelte schwach. »Sonst wäre er nicht imstande, uns zu verführen. Jedenfalls meint das mein Vater.«

»Und? Glaubst du, was er sagt?«

»Nein.« Nun lachten beide, obwohl ihnen kaum Atem blieb, weil sie inzwischen durch die menschenleeren Gassen rannten, um noch rechtzeitig zum Morgenappell und zur Frühmesse zu kommen, was ihnen aber nicht gelang.

Als sie das Tor zum Haupthaus erreichten, war Odo de Saint-Jacques schon zur Stelle. Breitbeinig stand er da und erwartete sie allem Anschein nach bereits.

»Der Teufel hat doch ein Gesicht«, flüsterte Fabius, bevor sie den Kommandeur erreichten.

»Meine Herren Novizen, wir haben euch schmerzlich bei der Laudes vermisst. Um darüber nachzudenken, welchen Kummer ihr uns damit bereitet habt, werdet ihr eine Woche lang die Schweineställe ausmisten und die Latrinen putzen. Außerdem verhänge ich ein achtwöchiges Ausgangsverbot, damit ihr lernt, was es bedeutet, wenn ich pünktliches Erscheinen anordne.« Er grinste hämisch. »Was, wenn ich fragen darf, hat euch davon abgehalten, meinen Regeln zu folgen?«

»Wir haben die freie Zeit genutzt, um die Umgebung der Stadt ein wenig zu erkunden«, log Fabius überraschend dreist. »Dabei haben wir uns in der Dunkelheit verirrt. Wir wollten warten, bis es hell ist, um zurückzukehren. Dann sind wir wohl versehentlich eingeschlafen.«

Das war die dümmste Ausrede, die einem einfallen konnte, dachte Gero. Wie sollte man Männern ein Ordenskleid anvertrauen, die noch nicht einmal in der Lage waren, sich in einer Stadt zu orientieren, geschweige denn die Sterne gut genug kannten, um sich mitten in einer Wüste zurechtzufinden?

Aber etwas Besseres wäre ihm wohl auch nicht eingefallen.

Dass der Teufel tatsächlich seine Hand im Spiel haben musste, erkannte Gero daran, dass im gleichen Moment Bruder Hugo über den Hof eilte und ein Grinsen über sein Gesicht huschte, als er gewahrte, dass sich seine Mitstreiter offenbar in Schwierigkeiten befanden. Im Gegensatz zu Gero und Fabius trug er bereits seinen weißen Mantel und seinen Schwertgurt, war also anscheinend rechtzeitig von diesem denkwürdigen Ausflug zurückgekehrt.

Wenigstens blieb er nicht stehen und verriet Odo die Hintergründe ihrer Verfehlung. Stattdessen legte er, von Odo unbemerkt, einen Zeigefinger auf seine Lippen als Zeichen strikter Verschwiegenheit und lief weiter, als ginge ihn die Standpauke Saint-Jacques' nicht das Geringste an.

Saint-Jacques zog die Brauen hoch und betrachtete Fabius wie ein seltenes Tier. Ihm war anzusehen, dass er ihnen nicht glaubte. »Du hast da ein merkwürdiges Mal«, raunte er und deutete auf die linke Halsbeuge von Fabius, wo sich eine unregelmäßige dunkelrote Stelle befand.

Mit einem Seitenblick erkannte Gero, dass es sich eindeutig um einen Kussfleck handelte.

»Vielleicht solltest du zu unserem Medikus gehen und dich von ihm untersuchen lassen. Nicht, dass dich eine Schlange gebissen hat oder es der Beginn eines unheilbaren Aussatzes ist.«

»K ... Keine Ahnung«, stotterte Fabius und fasste sich erschrocken an die entsprechende Stelle.

»Seid gewiss, ihr beiden, dass ich euch in nächster Zeit genauer beobachten werde«, versprach Saint-Jacques mit düsterer Stimme.

»Jawohl, Seigneur«, erwiderten beide.

»Abtreten«, befahl Saint-Jacques und drehte sich um. Dann schritt er davon, ohne sich noch einmal umzudrehen.

Während sie die ganze Woche über unter den spöttischen Kommentaren anderer Mitbrüder in der Scheiße wühlten, musste Gero andauernd an Warda denken. Fabius schien zu erraten, was in ihm vorging.

»Was meinte sie eigentlich mit ›Ich muss dir noch etwas sagen, was du unbedingt wissen solltest. Über den Orden. Aber nicht jetzt und nicht hier‹?«, fragte er unvermittelt, während er den Reisigbesen neben Gero schwang.

»Ich weiß es nicht«, antwortete Gero beherrscht. »Und ich denke, wir sollten alles, was mit unserem unerlaubten Ausflug zusammenhängt, möglichst rasch vergessen, bevor Saint-Jacques der ganzen Sache noch auf die Schliche kommt.«

In Wahrheit war es genau dieser Satz zum Abschied gewesen, der ihn seit Tagen beschäftigte. Wobei es nicht nur um ein Geheimnis ging, das Warda allem Anschein nach hütete und dessen Enthüllung ihn neugierig machte. Sie hatte in ihm eine bis dahin verdrängte Sehnsucht nach Aufmerksamkeit entfacht, die ihm ein wenig von der Trauer nahm und ohne Rücksicht auf sein Schicksal und seine augenblickliche Situation nach Befriedigung verlangte. Er wollte diese Frau unbedingt wiedersehen. Auch wenn er sich vor Saint-Jacques' Schnüffeleien und der Begegnung mit anderen Angehörigen des Ordens höllisch in Acht nehmen musste.

Episode VI

»Gefährliche Versuchung«

Kapitel I

1301/1302 Königreich Zypern – Nikosia – Templerfestung Antarados

»Kann es etwas Schöneres geben, als bei brütender Hitze mit Mantel und stählernem Topfhelm einen Schwertkampf zu bestehen?« Fabius von Schorenfels perlte selbst bei völligem Stillstand das Wasser aus dem kurzrasierten braunen Schopf. Gero von Breydenbach, der neben ihm stand und um einiges größer und athletischer war als der gedrungene Luxemburger, nickte. Unter diesen Bedingungen leuchtete ihm ein, warum der Orden der Templer ihn gleich bei seiner Ankunft als Novize der blonden Mähne beraubt hatte, auf die er als Sohn eines Edelfreien immer so stolz gewesen war.

Ungefähr einhundert Ordensritter, Novizen und Knappen hatten sich am Vormittag im Innenhof der Templerordensburg von Nikosia versammelt, um ein Duell der besonderen Art zu bestaunen. Zwei hünenhafte Ordensritter in vollem Templerornat lieferten sich, mit Helm und Kettenhemd versehen, einen gefährlich aussehenden Zweikampf in qualvoller Mittagshitze. Eine durchaus beabsichtigte Lektion für die anwesenden Novizen, die auf ihre Aufgaben als zukünftige Tempelritter eingestimmt werden sollten. Dass ausnahmsweise sogar Ordensmeister Jacques de Molay anwesend war, gab der Sache ein besonderes Gewicht. Der grauhaarige Mann mit dem silbern schimmernden Bart, dessen hagere, vom vielen Fasten beinahe ausgemergelte Gestalt den meisten jungen Novizen als nicht gerade vorbildlich erschien, inspizierte beiläufig seine nächste Generation von Templerrittern. Dann wandte er seine Aufmerksamkeit wieder jenen Männern zu, die für die Ausbildung des Nachwuchses verantwortlich waren.

Kommandeur-Leutnant Odo de Saint-Jacques, einer der beiden Kämpfer, war ein harter Knochen, der trotz seiner Kaltschnäuzigkeit den meisten Novizen inzwischen zum Vorbild gereichte, zumindest was seine Kampfkraft betraf. Er hatte sie in den vergangenen Wochen und Monaten mehrmals an ihre körperlichen Grenzen geführt, indem er sie in sengender Hitze mit einem Zentner Ausrüstung pro Mann bis zu zehn Stunden hatte zu Fuß marschieren lassen. In den wenigen Pausen ließ er sie immer wieder gegeneinander im Schwertkampf antreten, wobei die Ergebnisse nicht eben zu seiner Zufriedenheit ausgefallen waren.

»Bis auf wenige Ausnahmen seid ihr alle verweichlichte Muttersöhnchen«, war noch die höflichste Bezeichnung, die er ihnen hatte zukommen lassen. Auch mahnte er gerne, dass die Mamelucken nicht selten Gefangene machten, die sie danach in den Kerkern von Ägypten zu sodomitischen Zwecken missbrauchten. »Die Heiden werden sich freuen, wenn sie ihre dreckigen Schwänze in eure Lahmärsche stecken dürfen«, rief er mit sichtbarem Vergnügen, wenn er sie zur Nacht alarmieren ließ und sie nicht schnell genug in ihre Kleider sprangen.

Saint-Jacques' Gegner, Hugo d'Empures, Sohn eines spanischen Edelmannes und einer englischen Adligen, war trotz seines Gleichmutes, was die Ausbildung der Novizen betraf, nicht eben beliebter bei seinen Zöglingen. Im Gegensatz zu Odo de Saint-Jacques, dessen markiges, vernarbtes Äußeres nicht unbedingt Vertrauen erweckte, war der blonde Hugo trotz seines fortgeschrittenen Alters von Mitte dreißig ein oberflächlicher Schönling, der sich augenscheinlich nur für sich selbst interessierte. Ihm war es anscheinend vollkommen egal, ob die ihm anvertrauten Novizen etwas lernten, das später im Kampf für sie wichtig sein könnte. Außerdem hielt er sich nicht an die Ordensregeln. Er trank zu viel und war kein überzeugter Verfechter des Keuschheitsgelübdes, wie Gero höchstselbst hatte in Erfahrung bringen dürfen. Was vielleicht daran lag, wie Hugo gerne argumentierte, dass er dem Tod einmal zu viel ins Auge geblickt hatte. Beiden Lehrmeistern jedoch schienen der Kampf und die Hitze kaum etwas auszumachen. Nur ab und an, wenn die weißen Umhänge mit dem leuchtend roten Tatzenkreuz auf der Schulter zur Seite wehten, waren ihre Schweißflecke unter den Achseln zu sehen. Die eisernen Helme besaßen nur zwei Guckschlitze, aber man konnte ahnen, wie es darunter kochte. Unaufhörlich rann den kampferfahrenen Rittern das Wasser an den muskulösen Hälsen herab, über die vor Anstrengung hervortretenden Adern, direkt in den Ausschnitt des Kettenhemdes. Wenigstens auf die Kettenhauben, die ein Templer im Kampf normalerweise noch unter dem Helm trug, hatten sie verzichtet. Während sie sich einen barbarischen Schlagabtausch mit echten Langschwertern lieferten, verfolgten die Zuschauer mit Anspannung jede ihrer Bewegungen.

»Was denkst du, Breydenbach, wer kippt als Erster zu Boden?«, murmelte Arnaud de Mirepaux, der mit überkreuzten Armen dicht neben Gero stand und die Szenerie aus schmalen Lidern verfolgte.

»Ich sag es nicht gerne«, gab Gero kaum hörbar zurück, »aber ich denke, Odo de Saint-Jacques wird als Sieger aus dieser Runde hervorgehen. Du hast ihn selbst erlebt, bei unseren Märschen oben in den Bergen. Er ist ein hervorragender Kämpfer und so zäh wie das Fleisch eines alten Ziegenbocks. Bruder Hugo würde ich dagegen eher als Lammfilet bezeichnen.«

»Hm …«, machte Arnaud und kaute demonstrativ auf seinem Miswak herum, einem kleinen Zahnputzstäbchen aus dem Holz eines Balsambaums, das er mit der Zunge wie ein echter Araber ständig von einem Mundwinkel in den anderen jonglierte. Dass er damit einem feindlichen Mamelucken zum Verwechseln ähnlich sah, schien ihn inzwischen nicht mehr zu stören.

Sein kurzgeschorener Bart war leicht gekräuselt, und seine haselnussbraunen Augen hatten den gleichen verschlagenen Blick eines Heiden, vor dem sie von ihren Lehrmeistern des Öfteren gewarnt wurden. Hinzu kam Arnauds scharfe Zunge, der er selten Einhalt gebot. Vielleicht war das ein Grund, warum er bei den meisten Brüdern nicht besonders beliebt war. Oder es lag tatsächlich an seinem orientalischen Äußeren, das nicht wenige an jene Dämonen erinnerte, die den Templern schon so viele Verluste zugefügt hatten. Arnaud schaute sich beiläufig um, weil er wohl sicherstellen wollte, keine ungebetenen Zuhörer zu haben.

»Ich denke, Hugo d'Empures wird der Sieger sein«, verriet er Gero mit einem Augenzwinkern. »Er ist ein durchtriebener Hund, der fast jede Finte kennt. Er ist weitaus gerissener als unser erster Kommandeur, lass dir das gesagt sein.«

Tatsächlich machte Bruder Hugo gerade in diesem Moment einen folgenreichen Ausfallschritt und lockte Bruder Odo in eine hinterhältige Falle. Saint-Jacques, der gleichzeitig die Ausbildung der anwesenden Novizen leitete, verfehlte sein Ziel, und der Schlag gegen Hugo ging ins Leere. Im Gegenzug drehte Hugo sich blitzschnell herum und traf Saint-Jacques mit der flachen Klinge im Kreuz. Saint-Jacques stöhnte unerwartet laut auf, stolperte und landete bäuchlings auf dem Boden. Im Fallen hatte er sein Schwert verloren, das nun in greifbarer Nähe neben ihm lag. Für einen Moment sah es aus, als ob er nicht mehr atmen würde, doch dann hob er keuchend den Kopf und versuchte sich auf seinen Ellbogen abzustützen.

Sofort war Hugo d'Empures zur Stelle und drückte ihm die Spitze seiner Klinge in den Nacken. »Échec et mat!«, stieß er heiser auf Französisch hervor, was nichts anderes als »schachmatt« bedeutete. Die Menge brach nur teilweise in Beifall aus. Was wahrscheinlich daran lag, dass d'Empures nicht so viele ehrfürchtige Bewunderer hatte wie Saint-Jacques, der die Templernovizen vielleicht nicht unbedingt mit seiner Menschlichkeit, wohl aber mit seiner Zähigkeit und seinem Wissen von sich überzeugen konnte.

»Bruder Hugo hätte ihn versehentlich töten können, wenn er gewollt hätte«, murmelte Arnaud mit einem leisen Hang zur Verschwörung in der Stimme.

»Warum hätte er das tun sollen?«, fragte Gero mit hochgezogenen Brauen.

»Weil jeder weiß, dass er es auf Saint-Jacques' Kommandeursposten abgesehen hat. Er steht in der Rangfolge direkt hinter ihm, und nur sein Tod könnte etwas daran ändern.«

Von dieser Rivalität ließen sich die beiden Betroffenen zumindest äußerlich nichts anmerken, als Hugo zu Saint-Jacques ging und ihm brüderlich die Hand reichte, um ihm aufzuhelfen. Oder sie wollten ihre Feindschaft nicht zeigen, weil dies womöglich disziplinarische Konsequenzen nach sich gezogen hätte. Die beiden Ritterbrüder hatten inzwischen ihre Helme abgelegt, und als deren bärtige Köpfe zum Vorschein kamen, waren diese tatsächlich so rot wie Hahnenkämme. Trotzdem verbeugten sie sich artig vor ihrem Ordensmeister und salutierten schließlich mit einem »Gott sei mit Euch, Beau Seigneur!«.

Jacques de Molay nickte ihnen wohlwollend zu und sprach ein paar Worte mit ihnen, die jedoch zu leise waren, als dass Gero sie hätte verstehen können.

Als Odo de Saint-Jacques mit dem Helm unter dem Arm schließlich an seinen Novizen vorbeimarschierte, blieb er ausgerechnet vor Gero und Fabius stehen und sah sie aus schmalen Lidern an. »Ich erwarte euch nach der Non in meiner Kammer.«

Ohne weiteren Kommentar setzte er seinen Weg zum Refektorium fort, wo das Mittagsmahl für die Brüder bereitstand.

»Was hat er denn jetzt schon wieder?«, raunte Gero und starrte dem gereizt aussehenden Saint-Jacques hinterher.

»Hoffentlich lässt er seine Wut über den verpassten Sieg nicht an uns aus«, gab Fabius schulterzuckend zu bedenken.

Als die beiden nach dem Nachmittagsgottesdienst an der Kammertür ihres Lehrmeisters klopften, knurrte Saint-Jacques ebenso unfreundlich: »Herein!«

Gero straffte seine breiten Schultern und ordnete sein braunes Novizengewand, bevor er die Türklinke herabdrückte und, gefolgt von dem wesentlich schmächtigeren Fabius von Schorenfels, das Zimmer betrat. Der Kommandeur-Leutnant stand an seinem Stehpult und schaute ungehalten auf, als er seine Novizen erblickte.

Gero und sein Kamerad nahmen Haltung an und vermieden es, ihrem Vorgesetzten in die Augen zu schauen.

»Wisst ihr, warum ich euch hergerufen habe?«, fragte Saint-Jacques provokant.

Gero konnte es allenfalls ahnen, doch er wollte nichts Falsches sagen, weil er wusste, dass Saint-Jacques leicht zu verärgern war.

Auch Fabius wollte allem Anschein nach kein Risiko eingehen und schwieg.

»Na?«, versuchte der Kommandeur es noch einmal mit einer gehörigen Portion Ironie in der Stimme.

Niemand sagte etwas. Gero suchte einen Fluchtpunkt draußen vor dem Fenster, wo im Schatten eines Olivenbaumes eine Katze augenscheinlich einer Maus hinterherjagte, und fühlte sich plötzlich an seinen Vater erinnert.

»Ab sofort ist euer Hausarrest aufgehoben. Wenn ihr wollt, habt ihr heute Abend Ausgang bis zur Frühmesse. Allerdings will ich keinerlei Klagen hören. Wenn so etwas wie vor zwei Monaten noch einmal geschieht, könnt ihr eure Sachen packen und bei den Bettelmönchen um Aufnahme ersuchen, aber nicht bei den Templern. Verstanden?«

»Jawohl, Seigneur«, bestätigten Gero und Fabius wie aus einem Mund.

»Abtreten!«, befahl Saint-Jacques und wandte sich wieder seinen Plänen zu.

Kapitel II

»Hast du gesehen, was er da auf dem Schreibpult liegen hatte?«, fragte Fabius, als sie die Tür wieder hinter sich geschlossen hatten. Was er dort gesehen hatte, schien ihn weit mehr zu begeistern als die Aussicht auf einen freien Abend. Gero achtete nicht weiter auf ihn, sondern nahm den direkten Weg zum Dormitorium, wo er nach dem Mittagsmahl und der darauffolgenden Andacht seine Ausrüstung auf Sauberkeit und Vollständigkeit überprüft hatte. Er hatte keine Lust, schon wieder mit Fabius über die vermeintlichen Geheimnisse des Ordens zu debattieren, die den Luxemburger mehr zu interessieren schienen als alles andere. Fabius hielt mit ihm mit, und Gero ahnte, dass er sich wohl nicht eher zufriedengeben würde, bis er ihm eine Antwort erteilte.

»Eine ziemlich genaue Karte des mittelländischen Meeres, wenn mich nicht alles täuscht«, vermerkte er mit einem Seufzer und blieb für einen Moment stehen.

»Ich habe noch nie im Leben eine solch feingezeichnete Karte gesehen«, erwiderte Fabius. »Es schien mir das reinste Teufelswerk zu sein. Diese feinen Linien, die exakte Schrift und die genaue Lage der Orte und Meere.«

»Ja, sie war besser als alles, was ich bisher gesehen habe«, erklärte Gero, von der Hartnäckigkeit seines Kameraden genervt, »aber deshalb muss es noch lange kein Teufelswerk sein. Der Orden hat gute Kontakte zu arabischen Gelehrten, auch nach dem Verlust des Heiligen Landes. Vielleicht haben sie die Karte für teures Geld von einem persischen Künstler gekauft.«

Damit war das Thema für Gero erledigt. Vielmehr fragte er sich, was er mit seiner unerwarteten Freiheit anfangen sollte. Immer noch schwirrte ihm der Grund für sein zweimonatiges Ausgangsverbot durch den Kopf. Warda. Eine zypriotische Hure, mit der er in einem

Anfall von waghalsigem Schwachsinn das Lager geteilt hatte und in deren Armen er zu allem Übel eingeschlafen war. Im Nachhinein konnten er und Fabius, dem es ähnlich ergangen war, von verdammtem Glück reden, dass der wahre Grund ihres Zuspätkommens ihren Brüdern und Vorgesetzten bisher verborgen geblieben war. Bis auf Hugo d'Empures und seinen vermaledeiten Kameraden Robert »Rob« le Blanc, die sie zu diesem verfluchten Abenteuer verführt hatten. Deren Verrat konnte sie die endgültige Aufnahme in den Orden kosten. Womit aber nicht zu rechnen war, weil Hugo und Robert sich damit nur ins eigene Fleisch schneiden würden. Den Ordensrittern war es nach den Regeln noch nicht einmal erlaubt, eine Frau auch nur anzuschauen, geschweige denn zu einer Hure zu gehen.

Nur mit Gottes Nachsicht hatten Gero und Fabius am darauffolgenden Fest des heiligen Johannes ihre Wappenbücher mit dem Stempel für Novizen des Templerordens zurückerhalten, der ihre vorläufige Aufnahme bei den »Pauperes commilitones Christi templique Salomonici Hierosalemitanis« bestätigte – kurz der »Armen Ritterschaft Christi und des salomonischen Tempels zu Jerusalem«, wie es auf Deutsch hieß.

»Und wie willst du nun deinen freien Abend verbringen?« Fabius warf Gero einen treuherzigen Blick zu. Fest stand, dass sie als zukünftige Templer – genau wie die bereits initiierten Brüder – nur zu zweit ausgehen durften. Wenn der Luxemburger also in die Stadt gehen wollte, war er auf einen oder mehrere Begleiter angewiesen. Allem Anschein nach hatte er bereits eine konkrete Vorstellung, was er mit seinem Abend anfangen wollte. »Ich dachte, wir könnten ja … wir müssen ja nicht wieder einschlafen. Die kleine Rothaarige meinte, sie würde sich freuen, mich wiederzusehen …«

»Vergiss es«, erklärte Gero entschlossen. »Ich habe keine Lust, mich am Ende doch noch mit den Huren erwischen zu lassen. Da musst du dir einen anderen suchen.«

»Spielverderber«, murrte Fabius und warf ihm einen missmutigen Blick zu. Gero ersparte sich eine Retourkutsche. In Wahrheit hegte er ganz andere Absichten, war aber nicht bereit, sie mit Fabius zu teilen. Acht lange Wochen hatte er nun auf eine günstige Gelegenheit gewartet, Warda um Vergebung bitten zu können. Dafür, dass er sie wie ein Tier bestiegen hatte. Dafür, dass er jegliche Vernunft hatte fahren lassen und sie ohne Sinn und Verstand mehrmals genommen hatte und dass er ihr darüber hinaus nicht das geben konnte, was ihm nach einem solchen Vorgehen als angemessen erschien.

Er besaß kein Geld, und selbst wenn er welches gehabt hätte, wäre er als zukünftiger Ordensritter nicht imstande, ihr das heilige Sakrament der Ehe anzutragen. Und genaugenommen wollte er es auch gar nicht. Obwohl sie trotz ihres Alters eine ausnehmend schöne und kluge Frau war, mit einem großen Herz für hoffnungslos verlorene Seelen. Sie hatte in jedem Fall etwas Besseres verdient, als jedermanns Hure zu sein. Es tat ihm leid, dass sie ihren Vater und ihren Geliebten an den Templerorden verloren hatte und ein Kind, das sie mit dem abtrünnigen Ordensritter zu einer Familie hätte vereinen sollen.

Natürlich hatte sie eine Mitschuld an der ganzen Misere getragen, indem sie sich wie ihre Mutter in den falschen Mann verliebt hatte.

Auch erschien es Gero nicht ratsam, dass sie sich nun als Folge daraus in einem Freudenhaus verdingte. Irgendwie fühlte er sich dazu berufen, noch einmal mit ihr zu reden, um sie von einem gottgefälligeren Leben zu überzeugen. Das war er ihr schuldig. Und nicht nur ihr, sondern auch sich selbst – und natürlich dachte er auch an Lissy, die er, ohne es wirklich zu wollen, mit Warda betrogen hatte. Gero war bestimmt kein Moralapostel, aber seit Lissys Tod war er sich mit einem Schlag der Verantwortung bewusst, die er gegenüber jedem Menschen trug, mit dem er in Berührung kam. Er wollte niemandem mehr Schaden zufügen. Es sei denn, es ging um die Verteidigung des Christentums oder das Leben ihm anvertrauter Menschen.

Als er und Fabius das Dormitorium erreichten, herrschte bereits die übliche Aufregung, wie immer, wenn ihnen der Kommandeur Ausgang bis zur Frühmesse erteilt hatte. Voraussetzung war ihre vorherige Teilnahme an der abendlichen Vespermesse. Die nächtliche Matutin war ihnen, wie zu diesem Anlass üblich, erlassen worden.

Die anderen Novizen hatten seit jenem verhängnisvollen Tag, an dem Gero und Fabius dummerweise Hugo d'Empures gefolgt waren, bereits vier weitere freie Abende genießen dürfen, die den Ordensrittern und bei guter Führung auch den Novizen alle zwei Wochen freitags gewährt wurden. Meistens traf man sich in ziviler Kleidung zu mehreren Brüdern in einer Taverne in der Stadt, trank etwas und versuchte auf diese Weise, für ein paar Stunden dem schwierigen Schweigegebot und allen Schwernissen zu entkommen, die der Alltag in einem Ritterorden mit sich brachte. Es war ein Entgegenkommen des Ordens in Friedenszeiten, das die Härte in Kriegszeiten ausgleichen sollte. Eine Vorgehensweise, die bisweilen zu Kritik in den Reihen der nicht kämpfenden Ordensgemeinschaften führte. Man zweifelte an Moral und Sitte der Templer. Es hieß, nicht wenige von ihnen seien dem Suff verfallen und es mangele ihnen, wenn sie sich unter normalen Menschen bewegten, an der ihnen sonst üblichen Ordnung und an Anstand. Aber auch die Hospitaliter des heiligen Johann und die Deutschordensritter erlaubten ihren Ordensbrüdern ab und an privaten Ausgang.

Dass Ordensritter keine gewöhnlichen Mönche waren, die sich nur in Beten und Arbeiten ergingen, hatte nicht erst Jacques de Molay erkannt, der ansonsten streng auf die Einhaltung der Regeln pochte. Wenn man die Männer motivieren wollte, notfalls für den Orden und seine Interessen zu sterben, war es wichtig, sie von Zeit zu Zeit von der Kette ihrer strengen Vorschriften zu befreien, wenn auch nicht allzu lange. Davon profitierten nun auch die Novizen, die sich aus freien Stücken für einen Orden entschieden hatten, der ihnen weit mehr abverlangte als nur das Leben.

»Hey, ihr beiden«, rief Arnaud de Mirepaux Gero und Fabius überschwänglich zu. »Wollt ihr uns nicht endlich verraten, wo ihr euch damals tatsächlich herumgetrieben habt? Jetzt, wo ihr wieder Ausgang habt, könnt ihr uns doch mitnehmen, damit ihr euch nicht noch einmal verirrt?« Er lachte anzüglich, und auch unter den übrigen Novizen brandete Gelächter auf.

Gero antwortete nicht auf diese Provokation, doch Fabius lief rot an vor Zorn und Scham, als Arnaud ihn nicht in Ruhe ließ und ein paar Indiskretionen preisgab, unter denen der Luxemburger in den vergangenen Wochen zu leiden gehabt hatte.

»Sag uns doch endlich, wer dir das wunderhübsche Liebesmal verpasst hat?«, ärgerte ihn Arnaud und umarmte ihn.

Fabius fuhr wütend herum und versuchte vergeblich den braungelockten Bruder aus dem Languedoc abzuschütteln. Im Nu war eine Balgerei zwischen den beiden im Gange. Gero sah sich die Sache nicht lange an, sondern ging mit roher Gewalt dazwischen, indem er Arnaud am Kragen seines braunen Habits packte und ihm mit dem Unterarm die Luft abschnürte, bis dieser endlich von Fabius abließ. Während die übrigen Kameraden (bis auf Struan, der wie üblich ohne Anteilnahme auf seiner Pritsche saß und sein Schwert schärfte) den Atem anhielten und gebannt darauf warteten, was als Nächstes passierte, stieß Gero den Franken grob zur Seite. Fabius presste seine Finger auf jene Stelle, an der Arnaud sich festgesaugt hatte. Als er die Hand herunternahm, zeichnete sich ein gut sichtbares rotes Mal auf der Halsbeuge ab.

Arnaud war sofort wieder auf den Füßen und wollte Gero von der Seite her angreifen, doch Gero schickte ihn mit einem einzigen Fausthieb zu Boden.

Arnaud hielt sich das Kinn und schaute zu Gero auf. »Con!«, schimpfte er wütend, was auf Deutsch nichts anderes als Arschloch bedeutete.

»Bist du verrückt, Mirepaux?«, fauchte Gero ihn an. »Wenn du so weitermachst, wird keiner von euch je wieder vor die Tür kommen, es sei denn, mit einem Einsatzbefehl. Sollte Odo de Saint-Jacques zufällig hier auftauchen und sehen, wie ihr euch prügelt, bekommen alle eine Ausgangssperre.«

Dass dies der Wahrheit entsprach, war jedem der jungen Männer bewusst, und so erntete Gero von den anderen lediglich ein Nicken.

Während die meisten von ihnen ihre persönliche Kleidung anlegten, saß Arnaud immer noch auf seiner Pritsche und rieb sich das Kinn. Fabius hatte sich inzwischen entschlossen, seinen Abend in der üblichen Taverne mit Bruder Brian of Locton, einem unscheinbaren Iren, und dem Genuesen Nicolas de Cappellano zu verbringen, dem Gero vor ein paar Monaten zusammen mit Struan nicht nur das Leben gerettet, sondern auch den Verbleib im Orden gesichert hatte.

»Willst du wirklich nicht mitkommen?«, fragte Fabius Gero noch einmal, als sie sich in mehreren Gruppen auf den Weg zum Vespergottesdienst machten, von wo aus sie direkt in die Stadt gehen wollten.

Gero schüttelte den Kopf und warf einen Blick auf den schwarzhaarigen Schotten, der so abwesend wirkte, als würde ihn der ganze Aufstand nicht das Geringste angehen.

»Ich bleibe bei Struan«, sagte er ausweichend. »Vielleicht kommen wir ja nach.«

Gemeinsam absolvierten sie anschließend die Vesper in der ordenseigenen Kapelle, bei der Novizen, Knappen und Ordensritter ausnahmsweise vereint waren. Eine gute Gelegenheit für Gero, Augenkontakt zu Hugo d'Empures aufzunehmen, der ihm bereits einen lauernden Blick zuwarf, in dem immer noch der Triumph seines Sieges über Odo de Saint-Jacques zu lesen war.

Er zwinkerte Gero wissend zu, während der Kaplan das Leiden Christi verkündete, und grinste verhalten, als Gero ihm bestätigend zunickte.

Später, nachdem die Kameraden sich lärmend verabschiedet hatten, schlich Gero im Alleingang zum Dormitorium der Ritterbrüder, wo er in einem Seitengang auf Bruder Hugo wartete. Ohne die Kutte eines Novizen, nur in ein weißes Leinenhemd, eine schwarze, weit geschnittene Hose und einfache Ledersandalen gekleidet, genoss Gero den lauwarmen Abendwind, der vom gepflasterten Hof her durch den menschenleeren Arkadengang fegte. Bruder Hugo, der wenig später hinzutrat, hatte sich ähnlich gewandet und trug wie Gero unter dem Hemd seinen Messergürtel, den man nur erahnen konnte, wenn man es wusste. Da es ihnen nicht erlaubt war, bei einem privatem Ausgang ein Schwert mitzunehmen, beschränkten sie sich auf die drei scharfen Dolche, mit denen sie sich zuverlässig nächtliche Räuber und betrunkene genuesische oder venezianische Seeleute vom Hals halten konnten, die für ihre Streitlust berüchtigt waren.

»Wo ist eigentlich Robert?«, fragte Gero, der den dunkelhaarigen Templer vermisste. »Ist er krank?«

»Die Ordensleitung hat Rob gestern früh mit ein paar anderen Brüdern nach Famagusta geschickt«, antwortete Hugo mit resignierter Miene.

»Von dort aus sollen sie in wenigen Tagen wieder nach Antarados auslaufen. Sie sind abkommandiert worden, um beim Ausbau der Festung zu helfen. Kein Dolce Vita mehr, stattdessen warten Kelle und Zirkel des Maurers auf unseren bedauernswerten Kameraden. Ich dachte, du wüsstest das?«

»Nein, woher?« Gero schüttelte den Kopf. »Odo de Saint-Jacques hat uns in der vergangenen Woche so sehr geschleift, dass wir nicht mehr wussten, wo oben und unten ist. Wir waren schon froh, wenn wir bei der Vesper nicht eingeschlafen sind, geschweige denn, dass wir Zeit und Muße gehabt hätten, uns für die Pläne der Ordensleitung zu interessieren.«

»Na, wenn das so ist, hast du dir deinen kleinen Urlaub ja redlich verdient«, scherzte Hugo, während er ihn zum offenen Festungstor zog. Zwei weitere Kameraden, die dort Wache standen, salutierten, als sie den offenen Torbogen durchquerten.

»Warda hat mehr als einmal nach dir gefragt. Du musst es ihr ja im wahrsten Sinne des Wortes ordentlich besorgt haben. Sie redet von nichts anderem mehr, als dass ich dich endlich wieder mitbringen soll. Ich hab ihr erklärt, dass du unter Arrest stehst. Sie hat sich ernsthafte Sorgen um dein Wohlergehen gemacht. Das alte Mädchen ist ganz vernarrt in dich.« Er grinste breit. »Sie wird begeistert sein, wenn sie heute Abend endlich ihre Schenkel um deine Hüften legen darf.«

Gero schüttelte den Kopf. »Es ist nicht so, wie du denkst.«

»Nicht?« Nun lachte Hugo kollernd. »Wie ist es dann? Sag mir nicht, es wäre nicht heiß hergegangen zwischen euch, wenn du eine einzige Nacht mit einer Hure verbringst und sie acht Wochen danach immer noch von dir spricht!«

»Es hat nichts mit fleischlicher Lust zu tun, es ist komplizierter«, versuchte Gero zu erklären, während sie bei hereinbrechender Dämmerung den direkten Weg in die Weinberge nahmen.

»Aber du hast dich nicht in sie verliebt?«, bemerkte Hugo mit alarmiertem Blick. »Das wäre ein echtes Unglück, weil du sie als Ordensritter nicht haben kannst. Aber so, wie es aussieht, ist es wohl eher umgekehrt, und du hast *ihr* das Herz gebrochen.«

»Nein«, erwiderte Gero mit einer gewissen Reue im Blick. »Das glaube ich nicht. Außerdem gehört meine Liebe auf ewig nur einer Frau.«

»Der heiligen Muttergottes«, entgegnete Hugo süffisant und nickte verständig. »Ich weiß. Wir sind ihr alle verfallen. Sie ist die einzige Frau, der du als Templer ohne schlechtes Gewissen den Hof machen darfst.«

Da irrst du dich, dachte Gero, doch er wollte Hugo keine unnötigen Erklärungen abgeben, was seine Liebe zu Lissy betraf.

»Und warum bist du dann so scharf darauf, mich zu den schönen Engeln zu begleiten?«

»Ich will mit Warda reden.«

»Reden?« Hugo brach in schallendes Gelächter aus. »Das kannst du unserem Großmeister erzählen, aber nicht mir. Gib zu, du kannst seit Wochen an nichts anderes mehr denken, als sie noch mal zu besteigen.«

»Ich will mich bei ihr entschuldigen«, erklärte Gero stur. »Dafür, dass ich sie bestiegen habe.«

»Du glaubst doch nicht im Ernst an den Blödsinn, den du da redest?«

Hugo d'Empures blieb unter einem Olivenbaum stehen und sah ihn fassungslos an. »Sie ist eine Hure, Gero. Sie liebt es, mit Männern zu schlafen, besonders wenn sie so hünenhaft und gut gebaut sind wie du. Sie war es, die dich verführt hat, und nicht umgekehrt. Die Weiber dort setzen Opiumpfannen ein, um die Freier entweder zu betäuben oder sie willenlos zu machen. Je nachdem, was sie mit den Männern vorhaben. Bei dir kam mit Sicherheit letztere Variante zum Einsatz.« Er lachte befreit und setzte seinen Weg fort. »Ich liebe es übrigens, wenn Mafaldas Engel so etwas mit mir anstellen. Es macht so schön hemmungslos. Man vergisst all die Scheiße, die man im Leben bereits durchgemacht hat. Ich sage es nur dir, aber es gibt Tage, da heule ich wie ein Schlosshund, wenn ich im Bett einer Hure liege, obwohl ich sie kurz zuvor noch wunderbar geritten habe. Es überkommt mich einfach, wenn ich danach in den Armen einer vollbusigen, verständnisvollen Frau liege, die keinerlei Ansprüche stellt, und ich meinen Gefühlen freien Lauf lassen darf.«

Hugo stieß einen begeisterten Seufzer aus und ließ seine weißen Zähne im Halbdunkel aufblitzen.

Gero konnte sich denken, was den Ordensritter so glücklich machte. Wahrscheinlich genau das Gleiche, was ihn selbst in Wardas Armen hatte hinwegschlummern lassen. Aber er wollte nicht glauben, dass die Anteilnahme und die mütterliche Zuwendung der Huren nur eine List war, um zahlungswillige oder wenigstens ausdauernde Freier anzulocken.

Immer noch leicht verunsichert, folgte er Hugo durch das Tor zur Taverne der Engel, deren Pforte sich nur auf ein Losungswort hin wie von Geisterhand öffnete.

Plötzlich fragte er sich, was er Warda sagen würde, wenn sie vor ihm stand. Er wollte auf keinen Fall anfangen, nach Worten zu suchen oder gar zu stottern, was wirklich peinlich gewesen wäre. Die Taverne war gut besucht, wie man an den edlen Rössern erkennen konnte, die mit ihren kostbaren Geschirren draußen im Hof angebunden standen. »Die überwiegende Kundschaft in Mafaldas Paradies besteht aus reichen Kaufleuten«, erklärte ihm Hugo. »Aber man munkelt, dass auch jede Menge Ministerialbeamte des Königshofes hierherkommen. Sie alle werden von Mafalda, der langjährigen Wirtin des Etablissements, bestens bedient und dafür anständig zur Kasse gebeten.«

Etwas Ähnliches hatte Warda auch schon erzählt, als Gero das erste Mal ihre Bekanntschaft gemacht hatte. Nur Ordensritter hatten freien Zutritt, und das auch nur unter der Hand, weil das Haus auf steuerfreiem Templergrund stand. Mit dem kleinen, aber feinen Haken, dass die Ordensleitung nichts davon ahnte, was dort geschah. Offiziell handelte es sich um eine Herberge für pilgernde Christen. Und zwar welche von einer besonderen Sorte, die allem Anschein nach ein striktes Schweigegelübde abgelegt hatten. Alles, was sich im Haus der Engel abspielte, war ein streng gehütetes Geheimnis, und jeder, der hierherkam, hatte etwas zu verbergen, so dass die Kundschaft sich mit ihrer Diskretion gegenseitig in Schach hielt.

Vielleicht war Warda ja gar nicht da, beruhigte sich Gero in einem plötzlichen Anfall von Rückzugswillen. Oder sie hatte die ganze Nacht über anderweitige Kundschaft und keine Zeit für ihn. Dann hatte er einen guten Grund, sofort wieder zu gehen.

Vielleicht erklärte sie ihn auch schlichtweg für verrückt, wenn er nur gekommen war, um ihr ein weiteres Dasein als Hure auszureden. Der Gedanke, dass sie sich Tag und Nacht von fremden Männern besteigen ließ, erschütterte ihn. Aber ihr schien es nichts auszumachen.

Hugo wurde schon kurz nach dem Eintritt von einem rothaarigen Mädchen mit verheißungsvollen Küssen begrüßt und verschwand sogleich mit ihm in den oberen Gemächern. Gero blieb einfach im Torbogen stehen und schaute sich um. Dank seiner Größe hatte er sich rasch einen Überblick über Huren und Gäste verschafft. Er selbst war auch nicht zu übersehen. Jedenfalls starrten ihn einige spärlich bekleidete Mädchen ungebührlich lange an. Nur eine von ihnen, deren dunkler Zopf bis über ihr Hinterteil reichte und damit nur das Notwendigste unter dem durchsichtigen rosafarbenen Seidenkleid verbarg, zeigte offenbar kein Interesse, sich ihm zuzuwenden. Bis ihr die dralle Mafalda einen kaum merklichen Stoß gab und mit dem Kopf zur Tür nickte.

Kapitel III

Warda drehte sich langsam zu Gero um und spürte ihr Blut durch die Adern rauschen, als sie die hünenhafte Gestalt des deutschen Templernovizen erblickte.

Die sandfarbenen Haare waren nicht mehr ganz so kurz wie bei ihrer letzten Begegnung, aber sein hellblonder Bart war immer noch kurz geschoren und brachte die himmelblauen Augen besonders zur Geltung. Unter seinem Hemd zeichneten sich seine breiten Schultern ab, deren Muskeln in den letzten Wochen anscheinend noch zugelegt hatten. Nach allem, was sie über seinen Arrest und die damit verbundenen Schwierigkeiten erfahren hatte, hätte sie nicht mehr damit gerechnet, ihn je wiederzusehen. Umso größer war die Freude über seinen Anblick, der in ihrem Unterleib ein sehnsüchtiges Ziehen verursachte. Selten war sie einem Mann begegnet, den sie so sehr begehrt hatte. Sein Blick hingegen war kritisch und alles andere als liebevoll. Doch das würde sich rasch ändern, wenn sie ihn erst in ihre Kammer gelockt hatte. Sie war erfahren genug, um zu wissen, wie man einen Mann umgarnte, damit er in ihren Händen zu Wachs wurde. Glücklicherweise hatte Mafalda ihr für diesen Abend keinen anderen Freier zugeteilt. Somit konnte sie sich ganz und gar dem angehenden Tempelritter widmen.

Zögernd ging Warda auf ihren Traumprinzen zu, wie sie ihn im Geheimen nannte. Obwohl er mit seinen einundzwanzig Jahren neun Jahre jünger war als sie selbst und ihr als kommender Ordensritter keine gemeinsame Zukunft versprechen konnte, hatte sie sich vom ersten Augenblick an hoffnungslos in ihn verliebt. Erst recht, nachdem sie von seinem grausamen Schicksal erfahren hatte und wie er damit umging. Ein derart gutaussehender Mann, der seine Frau so sehr geliebt hatte, dass er ihr ehrenhaft in den Tod folgen wollte, um im Paradies wieder mit ihr vereint zu sein, lief einem schließlich nicht alle Tage über den Weg. Dabei störte es sie nicht, dass sein Herz weiterhin einer Toten gehörte. Warda hatte eine aufregende Nacht mit ihm verbringen dürfen, und das war mehr, als sie zu Beginn ihrer Begegnung zu träumen gewagt hätte. Am liebsten wäre sie ihm um den Hals gefallen, um ihn zu küssen. Doch sie wollte ihn nicht verschrecken, zumal sein Blick recht abweisend war.

Als er nichts sagte, nachdem sie zu ihm gegangen war, sondern sie nur von oben herab anstarrte, nahm sie allen Mut zusammen, stellte sich auf die Zehenspitzen und drückte ihm einen sinnlichen Kuss auf die Lippen. Offenbar überrascht von ihrer Attacke, erwiderte er den Druck, wenn auch nur schwach. Immerhin war es ein Anfang, dachte sich Warda, auch wenn er weiterhin stocksteif blieb.

»Ob du es glaubst oder nicht«, flüsterte sie an seinem schön geschwungenen Mund, »ich habe dich schmerzlich vermisst. Hugo hat mir gesagt, was geschehen ist. Es tut mir leid, es war meine Schuld, ich hätte dich rechtzeitig wecken sollen. Ich hoffe, du kannst mir noch mal verzeihen.«

»Es war nicht deine Schuld«, erwiderte Gero leise. »Es war meine. Ich hätte ja nicht bei dir liegen müssen. Hast du einen Moment Zeit für mich?«

»So viel du willst«, wisperte sie und konnte kaum fassen, dass er tatsächlich zu ihr zurückgekehrt war.

»Dann komm, lass uns nach oben in deine Gemächer gehen. Ich habe dir etwas unter vier Augen zu sagen.«

»Wie du wünschst«, erwiderte sie und fasste ihn unter einem aufwallenden Glücksgefühl wie selbstverständlich bei der Hand. Er folgte ihr quer durch die Vorhalle, und sie spürte die neidischen Blicke ihrer Mitstreiterinnen, die sich mit ein paar betrunkenen Genuesen abgeben mussten. Grobe Kerle, die den Mädchen nach dem Beischlaf gerne blaue Flecke und wunde Stellen als unwillkommenes Geschenk hinterließen.

Gero war ein kraftvoller, aber zugleich zärtlicher Liebhaber gewesen, der es offenbar nicht gewohnt war, bei einer Hure zu liegen.

Nur zu gerne erinnerte sie sich noch an jene Nacht, in der sie ihm jegliche Hemmungen genommen hatte, obwohl ihr Zusammensein von seiner schrecklichen Geschichte überschattet worden war. Wahrscheinlich war es die seltene Mischung aus naiver Unbedarftheit und urwüchsiger Männlichkeit gewesen, weshalb sie ausgerechnet bei diesem jungen Kerl schwach geworden war.

Als sie schließlich vor ihrer Tür im ersten Stock der luxuriösen Taverne anlandeten, blieb er dicht hinter ihr stehen, und sie spürte seinen heißen Atem auf ihrem Nacken, während sie den Schlüssel im Schloss herumdrehte. Unmerklich schmiegte sie ihr Gesäß an seinen Schritt und spürte augenblicklich, dass er unter seiner weiten Hose trotz seiner abweisenden Haltung hart wurde. Ihm schien ihre Wirkung auf ihn auch nicht entgangen zu sein, doch anstatt sie zu verstärken, ging er auf Abstand.

Nachdem sie ihre Kammer betreten hatten, entzündete sie eine Kerze, was dem Raum sogleich eine heimelige Atmosphäre verlieh. Am liebsten hätte sie Gero sofort auf ihr Lager gezerrt, doch der machte keinerlei Anstalten, ihr zu folgen. Stattdessen setzte er sich, ohne um Erlaubnis zu fragen, auf einen Scherenstuhl neben ihrem Lager und sah sie mit dem Blick eines Pfaffen an, der unbedingt eine Moralpredigt loswerden wollte. Sie war fest entschlossen, ihn auf leichtere Gedanken zu bringen, und ging zu einem Tischchen, auf dem eine kostbare Glaskaraffe mit rotem Wein stand. Sie goss etwas davon in zwei ähnlich wertvolle Kelche und gab in einen heimlich ein Pulver hinein, das ihren unwilligen Gast gefügig machen würde.

»Nein, danke.« Gero machte eine abwehrende Geste, als sie ihm Wein in einem dieser prachtvollen syrischen Gläser servieren wollte. Er würde sich nicht hinreißen lassen, nochmals eine solche Dummheit zu begehen wie bei ihrer letzten Zusammenkunft. Allein ihr verführerisches Aussehen war gefährlich genug. Da brauchte es bei Gott keinen Wein, um noch schwerer zu sündigen, als er es ohnehin schon getan hatte. Wobei er sich nichts vormachen wollte. Eine Hure wie Warda war mit allen Wassern gewaschen. Er war überzeugt davon, dass sie ihm beim letzten Mal unbemerkt ein zusätzliches Rauschmittel verabreicht hatte, das ihn in jenen leichtsinnigen Menschen verwandelte, der kaum mehr etwas mit seinem wahren Charakter zu tun gehabt hatte. Er musste also auf der Hut sein.

Als sie die Räucherpfannen anzünden wollte, gebot er ihr Einhalt.

»Heute sind uns nur Kerzen erlaubt«, erklärte er kompromisslos. »Bei dem, was ich dir zu sagen habe, möchte ich einen klaren Verstand behalten.«

Wardas Lider verengten sich unwillkürlich, so dass ihre dunklen, bernsteinfarbenen Augen wie die einer Raubkatze aussahen.

»Was willst du?«, fragte sie scharf, drückte den Rücken durch und stemmte die Hände in ihre schmale Taille. Gero blieb nichts anderes übrig, als auf ihre prallen Brüste zu starren, die sich unter dem durchscheinenden Stoff nur allzu deutlich abzeichneten.

»Ich will, dass du deine Arbeit in diesem Hurenhaus aufgibst«, erklärte er nicht unbedingt überzeugend. »Du bist zu schön und zu schlau, um nicht zu wissen, dass du nicht ewig so weitermachen kannst. Außerdem ist es gefährlich, wenn es sich so verhält, wie du mir beim letzten Mal erzählt hast, und du die Geheimnisse all deiner Freier hütest.«

»Du hast das nicht vergessen?«, fragte sie überrascht.

»Nein, wie sollte ich? Ich habe an beinahe nichts anderes gedacht.« Er rieb sich hastig die Nase. »Außerdem wollte ich mich bei dir entschuldigen. Ich hätte dich nicht nehmen dürfen. Das war unehrenhaft.« Er schaute zu Boden, weil er ihrem ungläubigen Blick nicht standhalten konnte.

Plötzlich setzte sie sich ohne Vorwarnung auf seinen Schoß und legte einen Arm um seine Schultern, mit der anderen Hand kraulte sie seinen Nacken.

Als er überrascht aufblickte, hatte er ihre harten, rosigen Knospen vor Augen, die sich durch die enganliegende Seide drückten.

»Es wäre unehrenhaft gewesen, wenn du es nicht getan hättest«, säuselte sie heiser und hob sein bärtiges Kinn so weit an, dass sie ihn mühelos küssen konnte. Gero gab nach und öffnete seine Lippen, um ihre kleine vorwitzige Zunge zu empfangen. Ein quälend langer, alles versengender Kuss folgte, und beinahe wäre er den Verlockungen des Teufels erlegen.

»Nein!«, keuchte er und hielt sie auf Abstand. »Ich meine es ernst.«

Sie schaute ihn an, als ob er etwas Schlimmes verbrochen hätte. Ihre Augen füllten sich mit Tränen.

Nur das nicht, dachte Gero. Es behagte ihm nicht, sie weinen zu sehen. Schon gar nicht, wenn er die Schuld daran trug. »Warda … so versteh doch.«

»Du willst mich also nicht.« Sie gab sich keine Mühe, ihre Enttäuschung zu verbergen. »Ich habe mich in dich verliebt«, gestand sie mit stockender Stimme. »Ich weiß, es ist verrückt, aber als ich dich sah, dachte ich: Das ist der Mann, mit dem ich ein neues Leben beginnen könnte. Doch ich kann verstehen, wenn ich dir zu alt bin.«

Gero rang nach Atem. Mit einer solchen Entwicklung hatte er überhaupt nicht gerechnet. »Warda …«, begann er hilflos und strich ihr wie einem Kind übers Haar. »Es hat nichts mit dir persönlich zu tun … oder … nein … hat es doch. Ich bin auf keinen Fall der richtige Mann für dich, weil es mir nicht möglich wäre, dich glücklich zu machen. Ich bin auf dem besten Wege, ein Templer zu werden, und das heißt, ich werde ein Streiter Christi sein. Eine Frau zu haben ist für dieses Leben nicht vorgesehen.«

»Ich hatte bereits einen Geliebten, der bei den Templern war, warum sollte ich nicht noch einen haben?«

»Das ist doch gerade die Krux«, rief Gero außer sich. »Abgesehen davon, dass ich dabei auch noch ein Wörtchen mitzureden habe, hast du deine gesamte Familie an diesen Orden verloren. Was willst du dir da noch um mich Sorgen machen?«

»Vielleicht wäre es besser, wenn du den Orden verlässt, solange es noch möglich ist«, erwiderte sie und sah ihm tief in die Augen.

»Hast du den Verstand verloren, oder was?« Nun wurde Gero langsam wütend. »Ich habe dir doch bis in alle Einzelheiten anvertraut, warum ich dem Orden als Ritter beitreten will und nicht davon abweichen kann.«

»Männer!«, stieß sie verbittert hervor. »Der Krieg scheint für euch nur ein Spiel zu sein, dem ihr euch schwerer entziehen könnt als den Reizen einer schönen Frau.«

»Ich weiß nicht, was du mir damit sagen willst!« Gero sah sie verständnislos an. »Der Krieg gehört nun mal zu einem Ordensritter wie das Kreuz zu unserem Herrn Jesus.«

»Mit dem Unterschied, dass unser Herr Jesus den Frieden gepredigt hat.«

»Hat er das?« Gero sah sie zweifelnd an. »Sagte er nicht vielmehr: ›Ich bin nicht gekommen, Frieden zu bringen, sondern das Schwert.‹«

»Er hat aber auch gesagt«, widersprach Warda: »›Denn alle, die das Schwert nehmen, werden durch das Schwert umkommen‹.«

»Du hast eine verdammt scharfe Zunge, Weib«, amüsierte er sich. »Willst du etwa behaupten, man sollte die Heiden gewähren lassen?«

»Das ist doch gar nicht die Frage«, ereiferte sie sich. »Begreifst du denn nicht, dass es den Herrschenden in diesem Krieg gar nicht um Gott und den Glauben geht, sondern nur um die Macht und damit um sich selbst?«

»Hauptsache, ich weiß, für was ich kämpfe«, erklärte er stur. »Der Papst hat uns versprochen, dass wir ins Paradies eingehen werden, wenn wir im Kampf gegen die Ungläubigen fallen. Und nur das interessiert mich.«

»Um der heiligen Muttergottes willen, wie kann man nur so starrköpfig sein?« Sie seufzte entnervt.

Es belustigte ihn beinahe, dass sie aus lauter Sorge um ihn so aufgebracht war.

»Die Templer werden mit Antarados untergehen«, beschwor sie ihn. »Und du und all deine Kameraden mit ihnen.«

»Sag nur, ich habe da was übersehen, und du bist in Wahrheit eine Prophetin?« Langsam wurde ihm die Geschichte zu bunt.

»Man muss keine Prophetin sein, wenn man das Verhältnis zwischen König Heinrich II. von Jerusalem und seinem Bruder Aimery von Lusignan kennt. Die beiden hassen sich, wahrscheinlich seit Aimery das Licht der Welt erblickt hat. Angesichts seiner Fallsucht ist Heinrich als Herrscher umstritten, und Aimery wird – wenn auch nicht offen – schon als sein möglicher Nachfolger gehandelt. Mich würde es nicht wundern, wenn der kleine Bruder des Königs angesichts dieser Aussichten auf dumme Gedanken käme.«

»Was in Herrgotts Namen hast du mit dem König von Jerusalem und seinem Bruder zu tun?« Gero sah sie entgeistert an. »Oder haben die beiden etwa auch schon in deinem Bett gelegen?«

»Die beiden nicht, aber ihre Lakaien. Und von denen weiß ich, dass der König und sein Bruder ständig irgendwelche Intrigen gegeneinander spinnen. Aimery will als Heerführer von Heinrichs Soldaten unter allen Umständen Jerusalem von den Heiden zurückerobern, um seine Fähigkeiten als zukünftiger Herrscher unter Beweis zu stellen. Dafür benötigt er die Templer. Ohne die Unterstützung des Ordens hat es keinen Sinn, Antarados zu einer Festung auszubauen. Doch das kostet Geld. Ein Teil davon kommt vom Papst, weil er ebenso an der Rückeroberung des Heiligen Landes interessiert ist wie alle anderen hier. Der andere, wesentlich größere Anteil jedoch muss vom König von Jerusalem finanziert werden, weil er der rechtmäßige Anwärter auf die besagten Gebiete ist. Heinrich steckt jedoch in einer Zwickmühle, da er seinem Bruder berechtigterweise nicht über den Weg traut. Aimery benötigt das Vermögen des Königs und seine Soldaten, um die Rückeroberung Jerusalems von Antarados aus anschieben zu können. Sollte es ihm tatsächlich gelingen, die Heiden mit Hilfe der Templer aus dem Heiligen Land zu vertreiben, entsteht ein Machtvakuum, bei dem Heinrich als König den Kürzeren ziehen könnte. Jeder weiß, dass Prinz Aimery sich für den besseren Regenten hält. Wenn der Orden also in einen weiteren Krieg gegen die Mamelucken zieht, wird niemand wissen, wie lange er auf die Unterstützung des Königs hoffen kann. Sollte sich bei König Heinrich der Eindruck verstärken, dass sein Bruder einen eventuellen Sieg nutzen würde, um ihn zu entmachten, wird er sofort alle Mittel abziehen. Das hieße, die Templer verfügen zwar über eine strategisch günstig gelegene Insel in unmittelbarer Nähe zum Feindesland, stehen aber für den Fall, dass der König sein Geld zurückzieht, ohne Verbündete und ohne Versorgung da und wären damit leichte Beute für ihre Widersacher.«

»Meine Güte!«, entfuhr es Gero. Fassungslos sah er sie an. »Du hättest Königin und nicht Hure werden sollen.«

»Als Königin der Huren würde ich sicher keine schlechte Figur machen«, scherzte sie bitter.

»Hast du eine Ahnung, in was für eine Gefahr du dich begibst, wenn du öffentlich solche Spekulationen anstellst? Wenn du an den Falschen gerätst, wird man dich als Spionin und Verräterin hinrichten lassen.«

»Dir kann ich vertrauen«, erklärte sie sanft.

»Woher weißt du das?«

»Ich sehe es an deinen Augen.« Sie lächelte scheu. »Auch wenn sie so eisblau sind wie der Himmel, strahlen sie Wärme, Treue und Güte aus.«

»Und was soll ich deiner Meinung nach nun tun? Meine Entscheidung, ein Templer zu werden, ist unumstößlich. Ganz gleich, wie viele Schauergeschichten du mir erzählst.«

»Schade«, sagte sie und seufzte enttäuscht. »Ich dachte, du würdest noch einmal darüber nachdenken. Euer Großmeister ist wie seine Vorgänger ein stolzer Mann. Aber wenn es um das Leben seiner Ritter geht, behandelt er sie wie austauschbare Schachfiguren, und damit benimmt er sich keinen Deut klüger als seine Vorgänger. Wie alle Kirchenmänner ist er verblendet von dem Gedanken, Jerusalem für sich haben zu wollen, ohne zu bedenken, dass es allen gehört. Muslimen, Christen und auch Juden.«

Gero schüttelte den Kopf. »Und weise bist du noch dazu.« Beinahe hätte sie ihn überzeugt. Doch selbst wenn sie recht behalten sollte, würde sich an ihrem Verhältnis nichts ändern.

Warda wollte gerade zu einer Antwort ansetzen, als draußen im Flur eine Tür schlug und die Schreie mehrerer Frauen zu hören waren. Erschrocken sprang sie auf, und Gero, der ihr sofort zur Tür gefolgt war, zog sein längstes Messer und schob sie zur Seite. Entschlossen trat er hinaus und sah, wie sich etliche Türen öffneten und halbnackte Freier und Huren aus ihren Kammern hervortraten, um zu erfahren, was da vor sich ging. Am unteren Treppenansatz registrierte er den Uniformrock eines königlichen Soldaten. Der Mann trug ein Kettenhemd und hielt ein Schwert in der Hand, ein weiterer Mann, der ihm folgte, hob eine Fackel. Schlagartig blitzten überall Schwerter und Helme auf. Geistesgegenwärtig schob Gero seine Gastgeberin zurück in die Kammer und verriegelte die Tür von innen.

»Was ist?« Sie schaute ihn aus schreckgeweiteten Augen an.

»Offenbar ist das eingetreten, worüber wir gerade gesprochen haben«, entgegnete Gero und löschte das Licht. »Es sind Schergen des Königs, und sie sehen nicht eben freundlich aus. Wir müssen fliehen, wenn wir ihnen nicht in die Hände fallen wollen.«

»Heilige Muttergottes«, flüsterte Warda in Panik. »Wie sollen wir denn an denen vorbeikommen?«

»Gar nicht. Wir nehmen einen anderen Weg.« Gero schnappte sich im Dunkeln ein Laken vom Bett und riss es in der Mitte entzwei, die Enden verknotete er rasch zu einem Strick und tastete sich zu einem Bettpfosten vor.

»Was tust du da?« Wardas Stimme überschlug sich fast.

Gero ließ sich nicht beirren, zumal schon die ersten Söldner an die benachbarten Türen hämmerten. Diese Männer waren keine Ordensritter, sie waren gedungene Kettenhunde, für die das Leben eines Menschen nicht zählte. Rasch knotete er das eine Ende des improvisierten Seils am Bettpfosten fest und warf einen Blick zum Fenster hinaus in die mondlose Nacht. Nur das Licht der Sterne umhüllte die hügelige Landschaft mit einem sanften Schimmer.

»Komm her zu mir«, wies er Warda an, »und halt dich an mir fest.«

Er spürte ihre zitternden Hände, die sich zaghaft um seinen Hals legten, und die weichen Brüste, die sich vor Angst bebend an seinen Rücken pressten.

»Bedeutet das, du willst mit mir aus dem Fenster steigen?«, fragte sie bang.

Schon versuchte jemand, die Tür von außen zu öffnen. Als dies nicht gelang, hämmerten starke Fäuste erbarmungslos darauf ein.

»Frag nicht, halt dich gut fest«, befahl ihr Gero und hatte schon das eine und dann das andere Bein über die Brüstung geschwungen. Warda tat es ihm nach, und zusammen glitten sie an dem Laken ins Nichts hinunter. Es war nicht so tief, und der Aufprall war weniger hart als gedacht, doch als Nächstes galt es noch eine sieben Fuß hohe Mauer zu überwinden.

Gero nahm Warda bei der Hand und zerrte sie unter dem Eindruck lauter werdender Stimmen und Schreie hinter sich her. Er verdrängte die Gedanken an das, was geschehen würde, wenn die Schergen des Königs sie auf ihrer Flucht erwischten. Im Schein einer Fackel versuchte Gero, die richtige Stelle zu finden, an der er emporspringen konnte, um sich an der Kante des Mauerwerks hochzuziehen. Die Stimmen wurden lauter, als er nach dem dritten Anlauf endlich Glück hatte und mit einiger Anstrengung rittlings auf der Mauerkuppe landete. »Gib mir deine Hand«, forderte er Warda auf, die in der Dunkelheit auf ein Zeichen wartete. Halb auf der Mauer liegend, bückte er sich zu ihr hinunter. Als er ihr Handgelenk zu fassen bekam, zog er sie mit aller Kraft hoch. »Au!«, jammerte sie leise, »du renkst mir die Schulter aus.«

»Verzeih«, murmelte er und packte sie ungalant am Hintern, um sie gerade noch rechtzeitig auf die andere Seite zu ziehen. Flach auf dem Mauersims liegend, ließ er sie an der anderen Seite wieder herab. Als sie heil unten angekommen war, sprang er hinterher.

»Wer da?«, rief eine Stimme von ferne und leuchtete über die Mauerkuppe hinaus zu ihnen hin. Doch der Mann konnte sie hinter dem Wall nicht entdecken.

Kapitel IV

»Ich habe mir den Fuß verstaucht«, stöhnte Warda leise, nachdem sie unvermittelt gestolpert war, und humpelte nur noch voran. Offensichtlich hatte sie Schmerzen und konnte nicht schnell genug laufen. Irgendjemand blies in eine Fanfare, und schon war das Hufgetrappel von Pferden zu hören. Gero warf Warda kurzerhand über seine Schulter und trug sie im Laufschritt davon. »Nimm den Weg in den Olivenhain«, keuchte sie in sein Ohr. Sie zitterte am ganzen Leib.

»Keine Angst«, flüsterte er ihr zu. »Wir schaffen das schon.«

Gero schärfte seinen Blick in der Dunkelheit und versuchte, die Bäume zu erkennen. Hinter ihnen erkundeten Reiter die Umgebung mit Fackeln, die ein schwaches Licht in ihre Richtung warfen. Gero lief um sein Leben. Sein Gefühl sagte ihm, dass die Männer durchaus imstande waren, zumindest seine Begleiterin zu töten, wenn er gezwungen war, sich gegen beide gleichzeitig zur Wehr zu setzen.

Als er mit Warda einen Hügel erreichte, von dem aus die Taverne einigermaßen gut einzusehen war, ließ er sie für einen Moment herab. Im Schein mehrerer Feuerkörbe und Fackeln bot sich ihnen das ganze Ausmaß der Katastrophe dar. Die Soldaten trieben die Frauen und deren Freier mit erhobenen Schwertern und unter Androhung von Schlägen zusammen und steckten sie der Reihe nach in einen geschlossenen Gefängniswagen.

Irgendjemand schleppte Mafaldas reglosen, ganz in Rot gewandeten Leib aus dem Tor heraus und warf ihn achtlos zu Boden. Die nachfolgenden Mädchen brachen in hysterisches Geschrei aus, als sie sahen, was mit ihrer Wirtin geschehen war.

»Ist sie tot?«, flüsterte Warda mit bebender Stimme und schmiegte sich schutzsuchend an Gero, dem selbst das Herz bis zum Hals schlug.

»Wir wollen es nicht hoffen«, sagte er leise, doch so, wie es aussah, schien nicht mehr viel Leben in Mafalda zu stecken. Auf einmal stieg ihm ein verdächtiger Rauch in die Nase. »Der Dachstuhl brennt«, stieß Warda in Panik hervor. »O mein Gott, sie brennen das ganze Haus ab!«

Inzwischen stiegen die restlichen Soldaten in ihre Sättel und suchten wie ihre Kameraden die Umgebung zu Pferd und mit brennenden Fackeln ab.

»Scheint so, als hätte Mafalda mächtige Feinde.« Gero gelang es nicht, seine tiefe Beunruhigung zu verbergen. »Ich würde zu gerne wissen, was mit Hugo geschehen ist?«

Inständig hoffte er, dass dem Templerbruder die Flucht gelungen war. Schon allein, weil dessen Verhaftung auch ihn treffen konnte.

»Er war immer bei Rosalie«, bemerkte Warda leise. »Ihre Kammer liegt auf derselben Etage wie meine, nur am hinteren Ende des Flurs. Ich habe sie aber unter den gefangenen Mädchen nicht sehen können. Was ist, wenn die beiden den Häschern in die Hände fallen?«

»Wir sollten darum beten, dass die Söldner sie ebenso wenig erwischen wie uns. Ich will dir keine Angst machen, Warda, aber ich habe ein ziemlich mieses Gefühl, was das weitere Schicksal der Gefangenen betrifft. Sie dürfen dich auf keinen Fall finden.« Schon näherten sich ihnen zwei Reiter mit Fackeln und stürmten unvermittelt den Hang hinauf.

»Wir müssen weiter«, keuchte er und packte Warda, die vor Überraschung nach Luft schnappte, während er sie erneut über seine Schulter warf. Dann rannte er mit ihr auf der anderen Seite des Hügels hinab, als ob er einen Wettkampf gewinnen wollte. Von weitem sah er nun das schwache Licht der Feuerkörbe auf den Aussichtstürmen der Stadt. Bis dahin musste sie es schaffen, ohne entdeckt zu werden.

Hinter sich hörten sie die Schläge etlicher Hufe. Als er sich umdrehte, sah er die brennenden Stecken der Reiter, die sich ihnen unaufhörlich näherten.

»Ich habe gesehen, dass zwei Leute in diese Richtung gelaufen sind«, rief einer der Männer. Sie teilten sich auf und suchten mit Hilfe der Fackeln in verschiedenen Richtungen den Boden ab.

Gero erkannte im schwachen Licht einen hölzernen Kasten, der so groß war, dass durchaus zwei Menschen hineinpassen würden. Es war eine Olivensammelstelle auf anderthalb Fuß hohen Stelzen, wie sie in den Hügeln vor der Stadt überall zu finden waren. Obenauf befand sich eine Klappe, die das Sammelgut vor Sonne und Insekten schützen sollte. Gero widerstand der Idee, dort hineinzuklettern. Stattdessen setzte er Warda ab und forderte sie auf, unter die Kiste zu kriechen. Als sie ganz darunter verschwunden war, folgte er ihr. In weiser Voraussicht zog er abermals sein Messer, auch wenn ihn der Gedanke, womöglich Soldaten des Königs töten zu müssen, nicht gerade begeisterte. Dicht aneinandergedrängt lagen Gero und seine Schutzbefohlene auf dem Bauch und beobachteten atemlos, wie die beiden Männer weiterhin die Umgebung absuchten. Sie kamen ihnen so nahe, dass sie deren Unterhaltung mitverfolgen konnten.

»Denk dran, für jede Hure, die wir erwischen, gibt es zwei Weißbyzantiner. Die Kerle bringen nur einen.« Schon waren die Hufe der Tiere neben ihnen, und die Klappe über ihnen wurde geöffnet. Mit einem Knall schlug sie so laut an die äußere Kistenwand, dass Warda heftig zusammenzuckte. »Nichts!«, fluchte einer der Männer.

Geros Herzschlag setzte für einen Moment aus, und er bemerkte erst, dass er Warda den Mund zugehalten hatte, als die Männer den Rückzug antraten und sie sich nach Atem ringend aus seinem Griff zu befreien versuchte.

»Tut mir leid«, murmelte er und wagte einen Blick unter dem Rand der Kiste hervor. Erst nachdem er sich persönlich davon überzeugt hatte, dass ihnen niemand mehr auflauerte, steckte er das Messer weg und gab Warda ein Zeichen. »Du kannst rauskommen«, versicherte er ihr und half ihr, unter dem Kasten hervorzukriechen. Wie um sich selbst zu beruhigen, klopfte Warda sich wieder und wieder den Staub von der Kleidung.

»Lass das«, bemerkte Gero ungeduldig. »Wir müssen weiter, dich sieht doch hier keiner.«

»Die einzig wichtige Frage ist doch«, brachte Warda mit zittriger Stimme hervor, während sie ihren Weg mit schnellen Schritten fortsetzten, »warum die Taverne ins Visier des Königs geraten ist und was nun mit den anderen Frauen geschieht.«

»Nach allem, was du mir heute Abend erzählt hast, liegt die Antwort klar auf der Hand«, entgegnete Gero gehetzt. »Vermutlich geht es um Verrat. Irgendwer muss ein Interesse daran gehabt haben, euer Haus zu vernichten und alle, die darin verkehren, festzusetzen. Die Schergen, die uns verfolgt haben, schienen ein verstärktes Interesse an dir und deinen Mitschwestern zu haben. Was für dich ziemlich gefährlich sein könnte.

Gut möglich, dass man dich unter den Gefangenen vermisst und sie nach dir suchen. Dass sich die Taverne auf Templerland befindet, gibt der Sache eine weitere Brisanz. Keine Ahnung, was das für uns beide bedeutet. Aber am besten wäre, wenn man uns erst gar nicht mit der Sache in Verbindung bringt.«

Warda antwortete nicht. Er hörte, wie sie die Nase hochzog.

»Hey«, versuchte Gero sie zu beruhigen, »du weinst doch nicht etwa, oder?

»Doch«, schniefte sie. »Ich kann das noch alles gar nicht begreifen.«

Gero blieb stehen und nahm sie sanft in seine Arme. Warda schmiegte sich bereitwillig an seine Brust.

»Wir können nichts mehr daran ändern. Es bleibt uns nichts weiter übrig, als unser Leben nun in Gottes Hand zu legen. Das heißt, wir müssen dich schnellstens irgendwo in Sicherheit bringen. Kennst du jemanden, wo du vielleicht eine Weile unterkommen könntest? Wenigstens bis sich der größte Sturm gelegt hat?«

»Ich habe eine alte Tante, sie wohnt in der Stadt. Aber ich weiß nicht, ob ich ihr willkommen bin. Wir haben uns ewig nicht gesehen. Sie ist die Schwester meiner Mutter und war dagegen, dass ich in der Taverne arbeite.«

»Womit sie nicht unrecht hatte, wie du nun siehst«, entfuhr es Gero. Warda schluchzte erneut auf.

»Verzeih«, bekannte er. »Ich benehme mich wie ein Lehrmeister.« Er küsste sie auf den Scheitel. Sie war so zart und zerbrechlich in seinen Armen wie ein schutzbedürftiges Vögelchen. Und obwohl sie um einiges älter war, fühlte er sich an Lissy erinnert, wie sie bei ihm Schutz gesucht hatte und trotz all seines guten Willens schließlich in seinen Armen gestorben war. Er hatte sie nicht retten können, und auch bei

Warda sah es nicht so aus, als ob er etwas für sie tun könnte, das ihr entschieden weiterhalf.

»Ich habe Angst um dich«, gestand er ihr, und es war das erste Mal, dass er so etwas vor einer Frau zugab. »Diejenigen, die das veranlasst haben, dürfen dich keinesfalls finden.«

»Mach dir keine unnötigen Sorgen um mich«, wisperte sie. »Aber du hast recht mit dem, was du sagst. Wir waren alle zu naiv, um zu erkennen, auf welch dünnem Seil wir balancierten. Allen voran Mafalda, die mit ihren Informationen schon immer einen schwunghaften Handel betrieben hat und dabei dem Schutz des Ordens vertraute.«

»Du denkst, unser Großmeister hat gewusst, was bei euch los ist?«, fragte Gero entgeistert.

»Nein, das glaube ich nun nicht. Aber sie hat gedacht, weil ihre Taverne auf Templerland steht, sei sie unangreifbar. Gerade sie hätte es doch besser wissen müssen.« Warda schnaubte verdrossen.

»Auf mich kannst du dich jedenfalls verlassen«, versprach Gero feierlich. »Auch wenn ich ein angehender Templer und damit zwangsweise ein Verbündeter des Königs bin. Ich würde dich niemals verraten, selbst unter der Folter nicht.«

»Ach Gero …«, entfuhr es ihr voller Rührung, dann streckte sie sich und gab ihm einen unschuldigen Kuss auf den Mund.

Mit einem gewissen Bedauern entzog er sich ihrer Anmut und trug sie erneut über einen Schleichweg durch die Weinberge in Richtung Stadt. Als die ersten weißgetünchten Häuser auftauchten, setzte er sie ab.

»Wo wohnt deine Tante?«, fragte er ins Halbdunkel hinein. Es hatte noch nicht zur Nacht geläutet. Im Schein der fast herabgebrannten Feuerkörbe orientierte er sich kurz. Die Taverne hatte im Norden der Stadt gelegen. Nun waren sie im Westen gelandet. Warda blieb auf einem Bein stehen und suchte erneut Schutz bei ihm, als ein paar betrunkene Passanten die Straße entlangtorkelten und Beleidigungen lallten, auf die Gero erst gar nicht einging. Er hielt Warda abermals fest, nicht nur, um ihr Halt zu geben, sondern auch, um ihr aufreizendes Äußeres vor den Blicken der Männer zu verbergen. So, wie sie gewandet war, konnte jeder sofort erkennen, dass sie eine Hure sein musste.

Eine Edelhure genau genommen. Kein billiges Flittchen. Jedoch beides erschien Gero in Anbetracht der Lage nicht von Vorteil. Er entledigte sich kurzerhand seines knielangen Leinenhemdes und bot ihr an, es über den Kopf zu ziehen.

»Das musst du nicht tun«, erwiderte sie und berührte beinahe schüchtern seine nackte Brust.

»Zieh es an«, forderte er. »Sonst sieht jeder sofort, dass du in diesem Aufzug nicht auf die Straße gehörst. Ein Mann mit freiem Oberkörper hingegen ist zu dieser Jahreszeit nichts Ungewöhnliches.«

»Danke!«, hauchte sie und warf sich ihm erneut an den Hals.« Wieder dachte er an Lissy, und einen Moment lang genoss er das Trugbild und das Gefühl, sie wieder in seinen Armen zu halten.

»Was wird aus uns werden?« Wardas dunkle Stimme riss ihn aus seinen Träumen. *Nichts*, hätte er am liebsten gesagt, doch das erschien ihm zu hart.

»Darüber kannst du in Ruhe nachdenken, wenn du in Sicherheit bist«, erwiderte er stattdessen, und genau genommen entsprach es dem, was er dachte. »Ich werde dich jetzt zu deiner Tante bringen, die dich hoffentlich aufnimmt. Ich würde dir selbst gerne helfen. Leider kann ich dir weder eine Unterkunft bieten, noch kann ich dir Geld geben. Ich habe selbst nichts. Aber vielleicht kann deine Tante dich unterstützen?«

»Du hast schon genug für mich riskiert«, erwiderte sie mit verschnupfter Stimme und schlüpfte rasch in sein Hemd, das ihr bis fast zu den Waden reichte. Flüchtig deutete sie auf ihre schmale Taille. »Ich habe in der Eile meinen Geldgürtel erwischen können. Mit dem Inhalt komme ich eine Weile aus. Aber was ist mit dir?«

»Was soll mit mir sein? Ich gehe zur Ordensburg zurück, sobald ich dich in Sicherheit weiß. Ich kann mir kaum vorstellen, dass die Razzia in der Taverne den Orden unberührt lässt. Außerdem muss ich herausfinden, was mit Hugo geschehen ist.«

»Was hab ich nur getan?«, wisperte Warda. »Es ist meine Schuld, dass du schon wieder in einen solchen Schlamassel hineingeraten bist.«

»Red keinen Unsinn«, brummte er. »Zeig mir lieber, wo deine Tante wohnt.«

»Ich finde allein hin«, wehrte sie ab.

»Kommt gar nicht in Frage. Du denkst doch nicht ernsthaft, dass ich dich nach allem, was geschehen ist, allein durch die Nacht laufen lasse?«

Sie lächelte schwach. »Es ist beinah schade, wie exakt du meinen Vorstellungen von einem idealen Ehemann entsprichst. Es wäre besser, wenn du nicht so verdammt ehrenvoll wärst und auf deine Berufung zum Mönchskrieger verzichten würdest. Aber so, wie es aussieht, ist dir diese Rolle geradezu auf den Leib geschneidert.«

Gero ersparte sich einen Kommentar und versuchte zu ignorieren, dass sie die Gelegenheit nutzte, um mit sanfter Hand über seine Brust zu streicheln, was ihm trotz seiner inneren Abwehr eine Gänsehaut bescherte.

Irgendwie war er froh, als sie über Seitengassen, in denen ihnen lediglich ein paar weitere Betrunkene begegneten, endlich das besagte Haus der Tante erreichten. »Hier ist es«, sagte sie leise und deutete auf einen orientalisch anmutenden dreistöckigen Bau.

Gero fühlte sich nicht wohl bei dem Gedanken, Warda vor der Tür abzuliefern und dann einfach davonzugehen. Außerdem traute er ihr nicht. Hatte sie ihm bei ihrer ersten Begegnung nicht erzählt, sie habe gar keine Verwandten mehr? Also übernahm er die Führung, zumal sie noch zögerte, und klopfte in gemäßigter Lautstärke auf das Holz.

Es dauerte eine Weile, bis jemand reagierte. »Wer da?«, fragte eine krächzende Stimme von drinnen. Gero schaute Warda fragend an. Die Frau würde wohl kaum öffnen, wenn *er* eine Antwort gab.

»Ich bin's, Warda.« Sie klang nervös.

Die Tür öffnete sich knarrend und nur so weit, bis ein runzliges Gesicht, beleuchtet von einer Öllampe, einigermaßen missmutig hervorschaute. Als der Blick der alten Frau zunächst auf Geros nackten Oberkörper und die drei Messer am Gürtel fiel, zuckte sie zurück, als ob sie sich verbrannt hätte.

»Heilige Mutter, hilf! Was wollt Ihr von einer alten Frau. Ich habe nichts, das ich Euch geben könnte.«

»Er tut dir nichts, Tante Afra.« Warda trat hinter Gero hervor und drückte der viel kleineren Alten einen Kuss auf die Stirn. »Du musst mir helfen, ich bin in Not.«

»Warum wundert mich das nicht?«, knurrte die Frau und zögerte noch, sie hereinzulassen.

»Wo kommst du her, und wer ist der Kerl?«

»Das ist eine längere Geschichte. Von meinem Begleiter geht keinerlei Gefahr aus, das verspreche ich dir.«

»Das sehe ich«, erwiderte die Tante ironisch.

Widerwillig gewährte die Alte ihnen Einlass und geleitete Gero und Warda in den geschlossenen Innenhof, wo sie eine Fackel entzündete.

Im Schein des Feuers begaffte sie Gero auffällig von oben bis unten. »Warum sonst solltest du mit einem halbnackten Ordensritter kurz vor dem Nachtläuten an meiner Tür kratzen? Zumal du dich seit der Beerdigung deiner Mutter nicht mehr bei mir hast blicken lassen. Hat ihr Schicksal dich nicht eines Besseren belehrt?«

Gero wunderte sich, wie die Frau so schnell seine Herkunft erraten hatte. Wahrscheinlich lag es am Bart und an den geschorenen Haaren. Beides zeichnete den typischen Templer aus. Hinzu kam, dass er immer noch seinen Messergürtel trug, dessen Leder das Zeichen des Ordens trug, wenn auch versteckt. Und da war noch seine furchteinflößende Narbe am rechten Rippenbogen, von der auch jeder Uneingeweihte annehmen durfte, dass sie durch einen Schwertstreich zustande gekommen war.«

»Schau ihn dir an«, krakeelte die Alte unfreundlich. »Er mag ja ein stattlicher Hengst sein, aber er ist viel zu jung für dich, und du begehst eine Sünde, wenn du ihn in dein Bett lockst. Wann suchst du dir endlich einen anständigen Kerl? Einen, der dir die Ehe anträgt und dein Auskommen sichert. Nicht einen, der nichts besitzen darf und mit Gottes Segen bei nächster Gelegenheit zur Hölle fährt.«

»Was du wieder denkst«, verteidigte Warda sich. »Er ist mir auf dem Weg hierher zufällig begegnet und wollte nicht, dass ich irgendwelchem Gesindel in die Hände falle.«

Das war eine Lüge, und die Alte war offenbar nicht so dumm, sie zu glauben. Sie lachte ein zahnloses Lachen. »Und aus lauter Ehrenhaftigkeit hat er dir sein Hemd überlassen.«

Warda zögerte nicht lange, zog sich das Hemd über den Kopf und gab es Gero zurück.

Als ihre Tante gewahrte, was sie darunter trug, machte sie große Augen und schlug die Hand vor den Mund.

»Bei allen Heiligen«, stieß sie nuschelnd hervor. »Was ist das denn für ein Gewand? Das ist ja schlimmer, als wenn du gar nichts anhättest!« Verständnislos schüttelte sie den Kopf und sah Gero mitleidig an. »Sie ist eine Schlampe wie ihre Mutter. Ich sag dir, Junge: Lass die Finger von ihr, sie wird dir nur Unglück bringen.«

Gero wusste nicht, was er darauf erwidern sollte. Wenn dies die einzige Person war, der Warda sich anvertrauen konnte, wollte er nicht mit ihr tauschen.

»Sehen wir uns wieder?«, flüsterte sie, als sie ihn zurück zur Tür geleitete.

»Ich kann nichts versprechen.« Zweifelnd schaute er auf sie herab. »Ich weiß nur, dass ich mich langsam davonmachen sollte. Ich werde das ungute Gefühl nicht los, dass die Ereignisse in der Taverne bereits bis zur Ordensburg gedrungen sind. Kann mir gut vorstellen, dass die ganze Geschichte noch ein übles Nachspiel haben wird.« Besorgt kräuselte er die Stirn. »Auch wenn mir deine Tante nicht gerade als Quell inniger Zuneigung erscheint, kann sie dir doch einen gewissen Schutz bieten.«

»Glaubst du, der Orden wird euch noch mal den Ausgang streichen?« Furchtsam schaute Warda zu ihm auf.

»Wenn das reicht«, sinnierte er spöttisch. »Wenn es Hugo nicht gelungen sein sollte, den Söldnern zu entkommen, und er nach den Statuten des Ordens an die uns eigene Gerichtsbarkeit ausgeliefert wird, ist ein gestrichener Ausgang das Wenigste, was ich zu befürchten habe. Abgesehen davon, dass wir abwarten müssen, was nach diesem Vorfall geschieht, solltest du vorerst nicht allein auf die Straße gehen«, riet er ihr. »Schon gar nicht unverschleiert. Wenigstens so lange nicht, bis wir wissen, wer hinter diesem Überfall steckte und was mit Mafalda und den anderen Frauen geschehen ist.«

»Du hast ›wir‹ gesagt. Heißt das, ich bin dir nicht gleichgültig?«

»Natürlich bist du mir nicht gleichgültig, Warda.« Er zwang sich, ihr in die Augen zu sehen. »Aber für die große Liebe reicht es nicht. Und das weißt du. Ich hoffe, du kannst mir verzeihen.«

»Ja«, presste sie hervor. »Ich hab's verstanden.« Mit gesenktem Blick stand sie da und erinnerte ihn mit ihrem Schmollmund schon wieder an Lissy.

»Vielleicht sehen wir uns irgendwann wieder«, sagte er und strich ihr zum Abschied über die Wange. »Falls du in größere Schwierigkeiten geraten solltest, lass es mich unbedingt wissen. Es reicht vollkommen, wenn du mir über eine Waschmagd oder einen Stallburschen eine kurze Nachricht zukommen lässt. Wir finden schon einen Weg. Bevor du noch im Kerker des Königs landest, bringe ich dich höchstpersönlich von hier fort.«

»Ist schon in Ordnung«, hauchte sie und senkte den Blick. »Und nun geh, sonst kriegst du erst recht Ärger, und das möchte ich nicht.«

»Leb wohl.« Er drehte sich um, ohne sie noch einmal zu küssen. Es wäre einfach zu gefährlich gewesen, so, wie sie dastand, spärlich bekleidet und so schön, dass ein Mann glatt den Verstand verlieren konnte, wenn er sie nur anschaute. Trotzdem quälte ihn das schlechte Gewissen, sie enttäuscht zu haben, als er nicht zurückschaute und einfach davonging. Hinzu kam, dass er einsehen musste, sie nicht angemessen beschützen zu können. Und abgesehen davon hatte er weder einen Platz in seinem Herzen noch in seiner Zukunftsplanung, um sich mit einer solchen Frau abzugeben.

Beunruhigt darüber, was Bruder Hugo wiederfahren sein konnte, marschierte Gero so schnell wie möglich zum Stadtzentrum zurück, dorthin, wo die Kathedrale Saint Marie an die Ordensburg grenzte. Kurz vor den Festungsmauern traf er zu seiner Überraschung auf Fabius und die anderen Brüder, die wohl ausnahmslos bei Marcos gewesen waren, wo für Angehörige des Templerordens der Wein auf Kosten des Hauses ging.

»Wo kommst du denn her?«, fragte Fabius überrascht. »Ich dachte, du würdest mit Struan nachkommen. Wir haben auf euch gewartet.«

»Der Schotte hatte wie üblich keine Lust«, log Gero und dachte sogleich an seine Buße. »Also bin ich allein los und hab euch gesucht.«

»Und warum bist du nicht sofort zu Marcos gekommen? Ich meine, du wusstest doch, dass wir dort waren?«

»Ich bin unterwegs aufgehalten worden.« Gero setzte einen durchdringenden Blick auf, der Fabius klarmachen musste, dass er ihm weitere Fragen in Gesellschaft der übrigen Brüder besser ersparen sollte. Zumal Arnaud stehengeblieben war und sie belauschte. Doch bevor Poulain dumme Fragen stellen konnte, war vor dem Tor der Ordensburg ein Aufruhr zu sehen.

Mehrere Soldaten des Königs übergaben den Wachen einen Mann.

»Hugo d'Empures?« Der Name erklang aus mehreren verblüfften Mündern. Sprachlos verfolgten sie, wie Odo de Saint-Jacques am Toreingang erschien und den ausdruckslos dreinschauenden Bruder Hugo vom Kommandeur der königlichen Truppen übernahm. Im Schein der Fackeln fand zwischen den Männern ein kurzes, heftiges Wortgefecht statt. Dann ließ Odo seinen Kameraden durch ein paar Wachen abführen. Jedoch nicht ins Dormitorium der Ritter, sondern in den Kerker, wie die verwirrt dreinschauenden Novizen mit Fassungslosigkeit verfolgten.

»Hast du eine Ahnung, was das zu bedeuten hat?« Fabius warf Gero einen verwirrten Blick zu.

»Ja«, gab er leise zurück. »Ich habe eine Ahnung. Aber ich werde den Teufel tun, sie hier vor dir und den anderen auszusprechen.«

Kapitel V

Noch vor dem ersten Hahnenschrei begab sich Gero in die Waschräume, um sich die verhängnisvolle Mischung aus Angstschweiß, Staub und Wardas Parfüm mit Seife und kaltem Wasser vom Leib zu schrubben. Die ganze Nacht über hatte er kein Auge zugetan, weil ihm nicht nur die vorangegangenen Ereignisse, sondern auch die Frage, ob Hugo d'Empures ihn verraten würde, den Schlaf geraubt hatten.

Bevor Gero sich abtrocknete, zog er sein weißes Leinenhemd vom Vorabend, dem immer noch Wardas süßer Jasminduft anhaftete, durch den Waschbottich. Als er danach ins Dormitorium zurückkehrte, um seine Kutte anzulegen, wartete Fabius als Einziger auf ihn, während die übrigen Kameraden zum Waschhaus gegangen waren.

»Seit wann reinigen wir unsere Gewänder selbst?«, fragte der Luxemburger misstrauisch, als Gero das Hemd zum Trocknen über sein Bettgestell hängte.

»Du weißt doch etwas!«, nervte Fabius, als Gero ihm eine Antwort schuldig blieb. »Ich kann es dir ansehen.«

»Wenn ich es dir sage, muss ich dir anschließend die Zunge herausschneiden, dich blenden und dir die Hände abhacken, um sicherzugehen, dass du es nicht auf welche Weise auch immer jemand anderem erzählst«, spöttelte Gero und fuhr fort, seinen Messergürtel anzulegen.

»Ich ergebe mich lieber in ein solch hartes Schicksal, als unwissend zu bleiben.« Fabius schaute ihm mit einer entwaffnenden Offenheit an. »Na los, du kannst mir vertrauen.«

»Sagte der Fuchs und lockte das Kaninchen aus seinem Bau«, entfuhr es Gero, während er sich prüfend umschaute.

Da niemand sonst außer ihnen in dem dreißig Betten umfassenden Schlafsaal war, entschloss sich Gero zur Flucht nach vorn. Fabius hing sowieso irgendwie in der Sache mit drin, und außerdem war er der Einzige, der ihm ein Alibi verschaffen konnte.

»Die Soldaten des Königs haben gestern die Taverne der Engel gestürmt. Ich war mit Hugo dort, weil ich mich bei Warda für mein schlechtes Benehmen entschuldigen wollte und um sie zur Aufgabe ihres – wie man sieht – gefährlichen Gewerbes zu überreden. Mitten in unserer Unterhaltung wurden wir von einer Durchsuchung überrascht, bei der Mafalda, die Wirtin, allem Anschein nach zu Tode gekommen ist.«

»Herr im Himmel! Du warst bei den Huren?« Fabius schaute ihn fassungslos an. »Ich dachte, du wolltest da nicht mehr hin! Warum hast du mich belogen? Du hättest mich doch mitnehmen können!«

»Damit du nun auch im Kerker sitzen würdest wie Bruder Hugo?« Gero sah ihn verständnislos an. »Du kannst froh sein, wenn er nicht quatscht und uns beide aus dem Spiel lässt, sobald man ihn bei der nächsten Kapitelversammlung zu dem Vorfall verhört. Nur Gottes Hilfe habe ich es zu verdanken, dass ich den Schergen des Königs entkommen konnte. In meiner Geistesgegenwart ist es mir gelungen, mit Warda die Flucht durchs Fenster und anschließend über die Olivenhaine anzutreten. Hugo hatte offenbar nicht so viel Glück.«

Fabius starrte ihn immer noch mit offenem Mund an, was ihn zusammen mit seinem pausbäckigen Gesicht ziemlich blöd aussehen ließ.

»Und wenn du es genau wissen willst«, stieß Gero verärgert hervor. »Ich habe sie nicht noch einmal bestiegen. In Wahrheit haben wir ein ernsthaftes Gespräch über unsere Zukunft geführt. Dabei hat sie mir ein paar interessante Informationen über den Orden und seine politischen Allianzen verraten, die für sich allein genommen genug Brisanz in sich tragen, um den Überfall der Soldaten zu begründen.«

»Was weiß denn eine Hure über politische Allianzen?«, fragte Fabius sichtlich verblüfft.

»Mehr, als du denkst«, gab Gero mit einem Augenzwinkern zurück. »Und ich scheine nicht der Einzige zu sein, der davon überrascht wurde. Wenn du mich fragst, war dieses Haus nicht nur ein Umschlagplatz für unerfüllte Sehnsüchte. Es war auch ein Ort politischer Ränke, und allem Anschein nach ist Mafalda der verrückten Idee erlegen, zufällig gesammelte Geheiminformationen, die sie über die Freier von ihren

Mädchen erhalten hat, an die falschen Stellen zu verkaufen. So, wie es sich darstellt, hat sie sich damit mächtige Feinde gemacht.«

»Heilige Scheiße«, murmelte Fabius mit abwesendem Blick. Offenbar überlegte er angestrengt, welche persönlichen Konsequenzen ihm aus dem Besuch dieses verteufelten Hurenhauses erwachsen konnten, falls irgendjemand im Orden davon erfuhr. »Und wo hat man die Huren hingebracht?«

»Warda ist in Sicherheit«, stellte Gero klar und hoffte, dass er damit richtiglag. »Alle anderen hat man in Ketten gelegt.«

»Die kleine Rothaarige auch?«

»Wenn du damit das Mädchen meinst, mit dem du dich damals vergnügt hast, muss ich sagen, ich weiß es nicht.«

»Denkst du, dass sie mich verraten könnte?«

»Ich kann mir nicht vorstellen, dass die Frauen sich an jeden einzelnen Freier erinnern, falls man sie verhört. Oder wenn überhaupt, dann nur an die bedeutenden. Zu denen Hugo d'Empures sich durchaus zählen darf.«

»Und was machen wir jetzt?« Fabius schaute alarmiert auf, als die Glocken zur Frühmesse läuteten und die übrigen Brüder zurück ins Dormitorium strömten, um sich vollständig anzuziehen.

»Die Klappe halten und dreizehn Vaterunser zur Buße beten, was sonst?«, empfahl ihm Gero mit verhaltener Stimme. »Und falls dich jemand fragt, wo ich gestern war, sagst du, ich sei mit euch unterwegs gewesen.«

»Aber das stimmt doch nicht«, krächzte Fabius verzweifelt und beugte sich flüsternd zu ihm hin. »Ein Kerl wie Arnaud könnte das mühelos widerlegen.«

»Dann sagst du eben, ich sei erst später dazugestoßen, weil ich mich nicht wohlfühlte, und ich hätte den restlichen Abend auf der Latrine verbracht.« Gero sah ihn eindringlich an. »Ganz egal, was du sagst. Kein Wort von dieser verdammten Taverne, sonst können wir unsere Aufnahme als Ordensritter vergessen.«

Fabius nickte beklommen. »Du kannst dich auf mich verlassen«, sagte er leise und folgte wenig später Gero und den anderen ohne einen weiteren Kommentar zum Gottesdienst.

Schon auf dem Weg dorthin betete Gero unentwegt ein Vaterunser nach dem anderen. In der Ordenskapelle kamen Gebete zu Ehren der Heiligen Jungfrau hinzu. Bis nach dem Frühessen, das er geistesabwesend in sich hineinschaufelte, war er unaufhörlich mit Beten beschäftigt. Nicht nur für sein eigenes Seelenheil, sondern auch für das von Warda, die er in seine Gebete miteinbezog.

Danach wurden alle Novizen in den einzigen großen Versammlungsraum der Ordensburg neben dem Kapitelsaal befohlen. Dort fanden gewöhnlich die Ankündigungen des Ordens statt, für Novizen und einfache Mitglieder, die sich nicht im Ritterstand befanden.

Odo de Saint-Jacques empfing sie mit sauertöpfischer Miene. Als der Letzte der Novizen die Tür hinter sich geschlossen hatte, standen alle schweigend da, die Blicke voller Anspannung auf ihren Kommandeur-Leutnant gerichtet. Er trug wie üblich nur einen weißen Haushabit, ohne Kettenhemd und Schwertgurt. Ein Sonnenstrahl fiel just auf das rote Tatzenkreuz auf seiner linken Brust und ließ es aufleuchten, als ob ihm das Herz bluten würde.

»Männer«, begann er ernst. »Gestern Nacht hat sich ein scheußlicher Vorfall ereignet, der den gesamten Orden erschüttert und ganz besonders unseren geliebten Meister, Jacques de Molay, bis ins Mark getroffen hat.

Er sieht sich im Glauben an die Tugenden der Ordensmitglieder schwer getäuscht. Ersten Verhören zufolge ist jedoch – Unserer Lieben Frau sei Dank – nur ein Mitglied unseres Ordens in die Sache verwickelt. Es ist zutiefst bedauerlich, dass es sich dabei ausgerechnet um einen besonders ehrenhaften Bruder handelt, der euch eigentlich zum leuchtenden Vorbild gereichen sollte. Zu allem Übel geschah die Verfehlung auf Templerbesitz, was umso schlimmer ist, als dass uns dieses Land vom Papst höchstpersönlich geschenkt wurde. Auch das Haus, in dem die Verfehlung stattfand, gehörte zum Besitz der Ordensburg. Wie sich erst jetzt herausstellte, war das, was wir für eine harmlose Taverne hielten, ein Hurenhaus, das dem Satan zur Ehre gereichte, um aufrichtige Männer wie unseren Bruder in Versuchung zu führen. Soldaten des Königs von Jerusalem haben die Mauern dieses niederträchtigen Ortes dankenswerterweise niedergebrannt und den dort tätigen

Huren sowie ihren Freiern eine Lektion erteilt. Bleibt zu hoffen, dass dieses Geschehnis zum Mahnmal für eure Tugend wird, um auch nach eurer Aufnahme als Ordensritter in ewiger Keuschheit zu verbleiben, damit ihr einst nach eurem Tode ins Paradies eingehen könnt.«

»Amen«, murmelte Fabius, offenbar froh, dass Hugo allem Anschein nach nichts ausgeplaudert hatte, andernfalls würden sie ihm, wenn es nach Odo de Saint-Jacques ging, mit Sicherheit bereits Gesellschaft leisten.

»Abgesehen davon habe ich eine weitere Hiobsbotschaft für euch«, fuhr Saint-Jacques mit der ihm üblichen Gnadenlosigkeit in der Stimme fort. »Bis auf weiteres hat der Großmeister jeglichen privaten Ausgang gestrichen. Unser Oberhaupt ist der Auffassung, dass wir alle für das Vergehen unseres Bruders Buße tun müssen und uns im Gebet auf unsere Aufgaben als Ordensritter besinnen sollten.«

Odo de Saint-Jacques schaute auffordernd in die Runde. Niemand sagte ein Wort. Lediglich die Blicke, die sich die Novizen beim Verlassen des Raumes zuwarfen, waren eindeutig. Inzwischen hatte es sich herumgesprochen, dass es sich bei dem schweren Sünder ausgerechnet um Hugo d'Empures handelte, einen ihrer Lehrmeister und Saint-Jacques' größten Widersacher.

»Breydenbach!«, rief Saint-Jacques ihnen hinterher, als Gero und Fabius als Letzte nach draußen gingen.

Gero blieb wie angewurzelt stehen und verpasste Fabius, der ebenfalls wie ertappt stehen geblieben war, einen unsanften Stoß, damit er so schnell wie möglich das Weite suchte, bevor Saint-Jacques auf die Idee kam, ihn ebenfalls anzusprechen.

Gero drehte sich langsam um und hielt den blaugrauen Augen seines Kommandeurs stand, so, wie er es gegenüber seinem Vater gewohnt war.

»Seigneur?«

Odo grinste düster und fasste ihn vertraulich am Arm. »Du weißt so gut wie ich, dass es nichts weiter als dein Glück war, dass König Heinrichs Männer dich nicht in Gesellschaft von Bruder Hugo vorgefunden haben. Ich habe euch gemeinsam aus der Ordensburg weggehen sehen.«

»Wir sind getrennte Wege gegangen«, log Gero, all seinen Mut zusammennehmend. »Ich habe in der Stadt meine Kameraden gesucht. Mehr kann ich dazu nicht sagen.«

»Vielleicht solltest du das ›kann‹ durch ein ›will‹ ersetzen. Man muss kein Novize sein, um zu wissen, dass eine Lüge der Beichte bedarf. Also: Ich will wissen, was dort oben in der Taverne wahrhaftig vor sich gegangen ist. Ich meine, für eine strenge Verurteilung Bruder Hugos reicht es vollkommen aus, dass er in einem Hurenhaus angetroffen wurde. Jedoch war der König offenbar nicht nur an der Brüskierung des Ordens interessiert, um Jacques de Molay zu zeigen, dass es besser ist, auf seiner Seite zu stehen als auf der Seite seines habgierigen Bruders. Das Ganze ist eine ziemlich gefährliche Angelegenheit, wie du wissen solltest. Wie ich gehört habe, war sogar von Spionage die Rede und von Rattennestern eines Umsturzes zugunsten von Prinz Aimery, die es auszurotten gilt. Papst Bonifatius VIII. steht kurz davor, uns die Festung auf Antarados zu überschreiben. Wenn er erfährt, was auf unseren Ländereien auf Zypern geschieht, könnte er es sich durchaus noch mal überlegen, ob er das Eiland nicht lieber den Hospitalitern übergibt, die dem König näherstehen, als wir es tun. Also, wenn du etwas darüber weißt, sag es hier und jetzt, es soll dein Schaden nicht sein.«

»Bei allem Respekt, Seigneur. Ich kann Euch nicht helfen.«

Gero gelang es, vollkommen ruhig zu blieben.

»Schade«, erwiderte Saint-Jacques mit einem zynischen Lächeln. »Ich hätte wetten mögen, dass dich mit Bruder Hugo wahrhaftig eine Freundschaft der besonderen Art verbindet.«

»Uns verbindet nichts, was über die übliche Brüderlichkeit hinausginge«, behauptete Gero kühn. »Er ist einer meiner Lehrmeister und war immer ein Vorbild für mich.«

»Das glaube ich gerne«, spöttelte Saint-Jacques unzufrieden und wies ihm die Tür. »Abtreten«, sagte er nur, und Gero verspürte eine gewisse Erleichterung, als er hinaus in den Kreuzgang trat.

Am darauffolgenden Montag wurden alle Novizen ausnahmsweise in den Kapitelsaal gerufen, zu dem sie ansonsten keinen Zutritt hatten, um zusammen mit Rittern und Brüdern der Verwaltung der Vollstreckung des Urteils gegen Bruder Hugo d'Empures beizuwohnen. In der sonntäglichen Kapitelversammlung des vorangegangenen Tages hatte der Großmeister höchstpersönlich mit den Ritterbrüdern von Nikosia darüber abgestimmt, welche Strafe für ein solch schweres Vergehen angemessen wäre.

Untereinander hatten die Novizen heimliche Wetten abgeschlossen, in denen die meisten auf einen Rauswurf von Hugo d'Empures aus dem Orden gesetzt hatten.

»Wenn sie ihm den Mantel nehmen, ist er erledigt«, orakelte Nicolas auf dem Weg in das Versammlungsgebäude. »Damit verliert er nicht nur seine Ehre, sondern auch seinen Status. Man wird ihn zwingen, irgendeinem gewöhnlichen Mönchsorden beizutreten, wo er bis an sein Lebensende nur noch niedere Arbeiten verrichten darf.«

»Wer es als Templer mit Huren treibt«, höhnte Arnaud und kniff Nicolas im Vorbeigehen in den Hintern, »hat nichts Besseres verdient.«

Ungeachtet des Protests von Nicolas sah er sich um und fand, was er suchte. Er stellte sich einer blonden Wäscherin in den Weg, die sich offenbar nur auf ihren Korb konzentrierte, und machte ihr schöne Augen. »Da ist mir so ein Schätzchen doch schon um einiges lieber.«

Während einige der Brüder in verhaltenes Gelächter ausbrachen, warf ihm das Mädchen einen verwirrten Blick zu, was für weiteres Grinsen auf Seiten der Novizen sorgte.

Das Urteil über Hugo d'Empures Vergehen war deutlich milder ausgefallen, obwohl es durchaus eine gewisse Abschreckung verbreitete, was die Nichteinhaltung der Regeln betraf.

»Dreißig Peitschenschläge auf den nackten Hintern?«, empörte sich Fabius hinter vorgehaltener Hand. »Dazu die Verbannung vom Tisch, was nichts anderes bedeutet, als dass Bruder Hugo mindestens ein halbes Jahr vom Boden essen muss und dreimal die Woche nur Wasser und Brot erhält.« Ihm war anzusehen, dass ihn die Strafe trotz der angeblichen Milde entsetzte.

»Was hast du erwartet?« Gero warf ihm einen resignierten Blick zu. »Er kann froh sein, dass er dabeibleiben darf.«

Damit nichts von der Vollstreckung zu den gewöhnlichen Arbeitern des Ordens nach draußen drang, hatte man sämtliche Fenster und Türen geschlossen, was die stickige Luft bedingte, die Gero und seinen Kameraden beinahe den Atem nahm.

»Außerdem hat man ihn für diese Zeit sämtlicher Ämter enthoben, und er muss sich nun in der Beförderungsrangliste der Ritter ganz hinten einreihen«, raunte Brian of Locton, der dicht hinter Gero und Fabius stand.

Hugo versuchte, sich die Schmach nicht anmerken zu lassen, als sie ihn vollkommen nackt ans Ende des Saales führten, dorthin, wo gewöhnlich die Führung des Ordens ihre Plätze einnahm. Seine Hand- und Fußgelenke wurden mit Stricken zwischen zwei Pfosten fixiert. Gero, der viele der Zuschauer überragte, konnte seinen Blick nicht von dem hellhäutigen Rücken des Mannes und seinem weißen, muskulösen Hintern abwenden, der – was die bevorstehende Tortur betraf – recht jungfräulich wirkte.

»Bei Gott, der arrogante Hugo hat so richtig schön in die Scheiße gegriffen«, zischte Arnaud von der Seite her, als sie dicht gedrängt vor dem Delinquenten und seinem Folterknecht auf die Vollstreckung des Urteils warteten.

Als der erste Peitschenhieb auf den Verurteilten herniedersauste, ausgeführt von einem eigens dafür ausgesuchten Bruder, sog Fabius neben Gero die Luft zwischen den Zähnen ein, als hätte man ihn persönlich geschlagen.

Hugo selbst zuckte nur ganz kurz, ansonsten brachte er keinen Laut über die Lippen. Auch als die nächsten Schläge auf ihn niedersausten und die Peitsche die Haut an seinem Hintern aufplatzen ließ, presste er lediglich seine Lippen zusammen, gleichzeitig blähten sich seine Nüstern wie die eines wütenden Stiers. Gero bewunderte den Mann aufrichtig für diese unglaubliche Tapferkeit. Die Fähigkeit, Schmerzen zu unterdrücken, gehörte zu den sogenannten Geheimnissen des Ordens. Im Angesicht einer Hinrichtung durch die Heiden keine Furcht und keinen Schmerz zu zeigen war eine der wichtigsten Tugenden, die man als Ordensritter beherrschen musste. Schließlich war per Dekret geregelt, dass ein Bruder des Tempels grundsätzlich nicht gegen Lösegeld ausgetauscht wurde, wenn man in die Hände der Feinde geriet.

»Stell dir vor, wir würden nun dort stehen«, flüsterte Fabius und verzog sein Gesicht zu einer angewiderten Grimasse.

»Wir haben einzig Hugo zu verdanken, dass es nicht so ist«, erinnerte ihn Gero leise. »Wobei sich an uns niemand mehr die Finger schmutzig machen würde. Sie würden uns rausschmeißen, und das wär's.«

Kapitel VI

In den Wochen und Monaten darauf herrschte in der Ordensburg eine merkwürdige Stimmung. Von Warda hatte Gero indessen nichts mehr gehört. Und in Anbetracht der Lage hatte er es vorgezogen, nicht von selbst Kontakt zu ihr aufzunehmen. Weniger zu seiner als zu ihrer eigenen Sicherheit. Er konnte nur hoffen, dass sie ihr Versprechen hielt und ihn irgendwie benachrichtigte, falls die Schergen des Königs nach ihr suchten. Ihre Mitstreiterinnen hatte man angeblich der Heiligen Inquisition übergeben und der ketzerischen Verderbtheit angeklagt, weil sie Ordensmänner und Priester verführt hatten, was den Frauen leicht einen grausamen Tod einbringen konnte. Auch der Orden sah sich plötzlich mit strengen moralischen Forderungen seitens der Kirche konfrontiert.

Mit dem einbrechenden Winter war alle Heiterkeit verflogen, und es schien, als hätte das vorangegangene Urteil die Ordensritter und ihre Novizen wieder an ihre eigentliche Bestimmung erinnert. Nicht, dass es keinerlei sonstige Verfehlungen unter den Brüdern gegeben hätte, aber der Fall d'Empures war etwas Besonderes. Schon allein weil ihm eine politische Bedeutung zugemessen wurde. Jacques de Molay musste sich von allen Seiten immer wieder Anschuldigungen gefallen lassen, was die Moral des Ordens betraf. Normalerweise wischte er diese immer galant vom Tisch und hob den Mut seiner Männer hervor und deren Bereitschaft, jederzeit für Papst und Kirche zu sterben. Aber dieses Missgeschick war unter den Augen von Soldaten des Königs von Jerusalem geschehen. Und der hatte kein Interesse daran, dass der Papst den Orden beschenkte.

Deshalb war es äußerst ungünstig gewesen, dass der Skandal eine bevorstehende Schenkung der Festung auf Antarados durch Bonifatius VIII. überschattete. Natürlich hatten der Großmeister und seine Vertreter auch vorher schon auf der Einhaltung der Statuten bestanden. Aber nun taten sie es noch etwas strenger. Offiziell besagten die Regeln, dass Lachen, Scherzen und jegliches Vergnügen verboten waren, doch das nahm gewöhnlich niemand ernst. Erst recht nicht, wenn es darum ging, die Furcht vor dem Tod zu verdrängen. Doch nun schien der Tod auf einmal willkommen zu sein. Jedenfalls, wenn man den hehren Sprüchen der Ordensleitung und Odo de Saint-Jacques' Ausbildungsmethoden Glauben schenken wollte.

»Ich frage mich, wie lange es dauert, bis wir unsere eigene Scheiße fressen müssen«, raunte Arnaud, als Anspielung darauf, dass Saint-Jacques zu Beginn ihres Noviziates darauf bestanden hatte, dass sie den Urin der eigenen Kameraden tranken.

Mitte März 1302 lagen Gero und seine Brüder bereits eine Woche lang im Feld, irgendwo im Troodos-Gebirge. Eine letzte Prüfung, bevor man sie zu richtigen Ordensrittern weihen würde. Diesmal ging es wohl in erster Linie darum, das Gefühl von Hunger und Kälte zu beherrschen. Man hatte ihnen noch nicht einmal ein Stück Brot gelassen, um die bestehende Aufgabe zu bewältigen. Wenigstens blieben ihnen diesmal die Sorgen ums Wasser erspart. Zum Ende des Winters waren die Bergkuppen Zyperns meist noch schneebedeckt. Was zur Folge hatte, dass es dort oben so gut wie nichts gab, womit sie ihre knurrenden Mägen besänftigen konnten. Wenn man von ein paar unvorsichtigen Kaninchen absah, vorausgesetzt, man war schnell genug mit dem Messer. Doch das alles schien von ihrem Kommandeur-Leutnant durchaus so beabsichtigt zu sein. Nicht umsonst hatte er sie mit eingeschränkter Bewaffnung auf einen Marsch ins Gebirge geschickt. Ohne Pferde und gefährliche Waffen wie Armbrust oder Langbogen wollte er sie an ihre Grenzen führen, bevor es die Heiden taten, wie er zur Rechtfertigung angab.

»Wir können froh sein, dass wir den Schotten dabeihaben«, resümierte Fabius, wenn Struan, der nicht nur ein hervorragender Schwertkämpfer, sondern auch ein exzellenter Messerwerfer war, einen weiteren mageren Hasen erwischte, an dem sich anschließend zwanzig hungrige Mäuler gütlich taten.

Während Odo de Saint-Jacques das Elend seiner Novizen aus sicherer Entfernung am warmen Feuer sitzend beobachtete, mussten sich

Gero und die übrigen Anwärter durch die Kälte quälen. Es galt, zwei Kameraden, die zuvor in Gefangenschaft geraten waren, möglichst unbemerkt aus den Fängen der Sarazenen zu befreien.

Wobei es sich bei ihren vermeintlichen Gegnern nicht um echte Heiden handelte, sondern um frisch eingetroffene Ritterbrüder aus der Lombardei, die zur Verstärkung der Schutztruppen auf Zypern angereist waren. Die dreißig lombardischen Templer hatten sich unterdessen hinter einem felsigen Hügel verschanzt und spielten mit offensichtlicher Genugtuung die Gegenseite. Von den Finten der Heiden jedoch hatten sie allem Anschein nach ebenso wenig Ahnung wie die zwanzig Novizen, denen sie ein letztes Mal vor der Aufnahme in den Orden das Leben schwermachen sollten. Zwei von ihnen hatte man zu Übungszwecken gefangengesetzt. Sie waren dazu verurteilt, in zugigen Käfigen und ohne Verpflegung die eiskalte Nacht zu überstehen.

»Echte Mamelucken hätten Pons und Nicolas längst in den Arsch gefickt und sie danach geköpft«, befand Arnaud mit einem boshaften Grinsen.

Stattdessen hatten die Lombarden die beiden in einen selbst zusammengezimmerten hölzernen Käfig gesperrt und deren Bewachung zwei müden Wolfshunden überlassen, während sie sich selbst laut singend dem schweren, in Kesseln über dem Lagerfeuer erhitzten zypriotischen Wein hingaben.

»Mamelucken trinken keinen Wein«, erklärte Arnaud, der es wissen musste, weil seine Großmutter eine Muselmanin gewesen war. »Jedenfalls nicht, wenn sie sich an die Regeln ihres Propheten halten.«

Ob Gero und seine Kameraden einen Vorteil aus diesem Unwissen ziehen konnten, musste noch abgewartet werden. Im Augenblick wusste niemand, wie es ihnen unbeobachtet gelingen konnte, die beiden Kameraden zu befreien.

Die Zeit wurde langsam knapp, weil die beiden Gefangenen mangels Bewegungsfreiheit zu erfrieren drohten, obwohl man ihnen die mit Schafspelz gefütterten Mäntel und Stiefel gelassen hatte.

»Wenn uns nicht bald etwas einfällt«, grummelte Arnaud, »werden wir alle draufgehen, noch bevor wir einen einzigen verdammten echten Heiden zu Gesicht bekommen haben.«

Ihren Kommandeur-Leutnant, der den Marsch wie üblich als Beobachter begleitete, schien ihre Not nicht im Geringsten zu interessieren.

Wie immer war er bestrebt, die Umstände der Übung so realistisch wie möglich zu gestalten. Mit einem Mal stand Struan vor ihnen. Der Schotte, der trotz seiner Größe ein Meister der lautlosen Annäherung war, hielt mal wieder einen toten Hasen bei den Hinterläufen gepackt.

»Ich habe etwas entdeckt«, murmelte er mit seiner unnachahmlich rauen Stimme. »Das müsst ihr euch ansehen. Allerdings sollten wir nicht alle gleichzeitig loslaufen.« Sein verschlagener Seitenblick traf Odo de Saint-Jacques, der die unwirtliche Umgebung trotz der widrigen Wetterverhältnisse wie üblich im Auge behielt. Die hereinbrechende Dämmerung kündigte jedoch einen weiteren Schneesturm an, der seine Sicht auf die Prüflinge erheblich beeinträchtigen würde.

»Wenn den Schotten etwas dazu bringt, das Maul aufzumachen, muss es ja wirklich wichtig sein.« Arnaud grinste spöttisch. »Also rede schon!«

Struan warf ihm einen schrägen Blick zu, dann wandte er sich an Gero und verfiel in einen heiseren Flüsterton.

»Als ich dem Hasen gefolgt bin, habe ich eine Höhle entdeckt. Aus ihrem Innern führt ein Durchgang direkt zum Lager der Gegenseite. Der Ausgang ist ziemlich eng, aber Fabius müsste hindurchpassen, und wenn er es schafft, schaffen Pons und Nicolas es auch.«

»Und dann?« Gero sah ihn zweifelnd an. »Soll Fabius ganz allein mit den gegnerischen Brüdern fertigwerden? Die Hunde werden anschlagen, sobald sie ihn wittern.«

»Nein«, murmelte Struan und hob den Hasen an. »Werden sie nicht, wenn wir sie gebührend ablenken.«

»Und was ist mit dem Käfig? Wie soll Fabius das Schloss öffnen?«

»Hiermit«, sagte der Schotte und zückte einen eisernen Haken, aus einem Nagel gefertigt, den er allem Anschein nach mit den bloßen Händen zurechtgebogen hatte.

»Ein Himmelsschlüssel«, staunte Fabius, der atemlos zugehört hatte.

»Weißt du, wie man damit umgeht?« Struan sah ihn prüfend an. Er hatte sich wohl schon darauf eingestellt, Fabius den Umgang mit dem Hilfsschlüssel erklären zu müssen.

»Klar«, grinste Fabius. »Mit so einem Ding hab ich des Öfteren den Weinkeller meines Vaters um ein paar Kannen erleichtert.«

»Du hast deinen Vater beklaut?« Gero hob eine Braue.

»Ich habe ihn erleichtert«, verbesserte ihn Fabius mit einem Augenzwinkern. »Das hört sich besser an.«

Struan erklärte Gero leise, was er genau vorhatte, mit dem Hinweis, dass er es an die übrigen Novizen, die sich bei zunehmender Kälte um ein einziges Feuer geschart hatten, weitergeben solle. Nachdem dies geschehen war, machten sich Gero, Struan und Fabius, von Saint-Jacques kaum beachtet, auf den Weg. Die anderen murrten zwar ein wenig, dass man ihnen für eine solch krude Idee einen willkommenen Braten vorenthielt, aber der Protest hielt sich in Grenzen, weil man den Kommandeur-Leutnant nicht auf sich aufmerksam machen wollte.

Nach gut tausend Fuß erreichten die drei die mannshohe Höhle, die sich in ihrem Innern zu einem Kriechtunnel verengte.

»Das sieht ja aus, als ob du uns geradewegs in die Behausung des Teufels bringst«, beschwerte sich Fabius, dem der Ort nicht geheuer war. Struan ersparte sich eine Antwort und führte sie in stark gebückter Haltung zu jener Stelle, wo er den Durchgang entdeckt hatte. Der Schotte war mehr als sechs Fuß groß und hatte Schultern so breit wie ein Wagenrad. Der Durchgang maß knapp die Hälfte davon. Für ihn selbst wäre es also unmöglich gewesen hindurchzuschlüpfen. Gero war nur unwesentlich kleiner, und auch wenn er nicht ganz so kräftig gebaut war wie Struan, wäre es für ihn genauso ausgeschlossen gewesen, ohne Probleme hindurchzukriechen.

»Du musst das erledigen«, befahl Struan dem Luxemburger. »Ob du willst oder nicht.«

»Ich hab's geahnt«, stöhnte Fabius. »Wozu sonst sollte ich auserwählt werden als zu so einem Blödsinn?«

In fast völliger Dunkelheit kroch Fabius über den feuchten Boden hin zu dem hüfthohen Höhlenausgang, vor dem Struan die Hunde gesehen hatte. Den steifen Hasen hatte Fabius vor sich auf seinem Schwert aufgespießt, in der Hoffnung, dass die beiden Wolfshunde, die am anderen Ende auf ihn warteten, den Kadaver eher witterten als ihn selbst. Die Rechnung schien aufzugehen, als die erste schwarze Nase am Höhlenausgang auftauchte und der dazugehörige Hund mit tropfenden Lefzen nach dem Hasen verlangte. Zeus und Hera, wie die beiden Wachhunde gerufen wurden, hatte man weitläufig angeleint. Fabius musste zunächst ein ganzes Stück zurückweichen, um sie mit dem Hasenkadaver so weit in den Tunnel zu locken, dass er die Leinen der beiden Tiere kappen konnte. Erst danach war es möglich, dass Gero und Struan sie in Empfang nahmen, um zu verhindern, dass sie Alarm schlugen.

Keine leichte Aufgabe, zumal die beiden Bestien fast so groß waren wie er selbst. Sie knurrten leise, als Fabius nicht bereit war, ihnen den Kadaver zu überlassen, sondern ihn stattdessen weit hinter sich schleuderte, dorthin, wo Struan und Gero bereits auf sie warteten. Als einer von den beiden Hunden vorstürmte und beinahe mit ihm in der engen Röhre steckenblieb, war Fabius die Panik deutlich anzusehen. In seiner Not kappte er die Lederleine des Hundes mit seinem Messer. Der zweite Köter drängte hechelnd hinterher und überrannte Fabius fast. Halb auf den Rücken liegend, durchschnitt er das breite Lederhalsband des grauen Ungetüms, das sich zähnefletschend an ihm vorbeizudrängen versuchte, und im Nu hatte er genug Platz, um seinen Weg ungestört fortzusetzen.

Gero und Struan nahmen die Tiere entgegen und überließen ihnen den Hasen. Mit dem Streit darum waren die vermeintlichen Bestien fürs Erste beschäftigt.

Kurze Zeit später robbten Pons und Nicolas durch den Tunnel auf Gero und Struan zu. Fabius war also erfolgreich gewesen.

»Ihr seid meine ganz persönlichen Helden«, lobte Nicolas seine Kameraden mit bebender Stimme, als Struan ihm auf die Füße half. »Wenn ich noch länger in diesem Käfig hätte sitzen müssen, wäre ich zu Eis erstarrt.«

»Wir können froh sein, dass die Lombarden solche hemmungslosen Säufer sind«, fügte Pons mit einem erleichterten Grinsen hinzu.

Keuchend erreichte auch Fabius das Ende des Tunnels, in dem er sich aufgrund des schwindenden Tageslichts nur noch tastend hatte bewegen können. Umso glücklicher schien er, als er Gero am anderen Ende erblickte, der mit einem Feuerschläger einen dünnen Stecken entzündet hatte. Während Struan die hechelnden Wolfshunde hielt, klopfte Gero ihm anerkennend auf die Schulter.

»Gut gemacht«, lobte er mit Blick auf die beiden frierenden Brüder, denen die Freude über ihre Errettung anzusehen war.

»Wo ist der Hase?« Fabius warf den beiden Wolfshunden, die sich gerade ausgiebig das Maul leckten, einen düsteren Blick zu.

»Gefressen«, gab Gero mit einem lakonischen Grinsen zurück.

Fabius schüttelte verdrießlich den Kopf.

»Wie sollen wir die Mamelucken besiegen, wenn man sich noch nicht einmal auf die Hunde verlassen kann, geschweige denn auf völlig verblödete Ritterbrüder, die sich nur aufgrund ihrer Aufnahme in den Orden bereits als Sieger feiern?«

Wenig später schlich Gero allein zum Lager zurück und gab den dort wartenden Kameraden lautlos den Befehl, ihm mit sämtlichem Gepäck möglichst geräuschlos zu folgen.

Odo de Saint-Jacques hatte sich gut hundertfünfzig Fuß entfernt im Schutz eines Felsenüberhangs in seine Decke eingerollt und schenkte ihnen wegen des herrschenden Schneegestöbers keinerlei Aufmerksamkeit.

Es würde wohl auch noch weiter schneien, was ihnen zum Vorteil gereichte, denn auf diese Weise wurden ihre Spuren verwischt.

»Wo sollen wir denn jetzt hin?«, fragte Arnaud in seiner argwöhnischen Art, als sie sich auf dem Weg zur Höhle befanden, wo Struan und die anderen auf sie warteten.

»Nach Hause, wohin sonst?«, antwortete Gero mit verhaltener Stimme, während er zielstrebig durch den Schnee stapfte. »Wir sollten möglichst verschwunden sein, bevor Odo de Saint-Jacques und seine betrunkene Elite unsere Abwesenheit bemerken. Wenn wir die ganze Nacht marschieren und nur wenige Pausen einlegen, können wir morgen Nachmittag die Ordensburg erreichen.«

»Wir sollen die ganze Nacht marschieren?« Arnaud starrte ihn ungläubig an. Doch bevor er seinem weiteren Unmut Luft machen konnte, erreichten sie die Höhle, wo die verblüfften Templernovizen mit hechelnden Zungen und einem rauen »Wuff« begrüßt wurden.

»Ihr habt die Wachhunde entführt?« Arnaud hob amüsiert eine Braue und grinste wie die meisten der nachfolgenden Kameraden.

»Wie habt ihr das denn geschafft?« Brian of Locton schaute immer noch zweifelnd auf die beiden grauhaarigen Riesen, die zu einer Rasse gehörten, welche gerne dazu benutzt wurde, um den Heiden Angst einzujagen.

Fabius schnaubte verächtlich, bevor er zu einer Antwort ansetzte. »Es war ganz leicht, indem wir ihnen den Hasen geopfert haben.«

»Kommt!«, befahl Gero, der wie selbstverständlich das Kommando übernahm. »Lasst uns aufbrechen, bevor unsere lombardischen Brüder bemerken, dass wir sie an der Nase herumgeführt haben. Mit etwas Glück und Durchhaltewillen erreichen wir Nikosia vor unseren geprellten Ritterbrüdern.«

Der Marsch zurück zur Ordensburg hatte es wahrlich in sich. Zu Fuß, mit nur zwei Fackeln bestückt, deren Feuer sich immer wieder Sturm, Schnee und auch Regen ergab, kämpften sich Gero und seine Kameraden durch die eiskalte Nacht. Als sie völlig erschöpft und ausgehungert am Abend des folgenden Tages die Ordensburg erreichten, schien es, als habe man sie bereits erwartet. Tatsächlich waren Odo de Saint-Jacques und die blamierten lombardischen Ritterbrüder kurz zuvor in die Ordensburg zurückgekehrt. Als Berittene hatten sie einen längeren Weg in Kauf nehmen müssen, waren aber schneller am Ziel angelangt als die Novizen, die über die gesamte Strecke zu Fuß laufen mussten.

Ihr Lehrmeister begrüßte sie knapp, als sie den Burghof erreichten. Für die angehenden Ritterbrüder war nicht auszumachen, ob er stolz auf sie war oder sich ärgerte.

»Wir sprechen uns später«, raunte er nur und verschwand im Refektorium, wo in Kürze das Vespermahl serviert werden würde.

Der Geruch von frisch gebratenem Ziegenfleisch und warmem Brot waberte durch den Burghof und war für Gero und seine Kameraden beinahe noch schwerer zu ertragen als die geschundenen Füße.

»Ich sterbe vor Hunger«, knurrte Arnaud und sprach damit aus, was alle Novizen dachten. Doch so, wie es aussah, ließ das Abendessen noch auf sich warten.

»Ihr sollt sofort zum Großmeister kommen«, empfing sie stattdessen der wachhabende Kommandant, Yve de Charenne, der in Odo de Saint-Jacques' Abwesenheit das Kommando über die Verteidigung der Ordensburg übernommen hatte. Der glatzköpfige Templer aus Orléans war Nachfolger von Hugo d'Empures, der sein Büßergewand bereits vor Wochen abgelegt hatte und im Rang degradiert nach Antarados verschifft worden war.

»Was hat das jetzt zu bedeuten?«, flüsterte Fabius, der seinen sorgenvollen Blick auf die hinter ihm stehenden Kameraden richtete.

»Keine Ahnung«, murmelte Gero entnervt. Wie die meisten von ihnen hätte er sich am liebsten erst mal ins Hospital verzogen, um sich dort bei einer heißen Tasse Milch und etwas Brot die geschundenen Füße mit ein paar hilfreichen Salben versorgen zu lassen.

All das musste nun auf später verschoben werden. Nur den Hunden wurde Erbarmen zuteil, indem de Charenne sie von einem Knappen in ihre Zwinger bringen ließ, wo trotz ihres Versagens ein voller Napf mit Fleischresten auf sie wartete.

Der stellvertretende Kommandeur-Leutnant führte Gero und seine Brüder zum großzügigen Repräsentationszimmer des Oberhauptes der Templer und ließ sie noch einen Moment lang vor der Tür ausharren, bevor er ihnen mit einem gnädigen Nicken Einlass gewährte.

Drinnen erwartete sie ein wärmendes Feuer, dazu warmes Brot und zwanzig Krüge mit dampfendem Wein, die der Großmeister auf einen Wink hin von der Ordonnanz an seine verblüfften Gäste verteilen ließ.

Jacques des Molay, der so gut wie nie lachte, hob nicht nur seinen Krug, sondern auch seine Mundwinkel, als er ihnen anerkennend zuprostete.

»Lasst es euch schmecken, Brüder. Eure letzte Prüfung hab ihr mit Bravour bestanden«, versicherte er ihnen mit einem anerkennenden Blick. »Eine List anzuwenden ist weitaus besser, als sich einem offenen Kampf zu stellen. Auch wenn ich sagen muss, dass die Kameraden der Gegenseite, ebenso wie ihre tierischen Begleiter, kein leuchtendes Beispiel für den Orden abgegeben haben.« Er räusperte sich kurz, und bevor er fortfuhr, stellte er seinen Krug auf einem langgezogenen Versammlungstisch ab.

Mit einem Mal war sein Blick wieder ernst. »In der Hoffnung, dass euresgleichen mehr Ehrgeiz an den Tag legt, wenn es um den Kampf gegen die Heiden geht, möchte ich eure Aufnahme in den Orden für den kommenden Sonntag festlegen. Denn welcher Tag würde besser für die Ordensweihe passen als das Hochfest Mariä Verkündigung. Während der Matutin von Samstag auf Sonntag werdet ihr zu Ehren Unserer Lieben Frau zu Templern auf Lebenszeit ernannt werden, wenn ihr es denn immer noch wollt.«

Die Novizen reagierten allseits mit erfreuten Mienen. Von Nichtwollen konnte nach all den Strapazen und Entbehrungen der vergangenen Monate wohl kaum die Rede sein. Obwohl irgendwann natürlich damit zu rechnen gewesen war, kam die endgültige Aufnahme in den Orden nun doch überraschend schnell. Gero dachte darüber nach, ob es ein Zufall war oder Gottes Fügung, dass seine Aufnahme als Ritter des Tempels ausgerechnet auf den 25. März fiel – und damit nicht nur auf einen der höchsten Feiertage des Ordens der Templer, sondern zudem auf seinen zweiundzwanzigsten Geburtstag.

Mit diesem denkwürdigen Datum begann für Gero nun ein neues Lebensjahr und zugleich ein neuer Lebensabschnitt, in dem er all das wiedergutmachen konnte, was er in seinem vorherigen Dasein verwirkt hatte. Die anderen schienen ähnlich begeistert zu sein. Sie riefen alle wie aus einem Mund »De par Dieu, Beau Seigneur!« und besiegelten damit ihre Bereitschaft, endlich ein vollwertiges Mitglied der »Miliz Christi« zu werden.

»Bevor ich es vergesse«, fügte de Molay beinahe andächtig hinzu. »Am Mittwoch danach läuft euer Schiff nach Antarados aus. Zusammen mit eurer gesamten Ausrüstung und euren Schlachtrössern werdet ihr für unbestimmte Zeit auf unsere Festung vor Tortosa verlegt. Dort könnt ihr euren Mut und eure Ausdauer weiter unter Beweis stellen. In Absprache mit Aimery von Zypern sind weitere Eroberungszüge landeinwärts ins Heilige Land geplant, um die Ausbreitung der Mamelucken einzudämmen und den Weg für eine neue Invasion zu bereiten. Ich hoffe, dass ihr mich nicht enttäuschen werdet. Gott beschütze euch. Abtreten!«

Kapitel VII

Gero musste an Lissy denken, als er am darauffolgenden Samstagabend an Leib und Seele gereinigt mit den übrigen Brüdern die unterirdische Krypta der Kathedrale Sainte-Marie betrat. Den ganzen Tag über hatten sie gebetet, gefastet und in Andacht verbracht. Ausnahmslos in weiße Gewänder gehüllt erlebten sie nun unter Ausschluss von Nichteingeweihten ihre Vereidigung als Tempelritter.

Der von gewaltigen Säulen gestützte Gewölbekeller unter der Kathedrale wurde von unzähligen brennenden Kerzen illuminiert. Zwei Ordenspriester sorgten mit pendelnden Weihwasserkesseln für eine nebelgeschwängerte, beinahe unheimliche Atmosphäre. Gregorianische Gesänge begleiteten ihren Einmarsch und ließen die Zeremonie nahezu überirdisch erscheinen.

Im Halbdunkel des Altars hatten sich sämtliche Würdenträger des Ordens versammelt, die das Ordenskapitel von Zypern augenblicklich zu bieten hatte. Bereits am Vormittag hatten sie der Aufnahme aller Novizen in einer außerordentlichen Kapitelversammlung einstimmig ihre Zustimmung erteilt.

Neben Aymo d'Oiselay war selbstverständlich Jacques de Molay als Großmeister anwesend, und sogar Ordensmarschall Bartholomäus de Chinsi, der oberste Heerführer der Templer, gab sich zur Vereidigung der neuen Ritterschaft die Ehre. Auch wenn er vorwiegend aus anderen Gründen mit jenem Schiff auf die Insel gekommen war, mit dem sie schon am übernächsten Tag nach Antarados übersetzen sollten. Großgewachsen, breitschultrig, fast glatzköpfig und glutäugig, mit einem dichten schwarzen Bart, der ihm bis auf die Brust reichte, wirkte de Chinsis ganze Erscheinung beeindruckend und sein Auftreten höchst diszipliniert. Am Tag zuvor hatte er anlässlich der bevorstehenden Weihe eine vielgelobte Rede gehalten, in der er vor den zukünftigen Ordensrittern über deren bevorstehende Aufgaben referierte. Er hatte sie schonungslos darauf vorbereitet, dass er von ihnen vollen Einsatz erwartete, wenn es um die Rückeroberung des Heiligen Landes ging. Dazu gehörten auch die Zermürbung des Feindes mit regelmäßigen Überfällen entlang der Küste von Syrien, das Kapern von Schiffen und ein striktes Vorgehen gegenüber den Heiden, das keinerlei Erbarmen duldete. Schon allein, um die Wasserversorgung auf der Festung gewährleisten zu können, würden sie schutzlose Dörfer überfallen müssen, deren Brunnen garantiert nicht vergiftet waren. Außerdem waren diese Beutezüge hervorragend geeignet, um ganz nebenbei die Versorgung der ungefähr neunhundert Menschen auf Antarados mit Fleisch und Obst zu bereichern.

Gero hatte an den Gesichtern seiner Kameraden erkannt, dass den meisten nicht wohl war bei der Aussicht, dass man sie zunächst einmal zu Räubern und Mördern degradieren würde, lange bevor sie daran denken konnten, Jerusalem zurückzuerobern.

Aber de Chinsi hatte ihnen auch Mut gemacht, indem er ihnen versprach, dass sie unter seiner und Gottes Führung siegreich gegen die Heiden vorgehen würden und es nicht mehr lange dauern konnte, bis die Heilige Stadt wieder den Christen gehören würde. Er zählte einige Siege auf, die er und seine Männer in den vergangenen Monaten gegen die Mamelucken hatten verbuchen können. Zum Beweis ihres Erfolges nannte er die zweifelhafte Zahl von mehr als einhundert heidnischen Sklaven, die man während der Angriffe gefangengenommen und nach Antarados verschleppt hatte, wo sie beim Aufbau der Festung halfen.

Bevor Gero weiter darüber nachdenken konnte, woher diese Menschen stammten und auf welche Weise sie in den Besitz des Ordens gelangt waren, hoben die verbliebenen Brüder zu einem weiteren gregorianischen Choral an, der die Feierlichkeit ihrer endgültigen Aufnahme als Ritter des Tempels nochmals unterstreichen sollte.

Nachdem der Großmeister dem Ordenskaplan ein Zeichen gegeben hatte, trat dieser hervor und befahl den zwanzig Anwärtern, demütig vor dem Altar niederzuknien und den Eid nachzusprechen.

»Liebe Herrn und Brüder«, begann der hagere Geistliche mit salbungsvoller Stimme und senkte dabei demutsvoll den Blick, »ihr sehet, dass die Ordensleitung sich nunmehr darüber einig ist, diese Brüder aufzunehmen.« Mit seiner Stimme hob er sein Haupt und schaute nun unvermittelt in die Runde der Anwesenden. Seine klaren braunen Augen fixierten beinahe jeden Einzelnen in der andächtig lauschenden Menge. »Wäre jemand unter euch, der von etwas wüsste, weshalb er nicht mit Recht Bruder werden könnte, der sage es, denn es ist besser, dass solches vorher angezeigt werde als nachher, wenn er vor uns geführt ist.«

Gero spürte, wie seine Anspannung wuchs, als ihn der eindringliche Blick von Odo de Saint-Jacques traf, der ihn fast zu durchbohren drohte. Der weiß gewandete Kommandeur mit der quer verlaufenden Narbe im Gesicht verzog keine Miene, und doch ahnte Gero, dass der Mann mehr über seine Eskapaden wusste, als ihm lieb sein konnte. Aber er schwieg wie alle anderen auch.

»Willigt ihr also ein, edle Herren und Brüder«, fuhr der Kaplan fort, »dass man die hier Versammelten in Gottes Namen zu uns kommen lasse?«

Einen Moment herrschte Schweigen, doch dann hoben alle, die im Orden etwas zu sagen hatten, zu einem gemeinschaftlichen Bekenntnis an: »Lasset sie in Gottes Namen kommen!«

Die Templernovizen mussten nun einzeln vortreten, wie sie es in den Unterweisungen der letzten Wochen gelernt hatten, und mit gefalteten Händen vor dem Großmeister niederknien.

Als sie in alphabetischer Reihenfolge aufgerufen wurden, trat Gero als einer der Ersten hervor und sagte seinen auswendig gelernten Text auf. »Herr, ich bin gekommen vor Gott, vor Euch und Euren Brüdern, und bitte Euch um Gottes und Unserer Lieben Frau willen, mich in Eure Gesellschaft und die Wohltaten des Ordens aufzunehmen. Als einen, der sein Leben lang Knecht und Sklave des Ordens sein will.«

Gero hatte unvermittelt das Gefühl, neben sich zu stehen und die ganze Szenerie nur zu beobachten. Obwohl er diesem Moment lange entgegengefiebert hatte, empfand er die Worte, die man ihm auferlegte, als fremd und hohl klingend. Nachdem auch der Letzte die verlangten Zeilen heruntergebetet hatte, erhob sich Jacques de Molay und sprach die entscheidende Losung, die ihre Aufnahme besiegeln würde:

»Ihr habt hinfür keinen eigenen Willen mehr«, bekräftigte er mit

Nachdruck in der Stimme. »Wenn ihr im Gelobten Land sein wollt, wird man euch jenseits des Meeres schicken. Wenn ihr schlafen wollt, wird man euch befehlen zu wachen. Wenn ihr essen wollt, wird man euch befehlen, etwas anderes zu tun.«

Dann hob er mit feierlicher Miene die Bibel, die ihm ein Ordensritter gereicht hatte. »Seht hier das heilige Evangelium, Gottes Wort, und antwortet die Wahrheit auf alle Fragen, die wir euch stellen werden, denn wenn ihr lügt, begeht ihr einen Meineid und werdet aus dem Orden gestoßen, wovor euch Gott behüte.«

Es folgten eine Reihe von Erkundigungen nach ihrer adligen Herkunft und der christlichen Ehe ihrer Eltern und der Eid darauf, dass sie weder verheiratet noch irgendeiner Frau ein Eheversprechen schuldig geblieben waren.

Hier und da ging ein ungeduldiges Raunen durch die Reihen.

Eigentlich hatten sie diese Fragen bereits bei ihrer Aufnahme als Novizen beantworten müssen, also hatten sie allem Anschein nach mehr symbolischen Charakter.

Danach verlangte der Großmeister von allen Kandidaten einen Schwur, der ihnen unbedingten Gehorsam, lebenslange Keuschheit und den eisernen Willen, Jerusalem von den Heiden zu befreien, abverlangte.

Nachdem alle einvernehmlich mit einem »Ja, Herr, so Gott will«, geantwortet hatten (und damit offenließen, was geschehen würde, wenn Gott der Herr die genannten Bedingungen nicht akzeptierte), besiegelte der Großmeister im Namen Gottes und der Jungfrau Maria, des Papstes und aller Brüder des Tempels ihre endgültige Aufnahme in den Orden.

Im nächsten Moment wurden sie aufgefordert, sich zu erheben, und der Drapier trat hervor und legte mit Hilfe eines Bruders der Verwaltung jedem Einzelnen von ihnen einen neu geschneiderten weißen Kapuzenumhang über die Schultern, auf dessen linker Seite ein handtellergroßes, gut sichtbares rotes Tatzenkreuz aufgenäht war.

Danach mussten sie einzeln vortreten, um vom Großmeister höchstpersönlich den Ordenskuss zu empfangen. Jacques de Molay küsste jedem von ihnen auf den Mund. Eine federleichte Geste, die das Vertrauen und die Treue der jungen Ritter gegenüber ihrem Ordensmeister noch einmal besiegeln sollte. Danach zelebrierte der Kaplan eine heilige Messe zu Ehren der Jungfrau Maria, bei der er wie bei den Templern üblich auf den Schlusssegen verzichtete.

Später im Dormitorium löste sich die Anspannung, und die meisten freuten sich anscheinend darüber, bereits am nächsten Tag den Schlafsaal der Ritterbrüder für sich in Anspruch nehmen zu dürfen.

Gero war noch ganz gefangen von der Idee, nun tatsächlich ein Tempelritter zu sein, ein Streiter Christi, was auch immer das bedeuten mochte. Für einen kurzen Moment überlegte er, ob sein Vater nun endlich mit ihm zufrieden sein würde. Beinahe ehrfürchtig legte er seinen Mantel ab und entledigte sich seiner weißen Hose und seines weißen, knielangen Hemdes, das wie der Mantel aus ungebleichter Wolle gefertigt war. Als er sich nur noch mit seiner Unterwäsche bekleidet zur Nachtruhe begab, regte sich Fabius im Bett nebenan.

»Und?«, fragte ihn der Luxemburger, der offenbar – wie so einige andere auch – am liebsten in dem neuen Mantel geschlafen hätte. »Wie fühlst du dich als vollwertiger Templer?«

»Nicht anders als vorher«, gab Gero nachdenklich zurück und kroch mit einem Seufzer, der alle Anspannung löste, unter die graue Wolldecke.

»Mit dem Unterschied«, resümierte Bruder Brian, der sich auf der Schlafstatt hinter Gero zur Ruhe begab, »dass wir in Kürze endlich in einen echten Krieg ziehen dürfen, gegen echte Heiden und nicht gegen verblödete Kameraden, die nichts Besseres zu tun haben, als sich zu betrinken.«

Als Gero sich zu ihm umdrehte, sah er, wie die Wangen seines Kameraden immer noch vor Aufregung glühten.

»Vergiss nicht, dass die lombardischen Säufer uns nach Antarados begleiten werden und wir an ihrer Seite in den Kampf ziehen müssen.«

»Wir werden den Mamelucken schon zeigen, wo es langgeht«, ereiferte sich Nicolas mit seiner weibischen Stimme. Wahrscheinlich würde er der Erste sein, den es in einem Kampf gegen die Heiden erwischte, dachte sich Gero und betrachtete zweifelnd die schmächtige Gestalt des Genuesen.

Er fragte sich nicht zum ersten Mal, wie sich all die Männer um ihn herum jemals in jene Engeldämonen verwandeln sollten, die er als Kind so gefürchtet und gleichzeitig so sehr bewundert hatte. Im Moment wirkten sie eher wie aufgeregte Chorknaben, die den lateinischen Text, den sie singen sollten, nur dem Klang nach auswendig konnten – von dessen Bedeutung jedoch nicht die geringste Ahnung hatten.

Während die anderen noch über ihre zukünftigen Heldentaten debattierten, dachte er an Lissy, die vielleicht gerade aus dem Himmel auf ihn herabblickte und bereits darauf wartete, ihn möglichst bald in ihre Arme schließen zu können. Aber was wäre, wenn sie ihn in Wahrheit gar nicht mehr wollte, und das nur, weil er schwach geworden war und bei einer Hure gelegen hatte?

Unvermittelt erschien Warda vor seinem geistigen Auge, wie sie ihn davor warnte, ein leibhaftiger Templer zu werden.

Nach dem Vortrag des Marschalls hatte ihn eine dunkle Ahnung beschlichen, was sie mit ihren Unkenrufen gemeint haben könnte. Aber nun war es zu spät. Er würde selbst herausfinden müssen, ob seine Zukunft und die des Ordens tatsächlich so düster war, wie sie es beschrieb.

»Ich bin beinahe ein wenig enttäuscht«, flüsterte Fabius, als der wachhabende Bruder sie zur Nachtruhe mahnte. »Weil bei der Aufnahme nichts von dem eingetreten ist, was man sich allgemein so erzählt.«

»Hättest du unseren Großmeister lieber auf den Arsch geküsst?«, frotzelte Gero leise.

»Nein! Um Himmels willen.« Fabius verzog angeekelt das Gesicht. »Sein Mund war schon schlimm genug.« Er grinste und rollte sich auf die Seite. Doch dann drehte er sich noch einmal zu Gero herum. »Sie hätten uns wenigstens in einige ihrer Geheimnisse einweihen können, findest du nicht?«

»Welche Geheimnisse meinst du denn?«

»Na, zum Beispiel diesen sprechenden Kopf, von dem sich manche erzählen, oder woher sie all ihr geheimes Wissen beziehen.«

»Sprechender Kopf?« Gero hob eine Braue. »Offenbar ist mir da etwas entgangen«, flüsterte er. »Wenn du mich fragst, war das Mysterium der hurenden Engel mir schon Geheimnis genug.«

Bereits am nächsten Tag sollte Fabius' Sehnsucht nach den grundlegenden Geheimnissen des Ordens zumindest zum Teil befriedigt werden. Zur Vorbereitung der Reise nach Antarados wurden sie schon früh in das provisorische Dienstzimmer von Bartholomäus de Chinsi gerufen, der mit ihnen zusammen zum Hafen nach Famagusta reiten würde, wo der Orden weitere Kommandanturen besaß. Von dort aus würde der oberste militärische Befehlshaber der Templer mit ihnen nach Antarados übersetzen.

Nachdem der Letzte der jungen Ordensritter den Raum betreten hatte, wurde die Tür geschlossen, und de Chinsis Adjutant entrollte eine mannshohe Karte auf einem Tisch.

»Kommt ruhig näher«, befahl der Ordensmarschall und zückte einen Zeigestock, mit dem er ihnen offenbar ihr zukünftiges Einsatzgebiet erläutern wollte. Ein Raunen ging durch die Menge, als die Kameraden sahen, wie unglaublich präzise die Karte gezeichnet war.

Gero beugte sich über Fabius, um genauer hinsehen zu können. Die Küste des Heiligen Landes war mit Bergrücken und Tälern, Flüssen und Wadis und nicht zuletzt mit Dörfern und Städten so genau verzeichnet, dass alles andere, was er in seinem Leben an Karten gesehen hatte, dagegen dümmliche Kritzeleien waren.

Auch der eingezeichnete Maßstab schien genau zu stimmen.

Bruder Bartholomäus hob eine Braue, als er sah, wie seine frisch geweihten Zöglinge aus dem Staunen nicht mehr herauskamen.

»Ich muss euch nicht sagen, dass diese Karte und alle anderen Exemplare, die wir in gleicher Güte und Qualität vorhalten, der strikten Geheimhaltung selbst innerhalb des Ordens unterliegen. Es handelt sich hier um geheimes Wissen, dessen Herkunft wir selbst euch verschweigen müssen. Ihr werdet euch in Zukunft noch mit weiteren Mysterien konfrontiert sehen, über deren Vorhandensein und Ursprung niemand außerhalb unserer Bruderschaft etwas erfahren darf. Jeder, der gegen diese Geheimhaltung verstößt, wird mit dem Tode bestraft.«

Aus seinem Mund klang es beinahe harmlos, aber an seiner Miene war abzulesen, dass der Orden, was ein solches Vergehen betraf, keinerlei Gnade walten lassen würde.

»Wir nehmen die direkte Route zwischen Famagusta und dem Hafen von Antarados. Unser Schiff ›Die Rose von Aragon‹ wird uns in wenigen Tagen dorthin bringen. Kommandant Le Puy kennt ihr ja bereits von eurer Anreise aus Franzien. In den nächsten Wochen werden wir euch auf kriegsfähigen Galeeren zusammen mit euren Rössern an der Küste absetzen, wo ihr in Stoßtrupps von bis zu fünfzig Rittern ganz auf euch allein gestellt seid. Es sind Angriffe bis hoch nach Latakia geplant, aber auch bis hinunter nach Tripolis und bis zum Orontes, der im Hinterland fließt. Wir setzen Späher ein, die ständig Ausschau nach den Mamelucken-Verbänden halten, auf See wie auf dem Land. Bereitet euch schon jetzt auf eine anstrengende Mission vor. Bevor wir Jerusalem einnehmen können, müssen wir den Feind demoralisieren und den Boden von der Küste aus für einen Durchmarsch vorbereiten. Noch Fragen?«

Alle sahen sich ratlos an. Niemand von ihnen konnte sich vorstellen, wie es sein würde, in einem vollkommen fremden Land gegen die Heiden zu kämpfen.

»Na dann«, befand de Chinsi mit gefasster Miene. »Denkt immer daran: Alles, was wir im Kampf gegen Sarazenen und Mamelucken unternehmen, ist Gottes Wille. Falls ihr dabei euer Leben lasst, ist euch der Weg ins Paradies sicher.«

»De par Dieu, Beau Seigneur!«, riefen sie zur Bestätigung im Chor und gingen danach ebenso schweigsam, wie sie die Erläuterungen ihres Ordensmarschalls entgegengenommen hatten, hinaus auf den Hof.

Bevor sie nach Famagusta abmarschierten, das einen Tagesritt entfernt an der Ostküste von Zypern lag, war noch einiges zu erledigen. Die Rösser und deren Geschirr mussten vorbereitet werden. Ein jeder von ihnen musste die richtigen Waffen und Ausrüstungsgegenstände gegen Unterschrift in Empfang nehmen und sich noch einmal im Hospital vorstellen, um seine uneingeschränkte gesundheitliche Eignung für eine solche Mission zu garantieren.

Für jeden gab es eine nochmalige Einweisung in die Handhabung von Verbandmaterial bei den verschiedensten Verletzungen, und der Einsatz von Alaun, Kräutern und getrockneten Moosen zur Blutstillung und zur Versorgung von eiternden Wunden wurde erklärt. Im Mittelpunkt der Unterweisung stand ein geheimes Pulver, das scheußlich schmeckte und allenfalls in Fruchtsaft aufgelöst, aber keineswegs in Milch oder Wein getrunken werden durfte. Es hieß, man könne damit die Eiterungen von Wunden unterdrücken. Außerdem wurde ihnen ausdrücklich der Verzehr von schwarzen Weizenkörnern verboten. Deshalb legte der Orden größten Wert darauf, sein Mehl selbst zu mahlen, und wo das nicht möglich war, benutzte man Handsteinmühlen, um sich seinen Brotfladen aus eigenem Mehl auf offenem Feuer zu backen. All das unterlag, wie die Karten, einer strikten Geheimhaltung.

Immer noch verwundert über so viele unvermutete Geheimnisse, deren Hintergründe sie wohl niemals erfahren würden, machten sie sich schließlich am Dienstagmorgen auf den Weg nach Famagusta.

Zwanzig frisch geweihte Templer und dreißig Ordensritter aus der Lombardei, dazu Ordensmarschall de Chinsi, sein Stellvertreter Aymo d'Oiselay und zwei weitere Kommandeure, die den Zug mit einer Handvoll Knappen begleiteten, sammelten sich im Hof der Ordensburg von Nikosia. Zuvor hatten alle an einer Messe in der Kathedrale Sainte-Marie teilgenommen und zu Ehren der Lieben Frau um deren Fürbitte ersucht.

Geros stattlicher schwarzer Hengst, den er aus seiner Heimat mitgebracht hatte und der auf den Namen David hörte, gab sich ein wenig bockig, als einer der jüngeren Knappen ihn sattelte. Das beeindruckende Tier war in letzter Zeit zu oft an andere Reiter verliehen worden. Doch als Gero auf seinem Rücken saß, wurde er zusehends ruhiger.

Als sie aus dem Burgtor hinausritten, auf die Straße, die direkt von Nikosia nach Famagusta führte, fegte Gero ein warmer Sprühregen ins Gesicht, aber der Wollstoff seiner Chlamys, wie man den weißen Templerumhang mit dem roten Kreuz nannte, war angeblich so dicht gewebt, dass kein Wasser hindurchdringen konnte.

Die Landschaft um sie herum hatte sich unter dem Niederschlag der vergangenen Tage und der plötzlich einsetzenden Wärme des Frühlings in kürzester Zeit in ein wahres Blütenmeer verwandelt. Als sie eine Brücke überquerten, unter der ein rauschender Bach zu Tal schoss, machte ihnen ein Bauer Platz, der auf einem Eselskarren saß und sie ehrfürchtig grüßte. Es war das erste Mal, dass sie mit ihren weißen Mänteln in der Öffentlichkeit auftraten. Vorneweg ritt ein Bannerträger, der den schwarz-weißen Beaucéant, die Kriegsflagge der Templer, an einer langen Stange emporhielt und damit vermittelte, wie ernst dieser Orden seine militärischen Aufgaben nahm.

Anders als bei ihrer Ankunft auf Zypern ritten sie nun streng in Zweierreihen und vor allem schweigend, wie es die Vorschrift verlangte.

Gero warf einen Blick auf Arnaud und Fabius, die ein Stück weiter vor ihm ritten, und hatte Mühe, sich ein Schmunzeln zu verkneifen. Für die beiden war es eine echte Herausforderung, so lange den Mund zu halten.

Als sie bei Einbruch der Dämmerung Famagusta erreichten, waren die meisten der Kameraden vom langen Ritt ziemlich geschafft.

Erschöpft hielten sie Einzug in die dortige Ordensburg und ließen sich von einem Bruder der Verwaltung ins Dormitorium und die Waschräume einweisen. Danach hatte Aymo d'Oiselay, de Chinsis Vertreter auf Zypern, sie zusammen mit ihrem Befehlshaber ins Refektorium geladen, wo sie gemeinsam das Abendessen einnahmen. Zur Feier des Tages und wegen des Besuchs des Ordensmarschalls hatte die Küche einen Ochsen braten lassen, der allen Anwesenden bestens mundete.

»Für heute Abend habt ihr ein letztes Mal Ausgang bis zur Frühmesse«, verkündete Bartholomäus de Chinsi im Einvernehmen mit Aymo d'Oiselay nach dem Schlussgebet zur Vesper, womit er nicht nur die frisch aufgenommenen Ordensritter überraschte, sondern auch deren lombardische Begleiter. Als de Chinsi die fragenden und gleichzeitig freudigen Blicke gewahrte, glaubte er wohl, noch eine Erklärung hinterherschieben zu müssen.

»Wenn ›Die Rose von Aragon‹ morgen Mittag Richtung Antarados ablegt, werdet ihr für lange Zeit keine Gelegenheit mehr haben, euch privat zu bewegen. Die einzige Voraussetzung für unsere Großzügigkeit ist, dass ihr euch nichts zuschulden kommen lasst und morgen in aller Frühe abmarschbereit seid. Haben wir uns verstanden?«

Alle nickten.

»Abtreten!«

Niemand von ihnen kannte sich in den Hafenkneipen von Famagusta aus, die sich Haus an Haus um die Mole schmiegten. Hinzu kamen etliche Herbergen, in denen man für wenig Geld ein Zimmer mieten konnte.

Wie die Tavernen in Nikosia waren auch die von Famagusta für die Ordensritter vom dortigen Templerhaus gut zu Fuß zu erreichen. In Anbetracht des morgigen Ausschiffens hatten Gero und seine Kameraden darauf verzichtet, ihre Zivilkleidung anzulegen, und in Ermangelung eigenen Geldes wurden sie von einem Bruder der Verwaltung begleitet, der von d'Oiselay Anweisung erhalten hatte, ihre Zeche bis zu einer bestimmten Summe zu übernehmen.

Als Gero zusammen mit Fabius und den anderen Ritterbrüdern die weiß getünchte »Taverne des Zirkels« am Hafen betrat, herrschte dort bereits reger Betrieb. Seeleute und Händler knallten ihre leeren Holzbecher lautstark auf den Tisch und schäkerten ungeniert mit den Schankmägden, die ihnen rasch und diensteifrig den gewünschten Nachschub lieferten.

Als die fast fünfzig Ritterbrüder den niedrigen Schankraum betraten, wurde es für einen Moment still, doch nachdem die ersten Templer einen Platz gefunden hatten und der Bruder der Verwaltung für alle Wein bestellt hatte, hob die Geräuschkulisse von neuem an. Gero entging nicht, dass nicht wenige der übrigen Gäste sie argwöhnisch beobachteten, ganz so, als ob man von ihnen baldiges Unheil erwarten durfte.

»Setzt euch zu uns«, grölte Arnaud, der als Erster von ihnen einen freien Tisch belegt hatte. Lachend hob er den Becher, um auf Gero und Fabius anzustoßen, die sich als Letzte den Weg durch die Menge bahnten. »Unser lieber Kamerad hat nicht nur sein Gelübde abgelegt«, krakeelte er quer durch die Menge, »er hatte am vergangenen Sonntag auch sein Wiegenfest! Ein Hoch auf unseren deutschen Bruder!«

»Non nobis Domine, non nobis, sed nomini tuo da gloriam!«, riefen die etwa fünfzig Templer wie aus einer Kehle, nachdem die trinklustigen Lombarden den Anfang gemacht hatten, und übertönten mit dem biblischen Psalm 115 »Nicht uns, o Herr, nicht uns, sondern Deinem

Namen gib Ehre« alles, was in der Taverne gesungen oder gesprochen wurde. Bereits vor mehr als hundert Jahren hatten ihre Vorgänger diese Losung in den vorangegangenen Kreuzzügen gebrüllt, um sich Mut zu machen, wenn sie geradewegs dem Tod entgegenstürmten.

Irgendjemand stimmte ein italienisches Trinklied an, und im Nu brodelte die gesamte Schänke unter den Hurra-Rufen der neu hinzugekommenen Ritterschaft des Tempels.

Die Schankmägde hatten Gero und Fabius längst einen Krug Wein in die Hand gedrückt, als sie den Tisch erreichten, an dem Struan zusammen mit ein paar irischen Kameraden auf sie zu warten schien. Nachdem sie sich zu dem wie üblich finster dreinblickenden Schotten gesetzt hatten, hob Gero seinen Krug und prostete den übrigen Kameraden zu. Aus einer Ecke neben dem Schanktresen ertönte unvermittelt Musik. Eine kleine Truppe von Spielleuten, von denen einer die Laute zupfte, ein anderer auf einer Flöte dudelte und ein Dritter den gefälligen Rhythmus einer Trommel und eines Tamburins schlug, heizte die gelöste Stimmung noch weiter auf. Die Mischung aus Musik und Stimmengewirr verursachte einen solchen Krach, dass keine rechte Unterhaltung zustande kam und der Eindruck entstand, als ob alle nur durcheinanderreden würden. Umso überraschter war Gero, als es hinter ihm mucksmäuschenstill wurde und dann ein Raunen durch die Menge ging.

Als er sich langsam umdrehte, um zu ergründen, was sich dahinter verbarg, erblickte er eine spärlich bekleidete Frau, die sich inmitten des Schankraumes anschickte, einen arabischen Bauchtanz aufzuführen.

Gesicht, Brüste, Gesäß und Beine wurden von einem rosafarbenen, glitzernden Stoff verhüllt, dessen Fehlen die wesentlichen Anteile ihres Körpers wie Augen, Dekolletee, Arme und die Leibesmitte besonders zur Geltung brachte. Wenn sie sich schwungvoll drehte, entblößte der geschlitzte Rock den linken Oberschenkel bis hinunter zu den schlanken Fesseln, die von einem Goldreif mit Glöckchen geschmückt waren. Als die Musik begann und sie sich im Takt der Trommeln wie eine Schlange bewegte, die ihre Opfer betört, erhob sich unter den geifernden Kerlen ein frenetischer Beifall. Gero lief es heiß und kalt den Rücken hinunter. Diese wunderschönen bernsteinfarbenen Augen, der hüftlange Zopf und die kurvenreiche Figur ließen sich nur auf einen Namen vereinen: Warda.

Was, in Gottes Namen, hatte sie in dieser Kaschemme verloren? Ja, wie war sie überhaupt hierhergekommen? Nikosia lag eine Tagesreise von Famagusta entfernt. Auch Warda hatte ihn anscheinend erkannt. Ziemlich unverfroren bewegte sie sich auf ihn zu und bedachte ihn zur Freude der haltlosen Zuschauer mit ihrer besonderen Aufmerksamkeit. Hilflos musste er zulassen, dass sie sich sogar auf seinen Schoß setzte, was Ordensangehörige und Nichteingeweihte gleichermaßen zu amüsieren schien. Jedenfalls sparten sie nicht mit zotigen Bemerkungen, wobei das Wort »Ausziehen« noch die harmloseste Variante war.

»Bist du verrückt?«, zischte Gero ihr mit zusammengebissenen Zähnen entgegen, als sie im Takt der Musik spielerisch seinen Schoß berührte und sich zu ihm hinabbeugte, als ob sie ihn küssen wollte.

Ihre Gegenwart brachte ihn nicht nur wegen ihrer Nähe in arge Verlegenheit. Zumal sich ihr üppiger Busen regelrecht aus dem engen Ausschnitt ihrer Weste herausdrängte und nun beinahe seine Nasenspitze berührte. Besonders jene Männer, die nicht zum Orden gehörten, jubelten ihrem Treiben haltlos zu. Ihr vorderstes Interesse galt offenbar der sofortigen Aufgabe seines Keuschheitsgelübdes. Nicht wenige forderten Warda lautstark auf, ihn vor allen Augen zu besteigen.

»Ich liebe dich«, säuselte sie leise und kraulte sein Haar, was bei Kameraden und übrigen Gästen erneut frenetischen Beifall auslöste. »Auch wenn du mich seit unserer letzten Begegnung schmählich im Stich gelassen hast.«

»Das habe ich nicht«, presste Gero verhalten hervor. Er wollte nicht, dass Struan und Fabius, die am nächsten saßen, irgendetwas von ihrer Unterhaltung mithörten. »Der Orden hat nach den Vorkommnissen in der Taverne eine monatelange Ausgangssperre für sämtliche Brüder verhängt, falls dir das nicht aufgefallen ist.«

Ohne ein weiteres Wort erlöste sie ihn von ihrer Gegenwart und tanzte zurück in den Kreis gaffender Kerle, von denen nicht wenige Gero mit neidischen Blicken attackierten. Für einen Moment wusste er nicht, ob er stolz oder eifersüchtig sein sollte oder keins von beidem, weil er mit dieser Frau im Grunde genommen nichts mehr zu schaffen hatte.

»War das nicht ...?« Fabius hatte sie erkannt.

Geros Blick traf ihn, als ob er ihn töten wollte. »Nein ...«, knurrte er finster. »Ich kenne sie nicht.« Er zwang sich, Warda nicht hinterherzuschauen, als sie unter einer gewagten Verbeugung und nicht enden wollendem Beifall in Richtung Küche entschwand.

Struan hob nur eine Braue, sagte aber nichts, und der Rest der Kameraden amüsierte sich noch eine Weile über den Auftritt der Tänzerin, wandte sich dann aber wieder dem Wein und anderen Themen zu. Gero wartete noch einen Moment, bevor er sich unter dem Vorwand, ein drängendes Bedürfnis zu verspüren, in Richtung Hinterhof aufmachte. In Wahrheit wollte er Warda zur Rede stellen. Ihr erklären, wieso er sich nicht um sie hatte kümmern können, und sie fragen, warum sie aller Gefahr zum Trotz den gleichen Fehler beging wie zuvor, indem sie sich als leichtes Mädchen verdingte.

Die Flamme im Feuerkorb hinter der Taverne, der den Gästen den Weg zum Abort leuchten sollte, war fast heruntergebrannt. Einen Schritt vor den anderen setzend, hielt Gero Ausschau nach dem Hintereingang der Schänke, wo er Warda zu finden hoffte. Auf einmal hörte er einen erstickten Aufschrei, und als er sich dem Geräusch näherte, bemerkte er einen großen, beleibten Mann, der sich mit roher Gewalt einer wimmernden Frau bemächtigte.

»Ich weiß, dass du eine Hure bist!«, zischte er verächtlich. »Ich kenne dich, du warst mir schon einmal zu Willen, in der Taverne der Engel. Sag nur, du erinnerst dich nicht?«

Der Mann hatte einen genuesischen Akzent. Wahrscheinlich ein Gast, der Warda erkannt hatte. »Wenn du nicht im Kerker landen willst, wirst du tun, was ich dir sage. Knie dich hin und lutsch mir den Schwanz. Danach bückst du dich brav, damit ich es dir von hinten besorgen kann, wie es sich für eine Hure gehört.«

Gero zögerte nicht lange, als er nahe genug an die beiden herangekommen war, und verpasste dem Kerl einen gewaltigen Schlag gegen die Schläfe. Wie ein nasser Sack fiel der andere zur Seite und blieb reglos auf den Pflastersteinen liegen.

»Mein Gott, du hast ihn umgebracht!«, kreischte Warda.

»Besser ich ihn als er dich«, rief Gero und schnaubte verdrossen, während er dem Kerl am Boden keine weitere Beachtung schenkte, sondern Warda grob am Arm packte und sie unsanft auf die Füße zog. Im spärlichen Licht des Feuerkorbes sah er, dass der Kerl ihr den Schleier heruntergerissen hatte und ihr Oberteil so weit nach unten gerutscht war, dass eine Brustwarze hervorschaute.

»Lass mich los!«, fauchte sie und entriss Gero ihren Arm. Hastig versuchte sie, ihre Blöße zu bedecken.

»Bedank dich lieber bei mir, dass du seinen Schwanz nicht schlucken musstest. Stell ich mir nicht gerade schön vor bei so einem Saukerl.«

»Ich wüsste nicht, was dich das angeht!«, schimpfte sie, bemüht darum, ihre Kleider in Ordnung zu bringen, während sie geflissentlich seinem anklagenden Blick auswich. »Das ist meine Angelegenheit!«

»Ach so?« Gero stemmte demonstrativ die Hände in die Hüften und baute sich vor ihr auf wie jener Dämonenengel, den seine ehemaligen Kameraden aus der Klosterschule hinter jedem Templer vermuteten. Dabei ignorierte er vollkommen, dass Warda viel kleiner war als er und trotz allem Mut, den sie ansonsten besaß, ängstlich zu ihm aufschaute. »Dann ist es auch deine Angelegenheit, wenn dieser Kerl dich wiedererkennt und dir die Schergen des Königs auf den Hals hetzt. Ganz davon abgesehen, dass er dich vorher dazu nötigen könnte, jederzeit und überall mit ihm das Lager zu teilen.«

»Ich weiß gar nicht, warum du dich da einmischst!«, schleuderte sie ihm mit schriller Stimme entgegen, der Gero mühelos die Enttäuschung entnehmen konnte, dass er sich in den letzten Monaten nicht weiter um sie gekümmert hatte.

In einer unseligen Mischung aus Mitleid und schlechtem Gewissen trat er auf sie zu und zog sie so fest in seine Arme, dass sie sich kaum zu rühren vermochte. »Es tut mir leid«, sagte er gepresst und küsste sie auf den Scheitel. »Ich konnte nichts für dich tun, weil ich die Ordensburg nicht verlassen durfte. Bruder Hugo wurde von den Soldaten des Königs gefasst und an den Orden überstellt. Das Kapitel hat ihn angesichts der Vorkommnisse zu einer schweren Strafe verurteilt, und uns haben sie monatelang den Ausgang gesperrt. Außerdem hatten wir vereinbart, dass du dich bei mir meldest, falls du trotz der Obhut deiner Tante in Schwierigkeiten gerätst. Stattdessen hattest du anscheinend nichts Eiligeres zu tun, als dich erneut ins Verderben zu stürzen.«

»Auch das ist allein meine Sache«, spie sie ihm entgegen. »Ich wusste nicht, was ich tun sollte, als ich nichts mehr von dir gehört habe. Ich war vollkommen verzweifelt und habe gelitten wie eine Hündin. Nicht nur wegen Mafaldas Tod und dem Verschwinden der anderen Mädchen, auch weil ich nicht wusste, was dir widerfahren war. Außerdem habe ich es bei meiner keifenden Tante nicht mehr ausgehalten. Als ich nichts von dir hörte, habe ich mich entschlossen, aus Nikosia fortzugehen.

Bis zum heutigen Tag habe ich unbehelligt in dieser Schänke gearbeitet. Ich habe bedient und dreimal die Woche getanzt. Heute war mein letzter Abend. Ab morgen fange ich ein neues Leben an.« Sie schmiegte sich an ihn wie ein Kätzchen auf der Suche nach Zuneigung. »Dich nicht mehr sehen zu dürfen war die Hölle. Ich habe dich so sehr vermisst.«

Ihre Wärme und ihr Duft nach Jasmin waren betörend genug, um seinen Wunsch nach mehr deutlich zu machen.

»Du willst mich noch immer«, hauchte sie erregt. »Dein Schwanz ist so hart wie ein junger Ast, kaum dass du mich berührst. Doch anstatt deiner Natur zu folgen und dich für mich zu entscheiden, lässt du dich zum Ordensritter weihen.«

Gero lockerte den Griff und entließ sie schließlich ganz aus seiner Obhut.

»Dich wollen und dich haben können sind zwei verschiedene Dinge«, sagte er rau. »Wenn man mit einer Frau das Lager teilen will, sollte man ihr etwas bieten können. Und selbst wenn es nur das Hurengeld ist, das man ihr lässt. Aber noch nicht einmal das könnte ich dir geben.«

»Du musst mir nichts geben, weil ich dich liebe. Ich würde jederzeit mit dir das Lager teilen, ohne etwas zu verlangen, wenn du nur willst!« Mit einem Ruck warf sie ihren Kopf in den Nacken und bot ihm ihre üppigen Lippen dar, damit er sie küsste.

Gero wiederstand dieser Versuchung und schob sie von sich. »Von Liebe allein kann man aber nicht leben, darüber haben wir uns oft genug unterhalten.«

»Und wenn ich es nicht ertragen kann, dass du als Templer nach Antarados gehst und von den Heiden getötet wirst? Was ist, wenn es mich umbringt, zu wissen, dass ich dich nie mehr wiedersehe?«

»So etwas bringt einen nicht um«, antwortete er stur und dachte an Lissy. »Es tut verdammt weh, ja, aber es ist möglich, den Schmerz zu unterdrücken.«

»Und wenn ich das nicht will?«, fragte sie aufmüpfig.

»Warda«, begann Gero von neuem und bemühte sich um einen gedämpften Tonfall. »So sei doch vernünftig! Uns verbindet noch nicht einmal eine länger andauernde Freundschaft. Was willst du ausgerechnet mit einem Kerl wie mir, wo du doch tausend andere haben könntest?«

»Uns verbindet eine wunderbare Nacht. Und außerdem, mein Name ist nicht länger Warda«, bemerkte sie spitz. »Ab sofort nenne ich mich Maria. Das ist der zweite Name, den ich von meiner Mutter bei der Taufe erhalten habe.«

»Maria?«, wiederholte Gero verblüfft. »Heißt das, du willst deine Vergangenheit restlos hinter dir lassen?«

Bevor sie antworten konnte, gewahrte Gero einen Schatten, der sich hinter ihm erhob wie der Teufel persönlich. Sein Widersacher war augenscheinlich wieder zu sich gekommen.

Warda schrie auf, als der Kerl blitzartig ein Messer zückte. Gero stieß sie zur Seite und zog seinen Hirschfänger.

»Du elender Hund!«, zischte sein Gegner. »Komm nur her, und ich schneide dir die Eingeweide heraus!« Gero und sein Angreifer umkreisten sich wie zwei lauernde Katzen. Der Mann war schon älter, seine Statur glich jedoch der eines Bullen, und seine Haltung zeugte von einer gewissen Kampferfahrung. Als der Kerl einen erneuten Angriff wagte, wich Gero zurück, während die Spitze des Messers haarscharf unter seiner Nase vorbeischrammte. Als er erneut auf ihn zugestürmt kam, sprang Gero geschickt zur Seite und ließ seinen Angreifer ins Leere laufen. Ihm kam zugute, dass der andere schon erheblich mehr getrunken hatte als er.

Anschließend rannte der Angreifer schlingernd auf Gero zu, im festen Willen, ihn aufzuspießen. Doch Gero schlug von unten gegen den Messerarm des Mannes und verpasste ihm eine geballte Rechte unter den Kieferknochen, die seinen Gegner erneut zu Boden schickte. Geistesgegenwärtig trat Gero dem Mann auf das Handgelenk und zwang ihn somit, das Messer loszulassen. Danach kniete er sich auf dessen Brustkorb und hielt ihm seinen Dolch an die Kehle. »So, du Spaßvogel«, knurrte er düster. »Du hast die Wahl, entweder verschwindest du augenblicklich von hier und lässt für alle Zeiten das Weib in Ruhe, oder ich schlitz dich auf wie ein Schwein, und du kannst mit all deinen Sünden vor deinen Schöpfer treten.«

»Ich … ich ergebe mich«, presste der Mann mühsam hervor.

»Das will ich meinen.« Gero ließ von ihm ab, behielt das Messer des Mannes jedoch bei sich.

Der Kerl rappelte sich hoch und blieb noch einen Moment wankend vor Gero stehen. »Und was ist mit meinem Dolch?«, lallte er.

»Konfisziert, im Namen des Templerordens«, antwortete Gero ungerührt.

»Du hältst dich wohl für etwas Besonderes«, entfuhr es dem Mann. »Aber Arschlöcher wie du sind auch nur aus Fleisch und Blut, auch wenn ihr selbst das nicht glauben wollt. Die Heiden werden ihr Übriges tun und mir Leute wie dich mit Vergnügen vom Hals schaffen.« Verächtlich schnaubend wandte er sich ab und stiefelte hinaus in die Nacht.

»Und nun?« Warda – oder Maria, wie sie sich nun nannte – schaute ihn ratlos an.

»Ich bring dich nach Hause«, sagte er, als ob es für einen initiierten Ordensritter in vollem Ornat die selbstverständlichste Sache der Welt wäre, eine Frau durch die Nacht zu begleiten. »Ich sage nur noch schnell Fabius Bescheid, dass ich gleich wieder da bin.«

»Und was ist, wenn ich gar nicht nach Hause will?«

»Das hier ist kein Ort für eine anständige Frau«, argumentierte Gero dumpf.

»Danke«, sagte sie. »Dafür, dass du mich eine anständige Frau genannt hast. Und im Übrigen wohne ich hier.« Sie deutete mit dem Kopf auf eines der kleinen Fenster im ersten Stock der Taverne. »Dort oben ist meine Kammer. Und wenn du willst, können wir uns auf meinem Lager noch ein schnelles Vergnügen gönnen, bevor du den Hafen verlässt, um in diesen vermaledeiten Krieg gegen die Heiden zu ziehen. Überleg nicht lange«, riet sie ihm. »Niemand würde etwas bemerken.«

»Du bist verrückt.« Gero schaute sie ungläubig an, und schon kämpften seine Dämonen mit seinem Gewissen, ob er diesem verlockenden Angebot nachgeben sollte.

Es war beileibe nicht so, dass er sie nicht begehrte, aber sie bereitete ihm eine ganze Menge Probleme, die er weiß Gott nicht gebrauchen konnte.

»Ich kann nicht«, krächzte er hohl und dachte nicht nur an sein Gelübde, dessen Erfüllung ab sofort eine tiefere Bedeutung für ihn hatte, sondern auch an Lissy, die ihn geradewegs in die Hölle zurückschicken würde, wenn er Warda nachgab und es danach auch nur wagen sollte, einen Fuß ins Paradies zu setzen.

»Du darfst nicht, würde es wohl besser treffen«, erwiderte sie enttäuscht.

»Dann küss mich wenigstens noch einmal, bevor ich dich nie wiedersehe.«

Ganz plötzlich ging sie auf ihn zu und legte ihre Arme um seinen Hals. Seine Knie wurden weich, als sie sich an ihn schmiegte und ihm die Entscheidung abnahm und seinen Kopf zu sich herunterzog.

Als ihre Lippen sich trafen und sie ihren Mund öffnete, um seiner Zunge Einlass zu gewähren, war es um seine Zurückhaltung geschehen. Die Wirkung des Kusses war so gewaltig, dass sein Glied zu bersten drohte, als er sie an sich riss und sein Mund mit ihrem verschmolz.

Am liebsten hätte er sie auf der Stelle hinauf in ihre Kammer getragen. Über sich selbst entsetzt, stieß er sie keuchend von sich.

»Nein!«, presste er schwer atmend hervor. »Ich habe meinen Eid nicht umsonst geschworen. Ich kann das nicht, und ich will es auch nicht.«

»Wie kommt es, dass mich dein Verhalten nicht überrascht?«, meinte sie schnippisch. »Deine Willensstärke und deine Ehrhaftigkeit sind genau die Gründe, warum ich mich in dich verliebt habe. Mir wird nie wieder ein Mann begegnen, wie du es bist. Schön, stark und so aufrichtig, dass es weh tut. Ich werde sterben, wenn du stirbst.«

»Ich werde nicht sterben, und irgendwann sehen wir uns wieder«, prophezeite er ihr, um den Abschiedsschmerz zu verkürzen.

Überaschenderweise akzeptierte sie seine Zurückhaltung und drückte ihn zum Abschied noch einmal fest an sich.

»Die Heilige Jungfrau und der heilige Georg sollen dich beschützen«, murmelte sie einigermaßen gefasst. Schließlich ließ sie ihn stehen wie einen begossenen Hund und ging ins Haus. Dort verschwand sie auf einer Treppe, die offenbar in die oberen Gemächer führte.

»Heilige Jungfrau, hab Dank dafür, dass du mir die Kraft gegeben hast, zu widerstehen«, murmelte Gero mit hart klopfendem Herzen und kehrte, wenn auch aufgewühlt, zu seinen zechenden Kameraden zurück.

»Was war los?« Fabius musste schreien, um die Geräuschkulisse zu übertönen. »Du siehst aus, als hättest du in eine Zitrone gebissen.«

»Lass uns nicht darüber reden«, grollte Gero. »Bestell mir lieber einen doppelten Krug Wein.«

Kapitel VIII

Am nächsten Morgen war der Himmel von dahinjagenden Wolken bedeckt, und ein frischer Wind fuhr über die Hafenmole.

Gero hatte die ganze restliche Nacht nicht schlafen können, was zum Teil an der schlechten Luft im Dormitorium des Templerhauses von Famagusta gelegen haben mochte. Ganz bestimmt aber war auch der schwere Wein daran schuld, den er nach der unglücklichen Begegnung mit Warda in rauen Mengen hinuntergestürzt hatte. Anstatt zu vergessen, wurde er nun von unbändigen Kopfschmerzen geplagt, die ihm das Gefühl gaben, als würde sein Schädel jeden Moment von den Schultern rollen.

Mehr schlecht als recht packte er seine Sachen und war froh, dass ein junger Knappe ihm das Satteln von David abnahm. Wenigstens das Meer verhielt sich ruhig, als sie nach dem Frühessen im strahlenden Sonnenschein damit begannen, Pferde und Gepäck in »Die Rose von Aragon« zu verladen.

Der grauhaarige Kommandant schlug Gero herzlich auf die Schulter. »Du siehst nicht gut aus, Junge«, bemerkte Le Puy lachend. »Ihr habt wohl zu heftig Abschied gefeiert, was?«

Gero nickte mit einem gequälten Lächeln, und anstatt zu antworten, gab er nur ein Grunzen von sich.

»Schön zu sehen, dass ihr es alle bis zur Weihe geschafft habt«, versuchte Le Puy ihn zu trösten. »Versprecht mir, schon möglichst bald sämtliche Heiden das Fürchten zu lehren.«

»Versprochen«, murmelte Gero, kaum fähig zu reden, und schaute sich nach seinen Kameraden um, die wie er draußen am Kai auf den Befehl zum Ablegen warteten. Neben den Ordensrittern tummelten sich noch etliche Knappen und weitere Bedienstete des Ordens an der Verladerampe, die auch nach Antarados verlegt wurden. Hier und da munkelte man schon, die Felsenfestung im Meer solle früher oder später zum Hauptsitz des Ordens erklärt werden. Beinahe wären Gero in all dem Gewusel die fünf Frauen in langen schwarzen Gewändern, die mit ihren Taschen auf einem Eselskarren in Richtung Schiff holperten, gar nicht aufgefallen.

Erst als sich eine von ihnen vergeblich abmühte, ihr schweres Gepäck vom Karren zu wuchten, und kein anderer half, überwand Gero seinen elenden Zustand und ging zu ihr hin, um ihr beizustehen. Als sie zu ihm aufblickte und ihr schwarzes Kopftuch verrutschte, hätte er vor Schreck beinahe die Tasche fallen lassen.

»Warda?«

»Maria«, verbesserte sie ihn. »Mein Name ist Maria. Schon vergessen?«

»Was in Gottes Namen tust du hier?«, stieß er mühsam hervor. »Waschen«, antwortete sie und setzte ein lakonisches Lächeln auf.

»Waschen?«, krächzte er ungläubig.

»Nicht jetzt und nicht hier, sondern auf Antarados. In der Festung. Ich habe mich vom Orden als Wäscherin anwerben lassen.«

Gero sah sich hastig um, was in seinem Kopf einen Schwindel verursachte. Trotz seiner Pein wollte er sichergehen, dass er nicht beobachtet wurde. Es war nicht schicklich, als Ordensritter in aller Öffentlichkeit eine längere Unterhaltung mit einer fremden Frau zu führen.

»Wer hat dir das erlaubt?«, fragte er und bemerkte zugleich, wie die Wut in ihm hochkochte. Was bildete sie sich eigentlich ein, sich in eine solche Gefahr zu bringen, nur um ihm zu folgen?

»Ich wüsste nicht, dass es dazu irgendeiner Erlaubnis bedarf. Schon gar nicht von dir«, erwiderte sie. »Schließlich bin ich nicht verheiratet, und offenbar hatte der Orden gegen meine Einstellung nichts einzuwenden.«

»Das kannst du nicht tun«, erklärte er unbeeindruckt. »Was ist, wenn sie im Orden herausfinden, dass du in der Taverne der Engel gearbeitet hast?«

»Wer außer dir könnte das wissen?«, fragte sie mit einem lasziven Augenaufschlag.

»Hugo zum Beispiel. Er versieht seinen Dienst auf Antarados ebenso wie Robert. Was ist, wenn sie dich wiedererkennen?«

»Beide können wohl schlecht zugeben, woher sie mich kennen. Außerdem will ich dort ein neues, keusches Leben beginnen. Das steht mir ebenso zu wie Hugo oder wem auch immer.« Mit verbissener Miene drängte sie ihn zur Seite und nahm ihm die schwere Tasche ab. »Und jetzt lass mich durch, ich muss an Bord gehen.«

Ungeachtet irgendwelcher Beobachter folgte er ihr und riss ihr die Tasche aus den Händen. »Wenn du denkst, du könntest mir auf Antarados nachstellen, muss ich dich leider enttäuschen. Wir werden die meiste Zeit auf dem gegenüberliegenden Festland verbringen und gegen die Heiden kämpfen.«

»Keine Sorge«, erwiderte sie mit blitzenden Augen. »Ich hab mich erkundigt. Außer den einhundertzwanzig Ordensrittern befinden sich noch über hundert syrische Bogenschützen auf der Insel. Hinzu kommen mindestens dreihundert Ruderknechte und sonstige Bedienstete des Ordens. An Männern, die mich in Versuchung bringen könnten, mangelt es also nicht.«

Darauf wusste Gero nichts zu erwidern. Entrüstet trug er ihr die Tasche an Bord und stellte sie auf ihr Geheiß vor der Luke ab, die in den Bauch des Schiffes führte, wo sich ihr Quartier für die Überfahrt befand.

Ohne ein Wort des Dankes stieg sie, gefolgt von ihrer jungen Begleiterin, die Treppe hinab. Auch wenn die Ordensritter ihre Unterkunft genau auf der anderen Seite hatten, ahnte Gero bereits, dass sein Leben in Wardas Gegenwart nicht eben einfacher werden würde.

»Habe ich gerade eine Fata Morgana gesehen, oder war das unsere Tänzerin von gestern Abend?«, fragte Fabius, der dicht hinter ihm stand, mit verhaltener Stimme. »Das ist doch die geheimnisvolle Schöne aus der Taverne der Engel, die dir den Kopf verdreht hat!«

Gero seufzte entnervt. »Deine Sinne täuschen dich nicht«, bekannte er mit einem Anflug von Zynismus. »Mit dem Unterschied, dass sie sich über Nacht in eine Wäscherin verwandelt hat.«

»Sag nur, sie hat sich wegen dir anheuern lassen?«

»Ich bin mir nicht sicher«, bekannte Gero und kratzte sich ratlos am Ohr. »Ich bete zur Heiligen Jungfrau, dass es nicht so ist, sonst habe ich ein Problem.«

»Weiber«, spottete Fabius. »Wer sie durchschauen kann, ist reicher als ein König.«

Auf hoher See versuchte Gero, dem Gesinde möglichst aus dem Weg zu gehen, um Warda nicht zu begegnen. Was nicht so ganz leicht war, weil sich Dutzende von männlichen und weiblichen Bediensteten an Bord befanden, die zu jeder Tages- und Nachtzeit an Deck drängten. Weil sie ihre Scheißeimer ausleeren mussten oder frische Luft schnappen wollten oder ganz einfach, weil ihnen speiübel war und sie die Fische fütterten.

Denn kaum hatte das Schiff abgelegt, wurde der Wind stärker, und der Wellengang verlangte dem Steuermann sein ganzes Können ab. Kapitän Le Puy betete gegen Abend im Vespergottesdienst für besseres Wetter, doch der heilige Petrus hatte wohl nicht die Absicht, ihn zu erhören.

In der verbleibenden Zeit kümmerten sich Gero und seine Kameraden um ihre Pferde, weil es auch unter den Knappen etliche gab, die den Seegang nicht vertrugen.

Bei seiner Rückkehr zum Oberdeck lief Gero am Treppenaufgang ausgerechnet Warda in die Arme. Sie trug ein graubraunes Kleid ohne jeglichen Schmuck und dazu ein schwarzgraues Tuch, unter dem sie ihre Haarpracht verbarg. Ungeachtet ihrer natürlichen Schönheit erinnerte nichts mehr an ihr an die Hure, die sie einmal gewesen war. Trotz der stürmischen See sah sie wie immer bezaubernd aus. Sie war in Begleitung eines jungen Mädchens, das ihr den Eimer trug. Wardas argwöhnischer Blick streifte Gero nur kurz. Aufgebracht durch seine unvermittelte Gegenwart wollte sie sich an ihm vorbeidrängen. Ärgerlich packte er sie am Arm und hielt sie fest, dabei sah er ihr tief in die Augen.

»Was willst du?«, herrschte sie ihn an und versuchte vergeblich, sich loszureißen.

»Mit dir reden«, knurrte er düster. Das Mädchen hinter ihr war stehengeblieben und sah ihn mit ängstlichen Augen an.

»Geh, Jeanne«, befahl Warda der Kleinen. »Lass mich mit dem Ordensritter allein sprechen. Sag den anderen, ich komme später nach.«

In sichtlicher Panik huschte das Mädchen davon.

»Du hast der Kleinen Angst gemacht.« Warda sah ihn ärgerlich an. »Du weißt nur zu gut, wie die einfachen Leute über deinesgleichen denken. Sie glauben, ihr könnt euch alles rausnehmen, was ihr nur wollt, besonders, was die Frauen betrifft.«

Abrupt ließ er sie los. »Denkst du das auch?«

»Nicht von dir«, erwiderte sie um einiges sanfter. »Also sag, was willst du von mir?«

»Ich will, dass wir Freunde bleiben. Auch wenn ich mich gegen dich und für den Orden entschieden habe. Denkst du, das wäre möglich?«

Warda brach in schallendes Gelächter aus. »Seit wann können Männer mit Frauen befreundet sein? Und dazu noch als Ordensritter! Dass ich nicht lache.« Sie schüttelte sich amüsiert. »Nein, lass es gut sein, Gero. Du brauchst dir keine Sorgen zu machen. Ich lasse dich in Ruhe, und du tust so, als ob wir uns nie kennengelernt hätten. Und damit ist die Sache erledigt.«

Als sie gegangen war, stand er immer noch da, an einen Pfosten gelehnt, und wusste nicht, ob er sich nun freuen oder ihren endgültigen Verlust bedauern sollte. Schließlich raffte er sich auf und ging zur Messe, wo ihn die anderen Kameraden bereits erwarteten.

Am nächsten Morgen rief der Ausguck auf dem Krähennest »Land in Sicht«, und sämtliche Passagiere strömten an Deck, um das winzige Eiland zu begrüßen, dessen Felsküste in hellem Ocker in der Sonne erstrahlte. Antarados oder Arwād, wie die Sarazenen es nannten, war eine hell schimmernde Perle im nachtblauen Ozean.

Schon von weitem sah man die trutzige Festung mit ihren vier Türmen, die sich im äußersten Nordosten der Insel auf einem Plateau erhob. Dazwischen die gewaltigen Verteidigungsmauern. In nur zwei Jahren hatten Bartholomäus de Chinsi und die Männer des Zirkels ganze Arbeit geleistet. Ein logistischer Alptraum, der Gero Beweis genug war, was Menschen mit Gottes Hilfe zu bewerkstelligen vermochten. Vor allem, weil die Steine der Festung nicht von der Insel stammten, was man deutlich sehen konnte, da sie eine viel dunklere, fast rötliche Farbe besaßen.

Für einen Moment glaubte Gero sich im Paradies, als er beim Einlaufen des Schiffs in den befestigten Hafen in die Sonne blinzelte. Das tiefblaue Meer, der warme Wind und eine Abgeschiedenheit, die auf ihre Weise erlösend wirkte. Solange er sich nicht nach rückwärts wandte, wo sich in Sichtweite die Küste des Heiligen Landes erstreckte. Dort, wo die Heiden bereits auf sie zu lauern schienen.

Die schwere Kette, die normalerweise das Hafenbecken gegen ungebetene Besucher schützte, war heruntergelassen worden, und langsam glitt »Die Rose von Aragon« der Kaimauer entgegen. Am Ufer warteten bereits hilfreiche Hände darauf, das vergleichsweise riesige Schiff an einem passenden Verladeplatz zu vertäuen. Am anderen Ende des Hafens lagen zwei kampfbereite Kriegsgaleeren, mit denen die Templer vorbeifahrenden Mamelucken sämtliche Schätze zu rauben vermochten, wie Le Puy seinen staunenden Passagieren beiläufig erklärte.

Eines Boten bedurfte es nicht, der ihre Ankunft ankündigte. Von den Festungsmauern konnten die wachhabenden Brüder die gesamte Insel überschauen, deren Ausmaße tausendfünfhundert Fuß Breite und zweitausend Fuß Länge nicht überschritten.

Gero ließ seinen Blick über die Festung und das vorgelagerte Fischerdorf streifen. Kleine Hütten und weiß getünchte Häuser, die mit ihren bunten Türen nicht den Eindruck erweckten, zu einem Räubernest zu gehören. Ein friedfertiger Ort, dessen Bewohner sich im Schatten der gewaltigen Ordensburg anscheinend in Sicherheit wiegten. Am Hafen saßen ein paar Männer und flickten ihre Netze. Nackte Kinder spielten auf den Steinen, und Frauen in schwarzen Gewändern trugen Körbe und Amphoren auf dem Kopf.

Von der Festung herunter hallte Baulärm, der die Ruhe dieser friedlichen Kulisse ebenso empfindlich störte wie dessen Verursacher. Gewaltige Flaschenzüge und Esel in riesigen hölzernen Rädern, die sie vorantrieben und zentnerschwere Steine und Mörtel nach oben auf die Festungsmauern beförderten, passten so gar nicht in diese Idylle. Auf dem westlichen Teil der Insel weideten ein paar Ziegen und Kühe auf kargen Feldern. Auf der dahinterliegenden Nordostspitze erhob sich ein alter Aussichtsturm, der schon lange vor Erscheinen des Ordens erbaut worden war.

»Willkommen zu Hause«, begrüßte de Chinsi seine neue Verstärkung, nachdem »Die Rose von Aragon« angelegt hatte und das Bugtor geöffnet worden war, um Pferde und Ausrüstung an Land zu bringen. Bepackt bis an die Zähne führten Gero und seine Kameraden die Pferde zur Festung, gefolgt von einem Pulk einfacher Ordensleute, unter denen sich nun auch Warda befand, und einigen braun gewandeten Brüdern der Verwaltung, denen man ansehen konnte, dass sie sich unter all den schwergerüsteten Kriegern vollkommen fehl am Platze fühlten. De Chinsi empfahl den fünfzig neuen Streitern Christi, sich bei einem der wachhabenden Ordens-Kommandeure zu melden, deren Zuständigkeit in zwei Schichten wechselte. Zurzeit versahen vier Kommandeur-Leutnante ihren Dienst auf der Festung, die je ein Bataillon von dreißig Ordensrittern unter sich hatten, wie de Chinsi ihnen noch auf Zypern erklärt hatte. Hinzu kamen einhundertfünfzig syrische Bogenschützen oder auch Turkopolen, wie sie wegen ihrer orientalischen Herkunft genannt wurden, aber auch sie waren ausnahmslos Christen.

»So sieht man sich wieder«, bemerkte Hugo d'Empures, als er Gero und seine Kameraden beim Empfang des Ordensmarschalls mitten im Burghof erblickte, auf dem es zuging wie auf einem gut besuchten Basar. Männer und Frauen jedweder Herkunft liefen durcheinander, und vom Schmied über den Bäcker bis zum Barbier schien alles vorhanden zu sein, was ein zivilisiertes Leben von nahezu neunhundert Menschen garantierte. Fanfaren ertönten, die normalerweise zur Warnung eingesetzt wurden, so laut, dass auch der Letzte im Keller die Rückkehr des Oberhauptes der Templerfestung von Antarados gewahrte. Im Nu traten Bogenschützen, Ritter und Sergeanten in Reih und Glied an, um Bartholomäus de Chinsi die Ehre zu erweisen. Ein beeindruckendes Schauspiel, das Gero und seine Kameraden in Begleitung ihres neuen und alten Vorgesetzten bestaunten.

»Abtreten!«, donnerte de Chinsi über den Hof, nachdem er die Männer mit einer kurzen Ansprache begrüßt hatte. Während sich die Masse an Menschen wieder ihren eigentlichen Aufgaben widmete, wandte sich Gero an Hugo d'Empures.

»Du bist also unser neuer Kommandeur-Leutnant?« Gero erschien es rätselhaft, warum man Hugo nach der Vollstreckung des schmachvollen Urteils so rasch eine neue Kommandeursstelle übertragen hatte. Schließlich hatte es allenthalben geheißen, er würde, was seine Karriere betraf, keinen Fuß mehr auf den Boden bekommen.

»Da staunst du, was?« Hugo lachte ihn an. »Das ist der Vorteil des Ordens. Wenn du Vergebung erlangst, dann wenigstens gründlich.«

»Heißt das, wir kämpfen unter deiner Führung?«, fragte Fabius, der für Hugo schon immer etwas mehr übriggehabt hatte als für Odo de Saint-Jacques.

»Was dagegen?« Hugo zog grinsend sein Schwert und forderte es spielerisch heraus.

»Nein, nein«, winkte Fabius hastig ab, »ganz im Gegenteil. Ich könnte mir keinen besseren Anführer vorstellen als dich, wenn wir gegen die Heiden kämpfen.«

»Weiß Saint-Jacques von deinem Aufstieg?« Gero schaute seinen alten und zugleich neuen Vorgesetzten fragend an. Es war anzunehmen, dass Bruder Odo nichts von dem unvermittelten Wiederaufstieg seines abtrünnigen Kameraden wusste, sonst wäre er wahrscheinlich vor Neid geplatzt. An der Spitze einer kämpfenden Truppe würde Hugo um einiges schneller im Ansehen des Ordens steigen als in Gestalt eines Lehrmeisters.

»Weißt du«, begann Hugo und blinzelte in die Sonne, als ob er dort oben am Himmel etwas entdeckt hätte. »Es ist mir ziemlich gleichgültig, was Odo de Saint-Jacques über mich denkt.« Unvermittelt schaute er Gero in die Augen. »Ich bin mir sicher, er war es, der die Taverne der Engel an die Schergen des Königs verraten hat.«

»Denkst du wirklich, Saint-Jacques hatte bei der Razzia seine Finger im Spiel?«

Gero war nicht sicher, aber er erinnerte sich an das seltsame Fragespiel, mit dem sein damaliger Lehrmeister ihn über Hugo und die Sache mit den Huren hatte ausquetschen wollen.

»Reden wir nicht mehr darüber«, lenkte Hugo mit einem süffisanten Lächeln ein und fasste Gero bei der Schulter. »Kommt, ich will mit euch einen Rundgang durch die Festung machen, damit ihr euch möglichst rasch zurechtfindet.«

Einen Moment lang überlegte Gero, was geschehen würde, wenn

Hugo auf Warda traf, die von ihm unbemerkt mit den anderen Neuankömmlingen in Richtung der Frauenunterkünfte gegangen war. Auf Dauer war nicht damit zu rechnen, dass sie Hugo d'Empures aus dem Weg gehen konnte. Aber ihn im Vorhinein darauf anzusprechen hielt Gero nicht für klug. Auch weil er nicht wusste, wie Hugo darauf reagieren würde. Zumal nun die anderen Brüder hinzukamen, weil Hugo sie aufgefordert hatte, ihnen bei dem angekündigten Rundgang zu folgen.

Schnell fanden sie sich in den riesigen Stallungen zurecht, die an Größe und Umfang angeblich den salomonischen Katakomben auf dem Tempelberg in nichts nachstanden. Daran anschließend hatte der Orden ein beeindruckendes Futterlager bauen lassen, in dem Heu und Stroh für ein ganzes Jahr vorgehalten wurde. Nebenan befand sich die Kornkammer mit Bergen von Hafer, Weizen, Gerste und Roggen, in der jeder Scheffel abgezählt und von den Brüdern der Verwaltung notiert wurde.

In deren unmittelbarer Nachbarschaft streunten zahllose fette Katzen umher, die jeder noch so kleinen Maus hinterherjagten, wie Hugo beinahe stolz hinzufügte. »Jedoch an erster Stelle haben sie es auf Ratten abgesehen, die es mit den Frachtschiffen vom Festland her leider immer wieder bis auf die Insel schaffen. Diese Katzenviecher sind wie wir«, verkündete Hugo zwinkernd und nahm eins von den zutraulichen Tieren auf den Arm, um es zu streicheln. »Normalerweise fällt in der Küche ausreichend Fisch für sie ab. Sie jagen also nicht nur, um zu fressen, sie jagen um des Jagens willen.«

Dass auch den Templern auf Antarados der Fisch nicht genügte, hatte der Ordensmarschall bereits auf Zypern erklärt. Und so dauerte es noch nicht einmal eine Woche, bis sich die frischgebackenen Tempelritter auf ihren ersten Raubzug an Land vorbereiten durften.

Am Morgen nach der Frühmesse hatte Bartholomäus de Chinsi alle Brüder, die an der Mission teilnehmen sollten, zu einer Lagebesprechung in den Kapitelsaal gerufen. Dreißig Ordensritter und die gleiche Anzahl syrischer Bogenschützen drängten sich in der Festungskapelle, die auch als Versammlungsraum diente. Noch in der Nacht waren zwei Späher von der Küste zurückgekehrt und hatten freien Zugang zum Festland vermeldet. Was bedeutete, die Mamelucken waren im Augenblick zu sehr mit anderen Dingen beschäftigt, als an Syriens Küsten nach Christen Ausschau zu halten. Im besten Fall konnten die berittenen Templer bis nach Homs vordringen, in der Absicht, auf dem Weg dorthin diverse Städte und Dörfer zu plündern und Sklaven zu fangen, die sie beim weiteren Ausbau der Ordensburg einsetzen wollten.

Besonders in Küstennähe hatten sie es auf Brennmaterial und vor allem auf die Wasserreservoire der Umgebung abgesehen. Deshalb waren die Galeeren auch neben Pferden und Waffen in erster Linie mit leeren Fässern beladen. Auf Antarados selbst gab es nur einen uralten Brunnen, der einer antiken Süßwasserquelle entstammte, die aber allenfalls etwas hergab, wenn man lange genug darum betete.

Gewaschen wurde ohnehin mit Meerwasser, weshalb Leinentücher und Kleider beim Trocknen bretthart wurden, so dass sie in mühevoller Arbeit ausgeschlagen und gewalkt werden mussten.

Gero wurde Zeuge dieser Prozedur, als er nach der Non mit einer Kavalkade von dreißig Rittern und dreißig Turkopolen von der Festung aus zum nahe liegenden Hafen aufbrach. Kurz vor Sonnenuntergang wollten sie an Bord einer Galeere gehen, um zum gegenüberliegenden Festland zu rudern. Das Meer war ruhig, die Umgebung beinahe windstill. Beste Bedingungen, um im Schutz der hereinbrechenden Dunkelheit an der Küste vor Tortosa anzulanden. Dort sollten sie zu Pferd für mehrere Tage in die Umgebung ausschwärmen. Entsprechend kompliziert war die Vorbereitung. Ihre Satteltaschen waren vollgestopft mit Proviant, Wasserschläuchen und Verbandmaterial. Bei der Bewaffnung waren vorwiegend Schwerter und Messer vorgesehen, aber keine Lanzen. Schließlich hatten sie nicht vor, im freien Feld zu kämpfen. Im Gegenzug hatte man an die meisten Ritter Armbrüste verteilt. Und die Turkopolen waren ohnehin mit Pfeil und Bogen bewaffnet.

Als sie die Stelle passierten, an der die Wäscherinnen des Ordens ihre Pflichten erfüllten, zügelte Hugo d'Empures für einen Moment seinen weißen Hengst. Mit Argusaugen inspizierte er die Gruppe der vorwiegend schwarz gekleideten Frauen, die sich mit Seife und Bürste versehen an Laken und Kleidern die Finger wund schrubbten. Sein Interesse galt allem Anschein nach einer bestimmten von ihnen, die im Gegensatz zu den anderen Frauen, die neugierig schauten, den Blick gesenkt hielt.

»Schau mal, Robert, die Frau, die dort unten unsere Unterwäsche walkt. Ist das nicht eine von Mafaldas Schönheiten? Oder irre ich mich?« Hugo warf seinem schwarzbärtigen Kumpan Rob Le Blanc einen fragenden Blick zu.

Verdammt, dachte Gero, nun geschah genau das, was er Warda prophezeit hatte. Robert war wie Hugo bei den Huren ein gerngesehener Gast gewesen. Er war den königlichen Schergen nur deshalb nicht ins Netz gegangen, weil er zum Zeitpunkt der Razzia bereits nach Antarados abkommandiert worden war. Inzwischen hatte der Orden ihn ebenso mit einem Kommandeursposten betraut.

»Klar, wie hieß sie noch?« Zu Geros Entsetzen drehte Robert sich mit einem breiten Grinsen zu ihm um und sah ihn herausfordernd an. »Unser deutscher Bruder müsste das doch eigentlich wissen. Hattest du nicht was mit ihr?«

Gero schüttelte abwehrend den Kopf. »Ich weiß nicht, wovon du redest«, log er dreist. Gott sei Dank hatten die anderen Templer noch nicht zu ihnen aufgeschlossen. Vor allem Fabius, der ihn mit seiner flinken Zunge mühelos in Verlegenheit hätte bringen können.

»Natürlich ist sie das«, zischte Hugo und leckte sich genüsslich die Lippen. »Der runde Arsch, die vollen Brüste und der sündhafte Mund. Kein Zweifel. Die nehme ich mir zur Belohnung vor, wenn wir von unserem Beutezug zurückgekehrt sind. Was hältst du davon, Robert? Willst du auch ein Stück vom Kuchen?«

»Warum sollte man Zurückhaltung üben, wenn einem die Huren sozusagen frei Haus geliefert werden?«, knurrte er grinsend. »Ich hoffe, du verstehst dich auf brüderliches Teilen.«

»Oder was meinst du, Bruder Gero? Ist sie uns nicht noch etwas schuldig? Zumal sie anscheinend so viel Glück hatte, den Schergen des Königs zu entkommen.«

»Ich denke nicht, dass es einem anständigen Templer zusteht, die ordenseigenen Wäscherinnen zu belästigen«, erwiderte Gero scharf. »Nach allem, was geschehen ist, würden wir gut daran tun, uns auf unsere Tugenden und das feierlich geschworene Gelübde zu besinnen, damit Gott der Herr uns nicht zürnt.«

»Sieh an, sieh an.« Hugo lachte bissig und blinzelte in die untergehende Sonne. »Da hat unser lieber Bruder Odo de Saint-Jacques offenbar ganze Arbeit geleistet, indem er dir und deinen Kameraden recht gründlich die Gottesfurcht lehrte.« Er schnalzte mit der Zunge und gab seinem Pferd mit einem Schenkeldruck zu verstehen, dass es sich erneut in Bewegung setzen sollte.

Gero, der mit seinem David dicht neben ihm stand, packte Hugo am Arm und hinderte ihn daran, sich davonzumachen.

»Wenn du sie auch nur anfasst«, warnte er Hugo mit düsterer Stimme, »haben wir beide ein gewaltiges Problem.«

»Oho!« Hugo verzog sein Gesicht zu einer spöttischen Grimasse. »Sie gehört dir? Das hätte ich natürlich wissen müssen. Was sagst du, Robert? Da wollen wir unserem respekteinflößenden jungen Bruder doch nicht in die Quere kommen. Sonst müssen wir am Ende noch bitter dafür bezahlen.«

Hugo warf Gero einen mitleidigen Blick zu. »Keine Sorge, hier gibt es Weiber genug, mit denen man sich in einem abgelegenen Winkel auf die Schnelle vergnügen kann. Eine mehr oder weniger macht da nichts aus.«

Robert grinste Gero abschätzig an und wandte sich ohne weiteren Kommentar ab, indem er seinem Kameraden folgte.

Gero wartete auf Fabius und schaute zu Warda, die ihm in diesem Moment zaghaft zulächelte. Sie bekreuzigte sich und formte ihre Lippen zu einem angedeuteten Kuss. Gero nickte nur kurz und lenkte David hinunter zum Hafen.

Das Verladen der Pferde dauerte eine Weile, weil sie über eine Rampe in das relativ flache Unterdeck der hundertzwanzig Fuß langen Galeere geführt werden mussten. Manche Tiere scheuten, weil sie einen solchen Schiffstyp noch nicht gewohnt waren. Geros schwarzer David machte zunächst keinerlei Schwierigkeiten, doch unter Deck wurde es problematisch, weil er mit seinem Rammskopf die hölzernen Bohlen des Oberdecks berührte und jedes Mal aufschreckte, wenn einer der vom Orden angeheuerten Ruderer über die Planken lief. Insgesamt einhundertzwanzig vom Orden verdingte Ruderleute legten sich in Dreierreihen in die jeweils sechzig Riemen pro Schiffsseite. Der venezianische Templerkommandant Angelo Alberti steuerte das schwer zu manövrierende Schiff vom Heck aus, wo er von einer Kanzel lautstark seine Befehle brüllte.

Gero und seine Kameraden mussten sich mit den Tieren unter Deck drängen, wo Hugo und Robert letzte Anweisungen gaben.

Kapitel IX

»Wenn ihr auf Heiden trefft, dürft ihr keine Gnade zeigen. Wie ihr wisst, sind sie falsch und verschlagen. In der Regel machen wir unter den kämpfenden Mamelucken keine Gefangenen, es sei denn, es handelt sich um einen Anführer, den wir zum Austausch nutzen können. Wer ein Schwert in der Hand hält, wird es auch benutzen. Das heißt, es ist sicherer, ihn zu töten, als ihn zu entwaffnen. Was die Landbevölkerung betrifft: Junge Männer und jene, die im besten Mannesalter sind, können durchaus gefangengenommen werden, aber nur, wenn sie unbewaffnet sind und sich ergeben oder davonlaufen und mühelos überwältigt werden können. Frauen und Kinder lassen wir unbehelligt. Es sei denn, auch hier werden Waffen gegen uns erhoben. Wobei die Weiber sich wesentlich leichter einschüchtern lassen als die dazugehörigen Kerle. Ist ein Dorf erst mal erobert und der Widerstand gebrochen, darf getrost alles eingesammelt werden, was von Wert sein könnte. Silber und Gold stehen dabei an erster Stelle. Aber auch Waffen und sonstiger Schmuck. Die Frauen auf unserer Festung sind vorwiegend an Kleidern interessiert. Also falls ihr was Brauchbares findet, könnt ihr auch Gewänder mitgehen lassen. Sollte euch das Gewissen plagen, weil Gott der Herr das Stehlen und Töten verboten hat, so denkt immer daran, dass man unsereins ebenfalls ohne Rücksicht aus dem Heiligen Land vertrieben hat und viele der Besitztümer, die sich nun in der Hand von Heiden befinden, einst den Christen gehörten. Wir holen uns also nur das zurück, was uns ohnehin zusteht. Noch Fragen?«

Alle schüttelten den Kopf. Bereits am Morgen hatten ihnen die Kommandeure erklärt, dass sie sich in zwei Rotten aufteilen würden, sobald sie das Festland erreicht hatten. Eine Truppe wurde von Bruder Hugo und eine von Bruder Robert geführt. Die beiden kannten sich bereits in der Gegend aus und bestimmten, dass sie nach drei Tagen zum Schiff zurückkehren sollten. Bis dahin wartete die Galeere samt ihrer Besatzung in einer versteckt gelegenen Bucht auf die Rückkehr der Ordensritter.

Als sie in der Dunkelheit vor Tortosa anlandeten, verzichteten sie zunächst darauf, Fackeln anzuzünden. Das Mondlicht musste ausreichen, um Pferde, Waffen und Material von Bord zu bringen. In fast völliger Dunkelheit, mit Wams, Lederhose und Stiefeln bekleidet, legten sie erst an Land ihre Rüstung an: Kettenhemden, Beinlinge und Plattenhandschuhe, danach Schwertgurt und Mantel. Darüber zogen sie einen dünnen, schwarzen Umhang zur Tarnung, damit sie in der Nacht nicht zu erkennen waren.

All das hatten sie nicht bereits vorher an Bord erledigen dürfen, weil es schon genug Dumme gegeben hatte, die bei einem kenternden Schiff wegen der schweren Rüstung ertrunken waren. Den Helm sollten sie nur bei Tag aufsetzen und auch dann nur im Kampf, um auf Dauer keinen Hitzschlag zu bekommen und die Sicht nicht unnötig zu erschweren.

Geros Truppe wurde von Hugo d'Empures geführt, der ihm zusehends unsympathischer wurde. In Anbetracht der Lage war Gero froh, mit Fabius und einigen anderen bekannten Gesichtern an seiner Seite, ein paar Vertraute um sich zu haben, auf die er sich verlassen konnte. Brian of Locton gehörte ebenso dazu wie Roderic de Turiac. Nicolas de Cappellano hingegen hing wie eine Klette an seiner Flanke, weil er sich offenbar vor dem fürchtete, was auf sie zukam.

Struan war leider Robert Le Blanc zugesprochen worden, was Gero nicht nur wegen dessen unerschütterlicher Kampfkraft bedauerte. Er schätzte den raubeinigen Schotten wegen seiner Neutralität und seiner Verschwiegenheit. Auch Arnaud de Mirepaux war in Roberts Truppe gelandet, doch das schien niemanden wirklich zu stören.

Dafür machten sich die trinkfreudigen Lombarden mit zotigen Sprüchen Mut. »Mal sehen, wie viele Köpfe wir am Ende aufspießen und als Trophäen nach Hause tragen können«, grölte Guillaume Bocelli ohne Rücksicht auf ihre Tarnung quer durch die Nacht.

»Na, das kann ja lustig werden«, murmelte Fabius, der mit Gero auf einer Höhe ritt. »Ich frage mich, warum wir nachts angreifen, wenn wir Krachmacher wie Bocelli in der Truppe haben. Da können wir ja gleich einen Marktschreier vorausschicken, damit die Heiden schon mal ihre Hühner in Sicherheit bringen.«

Beim Ritt in der Dunkelheit verspürte Gero ein stärkeres Herzklopfen als gewöhnlich bei der Frage, was wohl in den nächsten Tagen auf sie zukommen würde. Es ging ihm gar nicht darum, bei einem Angriff möglicherweise getötet zu werden, vielmehr fragte er sich, wie er reagieren sollte, wenn Frauen und Kinder von ihren Überfällen betroffen sein würden.

Das erste Dorf, das sie im Morgengrauen plünderten, schien vollkommen ausgestorben zu sein. Beim Durchkämmen der Hütten stellte sich jedoch heraus, dass die Menschen sich lediglich in ihren Viehställe und sogar in einem Brunnen verschanzt hatten. Geros Befürchtungen bewahrheiteten sich, als er, gefolgt von Fabius, mit gezogenem Schwert eine Hütte stürmte und ihn plötzlich große dunkle Kinderaugen voller Angst aus einem gemauerten Ofen heraus anstarrten. Die Mutter, die offensichtlich zu den drei Kleinen gehörte, stillte, versteckt hinter einem Haufen von Kleidern und Kisten, einen Säugling, den sie mit ihrer Brust vergeblich zu beruhigen versuchte.

»Habt Erbarmen!«, jammerte sie erstaunlicherweise in Latein und wagte es nicht, ihm und Fabius in die Augen zu sehen.

»Hier gibt's nichts zu holen«, raunte Gero und gab Fabius einen Wink, dass sie sich angesichts all der Armseligkeit lieber zurückziehen sollten. Doch mit einem Mal stand Hugo d'Empures mitten im Raum, gefolgt von einem der Lombarden, und befahl, Körbe und Kisten zu durchwühlen, um eventuell Wertvolleres zu finden. Gero und Fabius mussten ohnmächtig mitanschauen, wie der Lombarde alles zertrampelte, was der Frau heilig zu sein schien, nur um am Ende ohne Beute hinauszugehen.

Die Frau weinte, und das Kind schrie. Gero konnte den Anblick der übrigen Kinder nicht vergessen, die ihn wie gelähmt vor Angst anstarrten, während ihnen Tränen über die staubigen Wangen liefen.

Hugo befahl, weiterzureiten, und so ging es noch zwei Tage und Nächte, bis sie auf dem Rückweg zur Küste nach Safita gelangten. Eine mit gelbem Lehm verputzte kleinere Stadt im Hinterland, in der Bruder Hugo reichere Beute vermutete. Bisher hatten sie nur etwas Geld, ein paar Kleider und zwei Sklaven erbeutet, dafür aber mindestens zwanzig Hütten zerstört. Nicht gerade etwas, womit man die einheimische Bevölkerung zum Christentum bekehren konnte, dachte Gero bei sich.

»Sie sind überzeugte Heiden und machen ohnehin mit den Mamelucken gemeinsame Sache«, schimpfte Hugo, als Gero leise Bedenken anmeldete, was die Vorgehensweise des Ordens betraf.

Als sie Safita gegen Abend durchquerten, lag eine merkwürdige Stille über der Stadt. Dattelpalmen wiegten sich leise im Abendwind, und nur ein paar streunende Katzen durchquerten die staubigen Straßen. Irgendwo bellte ein Hund und dann noch einer, der in den wütenden Protest seines Artgenossen miteinfiel. Doch damit schien der Widerstand gegen ihr unseliges Eindringen bereits erschöpft zu sein. Hugo wies die Turkopolen zu besonderer Wachsamkeit an. Irgendjemand hatte die Bewohner des Örtchens gewarnt.

»Umso besser«, meinte er zu den Rittern, die ihre Pferde seit dem Eintauchen in die engen Gassen am Zügel führten. »Wenn die Häuser leer sind, können wir uns einfacher an deren Schätzen bedienen.«

Thomas Quintini, einer der Lombarden, hatte noch nicht ganz die erste Tür eines Hauses aufgetreten, als der Sturm losbrach.

Von überall her strömten bewaffnete Heiden. Sie quollen aus Häusern und Gassen. Es waren mehr Männer, als ihnen selbst zur Verfügung standen.

Hugo d'Empures brüllte hektische Befehle, die jedoch im Lärm der anstürmenden Massen untergingen. In einer solchen Situation war jeder Kämpfer auf sich selbst gestellt, und doch musste man schauen, wie es seinem Nebenmann erging oder den Männern fünf Schritte weiter. Falls einer von den Kameraden fiel, konnte man leicht der Nächste sein, den es erwischte.

Gero schaffte es gerade noch auf Davids Rücken und kämpfte mit seinem Anderthalbhänder von seinem gepanzerten Pferd aus. David verhielt sich vorbildlich. Er scheute nicht und stieg nur, um den Gegner mit seinen schweren Hufen zu treffen. Immer wieder preschte Gero durch die streitenden Reihen und kam seinen Brüdern zu Hilfe, indem er wahllos auf den Feind einschlug. Wie viele Heiden er tödlich getroffen hatte, vermochte er nicht zu sagen, als er sich entschloss, Fabius und Hugo beizustehen, die von ihren Pferden abgesprungen und mit Schild und Schwert in einen gnadenlosen Straßenkampf mit fünf Mamelucken verwickelt waren. Beherzt saß er ab und drängte David an eine Mauernische, nahm seinen schwarzweißen Schild und ließ das schnaubende Tier dort stehen. Während er zu seinen Kameraden lief, sausten ihm links und rechts Pfeile um die Ohren. Die stammten größtenteils von den eigenen Turkopolen, die sich hinter einer Mauerecke verschanzt hatten und von ihren Bögen reichlich Gebrauch machten. Und obwohl neben Gero reihenweise heidnische Angreifer zu Boden gingen, schienen es immer mehr zu werden, die nachrückten. In einem wahren Blutrausch drosch Gero nach allen Seiten, bemüht, die mörderische Bande auf Abstand zu halten. Er dachte an Roland, seinen Schwertmeister, und daran, dass er ihn davor gewarnt hatte, im Ernstfall galant und nach den Regeln zu kämpfen. »Du musst deinen Gegner töten«, hatte er ihm immer geraten, »so schnell es geht. Und du musst es wollen, aus tiefstem Herzen heraus.«

Gero und seinen Mitstreitern blieb gar nichts anderes übrig, als es zu wollen, andernfalls waren sie alle am Arsch, wie Arnaud immer so nett zu sagen pflegte. Für einen Moment wünschte er sich den aggressiven Bruder an seine Seite – oder Struan, den riesigen Schotten.

Aus einem Augenwinkel heraus sah er Fabius, der trotz seiner hervorragenden kämpferischen Fähigkeiten immer mehr an Boden verlor. Der flinke Luxemburger hatte den Fehler begangen, sich von Hugo zu trennen, indem er sich hatte abdrängen lassen. Nun stand er gut dreißig Fuß von Gero entfernt und sah sich einer Truppe von vier Heiden gegenüber, die ihn mit ihren Säbeln alle gleichzeitig attackierten. Jeder Templer lernte in seiner Ausbildung, gegen drei Gegner auf einmal zu kämpfen, aber vier waren auch für den wendigen Luxemburger zu viel. Die anderen Brüder waren zu sehr mit ihrer eigenen Verteidigung beschäftigt, um auf Fabius und seine Not aufmerksam zu werden.

Gero kämpfte sich wie ein Berserker durch die wild um sich schlagenden Reihen, um zu seinem Freund und Bruder zu gelangen. In seiner Not benahm er sich wie ein wildgewordener Stier. Nach allen Seiten teilte er unkontrollierte Hiebe aus und stach zu, wo es nur möglich war, und rempelte zugleich mit dem Schild, was das Zeug hielt. Von überall her war das Klingen des Stahls und das Keuchen und Ächzen der Männer zu hören, bei denen man nicht unterscheiden konnte, ob es sich um Christen oder Heiden handelte. In ihrer Bedrängnis schienen sie alle gleich zu sein.

Mit einem »Gegrüßet seist du, Maria« auf den Lippen rammte Gero einem Heiden sein Schwert in die Brust und zog es gleich danach wieder heraus, um den Schlag eines weiteren Mamelucken abzufangen, der es auf seinen Kopf abgesehen hatte. Beim nächsten Schlag wich er aus, drehte sich und stach dem Mann in die Seite. Dessen Klinge hatte zuvor nur sacht Geros Kettenhemd gestreift, und doch war es so, als hätte ihm jemand mit einem dicken Ast gegen die Rippen geschlagen.

Gero ignorierte den Schmerz, bestrebt, weiter zu Fabius vorzudringen, den die Kraft zu verlassen schien. Jedenfalls wurden dessen Bewegungen immer fahriger, und dessen Gegner schienen nur darauf zu lauern, dass er die Konzentration verlor und einen weiteren Fehler beging.

Kurz bevor Gero nahe genug an den Luxemburger herangekommen war, schlug einer der Mamelucken Fabius von rückwärts mit einer kraftvollen Drehung den Krummsäbel in die Kniekehlen. Der Kettenpanzer, den Fabius über der ledernen Reithose trug, platzte auf, und er verlor augenblicklich den Halt. Mit schmerzverzerrtem Gesicht ging er zu Boden. Vergeblich bemüht, sich wieder hochzurappeln. Offenbar hatte die scharfe Waffe seine Sehnen durchtrennt. Während Gero den Heiden, der dafür verantwortlich war, mit einem gezielten Schlag ins Jenseits beförderte, hatten zwei andere Heiden ihre Chance ergriffen und stürzten sich zugleich auf Fabius. Durch den Schlag geschwächt, kippte er wild gestikulierend zur Seite, unfähig, die blutrünstige Meute aus eigener Kraft abzuwehren. Während Gero gerade noch verhindern konnte, dass einer der beiden Mamelucken Fabius den Kopf abschlug, bohrte sich die Klinge des anderen trotz des Kettenhemdes in die Brust des wehrlosen Luxemburgers. Fassungslos blickte Gero auf seinen sterbenden Freund, der ihn mit weitaufgerissenen Augen und einem verwirrten Lächeln auf den Lippen anstarrte, als ob er selbst nicht glauben konnte, was da soeben geschehen war. Ein Kettenhemd konnte durchaus einen seitlichen Hieb aushalten, aber keinen direkten, kräftig ausgeführten Stich aus nächster Nähe.

Der Mamelucke stieß einen markerschütternden Siegesschrei aus und nutzte seine neu gewonnene Zuversicht, um Gero in ähnlicher Weise anzugreifen wie zuvor Fabius. Gero hingegen duckte sich und schlug ihm im Vorbeistürmen mit einer gezielten Bewegung gegen das ungeschützte linke Knie. Wie ein Puppenbein flog der abgetrennte Unterschenkel davon. Der Mann ging zu Boden und machte ein ähnlich verblüfftes Gesicht wie Fabius zuvor. Vergeblich versuchte er, mit nur einem Bein wieder aufzustehen. Gero nutzte das Überraschungsmoment und schlug dem am Boden liegenden Mann mit einem gewaltigen Hieb seines Anderthalbhänders den Kopf ab. Gehetzt und schwer atmend schaute Gero sich um. Zu seiner Überraschung hatte der Feind den Rückzug angetreten, was wohl an den vielen Opfern lag, die man trotz der zahlenmäßigen Unterlegenheit der Templer hatte hinnehmen müssen. Gero wandte sich seinen verbliebenen Brüdern zu, die wie in einem Rausch eine Spur der Verwüstung hinterlassen hatten. Überall lagen Leichen. Es waren jedoch nicht nur Mamelucken, neben Fabius hatte es auch zwei Lombarden erwischt.

»Abrücken!«, brüllte Hugo mit sich überschlagender Stimme. Gero rannte zu Fabius, der noch immer mit offenen Augen dalag, als ob er es nicht fassen konnte, dass Gott der Herr ihn ins Paradies abberufen hatte. Mit einem Kloß im Hals kniete Gero neben seinem toten Kameraden nieder und drückte ihm die Lider zu. Dann hob er ihn auf und schleppte ihn, so schnell es ging, dorthin, wo er David zurückgelassen hatte. Hastig warf er den Leichnam auf den Rücken des Pferdes und saß auf.

»Los, Breydenbach«, rief Hugo ihm zu. »Wir müssen schnellstens hier verschwinden, bevor dieses Pack noch weiteres Pack alarmiert. Das hier waren keine einfachen Bauern, noch nicht einmal gewöhnliche Wachmannschaften. Das waren gut ausgebildete Mamelucken. Wir können froh sein, wenn wir die Galeere lebend erreichen.«

Gero warf einen prüfenden Blick auf die Umgebung. Ihre Feinde waren noch da. Er konnte sie förmlich spüren, wie sie irgendwo da draußen lauerten, mit Pfeil und Bogen bewaffnet, hinter halbhohen Mauern und offenen Fenstern der zum Teil mehrstöckigen Flachbauten. Sie warteten nur darauf, dass die dummen Christen aus ihrer Deckung herauskamen. Die Straßen waren unterdessen genauso menschenleer wie bei ihrer Ankunft, mit dem Unterschied, dass sie nun mit mehr als dreißig Leichen gepflastert waren. Die meisten von ihnen waren jedoch nicht unter dem Schwert eines Ritters gestorben, sondern den treffsicheren Pfeilen der Turkopolen erlegen.

Geros schwarzer Hengst tänzelte nervös, als zwei Kameraden in aller Eile dicht an ihm vorbeirannten, um noch schnell die zwei getöteten Lombarden aufzusammeln. Wobei einem der Toten augenscheinlich etwas Entscheidendes fehlte.

»Ich kann Luigis Kopf nicht finden«, beklagte sich Ambrosio de Vincente mit einer gewissen Verzweiflung im Blick. Der Gedanke, die Wiederauferstehung des Fleisches kopflos meistern zu müssen, war keinem der Templer angenehm. Kaum, dass Ambrosio sich zu einem freien Platz hinbewegte, sirrte etwas durch die Luft und verfehlte ihn nur knapp. Dann ging ein regelrechter Pfeilhagel auf sie hernieder, den sie jedoch mit ihren Schilden abwehren konnten.

»Lass diesen vermaledeiten Kopf, wo er ist!« Hugo war rot angelaufen vor Zorn. »Von mir aus sollen sich diese beschissenen Heiden eine Suppe daraus kochen. Es sei denn, ihr wollt in Kürze alle kopflos umherlaufen!«

Angesichts der Übermacht der Angreifer – Gero schätzte sie zu Beginn des Überfalls auf weit mehr als fünfzig – konnten sie von Glück sagen, dass es so glimpflich ausgegangen war. Obwohl Gero der Tod von Fabius ziemlich naheging, waren drei Tote und zwei Verletzte – eine Schnittwunde am Oberschenkel und ein Pfeildurchschuss des rechten Arms – vergleichsweise wenig gegen das, was die Heiden hatten hinnehmen müssen. Dafür waren den Templern die gefangenen Sklaven davongelaufen, und ihre Maulesel, die ihre gesamte Beute trugen, hatten auch das Weite gesucht.

Noch ganz benommen von den schrecklichen Ereignissen galoppierten die überlebenden Brüder zur Stadt hinaus. Ab und zu surrten noch ein paar brennende Pfeile an ihnen vorbei, die ihre Ziele in der

Dunkelheit aber verfehlten. Ein glühender Abschiedsgruß der besiegten Mamelucken.

Als es schließlich ruhiger um sie herum geworden war, wurde Gero sich des kalten Leibes von Fabius bewusst, der bäuchlings vor ihm über dem Sattel lag wie ein erlegtes Wild. In aller Eile hatte er ihn mit einem Strick umwickelt und am Vorderzwiesel festgezurrt, damit er während des Ritts nicht hinunterfiel.

Mit einem Mal traf ihn die Trauer mit voller Wucht. Tot. Der Luxemburger war unwiederbringlich tot. Niemals mehr würde er lachen, niemals mehr einem Mädchen hinterhergaffen. Er würde auf ewig so stumm sein wie ein Fisch. Plötzlich wurde Gero klar, dass er es allein Fabius zu verdanken gehabt hatte, nach dem Tod von Lissy und in all den Monaten seiner Ausbildung bei den Templern nicht trübsinnig geworden zu sein. Schlagartig war er nun wieder auf sich allein gestellt. Mit seinen Ansprüchen an sich selbst, die eigentlich die seines Vaters gewesen waren, und mit seiner Trauer um Lissy, deren Tod er niemals mehr überwinden konnte.

Warum, verdammt, hatte es ihn nicht erwischt? Plötzlich verspürte er eine unbändige Wut auf Gott den Allmächtigen, der ihm offenbar nicht gönnte, sein Liebstes endlich wieder in den Armen zu halten. Natürlich hätte Gero es darauf anlegen können, den Heiden ohne Gegenwehr ins Messer zu laufen. Aber das hätte ihm wahrscheinlich nicht viel genützt. Ein Freitod war übelste Sünde und würde ihn nicht ins Paradies, sondern geradewegs in die Hölle befördern. Seufzend beugte er sich über Fabius hinweg und klopfte David den Hals. Wenigstens das Pferd war ihm geblieben. Ein einziger, wenn auch stummer Freund.

Kapitel X

Als sie zwei Tage später in Antarados anlandeten, war die halbe Festung auf den Beinen. Das Entsetzen über die toten Brüder und das verlorene Beutegut war groß.

Robert Le Blanc und seine Truppe hatten Gott sei Dank mehr Glück gehabt. Die Wasserfässer waren gefüllt, und sie hatten kistenweise Obst und Gemüse und auch ein paar Ziegen erbeutet. Dazu Gold und Silber und fünf junge Männer, die fortan im Auftrag des Ordens Mörtel und Steine zum weiteren Ausbau der Festung schleppen mussten.

Bartholomäus de Chinsi verlangte nach ihrer Rückkehr eine sofortige und vor allem lückenlose Aufklärung aller Geschehnisse. Doch zuvor galt es, die Gefallenen zu betrauern. Die Beerdigung der drei verstorbenen Templer in der Festungsgruft war ein intimer Akt, an dem nur die Ordensritter teilnehmen durften. Auch wenn es sich nur um ein vorläufiges Begräbnis handelte, da die Brüder ihre letzte Ruhe, wie alle verstorbenen Ordensritter des Heiligen Landes, wenn möglich auf dem zentralen Ordensfriedhof von Limassol finden sollten. Gero fragte sich, ob Fabius' Familie jemals erfahren würde, wie und warum er im Heiligen Land gestorben war. Wahrscheinlich nicht, weil sein Rang es nicht hergab, dass man von der Ordensleitung einen Brief in die Grafschaft Luxemburg entsandte, um die Umstände aufzuklären. Falls der Orden überhaupt eine Mitteilung machte, weil Fabius ja nicht in Trier oder Roth als Ritter aufgenommen worden war, sondern in Nikosia. Vielleicht war es besser so, dachte sich Gero, wenn Fabius' Vater nichts über den Tod seines Sohnes erfuhr.

Bis zur Abendandacht hatte de Chinsi ihnen Zeit zur freien Verfügung eingeräumt. Manche von ihnen waren zum Meer gegangen, um sich im kristallklaren Wasser zu waschen und zur Entspannung ein paar Runden zu schwimmen. Gero hatte sich entschieden, an den Weststrand zu gehen, weil er das Bedürfnis verspürte, mit seiner Trauer um Fabius allein zu sein, während er den Sonnenuntergang beobachtete.

Als er außerhalb der Festungsmauern einen ausgetretenen Pfad zum Wasser hinunterging, hörte er Stimmen. Ein Mann und eine Frau waren hinter einem Felsen, der von einem ausladenden Feigenbaum verdeckt war, allem Anschein nach in einen Streit geraten. Gero verlangsamte seine Schritte, weil er die beiden nicht mit seiner Gegenwart in Verlegenheit bringen wollte.

»Du hättest deine Brüder warnen müssen, bevor du mit ihnen an Land gegangen bist«, zischte die Frau. »Der Kampf gegen die Mamelucken ist aussichtslos. Die Prophezeiung besagt, dass der Orden der Templer niemals mehr ins Heilige Land zurückkehren wird.«

Gero glaubte, die Stimme von Warda zu erkennen. Aber wer war der andere, mit dem sie ein so ungeheuerliches Gespräch führte?

»Ich frage mich ernsthaft, wer dir diesen Blödsinn erzählt hat.«

Gero erkannte Hugo d'Empures an der dunklen, verächtlich klingenden Stimme. Er wollte schon losstürmen, um Warda von diesem Übel zu erlösen, doch dann hielt er inne, weil sie unbeirrt fortfuhr.

»Mein Vater hat als Templer in Akko gekämpft und dort Dinge gesehen, die normalerweise nur Eingeweihte des Ordens erfahren. Meine Mutter erzählte mir, er habe ihr lange vor seinem Tode Begebenheiten anvertraut, die er nicht wissen konnte, die sich jedoch später bewahrheitet haben. Zum Beispiel, dass die Mongolen nicht kommen werden, um den Christen zu helfen. Was ja bisher der Wahrheit entspricht. Auch sagte er, kein einziger Herrscher würde sich mehr bereit erklären, einen weiteren Kreuzzug zu finanzieren.«

»Das kann jeder orakeln, dazu muss man kein Mystiker sein. Dein Vater war nichts weiter als ein Schwätzer«, schimpfte Hugo. »Und du hast diese Gabe zweifelsfrei von ihm geerbt.«

»Und selbst wenn ich dich nicht überzeugen kann. Vielleicht solltest du wissen, dass diese Insel schon bald von einem katalanischen Templer an die Mamelucken verraten wird. Also falls du vorhaben solltest, deine Brüder ans Messer zu liefern, mein Vater hätte es vorausgesagt.«

»Schweig!«, schleuderte Hugo ihr mit hasserfüllter Stimme entgegen.

»Wenn du noch einmal so etwas sagst, werde ich dich an den Orden verraten. Wenn herauskommt, dass du in der Taverne der Engel deine Vorzüge feilgeboten hast, werden sie dich augenblicklich nach Zypern in die königlichen Kerker schicken.«

»Dann müsstest du dir die Frage gefallen lassen, warum du mich nicht früher verraten hast.«

»Ich habe dich jetzt erst erkannt«, antwortete er scheinheilig und deutete mit dem Finger auf sie. »Seht, das ist eine der Huren, wie kommt es, dass sie überhaupt noch frei herumläuft?«

»Das würdest du nicht tun?« Wardas Stimmer klang ziemlich nervös.

»Doch, das würde ich, und nun bück dich endlich für mich, sonst werde ich ungemütlich!«

Gero wollte nicht länger abwarten und zückte sein Schwert. Er traute Hugo durchaus zu, dass er Warda noch Schlimmeres als die Androhung von Verrat zufügen konnte. Vor allem, wenn sie ihn mit ihren mysteriösen Andeutungen praktisch der Spionage bezichtigte.

Entschlossen trat Gero aus seiner Deckung hervor und bedrohte den verblüfften Hugo mit seinem Schwert.

»Ich habe dir schon vor ein paar Tagen am Hafen gesagt, du sollst sie in Ruhe lassen.«

Hugo stieß einen gereizten Seufzer aus. »Bruder Gero, welcher Teufel ist denn in dich gefahren? Oder hast du es selbst so nötig, eine Frau zu besteigen, weil dir deine Gier die Sinne vernebelt?« Er machte einen Schritt auf Warda zu und zog sie in seine Arme, zugleich zückte er seinen Dolch und setzte die Spitze an ihre Brust. Sie stieß einen hellen, kurzen Schrei aus, wagte es jedoch nicht, noch lauter zu schreien oder sich ihm zu entwinden.

»Wir können sie uns ja teilen«, schlug Hugo mit jovialer Stimme vor. »Sie ist eine Hure, sie treibt es mit vielen Männern, oder hast du das etwa schon vergessen?«

»Ich sagte, du sollst sie nicht anfassen«, zischte Gero mit Nachdruck und machte einen Schritt auf Hugo zu, »nicht mehr und nicht weniger, also nimm das Messer runter und verschwinde lieber, bevor ich vergesse, wer du bist und was uns verbindet.«

»Ich bin dein Kommandeur, und du hast mir zu gehorchen«, stellte Hugo ungerührt klar. »Ich hoffe, das ist dir bewusst.« Beiläufig legte Hugo die Hand an seinen Schwertgriff. »Und deshalb befehle ich dir, dich unverzüglich auf die Festung zu begeben und wegen Ungehorsams deine Buße zu tun, indem du in der Kapelle einhundert Vaterunser betest. Tust du es nicht, werde ich dich in der Kapitelversammlung wegen Befehlsverweigerung anklagen, und das wird härtere Folgen für dich haben als den Verlust einer Hure.«

»Dann lassen wir es darauf ankommen«, knurrte Gero, fest entschlossen, Warda mit diesem Mann nicht allein zurückzulassen. Zumal sie die Gefahr, die von Hugo ausging, nicht klar zu erkennen vermochte. Er konnte sie töten und anschließend ins Meer werfen. Gero war jedoch sicher, dass Hugo eher die seichtere Variante wählte und sie unter der Androhung von Verrat an den König so lange missbrauchte, bis er ihrer überdrüssig war. Schon alleine deshalb rechnete er nicht damit, dass Hugo so einfach nachgeben würde.

Doch anstatt ihn anzugreifen, ließ Hugo plötzlich das Messer sinken und trat von Warda zurück. Offenbar, weil sich hinter Gero ein eindrucksvoller Schatten erhob. Als er sich umschaute, blickte Gero in das grimmige Gesicht des schwarzäugigen Schotten. Struan MacDhoughail hätte nicht passender aufkreuzen können.

»Ich habe nach dir gesucht«, erklärte der Schotte rau, »weil gleich noch eine zusätzliche Bußandacht für Fabius und die beiden anderen Brüder abgehalten wird, an der alle Ritterbrüder teilnehmen sollen.«

Mitten im Satz stutzte er, weil sein Blick offenbar auf Geros gezücktes Schwert gefallen war und auf Hugo d'Empures, der ebenso seinen Schwertgriff umklammert hielt. Dann bemerkte er Warda. Bisher war sie dem Schotten noch nicht über den Weg gelaufen, wenn man von der Tanzeinlage in Famagusta einmal absah, aber da hatte sie einen Schleier getragen, und Gero glaubte kaum, dass sie Struan danach als Wäscherin aufgefallen war. Allem Anschein nach interessierte sich der Schotte nicht besonders für Frauen. Aber das bedeutete nicht, dass er generell unaufmerksam war.

»Bist du in Schwierigkeiten?«, fragte er Gero und hob seine dunklen Brauen.

»Nein.« Gero blieb vollkommen ruhig. »Bruder Hugo und ich wollten dieser Maid zu Hilfe eilen, weil sie glaubte, ein Ungeheuer im Wasser gesehen zu haben«, log er. »Nicht wahr, Bruder Hugo?«

»Ein Ungeheuer«, wiederholte der Schotte stoisch. »Dort, wo ich herstamme, gibt es Dutzende Ungeheuer in den Seen und auch im Meer. Normalerweise erscheinen sie friedlich, trotzdem sollte man sich vor ihnen in Acht nehmen und ihnen nicht zu nahe kommen, sonst fressen sie einen mit Haut und Haar.«

Diese Feststellung traf ohne Zweifel auch auf Hugo d'Empures zu, und Gero war nicht sicher, ob der Schotte diesen Vergleich absichtlich gewählt hatte.

Gero wechselte einen schnellen Blick mit seinem wütend dreinblickenden Kommandanten. »Ich glaube, es ist das Beste, wenn wir die Dame gemeinsam bis zur Festung begleiten, damit sie unbehelligt von jedweden Ungeheuern zur Burg gelangen kann«, schlug er vor und lächelte zweideutig.

Als sie auf der Festung angekommen waren, blieb Warda noch einen Moment bei Gero stehen, während Hugo und Struan sich ohne Abschied zur Kapelle davongemacht hatten.

»Danke, dass du mir schon wieder zu Hilfe geeilt bist«, erklärte Warda und schlug die Augen nieder.

»Versprich mir, dass du dich vor diesem Hund in Acht nehmen wirst. Geh ihm aus dem Weg, wenn es dir möglich ist, und komm nicht auf die Idee, ihn noch einmal mit deinen seltsamen Weissagungen zu provozieren. Bruder Hugo ist weitaus hinterhältiger, als du dir vorstellen kannst.«

»Versprochen.« Warda nickte beflissen. »Das mit deinem Kameraden tut mir übrigens sehr leid«, bekannte sie kaum hörbar. »Es scheint mir, als ob du mit ihm nicht nur einen Ordensbruder, sondern auch einen Freund verloren hast.«

»Das stimmt«, erwiderte Gero und schluckte schwer. »Er ist schnell gestorben. Das Schwert des Gegners traf ihn mitten ins Herz. Ich werde ihn vermissen, obwohl er ein Schwätzer war. An seinen Augen konnte ich sehen, dass er selbst im Sterben gern noch eine Frage gestellt hätte.«

»Ich bin froh, dass du lebst«, fügte sie leise hinzu, und als sie zu ihm aufschaute, schimmerten ihre Augen. »Ich habe bei der Heiligen Muttergottes deine gesunde Rückkehr erfleht, und sie hat meine Gebete erhört.«

»Danke für deine Anteilnahme«, murmelte er heiser und senkte verlegen den Blick. »Ich weiß das zu schätzen.«

Als sie gegangen war, schaute er ihr noch eine Weile hinterher. Zu gerne hätte er gewusst, welche Art von Geheimnis ihr Vater gehütet hatte, das immerhin mächtig genug war, um einen Hugo d'Empures vollkommen aus der Fassung zu bringen. Was für Warda auch weiterhin eine ernste Gefahr bedeuten würde. Denn die Insel war zu klein, um einem Teufel wie Hugo d'Empures zu entwischen, wenn er es erst einmal auf jemanden abgesehen hatte. Aber Gero nahm sich fest vor, alles in seiner Macht Stehende zu tun, um Warda zu schützen. Und vielleicht würde er dabei auch herausfinden, was sich in Wahrheit hinter ihren seltsamen Andeutungen verbarg.

Episode V

»Tödlicher Verrat«

Kapitel I

1302 Königreich Zypern – Antarados/Nikosia

Gero von Breydenbach wischte sich den Schweiß von der Stirn, als er am späten Nachmittag mit zwanzig weiteren Kameraden zu Pferd die Tore der Templerfestung Antarados hinter sich ließ, um zum einzigen Hafen des winzigen Eilandes zu gelangen. Die halbmondförmigen Befestigungsmauern der Schiffsanlegestellen wurden von den vier Türmen der gewaltigen Templerburg überschattet, die unweit entfernt erst vor wenigen Jahren auf der äußersten, östlichen Spitze der Insel errichtet worden war. Von außen betrachtet hatte Gero bei seiner Ankunft kaum glauben können, dass die steil aufragenden Wälle des monumentalen Bauwerks mehr als neunhundert Menschen Platz boten. Unmittelbar hinter der Festung erstreckte sich das Mittelländische Meer, dessen Brandung des Nachts bis zum Dormitorium der Ritter zu hören war.

Von der südlichen Hafenseite der Insel aus konnte man in vermeintlich greifbarer Nähe die syrische Küste und die Stadt Tortosa überblicken, die einst von Christen besetzt gewesen war und nun wie ihr Hinterland von Heiden kontrolliert wurde. Gero stellte sich beim Anblick des nahen Festlandes abermals die Frage, ob ihr bevorstehender Auftrag daran etwas ändern konnte. Dabei galt es zumindest als sicher, dass die Mamelucken den nur einen Steinwurf entfernten Stützpunkt der Templer auf dieser winzigen Insel als Provokation empfanden, und das sollte es wohl auch sein.

Der Hitze zum Trotz trugen alle Ordensritter ausnahmslos ihre Chlamys, jenen weißen Mantel mit dem roten Kreuz darauf, der aus einem gewöhnlichen Ritter erst einen Templer auf Lebenszeit machte. Dazu eine dunkle Reithose aus Leder und ein helles, wattiertes Unterwams, das unter der Kettenpanzerung unerlässlich war. Darüber trugen sie gewöhnlich noch einen hellen, ärmellosen Wappenrock, dessen rotes Tatzenkreuz auf der Brust sie zusätzlich als Miliz Christi kennzeichnete. Im Moment allerdings befand sich der Rock zusammen mit dem Kettenhemd, das aus Hunderten von Stahlringen gefertigt war, den gepanzerten Plattenhandschuhen und dem Helm sicher verstaut in den Satteltaschen und wartete dort auf seinen Einsatz an Land. Bis zur Anlandung an der gegenüberliegenden Küste war es Gero und seinen Mitstreitern nicht erlaubt, die schwere Panzerung anzulegen, die gut und gerne mehr als einen halben Zentner wog. Auf dem Wasser gestattete der Orden lediglich eine leichte, mit Eisenplatten beschlagene Weste, die man normalerweise bei der Kaperung von Galeeren trug und die mit drei Schnallen einfach zu lösen war, falls man über Bord ging oder das Schiff zu sinken begann. Nachdem in früheren Jahren oftmals Ritter durch die Schwere des Eisens ertrunken waren, wenn sie versehentlich im Wasser landeten, hatte der Orden inzwischen dazugelernt und verlangte von seinen Rittern sogar, dass sie schwimmen konnten, was längst keine Selbstverständlichkeit war.

Wie üblich würden Gero und seine Kameraden die schmale Passage des Mittelländischen Meeres zwischen Antarados und einem Ort oberhalb von Tortosa mit einer Tarida überqueren, einer großen Kriegsgaleere, von denen zurzeit zwei im Hafen von Antarados lagen. Bei Einbruch der Dunkelheit sollte das Schiff an der gegenüberliegenden Küste oberhalb von Tortosa an einem unbewohnten Küstenstreifen anlanden. Die etwa hundert Ruderleute an Bord benötigten etwa ein bis zwei Stunden, um die zwanzig Ordensritter und noch einmal so viele Turkopolen, wie man die syrischen Bogenschützen nannte, samt Rössern zum schräg gegenüberliegenden Ufer zu bringen. Aufgrund der Größe der Galeere durften sie, um nicht aufzufallen, erst in der Dämmerung ablegen. Auf dem Festland angekommen, sollte es zu Pferd zu einem Waffenlager der Mamelucken weitergehen, das der Ordensmarschall nach Rücksprache mit seinen Kommandeuren für einen Angriff auserkoren hatte. Es lag in einer Talsenke, unterhalb der ehemaligen Templerfestung Marqab. Bei Tag war dieser Ort wegen seiner glühenden Hitze ein übler Höllenkessel, doch bis sie dort eintreffen würden, war es längst Nacht und würde deutlich kühler sein.

Vom Hafen strich ein frischer Wind über Geros blonden Bart und das kurzgeschorene Haupthaar, das so typisch für die Templer war. Einen Moment lang verspürte er Linderung von der allgegenwärtigen Hitze, doch die Luft war noch zu warm, um ihr Versprechen halten zu können.

Bis zum Ende des Sommers hatten die Angehörigen des Templerordens auf Antarados vergeblich auf Abkühlung gehofft, was sowohl das Wetter als auch die politische Lage betraf. Die heidnischen Mamelucken, die das Heilige Land eisern im Griff hielten, wehrten sich hartnäckig gegen die Übergriffe der Christen. In den vergangenen Wochen und Monaten waren Gero und seine Kameraden immer wieder im Auftrag des Ordens zu kräftezehrenden Raubzügen gegen die Heiden entsandt worden. Mit dem Ergebnis, dass sie inzwischen vierzehn Brüder im Kampf verloren hatten und die Mamelucken sich wie wütende Hornissen benahmen, die ihre Nester verteidigten. Dabei hatten Gero und seine Ordensbrüder nur wenig Beute und noch weniger Gefangene gemacht. Ein paar mehr oder weniger wertvolle Verwandte diverser Emire befanden sich darunter, die man für einen möglichen Austausch auf der Festung unter Verschluss hielt. Ansonsten ergab es keinen Sinn, noch weitere gewöhnliche Heiden auf die Insel zu schleppen, weil Essen und Trinken kaum für die Menschen ausreichend vorhanden war, die bereits auf Antarados lebten, geschweige denn für Hunderte von mameluckischen Sklaven, die ebenso hätten versorgt werden müssen.

Erschwerend kam hinzu, dass das winzige Eiland nur eine einzige Süßwasserquelle besaß, die zu dieser Jahreszeit kaum etwas hergab. Auch die Wasservorräte in den selbsterbauten unterirdischen Auffangbecken waren so gut wie aufgebraucht. Wenn es so weiterging und der Nachschub aus Zypern mal wieder auf sich warten ließ, würden sie am Ende gezwungen sein, das Blut ihrer Pferde zu trinken, wie ihre Vorfahren auf den Kreuzzügen in den Jahren zuvor. Gekocht und gewaschen wurde ohnehin nur mit Meerwasser, und inzwischen tranken sie unverdünnten Wein, weil an Süßwasser gespart werden musste. Doch der Wein stieg manchen zu Kopf und animierte sie zu Schlägereien oder dazu, die wenigen Frauen auf der Festung zu belästigen.

Kaum hatten Gero und seine Kameraden den gepflasterten Zufahrtsweg erreicht, der zur Verladerampe am Hafen führte, huschte eine schlanke Gestalt an ihrem Tross vorbei. Obwohl der schwarze Umhang das lange dunkle Haar fast vollständig verbarg, war Gero sicher, dass es sich bei der Frau um Warda handelte. Oder sollte er besser Maria sagen, wie sie sich seit ihrer Ankunft auf dieser Insel nannte?

Leichten Schrittes und ohne sich nach den Reitern umzuschauen, nahm sie eine enge Steintreppe hinunter zu den weißgetünchten Fischerhäusern, die den Hafen umringten wie ein Wall aus ineinander verschachtelten Quadern, mehrstöckig und von winzigen engen Gassen durchzogen. Königsblaue Türen zierten die meisten Eingänge, und bunte Stoffe wehten aus den kleinen Fenstern. Auf den flachen Dächern hatten die Bewohner wie üblich ihre Sommerlager aufgeschlagen, die ihnen des Nachts als Schlafstätte dienten. Gero schaute Warda nachdenklich hinterher, während sie wie ein junges Mädchen behände die Stufen hinabhüpfte und fürs Erste in einer der engen Gassen verschwand.

Obwohl sie knapp dreißig sein musste, besaß sie noch immer die Eleganz und Schönheit einer arabischen Rose, an deren Nektar sich nicht nur Gero zu Unrecht gelabt hatte.

Seit Hugo d'Empures, sein Kommandeur-Leutnant, sie an einer abgelegenen Uferstelle bedrängt hatte und Gero hinzugekommen war, um sie vor der Gewalt dieses Scheusals zu bewahren, hatten sie kaum ein Wort miteinander gewechselt.

Gero erinnerte sich genau daran, wann das gewesen war, weil wenig später die vorläufige Beisetzung seines luxemburgischen Freundes und Bruders stattgefunden hatte. Vier Monate waren nun vergangen, seit Fabius von Schorenfels zusammen mit zwei anderen Brüdern im Kampf gegen die Mamelucken auf dem nahen Festland gefallen war.

Auch er hatte Warda noch aus ihren Zeiten in Zypern gekannt, als sie in der Taverne der Engel ihren zweifelhaften Geschäften nachgegangen war. Dabei hatte er Geros Befürchtungen geschürt, dass sie selbst mit neuem Namen und als Wäscherin getarnt von einigen auf der Insel lebenden Templern als ehemalige Hure erkannt werden würde.

Hugo D'Empures jedenfalls hatte nach ihrer Ankunft nicht lange gebraucht, um in ihr die willige Liebesdienerin wiederzuerkennen, die im Auftrag ihrer Wirtin mit Vertreter der Ordenshäuser und hochrangigen Regierungsbeamten das Lager geteilt und sie ausgehorcht hatte. Schließlich war er es gewesen, der Gero auf Zypern in die Taverne der Engel gelockt hatte, in der er Warda zum ersten Mal begegnet war. Dass die Schergen des Königs ausgerechnet ein Hurenhaus stürmen würden, konnte zum damaligen Zeitpunkt niemand erahnen, und Gero war immer noch froh, dass er Warda, die ihm dort ihre Liebesdienste ohne jegliche Gegenleistung angeboten hatte, zur Flucht verhelfen konnte. Doch Hugo d'Empures, der sich zu dieser Zeit mit anderen Mädchen des Hauses vergnügt hatte, war zusammen mit ihnen den Häschern des Königs ins Netz gegangen. Wie sich später herausstellte, wurden die gefangengenommenen Frauen des Hochverrats gegen den König von Jerusalem verdächtigt und waren auf Nimmerwiedersehen in irgendeinem zypriotischen Kerker verschwunden. Hugo konnte von Glück sagen, dass der Orden ihn daraufhin lediglich hatte auspeitschen lassen und ihm nicht wie befürchtet den Mantel genommen hatte. Zudem hatte er mehrere Monate vom Boden fressen müssen wie ein Hund aus einem Trog, was jedoch harmlos gewesen war im Vergleich zu einem Ausschluss aus dem Orden. Weshalb er nun auf Antarados wieder sein altes Amt bekleidete, war nicht nur Gero, sondern auch den meisten Kameraden ein Rätsel. Möglicherweise lag es daran, dass nur die halbe Wahrheit ans Licht gekommen war. Anscheinend vertrat Hugo d'Empures die Auffassung, Warda müsse ihm ebenso dankbar sein wie Gero, weil er sie in der strengen Vernehmung nicht an die höchste Gerichtsbarkeit des Templerordens und damit an den König von Jerusalem verraten hatte. Vermutlich erwartete er sogar, dass sie sich deshalb bei ihm in der üblichen Art und Weise erkenntlich zeigte. Dabei hatte sie Gero glaubhaft versichert, ein neues Leben beginnen zu wollen, indem sie ihr Dasein als Hure aufgab und sich fortan für den Orden als Wäscherin verdingte. Aber wer wusste schon, was in den Köpfen der Weiber vorging? Mit einem leichten Schaudern dachte er daran, wie sie sich mit einem lasziven Augenaufschlag bei ihm bedankt hatte, wobei ihr durchdringender Blick, den sie ihm stets schenkte, wenn sich ihre Wege kreuzten, die reinste Sünde versprach. Vielleicht hoffte sie trotz ihrer hartnäckigen Beteuerungen, ihr Leben zu ändern, dass er früher oder später sein Keuschheitsgelübde brach und heimlich mit ihr das Lager teilte. Möglichweise hatte er diese Hoffnung genährt, indem er ihr zuliebe gegen seinen eigenen Kommandeur vorgegangen war. Immerhin war Bruder Hugo sein vorgesetzter Offizier und hätte ihn leicht vor dem sonntäglichen Ordenskapitel wegen Widerstand und Ungehorsam anklagen können.

Seit dem Vorfall am Westufer hatte Gero auf Warda ein wachsames Auge gelegt, weil er sich in Gegenwart eines undurchschaubaren Hugo d'Empures um ihre Sicherheit sorgte. Zugleich war er auf Abstand gegangen, zumal sie unter seinen Kameraden tatsächlich den zweifelhaften Ruf genoss, sich nicht nur für die Wäsche des Ordens zuständig zu fühlen. Aber wenn er ehrlich war, hatte er es wohl mehr um seiner selbst willen getan, um nicht noch einmal in Versuchung zu geraten. Schließlich hatte er nicht nur dem Orden, sondern auch Lissy, seiner verstorbenen Frau, ewige Treue geschworen.

Was Gero allerdings nicht davon abhielt, Warda mit verhaltenem Interesse zu betrachten, und das nicht nur, weil sie unglaublich hübsch war und er immer noch etwas für sie empfand. Irgendetwas an ihrem Benehmen erschien ihm rätselhaft. Sie war die Tochter einer levantinischen Leibeigenen, die vom muslimischen Glauben zum Christentum übergetreten war. Ihr Vater war nach ihren eigenen Angaben ein Templer gewesen, der es mit seinem Keuschheitsgelübde nicht allzu genau genommen hatte. Ebenso wie ihr späterer Liebhaber, der gleichfalls ein Templer gewesen war und mit ihr sogar ein Kind gezeugt hatte. Beide Männer waren im Kampf gegen die Mamelucken gefallen und das Kind an einem Fieber gestorben.

Warum sie sich trotz all des Leides, das ihr und ihrer verstorbenen Mutter durch den Orden wiederfahren war, nun ausgerechnet bei den Templern verdingte, blieb ihr Geheimnis. Gero wollte sich beim besten Willen nicht vorstellen, dass es allein daran lag, weil sie sich um ihn sorgte und ihm nahe sein wollte, wie sie sagte. Er fragte sich ohnehin, was sie an ihm fand. Auch wenn sie ständig behauptet hatte, seine großgewachsene Statur, seine blonden Haare und seine himmelblauen Augen unwiderstehlich zu finden. Dabei hatte er ihr inzwischen mehrmals klargemacht, wie sehr er sich mit der endgültigen Aufnahme in den Orden an sein Keuschheitsgelübde gebunden fühlte, das ihm generell den Umgang mit Frauen verbot. Er wusste, ihr gefiel das nicht, und sie hatte ihm nicht verziehen, diesen endgültigen Entschluss gefasst zu haben. Aber er hatte eine Mission zu erfüllen, die weit über die Wünsche dieser eigenwilligen Frau hinausging.

Während er inmitten der Kavalkade zum Hafen trabte, beobachtete er nach der nächsten Biegung, wie Warda durch eine blaugetünchte Tür in einem der vielen Fischerhäuschen verschwand. Die Vorstellung, dass sie sich ersatzweise unter den einheimischen Männern auf der Insel einen gut zahlenden Geliebten suchte, erfüllte ihn einen Moment lang mit hartnäckigem Unbehagen, was – ob es ihm gefiel oder nicht – wohl mit Eifersucht gleichzusetzen war. Auch wenn er nichts von Warda wollte, fühlte er sich weiterhin für ihre Sicherheit verantwortlich und träumte zu allem Übel viel zu oft von ihrem wunderbaren Leib und davon, welche Befriedigung sie ihm damit verschafft hatte. Es waren verstörende Träume, geprägt von fleischlicher Lust, die ihm den Schlaf raubten und ohne Rücksicht auf sein Gelübde schmerzhaft nach sündhafter Erleichterung verlangten. Voller Reue beruhigte er sich stets damit, dass er weit öfter von Lissy träumte. Auch wenn es ihn härter schmerzte, so bevorzugte er die Träume von seiner verstorbenen Frau, waren sie doch in erster Linie von Liebe und Sehnsucht gekennzeichnet und nicht nur von zügelloser Lust.

»Hängst du etwa noch immer an ihr?«

Gero war ganz erschrocken über die Frage, weil er im ersten Moment nicht wusste, wer sie gestellt hatte und wer damit gemeint gewesen war. Umso mehr ärgerte er sich, als er Hugo d'Empures als Fragensteller erkannte. Der dunkelblonde Ritter mit den charismatischen Zügen eines geborenen Verführers ritt auf gleicher Höhe mit ihm und grinste breit.

»Was hast du dagegen, wenn sich unsere kleine Hure neben dem Waschen ein wenig dazuverdient?«, fragte er provokativ. »Ich kenne noch ein paar andere Kerle auf der Festung, die sich ihrer besonderen Vorzüge bedienen.«

»Sag nur, du stellst ihr immer noch nach?« Gero spürte erneut Wut in sich aufwallen. Falls Hugo mit »Ja« antwortete, würde er ihn vom Pferd holen, und das ungeachtet der Folgen.

»Ich bin ein Ordensritter wie du«, entgegnete er stattdessen mit einem kryptischen Lächeln. »Schon vergessen?«

»Als ob dir das etwas ausmachen würde«, erwiderte Gero barsch. »Ich sehe doch, wie du jedes Mädchen auf unserer Festung mit deinen Blicken verschlingst, als ob es eine Hure wäre.«

»Nun, die meisten von ihnen sind es wohl auch«, spöttelte Hugo. »Auch wenn unsere Ordensleitung das nicht wahrhaben möchte.«

Hugo lenkte sein Pferd näher an Gero heran und verfiel in einen verschwörerischen Flüsterton. »Aber keine Sorge. Wenn es mich nach einem Weib verlangt, benötige ich deine Warda nicht. Ich nehme mir stattdessen eine dieser mameluckischen Schlampen, die in den armseligen Hütten an Land anzutreffen sind. Das geht schnell, und sie stellen keine unnötigen Fragen. Außerdem: Wo kein Kläger, da kein Richter.«

»Du bist und bleibst ein Dreckschwein, Hugo«, knurrte Gero und spuckte vor ihm aus. Dann gab er seinem Hengst die Sporen und zog, obwohl das nicht den Statuten entsprach, an seinem Kommandeur vorbei, um als Erster die Verladerampe zu erreichen.

Arnaud de Mirepaux, der drahtige Templerbruder aus dem Languedoc, beäugte Gero wenig später interessiert mit seinen verschlagen dreinblickenden braunen Augen, als sie gemeinsam ihre Pferde auf die wankende Galeere führten. »Was hattest du denn mit unserem katalanischen Edelmann für einen Disput?«

»Da war nichts«, log Gero und führte seinen schwarzen Hengst über einen breiten Steg an Bord. Hugo d'Empures war noch an Land und gab den Arbeitern des Ordens mit lauter Stimme letzte Anweisungen für die Fracht – leere Holzfässer, um die Wasservorräte aufzufüllen, und schwere Waffen, wie Armbrüste und Lanzen –, die noch an Bord gebracht werden musste.

Gero hatte keine Lust, ausgerechnet Arnaud mit Informationen zu versorgen, die ihn nichts angingen. Und dabei bedauerte er bitterlich, Fabius von Schorenfels durch das Schwert eines Mamelucken verloren zu haben. Seither fehlte ihm ein wahrer Freund, mit dem er sich vertraulich austauschen konnte.

»Das kannst du deiner Mutter erzählen, Breydenbach«, raunte Arnaud. »Jeder von uns weiß, dass du und Bruder Hugo nicht gerade die besten Freunde sind. Hat es etwas mit der Hurengeschichte zu tun, in die unser Kommandeur verwickelt war? Ich bin sicher, euch beide verbindet etwas Besonderes, und dabei kann es sich nur um diese eine Sache handeln.«

»Halt dein loses Maul, Arnaud«, zischte Gero und bedachte seinen dunkelgelockten Kameraden mit einem warnenden Blick. »Es sei denn, du willst als Fischfutter enden.«

»Oho!«, amüsierte sich Arnaud. »Da habe ich wohl mal wieder ins Schwarze getroffen.« Bevor Gero ihm einen unbemerkten schmerzhaften Seitenhieb verpassen konnte, machte Arnaud einen Satz nach vorn und verschwand in dem engen Zugang, der über eine Rampe unter Deck führte, wo die Pferdeboxen untergebracht waren. Von hinten drängte Struan, der schweigsame Schotte, mit seinem Great Horse, das genauso groß war wie David. Gero legte derweil seine Hand auf den Kopf seines eigenen Pferdes und drückte ihn nach unten. »Duck deinen Schädel, David.« Folgsam senkte der beeindruckende Hengst sein Haupt.

Inzwischen reagierte das stolze Tier nicht mehr nervös auf die Enge unter Deck. Auch die nächtlichen Ausfälle auf Feindesland machten ihm nichts aus. Im Kampf war er ohnehin die beste Hilfe, die man sich als Ritter vorstellen konnte: wendig, bissig und angriffslustig. Mit seinen schweren Hufen stellte er eine ernsthafte Gefahr für Fußsoldaten dar. Gero tätschelte seinem braven Gefährten den Hals, bevor er ihn fertig gesattelt und gepanzert neben seinen mehr als vierzig schnaubenden Artgenossen, angebunden in seinem hölzernen Verschlag, im Bauch der riesigen Galeere zurückließ. Danach ging er an Deck, wo er sich einen Platz an der Reling suchte und beobachtete, wie die rund hundert Ruderer, in helle Hosen und Kaftane des Ordens gehüllt, ihre Position an den Riemen einnahmen. Geros Blick wanderte zu dem Haus, in dem Warda verschwunden war. Zu gerne hätte er gewusst, was sie bei der Fischerfamilie zu suchen hatte. Die Leute lebten und arbeiteten zwar im Schatten des Ordens, aber zwischen den Bewohnern der Festung und den einheimischen Christen gab es nur wenige persönliche Beziehungen. Es war jedoch möglich, dass Warda bei ihrer täglichen Arbeit als Wäscherin aufgrund ihrer Schönheit einem der Fischer aufgefallen war.

»Denkst du noch manchmal an Fabius?«

Von der rauen Stimme überrascht, wandte sich Gero seinem schottischen Kameraden zu, den er bisher gar nicht bemerkt hatte. Struan sprach selten jemanden an, selbst wenn es ein Bruder war, was wohl weniger am geltenden Schweigegebot lag, welches bei den Templern ohnehin nicht so ernst genommen wurde, als an seinem stoischen Naturell. Aber vielleicht war er Gero gerade deshalb sympathisch. Struan stellte keine neugierigen Fragen und mischte sich nicht in sinnlose Alltagskonflikte zwischen den Brüdern ein. Dabei musste er des Öfteren die Häme seiner Mitbrüder über sich ergehen lassen, die seine Herkunft nicht kannten und sich darüber ärgerten, dass er so gut wie nichts über sich preisgab. Aufgrund seiner tiefschwarzen Haare, des schwarzen Bartes und seiner fast schwarzen Augen hielten ihn viele für einen Sarazenen. Was natürlich Blödsinn war, weil kein Muslim als Bruder des Tempels aufgenommen werden durfte und ihm damit auch nicht das Tragen des weißen Mantels erlaubt gewesen wäre. Aber es war eine Möglichkeit, den schweigsamen Schotten zu provozieren. Umso mehr bewunderte Gero Struan Geduld, indem er grundsätzlich nicht auf die Provokation einzelner Schwachköpfe einging.

»Es vergeht kaum ein Tag, an dem ich nicht an ihn denke«, bekannte Gero leise, ohne seinen Blick von der Wasseroberfläche abzuwenden, die in der Mittagssonne unzählige glitzernde Lichter reflektierte. »Ich frage mich, ob seine Seele inzwischen ins Paradies aufgefahren ist und er uns von dort oben zusehen kann.« Gero stieß einen leisen Seufzer aus und begegnete dem mitfühlenden Blick seines hünenhaften Kameraden mit Hoffnung und Furcht zugleich.

»Selbstverständlich ist er im Himmel«, gab Struan mit unbeweglicher Miene zurück. »Wo sollte er sonst sein? Schließlich ist er im Namen unseres Herrn Jesu gestorben.«

»Ja«, erwiderte Gero und schluckte. »So wie Luigi, Geanfranco, Pedro, um noch einige andere zu nennen. Sie alle sitzen nun zur Rechten unseres Vaters. Und Tausende andere Brüder mit ihnen. Manchmal frage ich mich, ob es überhaupt so viel Platz im Himmel gibt, dass wir alle irgendwann dort unterkommen können.«

Gero hob eine Braue und überzeugte sich mit einem Seitenblick davon, ob niemand in Reichweite war, der ihnen zuhörte. »Außerdem frage ich mich«, gab er mit verhaltener Stimme zu bedenken, »ob Gott wirklich gutheißt, was wir hier tun. Oder ob er uns nicht längst verflucht für all das Blut, das wir vergießen. Nicht nur als Christen, sondern auch bei den Heiden.«

Struan ersparte sich einen Kommentar. Wer würde ihnen je bestätigen können, ob der Tod all dieser tapferen Männer tatsächlich etwas bewirkte? Bisher waren ihre Einsätze gegen die Mamelucken nur Nadelstiche gewesen, die sie den Heiden unter hohen eigenen Verlusten hatten zufügen können. Dass im Auftrag des Herrn nicht nur männliche Gegner, sondern auch deren unschuldige Frauen und Kinder mitunter ihr Leben gelassen hatten, wurde dabei gerne verschwiegen. Die Rückeroberung des Heiligen Landes erschien Gero unterdessen weiter entfernt als je zuvor. Hatte er zu Beginn noch gedacht, es wäre leicht, Jerusalem von den Heiden zu erlösen, so wusste er inzwischen, dass der Kampf darum lediglich die sicherste Art für einen Templer war, den Tod zu finden. Wobei er selbst bisher merkwürdigerweise verschont geblieben war. Und dabei ersehnte er sich nichts mehr, als endlich mit seiner Lissy im Paradies vereint zu sein.

Hugo d'Empures kündigte unterdessen lautstark von Land her die Ankunft des Schiffskommandanten an. In seinem Gefolge rückten zwanzig Turkopolen an. Syrische Bogenschützen in braunschwarzer Kleidung, die auf ihren pfeilschnellen Araberpferden die größte Bedrohung für die Heiden darstellten. Während Kommandant Henri d'Arches an Bord ging, brachten die Männer mit den auffälligen Helmturbanen ihre schnaubenden Tiere unter Deck. Eine Weile später standen sie mit den zwanzig weißgewandeten Templern und hundert Ruderern stramm und grüßten mit einem »Gott sei mit Euch, Seigneur« den Kommandanten auf See. D'Arches trug wie die anderen Ritter einen weißen Mantel mit einem roten Kreuz darauf. Nur die weiße, breitkrempige Kappe mit der goldfarbenen Kordel wies auf sein besonderes Amt als Befehlshaber dieses Schiffes hin.

»Rühren!«, rief der weißbärtige Bretone mit einer sonoren Stimme, die seinen breiten Brustkorb zu sprengen drohte.

Die Sonne versank am Horizont als rotglühender Ball im tiefblauen Meer, als die Galeere sich wenig später unter kräftigen Ruderschlägen in Bewegung setzte und mit einer erstaunlichen Geschwindigkeit den befestigten Hafen verließ, von wo aus sie Kurs nach Osten nahm.

Von einem Mast am Bug des Schiffes hielten Späher Ausschau nach feindlichen Schiffen. Dort und an den Seiten des Schiffskörpers hatte man mächtige Geschütze installiert, die ähnlich wie eine gewaltige Armbrust Steingeschosse und Lanzen abschießen konnten, die mit Teerstreifen umwickelt und angezündet beim Gegner erheblichen Schaden anrichteten. Natürlich war die Gegenseite nicht unbedingt schlechter ausgerüstet, was eine gewisse Wachsamkeit erforderte.

Falls man sich unerwartet mit den Schiffen der Gegner konfrontiert sah, kam es darauf an, als Erster zu feuern. Was nicht nur Schnelligkeit, sondern auch Zielsicherheit erforderte. Und Gottes Segen. Sicher ein Grund, warum sich alle kämpfenden Brüder, kaum dass sie Kurs aufs offene Meer genommen hatten, vor ihrem Kommandanten am Heck des Schiffes niederknieten und mit einem gemeinsamen Ave-Maria für eine heile Rückkehr die Unterstützung der Heiligen Jungfrau erflehten.

Auch Gero hielt sein Haupt geneigt und konzentrierte sich auf das Bildnis einer huldvoll dreinblickenden Muttergottes in blauem Mantel. Allerdings mischte sich in dieses Bildnis immer wieder das Antlitz von Lissy, weil sie mit ihrem langen rötlich braunen Haar und den sanften Augen der Heiligen Jungfrau so ähnlich gewesen war.

»Bitte Gott den Herrn«, betete er stumm, »er möge mich diesmal mit meiner verstorbenen Frau im Paradies vereinen«, flehte er still für sich und fragte sich zugleich, ob es eine Sünde war, auf diese Weise den Tod herbeizusehnen. Schließlich hatte er sich vor dem Allmächtigen den Templern verpflichtet, und dem stand der Wunsch zu sterben eindeutig entgegen. Also warum sollte der liebe Gott ihn ausgerechnet heute Nacht erhören?

Neben ihm knieten Brian und Nicolas, die Gottvater bisher anscheinend auch nicht bei sich haben wollte. Was zumindest bei Nicolas einem Wunder gleichkam, denn kaum jemand stellte sich so unglaublich dumm im Kampf an wie der genuesische Templerbruder. Er konnte kaum ein Schwert halten, was möglicherweise seiner zarten Gestalt geschuldet war. Aber in Geros Augen war es eher eine Sache der Einstellung. Nicolas war nicht fähig, auf einen lebendigen Leib einzustechen. Und da machte es keine Ausnahme, ob es sich um ein Schwein oder einen Menschen handelte. Lediglich gegen eine Strohpuppe konnte er antreten. Natürlich hatten es Gero und seine Kameraden einige Male mit ihm geübt, indem sie ihm beim Schlachter einen bereits getöteten Kadaver besorgt hatten. Aber selbst damit klappte es nicht. Wenn Nicolas denn einmal zustieß, schloss er die Augen, um nicht sehen zu müssen, was er da tat. Gero war es immer noch schleierhaft, wie Odo des Saint-Jacques ihn zur Aufnahme als Tempelritter hatte zulassen können. Vielleicht hatte irgendjemand dafür bezahlt. Obwohl so etwas den Statuten der Templer nach streng verboten war. Oder Gott der Herr hatte seine Ausbilder aus irgendeinem Grund mit Blindheit geschlagen, und sei es nur, um ihn, Gero, dazu auszuersehen, Nicolas zu beschützen.

Nachdem d'Arches die kleine Andacht beendet und sämtliche Anwesenden auf ihre Plätze befohlen hatte, durfte Gero sich noch einmal davon überzeugen, dass er selbst beinah doppelt so groß und breitschultrig war wie der genuesische Kamerad mit dem Engelsgesicht. Vielleicht nützte ihm diese Erkenntnis etwas, wenn er sich beim nächsten Kampf mit einem Mamelucken vor Nicolas warf und an seiner Stelle von einem Pfeil oder einem Schwertstreich getroffen wurde. Dann hätte er Gottes Willen erfüllt und könnte dafür ohne schlechtes Gewissen direkt den Weg ins Paradies antreten. Beim Blick in die angespannten Gesichter seiner Kameraden entfuhr ihm ein leiser Seufzer. Er schien der Einzige zu sein, der sich keine Sorgen um sein eigenes Überleben machte.

Kapitel II

Bei Anbruch der Dunkelheit erreichten sie wie geplant die kleine, versteckte Bucht an der syrischen Küste, die Bartholomäus de Chinsi als zuständiger Ordensmarschall in der Frühbesprechung zur Anlandung bestimmt hatte. Über einen rasch ausgelegten Steg führten die Ritter wie an einer Schnur aufgereiht und bis an die Zähne bewaffnet ihre Pferde an Land. Gefolgt von den Turkopolen trugen sie über ihren Mänteln die üblichen schwarzen Tarnumhänge, wenn sie des Nachts in Feindesland unterwegs waren. Ziel war es, zu nachtschlafender Zeit ein Lager der Mamelucken zu überfallen, die nach den Informationen eines zuverlässigen Spions zurzeit in nordöstlicher Richtung unterhalb der zerstörten Festung Marqab kampierten. Eine ehemalige Templerfestung, die das darunterliegende Tal auf neunhundert Fuß überragte.

Hugo d'Empures, der die Truppe der Ordensleute anführte, lenkte sie mit sicherer Hand über einen felsigen Pfad entlang der Küste bis zur ehemaligen Burganlage des Templerordens, die inzwischen von den Mamelucken geschleift worden war, den Heiden im Allgemeinen aber immer noch als strategischer Versammlungsort diente.

Nach Aussage ihres Mittelsmannes, der unerkannt unter der hiesigen Bevölkerung lebte, hatten ihre Gegner dort ein umfangreiches Waffenlager angelegt, das es zu erbeuten galt.

»Keine Überlebenden!«, lautete die Parole, die Ordensmarschall de Chinsi bei der morgendlichen Besprechung ausgegeben hatte. Worauf die Ritter im Chor mit dem üblichen »De par Dieu!« – »Im Namen Gottes!« geantwortet hatten. Ebenso gut hätte de Chinsi »Erschlagt sie alle!« rufen können. Womit auch Bedienstete der Heiden gemeint waren, die in der Regel nichts mit dem eigentlichen Kampf zu tun hatten. Jedoch hatte man in der Vergangenheit zunehmend schlechte Erfahrungen gemacht, wenn man bei solchen Überfällen Diener und Sklaven verschonte. Nicht selten holten sie Hilfe herbei oder verrieten Strategie und Ausrüstung des Gegners an die Obrigkeit, wie man aus den Berichten von Spionen wusste.

Also machte Gero sich innerlich auf ein Blutbad gefasst, wie er es in letzter Zeit öfter erlebt hatte. Deshalb war er beinahe dankbar dafür, dass sie bei Nacht angriffen, damit er nicht das ganze Ausmaß des Elends mit ansehen musste. Außerdem blieb zu hoffen, dass die Mamelucken schliefen und die Sache schon allein deshalb möglichst schnell erledigt war.

Als sie beinahe geräuschlos den Hügel hinaufschlichen, hinter dem sich das Lager verbarg, schlug sein Herz wie üblich härter als normal. Neben ihm ritt Nicolas, dem es inzwischen als selbstverständlich erschien, dass Gero die Rolle seines Schutzengels übernahm.

Im Schein der Feuerkörbe, deren Licht aus der Senke heraufloderte, war Hugos Arm, den er zum Zeichen des unmittelbar bevorstehenden Angriffs erhob, gut zu erkennen. Mit einer schnellen Bewegung ließ er ihn herabsausen und gab damit das Signal zum Lospreschen, und schon schossen sie mit ihren Gäulen, ohne einen Laut von sich zu geben, über die Hügelkuppe. Doch als sie die Senke erreichten und ihre Schwerter in die ersten schlafenden Leiber stießen, mussten sie zu ihrer Verblüffung feststellen, dass sich unter den Zelten und Decken keinerlei Leben verbarg.

»Eine Falle!«, zischte Struan, noch bevor Gero zu Bewusstsein kam, dass etwas nicht stimmte.

Verwirrt schaute er sich um und vernahm im gleichen Moment ein surrendes Geräusch, das sich zwischen ihm und Nicolas seinen Weg in die Nacht bahnte. Nicolas stierte immer noch dem rasch davonfliegenden kleinen Feuerball hinterher, dem nun ein regelrechter Feuerregen folgte.

»Schilde!«, brüllte Hugo d'Empures, und Gero riss seinen schwarzweiß bemalten Holzschild in die Höhe, wobei er nicht nur seinen Körper, sondern auch Hals und Kopf von David zu schützen versuchte. Sein Arm zitterte unter den einschlagenden Pfeilen, und es grenzte an Zauberei, dass das Pferd nicht getroffen worden war. Von irgendwoher hörte er ein Aufstöhnen. Rasch überzeugte er sich von Nicolas' Unversehrtheit, der noch immer wie eine Kröte unter seinem

Schild kauerte. Entschlossen packte er den Zügel von dessen Hengst und gab seinem eigenen Pferd die Sporen. Im gleichen Moment brüllte Hugo d'Empures die Anweisung, sie sollten sich an den Rand des Kessels verteilen, bis weitere Befehle folgten.

Gero überlegte nicht lange und preschte mit Nicolas im Gefolge zu einem grob zusammengezimmerten hölzernen Unterstand. Eine gute Entscheidung, denn nun strömten von überall Angreifer über die Kämme der umliegenden Hügel. Mit einem lauten »Allahu Akbar«, wie es bei den Heiden üblich war, stürzten sie sich auf die verblüfften Christen.

»Heilige Jungfrau«, stotterte Nicolas mit seiner weibischen Stimme, »was machen wir nun?«

»Kämpfen!«, grunzte Gero. »Bleib immer bei mir, dann wird dir nichts geschehen.« Entweder sterbe ich zuerst, dachte er grimmig, oder du bleibst auf jeden Fall am Leben.

»Wir warten, bis die Heiden im Kessel angekommen sind«, riet er Nicolas. »Sie werden ja wohl kaum ihre eigenen Leute von oben mit brennenden Pfeilen beschießen.«

Nicolas nickte im Schein eines Feuerkorbes, und Gero konnte sehen, wie seinem franzischen Kameraden vor Furcht die Lippen bebten. Als die ersten Mamelucken herangestürmt kamen, überließ Gero seinem nervösen David die Zügel und preschte ihnen entgegen. Unzweifelhaft war es ein Vorteil, dass sowohl er als auch das Pferd vollkommen schwarz waren. Nur die metallische Panzerung des Tieres und sein schwarzweißer Schild verrieten sie im flackernden Feuer. Trotzdem reichte das Überraschungsmoment noch, um beide Angreifer durch zwei gezielte Schwertstreiche zu töten.

Hinter ihm brüllte Nicolas seinen Namen, und als er umkehrte, sah er, wie sein Kamerad von einem Angreifer vom Pferd gezerrt worden war und voller Verzweiflung dessen Schwertstreichen auswich wie eine Kakerlake einem wütenden Putzfeudel. Gero erschlug den Heiden mit einem unfairen Hieb von rückwärts, so dass er über Nicolas zusammenbrach und blutüberströmt auf ihm liegen blieb. Der genuesische Bruder quiekte unter dem schweren Leib wie ein frisch abgestochenes Schwein, und für einen Moment befürchtete Gero, der Mamelucke könne ihn in seinen letzten Atemzügen vielleicht doch noch aufgespießt haben. Aber als er den noch warmen Leichnam mit Kraft wegzog, stand Nicolas hastig auf und blickte ähnlich panisch an sich herab, wie Gero es getan hatte, als er von Roland gerettet worden war. Hinter ihnen tobte derweil ein mörderischer Kampf. Irgendwo in dem Getümmel war die hünenhafte Gestalt des Schotten zu entdecken, der umrahmt von Feuer und Rauch sein Breitschwert wie einen Dreschflegel schwang und, wenn Gero sich nicht täuschte, damit einzelne Gliedmaßen seiner Angreifer durch die mit Qualm geschwängerte Luft schleuderte. Gero war versucht, sich ebenfalls ins Kampfgetümmel zu stürzen, zumal Nicolas bestimmt nicht der Einzige war, der seine Hilfe benötigte. »Bleib hier und pass auf die Pferde auf«, riet er ihm.

»Verdammt, wo willst du hin?«, fauchte Nicolas unerwartet aggressiv. »Du kannst mich doch nicht einfach schutzlos den Heiden überlassen!«

Aus einem Augenwinkel sah Gero, wie Brian und ein Turkopole in Bedrängnis geraten waren. »Geh in Deckung, Nicolas!«, herrschte Gero zurück und ließ ihn einfach stehen.

Ohne lange zu überlegen, mischte er sich in das Geschehen zwischen Brian und zwei weiteren Mamelucken ein und übernahm einen davon, der auf ihn eindrosch wie ein Berserker. Das wiederum entfachte in Gero eine unbändige Wut, die seine düstere Seite herauskehrte. Wenn er sich bedroht fühlte, konnte er mindestens so jähzornig werden wie sein Vater. Mit gewaltigen Schlägen setzte er sich zur Wehr und schlug mit seinem Anderthalbhänder so hart zu, dass er das Schwert des Heiden in Stücke hieb. In seiner Verblüffung schenkte sein Gegner die gesamte Aufmerksamkeit einen Moment lang dem angebrochenen Säbel und verlor dabei sein Leben.

Völlig frei von Angst, dass es ihn erwischen könnte, marschierte Gero weiter quer durch die lärmende Menge und erschlug einen Heiden nach dem anderen, bis sich das Feld seiner Gegner mehr und mehr leerte.

»Abzug!«, brüllte Hugo d'Empures, als sie sich endlich eine Bresche zu jenem Weg geschlagen hatten, den sie gekommen waren. Gero erinnerte sich unterdessen an Nicolas und die Pferde, die er in dem Verschlag zurückgelassen hatte. Als er dorthin eilte, sah er von ferne, wie Nicolas mit zusammengebissenen Zähnen erfolglos mit einem weiteren Heiden rang, wobei die beiden die Schwerter gekreuzt hatten. Obwohl der Mamelucke nicht besonders groß war, schien er eindeutig stärker als Nicolas zu sein und vor allem skrupelloser. Gnadenlos zwang er ihn in die Knie. Wenn der genuesische Bruder dort erst mal angelangt war, würde er kaum noch zu retten sein. Als ein zweiter Heide hinzueilte, um seinen Kameraden zu unterstützen, befürchtete Gero im Geiste bereits, Nicolas werde womöglich das Schicksal von Fabius teilen.

Noch im Sprung trat Gero Nicolas' direktem Widersacher in die Kniekehlen, so dass er einknickte und sein Gleichgewicht verlor. Mehr unbeabsichtigt schnellte Nicolas' Schwert unter dem nachlassenden Druck hervor und schlitzte seinem Gegner die Kehle auf, was ihn tödlich getroffen zur Seite fallen ließ. Gero widmete sich unerschütterlich dem zweiten Angreifer und parierte einen todbringenden Schlag, der Nicolas ohne Zweifel den Kopf gekostet hätte. Mit einer weiteren Drehung rammte er seinem Widersacher den Schwertknauf in den Magen und erledigte ihn, als er in sich zusammenklappte, mit einem kraftvollen Seitenhieb.

»Ich habe eine Heiden erschlagen!«, frohlockte Nicolas, als er den toten Mamelucken zu seinen Füßen betrachtete. Dabei machte er das fassungslose Gesicht eines Ballspielers, der mehr aus Zufall sein erstes Turnier gewonnen hat.

»Schlag keine Wurzeln!«, befahl ihm Gero in rüdem Ton und zog ihn mit sich zu den Pferden. »Hugo hat unseren Abmarsch befohlen!«

Immer noch völlig benommen von seinem vermeintlichen Erfolg kletterte Nicolas auf sein Pferd und ließ verwirrt seinen Blick über die Talsenke schweifen. Überall lagen Tote und Verwundete. Gero schwang sich auf den Rücken von David und übernahm ein weiteres Mal die Führung, indem er den Zügel von Nicolas' Hengst an sich nahm und ihn hinter sich die Anhöhe hinaufzerrte. Unter ihnen waren Schreie und das Stöhnen der Krieger zu hören. Plötzlich war Hugo neben ihnen, eine Fackel in der Hand.

»Sammeln!«, brüllte er heiser und schaute sich dabei hektisch nach allen Seiten um. In der Dunkelheit war kaum auszumachen, wer fehlte, doch Gero glaubte zu sehen, wie sich Struan am Grund des Kessels noch immer ein paar Mamelucken vom Hals schlug, während er einen am Boden liegenden Kameraden verteidigte. Ohne lange zu überlegen, gab Gero David die Sporen und galoppierte den steinigen Hügel hinab. Als er Struan erreichte, schlug er im Vorbeireiten den Mamelucken zu Boden, und als er zu Struan zurückkehrte, sah er, dass es einen weiteren Bruder erwischt hatte, der stöhnend am Boden lag. Philippe de Pons oder Pepé, wie er von seinen Kameraden genannt wurde, hatte es an der linken Hand getroffen. Er hatte seinen Plattenhandschuh verloren und blutete wie ein Schwein, außerdem war mit seinem rechten Bein etwas nicht in Ordnung. Er konnte nicht aufstehen, und sein Gesicht unter dem offenen Visier war schmerzverzerrt. Gero stoppte seinen Hengst nur ganz kurz und ließ sich rasch aus dem Sattel gleiten. Dann packte er den Bruder und hievte ihn mit Schwung auf den Rücken von David. Zusammen mit Struan und Eudes de Vendac, der mit blutüberströmtem Gesicht vor dem Schotten im Sattel saß, galoppierten sie anschließend den Hügel hinauf zu den anderen.

»Gut gemacht!«, rief Bruder Hugo ihnen im Schein einer Fackel, die er in der Hand hielt, zu. Ein seltenes Lob, dachte Gero, als sie an ihm vorbei in die Nacht flüchteten. Aus Angst vor Verfolgern legten sie keinerlei Rast ein, sondern hetzten so schnell es ging die Küste entlang. Erst als sie zur Galeere zurückkehrten, kam das ganze Ausmaß der Katastrophe zutage. Drei lombardische Brüder hatte der Angriff der Mamelucken das Leben gekostet. Fünf Pferde galten als verloren. Noch während das Schiff ablegte, versorgte der Medikus Stich- und Schnittwunden der überlebenden Kameraden, wobei er reichlich Mohnsaft verteilte.

»Danke, Mann. Du hast mein Leben gerettet«, flüsterte Pepé, als Gero neben ihm niederkniete, nachdem er ihn auf einer Pritsche unter Deck abgeladen hatte.

»Keine Ursache.« Gero versuchte sich an einem aufmunternden Lächeln, was ihm aber nicht überzeugend gelang. Pepé hatte zwei Finger der linken Hand verloren. Dies war wahrscheinlich zu verschmerzen, da er sein Schwert mit der Rechten führte. Er stöhnte leise, als der

Medikus die Wunde mit persischem Alkohol säuberte, was nach Geros Erfahrung fürchterlich brannte. Auch den Faden, mit dem er die Wunde vernähte, tränkte der Medikus in der kostbaren Flüssigkeit, die Bestandteil der geheimen Medizin der Templer war. Gero und seine Kameraden hatten sich damit abgefunden, dass ihnen niemand im Orden erklärte, warum solche befremdlichen Methoden Anwendung fanden.

Was sie jedoch unbedingt wissen wollten, war, wer sie an die Heiden verraten hatte.

»Das nenne ich einen sauberen Judaskuss. Die wussten Bescheid, dass wir kommen!« Henri d'Arches schnaubte unverhohlen, nachdem sich die überlebenden Templer unter Leitung von Hugo d'Empures in der Kajüte des Kommandanten versammelt hatten. Misstrauisch beäugte er den Kommandeur-Leutnant im Schein einer Fackel und jeden Einzelnen seiner erschöpften Kameraden.

Außer Nicolas, der von der Idee besessen war, ohne fremde Hilfe seinen ersten Mamelucken getötet zu haben, hatte offenbar niemand Grund zu frohlocken. Die meisten waren froh, mit dem Leben davongekommen zu sein. Außer vielleicht Gero, der langsam wirklich glaubte, dass der Himmel ihn warten ließ, bis er eines Tages alt und graugeworden war und Lissy ihn womöglich nicht mehr erkannte.

»Mit Sicherheit war es niemand von unseren Männern«, versicherte Hugo d'Empures dem Galeeren-Kommandanten ohne einen Anflug von Zweifel im Blick. »Wenn überhaupt, muss es jemand von draußen gewesen sein. Jemand, der Zugang zu den Angriffsplänen des Ordens hat.

Oder jemand, der Zugang zu jemandem hat, der die Pläne kannte und sein Maul nicht gehalten kann«, schloss Hugo die Reihe der Mutmaßungen, wobei sein finsterer Blick wie zufällig auf Gero ruhte.

Gero hielt seinem kritischen Blick stand, ohne mit der Wimper zu zucken. Sein verhasster Kommandeur-Leutnant nahm doch wohl nicht an, *er* würde die Angriffspläne an die Mamelucken verraten haben? Dass es Spione auf der Festung gab, war anzunehmen, schließlich bediente sich der Orden selbst solcher Verräter. Aber bei denen handelte es sich um geldgierige Heiden, die keinen Zugang zum Ordenskapitel hatten, und nicht um ehrsame Tempelritter, die allein aufgrund ihres

Gelübdes in die Geheimnisse der Kriegsführung des Ordens eingeweiht waren und sämtlichen weltlichen Gütern abgeschworen hatten. Männer, die nicht nur einen Eid auf ihren jeweiligen Papst geschworen hatten, sondern auf Gott den Allmächtigen.

Plötzlich erriet Gero in Hugos Blick einen schlimmen Verdacht. Er meinte gar nicht ihn persönlich, sondern eine Frau, die sie beide nur allzu gut kannten und deren Mitstreiterinnen schon einmal unter der Anschuldigung des Landesverrates verhaftet worden waren. Warda.

Um Gottes willen, durchfuhr es Gero. Hugo brachte es fertig, sie unter Anklage stellen zu lassen und damit jeden auf der Insel, der mit ihr verkehrte.

Kapitel III

Der Morgen graute bereits, als sie im Hafen von Antarados anlegten. Manche von ihnen hatten bei der ruhigen Überfahrt ein wenig geschlafen. Andere hatten darüber debattiert, wie es zu einer solch schrecklichen Niederlage hatte kommen können. Und je mehr sie darüber redeten, umso mehr lag es nahe, dass es einen Verräter unter ihnen geben musste. Die Heiden waren viel zu gut vorbereitet gewesen, als dass man von Zufall oder schlechter Planung hätte sprechen können. Fragte sich nur, um wen es sich bei dem möglichen Verräter handelte.

Gero packte hastig seine Waffen und auch seine Rüstung zusammen, die er bereits zuvor in den dafür vorgesehenen Ledertaschen verstaut hatte. Im allgemeinen Gedränge der übrigen Brüder unter Deck belud er David mit seinem Gepäck und dem schwarzweißen Schild, der nach der heidnischen Attacke mit brennenden Pfeilen einige Löcher und Brandspuren aufwies. Er selbst sah aus wie ein blutbesudeltes Schwein. Seine Chlamys war getränkt mit den inzwischen getrockneten Blutspritzern seiner getöteten Feinde, die er wie im Rausch regelrecht abgeschlachtet hatte. Doch darum konnte er sich jetzt nicht kümmern. Er musste so rasch wie möglich an Land. Nicht um sich zu waschen und frische Kleidung anzulegen. Noch bevor die Helfer des Medikus die Verletzten abtransportierten und Hugo d'Empures Meldung an Bartholomäus de Chinsi machte, musste er die Festung erreichen, um Warda zu finden, bevor es andere taten. Seine einzige Hoffnung war, dass in dem allgemeinen Aufruhr niemand bemerkte, wie er sich davonstahl.

Auf David sitzend, trabte er über den Steg, nachdem Henri d'Arches ihnen den Weg zum Kai freigegeben hatte.

»Was hast du es denn so eilig?«, rief ihm Arnaud hinterher, als er seinen Hengst auf dem gepflasterten Zufahrtsweg zum Haupttor in einen harten Trab verfallen ließ. Gero sah sich weder nach Arnaud um, noch dachte er daran, ihm zu antworten.

Die Strecke zum Festungshof war nur kurz. Dort angekommen, übergab er David dem erstbesten Knappen, der ihm entgegenlief, und befahl ihm, sich um das Tier und sein Gepäck zu kümmern. Er selbst bahnte sich im Laufschritt einen Weg über die weitläufige Freifläche, die von Teilen der Burg und hohen Wehrmauern begrenzt war. Dabei dachte er nicht darüber nach, dass sein Schwert und seine Chlamys immer noch blutbefleckt waren. Geschickt wich er den heidnischen Sklaven aus, die permanent in Ketten gelegt vor sich hin stolperten, und den erstaunt dreinblickenden Ritterbrüdern, Sergeanten und Arbeitern, die seinen überhasteten Auftritt recht verwunderlich finden mussten. Die Ankunft der Galeere brachte die gesamte Festung in Aufruhr, und sie würde es noch mehr tun, wenn sich die ersten Schreckensnachrichten darüber verbreiteten, was ihnen in Marqab widerfahren war.

Während er seinen Weg fortsetzte, überholte er Dutzende von schwarzgekleideten Frauen. Wäscherinnen, Köchinnen, Schneiderinnen, Putzweiber, die ihn erschrocken anstarrten, als er sie im Vorbeigehen zufällig anrempelte. Warda war nicht unter ihnen. Er musste sie unbedingt finden, bevor sie Hugo d'Empures in die Arme lief. Gero eilte voran und packte beinah jede Frau an der Schulter, die ihm den Rücken zukehrte, und ließ sie erst wieder los, nachdem sie sich umgedreht hatte und er sicher sein konnte, dass es sich nicht um Warda handelte.

Als er endlich an ein blondes, schüchternes Mädchen geriet, das Warda von Zypern aus hierherbegleitet hatte, fasste er sich ein Herz. »Ich suche Maria«, stieß er hervor. Er nannte bewusst jenen Namen, mit dem sich Warda bei der Verwaltung des Ordens angemeldet hatte. »Hast du eine Ahnung, wo sie stecken könnte?«

Im ersten Augenblick bekam die Kleine kein Wort heraus und starrte ihn mit ihren angstgeweiteten grünen Augen an, als ob er ein Ungeheuer wäre. Wahrscheinlich klebte das Blut nicht nur auf seiner Chlamys, sondern auch auf seinem blonden, kurzgeschorenen Bart und in seinem ebenfalls kurzen Haar. Hastig fuhr er sich mit einer Hand über Augen, Nase und Kinn, obwohl das sicher nichts nutzte, weil seine Hände ebenfalls blutverschmiert waren.

»Sie … i… ist …« Das Mädchen brachte kein Wort heraus, und Gero verlor die Geduld, packte sie fester als gewollt bei den Schultern und beugte sich zu ihr hinunter. »Rede, verdammt. Ich muss sie sprechen, sofort!«

»Sie ist in ihrer Kammer. Ihr geht es nicht gut!«, schoss es aus der Kleinen heraus, und ihre Augen füllten sich mit Tränen.

Herr im Himmel, woher sollte er wissen, wo ihre Kammer war?

»Bring mich hin«, forderte er, wenn auch um einiges sanfter.

»Ihr werdet ihr doch nichts antun, oder?« Ihr besorgter Blick rührte ihn. »Nein, wo denkst du hin?«, erwiderte er und bedeutete ihr mit einem Nicken, dass sie vorangehen sollte. Das Mädchen gab keine Antwort, sondern eilte voraus, hinunter zu den Behausungen der Leibeigenen, die im Innern der Festung wie Schwalbennester am Fuß der östlichen Wehrmauer klebten. Immer wieder schaute sie ängstlich zu ihm auf, während er mit großen Schritten dicht an ihrer Seite marschierte.

Als sie die Tür zum Lager der Waschweiber aufstieß, schlug ihm ein stickiger Geruch entgegen. Der kleine Raum, in dem offenbar mehrere Frauen hausten, besaß kein Fenster. Trotzdem drang durch die Ritzen der Bretter genug Tageslicht, um sich orientieren zu können. Ein armseliger Ort, wie Gero befand. Nicht dass er selbst luxuriöser logierte. Das Dormitorium der Templer war an Einfachheit kaum zu überbieten, aber wenigstens war es sauber, aufgeräumt und frei von Ungeziefer, was in dieser Behausung nicht der Fall zu sein schien. Warda lag zusammengekrümmt auf ihrem Lager, das aus einem wackeligen Holzgestell und einer schmuddeligen Strohmatratze bestand. Als sie ihn sah, presste sie die Lippen zusammen, offenbar vor Schmerz. Neben ihr stand ein Eimer voll Wasser mit blutgetränkten Laken darin.

Gero sah sich gehetzt um, ob es irgendwo ein Weib gab, das ihm Wardas Zustand erklären oder ihr beistehen konnte. Doch bis auf das Mädchen waren sie unter sich. Sein Blick fiel auf die Kleine, die Anstalten machte, davonzulaufen. »Hiergeblieben«, befahl er hart und deutete auf den Eimer. »Ich will, dass du frisches Wasser und saubere Tücher bringst und etwas zu trinken und zu essen.

»Aber man wird mir nichts geben«, jammerte sie. »Für uns Leibeigene ist alles streng rationiert.«

»Geh in die Küche der dienenden Brüder und sag, dich schickt Bruder Gero von Breydenbach im Namen des Ordens. Sie sollen dir Brot und Wein einpacken, und dann gehst du zum Hospital und bittest in meinem Auftrag um Alaunpulver und eine Tinktur gegen Schmerzen.«

Das Mädchen sprang mit einem gehorsamen Nicken davon. Dann wandte er sich Warda zu.

»Bei der heiligen Mutter, was ist mit dir?«, brach es aus ihm heraus, als er sich neben sie auf das Lager setzte und ihre eiskalte Hand ergriff.

Warda konnte kaum glauben, dass ausgerechnet Gero von Breydenbach neben ihr saß. Mit seinen himmelblauen Augen und dem vielen Blut, das an ihm und seiner Chlamys klebte, sah er zum Fürchten aus. Gott sei Dank schien er unversehrt.

»Das Gleiche könnte ich dich fragen«, brachte sie schwer atmend hervor.

»Überhaupt, was hast du hier zu suchen? Du solltest nicht in den Unterkünften der Frauen sein, noch dazu in diesem Aufzug.«

»Das ist doch jetzt vollkommen gleichgültig«, erwiderte er voller Ungeduld. »Ich will wissen, was mit dir geschehen ist!«

»Es ist nichts«, stöhnte sie mit verwaschener Stimme und versuchte, seinem prüfenden Blick auszuweichen. Der Schmerz, der in ihrem Unterleib wütete, ließ ihr kaum Luft zum Atmen. Immer wieder ging ihr durch den Kopf, wie sie das Haus der alten Anouar unten am Hafen aufgesucht hatte. Wie sie dort auf einer schmutzigen Pritsche gelegen und die Alte ihr den eisernen Haken in die Scheide eingeführt hatte, um die Leibesfrucht aus ihr herauszureißen. Zuvor hatte die Alte ihr einen heidnischen Kräutersud verabreicht, der eine Kontraktion des Leibes bewirkte, um den Abgang des winzigen Menschleins zu beschleunigen. Es war nicht das erste Mal gewesen, dass Warda eine solche Tortur über sich ergehen lassen musste, um eine Schwangerschaft zu beenden. Als Hure war sie des Öfteren in Verlegenheit geraten, obwohl sie sich dank mit Essig oder Zitrone getränkter Schwämme und wirksamer Tinkturen zumeist davor hatte schützen können, dass der Samen ihrer Freier auf fruchtbaren Boden gefallen war. Aber hier auf der Insel waren die Möglichkeiten beschränkt, und der Kerl, der ihr diesen Balg gezeugt hatte, scherte sich nicht darum, ob sie fortan einem keuschen Leben den Vorzug geben wollte.

»Nichts?«, krächzte Gero, dem ihre starken Blutungen sofort aufgefallen waren, weil auch ihre Röcke mit Blut getränkt waren.

Seinem Blick war eine Mischung aus Mitleid und Furcht zu entnehmen. Er schien sich tatsächlich Sorgen um sie zu machen.

»Wo kommst du überhaupt her?«, stieß sie heiser hervor und überging damit seine Frage.

Plötzlich stand Isodora in der Tür und brachte den gewünschten Eimer mit frischem Meerwasser und einen Stapel zerrissener Laken.

»Danke«, bemerkte Gero rau und erhob sich, um dem Mädchen den Eimer abzunehmen.

»Ich gehe jetzt das Brot, den Wein und die Medizin holen«, entgegnete sie folgsam und war schon wieder verschwunden.

Gero nahm den Eimer und die Laken und setzte sich neben Warda aufs Bett.

»Was soll das werden?«, fragte sie misstrauisch. Er würde sie doch nicht waschen wollen?

»Ich will dich säubern und dir frische Kleidung überziehen. Währenddessen erzählst du mir, was mit dir geschehen ist.«

Warda glaubte, sich verhört zu haben. »Du willst mich waschen? Was ist, wenn dich einer deiner Kameraden hier erwischt? Es wäre mir neu, dass ein Streiter Christi sich bis an die Zähne bewaffnet in der Krankenpflege hervortut.«

»Wieso nicht?«, widersprach er und tauchte einen Stoffstreifen unter Wasser, nur um ihn kurz darauf wieder auszuwringen. »Die Krankenpflege gehört schließlich auch zu unserer Mission. Auch wenn sie nicht zu unseren Hauptaufgaben zählt.«

»Du bist aber ein Krieger und arbeitest nicht im Hospital«, widersprach sie ihm und zog ihre Beine noch ein wenig mehr an ihren Körper heran. Der Gedanke, ihm auf diese Weise ausgeliefert zu sein, behagte ihr nicht.

Ungeachtet dessen schlug er ihre Röcke zurück und sah das frische Blut an ihren Schenkeln kleben.

»Sag nur, du hast ein Kind zur Welt gebracht?« Suchend und mit einem Anflug von Panik schaute er sich um.

»Es ist … gestern Nacht abgegangen«, erklärte sie stockend. Das war nicht gelogen, beruhigte sie sich selbst.

Er packte sie bei den Schultern und drehte sie so weit zu sich herum, bis sie gezwungen war, ihm in die Augen zu sehen. Der Schmerz, den diese Bewegung erzeugte, ließ sie aufstöhnen.

»Wie weit warst du denn?«

»Nicht weit genug, als dass es hätte zur Welt kommen können.« Sie presste die Lippen zusammen und versuchte, die Tränen zu unterdrücken, die ihr unvermittelt in die Augen schossen, als sie seinen entsetzten Blick gewahrte. »Im vierten Monat«, fügte sie kaum hörbar hinzu.

Er schnaubte nur kurz und schüttelte fassungslos den Kopf. »Hast du mir nicht gesagt, du könntest nicht schwanger werden?«

»Ein Missgeschick«, entgegnete sie knapp. In seinen Augen las sie, wie es in ihm arbeitete. Wenn es ihr nicht so abwegig erschienen wäre, hätte sie vermutet, dass er eifersüchtig war.

»Und ich dachte, du wolltest dein Leben ändern.«

Seine Enttäuschung darüber, dass sie nach der Flucht aus Zypern trotz all ihrer Beteuerungen weiterhin mit anderen Männern geschlafen hatte, war ihm durchaus anzusehen.

»Das habe ich auch«, entgegnete sie schwach. »Aber manchmal geht das Schicksal seine eigenen Wege.«

»Soll ich eine Kräuterfrau holen?«, fragte er mit hörbarer Sorge in der Stimme. »Oder den Medikus? Du brauchst jemanden, der dir hilft, sonst ergeht es dir am Ende wie meiner Frau.«

Daher wehte der Wind, dachte sie überrascht. Er hatte mit dem Tod seiner Frau etwas Ähnliches erlebt, und nun sorgte er sich womöglich, sie könne auch sterben. Das hieß, sie bedeutete ihm etwas, selbst wenn es nicht so weit ging, wie sie es sich gewünscht hätte. Zu gerne wäre sie ihm um den Hals gefallen und hätte ihn geküsst. Aus Dankbarkeit, aber auch, weil er den schönsten Mund besaß, den sie je bei einem Mann gesehen hatte. Ein weiteres Mal bedauerte sie, dass er als Ehemann nicht zu haben war.

»Keinen Medikus«, japste sie atemlos. Der Mann würde womöglich ahnen, dass sie bei dem Abgang nachgeholfen hatte. Im Orden durfte niemand erfahren, dass sie ein Kind abgetrieben hatte. Darauf stand die Todesstrafe.

Gero fuhr stoisch damit fort, sie auszuziehen, bis sie völlig nackt war. Dabei empfand er offenbar keinerlei Ekel vor all dem Blut, das ihre Beine benetzte. Wortlos wusch er es ab. Zunächst zwischen den Beinen und dann am Bauch und an all jenen Stellen, wo noch Blut zu sehen war. Er tat es mit Routine und gleichzeitig mit einer Zärtlichkeit, die sie die Schmerzen beinah vergessen ließ.

Dann hob er sie an wie ein Kind und drehte und wendete sie so lange, bis sie vollkommen sauber war. Sprachlos verfolgte sie, wie er ein paar trockene Lumpen zusammenpackte und sie ihr wie selbstverständlich zwischen die Schenkel stopfte, um weitere Blutungen aufzuhalten, bevor er sie hinstellte und ihr im Stehen ein halbwegs frisches Kleid überzog. Dabei hielt er sie fest in seinen Armen, um ihr den notwendigen Halt zu geben. Mit einer Hand schnürte er das Gewand notdürftig zusammen, um ihre Blöße zu bedecken. Warda half ihm nur unbeholfen, weil ihr so schwindelig war, dass sie befürchtete, sich übergeben zu müssen. Anschließend setzte er sie wie eine willenlose Puppe auf das Lager ihrer armenischen Nachbarin und begann damit, ihr Bett mit einem frischen Laken zu beziehen.

Trotz ihrer furchtbaren Schmerzen musste Warda in sich hineinlächeln.

Offenbar hatte man ihm bei den Templern beigebracht, wie man sein Bett machte, Kissen aufschüttelte und Matratzen lüftete. Auf der Burg seiner Eltern hatte es für solche Arbeiten mit Sicherheit jede Menge Diener und Mägde gegeben. Als er fertig war, nahm er sie in seine starken Arme und legte sie sacht auf ihr bescheidenes, aber nun sauberes Bett.

Sie schämte sich ein wenig ob seiner Hilfe, ließ es aber geschehen, dass er ein weiteres Laken über sie ausbreitete und es ihr bis an die Nase zog.

Dann setzte er sich wieder neben sie, streichelte ihr fast zärtlich übers Gesicht und entfernte eine verschwitzte dunkle Haarsträhne aus ihrer Stirn. »Eigentlich bin ich hergekommen, um dich dringend zu warnen.«

Wieder war es Isodora, die eine weitere Unterhaltung unmöglich machte, indem sie unvermittelt zur Tür hereinhuschte und dann mit großen Augen vor ihnen stand. »War Marcella hier und hat aufgeräumt?«

»Nein«, brachte Warda mühsam hervor und blickte auf Gero, der dem Mädchen den Krug Wein und den Korb mit dem Brot und der Medizin abnahm. »Es gibt durchaus auch Männer, die so etwas zuwege bringen.«

Gero zog nur eine Braue hoch, sagte aber nichts. Er nahm die kleinen Glasflaschen in Augenschein, die mit einem Holzpfropfen versehen waren. In einer war das Pulver und in der anderen die geforderte Flüssigkeit. Mehr beiläufig schüttete er den Wein in einen Becher und fügte ein paar Tropfen von der Tinktur hinzu. Dann stellte er den Krug, den Becher und das verschlossene Fläschchen auf den gestampften Lehmboden und brach danach das Brot, das Isodora ihm aus einem Korb gereicht hatte. Als er die hungrigen Blicke des Mädchens bemerkte, gab er ihr ein großes Stück ab.

»Nun sieh zu, dass du fortkommst«, riet er ihr. »Ich habe mit deiner Herrin etwas zu besprechen.«

Sie protestierte nicht, sondern bedankte sich artig für das Brot und war schon verschwunden.

Gero nahm den Becher auf und setzte ihn Warda an die Lippen. »Du musst trinken«, erklärte er ihr. »Nur so können deine Körpersäfte wieder fließen. Schlafmohn und Bilsenkraut werden dir die Schmerzen nehmen. Wenn die Blutung nicht aufhört, musst du etwas von dem Alaunpulver in deine Scheide einführen, das könnte helfen.«

»Meine Güte«, bemerkte Warda verblüfft. »Woher weißt du das alles?«

»Jeder Templer erhält eine Unterweisung über heilende Tinkturen, Verbände und die Behandlung von Wunden. Das müsstest du eigentlich wissen. Schließlich hattest du Templer in deiner Verwandtschaft.«

»Mein Geliebter hat nie darüber gesprochen, und als mein Vater starb, war ich noch zu klein, als dass er mit mir über so etwas hätte reden können. Alles, was ich von ihm weiß, hat mir meine Mutter erzählt. Obwohl ich so einiges durch sie erfahren habe, wie man Fehlgeburten behandelt, gehörte nicht dazu.«

Geduldig flößte er ihr den Wein ein und tunkte ab und zu ein Stück Brot hinein, das er ihr ebenso geduldig zwischen die Lippen schob.

Sie schluckte brav und schmiegte ihr verschwitztes Haupt in seine Armbeuge. Er hielt sie fest, drückte sie sacht, und seine große, warme Hand wanderte zu ihrer schmerzenden Leibesmitte, die er nun sanft zu massieren begann. Sie schloss für einen Moment die Augen und stellte sich vor, wie es wäre, wenn er tagtäglich auf diese Weise mit ihr verfahren würde.

»Geht es dir ein bisschen besser?« Er streichelte ihr mit dem gekrümmten Zeigefinger über die Wange.

»Ja«, bestätigte sie mit erstickter Stimme. »Die Schmerzen lassen langsam nach. Warum tust du das alles für mich?«, fragte sie matt und schaute mit halb geschlossenen Lidern zu ihm auf.

»Weil du eine Frau bist, die dringend Hilfe benötigt.«

»Nein«, sie schüttelte kaum merklich den Kopf. »Das will ich nicht wissen. Warum bist du überhaupt hier? Du sprachst von einer Warnung. So, wie du aussiehst, bist du eben erst von der gegenüberliegenden Küste zurückgekehrt, und dabei hast du offenbar mehr durchgemacht als ich. Also muss es etwas verdammt Wichtiges sein.«

»Das ist es. Aber bevor wir darüber reden, muss ich wissen, wie es zu deinem Zustand kommen konnte«, antwortete er tonlos und beendete abrupt seine Massage. »Ich meinte dich gestern noch gesund und munter unten im Fischerdorf gesehen zu haben, und nun liegst du hier, dem Tod näher als dem Leben.

Hast du dich zu sehr angestrengt, oder bist du gestürzt, oder hat der Kindesvater dich etwa geschlagen?« Sein unnachgiebiger Gesichtsausdruck machte ihr unmissverständlich klar, dass er keine Ausreden duldete, sondern die Wahrheit wissen wollte.

»Nein, nichts von alledem. Ich wollte das Kind nicht«, erklärte sie ihm leise. »Ich habe es wegmachen lassen.«

»Heilige Muttergottes!«, erwiderte er fassungslos. »Hattest du etwas mit einem Heiden?« Er verengte seine Lider.

»Einem Heiden?« Sie sah ihn verständnislos an. »Denkst du wirklich, ich würde es heimlich mit Sklaven in Ketten treiben?« Langsam wurde es ihr zu bunt. Was dachte er sich dabei, sie so zu demütigen?

»Warum sonst solltest du das Kind nicht haben wollen, außer, weil es heidnisches Blut in sich trägt?«

»Mach dich nicht lächerlich«, schnappte sie erbost. »Ich habe selbst heidnisches Blut in mir. Das wäre kein Grund, ein Kind loswerden zu wollen.« Sie versuchte, ihre Stimme zu erheben, was ihr jedoch aufgrund ihrer Schwäche nicht wirklich gelang.

»Sag nur, auf dieser verwünschten Insel gibt es eine Engelmacherin?«

Warda biss sich auf die Lippe. Sie konnte ihn nicht anlügen, oder, besser gesagt, sie wollte es nicht.

»Ja, du hast recht. Ich war gestern unten im Dorf. Dort wohnt eine Frau, die sich mit so etwas auskennt.«

»Bei allen Teufeln! Warum setzt du dich einem solchen Risiko aus?« Sein waidwunder Blick traf sie mitten ins Herz.

»Weil es kein Kind der Liebe war. Noch nicht einmal eins, das in Sünde gezeugt wurde. Jedenfalls was mich betrifft.«

»Was willst du damit sagen?«, fragte er begriffsstutzig.

»Willst du es wirklich wissen …?«

»Das will ich.«

»Ich wurde geschändet. Von einem Ordensritter.«

Dieses Geständnis traf Gero wie ein Schlag. »Wer war es?«, fragte er nur und hatte im Nu eine Palette von möglichen Kandidaten im Kopf, die er jedoch einen nach dem anderen wieder verwarf.

»Wenn ich es dir sage, wirst du ihn töten wollen, und das kann ich nicht zulassen.«

»Hugo d'Empures!«, schoss es unüberlegt aus ihm heraus. Plötzlich war es ihm sonnenklar. Er war grob, dreist und hatte schon einmal in seiner Gegenwart versucht, Warda zu vergewaltigen. Vielleicht hatte er es danach noch öfter getan.

Sie erwiderte nichts, sondern schaute mit ihren hellbraunen Augen durch ihn hindurch. Lange genug, um ihm klarzumachen, dass er mit seiner Vermutung richtiglag.

»Ich schlag ihm die Eier ab und stopfe sie ihm eigenhändig ins Maul, bis er daran erstickt«, erklärte Gero im Brustton der Überzeugung, wobei seine Hand wie von selbst zum T-Heft seines monströsen Anderthalbhänders wanderte.

Warda legte ihre Finger auf seine geschlossene Faust und schüttelte den Kopf. »Genau das wollte ich vermeiden. Ich will nicht, dass du in diese Sache hineingezogen wirst.«

»Ich bin schon mittendrin«, raunte er und sah sie durchdringend an.

»Wie meinst du das?«

»Auf der Überfahrt von der syrischen Küste hierher hat er angedeutet, dass du eine Spionin bist. Nun ist mir klar, warum er so etwas behauptet. Wahrscheinlich, weil du ihm nicht aus freien Stücken zu Willen warst. Er will dich bestrafen.«

»Heilige Maria Muttergottes«, flüsterte sie. »Ich hätte mir denken können, dass dieser hinterlistige Schakal sich etwas ausdenkt, um mich mundtot zu machen.«

Gero hatte unüberlegt geredet und sah mit Schrecken, wie Warda noch bleicher geworden war.

»Denkt er vielleicht, du könntest ihn beim Ordenskapitel anklagen?«

Er blickte sie prüfend an, doch dann verwarf er seine Idee wieder. Niemand würde sich für die Klage eines Weibes interessieren, zumal sie keinen entsprechenden Leumund vorweisen konnte. »Ganz gleich, was er vorhat«, bekräftigte er. »Ich werde deine Ehre verteidigen, und wenn es sein muss vor Jacques de Molay. Schließlich habe ich selbst erlebt, wie er dich damals bedrängt hat.«

Plötzlich wurde ihm bewusst, warum Warda es vorgezogen hatte, sich von Hugo schikanieren zu lassen, statt zu ihm zu kommen und ihn um Hilfe zu bitten.«Warum hattest du kein Vertrauen zu mir?« Seine Stimme klang ungewollt bitter. »Vielleicht hätte es gar nicht so weit kommen müssen.«

»Ha«, stieß sie heiser hervor. »Er ist dein Vorgesetzter. Wie hättest du gegen ihn aufbegehren wollen? Außerdem ist in Wahrheit alles noch viel komplizierter. Und weitaus gefährlicher.« Sie senkte den Blick, als ob sie etwas vor ihm verbergen wollte.

Gero legte seine Hand an ihr Kinn und zwang sie, ihm ins Gesicht zu blicken.

»Raus mit der Sprache. Es hat keinen Sinn, wenn du mir etwas verschweigst. Wie soll ich dir helfen, wenn ich nicht die ganze Wahrheit erfahre. Hat Hugo noch etwas anderes in der Hand, das er gegen dich verwenden kann?«

»Eigentlich ist eher das Gegenteil der Fall«, erklärte sie matt. »Aber wer würde mir schon glauben? Ich bin nur eine einfache Frau, eine ehemalige Hure noch dazu!«

»Ich glaube dir«, sagte er hart, und in seinen Augen glitzerte das unnachahmliche Feuer eines Rebellen, der für eine Heldentat keine Rücksicht auf sein eigenes Leben nimmt.

»Hugo d'Empures macht gemeinsame Sache mit den Heiden. Ich bin mir sicher, und ich könnte es sogar beweisen.«

»Weißt du, was du da sagst?« Gero blieb der Mund offen stehen, während er sie ungläubig anstarrte.

»Siehst du?« Ihr Blick war ehrlich enttäuscht. »Du vertraust mir nicht und denkst, ich lüge.«

»Doch, natürlich vertraue ich dir«, bestritt er hartnäckig. »Rede weiter, bevor wir wieder gestört werden!«

»Ich weiß nicht, ob dir bekannt ist, dass er als junger Ritter lange Jahre in den Kerkern von Kairo verbracht hat. Dies ist der Grund, warum er perfekt die Sprache der Mamelucken beherrscht. Niemand weiß so genau, warum und wie er dieser Hölle entkommen konnte. Manche sagen, es sei ein Lösegeld seiner Familie geflossen, andere behaupten, er sei gegen den Sohn eines Emirs ausgetauscht worden. Doch alle glauben, dies sei mit Hilfe der Templer geschehen.«

»Templer werden nicht ausgetauscht, und die Miliz Christi zahlt grundsätzlich kein Lösegeld für eigene Ordensangehörige«, fuhr Gero ihr ins Wort. »So etwas wird, wenn überhaupt, nur bei Privatleuten finanziert, die reich genug sind, um den geforderten Betrag der Ordenskasse später in doppeltem Gold und Silber zurückerstatten.«

»Genau«, bestätigte sie. »Aber warum hätten die Mamelucken ihn sonst freigelassen?«

»Vielleicht weil er einen geheimen Pakt unterschrieben hat?« Gero sinnierte einfach ins Blaue, weil er sich kaum vorstellen konnte, dass die unfassbaren Vermutungen eines einfachen Weibes, das sich nunmehr als Wäscherin verdingte, zutreffen sollten.

»Nun kommen wir der Sache schon näher«, fuhr Warda unbeeindruckt fort. »Ich weiß von einem Fischer, der für Hugo d'Empures schon mehrmals bei Nacht und Nebel Depeschen ans syrische Ufer gebracht hat. Unter dem strikten Siegel der Verschwiegenheit, versteht sich.«

»Ist das wahr?« Gero spürte, wie sein Herz heftig pochte. Hugo d'Empures ein Verräter? Kaum vorstellbar und doch …

»Denkst du, ich würde sonst mit dir darüber sprechen? Die alte Frau, die mir in meiner Not geholfen hat, hat es mir in ihrer Verzweiflung anvertraut.

Hugo hat ihren ältesten Sohn zu diesen Taten gezwungen. Er hat ihm damit gedroht, dass seine Familie und er andernfalls die Insel verlassen müssten.«

Gero war zutiefst schockiert. Zuzutrauen war Hugo ein solches Verhalten allemal.

»Und was stand in diesen Depeschen?«

»Woher soll ich das wissen?« Warda zuckte aufgeregt mit den Schultern. »Die Fischer hier auf der Insel können nicht lesen. Außerdem waren die Botschaften versiegelt.«

»Aber vielleicht«, gab Gero zu bedenken, »hat Hugo im Auftrag des Ordens gehandelt.«

»Nein«, widersprach Warda, »das hat er ganz bestimmt nicht. Der Fischer hat die geschlossenen Pergamentrollen an einem einsamen Ort vor Tortosa einem Offizier der Mamelucken übergeben müssen.«

»Vielleicht hat de Chinsi einen Spion unter den mameluckischen Offizieren rekrutieren können«, argumentierte Gero vorsichtig, »und er hat Hugo beauftragt, ihn mit abgesprochenen Informationen zu beliefern.«

»Glaubst du das wirklich?« Warda schüttelte verständnislos den Kopf. »Erstens halte ich euren Ordensmarschall für einen Ehrenmann, der sich nicht armseliger Fischerfamilien bedient, um zu seinem Ziel zu kommen. Zweitens habe ich noch nie von einem mameluckischen

Offizier gehört, der seine Leute verrät. Einer aus den Mannschaften, ja, wenn er gierig genug ist und man ihm ausreichend Gold bietet. Aber ein Anführer? Die Mamelucken sind viel zu stolz und zu sehr ihrer Tradition verhaftet, als dass sie sich aufseiten der Christen stellen würden. Ganz gleich, was du ihnen bietest.«

Gero dachte angestrengt nach. Wardas Argumente waren nicht von der Hand zu weisen und erklärten, warum es bei den Überfällen der Templer an Land wiederholt zu rätselhaften Misserfolgen gekommen war. Noch eindeutiger war das Debakel der vergangenen Nacht. Nie waren die Anzeichen für einen Verrat deutlicher gewesen. Aber es zeigte auch, dass vermutlich etwas Größeres im Gange war, was nicht mehr lange im Verborgenen bleiben würde. Denn falls Hugo tatsächlich ein Verräter war, schien es ihm nicht mehr an besonderer Vorsicht gelegen zu sein.

Gero bedachte Warda mit einem nachdenklichen Blick. »Glaubst du, der Fischer würde vor Bartholomäus de Chinsi als Zeuge gegen Bruder Hugo aussagen?«

Warda lächelte schwach. »Das glaube ich kaum. Er müsste Angst um sein Leben haben. Außer mir und nun dir weiß niemand davon. Seine Mutter dachte wohl, wenn sie mir hilft, könnte ich ihr auch irgendwie helfen und bei der Ordenskommandantur ein gutes Wort für sie einlegen, damit man sie und ihren Sohn nicht weiter unter Druck setzt. Doch was sollte ich tun? Ausgerechnet ich. In einem Anfall von Irrsinn habe ich Hugo um eine Unterredung gebeten und versucht, ihn von seinem schändlichen Treiben abzubringen. Zum Dank hat er mir Gewalt angetan. Als ich ihm daraufhin in meiner Wut von den Prophezeiungen meines Vaters erzählte, der immer davon sprach, dass die Templer in Zypern durch den Verrat eines spanischen Bruders zugrunde gehen würden, ist er außer sich geraten vor Zorn.«

»Dein Vater?«, fiel ihr Gero ins Wort. »Woher sollte er so etwas wissen? Zumal er starb, bevor die Templer in Zypern Fuß gefasst haben.«

»Frag mich nicht. Er wusste es eben. Er sagte auch, dass der Orden einst Antarados oder Arwād, wie die Heiden es nennen, zurückerobern würde, was den Templern jedoch zum Verhängnis werden soll.«

Gero atmete tief durch und dachte an Lissy und die Geschichte mit der Tasche, deren Rettung seinen Vater in Akko die rechte Hand und seinen Onkel das Leben gekostet hatte. Auch da sollte es angeblich nicht mit rechten Dingen zugegangen sein. In seiner kurzen Laufbahn als Templer waren ihm bisher nur wenige Hinweise auf die angeblichen Mysterien des Ordens untergekommen. Die genauen Karten – ja. Und die wesentlich besseren medizinischen Kenntnisse, die sie wie die Karten streng geheim halten mussten. Was wohl eher daran lag, dass sich der Orden dieses Wissen von den Heiden abgeschaut hatte, was natürlich niemand erfahren durfte, weil man sie sonst der Ketzerei bezichtigt hätte. Auch bezüglich der fortschrittlichsten Finanzgeschäfte des gesamten Abend- und Morgenlandes hüllte sich der Orden in Schweigen darüber, was die Quellen zu seinem unglaublichen Erfolg waren. Doch das ganze Gerede über Prophezeiungen und magische Besitztümer erschien Gero unterdessen wie sinnloses Geschwätz, mit dem die Ordensbrüder sich das beispiellose Versagen der Christen gegenüber den Heiden im Nachhinein schönreden wollten.

»Aber so, wie es aussieht, hat Hugo sich nicht von den Weissagungen deines Vaters beeindrucken lassen, hab ich recht?«

»Ja und nein«, gestand sie zerknirscht. »Er hat sich offenbar durch meine Rede bedroht gefühlt. Aber nicht, weil er daran glaubte, sondern weil er fürchtete, ich könne ihn irgendwie in Verruf bringen. Er hat mir mehrmals aufgelauert und mir geschworen, wenn ich nicht endlich den Mund halten würde, gäbe er mich als Ketzerin der Inquisition preis. Mehrmals hat er mich in unbeobachteten Augenblicken mit Gewalt genommen und gemeint, er hole sich nur, was ihm in der Taverne der Engel ohnehin kostenfrei zugestanden hätte.«

»Dieser elende Hund«, schnaubte Gero verdrossen. »Leider sind die Worte deines Vaters nur vage und haltlose Andeutungen, die man mit nichts auf der Welt beweisen kann«, resümierte er. »Deine Geschichte mit dem Fischer ist dagegen ziemlich konkret, obwohl ich auch hier fürchte, dass Bruder Hugo die besseren Karten besitzt. Er könnte leicht sagen, du hast dir das alles nur ausgedacht, um dich selbst reinzuwaschen. In Wahrheit hättest du irgendwelche unkeuschen Ordensbrüder ausgehorcht und ihre Informationen an eben diesen Fischer weiterverkauft, der sie dann zu den Mamelucken gebracht hat. Schließlich könnte Hugo ohne Zweifel behaupten, dass du in der Taverne der Engel gearbeitet hast und er dich erst jetzt wiedererkannt hat. Und soweit wir nun wissen, sind deine dortigen Schwestern allesamt des Verrats angeklagt worden und fristen ihr Dasein in irgendeinem Kerker, wenn sie denn überhaupt noch am Leben sind.«

»Leider muss ich dir recht geben«, erwiderte Warda resigniert. »Dies ist einer der Gründe, warum ich nicht wollte, dass irgendwer sonst mit dieser Geschichte behelligt wird.«

»Verdammte Scheiße«, knurrte Gero und starrte für einen Moment ins Leere. Wie man es auch drehte und wendete, Warda würde immer in Gefahr sein. »Du musst schnellstens weg von hier«, bestimmte er mit kompromissloser Miene. »Zurück nach Zypern, zu deiner Tante.«

»O Gott«, stöhnte Warda. »Ich weiß nicht, was schrecklicher ist. Hier zu sterben oder mich auf ewig diesem keifenden Weib auszuliefern.«

»Das keifende Weib bringt dich nicht um«, bemerkte Gero lakonisch. »Was ich von Hugo d'Empures nicht sicher behaupten möchte. Zumal er durch den gestrigen Vorfall in Marqab in arge Bedrängnis gekommen zu sein scheint. Er wird sich gegenüber unserem Ordensmarschall etwas einfallen lassen müssen und ihm denjenigen ans Messer liefern, der unsere Mission im Zweifel verraten haben könnte. Dass er dabei offensichtlich an dich und mich gedacht hat, macht die Sache nicht eben besser.«

»Marqab? Und wieso verdächtigt er dich?« Warda schaute ihn fragend an. In wenigen Worten berichtete ihr Gero von dem misslungenen Überfall auf die Heiden.

»Das bedeutet«, wisperte sie bestürzt, »es ist ihm vollkommen gleichgültig, wenn er den Mamelucken seine eigenen Brüder ans Messer liefert. Aber warum tut er so etwas?«

Sie sah ihn mit ihren schräg stehenden Mandelaugen entgeistert an. Nur zwei Antworten kamen in Frage.

»Entweder bekommt er von den Heiden einen Haufen Gold dafür«, bemerkte Gero nüchtern, »oder sie erpressen ihn, weil es Beweise gibt, dass er mit ihnen schon einmal gemeinsame Sache gemacht hat. Um der heiligen Muttergottes willen wird er es jedenfalls nicht tun. Und nun ist mir auch klar, warum er den Verdacht konkret auf uns beide lenken will. Weil er sich denken kann, dass wir die Einzigen sind, die ihm bei der Geschichte in die Quere kommen können.«

»Heilige Mutter, was habe ich nur getan?« Warda sah ihn ratlos an. »Und wie soll ich mich nun deiner Meinung nach verhalten?« Ihre schönen dunklen Augen offenbarten ehrliche Verzweiflung. »Ohne die Erlaubnis des Orden komme ich von dieser Insel nicht weg. Ich bin darauf angewiesen, mit einem der Templerschiffe nach Zypern überzusetzen.«

»Soweit ich weiß, erwarten wir in wenigen Tagen die ›Faucon‹. Sie dient zurzeit als Versorgungsschiff und bringt uns Käse, Weizen und Wein direkt aus Franzien«, überlegte Gero laut. »Mit ihr könntest du zurück nach Zypern fahren.«

»Und dann?« Warda schien alles andere als überzeugt. »Ich habe mich für ein Jahr und einen Tag verpflichtet, dem Orden zu dienen. Denkst du ernsthaft, man würde mich ohne Widerspruch aus meinem Vertrag entlassen? Und wenn ich ohne Grund um meine Entlassung bitte, mache ich mich doch erst recht verdächtig.«

Gero musste einsehen, dass die Angelegenheit nicht so einfach war, wie er gedacht hatte.

»Ich gehe zu Bartholomäus de Chinsi«, beschloss er kurzerhand. »Als dein Fürsprecher.«

»Und was willst du ihm sagen?« Sie lachte bitter. »Dass wir schon mal das Lager geteilt haben und du dir nun Sorgen um mich machst, weil dein Kommandeur-Leutnant mich mehrmals geschändet hat, und im Übrigen ist er ein Verräter und weil ich das herausgefunden habe, muss ich so schnell wie möglich von hier fort?«

»Nein! Natürlich nicht …«

Plötzlich flog die Tür auf und Gero, der ob des lauten Krachens sofort aufgesprungen war und sein Schwert gezogen hatte, sah sich mit jenem Mann konfrontiert, der ihnen all die Schwierigkeiten eingebrockt hatte. »Hugo d'Empures«, murmelte er tonlos und stellte sich schützend vor Warda. »Wenn man vom Teufel spricht.«

»Na, das nenne ich mal einen herzlichen Empfang«, höhnte Hugo und machte den Weg frei für zwei nachfolgende Sergeanten im schwarzen Mantel mit rotem Kreuz darauf. Templer, die sich zeitweilig dem Orden verpflichtet hatten und allem Anschein nach die Rolle seiner juristischen Erfüllungsgehilfen übernehmen sollten.

»Im Namen des Ordens lege ich Maria Florena bint Abihi, wie sie sich mit vollständigem Namen nennt, vorübergehend in Ketten bis zur öffentlichen Anklage wegen Verrats am König von Jerusalem. Ergreift sie!«

Gero machte einen Satz nach vorn und drückte die Spitze seines Anderthalbhänders an Hugos Kehle. »Nur über deine Leiche!«

Seine Schergen zogen mit einem singenden Geräusch ihre Schwerter und richteten sie auf Gero, doch Hugo hob abwehrend die Hand.

»Oho!«, sagte er nur und schluckte angespannt. Offenbar traute er Gero durchaus zu, dass er Ernst machte. Am liebsten hätte Gero ihn sofort mit seinem Verrat konfrontiert, aber das wäre höchst unklug gewesen, weil Hugo sich nur noch mehr in die Ecke gedrängt gefühlt hätte.

»Was ist denn mit dir los, Breydenbach? Ist dein Verstand nun komplett in den Schwanz gerutscht oder willst du der holden Maid unbedingt Gesellschaft leisten?«

»Du bist das größte Dreckschwein, das mir je untergekommen ist!«, spie ihm Gero entgegen. »Ich bin gespannt, was du zu deiner Verteidigung vorzubringen hast, wenn unser Ordensmarschall erfährt, dass du sie geschändet hast und sie deshalb eine Fehlgeburt erleiden musste.«

Für einen Moment schien Hugo verblüfft. Sein Blick ging an Gero vorbei und traf auf Warda, die sich ängstlich das Laken über ihre Blöße gezogen hatte.

»Du trägst Schuld daran, dass sie dem Tod näher als dem Leben ist«, ereiferte sich Gero, »und als ob das der Dreistigkeit noch nicht Genüge tun würde, beschuldigst du sie eines völlig aberwitzigen Verbrechens, für das du nicht die geringsten Beweise hast.«

Hugo warf ihm einen abschätzigen Blick zu und machte einen Schritt zurück, nachdem er sichergehen konnte, dass Gero ihn nicht auf der Stelle abstechen würde.

»Netter Versuch«, sagte er und gab seinen Leuten ein Zeichen, dass sie die Schwerter zurückstecken konnten. »Ich bin gespannt, was unser

Ordensmarschall dazu sagt, wenn ich ihm berichte, dass ich dich anstatt im Refektorium, wo er uns in Kürze zu einem Rapport erwartet, bei einer Hure vorgefunden habe, in deren Schuld du allem Anschein nach stehst. Denn warum sonst hält sich ein Edelmann und Streiter Christi in den Verschlägen der Waschweiber auf? Wer weiß, vielleicht steckst du sogar mir ihr unter einer Decke, und das nicht nur im übertragenen Sinne. Immerhin habe ich zwei Zeugen dafür, dass du hier warst.«

»Dann steht eben Aussage gegen Aussage«, entgegnete Gero kühl. »Ich an deiner Stelle würde mir überlegen, ob du wirklich eine Anklage riskieren willst. Vielleicht kommen noch ein paar andere Dinge zutage, die nicht weniger unangenehm für dich sind.«

»Was sollte das sein, Breydenbach? Wir wissen doch beide, es würde für dich wesentlich schlechter ausgehen, wenn ich aus meinem geheimen Wissensschatz plaudere. Und auch unsere liebe Maria – oder sollte ich lieber Warda sagen? – würde nicht gerade gut dabei wegkommen.«

»Mir ist es scheißegal, wenn du mich wegen der Sache in der Taverne der Engel anschwärzt. Ich pfeife auf meinen Mantel«, zischte Gero, »aber ich schwöre dir, wenn du ihr auch nur ein Härchen krümmst, werde ich dich töten.«

»Lass ihn«, hörte er Wardas zittrige Stimme aus dem Hintergrund. »Ich gehe mit ihm, wenn er es verlangt. Ich will nicht, dass du dich meinetwegen ins Verderben stürzt.«

Gero schnellte herum und versah sie mit einem vernichtenden Blick. »Wer hat dich denn gefragt? Denkst du, ich lasse es zu, dass er dich auf den Scheiterhaufen bringt oder an den Galgen?« Er wollte noch etwas sagen, als er unvermittelt einen heftigen Schlag gegen den Kopf erhielt und ihm schwarz vor Augen wurde. Ohne etwas dagegen tun zu können, knickte er ein, verlor sein Schwert und merkte nicht einmal mehr, wie er zu Boden fiel.

Kapitel IV

Als Gero erwachte, hatte er fürchterliche Kopfschmerzen. Einem Impuls folgend rieb er sich den Hinterkopf und ertastete eine mächtige Beule. Nur langsam realisierte er, dass man ihm sämtliche Waffen genommen hatte.

Ein schmerzhafter Blick in die Umgebung versicherte ihm, er saß im Kerker für besonders schwerwiegende Fälle. In direkter Nachbarschaft zum Cousin eines mameluckischen Emirs und ein paar weiterer Offiziere eines mameluckischen Spähtrupps, die beim letzten Raubzug in die Hände von Robert le Blanc und seiner Truppe gefallen waren. Aus einer benachbarten Zelle starrten sie ihm im Schein einer Fackel allesamt blöde entgegen.

»Glotzt nicht so«, rief er verärgert und deutete mit der linken Hand eine äußerst unanständige Geste an.

Unvermittelt dachte er an Warda und hoffte, dass Hugo d'Empures wenigstens bei ihr hatte Gnade walten lassen – obwohl eigentlich nicht damit zu rechnen war. Fluchend rieb er sich den Nacken. Warum war er nur so dämlich gewesen, Hugo den Rücken zu kehren? Der Kerl war schlimmer als ein Mamelucke, was im Nachhinein nicht verwunderlich schien, hatte er doch viele Jahre in deren Gesellschaft zugebracht.

Kaum, dass er sich wankend auf die Füße gekämpft hatte und an die Gitterstäbe seines Verlieses herangetreten war, um nach den Wachen Ausschau zu halten, hörte er Stimmen. Zwei englische Kameraden im weißen Mantel, die Gero nur vom Sehen kannte, weil sie noch nicht lange auf der Festung waren, machten vor seiner Zelle halt. Nachdem sie die eiserne Tür aufgeschlossen hatten, forderten sie ihn auf, herauszutreten, wobei sie auf eine Fesselung verzichteten. Weglaufen konnte er ja ohnehin nicht. Gemeinsam eskortierten ihn die beiden eine schmale Treppe hinauf bis auf den Festungshof. Draußen war es schon dunkel. Also musste er stundenlang in einer Art Dämmerschlaf zugebracht haben.

»Wo führt ihr mich hin?«, fragte er ohne Aussicht auf eine vernünftige Antwort.

»Zum Ordensmarschall«, erwiderte einer von beiden zu Geros Überraschung. Hoffnung keimte in ihm auf. Er hatte Bartholomäus de Chinsi bisher als einen gerechten und vorbildlichen Vorgesetzten erlebt, vielleicht würde er ja mit sich reden lassen. Während sie über den Hof marschierten, sah er an sich herunter. Er sah furchtbar aus. Ungewaschen, immer noch mit Blut befleckt. Er hatte gehofft, wenigstens die Gelegenheit zu bekommen, sich ein sauberes Ordensgewand anzuziehen.

Die Kammer des Ordensmarschalls lag im zweiten Stock des Nordturms und war kaum weniger spartanisch eingerichtet als das Dormitorium der Ritter.

Zu seiner Verwunderung trug de Chinsi keine Chlamys, sondern einen bequemen Haushabit, den die Brüder bevorzugten, wenn sie keinen offiziellen Verpflichtungen nachgingen. Das bedeutete also, ihre Unterredung würde einen eher privaten Charakter haben.

Trotz seines jämmerlichen Aufzuges nahm Gero vor seinem Ordensmarschall Haltung an und grüßte ihn standesgemäß. »Gott sei mit Euch, Beau Seigneur!« Gehorsam senkte er den Blick.

»Lasst mich mit ihm allein«, befahl de Chinsi seinen Begleitern. Unmittelbar nachdem die beiden Männer den Raum verlassen und die eisenbeschlagene Tür hinter sich geschlossen hatten, begann de Chinsi mit seiner Strafpredigt.

»Was habt Ihr Euch nur dabei gedacht, Bruder Gerard, Euren Kommandeur-Leutnant anzugreifen?« Dass der Ordensmarschall ihn mit einem respektvollen »Ihr« anredete, wertete Gero als gutes Zeichen. »Und das alles nur wegen einer einfachen Magd.«

»Beau Seigneur«, erwiderte Gerard mit gesenktem Blick. »Habe ich die Erlaubnis zu sprechen?«

»Allerdings habt Ihr die«, bekräftige de Chinsi und nickte so heftig mit seinem glatzköpfigen Haupt, dass sein schwarzgelockter Bart eigentümlich auf seine breite Brust wippte. »Ich will wissen, warum einer meiner tapfersten Ritter in solcher Art gegen die Regeln verstößt. Und das ausgerechnet für eine Frau, die unter dem Verdacht steht, unseren Orden auf übelste Weise verraten zu haben.«

»Mit Verlaub, Seigneur, das hat sie mit Gewissheit nicht getan«, erklärte er mit fester Stimme.

De Chinsi hob eine Braue. »Wie in Gottes Namen darf ich das verstehen?«

Gero überlegte fieberhaft, was er de Chinsi erklären konnte und was nicht. »Ich bin ihr bereits auf Zypern begegnet. Ihre Mutter hat ebenfalls für den Orden gewaschen«, verschleierte er ihre Bekanntschaft. »Sie ist leider vor einer Weile verstorben.«

»Wenn sie tot ist«, bemerkte de Chinsi verwirrt, »was habt Ihr dann mit ihrer Tochter zu schaffen?«

Gero betete zur Heiligen Jungfrau, dass de Chinsi nicht auf die Idee kam, Warda ebenfalls holen zu lassen. Ihr atemberaubendes Aussehen, trotz ihres Alters und ihres erbärmlichen Zustands, hätte sicherlich nicht Geros Tugenden untermauert. Glücklicherweise war de Chinsi zu sehr mit sich und seinem Kriegshandwerk beschäftigt, als dass ihm Schönheiten wie Warda ins Auge gestochen wären.

»Nichts weiter«, log Gero. »Vor unserer Abreise aus Famagusta war sie offenbar in Not geraten«, fuhr er fort und bekreuzigte sich innerlich ob dieser Lüge. »Weil ihre Mutter für den Orden arbeitete und ich die Tochter daher vom Sehen kannte, habe ich sie mehr zufällig an unserem letzten Abend in Famagusta aus den Händen eines Unholdes gerettet. Sie hat sich bei mir bedankt und mir in ihrer Aufregung ein wenig von sich erzählt. Dabei machte sie nicht den Eindruck einer Spionin. Später auf der Überfahrt von Zypern hierher erfuhr ich, dass sie sich wie ihre Mutter nun als Wäscherin beim Orden verdingt. Als ich heute vom Hafen zurückkehrte, sprach mich ihre Gefährtin an, die mich von dem Zwischenfall in Famagusta offensichtlich noch kannte, und bat mich, ihrer Freundin zu Hilfe zu eilen, weil sie offenbar unter großen Schmerzen litt. Irgendein Frauenleiden plagte sie«, erklärte er mit einer wegwerfenden Handbewegung. »Ich habe lediglich dafür gesorgt, dass sie eine Schmerztinktur und blutstillende Medizin erhielt.«

De Chinsi sah ihn abschätzend an, und Gero war froh, wie üblich vor einem Ordensmarschall den Blick senken zu müssen.

»Bruder Hugo behauptet, Ihr seid schuld an ihrem Zustand.«

»Bei allem Respekt, Seigneur«, erwiderte Gero und hatte Mühe, seine Stimme im Zaum zu halten. »Bruder Hugo würde gut daran tun, sich seinen eigenen Sünden zu stellen, anstatt seine Kameraden zu Unrecht zu beschuldigen.«

Bartholomäus de Chinsi sah ihn scharf an. »Was wollt Ihr damit sagen? Ihr wisst, es ist Eure Pflicht, jede Verfehlung eines Bruders, die Euch bekannt wird, anzuzeigen.«

»Ich möchte nicht mehr dazu sagen, als dass die Frau mir verraten hat, sie war schwanger und hat das Kind nicht aus freien Stücken empfangen. Ich schwöre bei Unserer Lieben Frau, dass ich mit der Sache nichts zu tun habe«, bezeugte Gero im Brustton der Überzeugung.

»Ihr wisst, wer es war?« De Chinsi verengte seinen Blick.

»Angeblich ein Mann des Ordens. Aber sie wollte nicht sagen, wer genau, und ich war nicht dabei, somit kann ich vor dem Kapitel nicht als Zeuge auftreten«, erwiderte Gero diplomatisch. »Aber aus meiner Sicht hat die Frau keine Veranlassung zu lügen.«

»Und was haltet Ihr von Bruder Hugos Vermutung, dass sie es war, die unsere Unternehmungen an die Mamelucken verraten hat?«

Gero straffte seine Schultern und sah de Chinsi geradeheraus an. »Wie hätte sie das in Gottes Namen tun sollen? Sie hat keinen Zugang zu unseren Kapitelversammlungen und ist auch nicht bei unseren Besprechungen zugegen. Ein Verrat wäre also, wenn überhaupt, nur möglich, wenn es jemanden in unseren Reihen gäbe, der ihr die Pläne verraten hat. Warum aber sollte ein Ordensritter sie mit Schande besudeln und ihr als zusätzliche Marter die Geheimnisse des Ordens anvertrauen?«

Gero kniff die Lippen zusammen und setzte eine lakonische Miene auf.

»Und was soll ich nun Eurer Ansicht nach tun?« De Chinsi stemmte die Hände in die Hüften und sah ihn herausfordernd an. »Dass es offenbar eine undichte Stelle in unseren eigenen Reihen gibt, ist beunruhigend genug. Denkt Ihr, mir bereitet es Vergnügen, mich darüber hinaus mit den moralischen Verfehlungen meiner Ritter zu beschäftigen?«

Gero erkannte seine Chance, auch wenn es ihn ärgerte, wenn Hugo so seiner gerechten Strafe entgehen würde.

»Man sollte die Frau so rasch wie möglich nach Zypern schaffen«, riet er seinem Vorgesetzten in der Hoffnung, de Chinsi würde ihm zustimmen. »Damit wir jeglichen Skandal vermeiden. Es hat schon genug Verwirrung um Bruder Hugo gegeben, als er in dieser Taverne gefasst wurde«, bemerkte er kühn und hoffte damit Hugos Glaubwürdigkeit zu untergraben. De Chinsi musste bei dieser Bemerkung klarwerden, dass es Hugo aufgrund seiner eigenen unlauteren Vergangenheit nicht zustand, andere Kameraden oder unschuldige Frauen mir nichts, dir nichts zu verdächtigen.

»An dieser Stelle«, erwiderte de Chinsi bedächtig und ließ seine Arme sinken, »muss ich Bruder Hugo in Schutz nehmen. Seine Besuche in der Taverne der Engel geschahen mit Wissen des Ordens. Wir ahnten schon länger, dass es sich bei diesem Etablissement, wenn ich es einmal so nennen darf, um einen sündigen Ort handelte. Dass dort hochbrisante Informationen umgeschlagen wurden, war uns jedoch nicht bekannt. Ein Mittelsmann hatte uns lediglich gewarnt, es würde dort nicht mit rechten Dingen zugehen. Also haben wir Bruder Hugo und Bruder Robert von ihrem Keuschheitsgelübde entbunden, um aus erster Hand zu erfahren, was dort wirklich geschah.

Schließlich hatten wir gegenüber dem Papst und dem König einen Ruf zu verlieren. Die Besitzerin der Taverne hat ihre Mädchen angehalten, die Freier mit berauschenden Drogen zu betäuben, um ihnen Geheimnisse zu entlocken, die sie anschließend für gutes Geld an die jeweilige Gegenseite verkauft hat. Dabei kam der Verdacht auf, dass Prinz Amalrich einen Aufstand gegen König Heinrich und damit gegen seinen eigenen Bruder plant. Nicht, dass wir König Heinrich mehr schätzen würden als Amalrich. Eher ist wohl das Gegenteil der Fall. Aber es wäre noch zu früh, für einen von beiden eindeutig Partei zu ergreifen. Eine unhaltbare Situation, wie Ihr Euch denken könnt. Wir waren kurz davor, gnadenlos zwischen die Fronten zu geraten, weil die Taverne, in der bei Wein und Weibern augenscheinlich die übelsten Ränke gegen den König geschmiedet wurden, auf unserem Grund und Boden stand. Deshalb sah unser Ordensmeister es als dringend geboten, diesem Sodom ein Ende zu bereiten. Und um keinen Zweifel an unserer Loyalität gegenüber dem Königshaus aufkommen zu lassen, haben wir Heinrichs Soldaten erlaubt, das Haus zu stürmen und alle dort befindlichen Männer und Frauen festzunehmen. Bruder Hugo befand sich zur Tarnung dort, damit die Wirtin der Taverne und die betroffenen Hofschranzen keinen Verdacht schöpften. Solange dort Templer, wenn auch nicht im Habit, ein und aus gingen, rechnete niemand damit, unter Beobachtung des königlichen Geheimdienstes zu stehen.«

»Aber …«, Gero bemüht sich vergebens, nicht allzu betroffen zu wirken.

Niemals hätte er geglaubt, dass die ganze Geschichte ein abgekartetes Spiel der Ordensleitung mit dem Königshaus gewesen sein könnte. Hatte doch selbst Jacques de Molay vor aller Augen und Ohren darüber geklagt, die Templer hätten gegenüber dem Papst einen Ruf zu verlieren.

De Chinsi grinste verhalten und sah ihn an, als ob er wüsste, was Gero als Nächstes auf den Lippen lag. »Ihr meint, wie es sein kann, dass Bruder Hugo trotz seiner Unschuld vor den Augen aller Ordensbrüder bestraft werden musste und ohne Widerspruch Schmerzen und Schmach erduldet hat?«

Gero nickte benommen, obwohl ihn vielmehr interessiert hätte, ob die Führungsriege des Ordens öfter zu solchen Finten griff und so nicht nur die Obrigkeit, sondern auch die eigenen Leute hinters Licht führte. »Er tat es aus Gründen der Geheimhaltung und als Lehrstück für die übrigen Brüder, damit sie sehen, was geschieht, wenn man vom rechten Weg abkommt.«

»Erlaubt Ihr mir noch eine Frage, Beau Seigneur?«

»Nur zu, mein Sohn, wobei ich gewiss sein will, dass alles, was wir hier besprechen, in diesem Raum verbleibt.«

»Bei meiner Ehre, Beau Seigneur«, beschwor Gero seine Zuverlässigkeit. »War die anschließende Strafe der Grund, warum Hugo mit einer Beförderung geadelt wurde, als er seinen Dienst auf Antarados angetreten hat?«

»Na ja«, bekannte de Chinsi mit einem listigen Schmunzeln, »irgendwie musste man ihn ja entlohnen, nachdem er solche Strapazen auf sich genommen hat.«

Gero nickte mechanisch. In Wahrheit dachte er daran, wie »furchtbar« es für Hugo gewesen sein musste, sich im Auftrag des Ordens mit Huren zu vergnügen. Wobei die sich anschließende Strafe zur Abschreckung der übrigen Brüder – Auspeitschung vor aller Augen und ein halbes Jahr bei Wasser und Brot vom Boden fressen – kein Honigschlecken, sondern ein hoher Preis gewesen sein dürfte.

»Außerdem«, fuhr de Chinsi fort, was die Erläuterungen zu Hugos Beförderung betraf, »dürfte allgemein bekannt sein, dass unser tapferer Bruder die Sprache der Mamelucken beherrscht und ihre Gewohnheiten wie kein anderer kennt. Schließlich hat er mehrere Jahre in deren Kerker verbracht. Somit ist er der perfekte Anführer für unsere Raubzüge.« De Chinsi lächelte huldvoll, als ob es sich bei Hugo d'Empures um einen Heiligen handelte.

Was mit Gewissheit nicht so war, wie Gero mit einiger Verbitterung feststellte. Er war ein gerissener Hund, der über Leichen ging, um sein Ziel zu erreichen. Wie in Gottes Namen konnte es sein, dass de Chinsi, den er ansonsten als Ordensmarschall schätzte, so wenig Menschenkenntnis besaß?

Gero war überhaupt nicht zum Lachen zumute. Unter diesen Umständen wollte er sich nicht die Blöße geben und Hugo d'Empures der Spionage bezichtigen. Wer wusste schon, ob Hugo es nicht so an de Chinsi verkaufte, dass er seine Depeschen verfasste, um die Mamelucken hinters Licht zu führen? Und in Wahrheit tauschte er die Depeschen aus und verriet den Mamelucken die nächsten Einsatzgebiete des Ordens.

Gero wurde schlagartig bewusst, dass Hugo ihn nicht zum ersten Mal sehenden Auges hatte ins Messer laufen lassen, genauso wie Warda, deren Schicksal ihm bereits damals gleichgültig gewesen war, als er die Taverne der Engel ausgekundschaftet hatte. Höchstwahrscheinlich hatte er sich einen Spaß daraus gemacht, mit Gero und Fabius zwei

Novizen zu verführen, zum einen, um bei den Frauen noch harmloser zu erscheinen, zum anderen, um den angehenden Ordensbrüdern mit ihrer möglichen Verhaftung zu verdeutlichen, was geschehen konnte, wenn man sich nicht an die Regeln hielt. Dummerweise war es Gero gelungen, zusammen mit Warda den Schergen des Königs zu entkommen. Aber wie es auch sein mochte, Warda und er konnten in jedem Fall von Glück reden, dass Hugo sie im Nachhinein nicht an den Orden verraten hatte.

Was er natürlich mühelos hätte nachholen können. Doch dann müsste Hugo sich als ehemaliger Spitzel die Frage gefallen lassen, warum er es nicht früher getan hatte.

»Ich halte Euch beide für ehrenhafte Männer«, bekannte de Chinsi offenbar ahnungslos. »Deshalb möchte ich Euch bitten, zukünftig die Befehle Eures oder irgendeines anderen Kommandeur-Leutnants ohne Wenn und Aber zu befolgen. Es wäre mehr als bedauerlich, wenn wir uns von Euch trennen müssten, und das nur, weil Ihr nicht fähig seid, Gehorsam zu üben.«

»De par Dieu, Beau Seigneur«, presste Gero hervor.

»Mir ist bereits zu Ohren gekommen, wie tapfer Ihr Euch bei den Raubzügen gegen die Heiden geschlagen habt. Und dass Ihr bei dem gestrigen Desaster wieder einmal einem Bruder das Leben gerettet habt.«

»Das war nicht nur mein Verdienst, Beau Seigneur«, lenkte Gero ein. »Bruder Struan hat genauso viel dazu beigetragen.«

»Es ehrt Euch, wenn Ihr diese Heldentat nicht für Euch allein in Anspruch nehmen wollt. Ich bin mir gewiss darüber, unsere Lehrmeister haben ganze Arbeit geleistet, was die Ausbildung aller Novizen betrifft. Aber Ihr habt Euch geradezu todesmutig ins Schlachtengetümmel gestürzt, wie mir mehrere Brüder versichert haben. Deshalb möchte ich Euch gerne eine Bitte erfüllen, sofern es im Rahmen meiner Möglichkeiten liegt.«

Gero war überrascht, musste jedoch nicht lange überlegen, was er sich wünschen wollte.

»Ich würde mich sehr freuen, wenn Ihr die Frau, die von Bruder Hugo zu Unrecht des Verrats beschuldigt wird, auf freien Fuß setzen und sie zu ihrer alten Tante nach Nikosia zurückkehren lassen würdet. Das wäre ein Akt der Gnade und der Gerechtigkeit.«

»Ihr verwundert mich immer wieder«, sagte de Chinsi und schaute ihn mit seinen glühenden braunen Augen prüfend an. »Ihr seid wirklich selbstlos. Aber das macht einen wahren Templer schließlich aus. Nicht wahr? Wenn es das ist, was Euer Herz begehrt, werde ich sogleich den Befehl erteilen, die Frau aus dem Kerker zu entlassen. Wie war noch mal ihr Name?«

»Maria Florena bint Abihi«, wiederholte Gero den Namen, den Warda neuerdings verwendete. Es war eine Mischung aus christlichen und arabischen Namensanteilen, wobei Abihi bedeutete, sie wusste nicht, wer ihr Vater gewesen war, was natürlich nicht den Tatsachen entsprach. Aber Gero konnte de Chinsi ja schlecht mitteilen, dass ihr Vater ein Templer gewesen war.

»In Ordnung«, bestätigte der Ordensmarschall mit einem Nicken. »Ich werde die Verwaltung anweisen, ihren Vertrag zu tilgen. Mit dem nächsten Schiff kann sie zu ihrer Familie nach Zypern zurückkehren.«

De Chinsi musterte ihn noch einmal von oben bis unten, wobei er anerkennend nickte. »Eure Chlamys ist mir Beweis genug, dass Ihr Euch nicht scheut, in Blut und Dreck zu wühlen. Ihr dürft abtreten. Wascht Euch und zieht Euch etwas Sauberes an.«

»Ich danke Euch, Beau Seigneur«, sagte Gero knapp und verbeugte sich.

»Was ist mit meinen Waffen?«, schob er beinahe verlegen hinterher.

»Euer Schwert und Euren Messergürtel habe ich in die Waffenkammer geben lassen, selbstverständlich könnt Ihr beides jederzeit dort abholen.«

Als er nach draußen gehen wollte, rief de Chinsi ihn noch einmal zurück. »Wartet einen Moment«, sagte er und nahm aus seinem Schreibpult Papier, Tinte und Federkiel. Rasch kritzelte er etwas auf das handtellergroße hellgraue Blatt Papier, dessen Errungenschaft ebenfalls von den Heiden stammte und sich vor allem für die Weitergabe von kurzen Nachrichten und die Führung von Listen immer mehr gegen das viel zu teure Pergament durchsetzte. Einen Moment wartete der Ordensmarschall, bis die Tinte der Nachricht getrocknet war, dann streckte er sie Gero mit einem freundlichen Lächeln entgegen.

»Geht zum südlichen Kerker«, empfahl er Gero, »und sagt den dortigen Wachen, dass ich den Befehl erteile, die Gefangene unverzüglich in die Freiheit zu entlassen. Das Papier soll ihr als Freibrief dienen. Außerdem wird man Euch daraufhin Eure Waffen zurückgeben.«

Beinahe ungläubig betrachtete Gero den schriftlichen Befehl mit de Chinsis geschwungener Unterschrift, die er schon von seinem Wappenbuch kannte, in dem der Ordensmarschall stellvertretend für Jacques de Molay seine Aufnahme bei den Templern bestätigt hatte. »Habt Dank, Beau Seigneur«, murmelte er kaum hörbar, bemüht, seine Freude zu unterdrücken.

Draußen vor der Tür angelangt, konnte Gero es kaum glauben, dass er diese Schlacht nur mit Worten gewonnen hatte. Hastig rannte er an den brennenden Fackeln entlang die steinerne Wendeltreppe hinab und stürmte über den von flackernden Feuerkörben illuminierten Hof. Zunächst zur Waffenkammer, wo er sich sein Schwert samt Gurt und seinen Messergürtel zurückholte. Falls er noch einmal Hugo d'Empures über den Weg lief, wollte er kein Risiko eingehen. Danach rannte er im Dauerlauf zum südlichen Turm, in dessen ebenerdigem Kerker vorwiegend Frauen untergebracht waren, die man beim Diebstahl oder bei der Hurerei erwischt hatte. Allerdings war deren Anzahl nicht so groß, somit würde er kaum Mühe haben, Warda zu finden.

Als er dem Sergeanten, der Wache stand, den Brief unter die Nase hielt, öffneten sich wie von selbst sämtliche Gittertüren. Ungeduldig drang er zu der kahlen Zelle vor, in der Warda auf einem Strohlager kauerte und im Schein einer fast heruntergebrannten Ölfunzel schlief. Sie hatte geweint, wie er unzweifelhaft an ihren feuchten, geröteten Wangen erkennen konnte. Für einen Moment lief sein Herz über vor Mitleid. Wie gerne hätte er sie in den Arm genommen und getröstet, und am liebsten hätte er ihr natürlich erzählt, welche ungeheuerlichen Geheimnisse Bruder Hugo mit sich herumtrug. Doch das durfte er nicht.

Bekümmert hockte er sich neben sie und kratzte sich den Nacken, um zu überlegen, wie er ihr die neuesten Entwicklungen beibringen sollte. Als er abermals die Beule ertastete, wurde ihm bewusst, dass sein Schädel immer noch heftig pochte. Das würde Hugo ihm noch büßen müssen, ganz gleich, welch große Stücke de Chinsi auf ihn hielt. Vorsichtig streckte Gero die Hand aus und berührte Warda an der Wange. Sie war glühend heiß. Verdammt, nun bekam sie auch noch ein Fieber. Aber das war ja zu erwarten, bei all der Aufregung und dem, was sie durchgemacht hatte.

»Warda!« Er rüttelte sie heftiger und bekam plötzlich Angst, dass sie gar nicht schlief, sondern das Bewusstsein verloren hatte.

»Wer da?«, stöhnte sie leise, wobei sie ihre Lider nur einen Spalt weit öffnete.

»Du?«, murmelte sie ungläubig. »Hat man dich auch hier eingesperrt? Was denkst du: Werden sie uns foltern, bis wir gestanden haben, und dann hängen?«

»Hier wird niemand gehängt«, sagte er und nahm sie in die Arme. Er drückte sie fest und scheute sich auch nicht, ihr den Scheitel zu küssen. »Ich bin gekommen, um dir zu sagen, alles wird gut.«

»Was tust du da?«, keuchte sie matt, und Gero spürte, wie sich der feine Flaum auf ihrem Nacken plötzlich zu einer feinen Gänsehaut aufrichtete. »Ich fühle mich hundeelend, und du verführst mich zu unkeuschen Gedanken.«

»Für deine Gedanken bist du selbst verantwortlich«, tadelte er sie mit einem Augenzwinkern. »Denkst du wirklich, ich wäre so ein Schwein wie Hugo und würde mich an einer hilflosen, dazu noch kranken Frau vergreifen?« Im gleichen Moment hob er sie auf und trug sie an den Wachen vorbei hinaus auf den Hof.

»Wo willst du mit mir hin?« Unvermittelt schien sie zu begreifen, dass er sie tatsächlich aus dem Kerker herausholte. »Wissen deine Oberen davon?«, wisperte sie, den Kopf erschöpft an seine Brust gelehnt. »Oder dürfen wir uns nicht erwischen lassen?«

»Unser Ordensmarschall persönlich hat deine Entlassung unterschrieben.« Die Freifläche in der Mitte der Festung, wo sich tagsüber Hunderte Menschen aufhielten, wirkte wie leergefegt. Die meisten

Bewohner befanden sich in der Templerkirche, die einem wundertätigen Bildnis der Heiligen Jungfrau geweiht war, und bereiteten sich auf die Vesper vor. Ungeachtet dessen marschierte Gero zielsicher mit Warda auf den Armen auf das Haupttor zu, hinter dem die Straße hinunter zum Dorf der Fischer führte.

»Hast du ihm das mit Hugo berichtet?« Ihre Augen wirkten im Schein eines Feuerkorbes gehetzt.

»Nein«, gestand Gero und hielt stoisch auf die beiden Wachen zu, die jedem Zugang verwehrten, der auf der Festung nichts zu suchen hatte.

»De Chinsi hält große Stücke auf ihn. Ich wusste nicht, wie ich es ihm hätte beibringen sollen.«

Selbstbewusst präsentierte er das Schreiben seines Ordensmarschalls und wurde anstandslos durchgelassen.

»Das bedeutet, er kann so weitermachen wie bisher?« Wardas brüchiger Stimme war trotz aller Pein die Empörung anzuhören. »Was wird, wenn er die ganze Insel an die Mamelucken verrät?«

»Das wird er nicht«, beschwichtigte sie Gero, obwohl er nur hoffen konnte, dass er recht behielt. Er durfte Warda nicht in aller Offenheit sagen, warum de Chinsi Bruder Hugo so sehr vertraute.

»Wieso bist du dir da so sicher?«, bohrte sie weiter, wobei ihre Stimme im Takt von Geros Schritten vibrierte. »Er ist der Teufel in Menschengestalt, er ist zu allem fähig. Nachdem er dich hat niederschlagen lassen, schwor er mir, mich auf den Scheiterhaufen zu bringen.«

»Er ist ein Schakal«, bekannte Gero und setzte seinen Weg mit ihr über die Pferdetreppe in die Dunkelheit fort, hinunter zum Hafen, wo die nächsten Feuerkörbe bei jenen Stellen brannten, an denen die schwere Hafenkette bewacht wurde. Die meiste Zeit des Tages und erst recht in der Nacht war sie mit Hilfe einer Eselswinde so straff gespannt, dass sie kurz über der Wasseroberfläche schwebend das Einlaufen feindlicher Schiffe verhinderte.

»Das wissen wir längst, und dennoch bist du frei.«

»Heißt das, ich bin offiziell von allen Verdächtigungen freigesprochen?«, fragte sie immer noch ungläubig.

»Ja, das heißt es«, bestätigte Gero rau und bog am Ende der gepflasterten Straße in eine der engen Gassen ein, die an einer Vielzahl von verschachtelten Häusern entlangführte. »Was hast du vor?«, fragte Warda argwöhnisch. »Willst du mich etwa in irgendeine Nussschale setzen und mich allein nach Zypern segeln lassen?« Ihre Stimme hatte einen spöttischen Unterton.

»Heilige Maria«, stöhnte er ungehalten und machte in einer der menschenleeren Gassen halt, die so eng waren, dass er mit Warda auf den Armen kaum hindurchpasste. »Du traust mir wohl alles zu?«

»Womit habe ich es verdient, dass du mich heiligsprichst?«, stichelte sie. »Und außerdem hast du meine Frage noch nicht beantwortet. Was soll aus mir werden?«

Gero sah ihr im Halbdunkel in die Augen. Dabei kamen sich ihre Lippen so nah, dass ihr Atem sich vermischte. »Du hast Fieber«, sagte er leise, »und Hugo wird keine Ruhe geben, bis er sich an dir gerächt hat. Das kann ich nicht zulassen. Deshalb will ich dir im Dorf eine zuverlässige Bleibe suchen, bis es dir besser geht und du die Insel mit dem nächsten Versorgungsschiff verlassen kannst.«

Spontan reckte sie ihren Hals und küsste ihn mit ihren erhitzten Lippen auf den Mund. Weich und fordernd zugleich spürte Gero den Druck und ihre kleine Zunge, die ohne Rücksicht Einlass verlangte. Anstatt sich ihr zu entziehen, öffnete er seine Lippen und gab ihrer unerwarteten Leidenschaft nach. Nur mit Willensstärke gelang es ihm, sich nach einer gefühlten Ewigkeit von ihr zu lösen.

»Warda, lass das«, sagte er heiser. »Du hast selbst gesagt, du seist zu krank, um mit mir das Lager zu teilen. Ich bin mir nicht sicher, inwieweit uns mein Gelübde vor einer Dummheit zu bewahren vermag, wenn du mich auf diese Weise verführst.« Er räusperte sich verlegen und setzte seinen Weg fort, dabei hob er von neuem an, ihr zu erklären, wie er sie bis zu ihrer Ausreise vor Hugo zu schützen gedachte. »Ich habe mir überlegt, es ist besser, wenn du nicht länger in der Ordensburg bleibst. Wir gehen zu der Frau, die dir das Kind weggemacht hat. Sie steht in deiner Schuld. Schließlich hat sie es zu verantworten, dass du dich in einem solch schlechten Zustand befindest.«

»Das bedeutet, Hugo weiß nichts von meiner Freilassung?« Ihre Stimme klang erstaunt.

»Nein«, bekräftigte Gero. »Das war die einsame Entscheidung unseres Ordensmarschalls.«

»Dann musst du ja mächtig Eindruck auf Bartholomäus de Chinsi gemacht haben. Schade, dass du nicht den Mut gefunden hast, Hugo als Verräter zu entlarven.«

Das saß. Gero beschloss, ihren Vorwurf zu ignorieren, und ging weiter zum Haus der Alten. »Ich hatte meine Gründe. Mehr kann ich dazu leider nicht sagen.«

»Ich wollte dich nicht kränken«, lenkte sie ein. »Aber du warst derjenige, der davon angefangen hat, dass wir ehrlich zueinander sein sollten, damit wir uns gegenseitig helfen können.«

»Ich kann es dir nicht erklären«, erwiderte Gero dumpf. »De Chinsis Verhalten hat etwas mit Geheimnissen des Ordens zu tun, die nur Eingeweihte etwas angehen. Nur so viel: Es macht momentan keinen Sinn, unseren Ordensmarschall in dieser Sache ins Vertrauen zu ziehen. Ich bin schon froh, dass ich ihn dazu bringen konnte, Hugos Verdacht gegen dich für ebenso absurd zu halten wie ich. Er hat bedingungslos zugestimmt, als ich darum bat, dass du zu deiner Tante nach Zypern zurückkehren darfst.«

»Aber wenn du mich vor Hugo in Sicherheit bringen willst«, unterbrach sie ihn jäh, »ist diese Engelmacherin nicht gerade die beste Adresse. Schließlich macht er gemeinsame Geschäfte mit ihrem Sohn.«

»Ich habe nicht vor, dich dort zu lassen«, beschwichtigte Gero sie. »Sie soll uns sagen, wo wir dich unterbringen können, damit du Hugo nicht versehentlich in die Arme läufst. Soweit ich weiß, ist die halbe Inselbevölkerung miteinander verwandt. Dies ist bestimmt ein Grund, warum sie so große Angst davor haben, verbannt zu werden. Ich bin mir sicher, wenn sie meine Chlamys sieht, wird sie tun, was ich von ihr verlange. Diese Leute haben einen höllischen Respekt vor Angehörigen des Ordens. Schließlich haben die Templer das Eiland inzwischen vom Papst überschrieben bekommen.«

»Und was wird Hugo dazu sagen? Vergiss nicht, dass er selbst ein Verräter ist. Wird er nicht alles tun, um den Verdacht von sich abzulenken?«

»Dazu hat er gar keine Veranlassung, solange es niemanden gibt wie dich, der ihn verraten kann«, formulierte Gero vorsichtig. »Und was mich betrifft, werde ich ihn wohl noch eine Weile beobachten müssen. Erst wenn ich weitere Zeugen habe, kann ich vor unserem Ordensmarschall gegen ihn vorgehen. Leider befindet sich in meinem Bataillon nur ein Mann, dem ich grenzenlos vertraue. Und der bekommt den Mund nicht auf.« Gero dachte an Struan und dass es schon allein wegen dessen Schweigsamkeit schwierig sein würde, ihn auf seine Seite zu ziehen.

»Warum willst du so lange warten, bis etwas Schlimmes passiert? Ich weiß doch, was ich gehört habe!«

Trotz ihres Fiebers war Warda aufgebracht.

»So versteh doch, Warda«, beschwor Gero sie. »Es könnte durchaus sein, dass Hugo ein doppeltes Spiel spielt. Aber sicher bin ich mir nicht. Ich brauche Zeit, um herauszufinden, was wirklich hinter dieser Sache steckt. Und bis dahin will ich dich keinem Risiko aussetzen. Verstehst du?«

»Du bist ein Engel«, sagte sie sanft und küsste ihn von neuem, doch diesmal auf die Wange.

»Das glaube ich nicht«, erwiderte er seufzend, »dafür habe ich schon zu viele Sünden begangen.«

»Du meinst doch nicht die Geschichte mit uns, oder?«, fragte sie leise.

Er war froh, auf diese Frage nicht eingehen zu müssen, weil sie bereits am weißgetünchten Haus der Fischersfrau angekommen waren, das inmitten eines Gewirrs von mehrstöckigen Häusern etwas abseits vom Hafen lag.

Gero stellte Warda für einen Moment auf die Füße und klopfte hart auf das Holz, und nur wenig später öffnete sich die Tür. Ein junger, sehniger Syrer schob seine Falkennase durch den Türspalt und schrak jäh zurück, als er Gero erblickte.

»Keine Angst, Osman«, begrüßte Warda ihn leise auf Franzisch, welches die Bewohner von Antarados durch die jahrelange Besetzung der Kreuzritter leidlich beherrschten. Denn auch wenn sie Christen waren, stammten ihre Vorfahren von den Sarazenen ab, die vorwiegend arabische Dialekte sprachen. »Das ist ein Freund von mir, du kannst ihm vertrauen. Er hat mich hergebracht, weil ich noch einmal die Hilfe deiner Mutter benötige.«

Osman beäugte Gero mit dem üblichen Argwohn, den er von den Einwohnern Zyperns bereits kannte. Dass Osman die Templer nicht leiden konnte, lag wohl daran, wie Hugo d'Empures mit ihm umging.

Seiner alten Mutter verschlug es gleich ganz die Sprache, als sie im Schein ihrer Ölfunzel den vergleichsweise riesigen Tempelritter erblickte. Gebückt und bis auf das Gesicht verschleiert stand sie da, und Gero bemerkte, wie sie vor Angst und Aufregung zitterte. Plötzlich wurde ihm bewusst, dass seine Chlamys immer noch blutbefleckt war.

Sie verbeugte sich hastig und senkte den Blick, wobei sie furchtsam zu Warda schielte, die sich den Unterleib hielt und kaum gerade stehen konnte. »Was kann ich für Euch tun?«, fragte sie krächzend, wobei sie es nicht wagte, Gero ins Gesicht zu schauen.

»Wie ist dein Name?«, fragte er unvermittelt und stellte damit klar, dass er sie in die Verantwortung nehmen würde, wenn sie ihm nicht entgegenkam.

»Anouar«, brachte sie stockend hervor.

»Anouar«, wiederholte Gero mit beabsichtigter Strenge in der Stimme. »Ich habe gehört, du hast dieser Frau aus einer misslichen Lage geholfen. Das scheint ihr nicht gut bekommen zu sein, aber sie kann aus verschiedenen Gründen nicht auf der Festung bleiben. Deshalb suche ich nach einer Bleibe für sie, bis sie mit dem nächsten Schiff die Insel in Richtung Zypern verlassen kann. Wenn möglich, sollte sie aber nicht bei dir bleiben, sondern woandershin, wo sie niemandem vom Orden über den Weg läuft. Kennst du jemanden, der sie aufnehmen kann? Ich werde sie mit allem versorgen, was sie benötigt.«

Anouar blickte mit einer Mischung aus Angst und Verwunderung zu ihm auf.

»Wie …?«, begann sie stockend.

»Auf der Festung stellen die Frauen neugierige Fragen, wenn du verstehst, was ich meine«, führte Warda weiter aus. »Ich habe immer noch starke Schmerzen. Der Ordensmarschall hat mir erlaubt, mit dem nächsten Schiff zu meiner Tante nach Zypern zurückzukehren, damit ich mich auskurieren kann. Natürlich kennt er die genauen Umstände nicht, und das soll auch so bleiben. Bis dahin benötige ich etwas Ruhe und eine sichere Unterkunft.«

»Ist er …?« Die Frau warf ihr einen verwirrten Blick zu und schaute dann verstohlen zu Gero hoch.

»Der Vater des Kindes? Nein. Er ist ein alter Freund«, beschwichtige sie Warda. »Er hat mir schon mehrmals aus der Not geholfen.«

Alter Freund, dachte Gero erstaunt. Ja, so konnte man es auch nennen. Nur dass alte Freunde sich gewöhnlich nicht küssten und erst recht nicht das Lager miteinander teilten.

»Nun, kommt rein«, murmelte die Alte wenig einladend. Gero folgte den beiden Frauen ins Haus, während sich Osman nach draußen verzog. Gemeinsam gingen sie in ein Hinterzimmer, und Gero fragte sich bereits, was sie dort zu suchen hatten, als Anouar zu seiner Überraschung eine Fackel entzündete und einen Teppich beiseiteschob. Darunter befand sich eine hölzerne Klappe, die sie mit Schwung öffnete. Ohne ein Wort führte sie ihn und Warda in ein Kellerloch, das nicht besonders groß und mit Vorräten vollgestopft war. Gero wollte schon protestieren, weil er diese Bleibe für ganz und gar nicht geeignet hielt. Doch Anouar hob beschwichtigend die Hand und schob ein Regal zur Seite, hinter dem nichts weiter als eine steinerne Mauer zu erkennen war. Mit wenigen gekonnten Griffen schob sie zwei der schweren Blöcke nach hinten, und ein schmaler Durchgang wurde erkennbar, der in einen düsteren Gang führte.

Mit schmalen Lidern blickte sie auf. »Folgt mir«, sagte sie nur und ging mit der brennenden Fackel voraus.

Gero und Warda sahen sich fragend an, doch Warda schien ihr, warum auch immer, zu vertrauen. Gero stützte sie, als sie auf Weisung der Alten gemeinsam einen unterirdischen Gang betraten, in dem er gerade noch aufrecht gehen konnte.

»Die Katakomben sind uralt«, erklärte ihnen Anouar mit heiserer Stimme und sorgte mit der gleichen Leichtigkeit dafür, dass sich die Steinquader hinter ihnen wieder verschlossen. »Sie waren bereits da, bevor unsere Vorfahren auf die Insel gekommen sind. Aber kaum jemand weiß davon.«

Der Marsch durch die Unterwelt dauerte nicht lange. Das unterirdische Netz von Gängen schien noch weiter verzweigt, doch sie bogen nach einer Weile in einen Nebengang ab und gelangten schon bald zu einer weiteren steinernen Treppe, die ebenfalls durch einen beweglichen Quaderstein begrenzt wurde. Anouar schob die Steine beiseite und ging voran in ein ähnliches Kellerloch, das über eine niedrige Treppe und eine hölzerne Deckenklappe verfügte. Sie klopfte erstaunlich fest gegen das Holz. Es dauerte nicht lange und ein Rumoren kündigte an, dass über ihnen etwas weggeräumt wurde. Plötzlich hob sich die Klappe, und eine junge Syrerin in einem bodenlangen blauen Gewand starrte sie im Schein der Fackel mit großen Augen an.

»Tante Anouar?« Ihre Stimme klang ungläubig, und ihre Augen weiteten sich noch ein Stück mehr, als sie Gero erblickte. »In Gottes Namen! Du befindest dich doch nicht etwa in Schwierigkeiten?« Sie sprach franzisch, wie die Alte, wenn auch mit stark arabisch gefärbtem Akzent.

»Du musst mir den Gefallen tun und diese Frau aufnehmen«, bedeutete sie mit einem Nicken zu Warda hin, die sich schon wieder vor Schmerzen krümmte.

Gero, der sie ohnehin gestützt hatte, bückte sich ein wenig und nahm sie mit Schwung auf den Arm. Die junge Syrerin beäugte ihn dabei nicht weniger misstrauisch als zuvor Anouar.

»Sie sind beide vertrauenswürdig«, beeilte sich Anouar zu sagen. »Das Ganze geschieht mit Wissen des Ordens.«

Die junge Frau trat zur Seite und machte Gero und Warda so den Weg frei, obwohl sie noch immer nicht überzeugt schien. In ihrem Haus angekommen, schilderte ihr Anouar, was zuvor geschehen war und dass Warda ihre Fürsorge und ein Lager benötigte.

»Das ist Durar, meine Nichte«, erklärte Anouar beiläufig. »Sie kennt sich mit der Behandlung von Frauenleiden besser aus als ich«, erklärte sie mit einem gewissen Stolz in der Stimme, ohne näher auf die vorangegangenen Geschehnisse einzugehen.

Durar verstand offenbar sofort die Brisanz der Lage und deutete Gero mit einem Wink an, dass er Warda auf ein sauber bezogenes Strohlager betten sollte. Durars Mann war ebenfalls Fischer und so, wie sie erklärte, gerade bei einem Nachbarn zu einem Plausch. Die beiden jungen Leute waren noch nicht lange verheiratet, und bei Durar kündigte sich unübersehbar der erste Nachwuchs an. Ansonsten lebte nur eine alte Mutter mit im Haus. Eine ideale Situation, um Warda vor Hugo d'Empures zu verbergen.

»Danke für alles«, flüsterte Warda erschöpft, als Gero an ihrem Lager niederkniete und sie in Gegenwart der beiden anderen Frauen auf die Stirn küsste. Sie hatte offenkundig immer noch Fieber, und er machte sich Sorgen, dass es schlimmer werden könnte. Er sah sie lange an, nicht sicher, was er für sie empfand. Er dachte immerzu an Lissy und daran, dass er für ihr Schicksal verantwortlich gewesen war.

Und dann dachte er an Fabius von Schorenfels, für dessen Tod er sich ebenfalls mitverantwortlich fühlte. Er wollte nicht auch noch an Wardas Tod eine Mitschuld tragen, weil er nicht rechtzeitig das Richtige getan hatte. Er tastete nach ihrer Hand und drückte sie fest. »Ich werde dich weiterhin mit Medizin des Ordens versorgen. Wenn du darüber hinaus irgendetwas benötigst, lass nach mir schicken. Ansonsten werde ich versuchen, alle paar Tage im Schutz der Dunkelheit vorbeizuschauen. Sobald die ›Faucon‹ anlandet, helfe ich dir, an Bord zu gehen.«

»Und du bist doch ein Engel!« Sie lächelte matt und streichelte ihm über seine bärtige Wange. »Auch wenn du stinkst wie der Teufel«, fügte sie mit gerümpfter Nase hinzu und grinste. »Und nun geh, wasch dir das Blut ab und gib endlich deine Chlamys zu den bedauernswerten Wäscherinnen, die sich die Finger wundschrubben werden, um die Flecken daraus zu entfernen.«

Mit raschen Schritten kehrte Gero zur Festung zurück. Durar hatte ihn am Hinterausgang ihres Hauses hinausgelassen, wobei sie zuvor sichergestellt hatte, dass niemand auf der Gasse war, der ihn beim Hinausgehen hätte erkennen können.

Seine Kameraden machten große Augen, als er, abgerissen, wie er war, zu ihnen ins Dormitorium zurückkehrte.

»Ich fass es nicht«, höhnte Arnaud. »Anscheinend ist unser deutscher Bruder zwischenzeitlich zu den Heiden zurückgekehrt. Zumindest was sein Aussehen betrifft.«

»Wo warst du?«, fragte Brian und sah ihn besorgt an. »Du hast bei der Besprechung, bei den Andachten und auch bei den Mahlzeiten gefehlt. Bei der Komplet samt Bittgottesdienst für die verletzten und gefallenen Brüder warst du auch nicht dabei.« Plötzlich wurde es vollkommen ruhig im Dormitorium. Gero spürte, wie nahezu fünfzig Augenpaare ihn erwartungsvoll anstarrten. Glücklicherweise waren die Schlafsäle zweigeteilt, sonst wären es gut und gerne hundertzwanzig Ritter gewesen, deren volle Aufmerksamkeit er hätte genießen dürfen. »Man munkelte, unser Kommandeur-Leutnant habe dich wegen einer Frauengeschichte in den Kerker gesteckt.« Nicolas, der diese Bemerkung gemacht hatte, war ganz rot angelaufen vor Aufregung. Wie die anderen saß er halb aufrecht im Bett und wartete augenscheinlich mit einer gewissen Anspannung auf schlüpfrige Tatsachen.

»Da muss ich euch leider enttäuschen«, erklärte Gero und entledigte sich in aller Seelenruhe seiner schmutzigen Chlamys. »Alles nur ein Missverständnis. Bartholomäus de Chinsi höchstpersönlich hat mich empfangen, um mir ein Lob für meinen Einsatz in Marqab auszusprechen.«

Arnaud bekam den Mund nicht mehr zu, als Gero geendet hatte und sich nur in Unterwäsche mit einem Handtuch und Seife bewaffnet zu den Waschräumen begab. »Und nun entschuldigt mich bitte, falls jemand nach mir fragen sollte, ich schrubbe mir das Blut und den Dreck der Heiden von den Knochen.«

Als er zur Tür hinausging, spürte er die Blicke seiner Brüder noch immer im Rücken. Nur Struan hatte sich offenbar nicht für die Hintergründe seines Fortbleibens interessiert, was ihn unter all den neugierigen Brüdern zu etwas Besonderem machte. Aber auch ihn konnte Gero zum jetzigen Zeitpunkt nicht in die wahren Umstände einweihen.

Kapitel V

Am nächsten Morgen lag ein undurchdringlicher Nebel über der Insel, wie Gero ihn auf Antarados noch nicht erlebt hatte. Es war Ende September, und vielleicht lag es daran, dass der Herbst Einzug gehalten hatte, wenn auch nicht so konsequent, wie es im Abendland üblich war.

Nach der Laudes kam es beim Frühessen im Refektorium der Ritter zur unvermeidlichen Begegnung mit Hugo d'Empures. Im Gegensatz zu den übrigen Brüdern schien er nicht überrascht zu sein, Gero in sauberem Ornat bei der Ausgabe des obligatorischen gesalzenen Gerstenbreis anzutreffen. »Noch mal Schwein gehabt, Breydenbach«, raunte er Gero zu, während er sich von der Ausgabetheke mit seinem Napf in Richtung der Offizierstische bewegte.

»Das Essen ist beileibe kein Grund zu frohlocken«, murrte Arnaud, als Gero sich neben ihn setzte. »Ebenso wie das Wetter.« Lustlos stocherte er mit seinem Holzlöffel in dem zähen Brei. »Was wollte Hugo von dir?«, fragte er Gero beiläufig.

Gero nahm einen Löffel Brei und kaute stoisch auf den übriggebliebenen Gerstenspelzen herum, die sich dem Kochvorgang offenbar hartnäckig verweigert hatten. »Schweigegebot«, formten seine Lippen, als Arnaud ihn weiterhin erwartungsvoll anschaute. Die übrigen Brüder grinsten breit und taten zumindest so, als würden sie ihre gesamte Aufmerksamkeit dem braun gewandeten Verwaltungsbruder zuteilwerden lassen, der hinter dem Stehpult wie üblich während des Essens aus der Bibel vorlas. Dessen hohe Stimmlage und der nasale Ton schienen die Brüder jedoch eher zu amüsieren, als sie zur erhofften Andacht zu mahnen. Einzig Struan war nicht zu erschüttern. Der hünenhafte Schotte hatte wie üblich einen ungebrochenen Appetit. Bereits zum dritten Mal hatte er sich den Napf füllen lassen. Am Tisch gegenüber saßen die Kommandeure, darunter auch Rob le Blanc und der Ordensmarschall. Daneben hockten die zwei Kommandanten, die für die Führung der Galeeren verantwortlich waren. Gero dachte an Warda, in der Hoffnung, dass es ihr dort, wo er sie zurückgelassen hatte, bald besser gehen würde. Gleich nach dem Essen wollte er einen Knappen aus dem Hospital zu ihr schicken, der sie mit heilenden Kräutern und mit der berüchtigten Schimmeltinktur versorgen sollte, die schon so vielen schwerverletzten Brüdern das Leben gerettet hatte.

Auf dem Weg zum Hospital kreuzte Hugo d'Empures wie zufällig ein zweites Mal Geros Weg. Mit dem Unterschied, dass er ihn diesmal am Arm packte und damit am Weitergehen hinderte. Gero entzog sich seinem Kommandeur mit einer unwirschen Bewegung.

»Wo ist sie?«, fragte Hugo barsch. Gero wusste genau, wer gemeint war, zuckte aber lediglich mit den Schultern. »Keine Ahnung, was du von mir willst«, knurrte er.

»Mach mir nichts vor«, ging Hugo ihn an. »Denkst du, ich weiß nicht, dass du bei Bruder Bartholomäus geschleimt hast wie eine Schnecke? Du musst ja ziemlich beliebt sein bei unserem obersten Befehlshaber, sonst hätte er wohl kaum deiner Freilassung und der Entlassung dieser Hure zugestimmt. Würde mich interessieren, was du ihm erzählt hast.«

»Vielleicht hat de Chinsi im Gegensatz zu dir Augen im Kopf«, raunte Gero und verengte seine Lider zu schmalen Schlitzen. »Er weiß eben, auf wen er sich verlassen kann.«

»Oder auch nicht«, spöttelte Hugo. »Manchmal frage ich mich, wie er mit seiner Naivität in ein so hohes Amt kommen konnte.«

»Da muss ich dir ausnahmsweise zustimmen.« Gero hob eine Braue. »Merkwürdigerweise hat er auch von dir in den höchsten Tönen geschwärmt.« Er grinste gehässig und schickte sich an, seinen Weg zum Hospital fortzusetzen.

Hugo hielt ihn jedoch noch einmal auf, indem er Gero überholte und sich ihm in den Weg stellte.

»Was noch?« Gero spannte seine Fäuste und mahnte sich gleichzeitig zur Ruhe.

»Mach dir nicht allzu große Hoffnungen«, warnte ihn Hugo. »Ich werde die kleine Hexe schon finden. Allzu weit kann sie ja nicht sein.«

»Wenn du sie auch nur berührst, d'Empures, wirst du es bitter bereuen. Du hast sie schon mehrfach ins Unglück gestürzt. Übertreib es nicht. Es könnte dir nicht gut bekommen.«

Mit dieser undefinierten Drohung ließ Gero ihn stehen und marschierte davon, gewiss, dass Hugos zornige Blicke in seinen Rücken stachen.

Nachdem er eine Reihe von Medikamenten im Hospital hatte zusammenstellen lassen, beauftragte er einen Knappen, den Lederbeutel in das Haus des Fischers zu bringen, was der etwa fünfzehnjährige Junge mit einer gehorsamen Verbeugung bestätigte.

Danach ging Gero zur Besprechung der Tagesbefehle zurück ins Refektorium, wo man bereits Tische und Bänke gesäubert hatte. Viel lag im Moment nicht an. Nach den missglückten Überfällen der vergangenen Tage musste zunächst einmal sondiert werden, wie man solche Niederlagen in Zukunft verhinderte.

De Chinsi hatte sich wie üblich zuvor in seiner Kammer mit seinen vier Kommandeuren besprochen, von denen Hugo d'Empures die gewonnenen Erkenntnisse an Gero und seine Kameraden weitergab.

Zunächst sollte es keine weiteren Einsätze an Land geben, bis geklärt war, wie es zur Niederlage gegen die Mamelucken hatte kommen können.

»Bruder Gero, Bruder Struan, Bruder Brian, Bruder Arnaud, Bruder Nicolas und Bruder Roderic de Turiac.« Hugo hatte die Namen einer Liste entnommen, was nichts Gutes verhieß, denn er hatte sie aus irgendeinem Grund, aber bestimmt nicht ohne Hintergedanken für etwas ausgesucht. Seine ungewohnt neutrale Miene ließ darauf schließen, dass er etwas im Schilde führte. Allem Widerwillen zum Trotz war Gero gezwungen, zusammen mit den genannten Kameraden vorzutreten und damit Bereitschaft zum unbedingten Gehorsam zu signalisieren.

»Ab sofort werdet ihr die Sergeanten im westlichen Wachturm ablösen und die Küste nach Ägypten hin beobachten. Falls sich dort irgendetwas Verdächtiges tun sollte, ist unverzüglich Meldung zu machen. Nach den vorangegangenen Ereignissen hat sich unser Ordensmarschall dazu entschlossen, die Wachen an den Küstenabschnitten zu verdoppeln und einen Ring aus Ordensrittern und Katapultschützen zu schaffen, der die Verteidigung der Gestade Tag und Nacht garantiert.«

»Dieser dämonische Nebel«, klagte Bruder Roderic, als sie zu sechst über die Insel marschierten, deren bedrückende Stille das Klirren der Waffen und Kettenhemden nur noch deutlicher hervorhob, »ist bestimmt der Grund für die neuerliche Verteidigungsstrategie.« Tatsächlich konnte man kaum die Hand vor Augen sehen, als sie am Vormittag voll aufgerüstet mit Schwertern und Armbrüsten zu Fuß über die schnurgerade Straße quer über die Insel marschierten. Auf ihre Pferde hatten sie verzichtet, weil sie höchstens eine viertel Stunde laufen mussten, um die gegenüberliegende Seite des Eilandes zu erreichen. Geros Aufmerksamkeit galt den Häusern im Dorf, in dem trotz des merkwürdigen Wetters bereits Betriebsamkeit herrschte. Bei dem Nebel würden die Fischer wohl kaum rausfahren, um ihre Netze auszuwerfen. Mit Sorge dachte er an Warda, um die er sich nun nicht so kümmern konnte, wie er gehofft hatte. Nun ja – die Medizin, die er ihr hatte zukommen lassen, würde wohl für eine Weile reichen. Und das Versorgungsschiff, so es denn trotz des schlechten Wetters in den nächsten Tagen kam, würde nicht sogleich wieder davonsegeln, sondern erst am Tag darauf. Irgendwie würde er schon eine Lücke im strengen Wachalltag finden, um seine Freundin, wie er sie nun still für sich nannte, zum Schiff zu begleiten.

»Was denkt ihr«, fragte Brian in die Runde, »liegen unserem Ordensmarschall Pläne vor, dass die Heiden die Insel angreifen könnten? Ich meine, warum sonst betreibt er einen solchen Aufwand?«

Arnaud spuckte den Miswak aus, auf dem er herumgekaut hatte, dabei schulterte er seinen Schild und rückte sich im Gehen den Schwertgurt zurecht. »Irgendwas an der Sache ist faul«, orakelte er. »Dass wir bisher nicht gerade erfolgreich waren, was die Bekämpfung der Mamelucken betrifft, liegt auf der Hand. Wir hätten längst einen Stützpunkt auf dem Festland erobern müssen, um die Pläne des Ordens adäquat vorantreiben zu können.«

»Glaubst du nicht, sie müssten uns noch mehr Männer und Pferde schicken, damit wir die Mamelucken besiegen können?«, fragte Roderic mit banger Miene. »Ich meine, wenn noch nicht mal die Mongolen es schaffen, die Mamelucken zu vertreiben, wie soll es uns mit unseren knapp über hundert Rittern gelingen?«

»Das Problem ist«, erklärte Gero mit Blick zurück auf die Festung, die zusehends im Nebel verschwand, »dass gar nicht mehr Leute auf die Insel passen. Stell dir vor, wie hätten fünfhundert Ritter hier und noch einmal so viele Turkopolen, wie wolltest du die denn verpflegen? Vor allem die Wasserversorgung stellt ein großes Problem dar.«

»Ganz zu schweigen von der Scheiße dieser Leute, die man irgendwie loswerden muss«, fügte Arnaud stirnrunzelnd hinzu. »Du kannst sie doch nicht alle zum Scheißen ans Meer schicken. Schon jetzt ist das ganze Nordufer versaut. Warst du in letzter Zeit mal dort? Es stinkt zum Himmel!«

»Du kannst es drehen, wie du willst«, erhob Struan für alle überraschend seine raue Stimme. »Wir befinden uns in einer gefährlichen Lage, und das wird auch nicht besser, wenn sie noch doppelt so viele Brüder auf diese Insel entsenden. Antarados war von Beginn an als Brückenkopf für die Rückeroberung des Heiligen Landes geplant. So etwas macht nur Sinn, wenn es eine Brücke gibt, die zur anderen Seite des Meeres führt, aber dort fehlt uns der passende Pfeiler.«

»Struan hat recht«, fügte Gero nachdenklich hinzu. »Wir stecken hier fest, und wenn dem Orden nicht schleunigst etwas einfällt, sitzen wir in der Falle. Vielleicht ist das unserem Ordensmarschall durch die seltsamen Vorfälle in der Vergangenheit nun erst so richtig zu Bewusstsein gekommen. Wir haben hier von allem zu wenig. Zu wenig Wasser, zu wenig Futter für die Tiere, keine Selbstversorgung der Bevölkerung, wenn man vom Fischfang und ein paar wenigen Ziegen einmal absieht. Aber vor allem haben wir zu wenig Platz und zu wenig Schiffe. Zwei Galeeren sind vielleicht ausreichend, um Raubzüge zu bestreiten und sich halbwegs vernünftig verteidigen zu können, aber mit ihnen können wir keinen Eroberungskrieg gegen Kairo führen. Um wirklich etwas erreichen zu können, benötigen wir eine riesige Armada von Schiffen und tausendmal so viele Soldaten.«

»Sei vorsichtig, mit dem, was du da sagst«, erinnerte ihn Nicolas, der ständig befürchtete, unangenehm aufzufallen – was seiner allgemeinen Hasenfüßigkeit entsprach.

»Wenn Hugo d'Empures das hört, wird er es an den Ordensmarschall herantragen«, zeterte er warnend.

»Was hast du denn zu sagen?«, fuhr ihm Arnaud über den Mund. »Ich frage mich unentwegt, wer entschieden hat, dass du als Ritter aufgenommen wirst. Ob du ein Schwert in der Hand hältst oder eine Honigbrezel – was macht das für einen Unterschied?«

»Du bist gemein«, beschwerte sich Nicolas mit grimmiger Miene.

»Hört auf zu streiten«, mahnte Brian. »Das bringt uns nicht weiter.«

»Mir ist scheißegal, was Hugo d'Empures denkt«, verkündete Gero ohne Rücksicht auf Nicolas. »Ich traue ihm ohnehin nicht über den Weg.«

»Gibt es dafür einen Grund, den du uns nennen könntest?« Brian sah ihn mit hochgezogener Braue an.

»Ja, es gibt einen, aber ich bin mir nicht sicher, ob es klug wäre, ihn euch zu verraten«, gab Gero zu bedenken. »Nur so viel: Er ist nicht der, für den ihn die meisten halten. Und dabei möchte ich es vorerst belassen.«

Bevor Arnaud zu einer weiteren Frage ansetzen konnte, hatten sie den Aussichtsturm und die dazugehörigen Nebengebäude erreicht. Dahinter verschwand das beinahe schwarz schimmernde Meer, dessen Gestade von schroffen Felsen begrenzt waren, in einem beängstigend weißen Nichts.

»Wachablösung!«, tönte Gero mit voller Stimme über den Turm hinaus. Mit Einverständnis seiner Kameraden hatte er das Kommando über die kleine Truppe übernommen.

Kurze Zeit später erschienen die sechs Sergeanten, die in der Woche zuvor die Wacht gehalten hatten. Sie grüßten nur kurz und wirkten allesamt übermüdet. Ihre Bärte waren struppig, und es wurde dringend Zeit, dass sie ein Waschhaus von innen sahen. Daran mangelte es in dem Turm, ebenso gab es nichts, wo man sich eine Mahlzeit hätte zubereiten können. Sie waren also auf die Versorgungstrupps der Festung angewiesen. Gero schaute sich mürrisch um. Wenigstens die Latrinen waren zu gebrauchen: Holzbalken hinter dem Hauptturm, die über einen Graben gelegt waren, der einen direkten Abfluss ins Meer garantierte.

Gero und seine Kameraden kletterten über eine abenteuerliche Holzleiter zur ersten Plattform hinauf, wo sie sich die Strohsäcke zurechtschüttelten und naserümpfend die verfilzten Decken inspizierten. Noch ein Stockwerk höher befand sich die Aussichtsplattform, von der man bei klarer Sicht bis tief ins syrische Landesinnere schauen konnte. Doch im Moment war gar nichts zu sehen. Eine Tatsache, die nicht nur bei Gero ein mulmiges Gefühl hinterließ.

Ansonsten war der Dienst auf dem Wachturm eher langweilig. Wie die übrigen Ritter auf den restlichen Türmen – insgesamt gab es vier davon auf der Insel – vertrieben sie sich die Zeit mit Brettspielen und Beten, das Einzige, was ihrem tristen Arbeitsalltag eine halbwegs klare Struktur gab. Was den Ausguck betraf, so wechselten sie sich zu zweit ab.

Gero tat seinen Dienst mit Struan, der wie üblich recht einsilbig war und höchstens ein bisschen von seiner schottischen Heimat erzählte, in der es angeblich nicht selten genauso neblig war wie in diesen Tagen auf Antarados. Ihr Dienst dauerte bis zum Morgen, und als der Tag anbrach, hatte sich der Nebel, der Heiligen Jungfrau sei Dank, ein bisschen gelichtet. Am Firmament zeichnete sich eine erste, zarte Morgenröte ab, als gegen fünf Uhr in der Früh die interne Ablösung erfolgte, die ihnen durch das Glockengeläut auf der Festungskapelle angezeigt wurde. Roderic und Brian übernahmen somit das Ruder, und Gero und Struan konnten sich am Fuße des Turms aus dem eingepackten Proviant bedienen, der fast besser war als das Frühessen auf der Festung. Brot und Ziegenkäse, dazu gab es in Wein eingelegte Feigen und getrocknetes Dörrobst und Nüsse, dazu einen kräftigen Roten. Ein Festessen, wenn man bedachte, dass die Vorräte zum Ende des Sommers fast aufgebraucht waren und man dringend auf Nachschub aus Zypern wartete. Was bedeutete, es gab endlich wieder frische Äpfel und Birnen aus Frankreich und Käse in Hülle und Fülle. Dazu frisches Korn von den Feldern franzischer und italienischer Bauern, aus dessen Mehl die Bäcker schmackhafte Brotfladen zubereiteten.

Nach dem Morgengebet beschied Gero in Absprache mit den anderen, dass er mit Struan einen Erkundungsgang zum nächsten Turmabschnitt machen wollte. Vielleicht wussten die Kameraden dort ja Näheres darüber, warum die Insel so plötzlich in Alarmbereitschaft versetzt worden war.

Gemeinsam machten sie sich auf, in der Absicht, mit den Kameraden zu reden und nach Booten und Schiffen Ausschau zu halten, die nicht zur Insel gehörten. Weit laufen mussten sie dafür nicht, und als sie sich auf halbem Weg zum Hafen befanden, hatte Gero plötzlich die Eingebung, dass er heimlich bei Warda vorbeischauen könnte. Struan würde nicht reden, wenn er ihm die Situation erklärte. Das hoffte er jedenfalls, weil sich der Schotte bisher als verschwiegener Freund erwiesen hatte.

Gerade wollte er ansetzen, einen solchen Vorschlag zu machen, da ertönte von den Festungsmauern ein Horn. Dann ein zweites, welches von ihrem eigenen Stützpunkt stammte, auf dem Brian und Roderic Wache hielten.

Alarmiert sahen Gero und Struan sich um und bemerkten, wie die Insel mit einem Mal lebendig zu werden schien. Von überall her strömten die Menschen, um an der Küste Ausschau zu halten, was es mit den Fanfaren auf sich hatte. Schon wenige Minuten später enthüllte sich das Schicksal in all seiner Grausamkeit.

»Mamelucken«, raunte Struan kaum hörbar, und selbst wenn er nichts gesagt hätte, waren die gigantischen Galeeren, deren eiserne Spitzen sich aus dem lichter werdenden Nebel schälten, nun für alle Inselbewohner gut sichtbar.

Bei sechzehn Galeeren hatte Gero aufgehört zu zählen. »Scheiße«, zischte er leise.

Kapitel VI

Geros Körper reagierte rascher als sein Geist, und schon hatte er Struan am Ärmel gepackt und zog ihn mit zum Hafen, wo nun am meisten Verstärkung gebraucht werden würde. Sie mussten auf jeden Fall verhindern, dass die Feinde die Kette an der Hafeneinfahrt sprengten.

In voller Ausrüstung rannte er mit Struan zu den Kaimauern hinunter und schloss sich den alarmierten Templertruppen an, die ihrerseits bereits auf einer Landungszunge ein Wurfgeschoss klargemacht hatten, dessen Speerspitzen mit in Öl getränkten Lappen umwickelt waren. Im Takt eines Ruderschlags wurden brennende Geschosse auf die Schiffe der Mamelucken abgefeuert. Einige Segel waren bereits in Brand geraten, und auf einer Galeere war ein Feuer ausgebrochen. Oben auf der Festung waren unzählige Turkopolen zu sehen, die mit ihren Brandpfeilen auf die Segel der Feinde schossen. Doch die Schiffe waren noch zu weit entfernt, als dass es Sinn gemacht hätte, damit fortzufahren.

Den Festungstoren entströmten derweil Ritter und gewöhnliches Volk, welche offenbar einem allseits bekannten Notfallplan gehorchten und sich erstaunlich diszipliniert in Richtung Hafen bewegten. Dies war ein Zeichen dafür, dass Bartholomäus de Chinsi zumindest etwas von einem solchen Angriff geahnt haben musste. Was jedoch nicht bei der Erkenntnis half, dass die Galeeren sich inzwischen geteilt hatten und die kleine Insel regelrecht einkreisten. Plötzlich tauchte Kommandant Henri d'Arches mit einer Truppe von Gefolgsleuten am Hafen auf und gab den nachfolgenden Ruderleuten hektische Kommandos.

»Offensichtlich hat man sich entschlossen auszufahren«, murmelte Struan mit einigem Unverständnis im Blick.

»Zwei gegen sechzehn«, bestätigte Gero beunruhigt. »Wie soll das denn gelingen?«

»Es grenzt an Wahnsinn, dafür die Hafenkette herunterzulassen«, knurrte Struan ungehalten. Doch genau das schienen de Chinsi und seine Kommandeure vorzuhaben.

Gero ließ seinen Blick über die Südküste der Insel schweifen. Die Galeeren der Feinde würden keine Chance haben, dort anzulanden, solange sie nicht über unzählige kleinere Boote verfügten, mit denen sie ihre Krieger vor der Insel absetzen konnten. Und solange es den Templern gelang, dort eine Verteidigungslinie aufrechtzuerhalten, mit Speerkatapulten und Bogenschützen, würde es für die mameluckischen Gegner schwierig werden, die Insel einzunehmen. Doch all das wäre vergebene Liebesmüh, wenn die Feinde freien Zugang zum Hafen erhielten.

»Was macht ihr denn hier?«, brüllte eine wohlbekannte Stimme hinter Gero, und als er herumfuhr, blickte er in die kalten Augen von Hugo d'Empures, der hoch zu Ross anscheinend den Einsatz der Ritter koordinierte.

»Geht sofort zurück auf euren Posten!«, herrschte er Gero und Struan an.

»Ihr seid mit den anderen für die Verteidigung der Nordwestflanke zuständig.«

»Wenn ihr die Kette öffnet, haben die Mamelucken freien Zugang zum Hafen«, gab Struan ihm zu verstehen. Der Schotte protestierte selten gegen eine strategische Entscheidung, doch Gero wusste, dass er die Wahrheit sprach und ihrer aller Leben davon abhing.

»Tu, was ich dir gesagt habe, Soldat!«, brüllte Hugo ihn an. »Keiner hat nach deiner Meinung gefragt! Ansonsten lasse ich dich wegen Meuterei auf der Stelle hinrichten!«

Struan schüttelte nur unwirsch den Kopf und machte kehrt, um zum Westzipfel des Eilandes zu marschieren, wo die anderen auf sie warteten.

»Er ist ein Idiot«, knurrte der Schotte verhalten, wobei er sich nicht einmal mehr zu Hugo umdrehte. »Und Bartholomäus de Chinsi auch.«

»Vielleicht sind dies gar nicht de Chinsis Befehle«, mutmaßte Gero, der einsehen musste, dass es keinen Sinn hatte, sich Hugo d'Empures in einem solchen Moment zu widersetzen.

»Wie meinst du das?«, fragte Struan mit schmalen Lidern, als sie

Bruder Hugo und seine lautes Befehlsgeschrei weit genug hinter sich gelassen hatten.

»Ich bin mir nicht sicher, aber es könnte durchaus sein, dass Bruder Hugo mit den Mamelucken gemeinsame Sache macht.«

»Was willst du damit sagen?« Struan war stehengeblieben und fixierte ihn mit seinen nachtschwarzen Augen, als ob er ihn durchbohren wollte.

»Aus einer unbestätigten Quelle habe ich die Information erhalten, dass Hugo einen hiesigen Verbindungsmann unter den einheimischen Fischern mit einer Depesche zu den Mamelucken am anderen Ufer des Meeres geschickt hat.«

»Und warum sagt du das erst jetzt?« Die raue Stimme des Schotten war tonlos, aber in seinen Augen konnte man sehen, wie sehr ihn diese Nachricht alarmierte. »Hast du de Chinsi davon berichtet? Ich meine, es hieß doch, er hat dich nach unserer Pleite in Marqab höchstpersönlich empfangen.«

Gero senkte den Blick. »De Chinsi hat mir verraten, dass Hugo in der Sache mit der Taverne als Spitzel des Ordens agiert hat. Ich war mir nicht sicher, ob die Geschichte mit dem Fischer nicht auch eine List de Chinsis war, um die Mamelucken mit falschen Informationen zu versorgen.«

»Aber das rechtfertigt noch lange nicht, dass de Chinsi gerade ein schwerer strategischer Fehler unterläuft«, gab Struan zu bedenken. »Wobei es natürlich durchaus sein könnte, dass Hugo ihn dazu ermuntert hat. Wenn es stimmt, was du vermutest, möchte ich darauf wetten, er hat den Mamelucken Informationen über Stärke und Verteidigung der Festung überlassen. Ich mag diesen Kerl nicht«, fügte Struan ungewohnt gesprächig hinzu. »Ich konnte ihn von Anfang an nicht leiden.«

Gero hätte ihm tausend Gründe nennen können, warum er mit seiner Annahme richtiglag, doch nun war nicht die Zeit dafür, um sich Luft zu machen.

Auf der Insel ging es inzwischen zu wie auf einem Ameisenhaufen, in den man einen brennenden Stecken hineingeworfen hatte. Im Dorf liefen die Menschen in Panik durcheinander, um ihre spärliche Habe vor den einfallenden Feinden zu retten. Gero dachte an Warda und die geheimen unterirdischen Gänge, in denen sich zumindest die weiblichen Bewohner hoffentlich in Sicherheit brachten.

Als sie den Aussichtsturm erreichten, an dem die übrigen Kameraden treu und brav zurückgeblieben waren, offenbarte sich ihnen das ganze Ausmaß der bevorstehenden Katastrophe. Von überall her waren die feindlichen Galeeren in Position gegangen, und schon sauste das erste Katapultgeschoss an ihnen vorbei und bohrte sich krachend in das Strohdach eines benachbarten Gemäuers. Im Nu stand der gesamte Dachstuhl in Brand.

»Geht in Deckung!«, brüllte Gero und warf sich hinter eine halbhohe Mauer, als das nächste Geschoss über ihn hinwegsauste und er kurz darauf einen langgezogenen spitzen Schrei vernahm. Als er aufschaute, bot sich ihm ein grausames Bild. Nicolas de Cappellano lag aufgespießt wie ein Hühnchen auf einer hölzernen Tür, die der Aufschlag des Geschosses aus den Angeln gehoben hatte. Nicolas hatte offenbar versucht, in das leerstehende Gebäude zu fliehen, und war von rückwärts erwischt worden. Der Speer hatte ihm das Rückgrat gebrochen und seine Eingeweide durchbohrt, aber er lebte noch, als Gero und die anderen ihm zu Hilfe eilten. Struan war versucht, den Speer aus ihm herauszuziehen, doch Gero schüttelte unmerklich den Kopf. Das armdicke Geschoss steckte im Holz fest, und jede Bemühung, es daraus zu entfernen, würde Nicolas nur zusätzliches Leiden bereiten.

Gero hatte sich neben ihm niedergekniet und hielt seine Hand.

»Ich spüre meine Beine nicht mehr«, röchelte Nicolas mit halbgeöffneten Lidern. »Muss ich nun sterben?«

»Ich fürchte schon«, flüsterte Gero, der nicht den Mut besaß, Nicolas zu belügen. »Aber ich bin sicher, dass du in den Himmel auffahren wirst«, fügte er tröstend hinzu. »Du bist als Templer gefallen, beim Angriff der Mamelucken.« Er musste schlucken, weil die Panik in den Augen des Bruders ihn ganz hilflos machte. »Keine Sorge«, beschwichtigte er Nicolas. »Wir beten mit dir. Es wird nicht lange dauern, bis wir im Himmel alle wieder vereint sind.«

»Danke«, röchelte Nicolas. »Du warst mir immer ein guter Kamerad. Ich werde dich selbst im Himmel nicht vergessen.«

Plötzlich war er still, und Gero entging nicht, wie alles Leben aus

Nicolas Augen wich. Ein Anblick, der ihn augenblicklich und mit aller Härte in seine eigene Vergangenheit katapultierte. Lissy. Ihr Sterben und die Hilflosigkeit, die er dabei empfunden hatte, waren mit einem Mal so gegenwärtig, dass er sich abwenden musste.

Trotz der Gefahr sprang er auf und lief nach draußen, wo er sich einen Moment des Innehaltens gönnte, weil die aufsteigenden Tränen überhand zu nehmen drohten.

»Hey«, sagte Arnaud, der ihm gefolgt war und im Schatten der Mauer eine Hand auf seine Schulter legte. »Du wirst doch nicht ausgerechnet wegen Nicolas Tränen vergießen?«

Gero drehte sich um und schaute ihm teilnahmslos ins Gesicht, während er sich mit dem Unterarm den Rotz von der Nase wischte. »Ich werde um jeden weinen, der mir irgendwie nahegestanden hat, wenn es mir passt«, behauptete er beinahe trotzig. »Selbst um dich, wenn es sein muss.«

Ohne ein weiteres Wort ließ er Arnaud stehen und stieg trotz der zu erwartenden Geschosse auf eigene Gefahr hoch in den Turm, um von ganz oben eine Strategie zu entwickeln, mit der sie zur Verteidigung der Insel beitragen konnten.

Aus der Ferne betrachtet, sah die Lage nicht besser aus. Die Galeeren der Templer machten sich wahrhaftig auslaufbereit. Offenbar hatte de Chinsi sich von Hugo d'Empures zu einer Dreifachstrategie überreden lassen. Ein Drittel der Brüder und Sergeanten, die zusammen etwa hundertachtzig Mann zählten, wenn man die einhundertfünfzig Turkopolen oben auf der Festung nicht mitrechnete, hatte er hauptsächlich entlang der Uferlinie der Insel verteilt. Weitere sechzig standen am Hafen, um dessen Verteidigung an Land zu übernehmen. Der Rest, wie Gero aus der Höhe beobachtete, verteilte sich auf die zwei Galeeren, wahrscheinlich um in leichter Rüstung einen Kaperangriff zu starten. Die Turkopolen hatte man auf der Festungskrone zurückgelassen, von wo aus sie mit ihren schnellen Reflexbögen beinahe jeden Winkel der Insel erreichten.

»Das wird niemals gelingen«, sagte Brian of Locton, der nun auch auf der Plattform erschienen war und Geros Blicke aufs offene Meer verfolgte.

»Was denkst du?«, fragte er, während er mit der Hand seine Augen vor dem Licht der im Osten aufgehenden Sonne schützte. »Wie viele Krieger mögen sich auf den Galeeren befinden?«

»Rechne doch nach«, forderte Gero ihn mit lakonischer Miene auf. »Hundertfünfzig Ruderleute und an die fünfzig Soldaten, wie bei unseren Schiffen. Macht gut und gerne zweihundert Mann pro Schiff, das mal sechzehn – macht …«

»Sag's lieber nicht«, fiel Brian ihm ins Wort. »Selbst wenn wir drei Heiden pro Templer töten, bleiben immer noch mehr als tausend übrig, die uns mühelos überrennen können.«

»Na ja, die Turkopolen sind auch noch da«, murmelte Gero, in einem vergeblichen Versuch, ihn zu beruhigen.

»Lieber Gott«, betete der schlaksige Ire leise mit Blick in den wolkenlosen Himmel, »stehe uns bei.«

»Ich fürchte, der Allmächtige hat sich bereits verabschiedet«, sagte Gero mehr zu sich selbst und schaute nachdenklich hinunter zum Fuße des Turms, wo Struan soeben mit Macht den Speer aus Nicolas' leblosem Leib gezogen hatte. Dass es Nicolas als Erstes erwischt hatte, wertete Gero als schlechtes Zeichen. Ausgerechnet der feige Franzose hatte bisher immer auf den Allmächtigen und seine Schutzengel vertrauen dürfen.

Wie um seine Befürchtungen zu bestätigen, setzten die Heiden nun mehrere kleine Boote von ihren Galeeren ab, in der Absicht, die Insel von allen Seiten zu kapern.

»Ihr werdet schon sehen, was ihr davon habt«, versprach er ihnen mit grimmiger Miene und war schon an der Leiter, um nach unten zu klettern. Brian folgte ihm unaufgefordert. Unten angekommen, informierten sie die Brüder über das Gesehene. Rasch zogen die verbliebenen fünf Brüder ihre Waffen, um wenigstens ihren Abschnitt zu verteidigen, wenn sie schon sonst nichts tun konnten. Sie wollten sich hinter den Mauern so lange verstecken, bis die Feinde anlandeten, weil von den Schiffen immer noch mit Speeren und Pfeilen geschossen wurde.

Aus dem Augenwinkel heraus sah Gero, wie ein paar hundert Fuß weiter südlich ein weiterer Kamerad von einem Pfeil getroffen zu Boden sank.

Mit schussbereiten Armbrüsten warteten die Brüder in höchster Anspannung darauf, dass der erste Heide seinen Fuß auf die Insel setzte. Die meisten Mamelucken waren klein und gedrungen, aber flink wie Kampfhunde und mindestens genauso gefährlich, was ihre Lust zu töten betraf. Schon konnte Gero den ersten Turban und den ersten silberbeschlagenen Helm ausmachen, als eines der Boote zwischen den schroffen Felsen steckenblieb und die darin befindlichen Männer todesmutig aufs Festland sprangen.

»*Non nobis* Domine, *non nobis*, sed nomini tuo da gloriam!«, brüllte Arnaud den alten Schlachtruf der Templer und traf mit seiner Armbrust den ersten Angreifer ins Herz. Dann stürzte er sich mit erhobenem Schwert auf die folgenden Widersacher, die keine gewöhnlichen Schwerter, sondern wie üblich einen Krummsäbel schwangen.

Gero hielt sich nicht damit auf, zuzuschauen, sondern traf ebenfalls einen Gegner mit seiner Armbrust. Mehrmals luden er und seine Kameraden nach, doch es waren einfach zu viele, und schon bald hatten die ersten Heiden unversehrt das Ufer erreicht. Gero trat dem größten der Mamelucken mit einer Entschlossenheit entgegen, wie er sie bisher noch nicht an den Tag gelegt hatte. Der Mann war wie erwartet ein geschickter Kämpfer, aber Gero hatte den Tod von Fabius vor Augen und den von Nicolas, was ihm Kraft genug gab, den Kerl so lange zu scheuchen, bis er stolperte und ihm, am Boden liegend, die Gelegenheit gab, gnadenlos zuzustoßen.

Auch die anderen waren anscheinend von der gleichen Stärke gelenkt, und gemeinsam schafften sie es, die gesamte Besatzung des Auslegers ins Jenseits zu schicken. Danach eilten sie ohne Unterlass zu den anderen Kameraden und erwehrten sich weiterer Mamelucken, die so dumm waren, die Eroberung der Insel vom Ruderboot aus zu versuchen.

Die Sonne nahm ihren Lauf zum Mittag hin, als die Mamelucken einsehen mussten, dass ihre dilettantischen Erstürmungsversuche zu keinem Erfolg führten. Stattdessen nahmen sie den Beschuss mit Brandpfeilen wieder auf. Die Attacken der beiden Templergaleeren hatten indes wie befürchtet nicht zum erwünschten Erfolg geführt. Auch sie waren mit Brandspeeren beschossen worden, woraufhin eine Galeere kurz vor der Hafeneinfahrt in Brand geraten war und zu sinken drohte. Reihenweise gingen nun die Brüder und Ruderer über Bord und versuchten schwimmend das sichere Ufer zu erreichen.

»Eine sündhafte Verschwendung von Menschen und Material«, raunte Struan mit der ihm üblichen rauen Stimme.

Die Männer auf der zweiten Galeere hatten wohl eingesehen, dass sie auf offener See nichts erreichen konnten, und ruderten bereits zurück in den Hafen – dicht gefolgt von einer feindlichen Galeere, die sich an sie drangehängt hatte.

»Die werden niemals die Kette so rasch hochziehen können, dass die anderen draußen bleiben«, unkte Arnaud mit angespannten Gesichtszügen. Seine weiße Chlamys war mit dem Blut eines Heiden bespritzt, und wie bei allen Brüdern war ihm die Fassungslosigkeit, die die laufenden Ereignisse bei ihnen hervorriefen, in sein bärtiges Gesicht geschrieben.

»Kommt«, rief Gero und gab seinen Kameraden einen Wink. »Lasst uns zum Hafen laufen, da werden wir nötiger gebraucht als irgendwo sonst. Ganz gleich, welche Meinung Hugo d'Empures vertritt.«

Spätestens an der Hafenmole war klar, Geros Entscheidung war richtig gewesen. Der feindlichen Galeere war es trotz Beschuss gelungen, sich dicht an die verbliebene ordenseigene Galeere anzuhängen und den Hafen zu entern, bevor die Templer sie daran hindern konnten.

Wie eine Horde blutrünstiger Ratten bahnten sich die Mamelucken, kaum dass ihr Schiff angelegt hatte, den Weg zum Kai und stellten sich den dort vertretenen Rittern säbelschwingend entgegen. Gero und seine Kameraden mischten sich todesmutig unter die Kämpfenden. Niemand von ihnen achtete mehr darauf, wie genau das Gegenüber aussah. Hauptsache, der Gegner schwenkte einen Krummsäbel und trug einen Turband dann durfte man ihn bedenkenlos töten.

Stahl auf Stahl krachten die Schwerter zusammen. Gero fing den Schlag seines Gegners mit dem schwarzweißen Schild ab, der ihm schon so oft gute Dienste geleistet hatte. Seine Armmuskeln vibrierten, und sein nächster Schlag traf den grün bemalten Schild des anderen, der mit arabischen Schriftzeichen versehen war, die wahrscheinlich »Gott ist groß« bedeuteten. Schon beim nächsten Schlag stellte Gero sich die Frage, wessen Gott wohl größer war, als er mit seiner Schnelligkeit und der Reichweite seines Anderthalbhänders seinen Gegner aus dem Takt brachte und der für einen Moment seine Deckung vernachlässigte. Gero machte einen tiefen Atemzug und stieß zu, so fest er konnte. Die Kettenpanzerung des Mannes gab nach, und die Spitze seines Schwertes drang in weiches Fleisch. Genau dort, wo es am wirkungsvollsten war, unterhalb des Brustbeins mitten ins Gedärm. Der Kerl fiel nach hinten, stöhnte und blieb auf dem Rücken liegen. Gero hatte keine Zeit, sich zu vergewissern, ob der Mann auch wirklich tot war. Denn schon wurde er von der Seite angegriffen. Ohne darüber nachzudenken, riss er seinen Schild hoch, wehrte den Schlag des Feindes ab und parierte in schlafwandlerischer Sicherheit die nächste Attacke des glänzenden Krummschwertes. Es war wirklich so, wie Roland es ihm beigebracht hatte. Wenn man genug kämpfte, entwickelte man irgendwann ein instinktives Gefühl dafür, wann der nächste Schlag kommen würde und aus welcher Richtung er traf. »Du darfst nicht denken, Junge«, hatte er ihm immer wieder eingetrichtert. »Wenn du denkst, ist es zu spät. Du musst dich aus der Mitte deines Körpers heraus verteidigen, und wenn du angreifst, musst du all deine Kraft in diesen einen Schlag legen und dann in den nächsten.« Funken sprühten, als Geros Klinge auf die des Angreifers traf. Obwohl er nicht denken sollte, begriff er sofort, dass er den Säbel des Gegners in zwei Teile gehauen hatte. Überrascht wollte der Mamelucke zu seinem Dolch greifen, doch bevor es dazu kam, hatte Gero ihm mit einem Hieb die rechte Hand abgeschlagen.

Rache für meinen Vater, dachte er spontan, als der Mann schreiend davonlief, und wandte sich dem nächsten Gegner zu.

Neben ihm kämpften Struan und Arnaud, die wie mit Dreschflegeln eine Bresche durch die kämpfenden Mamelucken schlugen.

Am anderen Ende der Hafenmole beobachtete er beiläufig, wie Hugo d'Empures mit seinem Gaul die Pferdetreppe hochsprengte und er seinen Leuten irgendwelche Befehle zubrüllte.

Für einen kurzen Moment wunderte sich Gero, dass Hugo nicht die Feinde am Hafen bekämpfte. Doch er hatte keine Zeit, darüber nachzudenken, weil er den nächsten Schwarm Mamelucken zurückdrängen musste.

Es gelang ihnen, sich ein wenig Luft zu verschaffen, indem sie mit etwa fünfzig Templern die gesamte Galeerenmannschaft in die Flucht schlugen. Doch von der Hafeneinfahrt rückte bereits Nachschub an.

Eine Fanfare erscholl von der Festung und rief alle Templer zum Rückzug. Während Gero und seine Kameraden sich noch ein paar versprengten Mamelucken widmeten, hatte sich das Feld im Nu geleert, und bevor sie es richtig realisierten, waren die meisten überlebenden Brüder zur Festung zurückgekehrt.

Schwer atmend stützte sich Gero auf die Knie und schaute hinauf zum Burgtor, an dem sich eine riesige Traube von Menschen gebildet hatte. Zurückweichende Templer und besorgte Dorfbewohner, die Zuflucht vor den anrückenden Feinden suchten, versperrten sich gegenseitig den Weg.

»Was haben die vor?«, keuchte Brian, der plötzlich neben ihm auftauchte, von oben bis unten mit Blut besudelt.

»Die schließen das Tor«, brüllte Arnaud völlig außer sich. »Die spinnen wohl«, ereiferte er sich lautstark. »Hugo kann uns doch nicht einfach hier unten den Mamelucken zum Fraß vorwerfen!«

»Anscheinend doch«, raunte Struan wenig überrascht.

»Dieser Hund!« Arnaud spuckte verächtlich auf den Boden, während sie allesamt fassungslos beobachteten, wie die auf der Festung befindlichen Templer die zu spät gekommenen Dorfbewohner auf die Hafenstraße zurückdrängten, wobei sich Männer, Frauen und Kinder gegenseitig über den Haufen trampelten. Mit einem Blick übers Meer durfte sich Gero der Tatsache versichern, dass beide Galeeren inzwischen verloren waren. Einzelne Seeleute schwammen hilflos auf der spiegelglatten See und wurden von den Mamelucken in den vorbeitreibenden Galeeren aufgefischt und sogleich in Fesseln gelegt.

»Und was machen wir jetzt?«, fragte Roderic, der sich allem Anschein nach im Kampf gegen die Heiden überraschend gut gehalten hatte.

Gero sah sich suchend um. Die Hafenmole war übersät mit toten Mamelucken. Hier und da hatte es auch einen Templer oder einen der

Sergeanten erwischt, aber im Vergleich zu den Heiden waren die Christen recht gut davongekommen. Doch das würde sich schlagartig ändern, wenn die nachfolgenden Galeeren die nächste Welle ägyptischer Söldner an Land spülten.

Bartholomäus de Chinsi war offensichtlich Hugos Rat gefolgt und hatte die Mauerkronen der Festung weiterhin mit syrischen Turkopolen besetzt. Sie würden versuchen, sich der Übermacht heidnischer Angreifer mit dem Langbogen zu erwehren. Doch in Wahrheit hatten die Mamelucken eine viel gefährlichere Waffe. Sie mussten nur warten, bis die Lebensmittelvorräte und das Wasser knapp wurden. Und plötzlich war Gero klar, welchen Inhalt die Depeschen von Hugo d'Empures gehabt haben mussten. Eine genaue Auflistung der Proviantstände ihrer Festung. Dazu gehörte auch, dass kaum noch Wasser vorhanden war. Bei den misslungenen Überfällen der letzten Wochen hatten sie keine Zeit zur ausreichenden Aufnahme von Wasser gefunden.

»Sie hatte recht«, sagte Gero mehr zu sich selbst. »Er hat uns und die gesamte Insel verraten.«

»Von wem sprichst du?« Arnaud sah ihn verständnislos an.

»Von Hugo d'Empures«, überging Gero die eigentliche Frage und kam gleich zum Keim des Übels. »Er war es, der uns an die Mamelucken verraten hat. Und wenn wir lange genug leben, werdet ihr noch sehen, wie er uns alle mit Mann und Maus an die Heiden verkauft.«

»Mal den Teufel nicht an die Wand!« Arnaud, der eine ähnlich olivfarbene Haut besaß wie ihre Feinde, war mit einem Mal ganz bleich geworden.

»Das muss ich gar nicht«, versicherte ihm Gero tonlos. »Er steht dort oben auf der Festung und schaut zu, wie wir alle vor die Hunde gehen.«

»Bist du dir sicher?« Arnaud sah ihn begriffsstutzig an.

»Kommt«, befahl Gero mit Blick auf die leergefegten Gassen des Dorfes. »Ich weiß, wo wir uns verstecken können.«

Gefolgt von seinen vier verbliebenen Kameraden, rannte er auf das Gewirr von Häusern zu. Er hatte ein bestimmtes Haus im Sinn und wollte mit den Männern darin verschwinden, bevor sie ins Visier der anrückenden Heiden gerieten.

»Wo willst du denn hin?«, schnaubte Arnaud. »Die Häuser werden die Mamelucken auf der Suche nach potentiellen Sklaven als Erstes durchkämmen. Oder warum sonst, denkst du, wollten die Bewohner alle auf die Festung fliehen?«

»Die Häuser, ja« entgegnete ihm Gero. »Aber nicht deren Katakomben. Sie sind so verzweigt, dass man getrost eine Weile Katz und Maus darin spielen kann.«

»Katakomben?« Arnaud sah ihn ungläubig an.

»Vermutlich sind es Gräber aus längst vergangenen Zeiten«, gab Gero ihm zur Antwort und öffnete zielsicher die Tür von Mutter Anouars Haus, nur um festzustellen, dass sie und ihr Sohn ebenfalls die Flucht ergriffen hatten. Souverän dirigierte er seine Kameraden zu einem Verschlag, in dessen Boden sich unter einer Zederntür besagtes Kellerloch verbarg.

»Was soll das?«, fragte Arnaud ungeduldig, als sie sich zu fünft in dem viel zu kleinen Raum drängten. »Hier sitzen wir wie Mäuse in der Falle. Du glaubst doch nicht im Ernst, dass die Mamelucken die Tür zum Vorratskeller nicht bemerken, wenn sie die Häuser durchsuchen?«

Gero grinste müde und entzündete mit einem Feuerschläger, wie ihn alle Templer gewöhnlich bei sich trugen, einen Besenstiel, den er zuvor mit Lumpen umwickelt und mit dem Öl einer Lampe getränkt hatte. Ohne ein Wort drückte er Struan die selbstgemachte Fackel in die Hand und schob die beiden Quadersteine zur Seite.

»Heilige Muttergottes«, entfuhr es Arnaud. »Ab sofort halte ich meine Klappe.«

»Ist wahrscheinlich auch besser so«, murmelte Struan und leuchtete den Männern den Weg in den nachfolgenden Gang. Als Gero die beiden Quader gewissenhaft hinter sich verschloss, fiel ihm erst auf, dass sämtliche Vorräte aus dem Kellerloch verschwunden waren, die noch ein paar Tage zuvor die Regale gefüllt hatten. Also waren Anouar und ihr Sohn gar nicht auf der Festung, sondern vielmehr hier unten. Blieb zu hoffen, dass sie Warda nicht einfach vor die Tür gesetzt hatten.

Kapitel VII

»Wo geht's lang?«, fragte Struan und schaute sich um. »Immer geradeaus«, empfahl ihm Gero. »Irgendwann nach ein paar hundert Fuß kommt eine gleichgeartete Tür, die in ein ähnliches Kellerloch führt.«

Plötzlich hörten sie von irgendwoher Stimmen, und der spärliche Schein eines Öllichtes fesselte ihre gesamte Aufmerksamkeit. Beinahe lautlos zogen sie ihre Schwerter und bewegten sich auf leisen Sohlen weiter, bis die Stimmen lauter wurden, obwohl die Personen, zu denen sie gehörten, betont verhalten sprachen.

Nachdem sie eine Weile gehorcht hatten, erkannten sie franzische Töne, und es befanden sich eindeutig Frauen darunter.

Langsam schlichen sie voran und landeten schließlich in einem Nebenarm, der in einer kleinen Halle mündete, aus der es nur einen Ausweg gab. Dort hatten sich etwa dreißig Männer, Frauen und Kinder versammelt.

Eine der Frauen tat einen Schrei, als sie sich unvermittelt fünf schwerbewaffneten Templern gegenübersah, und ein Säugling fing sogleich an zu weinen.

»Keine Angst«, sagte Gero und hob zum Beweis beide Hände. »Wir tun euch nichts.«

Zu seiner großen Erleichterung hatte er sofort bemerkt, dass Warda unter den Frauen weilte. Man hatte sie auf ein Strohlager gebettet. Sie sah immer noch bleich und abgekämpft aus. Aber als sich ihre Blicke trafen, blühte sie regelrecht auf. Gero schüttelte kaum merklich den Kopf mit einem Seitenblick auf seine Kameraden. Was bedeutete, dass sie vor den Männern verschweigen sollte, welche Verbindung sie zueinander hatten.

Osman und einige andere Fischer waren unterdessen mit ein paar alten Säbeln in der Hand aufgesprungen und nahmen eine kämpferische Haltung ein.

»Ruhig bleiben«, riet ihm Arnaud leicht gereizt. »Mein Kamerad sagte doch bereits, dass wir euch nichts tun. Also wäre es nett, wenn dieses Angebot auf Gegenseitigkeit beruhen würde.«

Anouar, die sich als Erste wieder gefasst hatte, war aufgestanden und bot ihnen einen Platz in ihrem bescheidenen Lager an.

Gero bedankte sich mit einem Nicken und sah sich ein wenig um. In einer Nische hatten die Fischer in sichtlicher Eile Kisten mit Brotfladen, getrockneten Feigen und Datteln gestapelt. Dazu zwei Fässer, wie zu vermuten mit Wasser und Wein gefüllt. Den tauschten die Bewohner der Insel in der Regel bei den Templern gegen fangfrischen Fisch ein, doch allzu viel war auch da in letzter Zeit nicht mehr zu holen gewesen. Allen musste klar sein, dass diese Vorräte höchstens ein paar Tage reichen würden. Dann war man gezwungen, an die Oberfläche zu kommen und sich den Tatsachen zu stellen. Entweder waren die Eroberer bis dahin besiegt oder verschwunden. Ansonsten würde es ihnen übel ergehen. Gero schenkte beiden Varianten kein allzu großes Vertrauen.

»Warum seid ihr nicht auf die Festung geflohen?«, fragte ihn Anouar, die offensichtlich bestens im Bilde war, was oberhalb dieses Hades vonstattenging.

»Sie haben uns die Tür vor der Nase zugeschlagen«, erklärte Gero ehrlich, wenn auch ein wenig verbittert.

»Wer hat den Befehl dazu gegeben?«, wollte Warda wissen und zog damit die Aufmerksamkeit aller auf sich. Gero sah, wie Struan eine Braue hochzog. Er hatte sie erkannt, war er doch dabeigewesen, als Gero sie vor Hugo d'Empures unbotmäßigen Annäherungsversuchen geschützt hatte.

»Darf ich vorstellen?«, kam Gero den fragenden Gesichtern seiner übrigen Kameraden zuvor. »Das ist Maria, sie hat für den Orden gewaschen, bis sie vor ein paar Tagen krank wurde und mich um Hilfe bat, weil sie dringend Medizin aus dem Hospital benötigte. Hinzu kommt, dass unsere Gastgeberin eine kräuterkundige Frau ist, die so freundlich war, sie in ihrem Haus aufzunehmen.« Er sagte kein Wort davon, was sich in Wahrheit hinter der Geschichte verbarg.

»Hey?«, rief Arnaud und grinste ungläubig zu Warda hin. »Bist du nicht die Kleine, die in der Taverne in Famagusta getanzt hat? Jedenfalls siehst du dieser Frau verdammt ähnlich, die sich so ungeniert auf den Schoß unseres deutschen Bruders gesetzt hat.« Er grinste anzüglich und schaute Gero fragend an.

Gero rollte mit den Augen. Es hatte ihm gerade noch gefehlt, dass Arnaud alte Geschichten aufwärmte. Aber jetzt war auch schon alles egal.

»Und du bist die Schwatznase, der bei jeder hübschen Magd die Augen aus dem Kopf fallen«, erwiderte Warda und schaute Arnaud frech ins Gesicht.

Die anderen lachten verhalten, obwohl man ihr drohendes Schicksal weiß Gott nicht amüsant nennen konnte.

Arnaud wollte etwas erwidern, doch Gero kam ihm zuvor.

»Jeder verdient eine zweite Chance, Arnaud«, lenkte er augenzwinkernd ein. »Auch du, der noch vor wenigen Augenblicken geschworen hat, zukünftig das Maul zu halten.«

»Schon gut, schon gut«, brummte Arnaud und hob entwaffnend die Hände. »Ich sage nichts mehr, ich versprech's.«

Brian und Roderic ersparten ihm weitere Nachfragen, und Struan war an Klatschgeschichten ohnehin nicht interessiert.

»Was habt ihr vor?«, fragte Warda, die wohl hoffte, dass mit dem Erscheinen der Templer eine Lösung des Problems in Sicht gekommen war.

Gero zuckte die Achseln, die Hand immer noch griffbereit am T-Heft seines Anderthalbhänders. »Ich würde lügen, wenn ich behauptete, einen Ausweg zu wissen«, erklärte er mit einigem Bedauern. »Ich war ja selbst froh, als ich mich mit meinen Brüdern in diese Höhlen flüchten konnte. Ohne Anouar wären wir jetzt verloren.« Er versuchte sich an einem Lächeln, doch die Alte blickte nach wie vor mürrisch drein. »So setzt euch doch«, forderte sie ihn trotz allem auf.

Gero gab seinen Begleitern einen Wink und einer nach dem anderen suchte sich einen Platz zwischen den misstrauisch dreinblickenden Einheimischen.

Osman konnte Gero nicht in die Augen schauen. Wahrscheinlich ahnte er, dass Gero um seine Verwicklungen in die ganze Geschichte wusste. Doch dass er hier war und nicht dort draußen oder auf der Festung, entlastete ihn ein wenig.

Osman räusperte sich und begann mit einem Mal aus freien Stücken zu sprechen.

»Ihr habt recht daran getan, dass ihr zu uns gestoßen seid«, bekannte er leise. »Hugo d'Empures hat Eure Leute längst an die Mamelucken verkauft. Seit drei Monaten musste ich mit dem Boot Depeschen auf die andere Seite schmuggeln. Am Anfang hoffte ich noch, es würde im Auftrag des Ordens geschehen, doch als immer mehr Tote und Verletzte bei den Angriffen zu beklagen waren, ahnten wir, dass d'Empures für die andere Seite arbeitet. Deshalb bin ich mit meiner Familie auch nicht auf die Festung gegangen. Ich wusste, was er vorhatte.«

Arnaud war schneller aufgesprungen, als ihn jemand hätte zurückhalten können, dabei hatte er seinen Dolch gezogen und hielt ihn Osman an die Kehle, so dicht, dass der Fischer sich kaum noch zu rühren vermochte.

Die Frauen schrien vor Schreck auf, und die Männer bedrohten Arnaud mit ihren rostigen Säbeln.

»Das heißt, du bist auch ein Verräter«, zischte Arnaud ohne Rücksicht auf die ihn umgebende Bedrohung.

»Arnaud!«, rief Gero und hob zur Beschwichtigung die Hände. »Lass das! Du schadest uns mehr, als dass du uns hilfst!«

Nur langsam ließ Arnaud seinen Dolch sinken. »Er hat doch soeben zugegeben, vom Überfall der Mamelucken gewusst zu haben, oder sehe ich das falsch?« Die dunklen Augen des Provenzalen funkelten mordlustig.

»Er kann nichts dafür«, beschwichtigte ihn Gero und war schon bei ihm, um ihn zur Vernunft zu bringen, indem er ihm beruhigend die Hand auf die Schulter legte.

Arnaud schnellte herum. »Das wird ja immer schöner«, blaffte er Gero an. »Heißt das etwa, du warst auch eingeweiht?«

»Jetzt krieg dich mal wieder ein, du Hitzkopf!«, schalt ihn Warda. »Es heißt nichts anderes, als dass Osman Hugos Leibeigener war. Er hatte nicht die Macht, das Begehren eures ach so feinen Kommandeur-Leutnants abzulehnen. Er hat ihm gedroht, seine Familie von dieser Insel zu verbannen, wenn er nicht tut, was er will. Fünf Generationen haben sie als Fischer auf diesem Eiland verbracht, und dann kommt dieser falsche Katalane, um aus reiner Profitsucht alles zunichtezumachen!«

»Aber was hat unser deutscher Bruder damit zu tun?«, fragte Arnaud spitz.

Gero senkte den Kopf, als er die Augen seiner Kameraden auf sich spürte. »Ich wusste von Maria, dass da irgendwas nicht mit rechten Dingen zuging«, erklärte er und vermied es abermals, ihren eigentlichen Namen zu nennen. »Aber als ich meine Audienz bei de Chinsi hatte, war dieser so von Hugo überzeugt, dass ich es nicht gewagt habe, Marias Erkenntnisse vorzubringen. Er hätte mich gefragt, woher ich diese Information habe, und ihr glaubt doch nicht ernsthaft, er hätte der Aussage eines gewöhnlichen Waschweibes vertraut?« Sein entschuldigender Blick richtete sich auf Warda, die missbilligend eine Braue hob.

»Gero hat recht«, pflichtete sie ihm bei. »Zumal Hugo gedroht hatte, mich bei der Heiligen Inquisition zu verklagen, wenn ich beim Orden gegen ihn aussagen würde. Vielleicht sollte ich noch sagen, dass er mich mehrmals mit Gewalt genommen hat.« Sie schwieg und senkte den Kopf.

»Dieser Hund!«, raunte Struan und warf ihr einen mitleidigen Blick zu. »Allein dafür hätte er den Tod verdient.«

Warda blickte auf und lächelte den Schotten an. »Es ist schön zu wissen, dass es neben solchen Schurken immer noch wahre Helden bei den Templern gibt. Hugo hingegen ist dem Satan geweiht, seit er aus den Kerkern Ägyptens befreit wurde. Seine Seele ist in dieser Hölle zurückgeblieben. Das dort oben auf der Festung ist nur noch eine Hülle, die vom Leibhaftigen bewohnt wird.«

»Das heißt, du kennst ihn schon länger?« Arnaud blickte interessiert auf.

»Ja, allerdings ist es schon eine ganze Weile her, dass er mir sein krankes Herz ausgeschüttet hat. Aber ich kenne ihn gut genug, um zu wissen, dass er das alles nur für sich und bestimmt nicht für den Orden getan hat.«

»Wir sollten uns alle erst mal beruhigen«, empfahl Anouar, die als älteste Frau der Familie vorstand. Mit einem Nicken gab sie einem der Männer zu verstehen, er möge den unfreiwilligen Gästen einen Becher Wein anbieten. Der Mann nahm zwei Becher und füllte sie randvoll, dann ermunterte er Gero, als Erster zu trinken.

»Das kann ich nicht annehmen«, lehnte Gero dankend ab, obwohl er dringend einen guten Tropfen hätte vertragen können. Unablässig beschäftigte ihn der Gedanke, dass er es nicht gewagt hatte, de Chinsi die Wahrheit zu sagen. Dadurch hatte er die gesamte Insel ins Verderben gestürzt.

»Durch Eure Enthaltsamkeit wird es auch nicht besser«, ermunterte ihn Anouar, von dem Wein zu trinken. »Ihr und Eure Kameraden seid unsere einzige Hoffnung, wenn es einem dieser dreckigen Mamelucken gelingen sollte, in diese Höhle einzudringen, allein deshalb solltet ihr möglichst bei Kräften bleiben.«

»Ich bin mir nicht sicher, ob wir überhaupt noch etwas ausrichten können«, sagte Gero und nippte anstandshalber an dem dargebotenen Becher, bevor er ihn an Roderic weiterreichte. »Dort oben lauern mehr als zweitausend Mann. Realistisch betrachtet, haben wir kaum eine Chance, ihnen zu entkommen.«

»Aber wir brauchen Männer wie Euch, die sich trauen nachzusehen, ob die Mamelucken noch da sind«, fügte sie hoffnungsvoll hinzu.

Gero stieß einen fatalistischen Seufzer aus. »Gerne, wenn wir euch damit einen Gefallen tun können, aber ändern wird es trotzdem nichts.«

Kapitel VIII

Drei Tage warteten sie ab, bis sich Gero, Struan und Arnaud das erste Mal unter Osmans Führung ans Tageslicht wagten. Die anderen beiden Kameraden waren zurückgeblieben, um Frauen und Kinder zu schützen. Die Sonne stand schon tief, als der Fischer unter den wachsamen Augen seiner Begleiter den Stein zur Seite schob, der die unterirdischen Gewölbe mit dem Kellerloch eines jener Häuser verband, das Hafen und Festung gleichermaßen am nächsten lag. Hier waren die Gebäude besonders verschachtelt und die Gassen so eng, dass ein breitschultriger Mann Mühe hatte, hindurchzugelangen. Im Innern des Hauses angekommen, führte Osman die drei Templer zwei Stockwerke hoch über Leitern bis auf das flache Dach, das ihnen als vorübergehende Aussichtsplattform dienen sollte. Von irgendwoher war ein schlagendes Geräusch zu vernehmen, das dem Takt eines Herzschlages gleichkam. Auf allen vieren krochen sie zu einer halbhohen Mauer, die rund um das sogenannte Sommerlager sowohl als Schutz als auch als Abgrenzung zum nächsten Haus diente, und gingen dahinter in Deckung. »Sie dürfen uns auf keinen Fall bemerken«, mahnte Gero und schob achtsam die flatternde Wäsche beiseite, derer sich seit Tagen niemand mehr erbarmt hatte.

Er wagte einen behutsamen Blick über die geschwungenen Zinnen hinaus und stellte zunächst fest, dass man von dort aus eine relativ gute Aussicht über den Hafen hatte. Die Galeeren der Mamelucken waren inzwischen vollständig angelandet. Die gesamte Insel schien von Feinden besetzt zu sein, obwohl sich Gott sei Dank niemand von ihnen in den engen Gassen des Dorfes aufhielt. Deren Wachen jedoch patrouillierten in ihren bunten Kleidern selbstbewusst an der Hafenmole, was bedeutete, dass sie sich vor den Bogenschützen der Templer in Sicherheit wähnten. Nun erst richtete Gero seinen Blick auf den Innenhof der Templerfestung.

»Gott, steh uns bei!«, keuchte er, als er sah, dass die gesamte Festung nicht nur von bewaffneten Mamelucken überflutet war, sondern auch vom Blut der syrischen Bogenschützen, die man an Händen und Füßen gefesselt hatte. Einen nach dem anderen führte man im Entenschritt zu einem mächtigen Holzblock hin, der den Brüdern normalerweise als Schlachtblock diente.

Dort angekommen wurden sie vor den Augen Bartholomäus de Chinsis, den die Heiden aufrecht stehend an einen Pfahl gefesselt hatten, einer nach dem anderen in die Knie gezwungen, und ein bullig wirkender Henker schlug ihnen im Takt eines Herzschlages mit einer gewaltigen Streitaxt den Kopf ab. Neben dem Block hatte sich inzwischen ein stattlicher Haufen aus Köpfen und Leibern angesammelt. Struan und Arnaud, die es nicht in ihren Verstecken gehalten hatte, tauchten plötzlich neben Gero auf, und als der nächste Kopf rollte, hörte Gero neben sich ein Würgen, das von Arnaud stammte, der sich geistesgegenwärtig die Hand vor dem Mund hielt, weil er ihm sonst wahrscheinlich vor die Füße gespuckt hätte.

Die schwarzen Augen des Schotten hingegen verrieten noch nicht einmal, was er dachte. Sie waren stur auf das vor ihnen stattfindende Massaker gerichtet.

»Hast du gesehen?«, flüsterte er tonlos. »Sie haben de Chinsi anscheinend gefoltert. Er blutet aus Mund und Nase, und so, wie es aussieht, haben sie ihm die Arme gebrochen.«

»Heilige Maria und Josef«, ächzte Gero, kaum fähig zu sprechen. »Dass er das alles mit ansehen muss, ist an Erbarmungslosigkeit nicht zu überbieten!« Schon wieder rollte ein Kopf. Die übrigen Templerbrüder, darunter auch Rob le Blanc, den Hugo immer als seinen Freund bezeichnet hatte, und sämtliche Bediensteten saßen derweil gefesselt auf dem Hof. Während ihnen nichts anderes übrigblieb, als die grausamen Machenschaften ihrer Feinde zu verfolgen, wirkten ihre bärtigen Gesichter wie versteinert. Nur die Mägde und ein paar der Frauen aus dem Dorf, die es noch in die Festung geschafft hatten, weinten offenbar, aber die meisten vermittelten den Eindruck, als ob sie längst den Verstand verloren hätten. Bis auf einen.

Hugo d'Empures, der unverletzt und in völliger Freiheit mit einem

Anführer der Mamelucken verhandelte, und das mit einer mitleidlosen Miene, als sei es die selbstverständlichste Sache der Welt, neunhundert Menschen ans Messer zu liefern. Als ob er spürte, dass er beobachtet wurde, lenkte er seinen Blick über die Dächer des Dorfes.

»Runter!«, zischte Gero und fand sich zeitgleich mit Struan und Arnaud am Boden liegend wieder. Osman hatte erst gar nicht gewagt, über die Zinnen hinwegzuschauen.

»Dieser elende Hurensohn hat sie tatsächlich alle verkauft«, flüsterte Arnaud entgeistert. »Und die Syrer werden als Verräter hingerichtet, weil sie sich in den Dienst des Ordens haben einstellen lassen. Heilige Muttergottes, wo bist du mit deiner Güte?«, entfuhr es ihm voller Verzweiflung.

»Was werden sie mit den Gefangenen machen?«, fragte Gero mehr sich selbst.

»Kairo«, antwortete Arnaud leise. »Sie werden sie nach Kairo bringen und dort auf dem Sklavenmarkt verkaufen. Und unsere Brüder werden sie in den dortigen Kerkern verrotten lassen, es sei denn, sie schwören dem Christengott ab und lassen sich zu Allah bekehren.«

»Wir müssen ihnen helfen«, murmelte Gero und machte Anstalten, noch mal über die Mauer zu blicken.

Es war Struan, der ihn zurückhielt. »Du kannst nichts für sie tun«, sagte er beschwörend. »Gott hat über ihr Schicksal entschieden, und unseres wird nicht anders aussehen, wenn wir dort rausgehen und versuchen, gegen die Heiden zu kämpfen.«

Gero sah ihn lange an. Struan war kein Kerl, der zu Feigheit neigte, im Gegenteil. Und je länger sie sich in die Augen schauten, umso mehr wusste Gero, dass er die Lage vollkommen richtig einschätzte. Es gab nichts, was in ihrer Macht lag, um die Lage der Brüder zu verbessern.

Eine Einschätzung, die Gero beinahe mehr schmerzte als der Anblick de Chinsis und der hingerichteten Turkopolen.

»Nicht Gott hat über ihr Schicksal entschieden, sondern dieser Teufel von Hugo d'Empures«, mahnte Arnaud leise. »Und wenn mich nicht alles täuscht, hat er nicht vergessen, dass wir uns noch – ob tot oder lebendig -auf dieser Insel befinden. Wenn wir ganz großes Pech haben, wird er nach uns suchen lassen. Das Einzige, was wir tun können«, fuhr er aufgeregt fort, »ist, mit den Inselbewohnern so lange im Untergrund auszuharren, bis die Mamelucken abgezogen sind. Und dann können wir versuchen, mit einem Boot zu entkommen. Irgendwann müssen sie die Festung ja räumen.«

Gero warf Osman einen fragenden Blick zu. »Dürfen wir uns so lange bei euch verstecken?«

»Wenn du mir versprichst, dass du uns mit nach Zypern nimmst, wenn die Flucht gelingt, sehe ich keinen Grund, euch meine Hilfe zu verweigern.«

»Auch wenn du ein verdammter Optimist bist«, bekannte Gero zustimmend, »werden wir euch selbstverständlich mit nach Zypern nehmen, wenn Gott uns gnädig ist.«

Plötzlich brach in den umliegenden Gassen ein Tumult aus. Von irgendwoher war das Getrappel der Wachmannschaften zu hören.

»Wir müssen hier weg«, zischte Osman. »Wenn sie uns entdecken, sind nicht nur wir in Gefahr, sondern auch meine Familie.«

»Warum dauert das so lange?«, fragte Warda mehr sich selbst, während sie mit den anderen zitternd in den Katakomben ausharrte. Inbrünstig hoffte sie, dass Gero und den übrigen Männern nichts zugestoßen war. Immerzu malte sie sich aus, was geschehen würde, wenn sie entdeckt würden. »Wenn sie den Mamelucken in die Hände fallen, sind sie verloren«, flüsterte sie.

»Osman kennt sich aus«, beruhigte sie Anouar. »Er weiß, wo er sie hinführen muss, damit die Mamelucken ihnen nicht folgen können.«

»Und was ist, wenn sie uns auf die Schliche kommen?« Warda schaute sie mit aufgerissenen Augen an. »Ich meine, es gibt doch bestimmt noch andere Dorfbewohner, die um die Höhlen wissen. Was ist, wenn sie euer Geheimnis den Mamelucken oder den Templern preisgeben? Hugo d'Empures ist ein gefährlicher Mann. Wenn er, wie zu vermuten ist, tatsächlich für die Mamelucken arbeitet, wird er nicht eher Ruhe geben, bis er sämtliche Christen auf dieser Insel den Heiden ausgeliefert hat, und wenn ich alle sage, dann meine ich alle.«

Plötzlich waren hastige Schritte zu hören. Die Frauen und Kinder kauerten sich ängstlich zusammen. Die beiden verbliebenen Templer und einige von den Fischern zogen ihre Schwerter und Säbel und stellten sich kampfbereit vor sie, um sie im Notfall mit ihrem Leben zu verteidigen.

»Wir sind's«, erklang eine wohltönende Stimme aus der Dunkelheit. Es war Gero. Warda wäre am liebsten aufgesprungen und ihm um den Hals gefallen. Doch sie hielt sich zurück und lächelte ihn nur erleichtert an, als er an der Spitze der kleinen Truppe zum Lager zurückkehrte.

»Und?«, fragten alle wie aus einem Mund.

Doch anstatt sogleich zu antworten, hüllten sich die Männer in Schweigen, bis Gero mit einem tiefen Seufzer das Wort ergriff. Dabei sah er Warda direkt in die Augen.

»Du hattest in allen Punkten recht«, bekannte er mit düsterer Miene. »Hugo ist ein Verräter. Die Mamelucken haben die Festung genommen, und so, wie es aussieht, hat Hugo ihnen den dazu nötigen Einlass zur Festung verschafft. Er muss de Chinsi und seine übrigen Kommandeure mit irgendeiner List dazu gebracht haben, die Tore zu öffnen.«

Gero schwieg mit einem Mal, weil er sie allem Anschein nach nicht weiter ängstigen wollte.

»Das ist doch nicht alles«, bemerkte sie zaghaft. »Ich sehe es an deinen Augen, dass etwas noch viel Schlimmeres geschehen sein muss.«

Gero senkte den Blick und fuhr sich mit beiden Händen übers Gesicht, als ob er seine wahren Gefühle verbergen wollte. Dann schüttelte er kaum merklich den Kopf und wandte sich ab. Für Warda machte es den Eindruck, dass er mit den Tränen kämpfte, und auch die beiden übrigen Brüder und Osman vermittelten den Anschein, als habe man ihnen dort oben die Zunge herausgeschnitten.

»Sagt uns alles, was dort oben geschieht«, forderte Anouar sie mit Blick auf ihren Sohn auf. »Es macht keinen Sinn, uns darüber im Unklaren zu lassen.«

»Der Ordensmarschall steht gefesselt am Block«, fuhr Osman mit zitternder Stimme fort, »und muss dabei zusehen, wie sie sämtliche syrischen Bogenschützen köpfen. Der ganze Hof schwimmt im Blut ihrer Leichen.«

Warda stieß einen Schrei des Entsetzens aus und hielt sich sogleich die Hand vor den Mund. Aber sie war nicht die einzige Frau, die so reagierte.

Auch den anderen Männern und Frauen war das Grauen anzusehen, das sie mit Osmans Worten befiel.

»Und was machen wir jetzt?«, kam sie den Fragen der anderen zuvor.

»Warten, bis es dunkel ist«, antwortete Osman zur Überraschung aller. »Am Westufer der Insel befindet sich ein ausrangiertes Versorgungsboot des Ordens, das mir der zuständige Bruder des Gewölbes vor ein paar Monaten als Fischerboot verkauft hat. Ich hatte es in den letzten Wochen so weit instand gesetzt, dass ich eigentlich in den nächsten Tagen damit aufs Meer fahren wollte. Es liegt noch an Land. Aber die Segel sind geflickt und die Bohlen mit frischem Teer gestrichen und mit Hanf abgedichtet. Wenn die Mamelucken es nicht zerstört haben, könnten wir damit einen Fluchtversuch wagen.«

»Und du bist sicher, es wird unterwegs nicht sinken?« Warda blickte ihn zweifelnd an.

»Was bleibt uns denn anderes übrig?«, fiel Anouar ihr ins Wort. »Wenn wir es nicht versuchen, werden wir in spätestens drei Wochen alle verhungert und verdurstet sein. Ich glaube nämlich nicht, dass die Mamelucken diese Insel je wieder verlassen.«

»Aber was ist mit dem Orden?« Warda sah Gero fragend an. »Wie wäre es, wenn nur ein paar Männer versuchen würden, nach Zypern zu gelangen und dort die Templer zu alarmieren, damit sie uns Galeeren zur Rettung schicken?«

»Und wer sollte für uns kämpfen?«, fragte Gero mit hochgezogener Braue. »Dort oben schlachten sie gerade fast sämtliche Turkopolen ab, die uns in Zypern zur Verfügung gestanden haben. Dazu kommen hundertzwanzig Ritterbrüder und sechzig Sergeanten. Falls die Heiden sie am Leben lassen, was an ein Wunder grenzt, werden sie im Kerker von Kairo landen. Wie du inzwischen weißt, tauscht der Orden seine Streiter Christi nicht aus und zahlt für sie auch kein Lösegeld. Ganz zu schweigen davon, ob der Orden überhaupt ein Interesse daran hat, eine von Gott verlassene Insel zurückzuerobern.«

»Bis der Orden Nachschub aus Armenien oder dem Okzident angefordert hat, um hier irgendetwas zu bewirken, sind wir alle tot«, fügte Struan nachdenklich hinzu. »Ich denke, Osmans Vorschlag ist der einzig richtige. Wir sollten versuchen, die Insel zu verlassen, sobald der Abtransport der Gefangenen durch die Mamelucken beendet ist.«

»Und wie lange, denkst du, wird das dauern?« Brian of Locton sah ihn zweifelnd an.

»Drei bis vier Tage, länger nicht«, mutmaßte Gero. »Hoffe ich jedenfalls. Es sei denn, das Morden wird noch länger andauern.«

Es vergingen noch fünf Nächte, bis Gero und Struan, die zusammen mit Osman regelmäßig als Späher fungierten, den Befehl zum Aufbruch geben konnten. Tags zuvor war auch der letzte gefangene Templer auf eine Galeere verfrachtet und Richtung Kairo abtransportiert worden. Bartholomäus de Chinsi war tot, ebenso wie auch die anderen Kommandeure des Ordens, wenn man von Hugo d'Empures einmal absah. Unter den Leichen waren auch Rob Le Blanc, Henri d'Arches und Angelo Alberti. Man hatte ihre sterblichen Überreste an den Zinnen der Festung aufgehängt und den Vögeln zum Fraß überlassen. Offenbar hatten die Emire kein Interesse an hochrangigen Austauschpartnern. Was bewies, wie sicher sie sich in ihrer Rolle als alte und neue Herrscher des Morgenlandes fühlten.

Hugo d'Empures befand sich augenscheinlich noch auf der Festung, zusammen mit einem Befehlshaber der Mamelucken. Dessen prunkvoll geschmückte Galeere lag abfahrbereit im Hafen. Es war anzunehmen, dass Hugo sich mit den Mamelucken davonmachen würde, sobald sie alles an Waffen und Gerät aus der Festung geschleppt hatten.

Am Abend vor ihrer geplanten Flucht setzte sich Gero zu Warda. Vor den anderen sprach er sie immer mit Maria an und gab sich größte Mühe, ihr nicht zu nahe zu kommen. Obwohl Warda zu spüren glaubte, dass ihn seine Tapferkeit eine unbändige Kraft kostete, bewunderte sie seine aufrechte Haltung, mit der er den anderen Mut machte. Wenn sie allein gewesen wären, hätte sie ihn schon längst in ihre Arme genommen und ihm Trost gespendet.

Dass er ihrem Blick auswich, wenn sie ihn anschaute, war jedoch ein weiterer Beweis dafür, wie sehr er sich zusammennehmen musste, um nicht die Beherrschung zu verlieren.

»Die toten Turkopolen haben sie nackt ins Meer geworfen«, berichtete er beinahe gleichmütig von ihrem letzten Streifzug. »Damit sich die Haie an ihrem Fleisch gütlich tun können. Eine besondere Form der Schmach, wie ich finde«, entfuhr es ihm bitter, »bleibt den Männern doch auf diese Weise eine unversehrte Wiederauferstehung verwehrt.«

Warda legte von allen unbemerkt die Hand auf seine und drückte sie sanft.

»Es kommt doch nicht auf den Leib an«, wisperte sie und schluckte ihre Tränen hinunter. »Hauptsache, ihre Seelen können unversehrt ins Paradies einkehren.«

Nun blickte er doch auf, während unter den übrigen Lagerbewohnern eine heftige Diskussion über das ungeheuerliche Vorgehen der Mamelucken entbrannte.

»Ich verspüre nicht nur eine unbändige Wut auf unsere heidnischen Feinde«, offenbarte er Warda. »Hinzu kommt abgrundtiefe Trauer. Nicht nur wegen der Kameraden, vielmehr auch darüber, dass ich nicht auf dich gehört und es versäumt habe, Bartholomäus de Chinsi rechtzeitig vor Hugo d'Empures zu warnen. Ich hatte die Chance dazu, doch mir fehlte der Mut, sie zu nutzen.«

»Was hättest du denn noch ausrichten können?«, fragte Warda bedächtig. »Außerdem wolltest du mich und Osmans Familie damit schützen, vergiss das nicht. Wenn de Chinsi dir nicht geglaubt hätte, und davon war auszugehen, hättest du uns beide zu Verdächtigen gemacht. Dann wären wir im Kerker gelandet, und die Sache wäre auch nicht besser ausgegangen. Außerdem war der Angriff mit Sicherheit schon länger geplant.«

»De Chinsi hätte die Festung niemals freiwillig hergegeben, wenn er auch nur geahnt hätte, dass Hugo ihn betrügt«, stellte Gero unmissverständlich klar. »Er hat Hugo vertraut. Möglicherweise, weil er lange bei den Mamelucken in Gefangenschaft war und sie aus dieser Zeit gut genug kennt. Dieser elende Hund hat das gnadenlos ausgenutzt und unseren Ordensmarschall mit all seiner Hinterlist davon überzeugt, dass die Emire mit sich verhandeln und sie ziehen lassen, wenn er ihnen die Festung übergibt.«

»Gerade deshalb müssen wir versuchen, nach Zypern zu entkommen«, sagte sie leise. »Der Orden muss wissen, was hier geschehen ist, bevor Hugo d'Empures am Ende aus dieser Sache als gefallener Held hervorgeht und womöglich eines Tages von den vermeintlich Toten zurückkehrt und im Auftrag der Mamelucken den Orden weiterhin ausspioniert.«

Stumm warteten sie mit den anderen die Nacht ab. Die Frauen packten kleine Proviantpakete und füllten die Wasserschläuche. Die Säuglinge wurden so fest gewickelt, dass sie nicht schreien konnten, und die Kinder ermahnt, keinen Laut von sich zu geben. Die Männer bewaffneten sich mit allem, was ihnen zur Verfügung stand.

Mehr als dreißig Menschen kamen auf diese Weise zusammen.

Als sie allesamt nach einem ellenlangen Marsch durch die unterirdischen Gänge in einem Haus zutage kamen, das im westlichen Dorfbezirk lag und einem der anwesenden Cousins von Osman gehörte, erschien Warda die laue Nachtluft, die ihr entgegenwehte, nach Tagen in diesem modrigen Kellerloch wie eine vorzeitige Erlösung. Gero, der draußen an der Tür Wache stand, hielt sie einen Moment länger am Unterarm gepackt als die übrigen Frauen, und legte ihr seinen Arm um die Taille, während er ihr über die Schwelle half, damit sie nicht stolperte. Gerne hätte sie sich noch einmal an ihn geschmiegt und ihn geküsst, bevor die Mamelucken sie womöglich entdeckten und einen Kopf kürzer machten. Aber er hatte ihr in den letzten Tagen mit seinem Verhalten mehrmals deutlich gemacht, dass er ihre gemeinsame Vergangenheit vor seinen Kameraden nicht offenlegen wollte.

Auch wenn nun nicht die Zeit dafür war, hätte sie zu gerne gewusst, was er wahrhaftig für sie empfand.

Struan und Osman waren schon ein Stück vorausgegangen, um die Lage zu erkunden. Im Hafen lagen nur noch zwei feindliche Schiffe, und oben auf der Festung brannten ein paar Feuerkörbe, aber längst nicht so viele wie vor der Vertreibung des Ordens.

Lautlos marschierten sie im spärlichen Schein des Halbmondes mit geduckten Köpfen einer nach dem anderen zum Westufer hin. Der Gedanke, dass sie diesen ganzen langen Weg zurückmarschieren müssten, wenn das Boot nicht mehr dort sein würde, ängstigte Warda.

Zumal dieses Zurück keinen Ausweg versprach und sich anfühlte, als ob man in sein selbstgeschaufeltes Grab zurückkehrte.

Umso verwunderlicher war es, als sie unbehelligt jene flache Bucht erreichten, an deren Ufer Osman das kleine Ordensschiff überholt hatte. Eine fünf Meter lange Dau mit einem trapezförmigen Segel und drei Ruderbänken.

»Das ist es«, flüsterte Osman erleichtert. »Nun müssen wir es nur noch zu Wasser bringen.«

»Na, wenn das kein Glücksfall ist«, murmelte Arnaud anerkennend.

Gemeinsam schoben die Männer das schwere Boot ins kaum bewegte Meer.

»Es ist zwar gut, dass wir keinen Sturm haben«, bemerkte Arnaud leise, als der Rumpf vollkommen in Wasser dümpelte. »Aber ein bisschen mehr Wind könnte nicht schaden. Bis zum Morgen sollten wir es aus der Sichtweite der Insel geschafft haben, andernfalls besteht die Gefahr, dass die Mamelucken die Verfolgung aufnehmen.«

»Dann müssen wir eben rudern«, gab Gero ihm mit Blick auf die drei fest eingebauten Ruderbänke zu verstehen, die man offenbar für eine Flaute vorgesehen hatte. »Mit vereinten Kräften sollte es uns wohl gelingen, Fahrt aufzunehmen.«

Hastig führten Osman und seine Verwandten Frauen und Kinder an Bord. Warda harrte so lange bei Gero und seinen Kameraden aus, die am Ufer nach herannahenden Feinden Ausschau hielten, wobei die Dunkelheit eine Rundumsicht erschwerte.

Struan hob plötzlich den Kopf wie ein Wolf, der Witterung aufnimmt.

»Da kommt jemand«, raunte er leise und hob seinen mächtigen Bidenhänder. Gero schnellte herum und versuchte, im fahlen Mondlicht etwas zu erkennen. »Geh ins Boot!«, zischte er Warda zu, doch sie dachte nicht einmal daran. Fieberhaft suchte sie mit Blicken die Umgebung ab, und dann sah sie die huschenden Schatten.

Im Nu klirrten die Schwerter, und sie lief nun doch zum Heck des Bootes, das nur noch von einem Hanfseil am Ufer gehalten wurde, das die Männer um einen Felsbrocken geschlungen hatten. Osman kam mit erhobenem Säbel herbeigesprungen und mischte sich mit ein paar seiner Cousins ins Kampfgeschehen ein. Einer von ihnen fiel nach einem kurzen Schlagabtausch mit einem gurgelnden Geräusch zu Boden und rührte sich nicht mehr. Warda stieß einen erstickten Schrei aus. Der Mamelucke, dessen er sich zu erwehren versucht hatte, hatte ihn offensichtlich getötet. Wie viele Feinde es waren, die nun versuchten, ihre Flucht zu vereiteln, konnte sie im Dunkeln nicht zählen. Wahrscheinlich handelte es sich um einen Spähtrupp, der den Auftrag hatte, nach versprengten Inselbewohnern zu suchen. Den Flüchtenden war klar, dass die Angreifer im Nu das verbliebene Heer warnen konnten. Dementsprechend verzweifelt versuchten die kämpfenden Männer die Oberhand zu gewinnen.

Ihr Blick lag einzig auf Gero, der nun gegen zwei Mamelucken gleichzeitig kämpfte. Ebenso wie Struan. Arnaud und die anderen beiden Templer hatten sich die restlichen Angreifer vorgenommen. Gero kämpfte mit einer unglaublichen Schnelligkeit, aber die beiden Mamelucken erwiesen sich als äußerst hartnäckig. Er teilte nach beiden Seiten aus und erwischte schließlich einen von ihnen so schwer, dass er zu Boden ging. Als er nachsetzen wollte, um ihn endgültig zu töten, hieb der andere mit einem gewaltigen Schlag gegen seinen Helm. Es schepperte laut, und Warda beobachtete außer sich vor Angst, wie Gero ins Taumeln geriet. Er versuchte sich zu fangen und zu einem weiteren Schlag gegen seinen Gegner auszuholen, doch da schlug der andere erbarmungslos zu. Gero versuchte ihm auszuweichen, doch sein Gegner traf ihn mit einer solchen Wucht an der Schulter, dass die Ringe des Kettenhemdes aufplatzten und die Klinge des Säbels sich tief in Geros Schulter bohrte. Lautlos sackte er in die Knie. Warda stieß ein ersticktes Keuchen aus, als der Mamelucke ein weiteres Mal ausholte, in der Absicht, ihn zu enthaupten.

Sie war versucht, zu Gero hinzulaufen, um ihn vor dem Mamelucken zu retten. Doch dann sah sie Struan, der sich dem Mann blitzschnell zuwandte und zu einem mächtigen Schlag ausholte, noch bevor der Mamelucke Gero den Garaus machen konnte. In zwei Hälften gespalten, ging Geros Gegner zu Boden.

Obwohl Warda eine unvermittelte Übelkeit verspürte und der Kampf noch nicht beendet war, ließ sie sich davon nicht aufhalten und rannte zu Gero hin, der bewusstlos am Boden lag. Seine verletzte Schulter ließ selbst im fahlen Mondlicht das Schlimmste vermuten. Warda spürte die ölige Nässe des Blutes an ihren Fingern, als sie über die Wunde strich. Selbst wenn Gero diese Verletzung überleben würde, konnte es gut sein, dass er den Rest seines Lebens davon gezeichnet sein würde. Doch viel schlimmer waren die herannahenden Mamelucken, die durch den Tumult auf sie aufmerksam geworden waren. In Panik sprang Warda auf und zerrte wie eine Verrückte an Geros schwerem Körper, um ihn ins Boot zu verfrachten. Mit seiner Rüstung wog er gut zweihundertfünfzig Pfund. So sehr sie sich auch mühte, er bewegte sich keinen Fingerbreit.

»Helft mir!«, rief sie kläglich, und plötzlich war Struan da.

»Geh ins Boot, Mädchen!«, herrschte er sie an. »Sofort!« Im Davonlaufen sah sie, wie er noch zwei weitere Mamelucken tötete, und dann packte er Gero, als ob er ein Leichtgewicht wäre, und warf ihn sich über die Schulter. Während die anderen Kameraden ihr ins Boot halfen und es mit Osman und seinen Männern ins tiefere Wasser schoben, kam Struan mit großen Schritten angelaufen und warf Gero regelrecht über die Planken. Hinter ihm waren weitere Mamelucken aufgetaucht, die sie nun mit Brandpfeilen beschossen.

»Runter!«, brüllte Osman, der rasch das Segel in Sicherheit brachte.

Ein Pfeilhagel sauste über sie hinweg, während Struan mit einer kraftvollen Bewegung ins Boot sprang. Wie durch ein Wunder blieb der Schotte unverletzt. Kaum auf dem Schiff angekommen, setzte sich mit den anderen ans Ruder. Mit kräftigen Schlägen sorgten die Männer dafür, dass das Boot an Fahrt aufnahm.

Warda schaute ängstlich zurück. »Unser einziger Vorteil ist, dass es mitten in der Nacht einige Zeit dauern wird, bis die Mamelucken eine Galeere klargemacht haben, mit der sie uns verfolgen können«, erklärte Anouar, die ein Öllicht entzündet hatte, nicht nur um Gero zu beleuchten, sondern auch Halim, den Schwiegersohn ihrer Schwester, dessen Leichnam die anderen Männer hastig an Bord gebracht hatten. Seine schwangere Frau hatte leise zu weinen begonnen, und Warda hätte am liebsten miteingestimmt, doch das erschien ihr nicht passend. Schließlich war sie mit Gero nicht verheiratet, und außerdem wollte sie die Hoffnung nicht aufgeben, dass er im Gegensatz zu Halim am Leben blieb. Falls es ihnen gelingen sollte, rechtzeitig die Küste von Zypern zu erreichen.

Osman kannte sich, was Navigation betraf, besser aus als die Templer, wie er einem der Brüder auf Nachfrage bestätigte. Und so setzte er bald die Segel, als ein wie von Gott geschickter frischer Wind aufkam.

Kapitel IX

Gegen Morgen war die syrische Küste längst außer Sichtweite, und Osman hatte Kurs auf Zypern genommen.

Am Mittag war Gero noch immer nicht zu sich gekommen. Struan hatte sich, schon bald nachdem sie das offene Meer erreicht hatten, seines Wappenrockes aus teurer Worstedwolle entledigt und ihn in Streifen und Stücke gerissen. Dann hatte er Gero mit Wardas Hilfe entkleidet und Kompressen auf seine blutende Wunde gelegt. Danach hatte er ihn fachmännisch verbunden. »Wir müssen die Blutung zum Stillstand bringen«, erklärte er Warda. »Pass auf ihn auf«, befahl er ihr mit seiner rauen Stimme. »Sobald er wach wird, muss er trinken, damit er nicht das Fieber bekommt.«

Warda hatte auf Gero achtgegeben, als ob er ihr Augapfel wäre, und als er nach Stunden des bangen Wartens das erste Mal zu sich kam, fieberte er. Er benötigte viel Flüssigkeit, die sie nicht hatten. Die Wasserrationen waren so knapp, dass kaum mehr als ein Becher für jeden pro Tag zur Verfügung stand.

»Gib ihm meinen Anteil«, sagte Struan wie selbstverständlich, obwohl er doch auch den ganzen Tag am Ruder saß. Als der Wind noch frischer wurde und sie schneller vorankamen, hockte er sich zu Warda und Gero und versuchte sein Fieber mit nassen Lappen zu senken. Pausenlos wechselten sie sich bei der Versorgung ab. Die ganze Nacht über legten sie Gero in feuchte Tücher, und am Morgen des dritten Tages war das Fieber ein wenig zurückgegangen und er kam nun öfters zu sich, so dass sie ihm etwas zu trinken einflößen konnte. Doch die zackenförmige Wunde an der Schulter hatte sich bereits eitrig entzündet.

Als nach vier Tagen der Überfahrt endlich die Küste von Zypern in Sicht kam, erschien es Warda wie ein Wunder, dass sie den Überfall als Einzige überlebt hatten. Ausgedörrt, hungrig, durstig und völlig erschöpft gingen sie in Famagusta an Land. Dort wurden sie am Hafen vom Komtur des Gewölbes zunächst mit allem versorgt, was sie benötigten. Er hatte dem Ordenshaus in Famagusta umgehend Meldung gemacht und auf der Stelle Boten entsandt, die das grausame Geschehen auf Antarados der Ordensleitung in Limassol und Nikosia meldeten.

Auf einer Bank vor dem Haus des Hafenmeisters sitzend, beobachtete Warda, immer noch zitternd und in eine Decke gehüllt, die ihr ein braungewandeter Templer gegeben hatte, wie Gero von Brüdern des Hospitals auf einer Trage abtransportiert wurde.

»Wo bringen sie ihn hin?«, fragte sie Struan besorgt.

»Ins Hospital des Ordenshauses von Famagusta«, antwortete er und blickte Gero abwesend nach.

»Denkst du, ich kann ihn dort besuchen?« Hoffnungsvoll schaute sie zu dem riesenhaften Schotten hoch, der noch ein Stück größer als Gero war.

Er kniff die Lippen zusammen und schüttelte zweifelnd den Kopf. »Frauen dürfen da leider nicht rein«, brummte er. »Nicht einmal, wenn sie Wäscherinnen sind«, fügte er hinzu und nahm ihr damit jegliche Hoffnung, über Geros Gesundheitszustand weiterhin unterrichtet zu bleiben.

»Glaubst du, dass sie ihn dort wieder gesund machen werden?«, fragte sie mit gesenktem Blick.

»Ich weiß es nicht«, antwortete der Schotte ehrlich. »Es hat ihn ziemlich schwer erwischt. Wobei das Schlimmste nicht die Wunde ist, sondern der Eiter, der sich darin gebildet hat.«

Warda nickte und schluckte bei der Erkenntnis, dass sie Gero womöglich nie wiedersehen würde.

»Wir müssen zu Heiligen Jungfrau beten«, riet Struan ihr leise.

»Ja, das ist wohl das Beste«, erwiderte sie mit einem tapferen Lächeln und verabschiedete sich von dem Schotten mit einem Nicken.

»Ihr müsst der Ordensleitung erzählen, was Bruder Hugo den Menschen auf Antarados getan hat«, erinnerte sie ihn.

»Worauf du dich verlassen kannst«, knurrte Struan mit seiner düsteren Stimme.

»Leb wohl«, sagte sie zu ihm und schaute ihm in die nachtschwarzen Augen. Auch wenn er bei genauem Hinsehen ein schöner Mann war, mit seiner riesenhaften Gestalt und dem schwarzen Bart sah er im Augenblick wirklich zum Fürchten aus.

»Leb wohl, Maria«, erwiderte er, und ein seltenes Lächeln umspielte seine Lippen. »Du warst sehr tapfer. Dass du Gero von Hugos Verfehlungen erzählt hast und er durch dich von diesen Katakomben wusste, hat uns allen das Leben gerettet. Dafür sind dir meine Brüder und ich zu tiefem Dank verpflichtet.«

Er weiß es nicht, dachte sie ein wenig enttäuscht. Gero hat ihm weder meinen wahren Namen genannt noch ihm verraten, dass uns mehr als eine flüchtige Bekanntschaft verbindet.

Vielleicht ist es besser so, dachte sie resigniert. Sie würde sich Gero aus dem Kopf schlagen müssen, ganz gleich, ob er wieder gesund würde oder am Fieber starb.

Dann drehte sie sich um und ging in Richtung Ordenshaus, wo sie um ihren restlichen Lohn oder zumindest um ein Almosen bitten wollte. In dem Bewusstsein, dass ihr – ganz gleich, was geschehen war – ohnehin nichts anderes übrigblieb, als in ihr altes Leben zurückzukehren.

Episode VI

»Mitten ins Herz«

Kapitel I

Zypern/Ordensburg der Templer in Famagusta 1302

Gero von Breydenbach war nicht sicher, wie lange er das Bewusstsein verloren hatte. Lediglich die Schmerzen in seinem Oberkörper pochten noch genauso heftig wie auf dem Schiff, als er ein paar Mal zu sich gekommen war. Sein rechter Arm und seine rechte Seite, von der Schulter bis hinunter zu den Rippen, fühlten sich an, als ob sie von glühendem Eisen durchstoßen worden wären. Was ihn dazu brachte, sich auf der Stelle in den Zustand seliger Umnachtung zurückzuwünschen.

Mehr und mehr stellte sich die Erinnerung ein, wie es überhaupt zu seiner misslichen Lage gekommen war.

Wie er in der mondhellen Dämmerung an den Gestaden von Antarados für nur einen Moment die Kontrolle über seinen Gegner verloren hatte. Wie der Säbel des Mamelucken, gegen den er kämpfte, ihn mit voller Wucht am Helm getroffen hatte. Wie er das Gleichgewicht verlor und dann den sengend heißen Schmerz verspürte, der kurz danach seine Schulter streifte. Dann war es dunkel um ihn herum geworden.

»Hey, kannst du mich hören?« Zu der rauen, nur allzu bekannten Stimme schälte sich das passende Gesicht aus dem sich lichtenden Nebel heraus. Struan MacDhoughail nan t-eilan Ileach, sein schwarzbärtiger Kamerad von den schottischen Inseln, fixierte ihn mit seinen Kohleaugen, als ob er ihn allein kraft seines durchdringenden Blickes ins Leben zurückholen wollte. Als er sah, dass Gero die Augen öffnete, wechselte der angespannte Gesichtsausdruck des hünenhaften Templers zu rührender Besorgnis. Aber was Gero noch viel mehr beunruhigte, war die Tatsache, dass sich der ansonsten so humorlos wirkende Schotte vergeblich an einem Lächeln versuchte. Jeder, der Struan kannte, wusste, dass er nur selten sein blendend weißes Gebiss präsentierte.

Entweder weil es für ihn nur wenig zu lachen gab oder weil er mit seinen ausgeprägten Eckzähnen, die in beängstigender Weise an ein Raubtier erinnerten, keine Aufmerksamkeit auf sich ziehen wollte.

»Sag ehrlich«, murmelte Gero mit halbgeschlossenen Lidern. »Wie schlimm steht es um mich? Werde ich sterben?«

»Nein«, beeilte sich der Schotte zu sagen, bemüht, seiner Reibeisenstimme etwas Weiches, Zuversichtliches zu geben. »Der verdammte Heide hat dir mit seinem Krummsäbel bloß die Schulter aufgeschlitzt. Es sieht nicht schön aus, aber unsere Brüder im Hospital haben dir gleich nach unserer Ankunft Unmengen von dem Schimmeltrank eingeflößt. Die Wunde eitert längst nicht mehr so stark wie in den ersten Tagen, aber bis sie vernäht werden kann, wird es noch eine Weile dauern.«

Beinahe enttäuscht drehte Gero seinen Kopf und versuchte zu ergründen, wie ausgeprägt die Verletzung war, die ihm der Mamelucke zugefügt hatte. Die Sehnen an seinem Hals schmerzten, und mehr als ein Verband und ein riesiger blauer Fleck, der unter dem sauberen Leinen hervorschaute, war nicht zu erkennen. Erschöpft sank er zurück in die Kissen und schloss für einen Moment die Augen. Wie viel lieber wäre er tot gewesen und hätte in das liebliche Antlitz von Lissy geblickt, die nun weiterhin im Paradies auf ihn warten musste.

»Wo bin ich und wie lange war ich weg?«, fragte er mit geschlossenen Lidern und meinte damit, wie lange er im Zustand der Bewusstlosigkeit verbracht hatte.

»Du bist noch immer in Famagusta«, erklärte Struan geduldig. »Vor fünf Tagen sind wir angelandet. Danach haben dich die Brüder sofort ins Hospital der Ordensburg gebracht. Bisher warst du nicht transportfähig, sonst hätten sie dich bereits nach Nikosia ins Hauptquartier verlegt. Du kannst von Glück sagen, dass du zwischendrin ein paar Mal für kurze Zeit wach geworden bist. So konnte dir der Medikus wenigstens etwas zu trinken einflößen.«

»Fünf Tage?« Gero hob seine Lider und schaute Struan zweifelnd an. Gleichzeitig stellte sich ihm eine andere Frage, die sich von selbst beantwortete, als er seine gesunde Hand zu seinem Geschlecht wandern ließ. Er trug eine Windel, als ob er ein Säugling wäre.

»Verdammte Scheiße«, entfuhr es ihm leise. »Wann werde ich wieder zum Abort gehen können?«

»Mit etwas Glück wirst du ziemlich bald wieder auf den Beinen sein«, versicherte ihm Struan und überging damit den Moment der Peinlichkeit. »Gott sei Dank führst du das Schwert mit links und nicht mit rechts«, fuhr er fort, »sonst könnte es tatsächlich länger dauern, bis du wieder kämpfen darfst.«

Struan seufzte sichtbar erleichtert, und entgegen seinen Gewohnheiten lächelte er nun tatsächlich. Gero war längst klar, dass er dem Schotten sein Leben zu verdanken hatte, und er spürte Tränen der Rührung in sich aufsteigen.

»Ohne dich wäre ich jetzt tot, Bruder«, bekannte er mit belegter Stimme. »Der Heide hätte mich, ohne mit der Wimper zu zucken, ins Jenseits befördert.« Und ich würde endlich wieder mit Lissy vereint sein, dachte er, sagte es aber nicht.

»Ich hab den Kerl, der dir das angetan hat, mit meinem Claidheamh mòr in zwei Hälften geteilt«, erklärte Struan mit ausdrucksloser Miene. »Was ich in jedem Fall getan hätte, ganz gleich, ob er dich töten wollte oder nicht.«

»Das mag ja sein.« Gero versuchte sich ebenfalls an einem Lächeln, auch wenn es gequält war. »Trotzdem stehe ich in deiner Schuld, mein Leben lang. Ab sofort sind wir mehr als nur Brüder im Geiste. Wir sind Brüder im Herzen, und dafür möchte ich dir danken, mit allem, was mir zur Verfügung steht.«

Trotz größter Schmerzen tastete Gero nach der Hand des Schotten und drückte sie fest. »Wenn ich das hier überlebe«, versicherte Gero ihm, »werde ich für dich da sein, wann immer du mich brauchst.«

»Das ist sehr großzügig von dir«, entgegnete Struan und setzte augenblicklich seine übliche Maske der Gleichgültigkeit auf. Aber auch in seinen Augen glitzerte es verdächtig. »Aber dazu bedarf es keines Schwures«, fügte er leise hinzu. »Unter Brüdern sollte meine Tat selbstverständlich sein. Außerdem hast du deine Rettung nicht nur mir zu verdanken.«

Gero wagte einen zurückhaltenden Blick in die Umgebung. Er lag in einem weichen Hospitalbett, gar keine Frage, bis zur Brust mit weißen Laken bedeckt. Weiter hinten im Raum standen noch andere Betten, in denen offenbar alte und kranke Ordensbrüder vor sich hin dösten. Ansonsten war niemand anwesend, dem er über Struan hinaus hätte danken können. »Wo sind die anderen, die mit uns auf dem Schiff waren?«, fragte er, um sich zu vergewissern, dass seine übrigen drei Kameraden und auch die wenigen Zivilisten, die auf Antarados mit an Bord gegangen waren, den Angriff und die Überfahrt überlebt hatten. Seine Sorge galt in erster Linie Warda, seiner Freundin, wie sie sich selbst bezeichnet hatte, aber das wollte er vor seinem schottischen Bruder nicht zugeben. Struan kannte sie nur unter dem Namen Maria, und er ahnte noch nicht einmal, dass sie einst eine Hure gewesen war und Gero eine zwar kurze, aber doch bedeutungsvolle Liaison mit ihr gehabt hatte.

In seiner Erinnerung tauchten schwach ihre angstvoll geweiteten Augen auf, als er für einen Moment zu sich gekommen war und Warda sich über ihn gebeugt hatte. Aber im Nachhinein war er nicht sicher, ob es sich nicht doch um einen Traum gehandelt hatte. Er hatte sie berühren und etwas sagen wollen, aber dann hatte es ihn zurück in ein düsteres Nebelland gezogen, und dort war ihm Lissy auf halber Strecke begegnet und hatte ihm versichert, dass es für ihn noch nicht an der Zeit wäre, die Seiten zu wechseln.

»Und was ist mit der Frau?«, fragte er beiläufig, bemüht, Struan nicht direkt ins Gesicht zu schauen, sondern eher auf dessen saubere, wollweiße Chlamys und den gleichfarbigen Wappenrock, den er über dem Kettenhemd trug. Auf beidem war das Templerkreuz aufgenäht, dessen blutrote Farbe ihm nie stärker ins Auge gestochen war als in diesem Moment.

»Meinst du diese Wäscherin? Wie hieß sie noch gleich?« Struan tat, als ob er nachdenken müsste, obschon Gero sicher war, dass er wusste, von wem die Rede war und auch ihren Namen noch kannte.

»Maria«, kam ihm Gero zuvor, von plötzlicher Sorge erfüllt, Struans Zurückhaltung könnte auf ein Unglück hindeuten. »Was ist mit ihr?«

»Ihr geht es gut«, versicherte ihm Struan mit auffällig neutraler Miene. »Das glaube ich zumindest. Sie hat mich gefragt, ob sie dich im

Hospital besuchen darf, aber ich habe ihr erklärt, dass die Hospitalleitung ihr gutgemeintes Ansinnen aufgrund der strengen Ordensregeln sicherlich ablehnen wird. Zumal du in einem Dormitorium liegst, in dem ausschließlich schwerkranke Brüder versorgt werden.«

»Hat sie sonst noch etwas gesagt?«, fragte Gero leicht ungeduldig. »Wo sie sich jetzt aufhält und welche Pläne sie hat? Soweit ich weiß, hat sie ihre Anstellung im Orden schon vor dem Überfall der Mamelucken gekündigt. Ich meine, immerhin haben wir ihrer Mithilfe unser Leben zu verdanken. Eigentlich müsste der Orden sie und die anderen überlebenden Inselbewohner dafür entlohnen.«

»Davon weiß ich nichts.« Struan schüttelte bedauernd den Kopf. »Sie hat mich lediglich aufgefordert, die Ordensleitung über alles zu unterrichten, was auf Antarados geschehen ist. Danach ist sie einfach davongegangen. Aber Arnaud hat mir erzählt, dass auch sie von den zuständigen Stellen zu dem Vorfall auf der Insel verhört wurde. Allerdings weiß ich nicht, was dabei herausgekommen ist.«

»Und?«, fragte Gero mit schmerzverzerrter Miene, weil er dummerweise versucht hatte, sich ein bisschen bequemer hinzulegen. »Konntest du alle notwendigen Instanzen davon überzeugen, dass der Sturm auf die Festung kein verteufelter Zufall war?«

»Selbstverständlich«, bestätigte Struan. »Nachdem man sämtliche überlebenden Bewohner der Insel, die mit dem Schiff angelandet sind, zum Verhör in die Ordensburg von Yermasoyia gebracht hat, wurden Arnaud, Roderic, Brian und ich direkt hier im Ordenshaus von Aymo d'Oiselay persönlich ins Gebet genommen. Jacques de Molay ist erst gestern aus Nikosia eingetroffen. Als Ordensmeister wollte er von uns persönlich erfahren, wie die Geschehnisse auf Antarados abgelaufen sind und wie sie von uns bewertet werden. Ich schätze, wenn er hört, dass du zu dir gekommen bist, will er auch noch mit dir reden.«

»Hast du ihm von Hugos d'Empures' Verrat erzählt?«

»Das habe ich«, gab Struan mit unbewegter Miene zur Antwort. »So ausführlich, wie ich konnte. Dabei habe ich nichts ausgelassen. Nur die Sache mit Maria habe ich nicht erwähnt. Schon gar nicht, dass sie Hugo von Beginn an verdächtigt hat, ein falsches Spiel zu spielen. Ich wollte sie nicht unnötig in Schwierigkeiten bringen. Schließlich war sie selbst von der Ordensleitung befragt worden, und ich wusste nicht, was sie denen erzählt hatte.«

Gero schloss erleichtert die Augen. »Auf dich kann man sich wirklich verlassen«, murmelte er erschöpft. Dann schaute er auf und bedachte den Schotten mit einem prüfenden Blick.

»Und welches Resümee haben unsere Ordensoberen aus dem Vorfall gezogen? Geben sie uns die Schuld? Oder eher mir, weil ich Bartholomäus de Chinsi nicht rechtzeitig gewarnt habe?«

Struan sah sich in dem großen, kahlen Schlafsaal des Hospitals suchend um, doch die meisten, vorwiegend von greisen Brüdern belegten Betten standen zu weit entfernt, als dass man ihre Unterredung hätte belauschen können.

»Niemand von uns hat es so dargestellt, als ob du vorher schon etwas von Hugos Verrat gewusst haben könntest«, stellte Struan mit gedämpfter Stimme klar. »Ich habe mich vor dem Gespräch mit d'Oiselay mit den anderen Jungs abgesprochen, sogar Arnaud de Mirepaux war mit von der Partie und hat geschworen, nichts von deinen vorherigen Befürchtungen zu erwähnen. Er ist dir im Übrigen sehr dankbar, dass du uns in die Katakomben geführt hast. Wörtlich sagte er, ohne deine Unterstützung wären wir nun alle tot oder säßen in irgendeinem ägyptischen Kerker.«

»Und was meint die Ordensführung zur Schuld von Hugo d'Empures? Haben sie ihn wenigstens auf die Liste der meistgesuchten Verräter gesetzt?«

»Sie haben ihn schlicht für tot erklären lassen«, erwiderte Struan verdrossen. »Offiziell ist er zusammen mit unserem Ordensmarschall als Held gestorben. Diese Meldung wird die Ordensleitung in genau dieser Form zum Papst nach Rom absetzen, und auch Hugos katalanische Verwandte werden eine entsprechende Urkunde erhalten. Das bedeutet, er weilt hochoffiziell nicht mehr unter den Lebenden. Sollte er je wieder einen Fuß auf christlichen Grund und Boden setzen und sich als Hugo d'Empures ausgeben, wird er unverzüglich als Hochstapler festgenommen und gehängt, ganz gleich, ob es noch jemanden gibt, der ihn als den einzig wahren, alten Hugo identifizieren kann.«

Gero riss ungläubig die Augen auf. »Soll das heißen, man wird ihn für das, was er getan hat, sogar noch ehren? Das bedeutet also, selbst wenn er wieder auftauchen würde, hätte er niemals eine härtere Strafe zu befürchten, als dass man ihn als Lügner und Betrüger hängen würde! Geschweige denn, dass die Sache ein Nachspiel im Kapitel von Paris hätte!«

»Zumindest nicht offiziell.« Struan schüttelte unmerklich den Kopf. »Der Templerorden hat zwei Tage nach unserem Verhör in einem geheimen Kapitel in Nikosia entschieden, die Angelegenheit keinesfalls in der wahrhaftigen Version publik zu machen. Es wäre eine zu große Schmach, wenn man zugeben müsste, dass ein Kommandeur-Leutnant der Templer zu den Heiden übergelaufen ist und neunhundert Ordensangehörige ihrem Schicksal überlassen hat. Wegen der Geschichte mit Hugo will man alles, was geschehen ist, möglichst unter den Teppich kehren. Ein Spion von solcher Bedeutung in den Reihen des Templerordens würde unserem Ansehen bei König und Klerus empfindlich schaden. Weil man zugeben müsste, das Unheil nicht rechtzeitig erkannt zu haben. In den amtlichen Verlautbarungen wird es heißen, der Überfall der Heiden und unsere Antwort darauf sei eine Verkettung unglücklicher Umstände gewesen. Die Mamelucken hatten offenbar gerade nichts Besseres zu tun, als uns anzugreifen. Und wir hatten dem nichts entgegenzusetzen, weil sich der Austausch unserer Versorgungsschiffe und Galeeren unglücklicherweise überschnitten hat. In einer offiziellen Erklärung dazu soll behauptet werden, Hugo habe als einzig überlebender Offizier Verhandlungen mit den Mamelucken aufgenommen, weil Bartholomäus de Chinsi zuvor in einem erbitterten Kampf gegen die Heiden gefallen sei. Nachdem sich die verbliebenen Templer in letzter Not in die Festung zurückgezogen hätten, sei der bedauernswerte Bruder Hugo von den Mamelucken in gleicher Weise hinters Licht geführt worden wie seine Vorgänger damals in Akko. Nachdem die Mamelucken ihm und allen Bewohnern der Festung freien Abzug versprochen hätten, sei er nach dem Öffnen der Tore wie der Ordensmarschall im Kampf getötet worden. Seine Schutzbefohlenen seien in Ketten gelegt und nach Ägypten verschleppt worden …« Struan schwieg für einen Moment, damit Gero diese Ungeheuerlichkeit erst einmal verdauen konnte. »Den Rest kannst du dir denken.«

»Schon allein so etwas zu behaupten ist eine ziemlich schamlose Lüge«, stellte Gero verbittert fest. »Wie blöd muss man sein, um den gleichen Fehler noch mal zu machen, der die Templer 1291 in Akko nicht nur ihre Ordensburg gekostet hat, sondern gleich das gesamte Heilige Land. Selbst wenn es keine Alternativen gab, hätte Hugo mit seiner Erfahrung eine andere Entscheidung treffen müssen, als den Heiden einfach das Tor zu öffnen.« Gero war entsetzt, wie einfach es sich der Orden in dieser Sache machte. Zugleich versuchte er herauszufinden, was diese Verleugnung der wahren Umstände für ihn persönlich bedeutete. »Und was ist mit uns?«, fragte er ratlos. »Wir können doch bezeugen, dass Hugos Verrat überhaupt erst dazu geführt hat, dass die Mamelucken es gewagt haben, uns anzugreifen, weil sie wussten, wir waren knapp an Proviant und warteten auf den längst überfälligen Zulauf von Galeeren und Versorgungsschiffen. Und weil sie sicher sein konnten, dass es auf der Festung einen zuverlässigen Teufel gab, der den Ordensmarschall dazu verführen würde, mit dem Öffnen der Tore eine falsche Entscheidung zu treffen.«

»Davon kein Wort, mein Freund«, bemerkte Struan mit einem leisen Ton der Verschwörung in seiner rauen Stimme. »Man hat uns einen gemeinschaftlichen Maulkorb verpasst, und damit wir diesen auch anbehalten, wird man alle fünf Templer, die dieses Massaker wie durch ein Wunder überlebt haben, ins Kernland nach Franzien versetzen, wo sie fortan ihren Dienst in einer weit weniger gefährlichen Umgebung verrichten sollen.«

»Und das, obwohl mehr als hundertfünfzig christliche Turkopolen geköpft wurden und hundertzwanzig Tempelritter mit mindestens weiteren sechshundert Angehörigen des Ordens in die ägyptische Sklaverei verschleppt wurden und man daraus resultierend dringend Nachschub für neue Truppen benötigt?« Gero konnte es immer noch nicht fassen und vergaß darüber beinahe seinen erbarmungswürdigen Zustand. »Das heißt, wir werden trotz unserer Loyalität zum Schweigen gezwungen und obendrein strafversetzt?«

»Nenn es, wie du willst«, entgegnete Struan vergleichsweise gefasst. »Sie haben auch schon eine Kommanderie für uns ausgesucht. Nicht weit entfernt von Troyes. Sie gilt als Ausbildungskompanie für besonders sprachbegabte Brüder. Eine Art philosophisches Zentrum. Wobei ich mich frage«, gab Struan grinsend zu bedenken, »was sie ausgerechnet mit mir dort anfangen wollen. Ich habe in meinem ganzen Leben noch kein einziges Buch gelesen. Aber es heißt auch, die dort stationierten Templer sollen als Elitetruppe des Ordens auftreten. Sozusagen als Vorzeigetempler. Zum Beispiel, wenn der Papst auf seinen Reisen durch Franzien sicheres Geleit verlangt. Oder wenn die Ordensburgen Wettkämpfe untereinander und gegen andere Ordenshäuser ausrichten. Und damit es uns darüber hinaus nicht langweilig wird, dürfen wir regelmäßig Geldtransporte zwischen den Ordenshäusern begleiten oder Raubritternester ausheben oder …«

»… irgendwelche bleichen Jungfrauen aus den Klauen eines feuerspeienden Drachen retten …«, beendete Gero die Ausführungen des Schotten. Jerusalem schien also endgültig verloren zu sein. Jedenfalls was seinen persönlichen Einsatz betraf. Urplötzlich fragte er sich, was sein Vater wohl zu seinem unrühmlichen Ende bezüglich der Rückeroberung des Heiligen Landes sagen würde. Eigentlich interessierte es ihn nicht, was der Alte über ihn dachte, doch nun konnte er plötzlich nachvollziehen, wie sehr die Niederlage von Akko den Stolz seines Vaters verletzt haben musste. Seufzend schüttelte er den Kopf, was er jedoch wegen der stechenden Schmerzen in Hals und Schulter sogleich wieder seinließ.

»Ich kann es immer noch nicht glauben.« Mit resignierter Miene schaute er auf. »Hat man dir auch gesagt, wo genau die besagte Kommanderie zu finden ist, zu der man uns abordnen wird?«

»Bar-sur-Aube«, antwortete Struan gedehnt. »Immerhin scheint in der Stadt einiges los zu sein. Wie ich gehört habe, ist die Kirche Saint-Pierre ein Wallfahrtsort, und dort sollen jährliche Kaufmannsmessen abgehalten werden«, fügte der Schotte aufmunternd hinzu, weil er offenbar hoffte, dass seine Anmerkung Gero ein Trost sein könnte.

»Bar-sur-Aube«, wiederholte Gero nachdenklich, und seine Miene hellte sich trotz der düsteren Aussichten auf. »Den dortigen Komtur kenne ich«, sagte er leise. »Henri d'Our. Er ist ein Freund meines Vaters. Ein freundlicher Mann, obwohl es heißt, er führt seine Komturei mit straffer Hand. Vielleicht hast du ihn auch schon gesehen. Er weilte in Troyes, als wir dort unsere Aufnahmeprüfung als Novizen absolviert haben. Ich halte große Stücke auf ihn.«

»Wenn dem so ist«, sagte Struan und lächelte noch einmal. »Worauf wartest du dann noch? Sieh zu, dass du schnellstmöglich wieder gesund wirst, damit wir unsere Sachen packen und von hier verschwinden können.«

Kapitel II

Trotz der Eile dauerte es noch mal drei Monate, bis Gero Ende Februar im Jahre des Herrn 1303 so weit genesen war, dass er zusammen mit seinen Kameraden nach Franzien aufbrechen konnte. Inzwischen hatte man ihn wieder nach Nikosia verlegt, wo er langsam, aber sicher zu Kräften gekommen war. Seit ein paar Wochen hatte er das Kampftraining mit dem Schwert wieder aufnehmen können, und auch das Reiten fiel ihm nicht mehr schwer, obwohl er David, seinen treuen Hengst, den er auf Antarados den Mamelucken überlassen musste, noch immer schmerzlich vermisste, sobald er im Sattel saß. Wahrscheinlich beglückte der schwarze Riese nun die edlen Stuten irgendeines dekadenten Emirs, tröstete sich Gero über den Verlust seines treuen Begleiters hinweg.

Zwei Tage vor ihrer Abreise zum Hafen von Limassol, wo sie die »Rose von Aragon« für die Überfahrt nach Franzien an Bord nehmen würde, bat Gero um zwei Stunden Ausgang am Abend, der ihm ohne Nachfrage von einem persönlichen Adjutanten Jacques des Molays gewährt wurde, unterschrieben im Auftrag des Meisters. Dessen Großzügigkeit resultierte wahrscheinlich aus dem Umstand, dass man Gero wie auch den übrigen Kameraden, denen die Flucht von Antarados geglückt war, eine Sonderbehandlung zuteilwerden ließ.

Das Oberhaupt der Templer hatte ihn einen Tag, nachdem er aus seiner Ohnmacht erwacht war, höchstpersönlich aufgesucht und ihn detailliert zum Hergang des Überfalls der Mamelucken auf Antarados befragt.

»Es ist meine Schuld«, beteuerte Gero trotz aller Vorbehalte, die Wahrheit ans Licht bringen zu wollen, bei der eingehenden Befragung durch de Molay. »Ich habe geahnt, dass Bruder Hugo ein doppeltes Spiel treibt, aber ich habe es unterlassen, unseren Ordensmarschall davon in Kenntnis zu setzen.«

»Wie genau soll ich das verstehen?« De Molay sah sich auf Geros Aussage hin offensichtlich veranlasst, intensiver nachzuhaken, wie er seinen Verdacht gegenüber Hugo d'Empures bei de Chinsi hätte begründen wollen. Gero wiederum wurde plötzlich klar, dass er Warda ins Spiel bringen musste, wenn er das Ganze im Detail erklären wollte, und das konnte er, allein um sie vor einer tiefer gehenden Untersuchung zu schützen, nicht tun. Stattdessen zog er es vor, sich auf göttliche Eingebung und eine uralte Prophezeiung zu berufen, die ihm von wem auch immer zu Ohren gekommen sei, was de Molay jedoch ganz und gar nicht zu beeindrucken schien, sondern ihn lediglich dazu veranlasste, eine Braue hochzuziehen. Gero hingegen war nicht sicher, ob sein Ordensmeister tatsächlich nichts von dieser Prophezeiung wusste oder ob er dieses Wissen lediglich für sich behalten wollte.

»Wenn jemanden die Schuld an diesem Debakel trifft, dann mich«, versicherte ihm der grauhaarige und um Jahre gealterte Ordensmeister mit aufrechtem Blick. »Der Untergang von Antarados und der Verlust all dieser guten Menschen hat nicht nur den Orden mitten ins Herz getroffen, sondern auch mich ganz persönlich. Allerdings würde es dem Orden in der jetzigen Situation nur schaden, wenn ich meinen Rücktritt ankündigen und einem anderen Ordensoberen das Ruder überlassen würde. Der Aufbau und die Unterhaltung von Antarados hat die Arme Ritterschaft Christi vom Salomonischen Tempel Unmengen an Geld gekostet, wovon das meiste noch nicht einmal aus unseren eigenen Kassen stammt. Wenn wir nun unsere Niederlage mit Pauken und Fanfaren in den Okzident tragen, wird dort niemand mehr Vertrauen in uns setzen, geschweige denn glauben, es könnte uns jemals gelingen, Jerusalem für die Christen zurückzuerobern. Was nicht nur fatale Folgen für die finanzielle Unterstützung des Ordens durch Dritte hätte, sondern auch für die Gewinnung weiterer Brüder als Ordensritter. Und deshalb bleibt mir nichts anderes, als Euch und den anderen Brüdern den strikten Befehl zu erteilen, nicht nur absolutes Stillschweigen über die wahren Gründe der Eroberung des Eilandes durch die Mamelucken zu bewahren, sondern Euch darüber hinaus in Franzien für die weitere Rekrutierung junger Adliger einzusetzen, indem Ihr dort mit gutem Beispiel vorangeht. Ich muss nicht hinzufügen, dass Ihr dem Orden einen Eid geleistet habt, der Euch verpflichtet zu gehorchen, ganz gleich, was geschieht.«

Der ranghöchste Ordensritter der legendären Miliz Christi bedachte Gero mit einem unmissverständlichen Blick, der ausdrückte, dass eine Zuwiderhandlung eine ungeahnt harte Strafe nach sich ziehen würde. »Um der Heiligen Muttergottes willen«, fügte er schließlich um einiges sanfter hinzu, »ich benötige dringend Eure Unterstützung in der Sache.«

»De par Dieu, Beau Seigneur – im Namen Gottes! Worauf Ihr Euch verlassen könnt!« Gero tat seinen Schwur mit der Hand auf dem Herzen, obwohl es in seinem Innern brodelte, weil er insgeheim eine vollkommen andere Überzeugung vertrat.

Kapitel III

Er zweifelte immer noch, als er am Abend vor seiner Abreise nach Franzien in vollem Templerornat den Weg zu Fuß in die Stadt antrat. Trotz der hereinbrechenden Dämmerung erregte er in seinem weißen Mantel und dem Wappenrock mit dem roten Kreuz auf Brust und Schulter bei den entgegenkommenden Passanten mehr Aufsehen, als ihm lieb war. Zumal die einheimische Bevölkerung die Templer nicht eben verehrte. Dies war sicher ein Grund, warum er überwiegend misstrauische Blicke erntete und er die Ordensburg seit der Razzia in der »Taverne der Engel« nicht mehr ohne sein Schwert und seinen Messergürtel verlassen hatte. Obwohl er angesichts seines Vorhabens lieber Zivilkleidung getragen hätte, wäre es ihm ohnehin nicht möglich gewesen, weil er bei seiner Flucht aus Antarados neben seinem geliebten Streitross auch seine private Kleidung hatte zurücklassen müssen. Wenigstens war ihm das Liebesgedicht seiner verstorbenen Frau geblieben sowie der Siegelring seiner Familie und sein Wappenbuch. Alles zusammen trug er stets in einer kleinen Ledertasche um den Hals direkt über dem Herzen. Dass ihm nach dem Überfall der Mamelucken darüber hinaus sein kostbarer Anderthalbhänder nicht verlorengegangen war sowie das einfache silberne Kreuz, das er wie alle Brüder an einem Lederband um den Hals trug, hatte er Struan zu verdanken, der nicht nur sein Leben, sondern auch seine wertvollste Habe vor den Heiden gerettet hatte.

Trotz des engen Bandes zwischen ihm und dem Schotten, das seit Antarados noch enger geworden war, hatte er Struan nicht gesagt, wohin er sich begab. Nur der Wachhabende am Tor der Ordensburg von Nikosia wusste Bescheid, als er ihm den vom Ordensmeister unterzeichneten Passierschein gezeigt hatte.

Mit ausladenden Schritten näherte er sich der westlichen Altstadt, wo das Haus von Wardas Tante zu finden war. Auch wenn Warda vielleicht nicht dort lebte, würde ihre Tante wahrscheinlich wissen, wo sie sich aufhielt. Zum Abschied hatte er ihr einen Brief geschrieben. Etwas, das normalerweise im Orden nicht erlaubt war, aber für Warda ging er das Risiko ein. Welche Bedeutung hatte schon ein einfacher Brief gegen das, was Hugo d'Empures dem Orden zugefügt hatte? Der ehemalige Kommandeur-Leutnant war der eigentliche Grund, warum Gero nicht abreisen konnte, ohne Warda Lebewohl zu sagen. Ihr hatte er es zu verdanken, dass er überhaupt auf Hugos Verrat aufmerksam geworden war. Dabei betrachtete er es als besonderes Glück, dass die einstige Hure, die sie bei ihrem ersten Aufeinandertreffen noch gewesen war, des Lesens und Schreibens in lateinischer Schrift mächtig war, was bei einer Frau ihrer Herkunft noch lange keine Selbstverständlichkeit darstellte. Dass sie so klug und gebildet war, hatte Gero neben ihrer aufreizenden Erscheinung gleich zu Beginn ihres Kennenlernens fasziniert.

Am Tag zuvor hatte er unzählige gedankliche Anläufe unternommen, in einem Schreiben zu erklären, warum er sich in den vergangenen Monaten nicht bei ihr hatte melden können. Trotz allem, was er ihr nicht zu geben vermochte, fühlte er sich ihr zu tiefster Dankbarkeit verpflichtet. Doch am Ende war er zu dem Schluss gekommen, dass all die Worte, die er sich zurechtgelegt hatte, viel zu förmlich klangen. Auf dem kostbaren Papier, das er im Skriptorium unter Vortäuschung falscher Tatsachen erbeten hatte, waren dann am Ende lediglich drei Sätze und ein Name übriggeblieben: Es tut mir leid. Ich danke dir für alles. Ich werde immer an dich denken. Gero.

Seit er nach Nikosia zurückgekehrt war, hatte er pausenlos an Warda denken müssen, aber keine Gelegenheit gefunden, ihrer Tante einen Besuch abzustatten, um herauszufinden, ob sie, wie verabredet, dort Unterschlupf gefunden hatte.

Bevor er das orientalisch anmutende Gebäude mit den spitz zulaufenden Fensterbögen und dem kühlen Innenhof erreichte, blieb er mehrmals stehen und überlegte, ob es vielleicht besser wäre, einfach wieder umzukehren. Doch dann sagte er sich, dass schließlich nichts dabei war, eine alte mürrische Frau aufzusuchen und sie nach dem Verbleib ihrer Nichte zu fragen. Wenn er Pech hatte, würde sie ihm noch nicht einmal die Tür öffnen oder sie ihm vor der Nase zuwerfen, kaum, dass sie ihn erblickt hatte.

Als er klopfte, ließ er sich noch immer Dutzende von Szenarien durch den Kopf gehen, was als Nächstes geschehen könnte.

Schließlich wurde die eisenbeschlagene Tür mit einem Knarren geöffnet, und zu seiner Überraschung trat ihm ein bulliger Zypriot mit finsterem Blick entgegen. Instinktiv legte Gero seine Hand an das T-Heft seines Schwertes und straffte die Schultern.

»Was wollt Ihr?«, knurrte ihn der bärtige Kerl an. Gero sammelte sich für einen Moment, weil er nicht mit einem solchen Ungetüm gerechnet hatte. Der Kerl schaute ihn derweil an, als ob er ihn meucheln wollte. Gero registrierte beiläufig den ärmellosen Rock seines Gegenübers und die weite Hose, die ihn beinahe wie einen Mamelucken aussehen ließen. Dem Aussehen nach mochte er schon über dreißig sein, in seinen lockigen dunklen Haaren zeigten sich erste Silberfäden. Vielleicht handelte es sich bei dem Mann um Wardas Cousin, beruhigte er sich. Aber hatte sie nicht erzählt, ihre Tante sei kinderlos? Gero musste nicht lange überlegen, um zu wissen, dass er diesem Kerl ganz bestimmt nicht den Brief an Warda überlassen würde, selbst wenn nicht besonders viel drinstand und der Mann vermutlich kein Franzisch lesen konnte. Deshalb hoffte er inständig, dass sie vielleicht trotz allem hier zu finden war. Es dauerte einen Moment, bis Gero seine Stimme wiedergefunden hatte.

»Ich suche nach Warda«, sagte er bestimmt. »Ist sie da?«

Der Mann schien ehrlich verblüfft zu sein. »Was wollt Ihr von meiner Frau?«, fragte er barsch.

»Äh …« Gero schluckte. »Eure … Frau?«, beendete er seine Frage lahm und war schon versucht, auf dem Stiefelabsatz umzudrehen, als er Wardas melodische Stimme vom Innenhof her hörte.

»Wer ist da, Hadad?« Plötzlich tauchte ihr schönes Gesicht hinter der Schulter des Mannes auf. Als sie Gero erblickte, sah er zunächst ihren erschrockenen Blick, doch dann lächelte sie. Sie war noch immer so schön, wie er sie in Erinnerung hatte. Schrägstehende Augen, ein üppiger Mund. Langes schwarzglänzendes Haar, das ihr bis zu den Hüften reichte. Dazu eine schlanke Gestalt mit festen Brüsten, die von einem fließenden, blau schimmernden Gewand umhüllt war, das bis zu ihren nackten Füßen reichte.

»Er ist ein Freund der Familie«, erklärte sie und blickte Hadad aufmunternd an. »Du kannst ihn ruhig hereinlassen.«

»Einen Templer? Freund der Familie? Und das, obwohl er weder seinen Namen genannt hat noch die Höflichkeit besitzt, zu sagen, was er begehrt?«, protestierte Hadad unmissverständlich.

»Schon gut«, entgegnete Gero. »Es ist wohl besser, wenn ich wieder gehe. Die Sache hat sich erledigt.«

»Nein, warte«, rief Warda und schob ihren finster aussehenden Gemahl zur Seite. »Lass uns einen Augenblick allein, Hadad«, bat sie das Ungetüm mit sanfter Stimme. »Es wird nicht lange dauern.«

»Er ist ein Ordensritter«, knurrte der andere. »Ich vertraue ihm nicht.«

»Das kannst du aber«, versicherte sie ihm. »Er hat mir auf Antarados das Leben gerettet und seins dafür um Haaresbreite verloren.«

Hadad schien trotzdem nicht sicher, ob es schicklich war, seine Frau mit einem martialisch aufgerüsteten Templer allein zu lassen. Einem kurzgeschorenen, blonden, blauäugigen Hünen mit Bart, der dazu noch um einiges jünger war als seine Frau. Jedenfalls spiegelten sich seine Bedenken unverkennbar in seinen dunklen Augen wider.

»Nun geh schon«, bat ihn Warda und drückte ihm einen Kuss auf die Wange.

Als er sich mit einem übellaunigen Grollen endlich verzogen hatte, fasste sie Gero am Ärmel seines Gewandes. »Komm mit mir in den Hof«, bat sie und lotste ihn in den Schatten eines Granatapfelbaums, wo sie vor jeglichen Blicken geschützt waren.

»Hier kann uns niemand beobachten«, versicherte sie ihm. »Nicht mal Hadad.« Völlig überraschend fiel sie Gero um den Hals und drückte sich an ihn. Unvermittelt spürte er die Wärme ihrer prallen Brüste, die sich durch den dünnen Stoff ihres Kleides an ihn drückten, und auch ihre Erregung, die damit einherging. Beinahe gierig zog sie seinen Kopf zu sich herab und presste ihre Lippen so leidenschaftlich auf seinen Mund, bis er nachgab und sich ihr öffnete. Ihre Zunge traf auf seine, und für einen Moment schien es so, als ob es nie anders zwischen ihnen gewesen wäre und sie sich gegenseitig verschlingen wollten. Wie von selbst legten sich seine Arme um ihre schlanke Gestalt, und er presste sie an sich, als ob sie beide nichts zu verlieren hätten. Jedoch nicht nur die Vorstellung, ihr Ehemann könnte jeden Moment auftauchen, ließ ihn an dem zweifeln, was er mit ihr tat. Auch die aufkeimende Gier, sie auf der Stelle unter diesem Baum nehmen zu wollen wie ein brünftiges Tier, ohne Sinn und Verstand, empfand er als eindeutige Warnung seines Gewissens. Er reagierte immer noch auf sie, obwohl so viele Monate vergangen waren, seit sie eine einzige Nacht miteinander verbracht hatten. Eine Nacht, die es in sich gehabt hatte, wie er sich im Nachhinein eingestehen musste, und die er gewiss nicht vergessen würde.

»Hör auf«, keuchte er schließlich und machte sich mühsam von ihr frei. »Du bist verheiratet, und ich fühle mich einem Keuschheitsgelübde verpflichtet.«

»Das ist eine Feststellung, mehr nicht«, antwortete sie spöttisch. »Beides bedeutet nicht, dass sich an unserem Verhältnis etwas ändern müsste. Du könntest dich jederzeit mit mir vergnügen, wenn du nur wolltest.«

»Das ist kein Spiel, Warda«, sagte er rau. »Es hat was mit Liebe und Treue zu tun, und wir wissen beide, dass wir nicht nur andere betrügen würden, sondern auch uns selbst, wenn wir uns den Teufel darum scherten, irgendjemandem einen Eid geleistet zu haben.«

»Du hättest mein Ehemann werden können, aber du wolltest es nicht«, stieß sie mit gedämpfter Stimme verbittert hervor.

»Und deshalb hast du dir nun schnellstmöglich einen anderen gesucht.« Gero wusste selbst nicht, ob er darüber erleichtert oder eher enttäuscht sein sollte.

»Was blieb mir anderes übrig?« Wardas bernsteinfarbene Augen funkelten in der hereinbrechenden Dunkelheit. »Meine Tante hatte recht, ich brauche jemanden, der mich beschützt und für mich sorgt. Der Orden hat mir zudem ein ansehnliches Schweigegeld gezahlt, damit ich mit niemandem über die Vorkommnisse auf Antarados rede. Damit war es nicht schwer, einen passablen Kandidaten zu finden, dem es nichts ausmacht, dass ich keine Jungfrau mehr bin und vielleicht auch keine Kinder mehr gebären kann.«

»Ist er ein guter Mann?« Gero war es wichtig, Warda nicht im Elend zurückzulassen, obwohl er im Ernstfall kaum etwas daran hätte ändern können.

»Ja, das ist er«, sagte sie mit gesenkter Stimme. »Er ist Witwer und hat Frau und Kinder durch ein Fieber verloren. Er ist nicht so hübsch wie du und auch nicht so jung, aber er sorgt sich um mich.«

»Etwas, das ich dir nicht bieten kann.« Gero griff resigniert nach ihrer Rechten und drückte sie sanft. »Ich bin gekommen, um mich von dir zu verabschieden. Ich hatte einen Brief geschrieben«, sagte er mit belegter Stimme, und während er den Zettel aus seiner Manteltasche fischte, räusperte er sich. Als er aufschaute, um ihr den Brief zu übergeben, sah er Tränen in ihren Augen.

»Du gehst weg?« Ihre Stimme klang fassungslos. »Wohin denn?«

»Nach Franzien«, hob er vorsichtig an. »Allem Anschein nach will uns der Orden auf Zypern loswerden, da die Abordnung nur jene Ritter betrifft, die Antarados entkommen konnten.«

»Bedeutet das, ich werde dich nie wiedersehen?«

»Möglich«, gab Gero tonlos zurück. »Wobei wir uns in den letzten Monaten ja auch nicht gesehen haben«, fügte er wenig tröstend hinzu. Er zuckte mit den Schultern. »Es hat uns nicht geschadet. Ich lebe noch, und du hast sogar einen neuen Mann gefunden, was willst du mehr?«

»Aber das ist nicht dasselbe«, widersprach sie mit gefasster Stimme. »Ich liebe dich noch immer, und wenn du hierbliebest, könnten wir uns heimlich treffen und ich wüsste zu jeder Zeit, wie es dir geht. Als du im Hospital gelegen hast, habe ich ein paar Wäscherinnen im Orden bestochen, die sich für mich nach deinem Wohlergehen erkundigt haben. So wusste ich, es geht dir gut und deine Genesung macht Fortschritte. Und wenn ich wieder für den Orden arbeiten würde, könnte ich immer in deiner Nähe sein.«

»Du weißt, dass das eine Illusion ist«, erwiderte er leise. »Wenn ich nicht nach Franzien ginge, würde ich mit dem Orden in Armenien kämpfen oder mit ein paar anderen Todesmutigen versuchen, Antarados wieder zurückzuerobern. Da könnte dir niemand über mein Schicksal Auskunft erteilen.« Dass sie hinter seinem Rücken ausgerechnet die Wäscherinnen beauftragt hatte, sein weiteres Schicksal auszuspionieren, rührte ihn irgendwie. Die Vorstellung jedoch, die Frauen hatten Warda womöglich sogar berichtet, wie er zu Beginn der Behandlung im Hospital in die Windeln gemacht und sich regelmäßig in seine Laken übergeben hatte, wenn der Medikus ihm den Schimmeltrank verabreichte, war ihm allerdings äußerst peinlich.

»Wenn man es nüchtern betrachtet, hatten wir nie eine Zukunft«, fügte er leise hinzu.

Wardas Stimme erstarb in einem lautlosen Schluchzen. »Ob man einen Menschen liebt, hängt nicht davon ab, ob man ihm körperlich nah ist. Und erst recht nicht davon, ob man Tisch und Bett mit ihm teilt. Man schaut ihn an und weiß augenblicklich, man wird ihn auf ewig im Herzen tragen. Und bei dir wusste ich vom ersten Moment an, als ich dich sah, dass uns jenseits aller Vernunft etwas verbindet. Ganz gleich, ob meine Liebe zu dir jemals Erfüllung finden würde.«

Gero verspürte einen plötzlichen Kloß in der Kehle, der ihm das Sprechen schwermachte. Dabei hatte er ohnehin keine Ahnung, was er auf ein solches Bekenntnis erwidern sollte.

»Siehst du«, brachte er schließlich krächzend hervor. »Genauso habe ich mich gefühlt, als Lissy von mir gegangen ist. Ich werde sie immer lieben, ganz gleich, wo sie ist und was sie tut. Ich kann nichts daran ändern, und ich will es auch nicht. Vielleicht war das der Grund, warum ich zu den Templern gegangen bin. Weil ich dachte, dass es dort nichts geben würde, was mich von meiner Liebe zu Lissy ablenken könnte.«

»Und?«, fragte Warda beinahe provozierend. »Ist es so gekommen, wie du gehofft hattest?«

»Ich denke schon«, murmelte Gero und sah sie reuevoll an. »Obwohl du für mich eine wahrhaftige Versuchung darstellst, wäre es nie so wie mit meiner Frau. Es tut mir aufrichtig leid, dir nichts anderes sagen zu können.«

»Ich frage jetzt nicht, ob es dir schwerfällt, mir weiterhin zu widerstehen«, gab Warda traurig zurück. »Du tust es ja schon eine ganze

Weile. Ich weiß nicht, wie ich auf die dumme Idee kommen konnte, eines Tages dein Herz zu erobern.«

»Unter anderen Umständen hätte vielleicht eines Tages etwas aus uns werden können«, fügte er leise hinzu und kniff anschließend die Lippen zusammen.

Warda ging nicht mehr darauf ein, vielleicht weil sie sich denken konnte, dass er unter anderen Umständen niemals nach Zypern gekommen wäre. »Wann geht dein Schiff?«

»Übermorgen von Limassol aus. Die ›Rose von Aragon‹.« Er lächelte schmerzlich. »Mit ihr bin ich hierhergekommen, und sie hat uns auch nach Antarados gebracht. Jetzt bringt sie mich nach Franzien zurück. Dieses Schiff scheint mein Schicksal zu sein.«

»Leb wohl«, sagte Warda unvermittelt und stellte sich auf die Zehenspitzen, um ihn nochmals zu küssen. Doch diesmal nur auf die Wange. Kurz und unverbindlich.

»Leb wohl«, flüsterte er und drückte sie zum Abschied noch einmal fest. »Versprich mir, dass du es dir bei deinem Mann gutgehen lässt.«

»Das tue ich«, entgegnete sie. »Und du musst mir versprechen, dass du am Leben bleibst, ganz gleich, in welchen Kampf man dich schickt.«

»Worauf du dich verlassen kannst«, versprach er und ging davon, ohne sich noch einmal nach ihr umzudrehen.

Kapitel IV

Die Sonne schien von einem wolkenlosen Himmel und dennoch war der Wind frisch, als Gero und seine Kameraden zwei Tage später zu Pferd den Hafen von Limassol erreichten. Die Wellen rauschten mit einer Kraft gegen die Kaimauern, dass die Gischt wie ein Sprühregen darüber hinausspritzte. Die »Rose von Aragon« schaukelte bedenklich, während die Arbeiter des Ordens Kisten mit halbreifen Zitrusfrüchten und Fässer mit Olivenöl an Bord schleppten. Es war eines der ersten Schiffe, die nach Weihnachten im Auftrag des Ordens nach Franzien segelten. Gero und seine Brüder hatten dagegen nur wenig Gepäck dabei. Zwei Ordensmäntel zum Wechseln, einer davon mit einem Schaffell gefüttert. Verschiedene Waffen, wie Armbrüste, Lanzen und Langbögen, zu ihrer eigenen Verteidigung und der des Schiffes, das darüber hinaus mit Katapultgeschossen und Enterrammen ausgerüstet war. Immer wieder gab es Piraten, die auf hoher See selbst einen Angriff auf ein Schiff der Templer nicht scheuten.

»Sieh mal da«, sagte Struan mit einem Fingerzeig zum Hafen hin, als sie bereits hoch oben an der Reling standen. »Ist das nicht Maria?«

Gero schaute irritiert auf. Dorthin, wo sich die Tavernen befanden, in denen am frühen Morgen jedoch wenig Betrieb herrschte. Und tatsächlich, die schmale Gestalt im schwarzen Gewand musste Warda sein.

Gero erkannte sie an dem ebenmäßigen Gesicht und den langen, schwarz glänzenden Haaren, die unter dem Tuch hervorschauten und vom Wind zerzaust wurden wie die Schlangen auf dem Haupt der Medusa. Als sich ihre Blicke trafen, winkte sie zaghaft zu ihm herüber.

»Ja, das ist sie«, sagte Gero mit rauer Stimme und winkte zurück.

»Wer ist diese Frau?« Arnaud, der hinzugetreten war und sie in ihrer Aufmachung anscheinend nicht erkannte, sah ihn fragend an.

»Das ist Maria«, sagte Gero so neutral wie möglich. »Die, der wir unser Leben zu verdanken haben. Sie war auf dem Schiff. Du erinnerst dich doch sicher an sie?«

»Ach, die Kleine, die in dieser Taverne auf deinem Schoß gesessen und später für den Orden gewaschen hat. Arbeitet sie jetzt wieder für den Orden, oder warum ist sie nun hier?«

»Nein«, erläuterte Gero tonlos. »Sie hat inzwischen geheiratet und will uns wohl nur verabschieden.«

»Woher wusste sie denn, dass wir heute abreisen?« Arnaud grinste breit und begann, wie ein Wilder mit seinen Armen zu fuchteln, was bei Warda trotz der traurigen Haltung, die Gero ihr unzweifelhaft ansehen konnte, offenbar ein Lächeln hervorrief.

Sie lächelte immer noch, als die Segel gesetzt waren und der Wind das rote Kreuz des Ordens derart aufblähte, dass unverzüglich der Anker gelichtet werden musste, weil ansonsten die Kette zu reißen drohte. Während die anderen Brüder zum Bug gingen, um für eine glückliche Überfahrt zu beten, blieb Gero noch einen Moment an der Reling stehen und beobachtete, wie Wardas schwarze Gestalt immer kleiner wurde, bis ihre Kontur schließlich mit der gelben Küste verschwamm.

Für einen kurzen Moment empfand er Trauer. Warda zu verlieren, tat auf seltsame Weise weh, wenn es auch nicht im Geringsten mit Lissys Tod zu vergleichen war. Aber mit ihr gingen die Erinnerungen. An eine vertane Chance, an ein verlorenes Land und an einen Freund, mit dem er einst so frohgemut in Zypern angelandet war. Die sterblichen Überreste des Fabius von Schorenfels würden nun auf ewig auf Antarados, dieser von Gott verlassenen Insel, zurückbleiben müssen. Vielleicht würde er dessen Vater, der Mundschenk beim Grafen von Luxemburg war, einen Brief schreiben, wenn er erst einmal in Franzien angekommen war, und ihm vom heldenhaften Tod seines Sohnes berichten. Gero bekreuzigte sich und sprach ein Gebet, mit der Bitte an Gott den Allmächtigen, dass er Fabius einst im Paradies wiederbegegnen durfte.

Fast drei Monate dauerte es, bis sie auf ihrer anschließenden Reise endlich die Champagne erreichten. Dort war es beinahe Sommer, und Gero verliebte sich vom ersten Augenblick an in die sanften Hügel mit den goldgelben Weizenfeldern und die endlos erscheinenden Weinberge, die von dunklen Eichenwäldern begrenzt wurden. Es erinnerte ihn an seine Heimat, die an der Mosel lag, nicht weit weg von Trier. Als er vor zwei Jahren mit Fabius hier entlanggeritten war, hatte ein eisiger Winter geherrscht, und er selbst hatte nur Gedanken für seine verstorbene Frau und seine bevorstehende Aufnahme als Templer gehabt. Dabei war ihm die Schönheit dieser Gegend vollkommen entgangen.

Zwischendrin passierten Gero und seine Kameraden immer wieder tiefe, wildreiche Laubwälder, die sich zum Teil im Besitz des Königs von Franzien befanden, aber partiell auch verschiedenen Grafschaften und Ordensgemeinschaften wie Zisterziensern, Hospitalitern und auch Templern gehörten, wie ihnen ein Bruder aus Troyes erklärte, der sie von Marseille aus bis hierher geführt hatte. Da es schwierig war, die genauen Grenzen zu erkennen, kam es immer wieder zu Streitigkeiten zwischen den jeweiligen Grundherren, vor allem was die Jagdrechte, Zölle und die Sicherung der Wege betraf. Deshalb hatte der Orden alle Beteiligten an einen Tisch gebracht und für die Templer ein generelles Durchgangsrecht erstritten, was aber auch die ständige Sicherung der düster erscheinenden Waldgebiete durch die Ritter des Ordens beinhaltete.

»Darin treiben in letzter Zeit vermehrt Räuberbanden ihr Unwesen«, berichtete ihnen Henri d'Our, der sie als ihr neuer Komtur im mit Basaltsteinen gepflasterten Hof der Templer-Komturei von Bar-sur-Aube begrüßt hatte.

Kapitel V

Franzien – Templerkomturei Bar-sur-Aube 1303–1307

Mit den vier trutzigen Türmen und den hohen Festungsmauern glich die neuerbaute Unterkunft der hiesigen Templer eher einer Wehrburg als einem Kloster, was bei größeren Ordenshäusern durchaus üblich zu sein schien. Bei der Begrüßungsrede beeindruckte ihr neuer Befehlshaber sie nicht nur mit seiner Redegewandtheit, sondern auch ein weiteres Mal mit einer Größe von fast sieben Fuß, was ihn zusammen mit dem gänzlich weißen Haar und dem dazu passenden struppigen weißen Bart besonders auffallend machte. Seine wachsamen grauen Augen vermittelten Gero trotz aller Sympathie, die er für Henri d'Our empfand, das ungute Gefühl, dass der Mann einem bis auf den Grund der Seele schauen konnte. »Eure Hauptaufgabe in den nächsten Wochen und Monaten wird es sein, diese Schurken, die unsere Wälder und Handelswege belagern, auf Trab zu halten und ihnen wenn möglich den Garaus zu machen. Denn bei unseren Geldtransporten quer durch das Königreich geht es nicht nur um den Goldschatz des Ordens, sondern auch um das Vermögen zahlreicher Kaufleute, für das wir haften, wenn es uns wie auch immer abhandenkommt.«

Nach einer kräftigenden Mahlzeit im Refektorium und einer Messe zur Begrüßung der Neuankömmlinge in der ordenseigenen Kapelle bat d'Our Gero als Einzigen der Neuen kurz in sein Amtszimmer, das nicht weniger spartanisch eingerichtet war als das aller hohen Amtsträger bei den Templern.

»Es tut mir leid, was mit Euch und Euren Kameraden auf Antarados geschehen ist«, bekannte d'Our voller Anteilnahme. »Und noch mehr dauert es mich, wie der Orden mit dieser Niederlage umgeht. Ihr sollt wissen, dass ich Euch und den übrigen Männern, die dem hinterhältigen Ansturm der Mamelucken entkommen konnten, meinen allergrößten Respekt zolle. Also lasst Euch nicht einreden, Euch würde irgendeine Schuld treffen, noch, Ihr hättet irgendetwas daran ändern können. Es gibt Dinge, die man nicht ändern kann und wenn man noch so sehr guten Willens ist. Das hat uns das Schicksal von Antarados wieder einmal grausam vor Augen geführt.« Der durchdringende Blick, mit dem d'Our ihn bedachte, kam Gero seltsam vor, er vermochte ihn aber nicht zu deuten.

»Danke, Beau Seigneur«, sagte er nur und verneigte sich. »Es tut gut, das aus Eurem Mund zu hören. Mit dieser Überzeugung macht Ihr nicht nur mir den Neuanfang leichter, sondern auch meinen Kameraden.«

»Es freut mich außerordentlich«, bemerkte d'Our mit ernstem Blick, »dass Ihr den Angriff überlebt habt und nun bei uns Euren Dienst antretet. Ich kann Männer wie Euch gut gebrauchen.« Er schwieg einen Moment, und Gero glaubte, ein angedeutetes Lächeln in seinen Mundwinkeln zu erkennen. »Willkommen in Bar-sur-Aube«, fügte er hinzu und reichte Gero zu seiner Überraschung die Hand. Gero nickte gehorsam und nahm Haltung an, als sich d'Ours Griff wieder lockerte.

»Abtreten«, befahl d'Our gleich darauf mit ruhiger Stimme, und Gero drehte sich um und ging ohne ein weiteres Wort hinaus auf den Flur. Schnurstracks lief er die Treppen des Haupthauses hinunter zum Dormitorium der Ordensritter, einem aus Stein errichteten Flachbau, in dem sechzehn Betten standen. Seine Kameraden waren bereits dabei, ihre Matratzen mit Laken zu beziehen und ihre wenige Habe in den dafür vorgesehenen Kisten zu verstauen. Die übrigen Betten waren zum Teil schon vergeben. Nur zwei standen noch gänzlich leer. Dabei gab es noch mehr kämpfende Männer als die vierzehn Ordensritter, die hier vor Ort untergebracht waren. Der Schlafsaal der acht Sergeanten, sogenannter Templer auf Zeit, war im ebenfalls aus Stein gemauerten Nachbargebäude zu finden. Die Knappen, junge Kerle im Alter von zwölf bis achtzehn Jahren, die sich zum Teil noch in der Ausbildung befanden und den Tempelrittern bei der Pflege der Pferde und Waffen zur Hand gingen, schliefen in einem für die Champagne typischen Fachwerkbau. Daneben befand sich die Waffenkammer, die wiederum ganz aus Stein errichtet war und Tag und Nacht von zwei finster dreinblickenden Ordensbrüdern bewacht wurde, die ihren Dienst mit den übrigen Kameraden im Wechsel versahen.

Nach der langen Reise verspürten die Brüder das dringende Bedürfnis, sich zu waschen und frische Kleidung anzulegen.

Unweit vom Dormitorium entfernt befand sich das Brunnenhaus, das über ein beheiztes Badehaus für die Brüder verfügte, mit einem offenen Kaminfeuer und darüber aufgehängten Eisenkesseln, in denen man das Wasser für die hölzernen Zuber wärmen konnte. Ein unglaublicher Luxus für eine Soldatenunterkunft, wie Arnaud ungläubig befand. Verschließbare Holztüren führten zum Lavatorium, in dem die anfallende Wäsche des Ordens gesäubert wurde. Daran anschließend hatte man einen Abort mit mehreren, durch Holzwände voneinander getrennten Sitzgelegenheiten errichtet, was Struan, der offenbar in ziemlich bescheidenen Verhältnissen auf einer schottischen Burg aufgewachsen war, ein irritiertes Grinsen entlockte.

»Hattest du es dir so vorgestellt?«, fragte er unzweifelhaft beeindruckt von so viel Komfort, mit dem die Templerhäuser im Outremer zwar mithalten konnten, den sie jedoch nicht übertrafen.

Gero lächelte milde, weil er von der Burg seiner Eltern all das von Geburt an kannte. Dort gab es auf jeder Etage einen Abort, und wenn man es wollte, schleppten die Knechte das heiße Wasser bis hoch in die Kammern, wo man vor dem Kamin sitzend im Zuber ein heißes Bad nehmen konnte.

»Nun ja«, gab er zur Antwort, »die Kommanderie wurde erst vor ein paar Jahren fertiggestellt und erscheint mir ziemlich modern, was die Ausstattung betrifft, aber ich glaube kaum, dass man uns zur Erholung hierhergeschickt hat.«

»Warum nicht?«, fiel Arnaud ihm ins Wort. »Nach allem, was sie auf Zypern mit uns veranstaltet haben, wäre es nur gerecht, wenn man uns für unsere Unannehmlichkeiten ein bisschen belohnen würde.«

Der Gedanke, dass ihr Wechsel nach Bar-sur-Aube tatsächlich eine Art Belohnung für ihr Schweigen darstellte, kam Gero erst recht, als Henri d'Our ihn und seine vier Kameraden in den Stall der Kommanderie beorderte und jedem von ihnen ein neues Streitross zuteilte. Ihre eigenen Pferde hatten sie ausnahmslos auf Antarados verloren. Von Marseille aus waren sie mit gängigen Reisepferden hierhergekommen, die jedoch nur geliehen waren und nicht für einen Kampf auf Leben und Tod geeignet schienen.

Als Gero den silberfarbenen Percheron erblickte, den d'Our für ihn ausgesucht hatte, verschlug es ihm beinah die Sprache. »Das ist zu viel der Ehre«, entfuhr es ihm, wobei er kaum wagte, den aufmerksam dreinblickenden Hengst zu berühren, so kostbar erschien er ihm.

»Macht Euch keine Gedanken über den Wert der Tiere«, beruhigte ihn sein Komtur, auch mit Blick auf Geros Kameraden, die nicht weniger überrascht dreinschauten. »Sie entstammen allesamt den hauseigenen Züchtungen des Ordens.« Struan nannte ab sofort ein englisches Great Horse sein Eigen, und Arnaud und die beiden anderen Brüder durften sich über drei kräftige Kaltbluthengste aus der Boulogne freuen, die erst seit kurzem bei den Templern für die Verwendung im Kampf gezüchtet wurden. Dazu wurden ihnen noch je ein Packpferd und ein Reisepferd zugewiesen, das als Ersatz für längere Strecken gedacht war.

»Hat er schon einen Namen?«, fragte Gero und klopfte seiner neuen Errungenschaft anerkennend den breiten Widerrist.

»Nein, ich glaube nicht.« D'Our fasste sich nachdenklich an sein bärtiges Kinn.

»Ich werde ihn Atlas nennen«, beschloss Gero aus einer spontanen Eingebung heraus. »Weil sein Rücken so breit wie der des Riesen ist und sein Fell schimmernd wie Seide.«

Kapitel VI

In den darauffolgenden Wochen gewöhnte sich Gero rasch an die neue Umgebung und auch an seinen neuen tierischen Gefährten, der ihm keinerlei Probleme bereitete. Der Umstand, dass zwischen den Neuankömmlingen und den bereits vorhandenen Brüdern schon bald ein Band der Freundschaft entstand, half Gero und seinen Mitstreitern über die Geschehnisse auf Antarados und deren Folgen ein wenig hinweg. D'Our hatte die alteingesessenen Templer offenbar angewiesen, den neuen Kameraden keine wissbegierigen Fragen zu stellen.

Einer davon war Francesco de Salazar, ein junger, dunkelhaariger Bruder aus der Grafschaft Navarra, dessen Zähne so weiß waren wie Schnee und dessen olivenfarbene Haut noch ein bisschen dunkler erschien als die von Arnaud. Gero verstand sich gut mit dem Spanier, wie er von manchen genannt wurde. Er war humorvoll und entstammte offenbar einer angesehenen Familie. Ständig schwärmte er von seiner schönen Schwester, die er allem Anschein nach ebenso innig liebte wie seine Mutter. Ein halbes Jahr später kam Johan van Elk hinzu. Ein blasser rothaariger Schönling, wie Gero befand, weil er neben einer athletischen Statur die ebenmäßigen Gesichtszüge eines Engels besaß.

Täglich trainierten sie im Innenhof der Komturei gegeneinander in den verschiedenen Waffenarten und waren schon bald so weit, dass sie von Henri d'Our mit Erfolg zu den ordensinternen Turnieren geschickt wurden.

Zwischendrin jedoch durften sie ihre Pflicht gegenüber ihren Geldgebern nicht vergessen und wurden immer wieder zum Schutz von Menschen und Material eingesetzt, indem sie Wagenzüge von hochrangigen Kirchenvertretern und Werttransporte im Auftrag des Ordens zum Schutz vor Räubern und Tagedieben begleiteten.

Gero fühlte sich geehrt, als Henri d'Our ihn aufgrund seiner außerordentlichen Verdienste bei der Krönung von Papst Clemens V. im

Winter des Jahres 1305 zum Kommandeur-Leutnant beförderte. Im November des gleichen Jahres hatte er zusammen mit seinen Kameraden einen möglichen Attentäter vor den Gemächern des Papstes gestellt, der sich damals auf einer Rundreise befand, die von Templern geschützt wurde. Bevor der Mann die Gelegenheit ergreifen konnte, den Heiligen Vater mit einer Tinktur zu vergiften, hatte Gero ihn unschädlich gemacht und ihn anschließend an die Leibgarde Clemens' V. ausgeliefert. Seitdem hatten die Aufträge für die Templer als Schutztruppe für den Papst zugenommen.

Dabei warteten bereits neue Aufgaben, die die nicht enden wollenden Raubüberfälle in der Champagne betrafen. So hatte sich inzwischen eine weitere Bande von Raubrittern etabliert, die in jenen Tagen allseits aus dem Boden schossen wie giftige Pilze.

Kurz vor Weihnachten beauftragte d'Our Gero und einige seiner Brüder mit einem Vergeltungsschlag gegen ein Raubritternest in den Wäldern von Clairvaux. »Seit geraumer Zeit treiben die Schergen des geächteten Edelmannes Jean de Margenac im Wald von Clairvaux ihr Unwesen«, erklärte er den weiß gewandeten Templern bei einer kurzfristig einberufenen Kapitelversammlung im Refektorium der Komturei. »Nicht zuletzt ist es ein Hilferuf des dortigen Zisterzienserpriors, dem die Räuber innerhalb eines Jahres nun zum dritten Mal wie fette Läuse im Pelz sitzen, weil sie sämtliche Transporte vom und zum Kloster und auch die an- und abreisenden Pilger berauben. Der Befehl beinhaltet euer Eindringen in die marode Festung des gefallenen Edelmannes«, erläuterte d'Our emotionslos. »Dazu die Gefangennahme aller Bewohner und deren unverzügliche Exekution, falls sie in welcher Weise auch immer Widerstand leisten.«

Während d'Our die Örtlichkeiten beschrieb, fühlte Gero sich an seine unrühmlichen Erfahrungen im Gefolge des Roland von Briey erinnert. Allerdings hegte er keinen Zweifel daran, dass es für ihn persönlich diesmal besser ausgehen würde als damals in den Steinbrüchen von Waldenstein.

»Bevor ihr euch aufmacht, sollen Bruder Gero und Bruder Struan die Gegend erkunden«, befahl er und überreichte Gero eine der unglaublich genauen Karten, die im Orden unter strikter Geheimhaltung verwendet wurden. Über deren Herkunft machte die Ordensleitung keinerlei Angaben, und weder Gero noch seinen Brüdern war es bisher gelungen, etwas darüber herauszufinden.

Ein paar Tage später tauschten er und seine Brüder ihre weiße Chlamys gegen die schwarzen Mäntel der Sergeanten, in die wegen der anhaltenden Kälte bereits Schafspelze eingeknöpft worden waren. Obwohl es inzwischen mehrfach geschneit hatte, wollte Gero mit der dunklen Farbe des Mantels verhindern, dass man sie in der Dämmerung sofort erkannte. Nichtsdestotrotz prangte das rote Templerkreuz auf der Schulter, so dass ihre Feinde zumindest aus der Nähe sofort wussten, mit wem sie es zu tun hatten.

Bei Anbruch der Dunkelheit erreichten sie nach zwei Stunden Ritt ihr Ziel, das südlich von der Komturei in einem beinah undurchdringlichen Waldstück lag. Mit Armbrüsten und Schwertern bewaffnet berieten Gero und seine Männer bei Einbruch der Dunkelheit noch einmal über das weitere Vorgehen. Im Schein einer brennenden Fackel überzeugte er sich von der Aufmerksamkeit seiner Kameraden.

»Als Struan und ich das Gelände rund um die Ruine erkundet haben, sind wir immer wieder auf Trampelpfade gestoßen, auf denen die Räuber anscheinend ihren Weg zur Burg und wieder zurück nehmen. Zum Teil können diese Wege von der Burg aus recht gut eingesehen werden. Deshalb ist es besser, wenn wir die Pferde zurücklassen und uns zu Fuß durch den Wald vorarbeiten«, erklärte Gero weiter. »Mit den schweren Streitrössern würden wir nur unnötiges Aufsehen erregen.« Sein Blick fiel auf die vier jungen Knappen, die sie bis an den Rand des Waldes begleitet hatten. »Ihr werdet euch mit den Tieren in einem natürlichen Unterstand verschanzen und auf uns warten, bis wir zu euch zurückkehren. Was aber nicht bedeutet, dass ihr vorher dort herauskommen und die Helden spielen sollt, falls das Gesindel hier aufkreuzt«, belehrte er sie.

Mit einem wortlosen Nicken bestätigten die vier jungen Männer Geros Befehl. Lautlos schulterten die zehn Templer, die für den Einsatz vorgesehen waren, ihr Gepäck. Waffen, Helme und Schild. Dazu eine einfache Kletterausrüstung, bestehend aus stabilen Eisenhaken und Seilen.

»Passt auf, wenn ihr die Enterhaken auswerft«, mahnte Gero seine Brüder noch einmal zur Vorsicht, bevor es losging. »Aufgrund des langen Leerstands und des Bewuchses mit Kletterpflanzen sind die Wälle ziemlich marode und die Wände vereist. Also stets erst prüfen, ob der Haken hält, bevor ihr daran emporklettert.«

Wie immer bekreuzigten sie sich kurz, bevor sie in den Kampf zogen, und beteten ein stummes Ave-Maria. Dann stapften sie beinahe lautlos durch den Schnee. Nur hier und da war das Knirschen unter ihren schweren Stiefeln zu hören.

Als sie nach einer Viertelstunde Marsch querfeldein durch den Wald die Ruine schon beinahe erreicht hatten, gab Gero ein Zeichen. »Die Füchse befinden sich eindeutig in ihrem Bau«, flüsterte er und kommandierte die übrigen Brüder mit einem Fingerzeig in geduckter Haltung direkt zu den Wehrmauern. Dass die räuberische Brut in größerer Zahl anwesend war, verrieten die seltsam anmutenden Geräusche, die über die Festungsmauer hinaus bis in den Wald zu hören waren. Das Krakeelen Betrunkener, das aufreizende Kreischen von Weibern und irgendjemand, der ziemlich laut und ziemlich falsch ein Lied aus dem Repertoire des Thibaut de Champagne grölte.

»Die scheinen sich ja gut zu amüsieren.« Arnaud schnaubte verächtlich. »Wer von uns wird ihnen als Erster die Eier aufspießen?«, scherzte er, als sie gemeinsam zu den maroden Zinnen der ehemals stolzen Burg emporschauten, über der sich ein sternenklarer Abendhimmel erhob.

Unmittelbar darunter gurgelte ein Bach, in dessen dünner Eisdecke sich das Mondlicht spiegelte. Hohe Buchen und Eichen ragten vor dem Gemäuer empor. Ein Beweis dafür, wie lange es nicht mehr zur territorialen Verteidigung genutzt wurde.

Das alte Burgtor war wie erwartet geschlossen. Wenn sie mit allen Brüdern einigermaßen gefahrlos in die Festung eindringen wollten, musste es von innen geöffnet werden. Doch diesen Gefallen würden ihnen die Räuber wohl kaum freiwillig tun.

»Erst einmal müssen wir die Mauern erstürmen, bevor wir frohlocken dürfen«, gab Francesco zu bedenken und verwies mit einem Nicken auf die Steinwälle, die schwarz und steil vor ihnen aufragten.

»Leise!«, mahnte Gero nochmals und bestimmte mit einem weiteren Fingerzeig, wer von wo aus angreifen sollte. »Francesco, Arnaud und Struan kommen mit mir. Johan, Roderic, Brian und die anderen schleichen zum äußeren Haupttor. Sobald wir drin sind, öffnen wir euch das Portal.«

Wortlos gehorchten die Brüder und verschwanden einer nach dem anderen lautlos in der Dunkelheit.

Zeitgleich schleuderte Gero zusammen mit Struan, Francesco und Arnaud die Enterhaken in den mondhellen Himmel. Ein kurzes, hartes Geräusch bezeugte ihnen, dass sich die Eisenkralle in den gut fünfzig Fuß hohen Zinnen verkeilt hatte. Gero zog noch einmal fest am daran befestigten Seil und machte sich dann auf, mit vierzig Pfund Rüstzeug und Waffen beladen, die Füße fest in die Steilwand gestemmt, an der Mauer emporzuklettern. Dabei leisteten ihm nicht nur seine mit Nägeln beschlagenen Stiefelsohlen, sondern auch seine maßgeschneiderten Plattenhandschuhe wertvolle Dienste. Neben sich sah er Francesco, der sich genauso rasch voranarbeitete wie er. Auch Struan und Arnaud konnten mühelos mithalten.

Kaum oben angekommen, waren Gero und seine Brüder zunächst einmal damit beschäftigt, das Gleichgewicht zu halten, weil der morsche Wehrgang einige böse Lücken für sie bereithielt, unter denen es fünfzig Fuß abwärts in die Tiefe ging. Souverän ließen sich die Männer auf den Zinnen nieder und spähten nach unten.

Obwohl sie noch niemand bemerkt zu haben schien, wurde ihnen ziemlich schnell klar, dass sie ihre Gegner nicht unterschätzen durften.

»Es sind mindestens zehn, die allein im Burghof herumlungern.« Francesco beobachtete einen grobschlächtigen Kerl, der einen Ochsen am Spieß geduldig über dem Feuer drehte, während die anderen sich ihren Weinschläuchen widmeten. »Und auch wenn die meisten besoffen sind, weißt du nicht genau, wie viel Verstärkung aus dem Hauptgebäude nachrückt, kaum dass wir unten angekommen sind.« »Zumal auf den obersten Plattformen der beiden Türme neben dem Burgtor noch weitere Wachen herumstehen«, raunte Arnaud, der nun zu ihnen aufgeschlossen war.

»Insgesamt dürften es an die zwanzig sein«, fügte Gero hinzu.

Struan hob seine prägnante Rammskopfnase und warf einen Blick auf die lodernden Flammen in den Feuerkörben, die oben auf den Zinnen die Wachmänner wärmten.

»Von dort drüben stinkt es verdächtig nach heißem Teer«, raunte er mit einem warnenden Unterton in der Stimme. »Das spricht für den Einsatz von Brandpfeilen.«

»Gut möglich«, bestätigte Gero ihm, »dass sie durchaus mit einem Angriff von wem auch immer rechnen, wobei es kaum einen Angreifer geben mag, der so dumm wäre, gleich zu Beginn ein unüberwindbares Tor zu stürmen.«

»Allerdings vermitteln die Kerle im Augenblick nicht den Eindruck, dass sie sich vor jemandem fürchten«, spöttelte Arnaud mit Blick auf die liederlich aussehenden Weibsleute, die nicht weniger trunken ums Feuer torkelten und deren Herkunft wahrscheinlich in einem heruntergekommenen Freudenhaus zu suchen war. Einige von ihnen trieben für alle sichtbar Unzucht mit ein paar Kerlen direkt neben dem Feuer.

»Gut so«, murmelte Gero grimmig. »Eine bessere Ablenkung kann ich mir für diese Idioten kaum vorstellen.«

Entschlossen zückte er seine Armbrust, die er zuvor an einem Gurt auf dem Rücken getragen hatte, und spannte sie breitbeinig auf der Mauerkrone sitzend. Struan, Francesco und Arnaud taten das Gleiche, und jeder von ihnen nahm eines der beweglichen Ziele ins Visier.

Auf Geros Zeichen hin sausten die Pfeile auf die Räuber hinab und brachten gleich vier von ihnen zu Fall. Schreien, Stöhnen und wildes Gestikulieren waren die Folge. Im Nu wurde es unter Gero und seinen Brüdern um einiges lebendiger, und auf den benachbarten Türmen wurde man anscheinend wach. Die Frauen brachen in hysterisches Gejammer aus. Die Männer liefen derweil durcheinander, nicht wissend, wo sie ihre Angreifer suchen sollten und wie sie ihrer Herr werden konnten. Gellende Befehle wurden zu den Zinnen gebrüllt, während Gero und seine Kameraden nachluden und eine weitere Salve nach unten in den Hof schickten, der sich nun merklich geleert hatte. Doch inzwischen nahmen die Wachen auf den Türmen Gero und seine Brüder mit Brandpfeilen unter Beschuss. Während Struan und Arnaud mit der Armbrust zurückschossen, hangelten Gero und Francesco sich über die schmale Brüstung und rannten mit halsbrecherischem Mut über die abgebröckelte Kante des Wehrgangs hin zu einer brüchigen Steintreppe, die direkt nach unten führte. Arnaud folgte ihnen, und zu dritt erreichten sie den Hof, wo sie sich mit Schwert und Schild den Weg zum Tor erkämpften.

»Templer!«, brüllte irgendjemand quer über den Hof, und Gero war nicht sicher, ob diese Feststellung seine Gegner anstachelte oder eher verängstigte. Von oben fiel derweil eine der Wachen auf Gero herab und streifte ihn ausgerechnet an der rechten Schulter, die noch immer seine Schwachstelle war, auch wenn die Narbe, die ihn auf immer an die Mamelucken erinnern würde, längst als verheilt galt. Ein kurzer Schmerz durchzuckte ihn, doch dann war es wieder vorbei, und Gero widmete sich mit gezogenem Schwert einem weiteren Gegner, den er in einen gnadenlosen Kampf verwickelte. Wenig später lag der Mann besiegt am Boden, und Gero konnte Struan, der sich inzwischen auch freigekämpft hatte, helfen, das Tor zu öffnen.

Die anderen sechs Kameraden hatten nun freien Zugang, und gemeinsam sollten sie keine Schwierigkeiten haben, die verbliebenen Räuber zu überwältigen. Als die anderen Brüder mit gezogenen Schwertern an ihm vorbei in den Hof stürmten, vernahm Gero einen gellenden Schrei, der von außerhalb des Tores kam. Es musste jemand von seinen Leuten sein, denn die Räuber befanden sich, so weit er das beurteilen konnte, ganz gleich, ob tot oder lebendig, noch alle innerhalb der Burgmauern.

Beunruhigt packte er Struan am Arm, der soeben einen der Übeltäter mit einem einzigen Streich erledigt hatte, und machte ihn mit einem Nicken darauf aufmerksam, dass er für einen Moment auf seinen Beistand verzichten musste.

Hastig schnappte sich Gero eine der Fackeln, die vor dem Burgtor in einer eisernen Halterung steckte, und lief in die Nacht.

Bereits nach wenigen Schritten bemerkte er auf der alten Hängebrücke einen sich windenden Leib, der auf den morschen Holzbohlen lag und röchelnde Schmerzenslaute von sich gab. Es war ein Kamerad, und er trug noch seinen Helm. Als Gero näher trat und ihm ins Gesicht leuchtete, sah er, dass offenbar kochend heißes Pech in sein Visier eingedrungen war. Irgendjemand musste es von oben heruntergekippt haben.

An den blaugrünen Augen erkannte er, um wen es sich handelte. »Johan!«, brüllte er. »Bei Gott!« Schon hatte er die Schnallen des Lederriemens gelöst und zog Johan van Elk den Helm vom Schädel. Selbst im Halbschatten bot sich Gero ein grauenhaftes Bild. Die schwarze, zähe Brühe hatte sich tief in die ebenmäßigen Gesichtszüge des jungen Bruders hineingefressen. Gero überlegte nicht lange und zog den vor Schmerz zitternden Johan auf die Füße, nur um ihn anschließend über seine Schulter zu werfen. Dann ergriff er die Fackel und rannte mit dem röchelnden Kameraden hinunter zum Bach, wo er ihn der Länge nach auf den vereisten Boden legte und als Nächstes den brennenden Stecken in den Schnee rammte, damit er etwas sehen konnte. Entschlossen zerschlug er mit seinem Plattenhandschuh die Eisdecke und tauchte das Gesicht des halb ohnmächtigen Bruders mit wilder Entschlossenheit ins gurgelnde Eiswasser.

Nach einer kurzen Weile ließ er ihn Luft holen und zog das hart gewordene Pech, das sich seiner Fließrichtung entsprechend in Johans Wangen, Lippen und Ohren gebrannt hatte, mit Hilfe seines Schnitzmessers und der bloßen Finger aus dem versengten Fleisch heraus. Danach spülte er die übel anzusehenden, blutenden Wunden wieder und wieder mit kaltem, klarem Wasser. Gero wiederholte die Prozedur so lange, bis er das letzte Tröpfchen Pech aus Johans zerstörtem Antlitz entfernt hatte. Der junge Bruder aus Flandern war inzwischen in eine gnädige Ohnmacht gefallen. Nun erst schaute Gero zur Burg, wobei er mit einer gewissen Beruhigung im Herzen feststellen durfte, dass seine verbliebenen Kameraden die überlebenden Räuber und deren Weiber bereits in Fesseln gelegt hatten.

Kapitel VII

Drei Tage später marschierte Gero gleich nach der Frühmesse quer über den Hof der Komturei, weil er Johan im Hospital besuchen wollte. Der weißgekalkte Raum war nicht groß und beherbergte auch nur zehn Betten, aber für Johan war es gut, dass er nicht nach Troyes oder gar nach Paris verlegt werden musste, wo die Templer noch größere Hospitäler besaßen, in denen auch die arme Landbevölkerung behandelt werden konnte. Noch bevor die anderen mit ihren Gefangenen aus dem Wald von Clairvaux zurückgekehrt waren, war Gero mit Johan im Eiltempo zur Komturei geritten, um seinem Komtur Meldung zu machen, damit dieser gleich den heilkundigen Eremiten rufen ließ, der sich in der Behandlung schwerer Verwundungen besser auskannte als jeder Medikus.

»Es heißt, der Mann sei ein ehemaliger Templerveteran, der ebenfalls aus Akko entkommen konnte«, wusste Arnaud später im Dormitorium hinter vorgehaltener Hand über den Eremiten zu berichten. »Sie sagen, er besäße magische Kräfte«, fügte er mit einer hochgezogenen Braue hinzu. Tatsache war lediglich, dass der weißbärtige, gebückte Kauz Geros Idee, Johans Kopf in eiskaltes Wasser zu tauchen, als das einzig Richtige befand.

»Nicht dumm, nicht dumm«, lobte er Gero krächzend, als er an Johans Bett herantrat und im Beisein seiner Kameraden den Verband abnahm. »Ihr habt ihn damit vor bösartigen Vereiterungen bewahrt, die ihn leicht das Leben kosten könnten.«

Johan war immer noch nicht richtig bei sich, weil der Eremit ihm schmerzstillenden Mohnsaft verabreicht hatte, aber er stöhnte leise, als der alte Templer ein wenig unsanft an den verklebten Leinenstreifen zerren musste, um sie von dem wunden Fleisch zu lösen. Danach strich der Alte mit einem sauberen Pinsel eine grünliche Paste auf die offenen Wunden, die ähnlich scheußlich roch wie der Schimmeltrank, den man Gero auf Zypern verabreicht hatte. Der Eremit drückte Johan, um die vorübergehend stärkeren Schmerzen zu lindern, den gleichen Schwamm auf die Nase, den Lissy bei der missglückten Geburt des Kindes erhalten hatte, was in Gero sogleich bittere Erinnerungen hervorrief. Dann legte der Alte einen neuen Verband an, der zuvor in kochendem Wasser gewaschen und über einem offenen Feuer getrocknet worden war. Dies war auch eine der merkwürdigen Begebenheiten, mit denen man Gero und seine Kameraden nach ihrer Aufnahme in den Orden konfrontiert hatte, als man sie oberflächlich in die Heilung von Krankheiten und Wunden eingeweiht hatte. Wozu auch gehörte, dass sie sich stets gründlich die Hände waschen sollten, bevor und nachdem sie eine Wunde berührten. Und nicht zu vergessen, die Einweihung in einen streng geheimen Trunk aus Opium und verschiedenen Pflanzenextrakten, der einen binnen weniger Augenblicke ins Jenseits schicken konnte. Die dazu passenden Phiolen wurden mit einem schwarzen Kreuz am Boden gekennzeichnet und waren Bestandteil einer speziellen Verbandtasche, die sich gewöhnlich im Gepäck des Kommandeur-Leutnants befand. Man benutzte die Flüssigkeit, um einem tödlich getroffenen Bruder ein tagelanges Siechtum zu ersparen, wenn keine Heilung mehr zu erwarten war, oder damit er, falls man ihn im Kampf gegen die Heiden schwer verletzt zurücklassen musste, nicht lebendig in die Hände seiner Feinde fiel. Sämtliche zum Ordensritter geweihten Templer wussten davon, reden durften sie jedoch nicht darüber. In den Augen der Inquisition galt es als Todsünde, einem Christen auf widernatürliche Weise in den Tod zu verhelfen. Aber bei den Templern gab es mehr solcher Geheimnisse, die direkt in die Ketzerei geführt hätten, falls außerhalb der Kapitelversammlungen jemand davon erfuhr. Gero und seine Kameraden hatten sich längst daran gewöhnt, trotzdem blieben viele unbeantwortete Fragen.

»Und jetzt raus hier«, sagte der Eremit zu den umstehenden Brüdern, die alle wie gebannt auf die grässlichen Wunden in Johans Gesicht starrten. »Er benötigt dringend Ruhe!«

Trotz dieser Anweisung hatte Gero es nicht über sich gebracht, Johan völlig sich selbst zu überlassen. Wenigstens einmal am Tag besuchte er ihn, um ihn aufzumuntern, was mindestens so wichtig war wie die Verbände, die der Eremit täglich wechselte.

»Du sollst zu Bruder Henri kommen«, sagte Bernard, einer der Sergeanten, im Vorbeigehen, als Gero wieder einmal auf dem Weg zu Johann war, und fasste ihn am Arm, um ihn aufzuhalten.

»Hat er gesagt, warum?« Gero zog fragend die Stirn kraus.

»Keine Ahnung«, erwiderte Bernard, »aber er hatte einen blondgelockten Jungen bei sich, kaum älter als zehn, den ich noch nie hier gesehen habe. Es hieß, er sei heute Morgen in Begleitung eines Söldners aus den deutschen Landen gekommen.«

Johan muss also noch warten, dachte Gero bei sich und steuerte auf die steile Außentreppe zu, die direkt zur Kammer des Komturs führte.

Doch zuvor musste er noch die Schreibstube von Bruder Claudius passieren. Der braun gewandete Verwaltungsbruder hockte stets wie eine lauernde Spinne im Netz an seinem Schreibpult vor der Kammer des Komturs und stellte mit Argusaugen sicher, dass niemand Zutritt zu den Räumlichkeiten seines Vorgesetzten erlangte, der sich nicht bei ihm angemeldet hatte. Zwischen weiß gewandeten Ordensrittern und braun gewandeten Verwaltungsbrüdern herrschte nicht selten eine unterschwellige Missstimmung, die dadurch zustande kam, weil die Verwaltungsbrüder nicht selten ihren weiß gewandeten Kameraden den Kampfesruhm neideten. Schon bald nach seiner Rückkehr hatte Gero erfahren, dass die weißen Mönchskrieger, wie sie auch genannt wurden, in der Bevölkerung der Champagne – ganz im Gegensatz zu Zypern – ein hohes Ansehen genossen. Besonders bei den Frauen schienen sie ziemlich beliebt zu sein, was immer wieder zu amüsanten Zwischenfällen führte, die jedoch aufgrund des geleisteten Keuschheitsgelübdes zumeist folgenlos blieben.

Vielleicht war es das, was Claudius ärgerte. Wobei Gero zu dem Schluss kam, dass er es mit seiner sauertöpfischen Miene selbst in einem weißen Mantel schwer gehabt hätte, einem Mädchen zu imponieren.

»Der Komtur wartet schon auf Euch!«, giftete er Gero an, als dieser – wie es sich gehörte – zunächst zur Anmeldung auf die Schreibstube zusteuerte.

Als Gero nach dem Anklopfen das karge Zimmer betrat, sah er sich unversehens Henri d'Our gegenüber, der ihn im Gegensatz zu seinem knurrigen Adlatus freundlich anlächelte.

»Ah, da seid ihr Ja«, sagte er und schloss die Tür hinter Gero.

»Mattes, komm her«, rief er, und erst jetzt entdeckte Gero den blondgelockten, völlig verschüchterten Jungen, der an d'Ours Tisch saß und sich offenbar nicht getraute aufzublicken.

»Ihr müsst entschuldigen«, ergriff d'Our für den Jungen das Wort. »Er ist noch ziemlich durcheinander von der langen Reise.« Trotzdem packte er ihn bestimmt an den Schultern und zwang ihn damit aufzustehen.

»Verbeug dich vor deinem zukünftigen Kommandeur-Leutnant«, befahl er dem Jungen ungeduldig. »Das ist Bruder Gerard von Breydenbach. Und das hier«, fuhr d'Our fort und verdrehte entnervt die Augen, »ist Matthäus von Bruch.« Immer noch mit gesenktem Kopf ging der vielleicht Zehnjährige auf Gero zu und tat, wie der Komtur ihm geheißen hatte.

»Er wird im Sommer elf Jahre alt«, bestätigte d'Our Geros Vermutung, »ist also eigentlich noch zu jung, um seine Ausbildung zum Knappen zu beginnen, aber ich muss bei ihm eine Ausnahme machen. Er stammt aus dem nördlichen Lothringen und ist der Sohn meiner Schwester«, fuhr d'Our mit einem Seufzer fort. »Sie ist vor kurzem an einem Fieber gestorben. Sein Vater ist schon zuvor bei einer Fehde im Kampf gefallen. Seine Eltern sind nun beide tot, und er hat niemand anderen als mich. Um es kurz zu machen«, fuhr er fort und strich Mattes, wie er ihn nannte, noch einmal forsch durch die dicken Locken, »ich möchte ihn Euch als Knappen zuteilen, Bruder Gerard. Es ist Euch doch recht, oder? Ich meine, er ist noch ein bisschen zu jung, um das Waffenhandwerk zu erlernen, aber ich bin sicher, dass er bei Euch in guten Händen ist.«

Gero blickte auf den Blondschopf hinab, der für sein Alter nicht besonders groß geraten war, und empfand sofort ein Gefühl inniger Zuneigung für den Jungen. Matthäus war zwar klein, aber zäh, wie man an seinem Körperbau trotz der dicken braunen Kutte erkennen konnte. Und als er schließlich doch zu ihm aufblickte, hatte er die gleichen blauen Augen wie Gero, und auch die Sommersprossen waren ähnlich wie jene, die er selbst als Junge gehabt hatte.

»Wir kriegen das schon hin«, entgegnete Gero aufmunternd. »Willst du mit mir kommen, Mattes?«, fragte er in einem lothringischen Dialekt, der für die Heimat von Matthäus typisch war, und brach damit das Eis. »Ich werde dich mit meinem Schlachtross bekannt machen. Es ist sehr klug und frisst liebend gerne Äpfel. Du könntest ihm welche geben. Als mein Knappe ist es für dich wichtig, dass ihr euch möglichst rasch anfreundet.«

»O ja!« Matthäus' blaue Augen begannen unvermittelt zu leuchten.

»Aber zuerst müssen wir noch einen Kameraden besuchen. Ihn hat es schlimm erwischt, als wir vor ein paar Tagen ein Räubernest ausgehoben haben. Er kann ein bisschen Unterhaltung sicher gut gebrauchen. Vielleicht willst du ihm erzählen, wo du herkommst und wie es dort so ist.«

Matthäus erwachte vollends aus seiner Erstarrung, schaute zu Gero auf und nickte zustimmend.

Henri d'Our machte ein erstauntes Gesicht. »Ihr wärt ein guter Vater geworden, wenn Gott Euch nicht zu den Templern geführt hätte«, sagte er, ohne zu wissen, welchen Schmerz er Gero mit dieser harmlosen Bemerkung zufügte. »Beinahe schade, dass Ihr Euch für den Orden und damit gegen Frau und Kinder entschieden habt.«

»Solange ich im Orden auch ein Lehrmeister sein kann, geht ja nichts von meinen Talenten verloren«, bekannte Gero geduldig.

»Wie geht es Bruder Johan?«, fragte d'Our unvermittelt, bevor er Gero und den Jungen entließ.

»Schon besser«, antwortete Gero. »Der Eremit hat ganze Arbeit geleistet. Johans Antlitz wird nie mehr so sein, wie es vorher war, aber er wird überleben, und das ist die Hauptsache.«

»Ja«, fügte d'Our bestätigend hinzu. »Als Ordensritter muss er mit seinem Aussehen wenigstens keiner Frau imponieren, insofern hat er Glück, einer der unseren zu sein.«

Gero war nicht sicher, ob Johan das genauso sehen würde. Als er wenig später in die unglücklichen Augen des flandrischen Bruders blickte, der unglücklicherweise nach einem Spiegel verlangt hatte, wurde ihm klar, dass ihn die Worte des Komturs wohl kaum trösten würden.

»Wer ist das denn?«, fragte er schwach, als Gero seinen jungen Begleiter zum Lager des flandrischen Bruders führte. Matthäus war anzusehen, dass ihm der Anblick des Kopfverbandes, der Johans komplettes Gesicht bis auf Augen und Lippen bedeckte, ein wenig Unbehagen bereitete. Zumal auch die Lippen durch kirschrote Schwellungen und aufgeplatzte Stellen gekennzeichnet waren.

»Matthäus von Bruch, mein neuer Knappe. Auch Mattes genannt. Er ist d'Ours Neffe und ab heute ein wertvoller Gehilfe des Ordens.« Gero klopfte dem Jungen anerkennend auf die Schultern und lächelte ihn an.

»Tut das weh?«, fragte Matthäus, der unbeeindruckt von Geros Ankündigung weiterhin Johans Gesicht mit argwöhnischen Blicken fixierte und dabei die Stirn in Falten legte.

»Ja, es tut weh«, flüsterte Johan. »Verdammt weh.«

»Du könntest Johan etwas vorlesen, um seine Schmerzen zu lindern.« Gero zwinkerte Johan zu, was Matthäus nicht sah. »Du kannst doch lesen, oder?«

»Natürlich kann ich lesen, Herr. Ich war von meinem siebten Lebensjahr an in der Klosterschule. Dort habe ich neben dem Lesen auch das Schreiben und Rechnen erlernt. Außerdem spreche ich Deutsch, Franzisch und ein wenig Latein.«

»Oho!«, entfuhr es Gero. »Dann bist du ja genau richtig hier. Damit erteile ich dir den Auftrag, Bruder Johan ab sofort die Langeweile zu vertreiben, damit er von seinen Leiden abgelenkt wird. Mindestens eine Stunde pro Tag, jeweils vor der Messe, liest du ihm etwas vor.«

»Zu Befehl, Seigneur!« Matthäus nahm Haltung an.

Johan verdrehte die Augen. Lächeln konnte er nicht.

»Dank dir, Mattes«, sagte er heiser, »das ist sehr großzügig von dir. Ich freu mich schon darauf.«

Kapitel VIII

Matthäus lebte sich rasch ein, und Johan kam langsam wieder zu Kräften. Gero konnte förmlich dabei zuschauen, wie seine Wunden verschorften und schließlich von einer dünnen, rot schimmernden Hautschicht überwuchert wurden, was, wenn der Eremit recht behielt, eine unkomplizierte Heilung versprach. Bereits im Sommer des Jahres 1306 konnte Johan wieder an den Kampfübungen teilnehmen und seine Kameraden auf den Geleitzügen zum Schutz von Geldtransporten und hohen Würdenträgern quer durch Franzien begleiten. Wenn man von gelegentlichen Scharmützeln mit Räuberbanden und glücklosen Attentätern einmal absah, eigentlich ein friedfertiges, ja wenn nicht langweiliges Dasein, wie Gero befand.

Doch schon im Frühjahr 1307 kündigte sich weiteres Ungemach in den ehrwürdigen Mauern der Templerkomturei von Bar-sur-Aube an, auch wenn es sich auf den ersten Blick nicht als solches zu erkennen gab.

»Verdammt, der Kerl gefällt mir nicht«, raunte Johan van Elk, der inzwischen wieder vollkommen genesen war, seinen nächsten Kameraden zu.

Anfang April hatte Henri d'Our alle anwesenden Ritterbrüder gleich nach der Nachmittagsandacht ins Refektorium berufen, um ihnen einen neuen englischen Kameraden vorzustellen. Guy de Gislingham machte von Beginn an einen hochnäsigen Eindruck, was auch Gero gerne bestätigen wollte. Nicht dass er ein besonders hochherrschaftliches Äußeres besaß. Man hätte ihn leicht als nichtssagenden Tollpatsch bezeichnen können. Er war weder groß noch klein, weder dick noch dünn. Sein Gesicht war bleich, und Haar und Augenfarbe glichen dem Fell eines dahergelaufenen Straßenköters. Aber in seinem Blick erkannte Gero ein unheimliches Funkeln, das leicht irrsinnig wirkte und nichts Gutes verhieß. Warum ein so hervorragender Menschenkenner wie Henri d'Our seiner Aufnahme zugestimmt hatte, war Gero unverständlich.

»Unser geschätzter Bruder entstammt dem englischen Hochadel«, referierte d'Our ungerührt und enthüllte mit einem Satz die Hintergründe dieser nicht nachvollziehbaren Entscheidung. »Er wurde zu uns entsandt, um von seinen Brüdern in Franzien zu lernen, weil er kraft seiner Geburt für ein höheres Amt in der Templerkommandantur in London bestimmt ist. Doch zunächst soll er sich im Stammland der Templer in diversen Komtureien des Ordens unter den gewöhnlichen Brüdern bewähren.«

»Hat man das schon mal gehört?«, frotzelte Arnaud leise. »Wer hat uns denn gefragt, ob wir uns erst noch bewähren müssen, als man uns auf diese beschissene Insel geschickt hat?«

»Du gehörst eben zu den gewöhnlichen Brüdern«, gab Roderic ihm leise zu verstehen.

»Wenn ich das schon höre, kommt es mir gleich hoch«, flüsterte Arnaud und verzog die Nase, als ob er soeben in Hundekot getreten wäre. »Wenn du mich fragst, ist der Kerl ein arrogantes Arschloch und nichts weiter. Von wegen ›im Orden sind wir alle gleich‹. Da sieht man's mal wieder.«

»Bruder Arnaud! Habt Ihr uns etwas mitzuteilen?«, fragte der Komtur streng über die Menge hinweg.

»Nein, Beau Seigneur«, gab Arnaud prompt zurück und schaute Henri d'Our, der die kurze Vorstellung des Bruders mit gekräuselter Stirn unterbrochen hatte, ungerührt in die Augen.

»Dann erinnert Euch rasch an Euer Schweigegebot, Bruder Arnaud, sonst bleibt mir nichts anderes übrig, als Euch eine gerechte Strafe für Eure Missachtung aufzuerlegen.«

»De par Dieu, Beau Seigneur«, entschuldigte sich Arnaud mit reuevoller Stimme und senkte sein Haupt. Es konnte jedoch nicht die Rede davon sein, dass er rot angelaufen war oder irgendeine Verlegenheit zeigte. Im Gegenteil, in seinen Augen lauerte noch immer der Widerstand, wie Gero unschwer erkennen konnte.

Nach d'Ours Vortrag und einem gemeinsamen Gebet für den neuen Bruder gingen die knapp dreißig Männer, bestehend aus weiß gewandeten Tempelrittern und schwarz gekleideten Sergeanten, wieder hinaus auf den Hof, um sich ihren verschiedenen Aufgaben zu widmen. Niemand kümmerte sich um Guy de Gislingham, den d'Our noch einmal ins Haupthaus gebeten hatte, um ein paar Verwaltungsangelegenheiten zu klären.

Gero, Struan, Johan, Roderic und Arnaud versammelten sich noch für einen Moment vor der Kapelle, weil offenbar ein jeder von ihnen wegen des neuen Bruders weiteren Gesprächsbedarf sah. Arnaud wollte sich gerade von neuem über Gislinghams unverschämtes Auftreten ereifern, als ein schwerbeladener Wagen durch das Eingangstor rollte und die Person, die neben dem beleibten älteren Wagenlenker hoch auf dem Bock saß, die gesamte Aufmerksamkeit der Brüder auf sich zog.

»Was für ein Anblick«, schwärmte Arnaud und vergaß augenblicklich den hochnäsigen Engländer, als er die anmutige Amelie Bratac mit hungrigen Blicken ins Visier nahm. Wie üblich trug sie ein bodenlanges, enganliegendes Kleid, in einer wunderbaren Rosenholzfarbe, das keinen ihrer Vorzüge verborgen hielt. Den Männer entging nicht, wie sie geschickt vom Kutschbock auf den Boden sprang und ihrem Vater zu Hilfe eilte, als er eine Ladung irdenes Geschirr auf einen mit Stroh ausgelegten Handkarren stapelte.

»Ja, sie ist eine Augenweide«, seufzte Johan und lächelte versonnen, was aufgrund seiner Narben neuerdings immer ein wenig seltsam aussah.

»Weiß einer, wie alt sie ist?«, fragte Arnaud in die Runde.

»Ich schätze mal, sie ist nicht älter als achtzehn«, überlegte Roderic laut mit einem abschätzenden Blick. »Komisch, dass sie noch keinen Ehemann hat.«

»Ich habe gehört, sie ist außerordentlich klug«, fügte Gero hinzu, um der allgemeinen Betrachtung des Mädchens eine sachliche Note hinzuzufügen. Allerdings erwies sich dieser Versuch angesichts ihrer unübersehbaren Brüste und eines hübschen Hinterteils als ziemlich bedeutungslos.

»Sie ist sozusagen das glatte Gegenteil von Guy de Gislingham«, spöttelte Francesco, der lautlos hinzugetreten war. »Blond, rehäugig und so schön wie die Sonne.«

»Du hast vollbusig vergessen«, erinnerte ihn Arnaud mit einem lästerlichen Grinsen beim Anblick ihrer kurvenreichen Figur. »Schade, dass wir keine Schwestern in der kämpfenden Truppe aufnehmen«, fügte er bedauernd hinzu. »Wenn sie so hübsch wären wie die Tochter unseres geschätzten Weinhändlers, dürften sie auch gerne aus dem Hochadel stammen.«

»Und was würdest du mit ihnen anstellen?«, wollte Francesco wissen, wobei er das emsig arbeitende Mädchen nicht aus den Augen ließ. Ihr Vater war bereits mit dem Karren vorausgefahren, während sie nun einige Teller, die nicht mehr auf das Gefährt gepasst hatten, auf ihrem Arm stapelte. Erst seit kurzem begleitete sie ihren Vater zu den Auslieferungen. Genau genommen, seit sein Gehilfe bei einem Unfall mit dem Gespann unter die Räder gekommen und einige Zeit danach gestorben war. Was zur Freude der meisten hier anwesenden Männer bedeutete, dass die atemberaubend schöne junge Frau nun des Öfteren in den Mauern der Templerkomturei zu tun hatte. Der alte Alphonse Bratac, dem eigentlich nicht entgehen konnte, welche Unruhe seine einzige Tochter unter den hier lebenden Brüdern stiftete, handelte nicht nur mit Wein, sondern auch mit Geschirr. Und weil in der Küche und im Gemeinschaftshaus, wo man Bettler und durchreisende Pilger versorgte, ständig etwas zu Bruch ging, tauchte er nicht gerade selten auf, um die Bestände aufzufüllen.

»Mit einer solchen Frau würde ich liebend gerne in den Kampf ziehen.« Arnaud bedachte das Mädchen mit einem verstohlenen Blick.

»Fragt sich nur, was für einen Kampf du meinst«, spöttelte Francesco mit einem breiten Grinsen.

Gero und seine Brüder verstummten schlagartig, als die süße Amelie unvermittelt zu ihnen aufblickte und, von einem hinreißenden Lächeln begleitet, zu einer raschen Begrüßung nickte.

Gero grüßte zurück, indem er sich mit möglichst ernster Miene leicht verbeugte, woraufhin sie errötete und die Augen niederschlug. Der Einzige, der überhaupt nichts zu ihrem Auftritt sagte, war Struan.

Gero hatte den Eindruck, dass er sie gar nicht beachtete, so versteinert erschienen ihm die markanten Gesichtszüge des schottischen Bruders.

Hocherhobenen Hauptes schritt Amelie auf das Küchenhaus zu, die Arme voll mit gestapelten Tellern. Wobei ihr klar sein musste, dass sie beobachtet wurde. Ein jeder der Brüder war versucht, ihr zu helfen, fürchtete sich aber offenbar vor der Reaktion seiner Kameraden, deren Spott er anschließend gnadenlos ausgeliefert wäre.

Und so blieben sie seltsam untätig stehen, als das Mädchen mit geradem Blick an ihnen vorbeimarschierte und prompt über einen leicht vorstehenden Pflasterstein stolperte, als sie auf Höhe der Männer angekommen war. Mit einem ohrenbetäubenden Scheppern gingen die Teller zu Boden, und bevor überhaupt einer von ihnen reagieren konnte, war Struan schon an ihrer Seite und half ihr auf.

»Habt Ihr Euch verletzt?«, fragte er fürsorglich, während er sie immer noch am Arm gefasst hielt und sie erst losließ, als sie hastig verneinte und sich das Kleid glattstrich. Ohne zu fragen, bückte er sich und half ihr, die Scherben aufzusammeln. Auch Gero und die anderen kamen ihr nun zu Hilfe, wobei Gero sich plötzlich unwohl fühlte, weil er nicht früher eingeschritten war.

»Wir hätten Euch nicht mit den schweren Sachen über den Hof gehen lassen sollen«, beeilte sich Gero zu sagen. »Es tut mir leid, dass Euch ein solches Missgeschick widerfahren ist.«

»Habt Dank, edle Herren«, sagte sie mit gesenktem Blick, aber durchaus entschlossen. »Es reicht völlig aus, wenn Euer schwarzhaariger Bruder mir hilft.«

Arnaud stieß einen kaum hörbaren Pfiff aus, der jedoch laut genug war, dass er weder dem Mädchen noch dem Schotten entgehen konnte.

Gero trat dem dunkelgelockten Bruder aus dem Languedoc beiläufig auf den Stiefel und gab gleichzeitig das Zeichen zum Rückzug.

Struan schien sich der außerordentlichen Ehre, dem Mädchen als Einziger helfen zu dürfen, durchaus bewusst, denn er schaute noch nicht einmal auf, während er sich bemühte, alle Scherben auf einen Haufen zu stapeln. Beide hockten auf einer Höhe, mit dem Unterschied, dass Struan gegenüber dem Mädchen sogar in der Hocke ein Riese war.

»Ich hole einen Eimer und einen Besen«, bot Gero sich an, und als er, ohne eine Zustimmung abzuwarten, über den von Knechten und

Mägden bevölkerten Hof ging, kam ihm ihr Verhalten mit einem Mal merkwürdig vor. Bei seiner Rückkehr hatte er die beiden wieder im Blick, und ihm entging nicht, dass Amelie Bratac beim Auflesen der Scherben immer wieder wie zufällig die Hände des Schotten berührte.

Dabei galt ihr Augenmerk die ganze Zeit über Struans markantem Gesicht. Der Schotte jedoch schien ihre offensichtliche Bewunderung für ihn in der ihm eigenen rauen Art entweder nicht zu bemerken oder nicht bemerken zu wollen.

»Mademoiselle«, sagte Gero und räusperte sich, um die Aufmerksamkeit der schönen Kaufmannstochter zu erlangen, die nach wie vor wie gebannt jede Regung des schottischen Templers verfolgte.

»Danke, ich kann das schon allein erledigen.« Ohne zu ihm aufzublicken, nahm sie Gero Eimer und Besen aus der Hand. Merkwürdigerweise wirkte sie kein bisschen unglücklich über den Vorfall, und Gero hätte schwören mögen, dass sie ihr Missgeschick keineswegs bereute.

Kapitel IX

An jenem Tag Ende April im Jahre des Herrn 1307 hatte Struan den ganzen Morgen über mit sich gehadert, ob er der Aufforderung auf dem abgegriffenen Zettel folgen sollte – obwohl er sich damit der Gefahr aussetzte, eine Dummheit zu begehen. Nicht irgendeine Dummheit, sondern eine, die in nur einem Augenblick das Leben eines rechtschaffenen Templers in das eines Geächteten verwandeln konnte. Er dachte an seine Brüder, an Gero, Johan, Francesco und den lästerlichen Arnaud, und was sie wohl dazu sagen würden, falls sie je von seinen unkeuschen Gedanken erfahren würden und davon, wie weit er sich von den Regeln entfernte, mit dem, was er vorhatte zu tun.

Dabei musste er höllisch aufpassen, seit mit Guy de Gislingham ein Erzfeind aus England ins Dormitorium eingezogen war, der ihn auf Schritt und Tritt als dreckigen Schotten beleidigte und sicher gerne sähe, wenn er vor dem Ordenskapitel in Ungnade fiel.

Doch die Botschaft, die diese ganz und gar nicht harmlosen Zeilen enthielten, war zu verlockend, um sie einfach ignorieren zu können. Insgesamt drei dieser hastig geschriebenen Schriftstücke, mehrfach gefaltet und mit verschiedenen Mitteilungen versehen, hatte Struan unter dem Siegel der Verschwiegenheit von seiner heimlichen Verehrerin entgegengenommen. Nur den letzten Zettel hatte er aufbewahrt und nicht wie die anderen rasch dem Feuer überlassen. Er erschien ihm zu kostbar, und so trug er ihn sicher und vor den neugierigen Blicken seiner Kameraden geschützt in der Tasche seiner weißen Chlamys, jenes legendären Umhangs, der aus einem gewöhnlichen Ordensbruder einen Templer auf Lebenszeit machte.

Nie zuvor hatte Struan einen solchen Brief bekommen. Genau genommen, war es das erste Mal, dass ihm überhaupt jemand geschrieben hatte. Die Templerregel besagte, Briefe, die ein Mönchskrieger erhielt, ganz gleich, ob von einem Verwandten oder im Dienste des

Ordens, waren unverzüglich der Ordensleitung vorzulegen. Im vorliegenden Fall also hätte er Henri d'Our, seinen Komtur, aufsuchen müssen, um ihm eine entsprechende Mitteilung zu machen. Tat er es nicht und wurde erwischt, hatte er mit einer harten Strafe zu rechnen. Doch das Schreiben, das Struan bei sich trug und das nun zwischen seinen Fingern knisterte, würde d'Our nicht zu Gesicht bekommen. Es war denkbar ungeeignet, um es überhaupt irgendjemandem zu zeigen.

Allein der Inhalt dieser wagemutigen Depesche verriet den Verfasser – eine Frau. Nicht irgendeine Frau, sondern Amelie Bratac, die Tochter des Wein-und Geschirrhändlers, die sich wundersamerweise für ihn interessierte, ihn begehrte, ihn wollte. Jedenfalls schrieb sie das.

Heimlich hatte sie ihm ihre Briefe zugesteckt und ihm dafür regelrecht aufgelauert. Wie eine Katze auf Samtpfoten war sie an ihn herangeschlichen, als er nach einem stillen Gebet aus der Kapelle ins Freie getreten und ohne Gero und die anderen über den Hof gegangen war. Oder als er allein in den Stallungen seinen Hengst mit einer Extraration Hafer versorgt hatte. Sogar nach dem Besuch der Latrine hatte sie eines Tages unvermittelt vor ihm gestanden und ihm den Weg ins Freie versperrt. Nachdem er ihre Botschaften angenommen hatte, war sie einfach davongegangen. Ohne Erklärung, wie ein flüchtiger Geist.

Als sie das erste Mal unvermittelt vor ihm stand, war ihm beinah der Schreck in die Glieder gefahren, was ihm peinlich war und ihn inbrünstig hoffen ließ, dass sie es nicht bemerkt hatte. Ihre Schönheit nahm nicht nur ihm den Atem. Auch die meisten anderen Brüder waren von ihrem Anblick fasziniert, was ihn ein wenig beruhigte und auch wieder nicht, weil er der Einzige zu sein schien, der diesen Reizen nicht widerstehen konnte. Ihr Haar war lang und blond, wie aus Gold gesponnen; ihre Augen groß und dunkel, wie die eines Rehs; ihre Lippen feucht und üppig. Ihr gesamte Erscheinung war eine einzige Versuchung, die einen Mann Gottes auf eine harte Probe stellen konnte. Besonders dann, wenn er wie Struan nicht aus freien Stücken gelobt hatte, jeglichen Kontakt mit dem anderen Geschlecht zu vermeiden, und dieses Gelöbnis schon eine ganze Weile zurücklag.

Allein ihr Gang war sehenswert. Eine einzige fließende, rhythmische Bewegung. Die grazilen Beine, ihr wogender Busen und ihre runden Hüften fesselten seinen Blick so sehr, dass es ihm körperliches Unbehagen bereitete, wenn er sich abwenden musste, um sein Interesse vor ihr und den Kameraden zu verbergen.

Schon oft war Struan ihr in der Komturei begegnet, jedoch niemals allein. Meist befand sie sich in Gesellschaft ihres wohlhabenden Vaters, der als angesehener Kaufmann dem Templerorden eng verbunden war.

Und nun war ausgerechnet sie es, die ihn beachtete, geradewegs auf ihn zuging und ihm von anderen unbemerkt ihre Botschaften zusteckte. Tollpatschig wie ein Hund, der von seinem Herrn gerufen wird, war er anschließend stehen geblieben. Gefangen in inniger Bewunderung und mit der leisen Furcht, was wohl geschehen könnte, wenn er standhaft bleiben und ihr Angebot ablehnen würde. Doch sie hatte ihn längst verzaubert, und die Aussicht auf ihre direkte Zuwendung war viel zu reizvoll, um mit soldatischem Pflichtgefühl für die Miliz Christi und für Gott den Herrn darauf zu verzichten.

Im Dormitorium, wo er sich mit fast zwanzig Männern einen Schlafsaal teilte und dennoch vor Einsamkeit oft nicht zur Ruhe fand, wälzte er sich Abend für Abend auf seiner Matratze. Voller Ungeduld wartete er darauf, dass das nächtliche Murmeln seiner Kameraden in ein sonores Schnarchen überging. Im kläglichen Licht einer Ölfunzel, welche selbst in der Nacht nicht gelöscht wurde, holte er vorsichtig den letzten ihrer Briefe hervor und las ihn halb versteckt unter dem Laken. Immer darauf bedacht, dass ihn keiner der Mitbrüder beobachtete.

Gierig wie ein Verdurstender sog er jeden einzelnen Buchstaben in sich hinein. Die kräftig geschwungenen Zeilen in franzischer Sprache erschienen ihm wie das reinste Wunderwerk, noch dazu von einer Frau geschrieben. Die meisten Frauen, denen er bisher begegnet war, konnten weder schreiben noch lesen.

Allein die poetische Wortwahl verwirrte ihn, genau wie ihre eindeutigen, wenn nicht gar anzüglichen Formulierungen.

Hinterher verfluchte er sich für seine Schwäche, dass er dem inneren Drängen nachgegeben hatte, die Zeilen wieder und wieder zu lesen.

Danach legte er sich jedes Mal sechzig Ave-Maria als Buße auf. Wobei er heimlich betete und nicht, wie es üblich war, in der Kapelle kniend vor dem Altar, wo jeder sehen konnte, wenn man um Ablass ersuchte. Dabei wurde ihm schmerzlich bewusst, dass er schon längst nicht mehr Herr seiner Sinne war. Denn jede noch so heldenhafte Mission seines Verstandes, ihn vor dem Absturz in die Verdammnis zu retten, schien kläglich zum Scheitern verurteilt.

Mehr und mehr verwandelten sich seine Bußgebete in Fürbitten, in denen er den Allmächtigen um Verständnis für seine missliche Lage und um mildtätige Unterstützung bat.

Seiner Sehnsucht nach Anteilnahme, Aufmerksamkeit und Liebe hatte er bis zu jenem Zeitpunkt, an dem diese Frau in sein Leben getreten war, heldenhaft widerstanden. Doch nur ein einziger, sorgsam beschriebener Zettel hatte dieser Horde finsterer Fabelwesen Tür und Tor geöffnet, damit sie fortan seine Seele traktierten.

In ihrem letzten Brief hatte sie ihn zu einem Treffen gedrängt – bald und an einem geheimen Ort.

Früh am Morgen war in Struans innerer Festung die letzte Barriere gefallen. Mit einem kaum merklichen Kopfnicken hatte er ihrem fragenden Blick im Vorbeigehen zugestimmt; im vollen Bewusstsein, dass ihn diese Begegnung nicht nur sein Herz und seinen Verstand kosten konnte, sondern auch seine Seele.

Obwohl der Mai erst in wenigen Tagen Einzug halten würde, schien die Sonne warm und freundlich, als Struan an einem Samstagnachmittag nach der Non seinen schwarzen Hengst eine viertel Meile nördlich der Stadt über jene Kuppe lenkte, die den Weg zum abgemachten Treffpunkt markierte.

Während er an frisch sprießenden Weizenfeldern und tiefdunklem Eichenwald vorbeiritt, betrachtete er es als eine Fügung des Himmels, dass ihm niemand gefolgt war. Die Bauern der Umgebung hatten ihre Aussaat längst erledigt, und das Vieh stand bis zum Abend, wenn es gemolken wurde, unbeaufsichtigt auf der Weide. Und auch die übrigen Straßen und Wege wirkten wie leergefegt, weil die meisten sich wohl auf das Hochfest Mariens vorbereiteten, indem sie ihre Hausaltäre mit frischen Frühlingsblumen schmückten und Opfergaben für die Bedürftigen vorbereiteten. Der Mai war nicht nur der Monat der Gottesmutter, sondern auch der Verliebten, das wusste selbst Struan, dessen heidnische Vorfahren in Schottland und Irland in der Nacht zum 1. Mai Beltane gefeiert hatten. Wobei sie sich, wie es hieß, mancherorts noch immer ungeniert fleischlicher Lust hingaben.

Vielleicht hat die Heilige Jungfrau ja Verständnis für meine verzweifelte Lage, dachte er bei sich und – was er kaum zu hoffen wagte – unterstützte sein aberwitziges Vorhaben.

Die verfallene Schäferhütte befand sich ein ganzes Stück abseits der umliegenden Weiler und eignete sich nicht als Unterschlupf angesichts der im April üblichen Wetterkapriolen. Auf dem Dach fehlten einige Schindeln, und die Wände waren zu dünn, um die Wärme auf Dauer im Innern bewahren zu können.

Nachdem er von seinem beeindruckenden Great Horse abgestiegen war, führte er den schnaubenden Hengst hinter das windschiefe Gebäude, wo bereits, fest angebunden an einem Gatter, eine kleine Fuchsstute verharrte. Stoisch ertrug sie ein paar Fliegen, die sich wieder und wieder an der Feuchtigkeit ihrer Augen labten. Nur ab und an versuchte sie, heftig mit dem Kopf schüttelnd, die lästige Plage zu verscheuchen. Struan band die Zügel um einen verwitterten Holzpfeiler und klopfte seinem Hengst auf den Hals.

»Ich wünsch dir viel Spaß mit dem Mädel«, flüsterte er ihm lächelnd ins Ohr.

Er hingegen war sich nicht so sicher, ob er Spaß haben würde, bei dem, was ihn in der Hütte erwartete.

Seit sein Entschluss feststand, hierherzukommen, fragte er sich unentwegt, was er sich von diesem Treffen versprach. Zu einem Ergebnis war er nicht gekommen. In Gedanken war er viel zu beschäftigt damit, sein schlechtes Gewissen im Zaum zu halten. Er hatte in der Verwaltung der Komturei ein Gesuch auf Abwesenheit stellen müssen und war dabei gezwungen gewesen, zu einer – wie er sich beruhigte – Notlüge zu greifen. Er hatte sich krankgemeldet und um Erlaubnis gebeten, den Heiler aufzusuchen. Dem alten Templerveteranen war es als Eremit gestattet, außerhalb der Templerniederlassung von Bar-sur-Aube zu wohnen und den Ordensbrüdern medizinische Hilfe zu leisten.

Aber wenn er am Nachmittag zurückkehrte und Gero und den anderen Kameraden begegnete, würde er gezwungen sein, ihnen die Unwahrheit zu sagen, falls sie ihn fragten, was er als weitaus schwieriger empfand. Schließlich war Gero sein bester Freund, ihn zu belügen fiel ihm besonders schwer. Aber auch er durfte nicht erfahren, dass er sich mit einer Frau eingelassen hatte.

Denn die Ordensregel der Templer besagte »… *Wir halten dafür, dass es einem jeden Ordensmann gefährlich ist, das Angesicht einer Frau zu sehr zu betrachten, und daher nehme sich keiner von den Brüdern heraus, eine Witwe, eine Jungfrau, seine Mutter, seine Schwester, seine Tante oder irgendeine andere Frau zu küssen. Die Ritterschaft Christi soll also Frauenküssen fliehen, durch welche die Männer öfters in Gefahr zu kommen pflegen, damit sie mit reinem Gewissen und in sicherem Leben allezeit im Angesicht Gottes zu verbleiben imstande sind.*«

Er würde sie nicht küssen. Das war ohnehin viel zu gefährlich. Schon die Vorstellung, sie nur ein einziges Mal ausgiebig betrachten zu dürfen, ließ sein Herz einen Sprung machen. Und er war gespannt darauf, wie es sein würde, für längere Zeit ihrer melodischen Stimme zu lauschen.

Zögernd setzte er einen Fuß vor den anderen und beobachtete, wie er mit seinen schweren Reitstiefeln den Staub am Boden aufwirbelte. Noch hatte er die Wahl umzukehren. Doch nun war er schon einmal hier. Ein Blick in die Ferne versicherte ihm, dass sie ungestört sein würden. Vielleicht konnte er wenigstens in Erfahrung bringen, warum gerade er der Auserwählte war, dem sie ihre Gunst bezeugte. Möglicherweise war sie genauso von Sinnen wie er und wusste nicht, was sie tat. Das wäre immerhin eine Erklärung für ihr seltsames Verhalten. Aber dagegen sprachen ihre klaren Worte und die durchdachte Strategie, mit der sie ihm ihre Botschaften übermittelt hatte.

Kurz vor dem Eingang blieb er noch einmal stehen, um sich zu fragen, was er hier eigentlich trieb. Anstatt mit seinen Mitbrüdern in der Nachmittagslektion strategische Schwertkampfübungen zu vollziehen, hatte *er* es vorgezogen, seine Zukunft aufs Spiel zu setzen.

Der Spruch »Feigheit vor dem Feind« kam ihm in den Sinn. Darauf stand im Orden »der Verlust des Hauses« – also der unabwendbare Rausschmiss. Der würde ihm auch bevorstehen, wenn man ihn hier mit einem Mädchen erwischte. Trotzdem – er hatte sich entschieden, und feige war er nicht.

Was hatte er von ihr schon zu befürchten? Sie war schließlich nur eine Frau, und was war schon dabei, wenn man ein wenig plauderte?

Langsam zog er an dem Riegel und öffnete die klapprige Tür so weit, dass er eintreten konnte. Vorsichtig setzte er einen Fuß nach dem anderen über die Schwelle. Fast so, als erwartete ihn dort drinnen ein Ungeheuer. Dabei musste er den Kopf einziehen, um unversehrt durch den niedrigen Türrahmen hindurchschlüpfen zu können. In der Hütte herrschte eine gedämpfte Helligkeit. Die Fensterläden der einzigen Luke waren halb zugezogen, und durch das beschädigte Dach fielen senkrecht wie Speere ein paar Sonnenstrahlen herein, in deren Lichtkegel Myriaden von Staubkörnern tanzten. Es roch nach verrottetem Heu und Kaninchenkot, und es dauerte einen Moment, bis sich seine Augen an die veränderten Lichtverhältnisse gewöhnt hatten.

Amelie Bratac saß, die Arme um die Knie geschlungen, in der hinteren Ecke des Raumes auf einem zusammengedrückten Heuhaufen, der die Größe und die Form eines breiten Nachtlagers hatte und wahrscheinlich schon des Öfteren für solche Zwecke genutzt worden war. Sie trug ein hellblaues Kleid und darüber einen dunkelbauen Umhang wie die Gottesmutter Maria. Ihr langes Haar flutete wie gesponnenes Gold über Schultern und Arme.

Als Struan die Tür hinter sich zuzog, blickte sie ihn mit ihren großen braunen Augen erwartungsvoll, wenn auch ein wenig ängstlich an.

Er hätte weiß Gott was darum gegeben, ihre Gedanken lesen zu können. Geduckt blieb er stehen, schluckte, unfähig, das Wort zu ergreifen.

Amelie war nicht fähig, ihren Blick von dem stattlichen Templer abzuwenden. Er war ihrer Einladung also tatsächlich gefolgt. Ihr Herz hüpfte vor Glück, während sie bemerkte, dass er mit seiner hünenhaften Gestalt kaum durch den Türrahmen passte. Ein wenig Staub rieselte von oben herab auf sein kurzgeschorenes pechschwarzes Haar, als er die Tür ein wenig zu kraftvoll hinter sich zuzog. Seine dunklen Augen leuchteten geheimnisvoll bei dem Versuch, sich an das plötzliche Dämmerlicht zu gewöhnen.

Eigentlich hatte sie nicht damit gerechnet, dass er sein hastig dahingemurmeltes Versprechen halten würde. Er war ihr gegenüber immer kühl und zurückhaltend gewesen. Nie hatte er sich anmerken lassen, ob er sich über ihre Briefe gefreut hatte oder ihm auch nur das Geringste an ihr lag.

Und doch – nun stand er vor ihr, so real und präsent, wie sie ihn von den viel zu seltenen Begegnungen kannte, und genau so, wie er in ihren unzähligen Träumen gegenwärtig war. Ein Soldat Christi – in seinem stolzen Mantel mit dem roten Kreuz auf Schulter und Brust, in Kettenhemd und Wappenrock; bewaffnet bis an die Zähne und somit der Inbegriff eines mutigen Kriegers, der weder Tod noch Teufel fürchtet.

»Ich hatte schon geglaubt, Ihr hättet es Euch anders überlegt«, sagte sie, und dabei flatterte ihr Herz wie die Flügel eines flüchtenden Vögleins. Ihre Hände waren trotz der drückenden Hitze so kalt wie Eiswasser im Winter.

Struan räusperte sich hastig, um überhaupt ein Wort herausbringen zu können. »Ich war nahe dran, Euer ungewöhnliches Angebot auszuschlagen, aber ich muss zugeben, dass mich die Neugier gepackt hat, und nachdem Ihr einen so hohen Einsatz gezeigt habt, wäre es nicht höflich gewesen, Euch vergebens warten zu lassen.«

Er versuchte zu lächeln, aber in seinem Inneren war die Anspannung so groß, dass er Mühe hatte, nicht zu stottern. Ihr Anblick stürzte ihn in einen Strudel der Unentschlossenheit. Sie verkörperte alles, was er sich von einer Frau wünschen würde – wenn es ihm erlaubt wäre, eine zu erwählen.

Möglichst unauffällig musterte er jeden Zoll ihrer Erscheinung. Vom Scheitel ihres Haares bis hin zu den zierlichen, hellen Lederstiefeln sah sie aus wie ein Engel.

Unter seinem Blick schien sie sich merkwürdigerweise zu entspannen. Was er daran zu erkennen glaubte, dass sie ihre Abwehrhaltung aufgab und sich mit den Armen rücklings abstützte. Was seinen Blick, ob von ihr gewollt oder nicht, auf ihre ansehnlichen Brüste lenkte, die sich ihm nun kaum verhüllt entgegenstreckten. Er kannte dieses Kleid. Himmelblauer Wollstoff, aufreizend geschnürt und mit einem Ausschnitt, der ihm nur eine Möglichkeit ließ – den üppigen Inhalt anzustarren. Es war ihm, als wollten ihn die verlockenden Rundungen geradezu anspringen. Die Haut, die unter dem Stoff hervorblitzte, war zart wie geschlagener Rahm, und die beiden Muttermale auf dem rechten Busen fesselten unvermittelt seine gesamte Aufmerksamkeit. Unwillkürlich trat er zurück, als wollte er sich vor einem Angriff schützen.

Himmel, dachte er, warum tust du dir das an? Das ist die reinste Form der Selbstgeißelung. Du kannst sie niemals haben und doch … sie nur ansehen zu dürfen ist auch schon eine Gnade Gottes. Aber wenn du auch nur ein Quäntchen mehr erwartest, bist du des Teufels.

Als er sah, dass sie seinem Blick folgte, schluckte er und zwang sich, in ihr Gesicht zu schauen. Ihre klaren Linien und die schmale Nase gaben ihrem Antlitz etwas Feinsinniges und erinnerten ihn an die steinerne Madonna von Troyes.

Lächelnd zwinkerte sie ihn an und zauberte dabei ein paar unwiderstehliche Grübchen auf ihre Wangen.

»Kommt doch näher und setzt Euch zu mir, oder findet Ihr mich so unausstehlich?«

Jetzt nur nichts Falsches sagen, dachte er bei sich und – vielleicht war es ein kluger Schachzug, wenn er diese Frage mit einer Gegenfrage beantwortete.

»Glaubt Ihr, werte Jungfer, ich wäre hier, wenn ich Euch unausstehlich fände?« Struan triumphierte innerlich, dass es ihm offenbar gelang, eine für ihn ungewohnte Schlagfertigkeit an den Tag zu legen. Dabei hoffte er, Zeit zu gewinnen, um seine Fassung wiederzuerlangen.

Amelie Bratac schien unbeeindruckt. Mit der flachen Hand klopfte sie neben sich und forderte ihn mit dieser Geste erneut auf, sich zu ihr zu setzen. Hilfesuchend sah er sich um, aber da war niemand, an den er sich hätte wenden können. Diesen Kampf musste er allein bewältigen.

»Ihr müsst Euch leider noch einen Moment gedulden«, entschuldigte er sich. »Ich muss meine Waffen ablegen, sonst wird es zu unbequem. Ich hoffe, das ist in Ordnung.«

Sie schüttelte ihre lange Mähne, die bis zur ihrer Taille reichte, wobei einzelne Strähnen im hereinfallenden Sonnenlicht golden aufblitzten. »Selbstverständlich«, sagte sie und schaute vertrauensvoll zu ihm auf.

»Es ist bewundernswert, was Ihr als Templer alles mit Euch tragen müsst, wenn Ihr die Komturei verlasst.«

Gebannt verfolgte sie jede seiner Bewegungen und beobachtete interessiert, wie er den schweren Ledergürtel von der Hüfte abschnallte, an dem sein Schwert in einer mit Leder bezogenen hölzernen Scheide befestigt war. Sorgfältig legte er ihr die riesige Waffe zu Füßen.

Wie viele Feinde mag er damit ins Jenseits befördert haben?, dachte sie erschauernd und betrachtete beeindruckt das breite T-Heft. Dort hatte man auf der einen Seite das Kreuz der Templer und auf der anderen Seite zwei Schlangen eingraviert, die sich gegenseitig verspeisten.

Noch am Boden hockend löste er einen zweiten, schmaleren Gürtel von seiner Taille, an dem sich drei verschieden große Messer in nietenverzierten Lederscheiden befanden, die er nach Größe geordnet zum Schwert legte. Nachdem er sich erhoben hatte, ging er einen Schritt auf sie zu und ließ sich neben ihr nieder, so vorsichtig, als würde er sich auf ein Nagelbrett setzen. Sie spürte seine Unsicherheit und war erleichtert, dass es ihm offensichtlich ebenso erging wie ihr.

Mit einem verhaltenen Grinsen schaute er sie von der Seite an. »Und? Wie soll es jetzt weitergehen? Eurer Mitteilung zufolge habt Ihr doch sicher einen Plan oder wenigstens ein Anliegen an mich.«

Er wartete auf eine Antwort. Amelie konnte dem fragenden Blick seiner schwarzen Augen nicht standhalten und schaute verlegen in eine andere Richtung.

Jetzt nur nicht den Mut verlieren, dachte sie. Eben noch außer sich vor Freude, kämpfte ihr Innerstes nun darum, diese einmalige Chance in etwas Bleibendes zu verwandeln.

Einen Tag zuvor hatte sie sich ihrer besten Freundin Justine anvertraut und ihr die Absicht gebeichtet, sich mit einem Bruder des Tempels treffen zu wollen.

Die sich anschließende Debatte ging ihr nicht aus dem Kopf.

»Was?«, hatte Justine voller Entsetzen gerufen, als sie hörte, dass sie sich ausgerechnet in den hünenhaften Schotten verguckt hatte. »Das ist nicht dein Ernst, Amelie. Er ist ein Ordensritter! Hast du auch nur die leiseste Ahnung, was du da tust?«

»Ich habe mich verliebt, Justine! Ich muss versuchen, ihn wenigstens einmal unter vier Augen zu treffen.«

Aus ihrer Antwort war mühelos die Verzweiflung herauszuhören, die sie empfand. »Es ist vielleicht die letzte Möglichkeit in meinem Leben, mit einem Mann zusammen zu sein, den ich wirklich liebe.«

»Amelie, was soll das bedeuten?« Justine zwang sich, Ruhe zu bewahren. »Du kennst ihn ja noch nicht einmal und sprichst schon von Liebe. Hinzu kommt, dass er ein lebenslanges Keuschheitsgelübde abgelegt hat. Wieso ausgerechnet er? Es gibt so viele andere, die du haben kannst!«

»Bei Gott, ich sagte es doch: Weil ich mich in ihn verliebt habe! In dem Moment, als ich ihn zum ersten Mal sah«, antwortete Amelie leidenschaftlich, »und weil mein Vater mir vor knapp drei Wochen unterbreitete, dass er mich noch in diesem Jahr mit einem verwitweten Winzer aus Troyes verheiraten wird. Seiner Ausführung nach ist mein auserwählter Ehemann schon älter und hager, aber vermögend und fleißig. Er meinte, dann sei ich endlich versorgt. Der Kerl hat bereits zwei Kinder, ist also zeugungsfähig, und mein Vater wünscht sich nichts sehnlicher als Enkel, die sein Geschäft übernehmen, wenn er eines Tages zu alt dafür ist.« Amelie hob trotzig ihr Kinn, um gleichgültig zu wirken, aber ihre Freundin bemerkte dennoch, wie sehr sie sich bemühte, die aufkommenden Tränen zu unterdrücken.

»Das kann dein Vater nicht ernst meinen.« Justine schien ebenso fassungslos wie sie. »Ich dachte, er liebt dich abgöttisch! Zumal du seine einzige Tochter bist!«

»Das behauptet er zumindest, aber er lässt nicht mit sich reden. Seit Adrian mir den Hof gemacht hat, ist er wie verwandelt. Jeder Kerl, der sich auch nur nach mir umdreht, ist ihm ein Dorn im Auge. Er ist geradezu besessen von der Angst, dass ich ihm Schande bereiten könne, weil ich mich hinter seinem Rücken auf einen Leibeigenen eingelassen habe, wie er sagt.« Amelie rang sich ein spöttisches Lächeln ab, dabei wäre sie am liebsten in Tränen ausgebrochen.

»Ich kann dich verstehen«, erwiderte Justine voll Mitgefühl. »Aber

Adrian war unfrei und damit nicht der Richtige für eine vermögende Kaufmannstochter wie dich. Es war für euch beide das Beste, dass sein Herr ihn nach Paris verkauft hat.«

Amelie trauerte immer noch um den einstmals geliebten Freund, doch schon allein Adrian zuliebe hatte sie sich mit ihrem Schicksal abgefunden.

»Seit ich den Templer in mein Herz geschlossen habe, ist es mir gelungen, über Adrians Verlust hinwegzukommen«, bekannte sie ehrlich. »Und seit ich weiß, dass meine ... Vermählung mit der ersten Wahl meines Vaters ... so unmittelbar bevorsteht, wollte ich wenigstens noch einmal mit einem Mann zusammen sein, der *meine* erste Wahl gewesen wäre, selbst wenn er mich nicht heiraten kann.«

Justine war anzusehen, dass sie diese Idee noch weit weniger überzeugte als die Geschichte mit Adrian.

»Amelie, denk nach – dieser Mann ist ein Templer. Es gibt keinen Orden, der strengere Regeln hat, was den Umgang mit Frauen betrifft. Ich weiß, wie solche Geschichten enden. Eine entfernte Cousine von mir in Paris hat mal etwas mit einem Templer gehabt. Die reinste Katastrophe, sag ich dir. Sie wurde schwanger, und er hat sich um Haaresbreite das Leben genommen. Dem Himmel sei Dank hat sie das Kind verloren, und er wurde nach Zypern versetzt.« Justine nahm sie beschwörend bei den Händen und schaute sie flehentlich an.

»Vom Reden wird man nicht schwanger, Justine«, gab Amelie bockig zurück, »und mir reicht es völlig, dass er sich tatsächlich mit mir treffen will. Alles Weitere wird sich finden.«

»Was soll sich denn da finden?« Voller Sorge schüttelte Justine ihre roten Locken. »Er ist und bleibt, was er ist, und er kann dich nicht heiraten, ganz gleich, was geschieht. Und wenn du ihn dazu bringst, sein Gelübde zu brechen, so begeht nicht nur er eine schwere Sünde, sondern auch du. Hast du dir darüber schon mal Gedanken gemacht?«

»Ach, am besten hätte ich dir gar nichts erzählt.« Amelie ärgerte sich plötzlich, Justine in einer solch heiklen Angelegenheit überhaupt ins Vertrauen gezogen zu haben, aber für einen Rückzug war es in ihren Augen ohnehin zu spät. »Ich werde ihn auf jeden Fall treffen«, erwiderte sie mit aufsässigem Blick. »Koste es, was es wolle! Ich weiß, dass ich ihn liebe und dass ich ihn haben will, und wenn es auch nur ein einziges Mal sein sollte.«

Die Antwort, die Justine ihr darauf gegeben hatte, gefiel ihr ganz und gar nicht. »Ich hoffe, das ist es wert«, hatte sie abschließend mit spitzer Zunge bemerkt. »Mir tut der arme Kerl jetzt schon leid, für den Fall, dass ihr erwischt werdet. Falls ans Licht kommt, dass er mit Wissen und Wollen gegen die Regeln verstößt. Bon Dieu! Komm zur Vernunft! Du kannst doch nicht ernsthaft wollen, dass ein so unglaublicher Held deinetwegen seinen weißen Mantel verliert und demnächst mit einer Kette um den Hals wie ein Hund für ein Jahr vom Boden frisst.«

Kapitel X

Vernunft. Das Wort hallte in Amelies Gedanken immer noch nach, während sie beiläufig die kräftigen Hände ihres auserwählten Tempelritters betrachtete, die leicht gebräunt und von einigen Narben gezeichnet ganz entspannt auf seinen muskulösen Schenkeln ruhten. Er war ein unglaublich gutaussehender Mann, und er strahlte mit seiner unergründlichen Ruhe etwas Geheimnisvolles aus, das sie von allen Vorzügen, die er besaß, am meisten faszinierte.

Was hatte es schon mit Vernunft zu tun, wenn man jemanden aus der Tiefe seiner Seele begehrte und mehr von ihm erwartete als nur einen Kuss? Ihn mit Haut und Haaren zu wollen, mit jeder Faser seines Herzens, für immer und ewig – oder wie sie: nur für ein einziges Mal.

Wenn man etwas wirklich will, dann bekommt man es auch – der Lieblingsspruch ihres Vaters. In den wenigsten Fällen interessierte sie, was er zu sagen hatte, aber in diesem Fall würde sie den Beweis antreten, dass er recht behielt. Nur wie sie ihren Feldzug am besten beginnen konnte, wusste sie noch nicht.

Sie atmete tief durch und rief sich innerlich zur Ruhe, bevor sie ihrem ansehnlichen Gegenüber die längst fällige Antwort gab.

»Ich habe kein direktes Anliegen an Euch, aber Ihr sollt wissen, dass Ihr mir nicht gleichgültig seid und es mein dringender Wunsch war, mit Euch einmal ungestört sprechen zu können, weitab von der Komturei und unbelastet von allen Verpflichtungen.«

Ihr Blick war offen und ohne jegliche Regung.

»Dann bin ich beruhigt«, entgegnete Struan halb im Scherz. Dabei wagte er kaum, ihr in die Augen zu schauen, sondern zog es vor, eingehend seine staubigen Stiefel zu betrachten. »Ich habe mir schon Sorgen gemacht, Eure Erwartungen nicht erfüllen zu können.«

»Ihr braucht Euch nicht zu sorgen«, antwortete sie, um ein Lächeln bemüht. »Eure Anwesenheit ist mir Erfüllung genug.«

Struan hatte das Gefühl, sein Herz würde sich unvermittelt in einen Schmiedehammer verwandeln. Beunruhigt rückte er ein wenig von ihr ab. Dabei sehnte er sich so sehr nach ihrer Nähe, dass ihm angst und bange wurde.

»Wie auch immer«, begann er und erwiderte nun doch ihren intensiven Blick, um seine Verlegenheit zu überspielen. »Eure Botschaften waren recht eindeutig, und ich habe mich ernsthaft gefragt, ob ich Euren Vorstellungen entsprechen kann. Wenn ich ehrlich bin, befürchte ich, dass dem nicht so ist.«

Das werden wir noch sehen, dachte Amelie hartnäckig und schenkte ihm trotz des eisigen Gefühls, das seine Bemerkungen in ihrer Magengrube verursacht hatten, ein bezauberndes Lächeln.

Er war unmerklich von ihr abgerückt, was sie ein Stück weit mutloser werden ließ. Wenn er doch nur nicht so echt, sondern aus Stein gemeißelt wäre, dachte sie voller Sehnsucht, dann hätte sie kein Problem damit, ihm hemmungslos um den Hals zu fallen und ihn von oben bis unten mit Küssen zu bedecken. Aber Steinstatuen hatten den Nachteil, dass sie Küsse nicht erwiderten. Und schließlich war es das, worauf es ihr ankam.

»Macht Euch keine Gedanken um meine Vorstellungen. Ihr bereitet mir eine Freude, indem Ihr mir ein wenig Eurer kostbaren Zeit schenkt. Nicht mehr und nicht weniger.«

Wie sie ihn bei diesem Gesprächsverlauf dazu bringen sollte, das Lager mit ihr zu teilen, war ihr ein Rätsel. Fast verließ sie der Mut.

Schließlich war sie nicht unerfahren. Obwohl ihr Vater stets versucht hatte, sie streng zu behüten, führte seine ständige Abwesenheit aufgrund seiner kaufmännischen Reisen zu Lücken in seinem dicht gesponnenen Überwachungsnetz, die es ihr durchaus ermöglichten, ab und an ein unbeobachtetes Eigenleben zu entwickeln. Dabei war sie kein Kind von Traurigkeit.

Vor drei Jahren, also bereits mit fünfzehn, hatte sie ihre Jungfräulichkeit verloren. Allerdings war ihr erstes Mal leider nicht so verlaufen, wie sie es sich vorgestellt hatte. Ein älterer Cousin zweiten Grades hatte sie auf einem Familienfest in einem Waschhaus verführt. Zwischen Bergen von schmutzigen Laken, hinter einem großen Holzbottich, war er ihr näher gekommen als unbedingt nötig.

Ihr vergeblicher Versuch, ihn abzuwehren, nachdem er in sie eingedrungen war und ihr lediglich Schmerzen zugefügt hatte, gehörte zu den besonders unschönen Erinnerungen, die ihr von diesem Akt männlichen Unvermögens geblieben waren. Ihr Cousin war so sehr von Sinnen gewesen, dass er ihr abwehrendes Gestrampel für Begeisterung hielt und die Angelegenheit für sich zufriedenstellend zu Ende brachte. Noch Wochen später spürte sie den brennenden Schmerz, den sie zwischen ihren Schenkeln empfunden hatte, nachdem der ungestüme Kerl endlich von ihr abgelassen hatte.

Anschließend hatte sie ihn geohrfeigt und mit wüsten Beschimpfungen davongejagt. Nachdem sie sich mühsam erhoben hatte, bemerkte sie ein dünnes Rinnsal Blut, das ihr an der Innenseite der Schenkel herunterlief. Zutiefst erschrocken hatte sie sich tagelang geängstigt, eine schlimme Verletzung davongetragen zu haben, die früher oder später zum Tode führen konnte. Zunächst hatte sie mit niemandem über ihr Erlebnis gesprochen und war mit ihrer Furcht, sterben zu müssen, allein zurückgeblieben. Nachdem sie die folgenden Wochen entgegen ihrer ersten Annahme überlebt hatte, vertraute sie sich Agnes an, einer alten Magd, die bei ihnen zu Hause den Haushalt führte und ihr immer schon ein Muttererersatz gewesen war. Schonend hatte ihr die in Liebesdingen nicht unerfahrene Frau erklärt, was an jenem unseligen Nachmittag geschehen war und auch wie es sein würde, wenn sie eines Tages aus Liebe das Lager mit einem Mann teilte.

»Wenn du dir einen Mann erwählst, mein Täubchen«, hatte die Alte ihr mit ernster Stimme geraten, »dann such dir einen, der von außen so hart ist wie Stahl und im Herzen so weich wie Eiderdaunen, aber hüte dich vor dem Gegenteil.«

Dem Rat ihrer Magd folgend, war sie ein Jahr später ein Verhältnis mit dem gutaussehenden Leibeigenen ihres Nachbarn eingegangen, der ihr zuvor heimlich den Hof gemacht hatte. Adrian war genau so, wie Agnes den idealen Mann beschrieben hatte. Groß, muskulös, aber mit einem weichen Herzen. Auf sehr sanfte Weise hatte er ihr die körperliche Liebe zwischen Mann und Frau nahegebracht. Nach einem halben Jahr war das Techtelmechtel aufgeflogen, weil ihr Vater früher von einer Handelsmesse in Troyes zurückgekehrt war. Er hatte einen unglaublichen Aufstand veranstaltet und den Herrn des armen Adrian der Kuppelei bezichtigt. Woraufhin Adrian halb totgeschlagen und über Nacht an ein Rittergut in der Nähe von Paris verkauft worden war.

»Du verdienst nur den Besten«, hatte ihr Vater ihr mit finsterer Miene erklärt, und dabei dachte er natürlich nicht an den Charakter und das Aussehen des Mannes, sondern an seinen Geldbeutel.

Und wenn schon, dachte sie und schaute den »Besten der Besten«, wie sie den stattlichen Templer neben sich seither im Stillen nannte, möglichst unauffällig von der Seite an. Bevor ihr Vater sie an diesen hageren und angeblich vermögenden Winzer verhökerte, würde sie ihm eins auswischen und wenigstens noch ein einziges Mal glücklich sein mit diesem Prachtkerl von Mann.

Entschlossen fasste sie sich und schaute ihm direkt in die Augen, die so dunkel waren, dass man Pupille und Iris kaum unterscheiden konnte. Eine Farbe, die sich in seinem kurzen, störrischen Haarschopf, den buschigen, geschwungenen Augenbrauen, seinen dichten Wimpern und auch in dem kurzgeschorenen Bart fortsetzte.

Dass er außen hart wie Stahl war, daran bestand kein Zweifel. Ihr bloßer Arm berührte den seinen, und erst jetzt wurde ihr bewusst, dass er für ihr Vorhaben entschieden zu viel anhatte, da er unter seinem traditionsreichen Mantel auch noch ein Kettenhemd mit Unterwams trug.

»Ist es Euch nicht zu warm?«, fragte sie unschuldig, obwohl es zwar sonnig, aber nicht gerade heiß draußen war.

»Ein wenig schon, ja …«, antwortete er gepresst, und mit einem Mal konnte sie ahnen, dass die Hitze, die sie offenbar beide empfanden, nicht von draußen, sondern aus ihrem Innern kam.

»Könnt Ihr die Sachen nicht einfach ablegen? Ich meine … wir sitzen ja vielleicht noch eine Weile hier und wollen uns unterhalten … und möglicherweise wollen wir es uns ein wenig … gemütlich machen.«

Sie war ins Stocken geraten, weil ihr die Angst im Nacken saß, er könne es sich anders überlegen und womöglich das Weite suchte, wenn sie zu forsch vorging.

»Ihr habt recht.« Er grinste breit. »Am Ende bekomme ich noch einen Hitzschlag. Stellt Euch vor, Ihr müsst mich ins Hospital schleppen oder hier an Ort und Stelle sterben lassen«, sagte er, immer noch grinsend. »Ich denke nicht, dass Ihr Euch so unsere Verabredung vorgestellt habt.«

Gott sei Dank, trotz der ernsten Miene, die er meist aufsetzte, besaß er offensichtlich einen trockenen Humor, etwas, das sie an einem Mann beinahe noch mehr schätzte als gutes Aussehen.

Er stand auf und zog seinen weißen Mantel aus, dann legte er ihn ordentlich gefaltet neben den Waffen ab. Anschließend entledigte er sich seines Wappenrockes, dessen blutrotes Kreuz auf der Brust schon von weitem jedem Entgegenkommenden ankündigte, mit wem er es zu tun hatte. Schließlich begann er, die seitlichen Lederschnüre seines Kettenhemdes zu lösen, und auf einmal stand sie neben ihm.

»Soll ich Euch helfen?« Ihr Blick war unschuldig, doch Struan glaubte, in der Art, wie sie es sagte, noch etwas anderes, Gegenteiliges zu erkennen, aber er war sich nicht sicher.

Erst hatte er ihre Hilfe ablehnen wollen, doch aus irgendeinem unerfindlichen Grund konnte er den flinken Händen, die sich schon an der Schnürung zu schaffen machten, nicht Einhalt gebieten.

Überdeutlich spürte er ihre Fingerspitzen, die wie flatternde Schmetterlinge über das Unterwams flogen, und wie diese Berührung an seine darunterliegende Haut weitergegeben wurde. Er hielt still, wie ein Pferd, dem das Geschirr abgenommen wird, und er musste zugeben, dass er diesen Hilfsdienst als sehr angenehm empfand. Als sie daran ging, ihm das schwere Kettenhemd über den Kopf zu streifen, musste er ihr helfen.

»Danke«, sagte er rau, »aber den Rest erledige ich selbst.« Natürlich hätte sie ewig so weitermachen können, aber das Rüstzeug wog gut und gerne zwanzig Pfund und war somit für zarte Frauenhände viel zu schwer. »Ich könnte mich leicht daran gewöhnen, dass Ihr mir jeden Abend zu Diensten seid.« Mühelos zog er das Hemd mit beiden Händen über den Kopf. Die vielen kleinen Stahlringe, aus denen es kunstvoll gefertigt worden war, gaben ein rasselndes Geräusch von sich, als er das Hemd auf den Boden legte. Dabei war ihm das Unterwams aus der ledernen Reithose gerutscht. Als er sich wieder aufrichtete, war sie plötzlich hinter ihm und er spürte, wie sie ihre zarten Hände unter das Wams gleiten ließ und behutsam seinen bloßen Rücken streichelte. Vielleicht waren es der kaum spürbare Luftzug auf seiner Haut und die Kühle ihrer Hände, die ihm eine Gänsehaut bescherten, vielleicht war es aber auch etwas anderes, über das er lieber erst gar nicht nachdenken wollte.

Amelie hatte all ihren Mut aufbringen müssen, um so etwas zu tun, aber sie hatte ihn schon viel zu oft nur in ihrer Phantasie berührt, um noch länger warten zu können.

Und was konnte schon geschehen? Zum einen hätte er sich empört abwenden können, aber damit rechnete sie nicht. Jedenfalls nicht, nachdem sie gesehen hatte, wie begehrlich seine Blicke über ihren Körper wanderten. Zum anderen hätte er sich dazu ermutigt fühlen können, brutal über sie herzufallen. Aber dagegen sprachen seine Augen, die zwar so dunkel waren wie eine mondlose Nacht, aber gleichzeitig so warm und freundlich wie ein glimmendes Holzkohlefeuer.

Unfähig, sich zu rühren, und mit geschlossenen Lidern hatte er für einen Augenblick aufgehört zu atmen. Sie fasste es als Ermutigung auf – was es sicherlich war – und tastete sich weiter vor bis zu seinen muskelbepackten Schultern. In kreisenden Bewegungen zog sie mit den Handflächen ihre Bahnen über seinen Rücken, wobei sie das Wams immer höher schob. Sie trat noch näher an ihn heran und fuhr unter seinen Armen hindurch, bis zu seiner Brust. Ihren Kopf legte sie seitlich an seinen Rücken, hörte sein Herz, wie es laut und kräftig schlug, während sie seinen leicht behaarten Brustkorb massierte. Seine Haut war warm und duftete angenehm würzig nach Mann, gepaart mit dem Geruch von Leder und dem Staub der Straße.

Ein betörender Duft, nicht scharf und abstoßend, wie sie es bei so manch anderem Kerl empfunden hatte. Nein – sie hätte ewig so dastehen und ihn einfach nur einatmen können.

Sie spürte, wie er erstarrte, als ihre Hände sich anschickten, in seinen Hosenbund einzudringen. Seine Finger zitterten, als er sie fast gewaltsam daran zu hindern versuchte.

Dabei umklammerte er ihre Handgelenke, und sie fühlte die Schwielen in seinen Handflächen, als er noch fester zudrückte und ihre Hände langsam, aber bestimmt wieder nach oben beförderte. Dann ließ er sie los, drehte sich um und schaute ihr tief in die Augen.

»Was soll das werden?«, fragte er mit seiner rauen Stimme, die einen unverwechselbaren Klang hatte, so als ob sie jemand mit Sand geschmirgelt hätte.

»Ich weiß es nicht«, antwortete sie ehrlich und lächelte verlegen, während ihr eine flammende Röte in die Wangen schoss.

Als er unvermittelt ihre Hände zwischen die seinen nahm und sie länger betrachtete, genoss sie dankbar die Wärme, die von ihm ausging.

»So klein und doch so kraftvoll.« Lächelnd betrachtete er ihre schlanken Finger. »Ihr könnt bestimmt gut mit Pferden umgehen.«

»Netter Vergleich«, erwiderte sie mit einem zweideutigen Lächeln.

Dass dieser Kerl nicht oft mit Frauen zu tun hatte, war unverkennbar. Immerhin war er sensibel genug, den Hauch von Ironie in ihrer Stimme zu bemerken.

»Habe ich etwas Falsches gesagt?«, fragte er mit einer leicht verunsicherten Miene, die sie zum Schmunzeln brachte.

»Nein«, beruhigte sie ihn. »Es ist nur … ein solches Kompliment wurde mir bisher noch nicht gemacht.«

Er zuckte entschuldigend mit den Schultern. »Es liegt mir fern, Euch beleidigen zu wollen«, schob er zweifelnd hinterher und schenkte ihr einen aufrichtigen Blick.

»Nein, nein …«, beeilte sie sich zu sagen und stockte, weil sein Blick so intensiv war.

Irgendetwas Undefinierbares lag zwischen ihnen und vermittelte ihr den Eindruck, dass seine geheimen Wünsche von den ihren gar nicht so weit entfernt waren. Jetzt nur nicht aufgeben, feuerte sie sich innerlich an und nahm sich vor, ihrem Bestreben, ihn zu verführen, mehr Nachdruck zu verleihen.

»Ich hoffe, Ihr habt nichts dagegen, wenn ich mir auch ein wenig Luft verschaffe«, sagte sie beiläufig.

Ohne seine Zustimmung abzuwarten, blieb sie vor ihm stehen und ließ ihre Hände hinter ihren Rücken gleiten, um die Schnürbänder des

Kleides zu lösen. Von ihm konnte sie hierbei keine Hilfe erwarten – er sah sie nur ungläubig an. Wie gebannt fiel sein Augenmerk auf ihre Brust. Er bemerkte, wie sie sich unter dieser Bewegung rücksichtslos anhob und genoss ohne Zweifel die darauf folgende tiefe Einsicht in ihr Dekolleté, als sich die Bänder lösten und sich das Kleid und der dazugehörige Ausschnitt in sündhafter Weise lockerten.

Kaum hörbar sog er den Atem ein, und mit Genugtuung bemerkte sie, wie er sich zwingen musste, den Blick abzuwenden.

Ungeachtet der Anspannung, die zwischen ihnen lag, fasste sie ihn bei der Hand und zog ihn in Richtung Heumiete.

»Kommt, wir setzen uns wieder, dann können wir reden. Was meint Ihr?«

Reden? Struan spürte, wie seine Verunsicherung zunahm. Verdammt, worüber sollte er mit ihr reden? Das Fabulieren gehörte nicht gerade zu seinen Stärken. Wann hatte er auch Gelegenheit dazu? Die Gespräche, die er gewöhnlich führte, beschränkten sich auf Fachsimpeleien unter Kameraden – über Kampftechniken, neue Waffen und die Schwächen der Feinde. Seltener debattierten sie mit den nicht kämpfenden Brüdern oder dem Ordenskaplan über Bibeltexte, darüber, was Jesus mit der einen oder anderen Metapher in seinen Predigten hatte aussagen wollen. An solchen Mutmaßungen beteiligte er sich nicht gerne. Meistens fiel ihm nichts dazu ein, und ihm fehlte die Brillanz in seinen Äußerungen, die so mancher Bruder vorweisen konnte.

Und ganz davon abgesehen fürchtete er, allein durch den Anblick des Mädchens ins Stottern zu geraten.

»Gut«, antwortete er mutig. Obwohl er immer noch nicht wusste, was an dieser Situation wirklich gut sein sollte und wo es hinführen würde.

»Wartet«, fügte er hinzu, als sie sich erneut auf den nicht gerade einladenden Untergrund setzen wollte. »Wenn wir uns schon unter diesen Bedingungen treffen müssen, dann sollten wir es uns wenigstens ein bisschen gemütlich machen.«

Mit einiger Verwunderung verfolgte Amelie, wie er seine kostbare Chlamys, jenen edlen Templermantel aus hellem, ungebleichtem Wollstoff, den er zuvor so sorgsam abgelegt hatte, entfaltete, auf links drehte und ihn als bequeme Unterlage über dem staubigen Heu ausbreitete. Dann vollführte er eine höfliche Verbeugung mit einer ausschweifenden Geste seiner Hand.

»Mademoiselle, darf ich bitten?«

Sie belohnte seine kleine Aufmerksamkeit mit einem hinreißenden Lächeln und zog demonstrativ ihre Stiefel aus, bevor sie sich mit bloßen Füßen auf den Mantel setzte.

Er entledigte sich ebenfalls seiner groben Stiefel, und bevor er sich erneut neben sie setzte, schaute sie amüsiert zu, wie er jeweils auf einem Bein balancierte, um sich von den groben Wollsocken zu befreien.

Amelie wusste von einer älteren Frau aus dem Dorf, die der Schneiderei in der Ordensniederlassung zuarbeitete, dass die Templer eine eigentümliche Kleiderordnung besaßen, die ihnen nicht viel Spielraum für eigene Wünsche ließ. Nachts mussten sie in Unterwäsche schlafen, egal wie warm es war, und Schnabelschuhe und anderer modischer Firlefanz waren ihnen verboten. Aber was waren schon Schnabelschuhe gegen den Habit eines echten Templers?

Mit dem Rücken lehnte er sich an die baufällige Holzwand und kreuzte auf Höhe der Fußgelenke seine ausgestreckten Beine. Sie betrachtete seine kräftigen Oberschenkel in der enganliegenden Hose aus Ziegenleder. Wo die Hosenbeine aufhörten, traten ein paar ziemlich große, wohlgeformte Füße zum Vorschein, die ihr ebenso gepflegt erschienen wie der ganze Mann. Behaglich streckte er sich halb sitzend neben ihr aus und spielte für einen Moment mit seinen Zehen, dabei verschränkte er lächelnd die Hände hinter seinem Nacken und schaute auf sie herab.

Sie legte sich auf die Seite und stützte sich auf ihrem Ellbogen ab, dann sah sie ihr unverhofftes Rendezvous bedeutungsvoll von unten herauf an.

Fast hatte sie ihr Ziel erreicht. Immerhin saß er neben ihr und vermittelte nicht den Eindruck, als ob er in Kürze die Flucht ergreifen wollte. Ihr fiel auf, wie sein Blick an ihren Rundungen entlangfuhr und wie er abermals an ihrem Ausschnitt haftenblieb.

Offenbar wusste er immer noch nicht, was er mit so viel Freizügigkeit anfangen sollte. So, wie sie dalag, hatte er einen direkten Ausblick auf ihre festen, elfenbeinfarbenen Brüste, und sie hatte sich so positioniert, dass er sogar den rosigen Vorhof ihrer Warzen erahnen konnte, die sich unter der leichten Kühle neckisch unter dem dünnen Stoff ihres Kleides abzeichneten.

Sie sah, wie er schluckte und sich schließlich zwang, ihr in die Augen zu schauen.

»Ihr seid eine mutige Frau.« Er zögerte einen Moment, bevor er weitersprach. »Ich meine ... dass Ihr Euch hier mit mir an diesem abgelegenen Ort verabredet habt.«

»Welcher Art von Mut bedarf es, sich mit Euch zu verabreden?«, fragte sie unschuldig. Dabei versuchte sie, möglichst gleichgültig zu klingen, obwohl es ihr schwerfiel. »War es nicht eher an Euch, eine erhebliche Portion Waghalsigkeit an den Tag zu legen, indem Ihr meiner Einladung gefolgt seid? Immerhin seid Ihr es, dem es bei Strafe verboten ist, sich heimlich mit einer Frau zu treffen.«

Das saß. Tief im Innern ärgerte Struan diese Antwort. Sie ahnte also, dass er weit mehr an ihr interessiert war, als er zugeben wollte, sonst wäre er das Risiko, entdeckt zu werden – mit allen möglichen Konsequenzen –, gar nicht erst eingegangen.

Dafür sollte sie büßen – wenn auch nur ein bisschen. Etwas Einschüchterung konnte nicht schaden, sie war in seinen Augen ohnehin zu kühn. Er neigte den Kopf zu ihr hinunter und sah sie mit Absicht an wie ein Fuchs, der sich darauf freut, in einen Hühnerstall einzufallen. Wobei es ihm nicht leichtfiel, sich ein Grinsen zu verkneifen.

»Habt Ihr gar keine Angst, dass ich Euch mit Gewalt nehmen könnte? So, wie Ihr daliegt, könnt Ihr einen Mann geradezu in den Wahnsinn treiben, und wer weiß, auf was für Ideen Ihr mich noch bringt? Ich bin viel stärker als Ihr und könnte mit Euch verfahren, wie es mir beliebt.«

Sie sah ihn ungerührt an und hob eine Braue. Nein, mein Lieber, dachte sie, vor dir hab ich keine Angst. Wenn du mich schänden wolltest, hättest du es längst getan. Schon allein aus Zeitgründen, damit du schneller fertig wärst und niemand deine Abwesenheit in der Komturei bemerken würde.

»Mir wurde bereits Gewalt angetan – lange bevor ich Euch kannte. Und ich vertraue auf meine Menschenkenntnis, dass Ihr nicht zu jener Sorte Männer gehört, zu der mein Peiniger zählte«, antwortete sie mit argloser Miene.

Schockiert nahm Struan die Arme herunter und starrte sie an. Welcher Bastard konnte es wagen, sich an einer solch lieblichen Frau zu vergreifen?

»Wenn Ihr mir erzählt, wer es war, werde ich ihn aufspießen wie ein gerupftes Hühnchen und ihn für Euch über dem offenen Feuer rösten.«

Aufgebracht zog er die Stirn in Falten.

»Er war eher ein Schwein, denn ein Hühnchen«, fügte sie beinahe amüsiert hinzu, »und ich glaube auch nicht, er hat es mit Absicht getan.

Sein Verhalten war wohl eher ein Zeichen von Dummheit und niederer Gier und weil er offenbar kein Gespür für die Empfindungen einer Frau hatte.«

Struan sah sie irritiert an. Er fühlte sich unwohl in seiner Haut, weil er nicht die leiseste Ahnung hatte, wie er ihre Antwort einschätzen sollte. Er hatte selbst keinerlei intime Erfahrungen mit Frauen. Bis zu seinem Eintritt in den Orden hatten ihn die Machenschaften seines Vaters davor abgeschreckt, sich mit einem Mädchen einzulassen. Sein alter Herr vertrat die Meinung, dass die Weiber, ganz gleich, ob Ehefrauen oder Mägde, grundsätzlich zu gehorchen hätten und auch gegen ihren Willen zu nehmen seien. Eine Einstellung, die Struan aus der Tiefe seiner Seele verabscheute. Nach seinem Eintritt in den Orden fühlte er sich dem Gelübde verpflichtet, und damit hatte sich die Frage, ob und wie er einer Frau beiwohnen sollte, auf immer erledigt. Das dachte er jedenfalls. Allein aufgrund seiner Unerfahrenheit hätte er wahrscheinlich nicht anders gehandelt als jener Mann, der Amelie so grob angegangen war.

»Wieso bezeichnet Ihr ihn dann als Schwein, wenn er es – wie Ihr sagt – nicht in böser Absicht getan hat?«

Amelie bemerkte seine Unsicherheit und wollte ihn lieber rasch von seinem Zweifel erlösen. »Ich sagte es, weil er aussah wie ein Schwein«, erklärte sie und grinste frech. »Kugelrund, rosafarbene Haut und rotes Stoppelhaar, dazu noch eine solche Nase.« Sie führte ihren Zeigefinger zu ihrer Nasenspitze und schob sie, so weit es ging, nach oben, wobei ihre letzten Worte einen nasalen Unterton aufwiesen.

Er musste lachen und entblößte dabei sein eindrucksvolles Gebiss, welches Amelie an ein Raubtier erinnerte und gut zu seiner kantigen Gesichtskontur passte.

Danach zog er ebenfalls seine Nase kraus, die ziemlich groß und leicht nach unten gebogen war wie der Rammskopf eines Pferdes – was seiner Attraktivität jedoch keinen Abbruch tat –, dabei machte er ein Geräusch wie ein grunzendes Ferkel.

Jetzt musste sie auch lachen.

Er hatte eine lebhafte Mimik. Wenn er grinste, zeigten sich zwei lustige Grübchen in seinen Wangen, und wenn er sich aufregte, zogen sich die dichten Augenbrauen zusammen wie zwei aufbrausende Sturmwolken.

Als das Lachen verebbte, schwiegen sie und blickten sich tief in die Augen.

»Es wäre mir eine Ehre, dich schützen zu dürfen«, erklärte er leise, »vor brutalen Kerlen und vor der groben Unbill dieser Welt.«

Amelie hielt für einen Moment den Atem an, weil sie dachte, er würde sie küssen, doch er tat es nicht. Trotzdem strahlte sie über das ganze Gesicht. Er hatte auf die förmliche Anrede verzichtet und mit der kurzen, aber eindrucksvollen Bestätigung seiner Ritterlichkeit all ihre Erwartungen erfüllt.

Sie straffte ihr Kleid und richtete sich auf.

»Ich habe uns etwas mitgebracht«, sagte sie, erhob sich und umrundete den flachen Heuhaufen, der ein so vortreffliches Lager darstellte. Ihr Begleiter sah ihr neugierig hinterher. Sie bückte sich und nahm eine kleine lederne Satteltasche auf, die an einer Futterkiste gelehnt stand. Als sie sich erneut neben ihm niederließ, zog sie die Tasche auf ihren Schoß und öffnete sie. Wie von Zauberhand erschien ein gutgefüllter Ziegenlederschlauch, frisches Brot und Hartwurst. Zuvor hatte sie geschickt ein Leinenhandtuch auf dem Mantel ausgebreitet, damit er nicht verschmutzte.

Wie selbstverständlich übergab sie ihm den Schlauch mit dem Wein.

»Hier, halte das einen Augenblick.« Aus den Tiefen der Tasche fischte sie zwei aufwendig gravierte Zinnbecher und stellte sie auf dem Boden neben dem Heuhaufen ab.

»Ich glaube, ich habe vergessen, ein Messer mitzunehmen«, sagte sie bedauernd, während sie die Tasche weiter durchstöberte.

»Wenn es an einem nicht fehlt«, antwortete er, »dann sind es Messer.«

Er gab ihr den Weinschlauch zurück und kroch auf allen vieren zum Rand des Lagers, von wo aus er nach seinem Waffenarsenal langte.

»Was brauchst du denn?«, fragte er mit einem kurzen Blick über seine Schulter. »Ich hätte da ein schottisches Breitschwert anzubieten, einen Hirschfänger, einen Kurzdolch und ein Schnitzmesser.«

»Eignet sich ein Breitschwert zum Hartwurstschneiden?«, fragte sie belustigt.

»Man kann damit mühelos einen menschlichen Kopf vom Rumpf abtrennen, warum sollte es sich nicht dazu eignen, eine Wurst in Stücke zu schneiden?«

Er hatte amüsant sein wollen. Aber als keine Antwort kam, drehte er sich vorsichtig um und sah ihre zweifelnde Miene und die Abscheu darin.

»Tut mir leid«, bemerkte er. »Ich wollte dich nicht erschrecken. Ich glaube, wir nehmen lieber das Schnitzmesser. Damit habe ich bis heute garantiert nur Äpfel zerteilt.« Er lächelte schief, in dem Bewusstsein, dass er gut daran tat, ihr nichts von zerteilten Heiden zu erzählen.

Sie nickte zögernd und lächelte ebenso unsicher, als er ihr das Messer mit dem Schaft zuerst entgegenstreckte. In freudiger Erwartung setzte er sich neben sie. Am Morgen hatte er vor Aufregung nichts herunterbringen können, jetzt hatte er Hunger wie ein Wolf, und bei dem Anblick des Mitgebrachten lief ihm das Wasser im Munde zusammen.

Sie schnitt Brot und Wurst auf und verteilte es auf dem Tuch. Dann wies sie ihn an, die Becher festzuhalten, damit sie den schweren, dunklen Rotwein einfüllen konnte.

»Er ist nicht gekühlt«, sagte sie entschuldigend. »Aber bei Rotwein ist das durchaus passend.«

Sie verschnürte den Schlauch mit einem Lederband und legte ihn auf den Boden neben sich. Dann nahm sie Struan einen der Becher ab und prostete ihm zu.

»Auf was sollen wir trinken?«, fragte sie auffordernd, von der Zuversicht beseelt, dass er sämtliche Hemmungen ihr gegenüber verlor, wenn er nur ausreichend Wein zu sich nahm.

Er zuckte kaum merklich mit den Schultern, und seine Lider verengten sich leicht.

»Vielleicht auf den Mut?«, sagte er leise. »Oder lieber auf die Entschlossenheit? Oder auf beides zusammen vereint in der Person einer schönen Frau?« Ein unergründliches Lächeln flog über sein Gesicht.

Sie senkte verlegen den Blick und reichte ihm, ohne ihn anzuschauen, ein Stück Wurst und eine Scheibe Brot.

Er nahm beides dankbar entgegen. Nachdem er abgebissen hatte, aß er still vor sich hin. Amelie hatte gar keinen Hunger, auch weil sie viel zu aufgeregt war, um etwas herunterzubringen. Es reichte ihr völlig, ihrem einzigartigen Gast beim Essen zuzusehen. Allein das Spiel seiner Kiefermuskulatur, nachdem er sich ein neues Stück Wurst in den Mund geschoben hatte und darauf herumkaute, ließ ihr Herz höherschlagen. Sie hätte ihn ohne weiteres fett füttern wollen, nur um diesen Anblick zu genießen.

»Hast du gar keinen Hunger?«, fragte er unsicher, nachdem ihm offenbar aufgefallen war, dass er ganz allein dafür verantwortlich war, dass Stück für Stück Brot und Wurst schwanden.

»Mir ist es zu warm«, sagte sie entschuldigend und nippte wie zur Bestätigung an ihrem Wein, »ich habe nur Durst. Du kannst gerne alles aufessen, ich freue mich, dass meine Idee, ein kleines Mahl zu arrangieren, so großen Anklang bei dir findet.«

»Ich glaube, ich bin ganz schön verfressen«, stellte er immer noch kauend mit einem spitzbübischen Grinsen fest. »Ich esse ziemlich viel und so ziemlich alles – jedenfalls behaupten das meine Kameraden.«

»Und ich mag keine Kerle, die nörgelnd in meinen Speisen herumstochern«, gestand sie leichthin, »da würden wir dann ja ganz gut zusammenpassen.«

Er sah ihr einen Moment zu lange in die Augen. »Der Mann, der dich einmal zur Frau bekommt, wird es gut antreffen.«

Darauf sagte sie nichts, aber es schnürte ihr noch mehr den Magen zu, wenn sie daran dachte, dass es wohl ihr Schicksal sein sollte, ihm niemals ihre Kochkünste offenbaren zu dürfen.

Nach dem Mahl räumte Amelie alles wieder in die Tasche. Nur die leeren Becher stellte sie neben dem übriggebliebenen Wein auf den Boden. Vielleicht wollten sie ja später noch etwas trinken.

Struan lehnte sich mit einem entspannten Seufzer zurück an die windschiefe Wand. Seine liebreizende Gefährtin setzte sich mit einem aufmunternden Lächeln neben ihn.

Schulter an Schulter saßen sie nebeneinander und schauten sich, warum auch immer, nicht an.

Er hatte sich mit seinen Händen im Heu abgestützt, und als ihre Hand wie zufällig über seine glitt, war es ihm, als wäre er von einem Engel berührt worden. Kaum spürbar streichelte sie mit ihrem Daumen über seinen wettergegerbten Handrücken. Er hatte diese Geste trotz der Leichtigkeit, die ihr anhaftete, bemerkt und war froh, dass sie sich auf eine harmlosere Form der Berührung zurückgezogen hatte.

Lächelnd sah er sie an.

»Du kannst mich Struan nennen, wenn du möchtest.«

Sie nickte. »Ich weiß«, sagte sie. »Mein Name ist Amelie.«

»Ich weiß«, bekannte er mit einem sanften Lächeln.

»Woher?« Sie war ehrlich erstaunt. Nie hatte sie ihre Briefe mit Namen unterschrieben, aus Vorsicht, falls sie jemand anderem in die Hände fielen. Und sie waren einander auch nie vorgestellt worden. Natürlich kannte auch sie längst seinen Namen. Sie wusste die Namen aller Tempelritter von Bar-sur-Aube.

Es waren ja nur achtzehn. Jedes Mädchen, das einen Bezug zur Komturei hatte, kannte sie – und nur sie. Die restlichen Kerle in der festungsartigen Templerniederlassung interessierten sie nicht. Es gab noch Sergeanten, die hatten zwar kein Gelübde abgelegt, aber sie verließen den Orden nach einiger Zeit wieder und waren nicht selten verheiratet. Und dann gab es noch die Knappen – aber die waren zu jung. Die nicht kämpfenden Brüder in der Verwaltung waren zu langweilig. Und Bauern und Handwerker konnte jede kennenlernen – das hatte keinen Reiz.

Unter Amelies Freundinnen kursierte sogar so etwas wie eine Favoritenliste der kämpfenden Brüder. Wer am besten aussah, wer die beste Figur zu Pferd machte und wer der kühnste Schwertkämpfer war. Wie oft war sie mit ihren Freundinnen am frühen Nachmittag, wenn die meiste Arbeit im Haus erledigt war, heimlich zu den Exerzierplätzen der Templer geschlichen. Dort hatten sie sich in einem benachbarten Wäldchen hinter Sträuchern versteckt und Wetten abgeschlossen, wer bei den Übungskämpfen am besten abschnitt oder wer das beste Ergebnis beim Armbrustschießen erzielte. Und Struan hatte immer die vorderen Ränge belegt. Für die unverheirateten Mädchen, die wie Amelie in der Nähe der Komturei wohnten, waren er und seine Kameraden unerreichbare Helden, von denen man wusste, dass sie regelmäßig für Gott den Allmächtigen und seinen Vertreter auf Erden ihr Leben aufs Spiel setzten und schon allein deshalb mit Frauen nichts im Sinn haben durften.

Umso erstaunter war sie, dass er sogar ihren Namen kannte.

»Du bist eine auffällige Erscheinung«, sagte er anerkennend. »Ich denke, es gibt keinen Bruder, der dich nicht bewundert, auch wenn er noch so standhaft die Regeln vertritt.«

»Und ich dachte immer, ihr Ritterbrüder interessiert euch nicht für Frauen«, sagte sie verwundert.

Er grinste verlegen. »Ich weiß nicht, ob man das so stehenlassen kann. Um in den Orden aufgenommen zu werden, müssen wir ein Keuschheitsgelübde ablegen, ja. Aber das bedeutet nicht, dass wir unser Augenlicht verlieren. Oder was denkst du … warum sitze ich hier?«

Was für ein unfassbares Kompliment! Um ihre plötzlich aufwallende Schüchternheit zu überwinden, besann sie sich darauf, dass sie neben ihrer Absicht, ihn zu verführen, ursprünglich schon zufrieden gewesen wäre, wenn sie ihn nur hätte ausfragen dürfen.

Da er ihr bereits eine ganze Weile im Kopf herumspukte, hatte sie viel Zeit gehabt, sich Fragen auszudenken, die seine Person und seine

Herkunft betrafen und natürlich vieles andere mehr, was sie auch noch brennend interessierte. Das Leben der Ritterbrüder fand innerhalb der Komturei meist im Verborgenen statt. Die übrigen Bewohner des Ordenshauses, an die hundert Menschen mit den verschiedensten Aufgaben und dem Orden nahestehende Handwerker und Kaufleute wie ihr Vater, hatten zwar Zugang zum Speisesaal und dem Handelskontor. Nicht aber zu den Mannschaftsräumen der Ordensritter und ihrem Skriptorium. Es schien beabsichtigt, wenn sich die Ritter, die den Eid auf Lebenszeit abgelegt hatten, von der gewöhnlichen Bevölkerung fernhielten. Sie feierten ihre eigenen Messen und hatten ihre geheimen Versammlungen, an denen kein Außenstehender teilnehmen durfte.

Mit einem Mal war sie sich der besonderen Ehre bewusst, die Struan ihr hatte zuteilwerden lassen, indem er sich mit ihr traf. Dabei kam ihr nicht in den Sinn, dass er nur die Gelegenheit für ein flüchtiges Abenteuer nutzen wollte.

»Wie alt bist du eigentlich?« Sie wählte absichtlich eine harmlose Frage zum Einstieg.

Dementsprechend kurz und phantasielos war die Antwort.

»Fünfundzwanzig.«

»Und wie lange gehörst du dem Orden an?«

»Sechs Jahre.«

»Aber du warst nicht immer in Bar-sur-Aube, oder?«

»Nein.«

Sie verzweifelte. Wenn er weiter so einsilbig blieb, konnte es nur peinlich werden. In kürzester Zeit würde sie sich vorkommen wie bei einem Verhör.

Seine Mundwinkel zuckten verräterisch, weil er sie mit seinen wenig aussagekräftigen Antworten absichtlich necken wollte. Aber sie ließ sich nichts anmerken und fuhr ungerührt fort.

»Und?«, fragte sie und sah ihn dabei an wie ein Kleinkind, das man zum Sprechen ermutigen will. »Wo warst du sonst noch stationiert?«

»Wenn du es genau wissen willst, ist es fraglich, ob wir so viel Zeit haben.«

»Ich denke, dafür reicht es«, entgegnete sie, erleichtert darüber, dass er durchaus bereit schien, mehr von sich preiszugeben.

»Also …« Er lächelte schelmisch. »Aufnahme in den Orden als Knappe in Balantrodoch, Schottland, im Jahre des Herrn 1298. Dann Weiterreise nach Franzien zur Aufnahme als Novize im Februar 1301 in Troyes. Anschließend Weiterreise zur Ausbildung nach Zypern. Weihe zum Ordensritter im März 1302 in Nikosia. Anschließend Verlegung zur Insel Antarados. Rückkehr nach Zypern im Herbst 1302. Wieder ein halbes Jahr Zypern und im Frühjahr Einschiffung nach Marseille und anschließende Weitereise nach Bar-sur-Aube. Ankunft im Sommer 1303. Zufrieden?«

Seine Brauen hoben sich fragend, und als sie nicht sofort antwortete, lächelte er unsicher.

Sie schwieg einen Moment, und dann schaute sie ihn durchdringend an.

»Du warst auf Antarados? Und du hast an der Schlacht teilgenommen?«

»Ja«, antwortete er verwundert. »Woher weißt du darüber?«

»Ich habe zugehört, als mein Vater vor ungefähr drei Jahren mit einem Ordensbruder in der Komturei darüber gesprochen hat. Aber damals hieß es, dass niemand vom Orden den Angriff der Mamelucken überlebt hat. Es ist mir in Erinnerung geblieben, weil die Ausführungen des Bruders so unglaublich grausam waren und er berichtete, dass fast neunhundert Männer im Kampf gegen die Heiden gefallen oder verschleppt worden sind. Für mich war das eine unvorstellbar große Zahl.«

Er sah sie ernst an. »Für mich auch«, sagte er knapp. »Aber es entspricht der Wahrheit. Bis auf die Tatsache, dass es keine Schlacht war, sondern eher ein Abschlachten und *ich* den Angriff entgegen allen Unkenrufen überlebt habe.«

»Du ganz allein?« Ein Schauer lief ihr über den Rücken, als sie sich vorstellte, wie er sich als Einziger von der Insel geschleppt haben sollte, aber vielleicht erzählte er ihr auch nur eine Lügengeschichte, um ihr zu imponieren. Doch sie bemerkte, wie sich sein Körper verkrampfte und sein Gesichtsausdruck schmerzliche Züge annahm. Augenblicklich schwanden ihre Zweifel.

»Nein.« Sein Blick wurde dunkel und unergründlich. »Wir waren nur noch eine Handvoll Männer, als wir zusammen mit einigen Bewohnern der Insel entkommen konnten. Ein Zufall wollte es, dass uns ein winziges Fischerboot zur Verfügung stand, das die Heiden in ihrem Triumphgeschrei wohl übersehen hatten. Auf der Überfahrt waren wir dem Verdursten nahe, und ein Bruder war schwer verwundet.«

Eine innere Stimme riet ihr, das Thema zu beenden, aber sie musste einfach wissen, was tatsächlich geschehen war. Vielleicht um die Gewissheit zu erlangen, er habe etwas an sich, das ihn auch zukünftig vor einem gewaltsamen Tod schützen konnte.

»Wie konnte es überhaupt dazu kommen?« Am Klang ihrer Stimme und dem entsetzten Ausdruck in ihren Augen konnte Struan erkennen, dass es nicht reine Neugier war, die sie zu so einer Frage bewegte, sondern echte Anteilnahme darin mitschwang.

»Im Nachhinein gibt es tausend Gründe, warum wir die Insel an die Heiden verloren haben«, antwortete er sachlich. »Doch darüber muss ich striktes Stillschweigen bewahren, weil es eindeutig Fehler in unserer Ordensführung waren, die es den Mamelucken leichtgemacht haben, uns einfach zu überrennen. In erster Linie kann man natürlich den Heiden die Schuld in die Schuhe schieben. Sie waren es schließlich, die in hinterhältiger Weise unsere Schwachstellen ausgenutzt haben.«

»Und außer euch wenigen sind wirklich alle ums Leben gekommen?« Ihr Blick war immer noch fassungslos.

»Nein«, antwortete er trostlos. »Ein großer Teil unserer braven Kameraden wurde in Ketten gelegt und ist in die ägyptische Sklaverei geraten. Ich habe noch immer ihre Schreie in meinen Ohren und höre, wie sie um Gnade winseln.«

»Na ja«, wandte sie vorsichtig ein, »immerhin haben die Mamelucken sie am Leben gelassen.« Struan warf ihr einen verächtlichen Blick zu, und sie bereute bereits, dass sie ein Urteil abgegeben hatte, über eine Angelegenheit, bei der sie überhaupt nicht mitreden konnte.

»Wenn du denkst, dass die Heiden Menschenfreunde sind, so muss ich dich leider enttäuschen. Ich war einem Spähtrupp zugeteilt, und zur Zeit des Angriffes befanden wir uns auf einem Erkundungsgang rund um die Insel. Im Nebel haben wir die Schiffe der Feinde gesehen, wie sie aus der morgendlichen Dämmerung auftauchten und die Insel umkreisten wie Haifische ihre Beute. Wir haben alles versucht, um sie abzuwehren, aber dann ist es ihnen doch gelungen, den Hafen zu erstürmen, und unser Kommandeur-Leutnant hat befohlen, die Festungstore zu schließen, noch bevor alle Templer dorthin zurückgelangen konnten.«

»Das heißt, man hat euch einfach ausgesperrt? Gab es keine Möglichkeit, trotzdem hineinzugelangen?«

»Es wäre Selbstmord gewesen, bis zu den Festungsmauern vorzudringen – überall wimmelte es von Heiden. Wir haben uns in einer unterirdischen Katakombe verschanzt, die den Heiden offenbar nicht bekannt war. In der Dämmerung sind wir heimlich auf die Dächer der umliegenden Häuser geklettert, weil wir wissen wollten, was während unserer Abwesenheit in der Ordensburg unternommen wurde, um die Heiden zu bekämpfen. Dort mussten wir erfahren, dass die Festung längst gefallen war, und mit unseren eigenen Augen sehen, was die ägyptischen Schweine mit unseren bedauernswerten syrischen Bogenschützen anstellten. Hundertfünfzig Männer christlichen Glaubens, die als Söldner zur Verteidigung der Insel vom Orden eingekauft worden waren. Die Mamelucken haben sie zum ›Dank‹ für ihre Abtrünnigkeit noch an Ort und Stelle zum Tode verurteilt.« Ihm versagte die Stimme, und sie streichelte tröstend über seine Hand.

»Du musst nicht weitererzählen, wenn es dir zu schwerfällt, ich habe genug gehört«, sagte sie leise und war nicht sicher, ob sie überhaupt wissen wollte, was anschließend geschehen war.

Als wäre ihm ihr Einwand entgangen, fuhr er fort: »Im Vorhof der Festung standen die Henker im Blut der Syrer und ließen im Rhythmus eines Herzschlages deren Köpfe rollen. Nie zuvor hatten meine Augen etwas Schrecklicheres gesehen. Meine Brüder und ich haben verzweifelt versucht wegzuschauen, aber wir waren nicht fähig dazu. Glaub mir – es war, als ob der Teufel persönlich unsere Blicke gefesselt hätte, um uns einen Einblick in die Hölle zu präsentieren.«

Er schluckte schwer, und ein leiser Seufzer entfuhr ihm.

Sie hatte seine Hand gesucht und auch gefunden. Er gestattete ihren Fingern, sich mit den seinen zu verschränken, und drückte sanft zu.

»Wie kam es, dass sie dich und die anderen nicht erwischt haben?«

Er lächelte freudlos und blickte nach oben zum Dach, wo man durch die fehlenden Schindeln den azurblauen Himmel sehen konnte.

»Ich habe gebetet … unentwegt. Ich bin überzeugt davon, ich habe es der Heiligen Jungfrau Maria zu verdanken, dass ich mit den anderen entkommen konnte und noch dazu unverwundet geblieben bin.«

Er atmete kraftvoll durch, und seine Miene änderte sich wie das Wetter im April, wenn nach einem Regenschauer plötzlich die Sonne hinter den Wolken hervorbricht.

Seine Zähne blitzten auf und seine Augen funkelten, als er sie strahlend anlächelte.

»Und nun zu dir.«

»Alles, was du wissen willst!« Sie lächelte selig. Sein augenscheinliches Interesse an ihr umhüllte sie wie ein warmer Sommerwind.

»Haben deine Eltern eine Ahnung davon, dass du dich mit einem geheimnisvollen und unberechenbaren Templer in einer alten, verlassenen Schäferhütte triffst?« Er grinste übermütig und sah sie auffordernd an. Sein Ton erinnerte sie an ihren Schulmeister, als er sie einmal dabei erwischt hatte, wie sie den Vormittag lieber mit einer Freundin auf einer blühenden Sommerwiese verbracht hatte, statt am Unterricht in der Dorfschule teilzunehmen.

Mit gespielter Entrüstung erwiderte sie seinen fragenden Blick. »Wo denkst du hin? Mein Vater würde jeden Burschen entmannen, der sich mir ohne seine Erlaubnis auch nur auf fünfzehn Fuß nähert.«

Seine Mundwinkel zuckten amüsiert. Augenscheinlich versuchte er, sich ihren Vater vorzustellen – einen grauhaarigen Kerl, klein und gedrungen, mit einem Bauch wie ein Weinfass –, wie er hinter einem unerwünschten Freier seiner Tochter herrannte, um diesen mit einer gezogenen Damaszener Klinge in einen Eunuchen zu verwandeln.

»Er macht auch vor Templern nicht halt!«, drohte sie lachend.

»Ich hoffe, er ist nicht schon auf dem Weg hierher!« Er hob seine Brauen und machte ein Gesicht, als ob er sich bereits fürchtete. Doch dann lachte er.

»Nein«, lenkte sie mit einem Schmunzeln ein. »Er ist weit genug weg. Auf einer Messe in Troyes – vor übermorgen kehrt er nicht zurück.«

»Und deine Mutter?«, gab er zu bedenken. »Interessiert es sie nicht, was ihre Tochter so treibt?«

»Sie ist tot«, entgegnete Amelie leise und senkte dabei den Kopf. Ihr Haar fiel wie ein dichter Vorhang über ihr Gesicht und versteckte jegliche Regung. Eine große Hand kam wie aus dem Nichts, hob ihr Kinn an und strich ihr vorsichtig eine Haarsträhne aus dem Gesicht. Mitfühlend schaute er ihr in die Augen.

»Das tut mir leid, das wusste ich nicht«, sagte er sanft.

»Sie ist gestorben, als ich noch ein kleines Kind war. Ich hab sie kaum gekannt.«

»Da haben wir etwas gemeinsam«, entgegnete er. »Meine Mutter ist auch früh gestorben, aber mein Vater hatte hernach noch unzählige andere Frauen.«

»Ich bin froh, dass mein Vater sich nie nach einem anderen Eheweib umgeschaut hat. Er meinte immer, meine Mutter sei durch niemanden zu ersetzen. Ich glaube, meine Eltern haben sich wirklich geliebt. Noch heute geht mein Vater jeden freien Moment zu ihrem Grab. An ihrem Geburtstag und an ihrem Todestag lässt er eine Messe für sie lesen, stellt eine Kerze auf und legt frische Blumen nieder.«

Sie schwiegen eine Weile.

»Struan?«

»Ja?«

Sie lehnte den Kopf vertrauensvoll an seine mächtige Schulter, weil ihr vom ständigen Hochschauen bereits der Nacken schmerzte. »Wie ist es dort, wo du herkommst?«

Die Frage kam überraschend. Was sollte er ihr antworten? Dass eine kleine verwöhnte Französin, wie sie es unzweifelhaft war, schreiend davonlaufen würde, wenn er sie mit den ärmlichen Zuständen in seiner Heimat konfrontierte? Obwohl sein Vater zu den angesehenen Adligen des Landes gehörte, war dessen Besitz kein Vergleich zu dem der bessergestellten Familien in Frankreich, wo es normal war, dass sogar die Häuser der gewöhnlichen Kaufleute mehrere Fenster und eine separate Latrine besaßen. Allein schon das Wetter in Schottland brachte die baulichen Mängel zutage. Kälte und Nässe drangen das ganze Jahr durch alle Ritzen und Fugen, und auf den Tisch kam selten etwas anderes als Haferbrei. Fisch und Wild gab es nur an Feiertagen. Falls es überhaupt ausreichend zu essen gab.

»Es ist anders dort«, sagte er vorsichtig.

»Was heißt anders? Ich kann mir überhaupt nicht vorstellen, wie es anderswo ist. Ich bin nur einmal in meinem Leben in Paris gewesen und ab und zu in Troyes. Ansonsten weiß ich gar nicht, wie es draußen in der Welt aussieht.«

»Na ja, niemand sollte seine Heimat schlechtreden, aber wenn du reisen möchtest, kann ich dir Schottland nicht unbedingt empfehlen. Es regnet dort oft, und unsere Sitten unterscheiden sich ein wenig von den euren. Dann schon eher Zypern, da ist es wenigstens warm.«

Sie hatte ihren Kopf immer noch an seiner Schulter gebettet, als sie fragend zu ihm aufschaute. »Wie kommt es, dass du so gut franzisch sprichst? Du hast fast gar keinen Akzent.«

Struan blickte zu ihr hinunter und blieb ihr die Antwort schuldig. Ihre Lippen waren nur einen Hauch von den seinen entfernt. Wie von einem Feuerschläger entzündet, sprang ein unsichtbarer Funke über. Sie schloss für einen Moment die Augen und streckte ihm zaghaft ihr Gesicht entgegen. Ihr verheißungsvoller Mund gab ein eindeutiges Zeichen. Sein Verstand sagte nein, aber sein Herz hatte längst entschieden.

»Küss mich, Struan«, flüsterte sie sanft, als er nicht sofort reagierte, und eigentlich hätte es dieser Ermutigung nicht mehr bedurft.

Er senkte seinen Lippen auf die ihren. Süß und heiß spürte er ihren sündigen Kuss. Mit ihrer freien Hand umfasste sie seinen Hinterkopf und nahm ihm damit die Möglichkeit, sich zurückzuziehen.

Struan ließ es zu, dass sich ihre Zunge mit der seinen zu einem köstlichen Reigen vereinte und eine tiefe, reine Empfindung in seinem Innern erzeugte. Das Gefühl unbändiger Lust, das darauf folgte, durchzuckte ihn wild wie ein Blitzschlag, und dessen Auswirkung bekam er unvermittelt zwischen den Lenden zu spüren. Er schnappte nach Luft, als er merkte, dass es in seiner Reithose unangenehm eng wurde.

Sie drehte sich vollends zu ihm hin, legte ihre Arme um seinen Hals und zog ihn mit sich nach unten auf seinen Mantel. Einem Impuls folgend, dass er ganz allein die Verantwortung trug für das, was gerade geschah, zog er sich hastig zurück.

»Nein, Amelie«, keuchte er atemlos. »Wir dürfen das nicht tun, hörst du?«

Er richtete sich halb auf und stützte sich auf seinen Händen ab. Sie fuhr ebenfalls hoch und setzte sich auf die Fersen. Die Enttäuschung über sein abweisendes Verhalten stand ihr ins Gesicht geschrieben.

»Struan«, versuchte sie ihn zu beschwichtigen, »es ist doch nur ein Kuss. Was ist schon dabei?« Sie sah ihn an wie ein kleines Mädchen, dem man das Spielzeug weggenommen hatte. »Magst du mich nicht?«, fragte sie geradeheraus. »Findest du mich nicht aufregend genug?«

Er ließ seufzend den Kopf auf die Brust sinken und blickte sie dann von unten herauf mit einem hilflosen Lächeln an.

»Dich nicht aufregend finden? Wie kannst du so etwas Törichtes auch nur denken? Ich finde dich so aufregend, dass mein Herz zu zerspringen droht, wenn ich in deiner Nähe bleibe. Ich muss dich nur ansehen und verliere meinen Verstand.«

»Und warum willst du mich dann nicht küssen?«, fragte sie irritiert und gestikulierte dabei wild mit ihren kleinen Händen. »Das kann doch niemand begreifen!«

»Weil ich Angst habe, verstehst du das nicht? Ich habe Angst, mein Herz zu verlieren, und das kann ich mir als Tempelritter beim besten Willen nicht leisten.« Er kam sich reichlich unbeholfen vor. In einem Schwertkampf kannte er keine Furcht und wusste immer, wie man blitzschnell die Verteidigung organisierte. Aber das hier war ein unsichtbarer Feind, gegen den er keine Strategie im Hinterkopf hatte und vor dem er nicht nur deshalb auf der Hut sein musste.

»Warum bist du dann überhaupt hergekommen?« Voller Verzweiflung sah sie ihn an. »Du hättest doch gleich sagen können, dass dir nichts daran liegt, dich mit mir zu treffen.« Ihre Stimme war lauter geworden, und ihre Augen füllten sich mit Tränen, die sie wegzublinzeln versuchte, während ihre Hände nervös den Stoff ihres Gewandes kneteten.

Er rückte näher und setzte sich neben sie. Mit einer Hand fasste er ihr Kinn und hob ihren Kopf an. Als Amelie ihn mit traurigen Augen anblickte, konnte er sich nicht zurückhalten. Sein Beschützerinstinkt meldete sich wieder, und somit hatten die Truppen auf Seiten der Unvernunft weitere Verstärkung bekommen.

Es ist doch nur ein Kuss, hallte es in ihm wider, und was ist denn schon dabei?

Seine Lippen berührten zaghaft ihren schmollenden Mund, und er kostete das Salz ihrer Tränen. Zunächst hielt sie sich trotzig zurück und erwiderte seine Liebkosungen nicht, aber je mehr er sich um sie bemühte, umso mehr Mut schöpfte sie, dass er es ernst mit ihr meinte. Schließlich umarmte sie ihn, und er zog sie mit Kraft zu sich heran, um sie weiter zu küssen. Gemeinsam sanken sie auf den Mantel, und sie begann, ihn von neuem zu streicheln. Doch diesmal zurückhaltender, vielleicht weil sie ihn nicht noch einmal verschrecken wollte. Er beschäftigte sich lieber mit ihren weitaus weniger gefährlichen Körperstellen, indem er darauf achtete, nur ihr Haar oder ihre Arme zu berühren.

Nach einer Weile fasste sie offenbar einen Entschluss und drehte sich auf den Rücken. Sanft nahm sie seine Hand und führte sie zu ihrer Brust.

»Du darfst mich gerne ein bisschen streicheln, wenn du möchtest.«

Er zögerte, gab aber schließlich nach. Behutsam drückte er ihre festen Rundungen. Durch den Stoff spürte er ihre aufgerichteten Brustwarzen.

»Struan«, flüsterte sie.

»Ja?« Seine Stimme war nur noch ein heiseres Krächzen.

»Zieh mir das Kleid aus!«

»Nein, Amelie, das kann ich nicht«, murmelte er mit Verzweiflung im Blick.

»Warum denn nicht?«, fragte sie neckend. »Hast du noch nie eine nackte Frau gesehen?«

»Natürlich habe ich schon nackte Frauen gesehen, aber keine wie dich.«

»Woher willst du wissen, ob du noch keine wie mich gesehen hast? Du hast mich ja noch nicht einmal richtig angeschaut.«

»Amelie«, flehte er, »wenn du dich ausziehst, bin ich verloren.«

»Komm«, raunte sie ihm mit geschlossenen Augen zu, »Adam und Eva waren auch nackt, als Gott sie schuf. Ich weiß nicht, wovor du Angst hast, es muss gar nichts Schlimmes geschehen. Wir liegen nur hier und liebkosen uns, das wollen wir doch beide.«

Adam und Eva haben sich mit dem Teufel eingelassen, lag ihm auf der Zunge, und sind dafür aus dem Paradies vertrieben worden. Doch er sprach es nicht aus.

Ohne Rücksicht auf sein Gemüt raffte sie Zug um Zug ihr Kleid in die Höhe, und ehe er sich versah, hatte sie es sich über den Kopf gestreift und präsentierte ihm unverhüllt ihre weiblichen Reize.

Staunend ließ er seinen Blick über ihren Körper gleiten, und eine Ahnung beschlich ihn, wie Adam sich im Paradies gefühlt haben musste.

»Du darfst getrost alles anfassen«, erlaubte sie ihm mit einer verführerischen Stimme, die genauso gut direkt aus der Hölle hätte stammen können.

Ihm schwante, warum der ordenseigene Kaplan die Meinung vertrat, dass die Frauen ein gefährliches Siechtum waren, weshalb man sich möglichst von ihnen fernhalten sollte. Ihn hatte dieses Siechtum soeben befallen, und da würde ihm auch der alte Templerveteran nicht mehr helfen können.

Sie fasste ihn bei den Armen und zerrte ihn halb über sich, offenbar um seine Bedenken zu zerstreuen. Wie gelähmt ließ er sie walten. Mit einer Hand zog sie seinen Kopf zu sich heran, um ihn mit bebenden Lippen zu küssen, und mit der anderen leitete sie seine zitternde Hand zu ihrem Venushügel. Ohnmächtig berührten seine Finger die zarten blonden Locken zwischen ihren Schenkeln. Währenddessen küsste sie ihn unentwegt. Dabei hielt er die Augen geschlossen und konnte nur ahnen, in welche Abgründe sie ihn noch führen würde, wenn er weiterhin keinen Widerstand leistete.

Seine Hände wanderten wie von selbst zu ihren Brüsten, und sie stöhnte leise, als er mit seinen Fingerspitzen ihre aufrecht stehenden Warzen umkreiste. Dabei fühlte er sich wie ein Wolf, der kurz davor war, ein Lamm zu reißen, um es anschließend mit Haut und Haaren zu verspeisen. Ein Pulsieren durchzog seine Lenden, und sein Glied richtete sich auf. Groß und straff wie ein Armbrustbolzen unter einer gespannten Bogensehne, jeden Moment zum Abschuss bereit. Er kannte dieses Gefühl. Es hatte sich schon oft in der Nacht oder in den frühen Morgenstunden im Schlaf eingestellt und dazu geführt, dass er am nächsten Tag seine Unterwäsche auswaschen musste. Meist erwachte er davon, peinlich berührt, in der Hoffnung, dass niemand von den Brüdern sein Stöhnen gehört hatte.

Zumeist leistete er in der darauffolgenden Frühmesse demütig Abbitte und hoffte darauf, dass ihm weitere Attacken der Lust erspart blieben, doch bisher hatte ihn niemand erhört.

Kapitel XI

Amelie setzte sich auf und sah ihn erwartungsvoll an. Sein Haar war verschwitzt und stand ab wie bei einem Igel. Sein verstörter Blick sprach für sich.

»Jetzt bist du dran«, sagte sie und als er nichts erwiderte: »Lass mich nur machen.«

Er wehrte sich nicht, während sie sich abmühte, ihm das Unterwams auszuziehen. Im Gegenteil – wie bei einer Marionette an einem Faden hoben sich seine Arme und erlaubten ihr, ihm das wattierte Hemd über den Kopf zu streifen. Flüchtig warf sie es hinter sich, ohne Rücksicht darauf, wo es landete. Dann drückte sie ihn zurück auf das improvisierte Lager, das sich mehr und mehr in ein Liebesnest verwandelte. Ermutigt von seinem fehlenden Widerstand bedeckte sie seine Brust mit unzähligen Küssen, wobei sie hier und da ihre Zunge spielen ließ. Einer Kapitulation gleich hatte er die Arme von sich gestreckt und ließ ihre Liebkosungen wie einen unbezwingbaren Sturm über sich hinwegfegen.

Zärtlich biss sie ihm in die Schulter und zog ihre Zunge anschließend zielstrebig an seinem Hals entlang, bis zu seinem Ohr, das sie federleicht mit ihren Lippen liebkoste.

Mit einem leisen »Ah ...« stöhnte er auf.

Von seiner Zustimmung ermutigt, richtete sie sich auf und begann, die Schnüre seiner Lederhose zu öffnen. Er hob für einen Moment den Kopf und sah sie entsetzt an, aber sein leiser Protest verhallte ungehört, und sie schob seine kraftlosen Hände zur Seite, die seinen halbherzigen Widerstand nur zaghaft zum Ausdruck brachten. Das Haar fiel ihr wild ins Gesicht, und sie warf es mit einer entschlossenen Handbewegung zurück, als sie sich zu ihm hinabbeugte und ihm die Reithose samt wollener Unterwäsche unter seiner unerwarteten Mithilfe mit Schwung hinunterzog.

Das Ergebnis war beeindruckend. Erstaunt hielt sie inne und starrte auf seine geballte Männlichkeit, die hart wie Eichenholz und zielstrebig wie eine aufgerichtete Lanze offenbar mehr als bereit war, ihre Mission zu erfüllen.

Ihr Besitzer dagegen war anscheinend noch immer nicht ganz sicher, ob seine gesegnete Ausstattung überhaupt zum Zug kommen sollte.

Aus einem Augenwinkel heraus sah Struan, wie sich Amelie einer Schlange gleich an ihn herandrängte und sich, nackt, wie sie war, langsam auf seine Hüften sinken ließ, bis ihr zartes Geschlecht sein hartes Glied berührte. Ungeniert bückte sie sich zu ihm herab und fuhr ihm mit ihren Brüsten, die so prall waren wie reife Weinpfirsiche, über Mund und Nase.

»Heilige Jungfrau, steh mir bei, was tust du da?«, flüsterte er vollkommen entrückt. »Ich dachte, wir wollten uns nur küssen!«

Sie lächelte geheimnisvoll. »Das dachte ich auch, aber ... ich hab's mir anders überlegt.«

»Amelie, bitte lass ab von mir ... ich kann das nicht ... wenn uns jemand erwischt ... denk doch bitte ...!« Nachdem er hatte feststellen müssen, dass sie nicht mit sich verhandeln ließ, packte er sie bei den Oberarmen und versuchte, sie von sich wegzuschieben. Doch sie gelangte mit ihrem Schoß nur tiefer nach unten zu seinen Lenden hin. In seiner Not umklammerte er ihren Oberkörper und rollte sich mit ihr so lange herum, bis er sie unter sich hatte.

Amelie stöhnte laut auf. Die Kraft seiner Bewegung lockte ihre kühnsten Phantasien hervor. Als er sich auf seine Ellbogen stützte, um sie nicht zu erdrücken, nutzte sie die Gelegenheit, sich aus seinem Griff zu befreien und ihm erneut die Arme um den Nacken zu schlingen. Dabei spreizte sie ihre Schenkel, so weit wie nur möglich, und schmiegte ihren Körper gleichzeitig gekonnt an den seinen, bis die Spitze seines prallen Glieds direkt an der Pforte zur Glückseligkeit landete. Wild entschlossen ignorierte sie seine Verzagtheit und schob sich ihm rücksichtslos entgegen, wohl wissend, was sie von ihm erwartete.

»Nein!«, stieß er schwer atmend hervor, nur noch einen Herzschlag von jener Entscheidung entfernt, die seine schlimmsten Befürchtungen bestätigte und zugleich seine geheimsten Wünsche erfüllte.

»Amelie, du weißt nicht, was du tust!«

»Doch«, hauchte sie unnachgiebig. »Komm zu mir, Struan«, bettelte sie.

»Jetzt!«

Sein Ohr war dicht neben ihrem Mund, und ihr bebender Atem jagte ihm einen Schauer nach dem anderen über den Rücken. Ihre Hände hatten sich in seinen kurzen schwarzen Haaren vergraben und rissen seinen Kopf brutal herum. Er spürte, wie sich ihr Mund an seinem Hals festsaugte, ungeachtet der Tatsache, dass sie für einen Moment den Blutfluss in seiner pulsierenden Halsschlagader unterbrach. Als ihm schwarz vor Augen wurde, entzog er ihr nach Luft ringend den Kopf und stützte sich auf seine Hände. Die Zeit, die er benötigte, um den Schwindel zu vertreiben, nutzte sie, um nach unten zu greifen. Unerschrocken packte sie zu, um seinem immer noch aufragenden Geschlecht den einzig richtigen Weg zur Erlösung aufzuzeigen. Fast widerstandslos glitt er auf einer engen, feuchtheißen Bahn in ihr Inneres und spürte neben der erstaunlichen Kontraktion ihres Fleisches ein unbeschreibliches Gefühl der Befriedigung.

»Amelie, was …?« Sein Atem kam nur noch stoßweise; er war nicht mehr in der Lage zu sprechen, geschweige denn, sich zu wehren.

»Sch …«, machte sie und legte ihm ihren Zeigefinger auf die Lippen. Dann kam sie ihm in so aufreizender Weise entgegen, dass er ohne Anstrengung noch tiefer in ihren sündigen Abgrund eintauchen konnte.

Wie einstudiert wusste sein Körper, was zu tun war, und wie die Flamme einer Kerze, die im Sturm verlischt, verschwand das letzte Fünkchen Erinnerung an Vernunft, guten Vorsatz und ein bis ans Lebensende bindendes Gelübde.

Seine Augen waren halb geöffnet, und er hatte sein Gesicht in himmlischer Verzückung zur Decke gestreckt, während seine Hüften, von seinem unkontrollierten Stöhnen begleitet, immer wieder vor und zurück stießen. Der Schweiß rann ihm in kleinen Rinnsalen aus den dichten Haaren und suchte sich seinen Weg, am Ohr entlang bis hin zu dem am Morgen noch sorgfältig gestutzten Bart. Von dort aus tropfte er auf ihre ebenfalls von Schweiß bedeckte Brust. Ein animalisch anmutendes

Grollen entfuhr ihm, als er spürte, wie Amelie immer enger wurde und ihr Inneres sich noch fester um ihn schmiegte und jäh zu zucken begann. Anscheinend völlig von Sinnen schloss sie ihre Schenkel um seine Hüften wie eine eiserne Klammer, krallte ihre Nägel in seinen Rücken, und ihre Körper vollführten einen animalischen Tanz, für den es keinen Einhalt mehr gab. »Amelie …!«, sein Flehen war vollkommen zwecklos. Er war so hart, dass es für ihn einer Erlösung gleichkam, als alle Anspannung von ihm wich und er sich heftig bockend in ihr entlud. Dabei war ihm, als ob sich tief in seiner Seele eine Schleuse geöffnet hätte und all die Gefühle von seelischer und körperlicher Entsagung, die er in den letzten Jahren tief in sich vergraben hatte, mit einem Mal aus ihm hinauskatapultiert wurden.

Atemlos sank er über Amelie zusammen und bedeckte ihr Gesicht mit flüchtigen Küssen. Als er kurz darauf wieder klar denken konnte, fühlte er die Ernüchterung, wie ein Betrunkener, dessen Kopf man in Eiswasser getaucht hatte, damit er wieder zu sich kam. Ein ersticktes Geräusch, direkt unter ihm, brachte ihn endgültig in die Wirklichkeit zurück.

Amelie, die immer noch unter ihm lag, rang hörbar nach Luft.

Er drohte sie mit seiner Masse zu ersticken. Doch als er sich von ihr wegrollen wollte, hielt sie ihn mit erstaunlicher Kraft fest.

Offenbar hatte sie gegen einen Freitod unter seinem Gewicht nichts einzuwenden. Und bei Gott, sie hatte sein volles Verständnis, weil es ihm kaum anders erging.

Mit der ungeahnten Härte eines Schwertes, das auf die Klinge des Gegners prallt und sie zerbricht, meldete sich sein Gewissen zurück. Behutsam versuchte er, Amelies Hände von seinem Rücken zu lösen. Als sie von ihm abließ, trennten sich ihre schweißnassen Körper mit einem schmatzenden Geräusch. Die plötzliche Kälte ließ ihn erzittern und erinnerte ihn an die Sünde, die er soeben begangen hatte. Ermattet und mit geschlossenen Augen legte er sich auf den Rücken und musste dabei feststellen, dass sein Mantel, den er unter sich vermutet hatte, offensichtlich verrutscht war. Unbarmherzig stachen ihm die Strohhalme in den Rücken und erinnerten ihn gnadenlos daran, zur falschen Zeit, am falschen Ort mit der falschen Person zusammen zu sein. Er wagte es nicht, Amelie auch nur anzusehen. Sie musste irgendwo links neben ihm liegen, und am liebsten hätte er sich unsichtbar gemacht.

Als sie sich regte, spürte er unvermittelt, wie sie ihre weichen Lippen auf die seinen drückte. Nun war es an der Zeit, der Wahrheit ins Auge zu blicken – so erbarmungslos sie auch sein mochte.

Herr im Himmel, vergib mir meine Sünden, dachte er reuevoll, und zugleich schwoll sein Herz in tückischer Liebe zu dieser Frau. Wie sollte er ihr je wieder unter die Augen treten? Und was, lieber Gott, würde sie sagen, wenn er es doch tat, sich aber in heiliger Pflicht dazu entschied, sie nie wiederzusehen? Das hier durfte sich keinesfalls wiederholen, entschied sein Verstand. Er hatte versagt, er war ein Mönchsritter und nicht nur sich selbst gegenüber, sondern in erster Linie dem Orden verpflichtet. Aber nicht nur das, auch dem Mädchen gegenüber hatte er es an jeglicher Verantwortung mangeln lassen. Was wäre, wenn er sie soeben in seiner unbändigen Lust geschwängert hatte? Heilige Jungfrau, ich bitte dich, steh mir bei, betete er in Gedanken, und dann verbesserte er sich: Steh uns bei, dass diese Sünde für uns ohne Folgen bleibt.

»Was ist?«, fragte sie mit schüchterner Stimme. »War es nicht … schön?« Eine entzückende Unsicherheit schwang in dieser Frage mit, die ihm das Herz erneut aufgehen ließ und ihn ermutigte, Amelie, entgegen seiner vorherigen Absicht, liebevoll in die Augen zu blicken.

»Doch«, sagte er zögernd und lächelte schwach. »Es war schön … sogar sehr schön.«

»Bereust du es?« Sie hatte sich auf ihrem rechten Arm abgestützt und saß halb aufrecht neben ihm. Mit der Linken streichelte sie über seinen flachen Bauch und folgte mit den Fingern spielerisch einer geraden Linie von dunklen Härchen, die von seinem Nabel bis zum Beginn seiner Scham führten. Von dort aus wanderten ihre Finger zärtlich weiter hinab zu seinem in sich zusammengeschrumpften Glied und bis hin zu seinem entspannten Hoden, den sie gedankenverloren umkreiste. Eine schlichte Berührung, die ihn erneut erschauern ließ.

Am liebsten hätte er ihre Hand genommen und entschieden beiseitegeschoben, aber in dieser Disziplin hatte er heute schon mehrfach versagt, also kam es auf ein weiteres Mal auch nicht an.

Er seufzte tief, wobei sich sein Brustkorb unübersehbar hob und senkte, dann verschränkte er seine Arme hinter dem Kopf und warf ihr einen schwermütigen Blick zu.

»Amelie, was soll ich nur mit dir anstellen? Verrat es mir!«

»Mich lieben?« Es war mehr eine Frage denn eine Aufforderung, was ihm nicht entging.

»Und wie stellst du dir das vor?« Er nahm all seinen Mut zusammen, um dem Ausdruck der Hoffnung, der ihr ins Gesicht geschrieben stand, zu widerstehen, in der Gewissheit, dass seine Antwort nur eine Enttäuschung für sie bedeuten konnte.

Ihre Hand verließ die gefährliche Zone und kehrte zu seinem Kopf zurück. Dafür rückten ihre vollen Brüste seinem Gesicht näher, als es ihm lieb sein konnte. Er schloss erneut die Lider, und in seiner Phantasie erfasste sein Mund lustvoll eine der hervorstehenden Brustwarzen und gab sich wie ein glückseliges Neugeborenes genüsslich dem Saugen hin. Unwillkürlich zog er seinen Kopf zurück und zwang sich, ihr in die Augen zu schauen. Sie kraulte sein verschwitztes Haar voll spürbarer Zuneigung, was die Angelegenheit für ihn nicht eben leichter machte.

»Wir treffen uns ab und an«, entgegnete Amelie ohne Nachdruck, »und haben ein paar schöne Stunden miteinander – mehr nicht.« Sie wollte vermeiden, dass sie zu fordernd klang, deshalb bemühte sie sich, ihre Ansprüche an ihn so niedrig wie möglich zu halten. Beifällig zuckte sie mit den Schultern und schenkte ihm ein möglichst unkompliziert wirkendes Lächeln.

»Und was hat das mit Liebe zu tun?« Seine Frage hatte einen provozierenden Unterton. Amelie war überrascht. Sie hatte nicht damit gerechnet, dass er ihre Absichten hinterfragte, wo er doch selbst nicht in der Lage war, bestimmte Absichten zu hegen, abgesehen von körperlicher Befriedigung.

»Was willst du hören?«, fragte sie und bediente sich damit seiner eigenen Angewohnheit, eine Frage mit einer Gegenfrage zu beantworten.

»Ich weiß es nicht«, murmelte er. »Vergiss die Frage. Es tut mir leid. Ich kann dir ohnehin nichts bieten … kein Geld, kein Zuhause und erst recht keine Ehe. Also nichts, wofür es sich für eine Frau lohnen würde, ihre Ehre aufs Spiel zu setzen … und wenn du meine Meinung dazu hören willst: Ich halte es für besser, wenn wir uns nicht mehr sehen.« Er sprach mit leiser Stimme und war sich durchaus darüber im Klaren, dass seine Überzeugung eher dem Gegenteil entsprach.

Ihr Gesicht durchfuhr ein schmerzliches Zucken, und er hätte sich ohrfeigen können, ihr keine bessere Lösung anzubieten. Diese Frau hatte ihm vor wenigen Augenblicken das schönste Erlebnis seines kargen Lebens beschert, und er hatte nicht mehr darauf zu erwidern, als dass er sie nicht mehr wiedersehen wollte.

Sie entzog ihm ihre Hand, setzte sich neben ihn und umschlang mit den Armen ihre angewinkelten Beine. Sie fror und war gleichzeitig zu erstarrt, um sich anzukleiden. Er setzte sich gleichfalls auf, rückte ein Stück an sie heran und griff hinter ihrem Rücken nach einem freien Zipfel seines Mantels, der ihnen noch vor wenigen Augenblicken als Lager gedient hatte. Mit einer fürsorglichen Geste legte er ihn um ihre schmalen Schultern, damit er sie wärmte.

Sie erwiderte seinen mitfühlenden Blick und lächelte freudlos.

»Das war's dann wohl, Struan MacDhoughail nan t-eilan Ileach«, flüsterte sie mit resignierter Stimme.

Obwohl er sich ihr gegenüber wie ein elender Verräter fühlte, war er mehr als überrascht, dass sie seinen vollen Namen sogar in der gälischen Version aussprechen konnte, war er sich doch sicher, ihn nicht in dieser Form erwähnt zu haben.

»Was habe ich auch erwartet?«, wisperte sie und ließ den Kopf hängen. »Ich hätte wissen müssen, dass die ganze Geschichte, wenn überhaupt, nur eine einmalige Angelegenheit sein würde. Und wenn ich ehrlich bin, hab ich die Heilige Jungfrau auch nur um ein einziges Mal gebeten und nicht um ein dauerhaftes Zusammensein. Vielleicht war das ein Fehler?« Sie schaute auf, und ihr trauriges Lächeln traf auf sein zutiefst verblüfftes Gesicht.

»Du hast darum gebetet, mit mir zusammen sein zu können?«, fragte er ungläubig. Dass er es ebenso gemacht hatte, würde er hier nicht zum Besten geben, wobei er es nicht von der Hand weisen konnte. Etwas interessierte ihn noch.

»Warum?«, fragte er leise, jedoch eindeutig genug, dass sie es genauso gut von den Lippen ablesen konnte.

Tränen traten in ihre Augen. »Weil ich dich liebe, Struan, mehr, als ich es je zu glauben vermocht hätte. Ich habe dich schon hundertmal gesehen und in meinen Träumen noch viel öfter berührt. Aber seit heute bin ich mir sicher … weil ich dich liebe.« Verlegen wandte sie ihr Gesicht ab.

Für einen Moment stockte Struan der Atem. Wenn sie ihm den Boden unter den Füßen hatte wegziehen wollen, so war ihr das gelungen. Mit allem hatte er gerechnet, nur nicht mit einem solchen Bekenntnis. Und obwohl er sich verzweifelt dagegen wehrte, öffneten ihre Worte sein Herz, mehr, als er es je zu glauben vermocht hätte.

Er hob seine Hand und fasste Amelie beim Kinn. Trotz ihres leichten Widerstandes zwang er sie, ihn anzusehen. Sein Blick war unendlich zärtlich, und der darauffolgende Kuss unterstrich seine Gefühle in eindrucksvoller Weise. Sie ließ es zu, dass er ihre Barriere aufhob, indem er ihre Arme von den Knien löste und sie zu sich heranzog. Er umarmte sie kraftvoll, und sie sanken zurück auf den zerknitterten Mantel.

Seine Küsse waren alles andere als fordernd, und sie genoss ihre Wirkung mit geschlossenen Augen.

»Verzeih mir«, flüsterte er rau. »Ich habe … glaube ich … noch nie von Liebe gesprochen, erst recht nicht gegenüber einer Frau, deshalb fällt es mir schwer, etwas Passendes zu erwidern. Dabei lässt du mein Herz höherschlagen, seit ich dich das erste Mal gesehen habe. Und zwar so laut, dass ich fürchte, die anderen Brüder könnten es hören. Wenn ich nachts an dich denke, summt es in meinem Bauch wie in einem Bienenstock. Ich vergesse zu atmen, wenn ich dich auch nur aus der Ferne sehe, geschweige denn deine Stimme höre. Wenn das Liebe ist … ja … könnte gut sein, dass ich dich ebenso … liebe.« Er lächelte unsicher.

Auf Amelies Gesicht zeigte sich ein Leuchten, und ihre Augen strahlten, obwohl sie wieder zu weinen begonnen hatte.

Sie zog seinen Kopf zu sich heran und küsste ihn erneut, dabei flüsterte sie etwas, das er beim besten Willen nicht verstehen konnte, aber das machte nichts. Sein Herz bestätigte ihm, das Richtige gesagt zu haben.

Mit einem Mal war es still um sie herum, so als ob jemand die Zeit angehalten hätte und es nur noch sie beide gab.

Ein plötzliches Wiehern von Struans Great Horse holte sie in die Wirklichkeit zurück. Erschrocken fuhren sie auseinander. Struan rappelte sich hoch und erhob sich mit einer flinken Bewegung. Zuerst spähte er durch die halbverschlossene Luke. Als er dort nichts ausmachen konnte, ging er zur Tür und öffnete sie einen Spalt. Vom Waldrand herkommend sah er eine herannahende Staubwolke. Reiter, sechs an der Zahl, die sich rasch auf der Straße von Thors näherten.

»Amelie, zieh dich an!«, befahl er atemlos und zerstörte damit jede weitere Illusion auf traute Zweisamkeit in nur einem Augenblick. Rasch hob sie ihr zerknittertes Kleid vom Boden auf und schlüpfte hinein. Struan beeilte sich ebenfalls, seiner Kleider habhaft zu werden, wobei er mehr Mühe und Sorgfalt aufbringen musste als seine Gefährtin. Während sie die Schnürung ihres Kleides vervollständigte, begab er sich an sein Kettenhemd. Sie half ihm geschickt, die Lederbänder einzufädeln und festzuziehen. Hastig hob er seinen Mantel auf und musste feststellen, dass er ziemlich derangiert aussah. Er schüttelte ihn kräftig aus und entfernte auf diese Weise eine Vielzahl von abgebrochenen und zerquetschten Strohhalmen, bevor er es wagen durfte, zu seiner Unterkunft zurückzukehren.

Die Geräusche wurden immer deutlicher, und Struan riskierte einen weiteren Blick über die Felder. Amelie stand dicht hinter ihm. Sie hatte sich in ihren Umhang gehüllt und hielt die Hände vor lauter Aufregung dicht vor ihre Brust gepresst. Bei den sechs Reitern, die in sicherem Abstand die Hütte passierten, handelte es sich um Soldaten der Krone. Man erkannte es an ihren blauen Umhängen mit den gelben Lilien darauf und den blau-gelben Schildern.

»Königliche Söldner!«, zischte Struan verbissen. »Das hat uns gerade noch gefehlt.« Inständig hoffte er, dass sein Hengst und Amelies Stute nicht wieder wiehern würden. Von der Straße waren die Tiere nicht zu sehen, und wenn sie sich nicht rührten, würden die ungebetenen Störenfriede vielleicht, ohne sie zu bemerken, vorbeireiten. Struan begann erst wieder zu atmen, als sie außer Reichweite waren. Amelie erging es nicht anders. Als er sich von der Tür abwandte und sich zu ihr umdrehte, sank sie erleichtert in seine Arme. Er küsste sie selbstvergessen auf den Scheitel und seufzte.

»Willst du das?«, fragte er mit erstickter Stimme.

»Was?« Sie schaute fragend zu ihm auf.

»Immer in Angst und Unsicherheit leben, dass man uns entdecken könnte«, antwortete er resigniert.

»Wenn das der Preis ist, den ich zahlen muss, damit ich mit dir zusammen sein kann ... ja, dann will ich es.« Es war unverkennbar, dass sie keinen Widerspruch duldete. Er musste schmunzeln, als er ihren entschlossenen Blick bemerkte und den trotzigen Zug, der ihre Mundwinkel umspielte.

»Was amüsiert Euch so, junger Herr?«, fragte sie aufgebracht und versah ihn mit dem schrägen Blick einer angriffslustigen Katze. Er grinste noch eine Spur unverschämter über ihre augenscheinliche Kratzbürstigkeit, die ebenso zu ihrem Charakter zu gehören schien wie ihre ungezügelte Leidenschaft. Eine Kombination, die seine Gefühle für sie nur noch mehr entfachte, so als ob man Öl in ein Feuer gegossen hätte.

Sie ballte die Hände zu Fäusten und trommelte mit gespieltem Zorn auf seine Brust ein. Was ihm weniger ausmachte als ihr selbst. Er ließ sie los und stoppte ihren halbherzigen Angriff, indem er nach ihren Handgelenken griff. Eisern hielt er sie fest. Sosehr sie sich auch mühte, ihm ihre Arme zu entreißen, es gelang ihr nicht, und je mehr er grinste, umso mehr geriet sie in Rage. Mit aller Kraft stemmte sie sich gegen ihn. Mit einem Mal ließ er sie los, und sie wäre nach hinten gefallen, wenn er sie nicht blitzschnell mit einem Griff um die Taille aufgefangen hätte. Er zog sie in seine Arme, dann küsste er sie leidenschaftlich, wogegen sie sich nicht zur Wehr setzte. Seine Knie wurden weich, und erneut wurde er von einem starken Verlangen erfüllt. Aber diesmal siegte sein Verstand. Vorsichtig löste er sich von ihr.

»Wir können uns frühestens in drei Wochen wiedersehen«, sagte er mit ruhiger Stimme. »Hier, um die gleiche Zeit, wenn du willst.«

»In drei Wochen?« Amelie ließ den Kopf sinken und schaute mit enttäuschter Miene zu Boden. Dann straffte sie sich und blickte ihn mit ihren sehnsuchtsvollen Rehaugen flehend an. »Warum geht es nicht eher?«

»Es tut mir leid«, murmelte er. »Ich würde dich auch gerne schon früher wiedersehen, aber es ist nicht möglich. Ab Sonntag werden meine Kameraden und ich den Geleitzug des Heiligen Vaters von Paris nach Poitiers begleiten. Aber danach kehren wir sogleich wieder zurück.«

Er hoffte inständig, dass sie Verständnis für seine Verpflichtungen aufbrachte. Ohnehin würden harte Zeiten auf ihn zukommen, wenn er sein Versprechen, sich regelmäßig mit ihr zu treffen, halten wollte.

Er musste den Orden und seine Brüder belügen und sich dabei vor falschen Hunden wie Guy de Gislingham verdammt in Acht nehmen.

Aber war es nicht immer so, wenn der Teufel einem den Himmel versprach, dass er einen dafür durch die Hölle schickte – und einem als Passierschein die Seele abverlangte?

Sie nickte, und als sie zu ihm aufschaute, war ihr Blick sanft und verheißungsvoll. »Mit dem Papst kann ich wohl kaum konkurrieren. Ich glaube, ich habe für einen Moment vergessen, dass du zur Elite der Miliz Christi gehörst. Es tut mir leid, dass ich so ungeduldig war. Selbstverständlich werde ich mich ganz nach dir richten – und natürlich nach meinem Vater«, sagte sie grinsend. »Der nicht weniger fordernd sein kann als der Papst. Wenn er nicht im Haus ist, kann ich mich leichter davonstehlen. Aber er ist oft unterwegs, also sollte das die geringste Hürde sein.«

Amelie stellte sich auf Zehenspitzen, um Struan zu küssen, und er kam ihr entgegen, sonst hätte sie allenfalls sein Kinn getroffen. Ein Abschiedskuss, warm und aus der Tiefe ihrer Herzen. Nur zögernd lösten sie sich voneinander.

»Wir müssen in dieselbe Richtung«, sagte er rau. »Es ist besser, wenn du voranreitest. Dann kann ich deine Heimkehr sichern, für den Fall, dass die Soldaten zurückkommen oder dir sonstiges Gesindel den Weg verstellt. Ich folge dir, sobald du hinter der Kuppe verschwunden bist. Versprochen.«

»Bedeutet das, ich habe ab heute meinen persönlichen Schutzengel?«, fragte sie und lächelte amüsiert.

»Nenn es, wie du willst«, befand Struan ernst, »aber wenn ich schon dafür verantwortlich bin, dass wir uns hier draußen treffen, dann habe ich auch für deine sichere Rückkehr zu sorgen.« Seine entschlossene Miene ließ nicht den geringsten Zweifel, dass er es auch so meinte.

»Danke«, sagte sie und umarmte ihn ein letztes Mal. »Ab heute bin ich die bestbeschützte Frau von Bar-sur-Aube. Gegen dich – er möge es mir verzeihen – ist der heilige Georg der reinste Mickerling.«

Sie musterte ihn auffällig vom Scheitel bis zur Sohle, und Struan fühlte sich unter ihrem anerkennenden Blick ehrlich geschmeichelt.

»Sankt Georg ist der Schutzpatron der Templer«, entgegnete er halb im Scherz. »Verärgere ihn bloß nicht, indem du mich über ihn stellst. Wie du siehst, bin ich ja nicht immer erreichbar und somit übergebe ich dich in meiner Abwesenheit gerne in seine Hände.« Er grinste ausgelassen und küsste sie ein letztes Mal auf die Wange, bevor er sie entschlossen zur Tür hinausschob.

Von dort aus beobachtete er, wie sie mit ihrer Stute den kleinen Feldweg entlang auf die Hauptstraße zuritt und dann nach links hinunter zur Aube abbog. Aufrecht wie eine Königin saß sie auf ihrem Pferd und schaute sich nicht einmal nach ihm um, damit niemand, der zufällig entlang des Weges kam, Verdacht schöpfen konnte.

»Heilige Jungfrau«, murmelte Struan und bekreuzigte sich. »Ich bin verloren … lieber Gott, was soll ich nur tun?«

Als Amelie aus seinem Sichtfeld verschwunden war, warf er noch einmal einen Blick in die Umgebung, um sicherzustellen, dass ihn niemand beobachtete. Dann begab er sich zu seinem Hengst, der bereits ungeduldig schnaubte. Vielleicht war er auch enttäuscht, weil man ihn seiner angenehmen Gesellschaft beraubt hatte.

Zärtlich rieb er die Nüstern des Tieres, als er den Zügel vom Gatter nahm.

»Jetzt sind wir wieder allein«, flüsterte er.

Das kluge Tier wieherte leise und stieß mit seiner Nase an Struans

Schulter, als ob er verstanden hätte, was er ihm sagen wollte. Mit dem beruhigenden Gefühl, sich wenigstens einem anvertrauen zu können, und wenn es auch nur sein Pferd war, kehrte er in seine andere Welt zurück.

Hier endet *»Das Geheimnis des Templers«* und damit die Geschehnisse um die Jugend und Ausbildung Geros und seiner Gefährten.

»Moment mal …«, werden Sie sagen.

»Was ist mit der mysteriösen Tasche, die Lizzy kurz vor ihrem Tod erwähnte? Und was sind die Hintergründe von Wardas Prophezeiung?«, fragen Sie zu Recht.

All jenen, die diesen Fragen auf den Grund gehen wollen und die Abenteuer von Gero und seinen Templerbrüdern weiter verfolgen möchten, sei versichert, dass die Handlung an dieser Stelle nicht endet, sondern im bereits erschienenen Roman *»Das Rätsel der Templer«* ihre Fortsetzung findet.

Personenregister

Familie:

Gero (Gerard) von Breydenbach – (geb. 25. März 1280 im Hessischen) zweitgeborener Sohn des Richard von Breydenbach

Elisabeth/Lissy von Breydenbach (Hannah) – (geb. um 1284 in Akko/Heiliges Land) Geros nichtleibliche Schwester, von den Eltern an Kindesstatt angenommen

Jutta von Breydenbach – (geb. 1260) Edelfreie und Geros Mutter

Richard von Breydenbach, – (geb. 1256) Edelfreier und Herr der Breidenburg, Geros Vater

Gräfin Margaretha von Lichtenberg zu Waldenstein – (geb. 1259) Schwester von Jutta von Breydenbach, Geros Tante

Roland von Briey – (geb. 1264) Geros Ausbilder, Burgvogt auf Waldenstein und Liebhaber von Geros Tante

Graf Gerhard von Lichtenberg zu Waldenstein (namentlich genannt) – Geros Onkel, Schwager der Mutter, Kampfgefährte seines Vaters, im Jahr 1291 in Akko gefallen

Eberhard von Breydenbach – (geb. 1276) Geros vier Jahre älterer Bruder

Wilhelm von Eltz (namentlich genannt) – Geros Patenonkel

Personal auf der Breidenburg:

Gertrudis – medizinkundige Magd/Hebamme

Bruder Rezzo – Mönch im Kloster Hemmenrode (Himmerod), Hauskaplan auf der Breidenburg

Rudolf – Offizier bei Richard von Breydenbachs Truppen

Personal auf Burg Waldenstein:

Bruder Antonius – Hauskaplan auf Burg Waldenstein

Albrecht – Koch auf Burg Waldenstein

Ines – Kräutermagd/Hebamme auf Waldenstein
Louis – Söldner aus Metz
Mathilde – Schneiderin auf Waldenstein
Petronia – Magd

Templer (alphabetisch geordnet):
Ambrosio de Vincente – (geb. 1278) Lombardischer Templer
Angelo Alberti – (geb. 1265) Galeerenkommandant der Templer
Arnaud de Mirepaux – (geb. 1281) Templer und Geros Kamerad aus dem Languedoc
Brian of Locton – (geb. 1281) irischer Templer und Geros Kamerad
Bruder Claudius – (geb. 1275) Templerbruder der Verwaltung in Bar-sur-Aube
Bruder Martin – Templer aus Trier
Bruder Raimundus – Templer aus Trier
Eudes de Vendac – (geb. 1279) Templerkamerad aus Franzien
Fabius von Schorenfels – (geb. 1279) Geros Templerkamerad aus der Grafschaft Luxemburg
Francesco de Salazar – (geb. 1284) spanischer Templer, Geros Kamerad in Bar-sur-Aube
Guillaume Bocelli – (geb. 1278) Lombardischer Templer
Guy de Gislingham – englischer Templer in Bar-sur-Aube, Geros und Struans Widersacher
Henri d'Arches – Galeeren-Kommandant der Templer auf Antarados
Henri d'Our – (geb. 1250) Templerkomtur der Templerkomturei (Commanderie) von Bar-sur-Aube
Jerome Le Puy - (geb. 1260) Templerkommandant auf der »Rose von Aragon«
Johan van Elk – (geb. 1290) flandrischer Templer, Geros Kamerad in Bar-sur-Aube
Matthäus von Bruch/Mattes – (geb. 1295) Henri d'Ours Neffe und Geros Knappe
Nicolas de Cappellano – (geb. 1280) Genuesischer Templer und Kamerad

Odo de Saint-Jacques – (geb. 1266) Kommandeur-Leutnant der Templer und Ausbilder in Zypern

Philippe de Pons, kurz Pepé – (geb. 1281) Templerkamerad aus der Bretagne

Robert ›Rob‹ Le Blanc – (geb. 1270) Kommandeur-Leutnant der Templer in Zypern

Roderic de Turiac – (geb. 1282) Templer und Geros Kamerad aus Rennes

Struan MacDhoughail nan t-eilan Ileach – (geb. 1282) schottischer Templer, Geros enger Freund und Kamerad

Thomas Quintini – (geb. 1273) Lombardischer Templer

Yve de Charenne – (geb. 1275) Templer, stellvertretender Kommandeur-Leutnant in Nikosia

***Historisch belegte Templer (alphabetisch geordnet):**

Aymo d'Oiselay* – (geb. ca. 1260) stellvertretender Ordensmarschall der Templer auf Zypern

Baudoino de Ardan* – Templer in Zypern, 1301 zuständig für die Aufnahme von Novizen in der Ordensburg von Nikosia

Bartholomäus de Chinsi* – (geb. ca. 1260) Ordensmarschall der Templer

Hugo d'Empures* – (geb. ca. 1268) Kommandeur-Leutnant der Templer in Zypern und Antarados

Jacques de Molay* – (1292–1314) Großmeister der Templer

Roger de Flor* (namentlich genannt) – 1291 Templerkommandant auf der »Faucon«

Raoul de Gisy* – 1301 Kommandeur/Ausbilder der Templer in der Ordensburg von Troyes

Zypern/Antarados:

Warda/Maria – (geb. um 1270) zypriotische Hure in der »Taverne der Engel«, Tochter und ehemalige Geliebte eines Templers und Wäscherin auf Antarados

Tante Afra – Wardas alte Tante

Hadad – Wardas/Marias Ehemann

Anouar – Alte Frau auf Antarados
Osman – Anouars Sohn
Durar – Anouars Nichte
David – Geros Ritterpferd auf Zypern und Antarados
Mafalda – Hurenwirtin in der Taverne der Engel auf Zypern
Rosalie – Hure in der Taverne der Engel
Ullrich – Hospitaliter aus Mainz auf Zypern
Zeus und Hera – zwei irische Wolfshunde im Dienst des Ordens

Bar-sur-Aube:

Amelie Bratac – (geb. 1289) Kaufmannstochter in Bar-sur-Aube

Alphonse Bratac – (geb. 1259) Amelies Vater, Wein- und Geschirrhändler in Bar-sur-Aube

Justine – (geb. 1288) Amelies Freundin

Atlas – Geros Pferd in Bar-sur-Aube

Historisch belegte Herrscher:

Heinrich II.* (namentlich genannt) – (geb. 1271, † 1324 in Strovolos, Zypern) König von Zypern und zugleich letzter König von Jerusalem

Aimery von Lusignan* (namentlich genannt) – Bruder Heinrichs II. (geb. um 1272, † 5. Juni 1310 in Nikosia) war Titularfürst von Tyrus, Konstabler/Heerführer von Jerusalem sowie Konstabler/Heerführer von Zypern

Historisch belegte Geistliche:

Papst Bonifatius VIII.* (namentlich genannt) – Papst von 1294 bis 1303.

Bohemond von Warnesberg * – Um 1300 Erzbischof und Kurfürst von Trier

Papst Clemens V.* – (1305–1314) (namentlich genannt)

Philipp IV.*, genannt »Der Schöne«, (1268 – † 1314), war von 1286 bis 1314 König von Frankreich

Glossar

Akko - Küstenstadt im damaligen Heiligen Land und heutigen Israel, wurde 1291 als eine der letzten Bastionen der Christen von einfallenden Mamelucken erobert

Anderthalbhänder – Hiebwaffe mit entsprechendem Griff und etwas längerer Klinge gegenüber dem Einhandschwert

Antarados – auch Ruad oder Aruad oder Arwād genannt, ehemalige Inselfestung der Templer, zwei Kilometer vor der Küste Syriens, wurde Ende September 1302 von den Mamelucken erobert, woraufhin ca. 900 Mitglieder des Ordens zum Teil getötet oder in die Sklaverei verschleppt wurden

Beaucéant – schwarzweißes Kriegsbanner des Templerordens mit rotem Tatzenkreuz darauf

Bruche – mittelalterliche Herrenunterhose

Burgvogt – Verwalter einer Burg- oder Festungsanlage

Claidheamh mòr – gesprochen »Claymor« – schottisches Langschwert

Chlamys – weißer Templerumhang/Mantel mit rotem Croix pattée auf linker Schulter

Cotte – mittelalterliches Unterkleid

Croix pattée – Ordenskreuz der Templer

Elle – ca. 50 cm

Famagusta – Hafenstadt auf Zypern

Fuß – ca. 30 cm

Gestade – Ufer/Strand

Knappe – junger Mann in der Ritterausbildung, Gehilfe des Ritters

Kreuzzüge – im engeren Sinne strategisch, religiös und wirtschaftlich motivierte Kriege der Völker des christlichen Abendlands gegen die muslimischen Staaten im Nahen Osten zwischen 1095/99 und dem Beginn des 14. Jahrhunderts

Leibeigene – Menschen im Mittelalter in der Verfügungsgewalt ihres jeweiligen Herrn, dem sie unentgeltlich zur Treue und zu Diensten verpflichtet waren

Lehen – Besitz, dessen Eigentümer (Lehnsherr) unter der Bedingung gegenseitiger Treue in den erblichen Besitz des Berechtigten übergibt

Limassol – Hafenstadt in Zypern

Mamelucken – (übersetzt »im Besitz befindlich«) waren Militärsklaven, die bereits im 900 n. Chr. als Kinder in den Besitz ägyptischer oder indischer Herrscher gerieten. Meist waren sie türkischer oder kaukasischer Herkunft und wurden zu Soldaten ausgebildet. Im Jahre 1249 ergriff ein General der Mamelucken die Macht über Ägypten und begründete den ägyptischen Mamelucken-Staat. Als Feinde der christlichen Kreuzritter trugen sie maßgeblich zu deren Vertreibung aus dem Heiligen Land bei.

Mittelalterliche Meile – 12 Kilometer oder eine Stunde Ritt

Nikosia (auch Lefkosía oder Lefkoşa) – Stadt in Zypern und Hauptsitz der Templer zu Beginn des 14. Jahrhunderts

Outremer – Bezeichnung aus dem altfranzösischen *outre mer*, *oltre mer'* »jenseits des Meeres«, für die Kreuzfahrerstaaten Mittelasiens und das sogenannte »Heilige Land« auf dem Gebiet des heutigen Israels

Saum(en) – ca. 150 Liter

Schlafschwamm – Frühe arabische Schriften erwähnen Anästhesie durch Inhalation. Diese Idee war Grundlage des Schlafschwamms und wurde im späten 12./13 Jahrhundert in Europa eingeführt. Bei dieser Betäubungsmethode wurde ein Schwamm in eine Lösung aus Opium, Alraune, geflecktem Schierling und anderen Substanzen getränkt und anschließend getrocknet und gelagert. Vor der Operation wurde er angefeuchtet und dem Patienten unter die Nase gehalten, um ihn zu betäuben.

Surkot – mittelalterliche Ärmeltunika, die von Männern und Frauen getragen wurde.

Templerorden – einer der drei großen christlichen Ritterorden im Mittelalter, auch **Miliz Christi** genannt oder »*arme* Ritterschaft Christi vom Salomonischen Tempel«

Turkopolen – christlich-syrische Bogenschützen im Auftrag des Templerordens

Worstedwolle – besonders gut verarbeitetes Material, aus dem die weißen Templermäntel/Umhänge – auch Chlamys genannt – gearbeitet waren

Zelter – Reitpferd, das wegen seiner speziellen Gangart auch für längere Strecken geeignet war

Zentner – 50 Kilogramm

Anmerkung der Autorin

Sämtliche Personen dieses Romans sind frei erfunden.

Ähnlichkeiten mit lebenden oder verstorbenen Personen sind rein zufällig.

Leseprobe aus:

Martina André

Die Rückkehr der Templer

Roman

Broschur
764 Seiten
ISBN 978-3-7466-2951-3

Der Kelch von Askalon

Juni 2005 – Frankreich – Champagne – Lac d'Orient

Beinahe lautlos schnellten die drei Schlauchbote der amerikanischen Streitkräfte in der hereinbrechenden Dämmerung über den spiegelglatten Lac d'Orient.

Den Badestrand und die Hafenanlage für Segelboote hatten sie längst hinter sich gelassen, als sie wie Nachtreiher auf Beutezug in das menschenleere Vogelschutzreservat vorstießen. Kühle Nebelschwaden waberten über der Wasseroberfläche, die Luft war durchzogen mit dem Geruch von Fisch und Moder. Nach Einbruch der Dunkelheit hallten nur noch die Schreie der Käuzchen über die glatte Oberfläche des Sees. Vereinzelte Bäume, die an den unmöglichsten Stellen aus dem Wasser ragten, ließen erahnen, dass an diesem Ort – weit vor der Überflutung im Jahre 1966 – ein von Teichen und Tümpeln durchsetztes Waldgebiet existiert hatte.

Den wenigsten Touristen war bekannt, dass diese Gegend im Mittelalter unter dem Namen »Forêt d'Orient« dem Orden der Templer gehört und als todbringendes Versteck deren Schätze bewahrt hatte. Und als ob eine unsichtbare Magie diesen Ort belegte, war es auch in der Gegenwart nicht erlaubt, in diesem Abschnitt zu schwimmen, zu fischen, und erst recht nicht, die ungestörte Natur mit einem Motorboot zu entweihen.

Es sei denn, man besaß – wie die Spezialtaucher des US-Marines-Corps, die sich nun mit einem Team von wissenschaftlichen Mitarbeitern der National Security Agency, kurz NSA, einer bestimmten Stelle des Sees näherten – eine Ausnahmegenehmigung der allerhöchsten Regierungskreise.

Die Top-Secret-Angelegenheit war als routinemäßige Nato-Übung eingestuft worden, mit dem Makel, dass man noch nicht einmal die Franzosen selbst in die genauen Abläufe der Operation »Seeungeheuer« eingeweiht hatte, geschweige denn andere Nationen hinzugezogen hätte. Offiziell hieß es, man suche nach einem verschollenen Flugzeugwrack, einem amerikanischen Kampfflieger, der im Zweiten Weltkrieg in dieser Gegend von den Deutschen abgeschossen worden war. Und nun habe man einen Hinweis auf den möglichen Verbleib der Leiche des Piloten bekommen. Als Hintergrund musste irgendeine heroische Geschichte herhalten – mit dem Tenor: Amerika bringt seine Soldaten nach Hause, ganz gleich, wie lange sie in welchem Teil der Erde vor sich hin gemodert hatten.

Der Oberbefehlshaber der französischen Streitkräfte, der im Verteidigungsministerium in Paris für die Genehmigung dieser nach außen hin unspektakulären Aktion gegengezeichnet hatte, handelte auf Geheiß seines zuständigen Ministers – und wie in französischen Hierarchien üblich hatte er dessen Befehl nicht hinterfragt.

Die Entscheidung seines Chefs, den Amerikanern in dieser Sache entgegenzukommen, war anlässlich einer Abendeinladung des amerikanischen Präsidenten gefallen, der zu einem kleinen, aber feinen Dinner in der amerikanischen Botschaft in Paris geladen hatte. Ein bekannter französischer Sternekoch hatte die wichtigsten Vertreter des Landes mit ausgesuchten Köstlichkeiten verwöhnt und mit einem 1982er Château Mouton Rothschild 1er Grand Cru Classé Bordeaux, à 1200 Euro die Flasche, dafür gesorgt, dass eine gedeihliche Gesprächsatmosphäre keine lästigen Fragen aufkommen ließ.

In den Tagen danach hatten Schlauchboote mit technischen Spezialisten an Bord – als Ornithologen getarnt – und entsprechendem elektronischem Gerät den Untergrund des relativ flachen Sees vermessen und tatsächlich einen Hohlraum in etwa vier Meter Tiefe, dicht unter dem Schlick ausmachen können. Dessen seitliche Öffnung – ein uraltes Steinportal – schien noch intakt zu sein, und das Sonar ortete mehrere metallische Gegenstände, die jeder Unwissende ohne Argwohn als Kriegsschrott oder Hausmüll der fünfziger Jahre identifiziert hätte.

Unbemerkt hatte man Hebewerkzeug und Absauggerät unter die Wasseroberfläche transportieren lassen und bei ersten Bohrungen tatsächlich ein Labyrinth entdeckt, dessen unterirdische Gänge sich noch ein ganzes Stück unter dem See fortsetzten.

»Dort unten müsste es sein«, bemerkte ein hochbetagter Mann, als die Motoren plötzlich stoppten. Professor Moshe Hertzberg, weltweit anerkannter Historiker und Leiter dieser Untersuchung, trug einen Trenchcoat und einen breitkrempigen Hut, den er die ganze Zeit wegen des Fahrtwindes hatte festhalten müssen. Er saß im hinteren Teil des Bootes und vermittelte den Eindruck, als habe man ihn gegen seinen Willen aus einem Altersheim entführt. Bei näherer Betrachtung jedoch wirkten seine Bewegungen und die Art, wie er sich äußerte, verblüffend jugendlich und agil. Mit der freien Hand hielt er seinem beleibten Nachbarn einen Laptop unter die Nase. Der hochdekorierte Endfünfziger im eng anliegenden Militäroverall, dessen Namensschild ihn als »General Alexander Lafour« auswies, wirkte unbeeindruckt.

»Glauben Sie wirklich, Professor«, wandte der General mit Blick auf die detaillierte Karte des Gebietes um das Jahr 1307 ein, »von all dem Tand ist noch etwas übrig geblieben?«

»Die gesamte Gegend befand sich bis zu jenem verhängnisvollen 13. Oktober 1307 im streng gehüteten Besitz des Templerordens. Nur jemand, der zum inneren Kreis des Ordens gehörte, war in der Lage, in diese Wildnis einzudringen.« Hertzbergs Stimme verriet die unterdrückte Verzückung, die er bei dem Gedanken empfand, zumindest gedanklich in die damalige Geschichte zurückreisen zu dürfen. »Habe ich recht?« Wie um sich zu vergewissern, dass er nichts Falsches sagte, durchdrang sein immer noch geschärfter Blick die Dämmerung und suchte im Lichtkegel einer LED-Leuchte die Zustimmung jener beiden Männer, die es ganz genau wissen mussten.

So unglaublich es klang: Seine beiden verwegen aussehenden Begleiter, die lässig auf dem Bootsrand saßen, waren selbst dabei gewesen, als der Wald im beginnenden 14. Jahrhundert mit seinem undurchdringlichen Dickicht und den gefährlichen Sümpfen jedem Normalsterblichen eine solch höllische Angst eingejagt hatte, dass niemand im Traum daran gedacht hätte, ihn ohne ortskundigen Führer zu durchqueren. Seinerzeit war es nur versierten Fährtensuchern der Templer möglich gewesen, jene trittsicheren Pfade zwischen den todbringenden Sümpfen zu finden.

Einer von ihnen, Gero von Breydenbach, ehemaliger Ordensritter der Templer und Teilnehmer jenes Geleitzuges, der vor knapp siebenhundert Jahren an dieser Stelle den gesamten Besitz der umliegenden Templerkomtureien verborgen hatte, bereitete sich unter Anleitung eines der anwesenden US Marines auf den Tauchgang vor. Niemand sah dem blonden, achtundzwanzigjährigen Hünen mit den auffallend hellblauen Augen an, dass er vor mehr als siebenhundert Jahren im Turmzimmer einer deutschen Lehensburg das Licht der Welt erblickt hatte. Die Geschichte, wie es dazu gekommen war, dass er sich nun – im Juli des Jahres 2005 – gegen seinen Willen in einen hypermodernen Taucheranzug zwängen musste, hätte mühelos jede andere Schlagzeile in der New York Times hinwegfegen können. Doch die Fakten, die dahintersteckten, klangen erstens zu verrückt, um sie einem größeren Publikum als Wahrheit verkaufen zu können, und zweitens zählten sie zu den größten Geheimnissen, die die amerikanische Regierung je gehütet hatte.

Gero von Breydenbach wirkte trotz dieser unglaublichen Tatsache erstaunlich gelassen. Niemand konnte dem dunkelblonden Templer ansehen, dass er sich innerlich verfluchte, weil er den Amis, wie er seine Gastgeber in Gedanken abfällig titulierte, überhaupt einen Hinweis auf dieses Versteck gegeben hatte. Insgeheim hatte er gehofft, dass an dieser Stelle nichts mehr zu finden war oder – falls ihre Peiniger doch etwas fanden – sie sich endlich zufriedengaben und aufhörten, ihn und seine vier Ordensbrüder, die mit ihm in dieser verabscheuungswürdigen Zeit gelandet waren, mit unzähligen weiteren Fragen und endlos erscheinenden Tests zu foltern. Ihn interessierte vor allem die Freiheit, die man ihm und seinen Kameraden bei ihrer unfreiwilligen Ankunft im Herbst 2004 so scheinheilig versprochen hatte. Doch die Wahrheit sah anders aus. Hertzberg und seine Leute hielten sie wie Gefangene, auch wenn das Verlies, in das man sie fortwährend sperrte, verglichen mit früheren Zeiten recht luxuriös war.

Ein Blick auf die dunkle Oberfläche des Sees ließ den ehemaligen Templer ein weiteres Mal erahnen, auf was für einen Wahnsinn er sich hier eingelassen hatte. Das Vorhaben, dort mit solch umständlichem Gerät hinabzutauchen, erschien ihm wie ein Höllenritt. Leider wusste nur er, wie das Labyrinth beschaffen war und wo sich der Schatz vor

Hunderten von Jahren befunden hatte. Mit dem nicht unerheblichen Unterschied, dass er damals die engen Gänge zu Fuß bewältigt hatte.

Ein letztes Mal überprüfte sein Tauchlehrer die Atemmasken und gab ihm ein Zeichen. Johan van Elk, sein Freund und Kamerad, zwinkerte ihm aufmunternd zu. Er hatte gut lachen, ihn hatte man nicht auserkoren, den Fisch im Wasser zu spielen. Sein flämischer Bruder würde im Boot auf ihn warten und ein paar Ave-Maria beten, dass er heil vom Grund des Sees zurückkehrte. Todesmutig ließ Gero sich zusammen mit den fünf Agenten der National Security Agency ins nachtschwarze Wasser gleiten. Dann wurde es still.

Der Taucher vor ihm leuchtete den Weg in die Tiefe mit einer Stablampe aus. Schlingpflanzen, Schwebepartikel und aufgescheuchte Fische zogen an Gero vorbei, während er sich darauf konzentrierte, ausreichend Luft in die Lungen zu bekommen. Obwohl er längst wusste, dass nicht Gott ihm die Gabe verlieh, sondern eine moderne Maschine und ein Mundstück, dessen Schlauch zu einem Tank gefüllt mit Sauerstoff auf den Rücken führte, erschien es ihm immer noch wie ein Wunder. Die Geräusche, die er dabei verursachte, erinnerten ihn an einen ledernen Blasebalg zum Anheizen von Holzkohle. Bei jedem Atemzug entwichen unzählige Wasserbläschen, was ihn weit mehr faszinierte als die übrigen Taucher, die ihn wie einen Schutzbefohlenen in ihre Mitte genommen hatten.

Plötzlich bedeutete ihm Agent Jack Tanner, der all ihre Einsätze leitete, dass er an die Spitze des Trupps in ein rechteckiges Loch von einem Quadratmeter Größe tauchen sollte. Wie selbstverständlich drückte Tanner ihm eine dieser modernen Lampen in die Hand.

Die steinerne Einrahmung, die ein Voraustrupp von Schutt und Geröll befreit hatte, war von Fadenalgen bewuchert. Die Furcht, die Gero empfand, als er als Erster hindurchschlüpfte, erinnerte ihn an den Steinmetz des Tempels, der ihn vor siebenhundert Jahren nicht weniger beharrlich dazu aufgefordert hatte, Säcke und Kisten der umliegenden Komtureien von Bar-sur-Aube in das enge, unterirdische Versteck zu tragen.

Geschickt glitt Gero durch die verschlammten Stollen. Dabei versuchte er sich zu konzentrieren, um die Orientierung nicht zu verlieren und vor allem das Atmen nicht zu vergessen. Ein Wink nach links führte die nachfolgende Truppe in eine ehemals mannshohe Vorkammer, die nun so sehr mit Schlamm angefüllt war, dass man noch nicht einmal darin knien konnte.

Drei Männer fanden nebeneinander in der Kammer Platz, die anderen mussten draußen im Stollen bleiben. Im trüben Schein des Lichtkegels hielten sie das Equipment für den Schlammsauger bereit, der oberhalb der Wasseroberfläche per Funk eingeschaltet wurde. Vorsichtig befreiten die Männer um Gero den Grund von jahrhundertealten Ablagerungen. Währenddessen schnitten Gero die abgehackten Stimmen des Funkverkehrs ins Ohr und bezeugten, dass man an der Wasseroberfläche bereits auf erste Ergebnisse wartete. Zu seinem eigenen Erstaunen kamen nach und nach tatsächlich goldglänzende Artefakte zutage. Kreuze, Madonnenfiguren, kostbare Reliquienschreine, übersät mit matt leuchtenden Edelsteinen, deren noch viel kostbarer erscheinender Inhalt aus uralten, geweihten Überresten in Form von Knochen, Haaren und Zähnen angeblicher Heiliger Wasser und Schlamm nicht überdauert hatte. Zudem fand sich eine stattliche Sammlung von Messkelchen.

Die Anspannung unter den Männern schlug in Begeisterung um. Gierig rafften sie alles in ihre mitgeführten Netze, geradeso, als würden sie Pferdeäpfel einsammeln und keine unermesslichen Schätze. Gero beobachtete stumm, wie sie ihre Beute respektlos zusammenbanden. Er verspürte Erleichterung, als Tanner in den Gang deutete und Gero mit einem Nicken aufforderte, allen den Weg nach draußen zu zeigen. Mit einem flauen Gefühl im Magen tauchte er durch die von Einsturz gefährdeten Stollen. Nicht etwa, weil er Angst hatte, am Ende verschüttet zu werden. Vielmehr war es ein harter, unnachgiebiger Schmerz, der ihn immer durchzuckte, wenn ihn etwas an sein früheres Leben erinnerte und ihm aufzeigte, dass diese Zeit auf immer vergangen war. Der Anblick der Burgruine seines Elternhauses oder der verfallenen Abtei von Heisterbach hatten ihn zu Tränen gerührt, weil er das stolze Gebäude noch kannte, als es in mächtiger Größe erstrahlt war. Obwohl das Gefühl von Heimweh seine Brust zu sprengen drohte und eine tiefe Sehnsucht in ihm weckte, eines Tages vielleicht doch wieder nach Hause zurückkehren zu können, würde er mit niemandem darüber sprechen, selbst nicht mit Hannah, die aus der jetzigen Zeit stammte und die er über alles liebte, denn auch sie konnte nichts daran ändern, dass die Verantwortlichen des Center of Accelerated Particles in Universe and Time – kurz C. A. P. U. T. – nicht bereit waren, ihn und seine Gefährten dorthin zurückkehren zu lassen, wo sie hergekommen waren.

Kaum dass sie die Netze mit den Kelchen und Reliquien ins Boot gehievt hatten, inspizierte Hertzberg die heraufgebrachten Gegenstände mit zitternden Fingern. Nicht die Kälte war schuld oder sein nahezu biblisches Alter – vielmehr war es die pure Erregung eines Wissenschaftlers, der etwas ganz Großem auf der Spur zu sein schien. Johan, der als Geros Kampfgenosse und Freund seiner Rückkehr entgegengefiebert hatte, blickte irritiert auf die unglaubliche Menge an Gold und Edelsteinen. Obwohl auch er vor siebenhundert Jahren dabei gewesen war, als man die Schätze in Kisten und Säcken verpackt hierhergebracht hatte, hätte er nicht gedacht, dass sie die lange Zeit nahezu unbeschadet überstanden hatten.

Johan, der wie Gero vor acht Monaten mit einem aufgefundenen Timeserver aus einer noch entfernteren Zukunft in diese Welt transferiert worden war, beobachtete das Treiben des Alten, während der General seinen Männern in den Nachbarbooten eilige Befehle zurief und dabei das Boot gefährlich ins Schwanken brachte.

Das stark vernarbte Gesicht des rothaarigen Ritters, das von einer Verbrennung mit flüssigem Pech herrührte, zeigte im Schein des künstlichen Lichts kaum eine Regung. Dabei interessierte ihn weit weniger die Hektik des Generals als vielmehr die Gier in Hertzbergs braunen Augen. Johan warf seinem deutschen Kameraden einen schrägen Blick zu. Gero fing die Anklage darin auf, nachdem er sich, von seiner Tauchmaske befreit, neben Johan auf den Rand des Schlauchbootes gesetzt hatte. Der Sohn eines flämischen Grafen hatte die ganze Aktion von Beginn an missbilligt. In seinen Augen war Geros Verhalten Verrat. Ganz gleich, wie lange die Besitztümer des Ordens dort unten gelegen hatten, sie gehörten den Templern, und niemand sonst war berechtigt, sich an ihnen zu vergreifen. Diese Ansicht hatte Johan ihm unmissverständlich klargemacht, noch bevor Gero der Einsatz befohlen worden war. Aber auch er sah ein, dass sie weder mit ihrer Lebenserfahrung noch mit ihrer Kampfkraft etwas dagegen hatten ausrichten können. Wohlwollen und Entgegenkommen waren im Moment das Einzige, das ihnen blieb, um darauf zu hoffen, dass Hertzberg und seine Leute endlich ihr Versprechen einlösten und ihnen irgendwo, fernab von jedem wissenschaftlichen Labor, ein freies Leben ermöglichten.

Der General hatte unterdessen befohlen, den Motor anzuwerfen, um so schnell wie möglich zum Ufer zurückzukehren.

Hertzberg konnte es nicht abwarten, an den malerischen Sandstrand zu gelangen, der silbern im Mondlicht schimmerte. Während das Boot beinahe lautlos über die Wasseroberfläche glitt, spülte er einen der vielen Kelche mit Seewasser und betrachtete ihn eingehend im Lichtkegel seiner Forschungsleuchte.

Nach einem Moment des Innehaltens hielt er Gero den Kelch hin und sah ihn auffordernd an. »Hast du eine Ahnung, was das da am Boden bedeuten könnte?«

Gero löste eine Hand von den Stricken, die den Rand des Bootes umgaben und an denen er sich während der Fahrt festhielt. Zögernd nahm er das uralte Artefakt in die Hand, immer noch von Ehrfurcht erfüllt, und schaute hinein.

Am Grund des Kelches schimmerte ein in Gold eingefasster, grünlicher Stein, der von eingravierten, rätselhaften Ornamenten umgeben war.

Plötzlich schwindelte ihn. Hatte er zunächst noch geglaubt, das schwankende Boot trage die Schuld, so musste er bei langsam werdender Fahrt erkennen, dass anscheinend eine höhere Macht von seinem Bewusstsein Besitz ergriff, was ihn offensichtlich in die Lage versetzte, in den willkürlich aufleuchtenden Ornamenten einen Sinn zu erkennen. Bei intensiver Betrachtung formierten sie sich zu einem dreidimensionalen Bild, das frei im Raum stehende griechische Buchstaben sichtbar machte, die eine Inschrift verrieten: »Siehe, dies ist der Kelch Jehudas«, stand dort geschrieben, »finde die Steintafeln des Moses – und die Welt wird Deinen Gesetzen folgen.«

Plötzlich erschienen am Grund des Kelches eine felsige Wüstenlandschaft mit hohen Bergen und ein Kloster auf einem Hügel. Es war heiß, und der Wind fegte den Sand durch die ausgedörrten Schluchten. Gero sah eine Höhle mit seltsamen, eingemeißelten Zeichen und einen schwarz gekleideten Mönch, der ihn am Eingang freundlich empfing. Er folgte dem Mann hin zu einem gewaltigen Licht, das alles an Helligkeit übertraf, was er je zu Gesicht bekommen hatte.

»Hast du etwas gefunden, das von Bedeutung sein könnte?« Hertzbergs krächzende Stimme riss Gero aus seiner Vision. Seine strikte Erziehung zum Krieger verhinderte, dass Hertzberg seine Verblüffung bemerkte. Selbst Johan, der direkt neben ihm saß und auch in den Becher geschaut hatte, schöpfte offenbar keinen Verdacht.

»Darf ich mal sehen?«

Widerwillig gab Gero den Kelch aus der Hand.